HANNE-VIBEKE HOLST | Seine Frau

HANNE-VIBEKE HOLST

Seine Frau

Roman

Aus dem Dänischen von Hanne Hammer

Diana Verlag

Die Originalausgabe erschien 2005 unter dem Titel *Kongemordet* bei Gyldendal, Kopenhagen

FSC
Mix
Produktgruppe aus vorbildlich bewirtschafteten Wäldern und anderen kontrollierten Herkünften
Zert.-Nr. SGS-COC-1940
www.fsc.org
© 1996 Forest Stewardship Council

Verlagsgruppe Random House FSC-DEU-0100
Das für dieses Buch verwendete
FSC-zertifizierte Papier *EOS*
liefert Salzer, St. Pölten.

Redaktion | Julia Eisele
Herstellung | Helga Schörnig
Satz | C. Schaber Datentechnik, Wels
Druck und Bindung | GGP Media GmbH, Pößneck

Printed in Germany
ISBN 978-3-453-29040-2

http://www.diana-verlag.de

»Die Politik gibt Männern so viel Macht,
dass sie dazu neigen, sich Frauen gegenüber
gemein zu verhalten. Ich hoffe, dass es bei mir
nie so weit kommen wird.«

Bill Clinton

Nur der innerste Kreis um den noch amtierenden und bald ehemaligen Berater befindet sich am Wahlabend des 20. November 2001 im Staatsministerium. Nicht mehr als ein paar Leute sind sie, die da ihren Wein trinken und von den Leckereien essen, die zu diesem Anlass bestellt worden sind. Der bald ehemalige Berater, der als Einziger das delikate Fischgericht mit gutem Appetit in sich hineinschlingt, wird diese Mahlzeit später mit Galgenhumor *Das letzte Abendmahl* nennen. Er wird die Stimmung im Büro des Staatsministers, in dem simultan zwei Fernseher laufen, der eine mit DR 1, der andere mit TV 2, schon von dem Moment an als »surreal« bezeichnen, als die ersten Wahlergebnisse jede Hoffnung zunichtemachen, dass die amtierende Regierung mit Per Vittrup an der Spitze entgegen aller Prognosen im Amt bleibt. Mit seinem Sinn für Details wird er Elizabeth Meyers vibrierende Nasenflügel und Gert Jacobsens flammende rote Haarpracht kommentieren, doch zuallererst wird er kopfschüttelnd über die fast autistische Weigerung des Vorsitzenden der Sozialdemokraten berichten, zu der Katastrophe Stellung zu nehmen, die sich vor ihren Augen entfaltet. Weniger als dreißig Prozent der abgegebenen Stimmen – das ist eine so lähmende Ohrfeige, dass nicht einmal die schlimmsten Pessimisten, zu denen auch der Berater gehört, sich eine so vernichtende Niederlage hätten vorstellen können. Was erwartet man von dem verantwortlichen Vorsitzenden in einer solchen Schicksalsstunde? Vielleicht dass er bittet, allein gelassen zu werden? Dass er einen Revolver aus der Schreibtischschublade oder ein Schwert aus der Scheide zieht, um kurzen Prozess zu machen? Oder dass er eine gut vorbereitete Rede hervorholt, um in den Landstingssaal hinunterzugehen und Verantwortung für die Niederlage zu übernehmen, für die, anders als im Fall eines Wahlsiegs, meist niemand Verantwortung tragen will? Alles andere jedenfalls als das, was der ehemalige Berater mit den Worten ausdrückt: »Wie eine kopflose Henne herumgackern und sich weigern anzuerkennen, dass der Kopf ab ist.«

Als das Wahlergebnis feststeht, ist es Elizabeth Meyer, die sich wieder einmal als der mutigste Mann der Regierung erweist. Nur sie hat das Rückgrat, ihm laut die Frage zu stellen, um die die Gedanken aller kreisen:

»Welche Konsequenzen gedenkst du aus diesem Ergebnis zu ziehen?«

»Wie meinst du das?«, fragt der noch amtierende Staatsminister und ruft seinen westjütischen Kreisvorsitzenden an, um zu hören, wie weit sie mit der Auszählung der persönlichen Stimmen sind. Kommen sie unter die Top Five?

Hier distanzieren sie sich, Meyer und Jacobsen, bemerkt der bald ehemalige Berater und lässt die Asche seiner Zigarette in das abgenagte Fischgerippe fallen. Total. Wie ein Paar, das, sich an den Händen haltend, von einem entgleisenden Zug springt.

Liegt es daran, dass immer wieder das Wort *historisch* fällt, dass ich weiß, dass dieser Abend auf die eine oder andere Weise einschneidend wird? Auch für mich? Ich habe mir so viel Mühe gegeben, und doch bin ich so nervös, dass ich kaum das Feuerzeug ruhig halten kann, um meine Zigarette anzuzünden. Aber ich *habe* für alles gesorgt. Mich an alles erinnert. Den Gravlachs *neben* dem Kümmelbrot arrangiert und nicht *auf* die Scheiben gelegt. Ich habe mich auch daran erinnert, dass er das Dressing separat in einer kleinen Schale haben will, und ich habe keine Butter, sondern aus Rücksicht auf seinen Cholesterinspiegel Pflanzenmargarine verwandt. Ich habe seinen Lieblingschablis kalt gestellt, doch sicherheitshalber auch dafür gesorgt, dass zwei

Flaschen Carls Spezialbier da sind, das er manchmal vorzieht, um besser schlafen zu können. Und ich habe einen Strauß rote Minirosen in eine Vase gestellt, mit einer neutralen weißen Glückwunschkarte, auf die ich *Herzlichen Glückwunsch zur Wahl, Schatz!* geschrieben habe.

Das Haus habe ich noch einmal vom Keller bis zum Speicher geputzt. Wie eine Hausdame in einem Fünf-Sterne-Hotel habe ich sorgfältig jeden Raum inspiziert, jede Ecke. Alles ist einwandfrei. Die Schlüssellöcher sind mit Wattestäbchen gereinigt, die Zwischenräume zwischen den Lamellen der Heizung habe ich mit der neuen Bürste bearbeitet, die Spinnweben mit dem Staubsauger aufgesaugt. Ich habe seine Hemden gebügelt und sein Bettzeug gewechselt. Vor allem habe ich alle Spuren von mir beseitigt; nicht eine Wochenzeitschrift, nicht eine Kippe liegen mehr herum, und da ich all die niedlichen kleinen Flaschen weggeräumt habe, selbst aus den Verstecken, die er bisher noch nicht entdeckt hat, wie den Wäschekorb und den Schirmständer, kann er auch nicht ausrasten. Was mich selbst angeht, bin ich gepflegt und zurechtgemacht, meine Nägel sind frisch lackiert, das Haar frisch geschnitten und aufgehellt, und ich habe den schönen solariumbraunen Ton beibehalten, den er so mag. Ich habe den schwarzen Minirock angezogen und als Unterwäsche das cognacfarbene Set von Marie Jo mit der Spitze und dem Push-up-BH, das er seine Sekretärin letzte Weihnachten für mich hat kaufen lassen. Ich habe meine Beine gewachst, mich unter den Armen rasiert und meine Intimzonenbehaarung auf Vordermann gebracht. Nüchtern bin ich auch, halbwegs jedenfalls, jetzt zumindest noch.

Demnach dürfte nichts zu beanstanden sein. Demnach müsste ich mich auf dem Sofa zurücklehnen und dem »Wahlthriller« im Fernsehen in der sicheren Gewissheit folgen können, alles im Griff zu haben. Nach dem ersten Drink, nur ein kleiner Rest, ein kleines Schlückchen Wodka aus der Mineralwasserflasche in meiner Tasche, um mich zu beruhigen, lulle ich mich auch langsam in eine falsche Sicherheit ein. Eine Sicherheit, aus der ich brutal herausgerissen werde, als er als einer der Ersten auf dem Bildschirm erscheint. Denn als ich die kalte Flamme in seinem Blick sehe, den er dem kessen Christiansborg-Reporter zuwirft, weiß ich, was passieren wird. Ungeachtet meiner Anstrengungen. Ungeachtet meiner Umsicht. Ungeachtet der Tatsache, dass sie im Wahlkreis Kongens Enghave sozialdemokratisch gewählt und im Wahlkreis Vestre Storkreds für ihn gestimmt haben. Ungeachtet dessen, was ich getan oder nicht getan habe, wird er einen Grund finden. Es ist nicht meine Schuld, dass sie verloren haben. Doch das spielt keine Rolle, so viel habe ich gelernt.

Als zu den unangebracht ausgelassenen Moderatoren im Wahlstudio umgeschaltet wird, habe ich längst zu zittern begonnen. Obwohl er viele Kilometer entfernt ist, spüre ich seine Nähe wie einen sich hinter mir auftürmenden Schatten. Und als im gleichen Moment mein Handy klingelt, ein Geburtstagsgeschenk zu meinem Fünfzigsten im letzten Jahr, fahre ich zusammen in dem Glauben, dass er es ist. Einzig und allein, um mich zu erschrecken. Nur deshalb habe ich es bekommen. Damit er mich kontrollieren kann.

»Ja?«, keuche ich. Es ist Janni, meine Exschwägerin. Gert hat ihr verboten, Kontakt zu mir aufzunehmen.

»Du kommst besser zu uns raus!«, fordert sie mich ohne Umschweife auf. Sie ist der einzige Mensch auf der Welt, der weiß, was los ist. Deshalb darf sie mich auch nicht anrufen. Ich darf sie natürlich auch nicht anrufen. Ich darf *nie mehr* mit ihr reden. Weil ich zu ihr gegangen bin, als er im letzten Sommer meinen Kopf so oft gegen den Türrahmen geschlagen hat, dass der Rahmen gespalten war und ich eine Gehirnerschütterung hatte. »Das nächste Mal bringt er dich um«, hat sie gesagt, und die gegen meinen Willen gerufene Notärztin hat ihr nicht widersprochen. Glücklicherweise ist Jacobsen ein ganz gewöhnlicher Name, und die Ärztin schien nicht zu wissen, wen sie vor sich hatte. Oder sie war einfach diskret. Ich habe mich geweigert, in ein Krankenhaus zu gehen, und auch von einer Anzeige Abstand genommen. Janni hat geschworen, dass sie ihn das nächste Mal selbst anzeigen wird. Und als Gert nach drei Tagen kam, um mich bei ihr und den Kindern in Brønshøj abzuholen, hat sie sich wie ein kurz vor dem Platzen stehender Sperrballon in die Tür gestellt, die Hände in die gepolsterten Hüften gestemmt und ihm in breitestem Kopenhagener Slang mitgeteilt, dass sie zum *Ekstra Bladet* geht, wenn er mich noch einmal anrührt. Er hat gelacht, sich nicht einmal aufgeregt, nur ein gedämpftes »sozialer Betrug« fallen lassen, um aus dieser Drohung die Luft herauszulassen. In so etwas ist er hervorragend. Die unbedeutendste Information zu speichern, die in seinen Besitz kommt, um im richtigen Augenblick den maximalen Nutzen daraus zu ziehen. Wie zum Beispiel daraus, dass ich einmal während eines offiziellen Abendessens bei einem Bankdirektor in Gentofte in einer heißen Diskussion über staatliche Transferleistungen ausgeplaudert habe, dass die Exfrau meines einsitzenden Bruders gezwungen ist, schwarz als Putzfrau zu arbeiten, weil ihre Sozialhilfe nicht reicht.

»Er schlägt mich nicht mehr«, antworte ich schnell und werfe einen Blick zur Tür, um zu sehen, ob er sich hinter mich geschlichen hat. »Mir geht es gut hier!«

»Ja, bis er nach Hause kommt!«, schnarrt sie. Im Hintergrund läuft der Fernseher, und ich höre Stimmen und Gläserklirren. »Wir sitzen hier zusammen und machen es uns gemütlich. Wir passen auf dich auf! Du kannst heute Nacht hierbleiben!«

»Vielen Dank!«, bekomme ich heraus, bevor ich das Gespräch beende und das Telefon ausschalte. Es auf das Sofa werfe, noch entsetzter als vorher. Sie hat recht. Ich habe genug Zeit. Es wird

Stunden dauern, bis er aus der Burg nach Hause kommt. Ich muss nicht hier in einer Villa in Frederiksberg sitzen und warten, dass er mir etwas antut. Ich könnte flüchten. Meine Sachen packen und abhauen, wie sie das in den amerikanischen Filmen tun. Aber wohin? Welche Staatsgrenze sollte ich passieren? Wer außer Janni, der Zwangsesserin, die genug mit sich selbst zu tun hat, sollte mir helfen? Und was habe ich davon zu überleben, wenn es ein Überleben ohne ihn ist?

Alternativen gibt es nicht. Ich würde wie immer von Barrikaden und Wegsperrungen aufgehalten. Ich habe keine andere Möglichkeit, als hier zitternd wie ein paralysierter Hase im suchenden Lichtkegel zweier Autoscheinwerfer vor dem großen 28-Zoll-B&O-Fernseher zu sitzen, während ich mich wie ein geheilter Krebspatient, der sich mit jedem Monat von einem Rückfall fortbewegt, an die Statistik klammere. Denn das letzte Mal *ist* lange her. Sechsundsiebzig Tage. Seit dem 11. September hat er mich nicht mehr angerührt. Ganz im Gegenteil schien er sich mir wieder zu nähern, als die beiden Türme in Schutt und Asche lagen. Als würde die Verzweiflung ihn zu mir zurückführen. Er hat meine Hand genommen, als ich ihn auf seinen Wunsch hin zu einem Kondolenzbesuch beim amerikanischen Botschafter begleitet habe. Hat einen beschützenden Arm um meine Schulter gelegt, als die Fotografen vor der Botschaft in der Dag-Hammerskjölds-Allee mit den Blumensträußen und dem Lichtermeer aus angezündeten Kerzen Bilder von uns gemacht haben. Hat mich nicht verhöhnt, als wir kopuliert haben, ganz normal, Kaffee und Kuchen, vor und zurück. Im Ehebett! Ist sogar geblieben und hat die Nacht an meiner Seite verbracht. Hat mich seine angespannten Schultern massieren lassen, als er spät von einer Krisensitzung der Regierung nach Hause kam. Hat nach langer Zeit wieder einmal von seinem Tag erzählt. Hat mich an dem Dilemma teilhaben lassen, dem amerikanischen

Präsidenten in den »Krieg gegen den Terror« zu folgen und gleichzeitig Demokratie und Bürgerrechte zu schützen. Er hat mir zugehört. Beifallend gelacht, als ich Pers altväterliche Medienperformance »selbstverliebt« nannte, und hat mir selbst eingeschenkt, als wir an diesem Samstagabend mehr Wein als vernünftig geteilt haben. Hat mich nicht abgewiesen, als ich Dylan aufgelegt und ihn zum Tanz aufgefordert habe. Hat bei *Just Like a Woman* sogar mitgegrölt und mich an sich gezogen. Er ist nie ein großer Tänzer gewesen, doch da, in seinem Arm, habe ich mich dem schwindelerregenden Traum hingegeben, dass man das Band zurückspulen kann. Bis zu der Zeit, als wir jung waren. Nein, bis zu unserer Geburt. Oder vielleicht sogar bis zur Geburt unserer Eltern, als man unserer noch als der vielversprechenden zukünftigen Generationen gedachte.

Natürlich konnten wir die Zeit nicht auf null stellen. Während die Wochen vergingen, der Schock nachließ und die Welt sich wieder in einem Alltag aus Normalität und Gewohnheit verfing, glitten wir wie alle anderen zurück in unsere Rollen, wurden eingefangen und auf unserem Platz gehalten. Seine Sympathie schlug in die gewöhnliche Irritation über meine Person um, und meine lächerliche Hoffnung zerfiel und wurde zerdrückt wie Eier in einem Korb. Und seit die Wahl zum Folketing ausgeschrieben war und sein Stressniveau von Tag zu Tag anstieg, habe ich gewusst, dass die Entladung bald kommen wird. Er braucht sie, weil er unter Stress steht. Physisch und mental ausgelaugt von den extremen Anforderungen des Wahlkampfs, doch vor allem gestresst durch die enervierenden Meinungsumfragen, die schon lange vorhergesagt haben, dass die Sozialdemokraten die Regierungsgewalt verlieren würden. Ich habe nicht gewagt, das zur Sprache zu bringen. Habe so getan, als wäre ich nicht auf dem Laufenden, obwohl ich die Prognosen bis auf die letzten Stellen hinter dem Komma kenne und weiß, dass er selbst alles durchrechnet, wenn er schlaflos im

Gästezimmer am Ende des Flurs liegt. Deshalb war ich die letzten Wochen in voller Alarmbereitschaft. *Red alert,* wie es so schön heißt. Bin lautlos herumgeschlichen, wenn er ein seltenes Mal zu Hause war. Habe jede Kräuselung der Oberfläche im Blick behalten. Den Überdruck, der seine Adern unter der dünnen Haut der Stirn blau und prall werden lässt. Die Sommersprossen, die wie rostfarbene, über die bleiche Haut des Gesichts verstreute Inseln hervortreten. Die Nerven, die unter dem linken Auge zittern. Die Backenzähne, die knirschen. Die Art, wie er die linke Hand um das rechte Handgelenk schließt, um zu verhindern, dass ihm die Hand ausrutscht. Die Augen, die sich blind machen, um mich nicht zu sehen. Das Dreieck seines Rückens unter dem sich spannenden Hemd, wenn er abrupt vom Esstisch aufsteht und ohne ein Wort einen halb leer gegessenen Teller zurücklässt. Er bewegt sich in dem verbissenen Versuch, sich zu beherrschen. Tut alles in seiner Macht Stehende, um die Wiederholung zu vermeiden, von der er auch letztes Mal geschworen hat, dass sie ausgeschlossen ist. *Ich weiß nicht, was in mich gefahren ist! Vergib mir!* Ich habe ihm vergeben. Viele Male. Hasse mich selbst ebenso sehr, wie er mich hasst, weil ich das in ihm hervorrufe. Ihn dazu bringe, »die Besinnung zu verlieren«, wie er es nennt. *Entschuldige, ich habe die Besinnung verloren …*

Während ich kettenrauchend mit einem Paket Grøn Look Light dasitze, bin ich mir trotzdem sicher, dass es nicht vorbei ist. Die Lunte glimmt in aller Stille; Tag für Tag wird sie kürzer. Das ist das Schlimmste. Dass ich weiß, dass es passieren wird, aber nicht, wann. Denn obwohl ich wachsam bin und mir angewöhnt habe, nur leicht wie ein Soldat mit den Stiefeln an den Füßen zu schlafen, ist es ihm noch jedes Mal gelungen, mich zu überrumpeln. Plötzlich und ohne Vorwarnung ist er gekommen, der Überfall. Als wäre es Teil seiner Befriedigung, dass er erfolgt, wenn ich ihn am wenigsten erwarte. Wenn ich, ohne es zu wissen,

»die Grenze überschritten habe«. Jedes Mal war die Strafe für meine Übertretung härter und gewalttätiger als das vorherige Mal. Das erste Mal waren es nur ein paar Ohrfeigen, an die ich von der Kindheit, in der die Ohrfeigen auch lose saßen, gewöhnt bin. Doch das letzte Mal, an dem Abend, an dem ich von Janni nach Hause gekommen und trotz seines Versprechens, mir freies Geleit zu gewähren, für meinen Fluchtversuch bestraft worden bin, habe ich eingesehen, dass es nur eine Frage der Zeit ist, wann er mein *hässliches Hurengesicht zertrümmert.* Nur weil ich schnell meine Unterhose ausgezogen und mich ihm von hinten angeboten habe, ist er nicht auf mein Gesicht losgegangen. In gewisser Weise habe ich weniger Angst davor zu sterben, als dass er mir das Gesicht zertrümmert.

Ich starre angespannt auf den Bildschirm und halte das Glas mit beiden Händen fest, als ich wie eine sprachlose Zeugin dessen, was die Kommentatoren exaltiert als »historischen Schritt nach rechts« bezeichnen, meinen zweiten Drink leere. Ich schenke mir den dritten doppelten Wodka mit Saft ein, als der Sieger, der Vorsitzende der Liberalen, mit einem Lächeln so breit wie eine sechsspurige Autobahn triumphierend zu der Lasershow auf der Seeland-Fähre erscheint. Und kurz vor Mitternacht leere ich die Mineralwasserflasche, als Per, der sich groggy wie ein umschwärmter Boxer in der Sporthalle von Kopenhagen an dem Presseschwarm vorbeigeschlichen und auf einem Umweg den Landstingssaal erreicht hat, von Standing Ovations begrüßt, das Podium besteigt und mit gebrochener Mikrofonstimme sagt: »Genossen!« Ich höre kaum zu, sitze nur mit aufgerissenen Augen da und scanne den Bildschirm, als die Kamera über den geschlagenen Haufen ungläubiger Sozialdemokraten schwenkt. Offenbar hat der Produktionsleiter das Gleiche gesucht wie ich. Denn plötzlich ist er da, Gert. In Nahaufnahme, neben Elizabeth Meyer, die bald zur ehemaligen Außenministerin degradiert werden wird. Sie singt nicht mit; ihr Mund hat sich zu der säuerlichen Schnute verzogen, die die Karikaturisten so lieben. Genau wie sie Gert gern mit einem diabolischen, dreieckigen Fuchsgesicht mit kleinen Teufelshörnern darstellen. Nachdem die Kamera Meyer herangezoomt hat, verweilt sie endlich auf meinem Mann, dem scheidenden Finanzminister. Obwohl der Schnitt mit Gert superkurz ist, ist er für mich mit meiner dreißigjährigen Erfahrung im Lesen der Mimik meines Lebensgefährten lang genug, den Ausdruck zu registrieren, den keine Kameralinse einfangen kann: den Ausdruck vernichtender Verachtung, mit dem Gert seinen alten Genossen und Alliierten Per Vittrup betrachtet. Das ist der Ausdruck, den ich selbst am meisten fürchte: den Ausdruck totaler Geringschätzung. Ein Ausdruck, von dem ich eigentlich gedacht hatte, dass er mir vorbehalten sei.

»Verdammt«, bricht es aus mir heraus, und ich fuchtle verwirrt mit der Zigarette in der Luft herum, sodass Asche auf die schwarze Viskose meines Kleides fällt. »Er macht dich fertig!«, rufe ich, die Linda aus dem Südhafen, während ich den Zeigefinger auf Den Großen Steuermann richte, der im gleichen Moment mit erhobenem Kinn erklärt, dass er nicht gedenke, zurückzutreten.

»Hau ab, verdammt! Lauf!«, rufe ich ihm zu. Er hört mich nicht. Denn Per Vittrup will mich nicht hören, das hat er noch nie gewollt. Ich erinnere ihn schließlich daran, dass auch er nur ein verdammter Emporkömmling ist. Und weil wir das sind, kann weder er noch ich umkehren und einen anderen Weg einschlagen. Wir haben die Brücken hinter uns selbst abgebrannt. Vor langer, langer Zeit.

Deshalb hole ich, statt abzuhauen, eine Flasche Smirnoff aus dem Barschrank und suche in einem so betäubenden Rausch Zuflucht, dass er wie ein rasender Terminator nach Hause kommen und mit mir machen kann, was er will, ohne dass ich auch nur das kleinste bisschen davon merke. Von jetzt an wird es blutig, das weiß ich. Doch ich kann mich damit trösten, dass nicht nur mein Blut fließen wird. Vielleicht bin ich die Einzige, die das weiß. Denn ich weiß als Einzige von *Afrika*. Und da gibt es keine Gnade. Unter Männern.

Eigentlich hat die Krankenpflegerin für so etwas keine Zeit. Doch während sie auf der Bettkante sitzt und die knochige, trockene Hand in ihrer hält und geduldig wartet, dass die Spritze wirkt und die Patientin einschläft, kommt sie mit sich überein, dass sowieso alles egal ist, wenn keine Zeit mehr bleibt, einen unglücklichen und erschütterten Mitmenschen zu trösten. Dann kann sie auch gleich kündigen. Und mit den Ärzten ohne Grenzen oder so ausrücken. Mit der Regierung, die heute Abend gewählt worden ist, wird das nicht mehr lange dauern. Sie sollten das selbst einmal erleben, all diese gut genährten Dänen, die nach dem Einfrieren der Steuersätze und Privatisierungen rufen. Als einsames, ausgemergeltes Gerippe in einer Wohnung im Südhafen zu liegen und völlig von öffentlicher Hilfe abhängig zu sein. Ihrer Meinung nach gehört die zusammengekrümmte Frau in dem Bett in ein Pflegeheim. Sie ist zwar noch verhältnismäßig jung, 1930 geboren, doch abgesehen von ihren physischen Leiden und chronischen Krankheiten ist offensichtlich, dass die Demenz, auf die schon eine Zeit lang Verdacht bestand, nun voll zum Ausbruch gekommen ist. Darauf deuten ihre Weinerlichkeit und Labilität hin, denn obwohl das Wahlergebnis zum Heulen ist, ist es keine normale Reaktion, dass eine erwachsene Frau wie ein Kind zusammenbricht, nur weil sie den Wahlabend im Fernsehen verfolgt. Was genau so furchtbar daran ist, hat sie nicht aus ihr herausbekommen. Außer dass es irgendetwas mit »Linda« und »Gert« zu tun hat. Gert Jacobsen, nimmt sie an. Nicht gerade ein Mann, dem sie viele Tränen nachweinen würde.

Als der Atem ruhig und regelmäßig ist, zieht die Hauskrankenpflegerin vorsichtig ihre Hand aus der der Schlafenden. Bleibt auf dem hohen Krankenhausbett sitzen, zumindest das ist bewilligt worden, und macht ihre Notizen im Logbuch für den nächsten weiß gekleideten Helfer.

»Schlaf gut, Åse«, sagt sie und streichelt der Frau die eingefallene Wange. Verweilt einen Augenblick an ihrer Seite, indem sie den Schirm der Nachttischlampe schräg stellt. Åse Jensen war bestimmt einmal schön.

Charlotte, meine Liebe!«, ruft er, als sie auf dem Parkplatz der Reitbahn auf ihn zugestürmt kommt – er will gerade in das Ministerauto steigen, das ihn nach Hause bringen soll. Eigentlich hatte sich der Fahrer auf eine längere Wartezeit eingestellt, doch der Staatsminister ist plötzlich wie ein Schatten in der Novembernacht aufgetaucht. Allein, mit abgehetztem Gesichtsausdruck, wie ein König auf der Flucht. Doch als er die Umweltministerin erblickt, nimmt er Haltung an. »Ich fürchte, das Fest ist vorbei«, lächelt er mit einem Blick zu den hellen Fenstern der Burg hoch.

»Ich habe mit meinen Jusos zu Hause gesessen«, sagt sie wie zur Entschuldigung für ihr spätes Eintreffen in der Burg. »Sie haben wie die Wahnsinnigen für mich geschuftet.«

»Das muss man sagen! Herzlichen Glückwunsch zur Wahl! Es freut mich«, sagt er und bleibt mit der Hand auf der Autotür stehen.

»Es ist noch nicht sicher«, sagt sie ausweichend und zieht die Schultern hoch. »Aber es sieht ganz so aus, als bekäme ich einen der beiden Sitze im Wahlkreis Søndre Storkreds. Davon abgesehen, ist das eine Scheißwahl!«

»So schlimm ist es nun auch wieder nicht«, lächelt er und schiebt seine Brille hoch. »Wir haben trotz allem eine Million Stimmen bekommen.«

»Das ist nicht gerecht!«, beharrt sie und stampft mit dem Fuß auf, während ihr frostiger Atem sie wie eine weiße Dampfwolke umgibt.

»Charlotte, gönn es dir, dich zu freuen. Du hast herausragende Arbeit geleistet! Du hast sie aufgerüttelt da draußen auf Amager, das sage ich dir!«

»Offenbar nicht herausragend genug«, beharrt sie und klappert mit den Zähnen. Sie ist zu dünn angezogen. Die Kälte kriecht unter ihren Mantel und drängt sich unter das leichte Wickelkleid. Er hat auch keinen Mantel an, den hat er auf den Rücksitz geworfen, zusammen mit der Aktenmappe, die sie von den vielen Sitzungen in den letzten Monaten kennt.

Er lächelt sie an, fährt sich mit der Zunge über die Kante des goldenen Schneidezahns, wie er sich das in der letzten Zeit angewöhnt hat, wenn er unsicher ist oder seine Zweifel hat. Charlotte sieht ihn angespannt an, konzentriert sich auf seine Lippen wie ein Lippenleser, der nicht will, dass ihm die kleinste Nuance entgeht.

Er hätte daran anknüpfen und sagen können: »*Wir* haben es nicht gut genug gemacht«, vielleicht sogar: »*Ich* habe es nicht gut genug gemacht.« Stattdessen legt er ihr eine Hand auf den Arm und sagt: »Du darfst das nicht so schwer nehmen! Schließlich ist niemand gestorben.«

Daraufhin nickt er noch einmal zu den hellen Fenstern der Burg hoch, während er Miene macht, sich ins Auto zu setzen. »Du kannst dir noch immer ein Fassbier sichern.«

In dieser Nacht ist seine Wut so groß, dass sie heraus muss. Er muss gehen, muss sich zurückziehen. Fort von den anderen, fort von dem jämmerlichen Scheitern dieses Fests, fort von der Burg. Er beherrscht sich noch, während er die Wandelhalle in Christiansborg durchquert und durch die Schleuse in den inneren Schlosshof geht, wo noch immer einige Presseleute herumschwärmen. Er kommt bis auf die Reitbahn, bevor er in Gebrüll ausbricht.

Gert Jacobsen hat gelernt, sich zu beherrschen. Das musste er, um voranzukommen und seinen in jungen Jahren erworbenen Ruf als cholerischer Hitzkopf hinter sich zu lassen, der sich nicht beherrschen kann, sondern sich immer wieder auf Prügeleien einlässt und alles kurz und klein schlägt. Schon in seinen ersten Jahren als Minister gab es Gerüchte über Kaffeetassen, die hitzig von Besprechungstischen gefegt wurden, und nervlich zusammengebrochene Mitarbeiter, die bei den Fachverbänden Klage einreichten oder aus Protest kündigten, weil der Minister bei dem kleinsten Anlass ausflippte. Damals wurde ihm der Spitzname *Goebbels* verliehen, den Journalisten zu seinem großen Ärger auch heute noch manchmal aus alten Archiven holten. Sein Temperament war so beschwerlich, dass er nach einer Episode mit einem aufdringlichen Pressefotografen, dessen Kamera er auf den Boden geworfen hatte, zu einem »kameradschaftlichen Gespräch« mit dem *Arbeiter* zitiert wurde, dem damaligen sozialdemokratischen Parteivorsitzenden, der ihm geradeheraus mitteilte, dass er nicht viel von seiner außerordentlichen Begabung haben würde, falls er nicht lernte, sich ordentlich aufzuführen. Was unausgesprochen hieß, dass eine vielversprechende politische Karriere in diesem Fall hier enden würde. Das hat er sich zu Herzen genommen und unter Aufbietung seines ganzen Willens und seiner legendären Disziplin seine Veranlagung so bezwungen, dass es nur noch hin und wieder zu einem Fauxpas kam. Und obwohl er sich vollkommen darüber im Klaren ist, dass er vielleicht nicht bei allen gleich beliebt ist, stellt er mit Befriedigung fest, dass er, um es mit einem weiteren abgenutzten Medienklischee auszudrücken, inzwischen als »runder« angesehen wird.

Dass diese Auffassung sich langsam im System durchsetzt und bis in die kleinen Wählervereine reicht, freut ihn nicht nur aufrichtig, es ist auch die Voraussetzung dafür, dass er es eines Tages schafft, die völlig abgenutzte graue Eminenzkutte abzulegen und stattdessen in das volkstümliche Landesvaterkostüm zu schlüpfen, das auszufüllen noch immer von einem sozialdemokratischen Vorsitzenden erwartet wird. Mit anderen Worten: Es ist nicht länger undenkbar, dass er entgegen aller Voraussagen eine Mehrzahl der Stimmen für seine Kandidatur erhält. Denn irgendwo wissen sie alle, dass es so hätte sein sollen. Dass er nach dem *Arbeiter* die Macht hätte übernehmen sollen. Meyer, deren Format sie zu einer seriösen Konkurrentin machte, konnte der Alte schon allein aufgrund ihrer jüdischen Bourgeoisiemanieren nicht ausstehen, und Per gab es damals so gut wie noch nicht. Er war von Anfang an eine Notlösung, ein *Deus ex Machina,* der hervorgezaubert wurde, als die Skepsis des *Arbeiters* dem blitzintelligenten Oberarztsohn gegenüber die Bahn des Kometen änderte. So wurde die Troika zu einem Kompromiss, mit dem zu leben sie alle gezwungen waren, jedenfalls solange diese Konstruktion ihnen die Regierungsgewalt sicherte. Verlören sie diese jedoch, könnten die Karten neu gemischt werden. Indem der König den Thron abtrat natürlich.

Und das kann Gert nicht länger ertragen. Dass Per so tut, als wüsste er das nicht. Dass er die Regeln des Spiels nicht befolgt und abdankt, wie er sollte. Dass Per nicht bereits heute Abend seinen treuen Leutnant zu einem Einzelgespräch einberufen und ihn in den Plan eingeweiht hat, ihm die Krone aufs Haupt zu setzen. Um Zwietracht und Spaltung vorzubeugen, um seinem alten Alliierten Respekt zu erweisen und die Herkulesarbeit anzuerkennen, die er loyal geleistet hat. Er hätte es der Partei zuliebe tun müssen! Sich selbst zuliebe, verdammt! Hier bietet sich ihm die Chance, sich ein Denkmal zu errichten, in *Bronze*! Warum lässt er zu, dass andere es in Lehm erschaffen? Begreift das einer? Ist das zu verstehen? Ja. Das ist es. Er ist der Erste, der das versteht. Doch das macht seine Frustration nicht geringer.

Vanity, vanity, vanity! Gert Jacobsens Schritte hämmern über die Marmorbrücke. Das Licht der Laternen zerstreut den milchweißen Nebeldunst und wirft einen Schimmer nordischer Winterpoesie über den Kanal von Frederiksholm. Doch er hat kein Auge für blasse Pastelltöne. In seinem Kopf sind die Farben Rot und Schwarz; wie immer, wenn es heraufzieht, hat er einen Stock in der Hand und keine Schuhe an den Füßen. Er spürt die Kälte nicht, die bereits durch die dünnen Ledersohlen dringt, und er sieht auch das Taxi nicht, das langsam mit einem grünen Schild an ihm vorbeifährt. Er geht, geht einfach weiter, am Nationalmuseum vorbei zum H.-C.-Andersen-Boulevard, wo er absichtlich nicht zu den Wahlplakaten hochblickt, von denen nicht wenige ihn selbst zeigen, freundlich lächelnd, was ihn ebenso wütend macht wie das gebrauchte Kondom in einem Hotelzimmer am Vortag. Genau das provoziert ihn so. Dass Per, der ihm mit seinem Goldzahn von einem Plakat am Rathausplatz direkt ins Gesicht springt, ihn zwingt, etwas zu tun, das ihm nicht gefällt. Er *will* nicht das dumme Schwein sein. Er will nicht der Verräter sein, der Totschläger. Er will nicht der Königsmörder sein. Er will nicht. Aber er kann sehr wohl.

Als er vierzig Minuten später in der Villa im C. R. Richsvej eintrifft und den Schlüssel ins Schloss steckt, ist er ruhig. Das bildet er sich jedenfalls ein. Er zählt sogar bis hundert, wie er es sich angewöhnt hat, und betet ein stilles Gebet, dass sie ihn nicht reizt. Dass sie brav ins Bett gegangen ist, hinter sich aufgeräumt und die Schlafzimmertür abgeschlossen hat. Um ihn nicht in Versuchung zu führen.

Denn Gert Jacobsen hat zwar gelernt, sich zu beherrschen. Aber leider, und das tut ihm wirklich leid, nur nach außen hin.

Per Vittrup tut, als sei es ein plötzlicher Einfall, dass er nach Marienborg gefahren werden will statt nach Hause in seine Wohnung in der Stockholmsgade. Und er tut so, als würde er bei der Verdi-CD *Un ballo in maschera* einschlafen, die er den Fahrer gebeten hat, in den CD-Player zu stecken. Und er tut auch, als wolle er die Anrufe auf seinem Handy nicht beantworten, obwohl die Wahrheit ist, dass keine Anrufe eingegangen sind. Erst als er in Marienborg angekommen ist und die Angebote des festen Personals, ihm irgendwie zu Diensten zu sein, abgewehrt hat und endlich allein in dem höhlenartigen Schlafzimmer ist, kann er damit aufhören, zu tun als ob. Erst als er das Jackett, den Schlips, die Schuhe und die Socken fortgeworfen und sich mit einem Mettwurstbrot mit einer dicken Schicht Tafelsenf auf das Bett gesetzt und den ersten Schluck von einem kellerkalten Flaschenbier getrunken hat, kann er sich der Niederlage stellen. Erst hinter den dicken, schützenden Vorhängen sieht er sich die riesigen Dimensionen dieses Verlusts an und tastet die Konturen ab, die sich wie ein Bergmassiv anfühlen. Er hat die Regierungsgewalt verloren. Zum ersten Mal seit 1920 ist die Sozialdemokratie auf den Platz der zweitgrößten Partei im Folketing verwiesen worden. 29,2 Prozent der Stimmen. Daran wird man sich in Verbindung mit ihm erinnern. Wird sich erinnern, dass er versagt hat.

Er tritt einen Schritt von dem Monolithen zurück, will sich von ihm abwenden und stattdessen in Nüchternheit und kühler Analyse Zuflucht suchen. Doch plötzlich spürt er die Schwere der Niederlage wie einen gewaltigen, zentrifugalen Zug in seinem Körper; einen Augenblick lang hat er das Gefühl, als würde alles Blut in seine Beine gepresst, als würden die Eingeweide in seine Brust hochgeschoben, als flatterten die Wangen, und das Herz würde aufhören zu schlagen. Schweiß bricht ihm aus, während die Panik kochend heiß durch seine Blutbahnen schießt. Er lehnt den Kopf gegen das Kopfende. Kneift die Augen zusammen, sodass seine Stirnfalten in einem tief eingegrabenen Muster quer und längs verlaufender Linien hervortreten. Sein Mund öffnet sich, doch der Schrei bleibt aus. Trotzdem beginnt er, kräftig ein- und auszuatmen: eine Hyperventilation, die nur bemerken könnte, wer ihm ganz nahe ist. Und das ist niemand. Denn sie, die bei ihm sein sollte, die Frau, bei der er Trost suchen könnte, steht im Begriff, ihn zu verlassen. Sie ist nicht einmal im Land. Deshalb ist er allein in diesem angsterfüllten Augenblick, in dem er wirklich fürchtet zu sterben. Er ballt die Fäuste, hält dagegen. Und nach einigen Sekunden oder vielleicht auch Minuten ist es überstanden. Er öffnet die Augen, räuspert sich und richtet sich im Bett auf. Spült den letzten Rest Mettwurstbrot mit dem Bier hinunter, stellt das Tablett zur Seite und greift nach dem Block, der auf dem Nachttisch liegt. Es gilt, keine Zeit zu verlieren. Einen Schlachtplan zu erstellen. Jetzt müssen sie nach vorn sehen!

Erleichtert glaubt er sich unversehrt, während der Stift über die Seite fliegt, Punkte miteinander verbindet und Namen auflistet. Er ist in Topform, ja, in einer so imponierenden Topform, dass er die unbedeutende Nadel nicht beachtet, die sich in die Membran gebohrt hat und unweigerlich zu einer langsamen, sehr langsamen und fast unmerklichen Punktion führen wird.

Wie hat er es aufgenommen?«, fragt Thomas schlaftrunken, als sie gegen zwei unter die Bettdecke kriecht und ihre kalten Beine um seine wickelt.

»Wie ein Elefant, den eine Mücke gestochen hat. Entweder ist er erschreckend dickhäutig oder auf dem besten Weg, Harakiri zu begehen. Ist das bei Männern so?«

»Was?«

»Dass sie die Muskeln spielen lassen, selbst wenn das Schiff untergeht?«

»Wenn Mann gleich Macho ist«, lacht er gedämpft und wickelt sich eine ihrer ackerbraunen Haarlocken um den Finger. »Wie geht es dir?«

»Mir?«, seufzt sie. »Ich bin müde. Hundemüde. Und deprimiert. Wie können sich *so* viele Dänen *so* sehr irren? Es war wie auf einem Beerdigungskaffee da drinnen …«

»Freust du dich nicht, dass du gewählt worden bist?«

»*Falls* ich das bin. Doch, natürlich tue ich das …«

»Was meinst du, schaffst du das?«

»Schaffe ich was?«, fragt sie und gähnt.

»Zu uns anderen Sterblichen herabzusteigen. Wenn du keine Ministerin mehr bist?«

Sie setzt sich abrupt im Bett auf, sodass er erschrocken mit den Augen klimpert.

»Was redest du da für einen Mist? Ich habe mich doch nie von der Position blenden lassen! Ganz im Gegenteil, ich habe vom ersten Tag an gewusst, dass dieser Stuhl nur geliehen ist! Du solltest doch vor allen anderen wissen, dass ich nie daran gezweifelt habe, dass ein Ministerposten eher ein Mittel als ein Ziel ist. Oder hast du das anders erlebt?«

»He, Lotte«, beruhigt er sie friedlich. »Das war nicht so gemeint.«

»Entschuldigung«, sagt sie und schlüpft wieder unter die Decke. »Das ist die Müdigkeit. Und irgendwie ist es ja auch nicht so leicht, diesen Job aufzugeben. Wir waren gerade so gut in Schwung gekommen.«

»Von allem anderen einmal abgesehen, hast du so zumindest weniger Stress, nicht?«, sagt er und lässt seine Hand über ihre Hüfte gleiten. »Hast mehr Zeit für deine Familie …«

»Von allem anderen einmal abgesehen …«, sagt sie und schiebt die Hand fort, die auf dem Weg unter ihren Slip ist. »Nicht heute Abend, Schatz!«

»Ich habe es übrigens noch nie mit einem Mitglied des Folketings getrieben!«

»Na bitte, dann hast du ja etwas, worauf du dich freuen kannst!«, sagt sie, küsst ihn auf die Wange und macht die Nachttischlampe aus.

Ich wache davon auf, dass er nach mir tritt. Nicht brutal, eher wie man nach einer toten Ratte tritt oder nach einem schlafenden Stadtstreicher, um zu sehen, ob er erfroren ist. Ich bin nicht erfroren, aber ich wünschte, ich wäre es, denn als ich ihn ansehe, frisch rasiert und angezogen, sehe ich mich selbst: eine Frau in mittleren Jahren, die sturzbetrunken auf dem Sofa in sich zusammengefallen ist, in einem zu kurzen, hochgerutschten Kleid, mit nicht mehr ganz festen Oberschenkeln, gebleichtem Haar und zerzauster Frisur, verwischter Mascara und Tränensäcken unter den rot unterlaufenen Augen. Und in dem Ekel, mit dem er die Schuhspitze zu sich zurückzieht, rieche ich mich auch: Alkohol, Zigaretten, Parfüm, Klimakteriumsschweiß.

»Entschuldigung«, murmle ich und halte abwehrend die Hand hoch. Aber er schlägt nicht, tritt nur noch einmal, diesmal etwas fester. In die Seite.

»Steh auf!«, befiehlt er. »Es ist halb sieben!«

Ich hieve mich auf die Ellenbogen. Werfe einen Seitenblick auf den Sofatisch mit der Flasche Smirnoff, dem Saftkarton, der leeren Zigarettenpackung und dem überquellenden Aschenbecher. Der Fernseher ist ausgeschaltet, aber der in der Küche läuft, das kann ich hören. Ich bin noch immer voll, der Alkohol strömt durch meine Blutbahnen, und deshalb bin ich tollkühn, obwohl ich Angst habe.

»Kommst du nicht mehr im Morgenfernsehen?«, frage ich und muss über meine eigene Dummheit kichern, weil sie wirklich so über alle Maßen dämlich ist, da ich weiß, dass man Männern, die man gerade gefeuert hat, solche Fragen einfach nicht stellt.

»Steh auf!«, wiederholt er und zieht sich einen Schritt weiter zurück, aber so leicht will ich ihn nicht gehen lassen; ich möchte gern mit ihm reden, ich möchte ihm gern zeigen, dass auch ich gefeuert worden bin. Ich bin verdammt noch mal die ganze Zeit dabei gewesen, war Frau Minister dies und Frau Minister das, war mit auf Bällen im Schloss und auf Hochzeiten in Fredensborg, habe das Arbeitergesangsbuch dünngesungen und an so vielen langweiligen offiziellen Abendessen und hirnrissigen Damenveranstaltungen teilgenommen, dass man mir die Tapferkeitsmedaille verleihen sollte. Manchmal, zugegeben, vor allem in den letzten Jahren, hat das zu ein paar kleineren Skandalen von der Art geführt, die anständige Menschen die Augenbrauen hochziehen und Protokollchefs und Diplomaten zur akuten *Schadensbegrenzung* schreiten lassen. Aber davon einmal abgesehen, war ich scheißloyal und habe nie – *nie!* – etwas darüber verlauten lassen, was *hinter der Fassade* abläuft. Und deshalb finde ich mich an diesem Morgen nicht damit ab, ignoriert zu werden, an diesem Morgen, an dem ich wahrscheinlich über zwei Promille im Blut habe und zu betrunken bin, um wirklich Angst zu haben, und deshalb die Linda aus dem Südhafen zum Zug kommen lasse. Und sie ist nicht besonders nett an diesem Tag nach der Wahl, sondern eher frohlockend, an der Grenze zur Schadenfreude, als sie ihm direkt in die Augen sieht und lachend sagt:

»Verdammt, habt ihr den Arsch versohlt bekommen!«

Das lässt er merkwürdigerweise mit einem Schulterzucken durchgehen wie ein Fußballspieler, der den Elfmeter nicht nutzt, doch so leicht soll er nicht davonkommen, deshalb mache ich mit schräg gelegtem Kopf hartnäckig weiter:

»Du vernichtest ihn, nicht? Du machst Per kalt?«

Das wirkt, jetzt geht die Sicherung durch, und er stürzt sich auf mich, zieht mich an den Haaren hoch und schleppt mich über den Wohnzimmerboden, raus auf den Gang und ins Badezimmer, wo er mit einer Hand die kalte Dusche aufdreht, während er so fest an meinen Haaren reißt, dass es sich anfühlt, als würde er mir die Kopfhaut abziehen, und mich unter den eiskalten Strahl schiebt, der mich keuchen und um Atem ringen lässt. Er brüllt wie gewöhnlich *verrücktes Weibsbild!*, doch ich schreie nicht, denn ich muss mich übergeben, was ich in einem platschenden Strahl tue, der auch ihn trifft.

Das ist eine neue Variante, das ist noch nie passiert, und allein die Tatsache, dass wir vom Manuskript abweichen, verwirrt ihn so, dass er mich loslässt, um an seinem besudelten Hemd hinunterzugucken, das ansonsten so schön und frisch gebügelt ist. Ich sehe meine Chance gekommen, die Dusche auszustellen, und deshalb hören wir auch das insistierende Klingeln. Ratlos sehen wir einander an, und in dieser Ratlosigkeit sind wir Verschworene, weil wir uns beide schämen. Und die Scham lässt ihn das Hemd über den Kopf ziehen und auf die Fliesen werfen, um mit nacktem Oberkörper die Tür zu öffnen. Damit niemand auf die Idee kommt, dass wir etwas zu verbergen haben.

Ein seltenes Mal tue ich das Richtige, schließe die Badezimmertür ab und gehe zurück unter die Dusche, wo ich das warme Wasser über mein nasses Kleid laufen lasse, während das currygelbe Erbrochene in Wirbeln durch den Abfluss fließt. Glücklicherweise sind nur sehr wenige unverdaute Essensreste darin, ein paar Nudeln und Mais von einem Nudelschnellgericht; das ist der Vorteil, wenn man mehr trinkt als isst. Ich erbreche mich kurz noch einmal, nur ein kleiner Blubb, während ich warte, dass er zurückkommt. Wenn er in dieser Stimmung ist, tritt er die Tür ein, und da es in meinem Leben keinen Notausgang gibt, gibt es auch keinen im Badezimmer.

Aber er tritt nicht die Tür ein, donnert nicht einmal dagegen. Beinahe hätte ich sein Klopfen sogar überhört, doch seine Stimme dringt wie immer klar durch die Tür, auch wenn er nicht den Stabsunteroffizierston draufhat.

»Linda! Ich habe Gäste. Wir sind in der Küche. Ich komme allein zurecht. Geh ruhig ins Bett.«

Ich verstehe. Ich habe »meine Migräne« bekommen, fühle mich »nicht ganz wohl« und kann deshalb die Gäste nicht begrüßen.

»Schatz?«, höre ich ihn noch einmal, diesmal etwas schärfer. »Ist alles in Ordnung?«

Ja, Schatz, alles ist in schönster Ordnung. Jetzt, wo die Luft raus ist, hat er nichts zu befürchten. Ich werde schon gehorchen. Das heißt, mich fernhalten. Mit einigen Mühen komme ich aus der Dusche und schaffe es, das nasse, klebende Kleid, die Strumpfhose und die Unterwäsche auszuziehen. Der Spiegel ist beschlagen, doch ich greife trotzdem schnell nach einem Handtuch, das ich um meinen Körper wickeln kann, den ich nicht mehr gern ansehe. Nachdem ich ein paar Kopfschmerztabletten aus dem Badezimmerschrank geschluckt und mit zwei Gläsern Leitungswasser hinuntergespült habe, bin ich bereit, mir den Bademantel anzuziehen und den kurzen Weg vom Badezimmer ins Schlafzimmer hinter mich zu bringen. Die Küche liegt am entgegengesetzten Ende des Korridors, doch er ist nicht so lang, dass ich nicht hören kann, wer da zu diesem unangemeldeten Morgenkaffee gekommen ist, den er wohl selbst aufgebrüht hat. Und als ich auf dem schwankenden Boden stehen bleibe, um mich an der Wand abzustützen, höre ich auch, was gesagt wird. Jedenfalls das, was Søren Schouw sagt. Laut und unverkennbar rachsüchtig:

»Gert, du sollst nur wissen, dass wir hinter dir stehen. Wenn du das willst. *Anytime*. Wie sagen sie so schön, *Zeit für eine Veränderung*? Haha …«

Die Übelkeit setzt erneut die Speicheldrüsen der Mundhöhle in Gang, doch bevor ich im Badezimmer Zuflucht suchen kann, höre ich Gert noch antworten.

»Danke für das Vertrauen. Ich weiß das zu schätzen …«

»Gert, entschuldige! Wir sind in der *Opposition*! Wir haben die *Regierungsgewalt* verloren! Und wenn wir keinen Wechsel des Vorsitzenden vornehmen, werden wir die nächsten zehn Jahre auch in der *Opposition* bleiben! Du weißt selbst, was das dann wird. Eine *Wüstenwanderung*.«

Gerts Antwort ist gemäßigt und reserviert; ich kann nahezu vor mir sehen, wie er sich leicht über den langen provenzalischen Tisch beugt und ruhig die eine Hand auf die andere legt.

»… ich möchte nur konstatieren, dass ich keine diesbezüglichen Pläne habe. Per bestimmt selbst, wann er gehen will. Basta!«

Das ist natürlich eine Lüge, doch das ist ein Teil des Spiels. Dass alle so tun, als wären sie nicht Teil des Komplotts. Sollte ich Per warnen, der mit Sicherheit nicht mit um den Kaffeetisch sitzt? Nee, warum sollte ich das tun? Wenn er nicht hören will, muss er eben fühlen. Und er wollte nicht hören. In all den Jahren. Jedenfalls nicht auf mich, wie gesagt. Deshalb folge ich meinem eigenen Impuls und gehe ins Bad und erbreche mich in die blitzende weiße WC-Schüssel.

Treibsand. Daran denkt Per Vittrup, als sie die erste Fraktionssitzung abhalten. Er denkt an die Episode im Jahr 1964, als sich seine Vespa im losen Sand zwischen Blokhus und Løkken festgefahren hatte und mit sich drehenden Rädern in den Treibsand gesogen wurde. Während das Mädchen, das hinten draufsaß, in Panik abgesprungen war und sich in Sicherheit gebracht hatte, blieb er auf dem Motorroller sitzen und hielt resolut den Lenker fest, um das Fahrzeug der mächtigen Kraft zu entreißen, die es nach unten zog. Sie waren allein am Strand, es war Herbst, und er erinnert sich deutlich an das Gefühl, einem unüberwindbaren Feind gegenüberzustehen, den er besiegen *musste*. Alles, sein ganzes Leben hing davon ab, diesem unterirdischen Teufel den Motorroller zu entreißen, nach dem dieser die Hand ausgestreckt hatte. Es war wie eine Prüfung in einem Märchen, der Kampf des Jünglings mit dem Drachen. Das Mädchen schrie, dass er den Motorroller lassen und weglaufen sollte. Aber er hörte es nicht, genau wie er das Brüllen der Brandung nicht beachtete und die heiseren Schreie der Möwen. Das Einzige, was ihm etwas bedeutete, war, den Kampf zu gewinnen.

Zum Teufel noch mal, er würde die Vespa nicht opfern, für deren Kauf er geschuftet hatte, seit er ein Junge war. Nichts hatte er geschenkt bekommen, schon gar nicht einen raffinierten italienischen Motorroller, der ihn Hunderte von mühseligen Stunden als Arbeitsjunge in der verräucherten Schmiede gekostet hatte, wo die Funken sprühten und er keinen Mucks von sich gab, wenn sich glühende Eisenstücke durch seine löchrigen Handschuhe brannten oder sein Stirnhaar vom Feuer versengt wurde. In der Familie hatten sie über den Motorroller den Kopf geschüttelt, warum nicht ein Motorrad, wenn es denn unbedingt so etwas sein musste? Sie verstanden das nicht. Dass die Vespa nicht nur ein Symbol für das Vorwärtsstreben der Jugend, sondern für sein Vorwärtsstreben war. Auf ihr konnte er direkt in die Universität von Aarhus rollen und ihnen allen zeigen, dass er es schaffen würde, mit *Stil*, obwohl er von unten kam und nur der Sohn eines Schmieds war. Denn seine Generation würde von den langen Schatten der Nachkriegszeit frei sein, jetzt ging es darum, jung und dynamisch zu sein und nicht an den Vorstellungen der Vergangenheit festzuhalten, dass ein Schuster bei seinem Leisten bleiben sollte, oder was das anging, ein Schmied bei seinem Amboss. Seine ganze Erwartung, seine ganze Hoffnung, ja, seine ganze Identität hatte er auf die Vespa projiziert. Und wenn er die verlor, verlor er alles. Aufzugeben war ausgeschlossen, auch als die steigende Flut ihm um die Stiefel leckte.

Obwohl der Ausgang von vornherein klar zu sein schien, zweifelte er in den entscheidenden Minuten nicht, die es ihn kostete, die Oberhand zu gewinnen. Und mit einer gewaltigen, ja, titanischen Kraftanstrengung gelang es ihm, die Motorkraft auszunutzen und das Fahrzeug freizubekommen, bevor der Sand bis zum Schutzblech reichte. Dieses Gefühl des totalen Triumphs, das er in diesem Augenblick empfand, als das Mädchen ihn mit einem zwischen Verzweiflung und Bewunderung schwankenden Ausdruck ansah und er mit einer lässigen Bewegung Sandkörner vom roten Lack strich, hatte ihn seither begleitet. Aus diesem Erlebnis hatte er sein Selbstvertrauen gezogen und seinen Glauben, alles überwinden zu können. Aus dieser Erfahrung hatte er das Pulver für den magischen Trank gewonnen, mit dem er sich in schwierigen Stunden gestärkt hat. Und deshalb denkt Per Vittrup an Treibsand, als er im Fraktionszimmer auf Ruhe wartet, das plötzlich so unüberschaubar ist und in dem er von seinem Platz am Vorstandstisch aus jedem Zweifel an seiner Stärke und Autorität entschieden entgegentreten wird. Zum Teufel, als ob es ihm in den Sinn käme, das Ganze hinzuschmeißen. Er wird diese Partei aus der Krise führen, und wenn er das mit den eigenen Händen tun muss.

Völlig ruhig begegnet er den Blicken seiner Genossen. Ohne zu blinzeln, lächelt er sie verbindlich an, lässt die Augen vor allem auf den Neugewählten und Jüngeren verweilen, zu denen auch die umstrittene Charlotte Damgaard gehört, die zum Ärgernis vieler und zu seiner persönlichen Freude als eine der großen Wahllokomotiven ins Folketing eingezogen ist. Er und Gert sind ihretwegen bereits aneinandergeraten. Er beabsichtigt, ihrem Wunsch, Umweltsprecherin zu werden, nachzukommen, während Gert die Ansicht vertritt, dass sie Schouw diesen Posten anbieten sollten. Mit der Begründung, dass das *klug* wäre. Auf die gleiche Weise, wie es *klug* wäre, der Mafia Schutzgeld zu zahlen. Ja, natürlich hat er die Drohung herausgehört, die er sich zu ignorieren entschlossen hat.

»Liebe Freunde«, sagt er und unterlässt es bewusst, das abgenutzte Wort *Genossen* zu benutzen. »Wir stehen einer gewaltigen Herausforderung gegenüber, die wir meiner Meinung nach als gewaltige *Chance* verstehen sollten. Ja, vielleicht als die historische Chance, auf die wir Sozialdemokraten gewartet haben. Denn wer sind wir eigentlich? Und was wollen wir? Was antworten wir den Wählern? Sowohl denen, die uns im Stich gelassen haben, als auch denen, die uns treu geblieben sind? Darf ich daran erinnern, dass wir trotz allem über eine Million Stimmen bekommen haben! Eine Million Dänen, junge wie alte, Männer wie Frauen, haben ihr Kreuz bei uns gemacht. Ihrem Vertrauen müssen wir gerecht werden, dieses Vertrauen dürfen wir nicht enttäuschen!«, sagt er und macht eine rhetorische Pause wie ein Erweckungsprediger, der Raum lässt für das *Halleluja* der Gemeinde. Doch die einzige Antwort, die von der stark reduzierten sozialdemokratischen Fraktion kommt, ist ein tiefer, hörbarer Seufzer. Da er von Søren Schouw kommt, seinem erklärten Feind, ist das in sich selbst nicht so beunruhigend. Wohingegen es ihn stört, dass so viele in der Fraktion sich ein Lächeln gestatten. Dass sie das wagen. Ihm offen ins Gesicht zu lächeln.

Zwei Männer stehen in einem Fahrstuhl. Sie stehen so dicht beieinander, dass ihre Schultern sich beinahe berühren. Der eine ist größer und kräftiger als der andere, der dafür die Elastizität eines zum Sprung bereiten Raubtiers hat. Dieser Mann ist der jüngere, auch wenn beide reife Männer sind, die nicht nur jeder für sich, sondern auch zusammen viele Kämpfe ausgefochten haben. Dass ihre Schicksale einige Jahrzehnte eng miteinander verbunden waren, so eng, dass der eine die Voraussetzung für den anderen war, hat zu der fehlerhaften Annahme geführt, dass sie Freunde seien. Enge Freunde sogar. Sie haben sich auch verhalten, wie man es von engen Freunden erwartet – sie haben mehrmals am Tag miteinander gesprochen, konnten ihre jeweiligen Gedanken lesen und waren ohne Mühe imstande, diese in Worte zu fassen. Sie haben sich zusammen betrunken, ihre jeweiligen Affären gedeckt, einander einen Schlips oder einen Rasierapparat geborgt und einander mit langen Haaren gesehen. Sie sind zusammen in der Sauna gewesen, haben die gleichen Lieder gesungen und sich leidenschaftlich von denselben politischen Diskussionen fesseln lassen. Sie haben auf denselben Kongressen Seite an Seite gesessen, haben am selben Rednerpult gestanden und gegen dieselben Gegner gewettert. Dennoch sind sie trotz ihrer eingehenden Kenntnis des jeweils anderen nie Freunde gewesen. Sie haben sich nie voreinander eine Blöße gegeben und sie haben einander nie vertraut. Denn sie haben beide gewusst, dass der Unterschied zwischen der Nummer eins und der Nummer zwei ein entscheidender Unterschied ist. Und sie haben beide gewusst, dass der Tag kommen würde, an dem diese Machtbalance zum Vorteil des anderen kippen würde. Der Tag, an dem die Symmetrie in ihrem Kräfteverhältnis schief sein würde. Der Tag, an dem der eine geschwächt und der andere mit daraus folgender mathematischer Logik gestärkt sein würde. In der Praxis würde das der Tag sein, an dem die Nummer eins nicht mehr die notwendige Stärke besitzt, ihren Vorrang zu behaupten.

Und dieser Tag ist jetzt angebrochen. Der eine ist nicht länger Staatsminister, nachdem der Regierungswechsel stattgefunden hat, der andere nicht länger Finanzminister. Natürlich ist der eine formal gesehen noch immer die Nummer eins in der Parteihierarchie, und natürlich hat die Nummer zwei sich noch nicht als Herausforderer geoutet. Doch der Erste kennt das Spiel, und der Zweite weiß, dass der Erste weiß, dass dies die Chance ist, auf die er gewartet hat. Das Entree, das ihn aus den Kulissen hervortreten lässt.

Zwei Männer stehen in einem Fahrstuhl. Sie stehen so nahe beieinander, dass ihre Schultern sich beinahe berühren. So nahe, dass ihre Gerüche sich mischen – Rasierwasser, Schweiß, Wolle. Vielleicht sind sie in diesem Augenblick die beiden Männer, die sich im ganzen Königreich am meisten zu sagen haben. Doch ohne ein Wort steigen sie wie scheidende Liebende aus dem engen Kasten und gehen jeder in seine Richtung.

Charlotte Damgaard, die sich zielbewusst durch die Gänge der Burg bewegt, hatte gehofft, dass das Interesse an ihrer Person abnehmen würde, wenn sie nicht länger Ministerin wäre. Doch darin hat sie sich geirrt, denn die Medien haben niemand anderen, den sie als mögliche sozialdemokratische Kronprinzessin ins Rampenlicht zerren könnten, und eine Kronprinzessin sollte in einem modernen politischen Drama natürlich nicht fehlen. Daher ist ihr persönlicher Wahlsieg gleich nach Vittrups Niederlage die beste Story, die bis zum Gehtnichtmehr ausgeschlachtet wird. Bei der Presse herrscht die einheitliche Meinung, dass Charlotte Damgaard Vittrups Joker im Konstituierungskabale ist, zu dem er die Karten legt. Letztens in den Radionachrichten, die sie im Auto gehört hat, als sie Thomas ein weiteres Mal schweren Herzens auf dem Weg zu seinem Job als Projektleiter in Sambia zum Flughafen gefahren hat, hieß es bereits, dass sie als Zweite Vorsitzende ausersehen sei und somit einen Platz in der Fraktionsspitze bekomme. Einige politische Kommentatoren haben ihr sogar den Job als neue politische Sprecherin zugedacht, und ein weiterer hat sich so weit aus dem Fenster gelehnt vorauszusagen, dass Vittrup es dem ehemaligen Staatsminister Krag gleichtun und alle hinters Licht führen werde, indem er zurücktrete und ihr die Führung übertrage. Alle Spekulationen hat sie mit »kein Kommentar« zurückgewiesen, genauso wie sie sich nicht dazu geäußert hat, welche Konsequenzen Vittrup ihrer Meinung nach aus der Wahlniederlage zu ziehen habe. Bis auf ihren Kommentar in der Wahlnacht »Per Vittrup ist ein erwachsener Mann, der absolut imstande ist, seine eigenen Konsequenzen zu ziehen«. Ein blöder Fehlgriff, weil das als Aufforderung an ihn missverstanden werden könnte, die einzige Konsequenz zu ziehen, die die Gewogenheit der Medien hat, nämlich die *Kapitulation*. Am nächsten Tag hat sie getan, was sie konnte, um diese Doppeldeutigkeit zu dementieren, und darauf hingewiesen, dass es durchaus auch eine Konsequenz sein kann, auf der Brücke *zu bleiben*, während der Orkan wütet. Zu spät, denn zu diesem Zeitpunkt hatten die schuppigen Mediennattern den Ausspruch bereits verzehrt und verdaut, um ihn zu irgendeinem Zeitpunkt, wenn sie am wenigsten damit rechnet, wieder auszubrechen.

Per selbst hat sich nichts anmerken lassen; er weiß schließlich, wie viel Unsinn geschrieben und wie alles, was man sagt, manipuliert und missbraucht wird. Deshalb hat sie die Idee aufgegeben, ihm eine Mail zu schicken und alles zu erklären. Aber sie wird sich daran erinnern, eine entsprechende Bemerkung fallen zu lassen, wenn sie zu der offiziellen Audienz bei dem Vorsitzenden aufgerufen wird, die der endgültigen Konstituierung vorausgeht, die der Fraktion um zwölf vorgelegt und um drei der Presse präsentiert werden soll. Eigentlich ist sie bereits per Telefon abgehandelt worden, doch es gibt gewisse Rituale und Spielregeln, die offenbar eingehalten werden müssen. Unter anderem auch die, sich durch ein weiteres Presseaufgebot zu quälen, das vor dem Büro des Vorsitzenden Aufstellung genommen hat in der Hoffnung, von sauren oder enttäuschten Fraktionsmitgliedern das eine oder andere aufzuschnappen. So kann sich das Roulette noch einmal drehen, die Sendezeit wird ausgefüllt, die Zeitungen werden verkauft, und der Fortsetzungsroman über die Kernschmelze der Sozialdemokraten geht weiter.

»Und jetzt lächeln!«, ermahnt sie sich und schluckt den Ärger hinunter, als sich die ganze Horde mit einem »Charlotte Damgaard, dürfen wir kurz …« auf sie stürzt. Die Fernsehreporter halten ihr das Mikrofon unter die Nase, die Zeitungsreporter stehen mit Band oder Block bereit, und die Digicams der Fotografen blitzen los, während sie sich langsam der rettenden Tür nähert. Glücklicherweise ist sie groß und breitschultrig, ein absoluter Vorteil für eine Frau in der Politik.

»Charlotte, wird man Sie jetzt zur politischen Sprecherin ernennen?«, fragt Radio Danmark.

»Können Sie bestätigen, dass Sie die neue Zweite Vorsitzende werden?«, klingt es gleichzeitig von TV 2.

»Wie ist Ihre Haltung zu Søren Schouws Kritik am von oben gesteuerten Führungsstil?«

Sie lächelt breiter, bleibt stehen und dreht sich zu den Kameras. »Was Søren Schouw angeht, habe ich schon vor Langem beschlossen, keine Meinung zu ihm zu haben. Darf ich bitte vorbei?«

Im gleichen Moment geht die Tür auf, und derselbe Søren Schouw erscheint. Mit einer Gesichtsfarbe, die auf der gleichen Farbskala wie die korallenroten Wände des Gangs anzusiedeln ist. Eine Nuance, die gut zu den hohen, weiß gestrichenen Paneelen passt, aber weniger zu seiner grauen Tonsur.

»Sie schon wieder!«, zischt er zwischen den Zähnen hindurch.

»Ich schon wieder«, lächelt sie reserviert und schlüpft hinein. Wohlwissend, dass er, sobald sich die Tür hinter ihr geschlossen hat, seiner Frustration darüber Luft machen wird, dass sie ihm zum zweiten Mal sein Spielzeug weggenommen hat. Das erste Mal, als sie sein Umweltministerium übernommen hat. Und jetzt, wo ihr der Posten des Umweltsprechers angeboten wird, für den er Interesse angemeldet hat. Obwohl es nicht üblich ist, dass einem aus dem Amt geschiedenen Minister die Wortführerschaft in seinem früheren Ressort zugeteilt wird. Doch Vittrup hat sich verblüffend umgänglich gezeigt, als sie ihren Wunsch vorgebracht hat. »Einverstanden«, hat er gesagt. »Dann gewöhnst du dich auch an das Sägemehl im Zirkus. Deine Jungfernrede steht auch noch aus.« Sollte sie einmal ihre Memoiren schreiben, wird sie darin die Behauptung der Presse dementieren, dass sie Vittrups Joker gewesen sein soll. Sie ist auch zu grün – im doppelten Sinn –, um in der Fraktionsführung zu sitzen. Sie will die Unken retten. Nicht irgendjemandes Arsch.

»Was hat Schouw bekommen?«, flüstert sie der Sekretärin im Vorzimmer zu.

Die Sekretärin, die ein Faible für »die nordjütische Amazone« hat, schneidet eine verschwörerische Grimasse.

»Grönland und die Faröer.«

»Okay!«, sagt Charlotte und streckt sich. Dann haben die Journalisten ja ihre Story.

Man hat die sozialdemokratische Folketingfraktion einmal mit einer schlummernden Seeschlange verglichen. Mit einem launischen Seeungeheuer, das über lange Zeit in einer Art winterschlafähnlichem Zustand am Meeresboden liegen kann, was den an Land Lebenden den Eindruck von Frieden und Verträglichkeit vermittelt. Ja, so still kann die Seeschlange sein, dass die Menschen ihre Existenz total vergessen oder sogar bezweifeln, dass es sie gibt. Die kleinen Blasen, die Unheil verkündend die glitzernde Wasseroberfläche durchbrechen, werden übersehen oder bagatellisiert als Schnappen der Hechtkiefer nach Beute. Nur die Ältesten und Weisesten wissen, dass die Seeschlange keine Legende ist. Passt man nicht auf, sie nicht zu reizen, sieht man nicht zu, ihr zu opfern und Respekt zu erweisen, kann sie sich plötzlich in ihrer ganzen, gigantischen Größe erheben und wütend ihr alles verzehrendes Maul öffnen, in dem innerhalb eines Augenblicks alles verschwindet. Und wenn der Leiter dieser Fraktion aus sehr verschiedenen Individuen mit sehr verschiedenen Tagesordnungen sich der lauernden Gefahr nicht bewusst ist und nicht vermag, die Seeschlange ruhig zu halten, kann sich das bald als fatal erweisen.

Das weiß Per Vittrup nur zu gut. Und genau aus diesem Grund hat er jedem Einzelnen seiner einundfünfzig Fraktionsgenossen in den letzten Tagen tief in die Augen gesehen, zumindest sieht er das so. Ebenso wie er aufrichtig die Meinung vertritt, dass er, soweit möglich, bei der Verteilung der Sprecherposten, der Ausschussposten und so weiter auf jeden Einzelnen Rücksicht genommen hat. Einige musste er natürlich enttäuschen, Søren Schouw ist einer von ihnen, doch mit seinem mittelmäßigen Wahlergebnis hat er nicht gerade ein solides Mandat. Gert scheint sich auch damit abgefunden zu haben, dass Søren Schouw weiter nach unten getreten wird. Und Meyer scheint zufrieden damit, dass Charlotte diesmal nicht Teil der Fraktionsführung wird. Sie war sogar absolut dagegen, dass ihre Protegé zur Zweiten Vorsitzenden gemacht wird, eine Idee, die eigentlich auf ihrem Mist gewachsen ist. »Zu früh«, war ihr einziger Kommentar, als sie den Vorschlag abgewiesen hat. Dieser Posten ging somit an Christina Maribo, während Gert seinen jungen Bewunderer Martin Jansen zum Zweiten Vorsitzenden berufen hat. Somit dürften mit ihm an der Spitze, Meyer als Fraktionsvorsitzendem, Gert als politischem Sprecher und den beiden Jüngeren an den Flügeln Sonne und Wind gleich verteilt sein.

Zumindest hatten weder Gert noch Meyer Einwände gegen die anderen Ernennungen, die in ihren Augen »ausbalanciert« sind. Meyer hat ihn sogar gelobt, die etwas beschwerliche Susanne Branner ihres Postens als Umweltsprecherin enthoben und ihr den der Einwanderersprecherin zugeteilt zu haben. In gewisser Weise ein Uriasposten, den sie denn auch mit saurer Miene angenommen hat. Eine Miene, die nur noch saurer wurde, als sie begriff, dass Charlotte als gewöhnliches Mitglied mit in den Ausschuss gekommen ist. Da waren die Jüngsten leichter zu begeistern. Die junge Liv Busk Sørensen strahlte über ihre Ernennung zur Gleichberechtigungssprecherin, und die beiden jungen Sozialdemokraten, Sune Garde und René Nielsen, drückten ebenfalls ihre Freude darüber aus, die Ausbildungs- beziehungsweise die Rechtspolitik zugeteilt zu bekommen. Einige sind leer ausgegangen, auch einige, die geglaubt hatten, dass ihr Talent sie zu mehr als zu Hinterbänklern und einfachen Ausschussmitgliedern berechtige. Er war gnädig genug, ihnen nicht auch noch zu sagen, dass sein größtes Problem bei dem Ränkespiel der Mangel an Talent in der Fraktion war. Es gibt einfach zu wenig Karten.

Doch alles in allem verlief die Fraktionssitzung besser als erwartet. Auch die Presse schien die Konstituierung anzuerkennen, obwohl sie natürlich Schouws Meckereien überspitzt darstellte. Da dieses ehrbare Mitglied mit seiner Kritik jedoch allein stand und sie auch Charlotte nicht dazu bewegen konnten, Enttäuschung über ihre Platzierung zu äußern, geht er davon aus, dass die See nach einigen zu erwartenden Wellenschlägen in den kommenden Tagen wieder spiegelblank daliegen wird. Dann können sie mit der Arbeit beginnen. Dann wird er die nötige Ruhe haben, seine Pläne weiterzuentwickeln. Denn natürlich hat er noch ein paar Asse im Ärmel. Das hier war erst die erste Runde.

Per Vittrup lässt den Rotwein im Glas kreisen, wandert zerstreut durch seine Wohnung und kann sich nicht aufraffen, ins Bett zu gehen. Das sollte er eigentlich. Es ist weit nach Mitternacht, wie er auf dem digitalen Display des Fernsehers sieht. Er stellt das Glas weg und greift nach der Fernbedienung. Macht sich vor, dass er nur kurz CNN checken will. Er sieht sich auch einige Minuten pflichtschuldigst den World Report über Taiwan an, bevor er sich mit leicht gespreizten Beinen in dem Børge-Mogensen-Ohrensessel zurechtsetzt und zu Kanal København zappt. Da bleibt er hängen. Es ist eine schlechte Angewohnheit, die er sich zugelegt hat, nachdem Gitte ihn verlassen hat. Früher hat er nie Pornos gesehen, nicht einmal onaniert. Hatte kein Bedürfnis danach. Auch nicht, wenn er unterwegs war. Jetzt braucht er die *adult movies*, um zur Ruhe zu kommen. Als eine Art Schlaftablette, von der er langsam abhängig wird. Er schämt sich deswegen. Kommt sich wie ein geiler, pubertierender Jüngling vor. Lässt sich von den armseligen Flittchen anmachen, die ohne jede Scham alles zeigen. Wird wütend, dass sie ihn mit ihrem Lack und Leder erregen, mit ihren nassen, spielenden Zungenspitzen. Aber es funktioniert immer. Auch heute Abend. Zum Teufel, denkt er, als die Hand auf dem Weg zum Hosenstall ist. Man ist schließlich auch nur ein Mann.

Mehr Champagner? Oder vielleicht ein wenig Kaviar?«, fragt ein älterer, gut erhaltener Gentleman in einem dicken, weißen Frotteebademantel in klangvollem Norwegisch die gleichaltrige Frau, die in einer Badewanne des Hilton liegt, den Schaum bis zum Hals.

»Ja, danke!«, lächelt sie und reicht ihm zuerst das Glas und dann den Mund, sodass er sie mit einem Teelöffel füttern kann.

»Eine anspruchsvolle Frau, mit der ich verheiratet bin!«, sagt er kopfschüttelnd und füllt ihr Glas mit Veuve Clicquot aus dem

Kühler, um dann einen Löffel mit glänzendem, blauschwarzem Belugakaviar zu beladen.

»Hm«, lächelt sie verführerisch und schließt die Lippen um den Löffel. »Strebe immer nach dem Besten! In der Politik wie in der Liebe.«

»Und heute hast du in beiden Bereichen deinen Willen bekommen, nehme ich an!«

»Genau!«, sagt sie und schließt genussvoll die Augen, während der Kaviar auf der Zunge zergeht.

»Und nur ich habe das durchschaut«, sagt er und stößt mit ihr an. »Skål, Elizabeth! Du bist eine schreckliche, *wunderbare* Frau. Eine richtige Hexe!«

Kann man vom eigenen Mann vergewaltigt werden? Hat man es nicht selbst darauf angelegt? Wie wenn man freiwillig in einen Lastwagen hüpft und den Fahrer glauben macht, man sei achtzehn, obwohl man erst sechzehn ist? Wie wenn man selbst weiß, dass man eigentlich zu groß ist, um auf dem Schoß zu sitzen? Oder wie wenn man sich oben ohne von einem Fotografen für das *Ekstra Bladet* fotografieren lässt und das Mädchen des Monats wird?

Eine interessante Frage, die ich überlege, dem Kaufmann im Godthåbsvej zu stellen, als ich bei ihm die Vormittagszeitungen, Lottoscheine, Zigaretten und, na schön, eine Flasche Weihnachtsaquavit hole. Ein Sonderangebot. Eigentlich verteile ich meine Alkoholkäufe auf das Viertel, aber der Kaufmann öffnet früh, und in letzter Zeit habe ich es, ehrlich gesagt, nicht geschafft, die üblichen Vorsichtsmaßnahmen zu treffen. Und genau hier kommt die Diskussion um Gewalt in der Ehe ins Spiel; eine Diskussion, die ziemlich theoretisch erscheint, wenn man zum zweiten Mal innerhalb einer Woche so brutal genommen worden ist, dass es aus dem Enddarm blutet. Er ist wie besessen, was dieses Loch angeht. Als würde das andere ihn abtörnen. Meine Scheide ist schlaff geworden, sagt er, und beißt mich fest ins Ohrläppchen, während er mein Gesicht in das cremefarbene Zierkissen presst, das er auf den Esstisch gelegt hat. Es dient dazu, meine Schreie zu dämpfen, lässt ihn aber auch schneller kommen. Oder überhaupt kommen. Wenn er mein Gesicht nicht sieht, aber spüren kann, dass ich zappelnd Widerstand leiste, dass ich nach Atem ringe. Er kann mich ersticken, wenn er will. Das liegt ganz in seiner Hand.

»Und, sehen Sie Ihren Mann jetzt öfter? Jetzt, wo sie in der Opposition sind?«, fragt der Kaufmann, ein Morgenmensch, als ich die Waren auf das Kassenband lege. Das ist nett gemeint, und ich würde gern in dem gleichen unbeschwerten Ton antworten. Doch die Worte bleiben mir im Hals stecken. Ich bin allmählich aus der Übung, mit Leuten zu reden. Deshalb verziehe ich auch nur das Gesicht zu einer seltsamen Grimasse, während der Kaufmann sich selbst eine Antwort gibt, ohne zu ahnen, wie sehr er den Nagel auf den Kopf trifft. »Nun ja, man kann sich auch zu viel sehen. Ist das alles?«

Ich nehme noch Weihnachtskerzen und eine Tüte Schmalzgebackenes mit. Wir haben schon Anfang Dezember, und ich vergesse diese Kerzen immer. Vielleicht trinke ich mich wirklich um den Verstand. Ich habe auch bereits wieder vergessen, was ich ihn fragen wollte. Nun ja. Es fällt mir erst wieder ein, als ich mit der Plastiktüte mit meinem jämmerlichen Verliererkauf draußen auf dem Bürgersteig stehe und warte, die Straße überqueren zu können. Kann man vom eigenen Mann vergewaltigt werden? Das kann man wohl. In Guatemala oder in Pakistan, habe ich gelesen. Aber ich kann das nicht. Denn ich habe es selbst darauf angelegt.

Die Macht zu verlieren, heißt auch, die Privilegien der Macht zu verlieren. Heißt, auf den Bus warten zu müssen, der nicht kommt, und die Blicke auszuhalten und vielleicht auch den einen oder anderen etwas zu voreiligen oder anmaßenden Kommentar. Und, vermissen Sie das Ministerauto? Es heißt auch, in einer Schlange im Morgenverkehr auf dem Åboulevard festzustecken und zu hören, wie der Nachfolger sich in den Radionachrichten über die Verhandlungen zur Finanzgesetzgebung auslässt, die man selbst so viele Jahre geleitet hat, dass man das Staatsbudget bis zu den kleinsten Posten in Kronen und Øre kennt. Heißt, aus seinem Büro geworfen zu werden, seinen Schubladeninhalt in Umzugskartons packen zu müssen, und seines Handys, seines Zeitungsabos, seines Einflusses auf die politische Tagesordnung und des Zugriffs auf die Presse beraubt zu werden. Und es heißt, nicht mehr über den riesigen Serviceapparat zu verfügen, zu dem das umfassende Verständnis der persönlichen Sekretärin dafür gehört, dass der Begriff Ministerbedienung auch den Einkauf von Weihnachtsgeschenken für die Ehefrau umfasst. Somit heißt die Macht zu verlieren auch, gezwungen zu sein, sich selbst ein Weihnachtsgeschenk für die Frau ausdenken und kaufen zu müssen, die man wieder einmal weit über das vertretbare Maß hinaus misshandelt hat, weil man seine Frustrationen nirgendwo anders abreagieren konnte. Sicher, man kann zum Glück fluchend auf die Hupe drücken, wenn ein Umzugswagen bei Rot über die Kreuzung in der Gyldenløvsgade fährt, und man kann ein *Idiot!* herausbrüllen und damit die Gedankenreihe kappen, die der Anblick der Gräfin-Danner-Stiftung, dem Krisenzentrum für misshandelte Frauen, bei einem Mann in Gang setzt, der selbst vor nun bald fünfundzwanzig Jahren mit dabei war, die Übernahme dieses vom Abriss bedrohten Hauses durch die Emanzen zu unterstützen. Dass gerade dieser junge Arbeitsminister der Held der Emanzen wurde, muss als

Ironie des Schicksals bezeichnet werden, doch auch das lässt Gert Jacobsen hinter sich, als er kräftig aufs Gaspedal tritt, um noch bei Gelb hinüberzukommen, bevor die Ampel an der Nørre Farimagsgade auf Rot schaltet.

Einen wunderschönen!«, lächelt der Fahrradhändler, als ich eintrete. »Sie haben sich entschieden?«

Ich nicke zustimmend, ja, ich habe mich entschieden. Oder ich entscheide mich zumindest in diesem Augenblick, in dem es mir absolut einleuchtend erscheint, dass genau das das Richtige ist. Ein Fahrrad für meinen Mann zu kaufen. Als Weihnachtsgeschenk. Von meinem Ersparten. Wenn es eine Überraschung sein soll, kann ich nicht mit der Kreditkarte bezahlen, da er meine Kontoauszüge penibel durchgeht. Es ist schließlich sein Geld, wie er so gern betont. Und jetzt, wo er mehr Zeit hat, die täglichen Transaktionen mithilfe des Online-Bankings zu verfolgen, muss ich buchstäblich für jeden einzelnen Posten Rechenschaft ablegen. Spar, Rewe, Netto, Aldi – was mache ich mit dem ganzen Haushaltsgeld? Er ist schließlich selten zum Abendessen zu Hause und hat auch nicht den Eindruck, dass ich selbst viel feste Nahrung zu mir nehme. Was unausgesprochen heißt, dass ich mehr auf flüssige Sachen stehe und dass der Alkohol so viel kostet. Bald lässt er sich bestimmt die Kassenzettel vorlegen, was seinen Verdacht natürlich bestätigen und gleichzeitig meine Strategie zunichtemachen wird, die Beträge etwas nach oben abzurunden, sodass ich immer ein wenig Bargeld zur Seite legen kann. Inzwischen habe ich ein heimliches Guthaben von einigen Tausend, eine Reserve, um, ja, um was? Sehen wir der Wahrheit ins Gesicht, ich werde nie abhauen, also kann ich ruhig ein wenig davon für ein Fahrrad ausgeben, das ich ihm gern zu Weihnachten schenken möchte.

Ich habe es immer geliebt, Dinge für ihn zu kaufen – einen Schlips, ein Buch, einen Füller. Als würde er in dem Augenblick, in dem ich das Geschenk auswähle und in schönes Papier einpacken lasse, zu dem Mann, den ich in meinen Träumen in ihm sehe, dem Mann, der er in Wirklichkeit ist. Fein und einfühlsam, klug und musisch. Ich möchte ihm gern zeigen, dass ich weiß, dass er nicht so ist, wie er zusammen mit mir geworden ist. Vielleicht sind das eine Art Opfergaben, die ich ihm bringe. In den ersten Jahren war er überrascht und hat sich gefreut wie ein Kind, das es nicht gewohnt ist, solche Aufmerksamkeit zu bekommen. Das war er schließlich auch nicht; er hat selbst erzählt, dass er in seiner Kindheit in dem afrikanischen Dorf fast keine Spielsachen hatte; hat erzählt, wie sie Spielzeugautos aus Stahldraht und Metallband gebastelt und Fußbälle aus mit Klebeband umwickelten Lappen hergestellt haben. Mit der Zeit begannen ihn meine kleinen Liebesbezeugungen, die er fortwarf oder nicht einmal auspackte, zu ärgern. »Was willst du dafür haben?«, fragte er, als gäbe es eine unausgesprochene Rückzahlungsforderung. Als drehe sich alles im Leben um Soll und Haben, Profit und Verlust. »Nichts, Schatz. Nur dich«, habe ich geantwortet. Wie dumm kann man eigentlich sein? Auf Dauer?

Inzwischen mache ich ihm nur noch selten Geschenke. Nur die rituellen zum Geburtstag und zu Weihnachten. Selbst da versuche ich, mich zu beherrschen und die Geschenkhysterie auf einem vernünftigen Niveau zu halten, wie er es auszudrücken beliebt. Somit ist das Fahrrad fast schon nicht mehr zu vertreten, aber ich kann der Versuchung nicht widerstehen, es ihm zu schenken. Ich glaube, es wird ihn freuen. Das jungenhafte Lächeln hervorzaubern, für das ich alles tun würde. Es ist ein klassisches schwarzes Raleighrad mit Trommelbremsen, gebraucht, aber gut instand gesetzt. Ich habe es im Fenster gesehen, und gestern bin ich hineingegangen und habe es reserviert. Der Fahrradhändler ist ein Einwanderer, sein Dänisch ist fehlerhaft, wenn auch erheblich besser als das seines Kompagnons. Ich bin mir nicht sicher, dass die beiden Vettern alles verstehen, was ich sage, aber sie teilen die Freude an meiner Idee.

»Sehr schönes Fahrrad«, betont der Fahrradhändler und holt es für mich herunter. Ich lege die Hand auf den Sattel, betätige die Klingel und rede zu viel, wie üblich, wenn ich endlich den Mund aufbekomme. Kann mich jedoch gerade noch bremsen, als ich ausplappern will, dass mein Mann das Fahrrad gut gebrauchen kann, weil ihm nicht länger ein Auto mit Fahrer zur Verfügung steht. Doch als der Fahrradhändler fragt, ob ich nicht auch einen Fahrradhelm für ihn haben will, kann ich mich nicht beherrschen, breche in Gelächter aus und sage, dass ich das bestimmt nicht will, weil er Politiker ist und sich ein Politiker mit Helm mit Sicherheit zur Witzfigur macht. Und der Fahrradhändler lacht hinter seinem Schnäuzer und fragt, ob ich vielleicht mit Per Vittrup verheiratet bin?

»Nein, nein!«, lache ich noch lauter. »Ich bin mit Gert Jacobsen verheiratet!«, sage ich, und der Fahrradhändler zeigt sich sofort äußerst imponiert und übersetzt alles seinem Kumpel, der anerkennend nickt. »Minister? Ja?« – und plötzlich geht es nicht mehr allein darum, einer etwas zu hektischen, nach Alkohol riechenden dänischen Frau ein gebrauchtes Fahrrad zu verkaufen, sondern einem berühmten Mann ein zukünftiges Kleinod zu liefern. Einem aus dem Fernsehen!

»Schloss Sie bekommen gratis«, beschließt der Fahrradhändler, als hätte er damit teil an der Berühmtheit, und obwohl ich protestiere, bleibt es dabei. Wir einigen uns, dass sie das Fahrrad am 23. Dezember liefern. Ich biete an, die Adresse selbst aufzuschreiben, womit ich erneut meine Voreingenommenheit demonstriere, denn der Fahrradhändler hat bereits *C. F. Richsvej, Gert Jacobsen*, korrekt und ohne Rechtschreibfehler notiert.

»Grüßen Sie Ihren Mann«, ruft mir der Fahrradhändler hinterher, als ich wieder auf dem Weg nach draußen bin, und ich senke das Kinn und lege mir verschwörerisch einen Finger auf die Lippen und sage »Sssst, das ist ein Geheimnis!« und trete lächelnd auf die Straße hinaus, stolz, die Frau eines berühmten Mannes zu sein. Und während ich mich unter den über der Straße schaukelnden Tannengirlanden mit den strahlenden elektrischen Lämpchen in Sternenform nach Hause kämpfe, wächst dieser Stolz, und ich erinnere mich, wie ich in der allerersten Zeit vor Stolz angeschwollen bin, wenn ich auf seinem Schoß saß, während er mit irgendeinem Typen aus dem Kollektiv diskutierte und ohne jede Anstrengung die meisten mundtot machte, wenn sie der Sozialdemokratie vorwarfen, revisionistisch zu sein, und das Folketing zum verlängerten Arm des Kapitals erklärten. Ich nahm nie an den Diskussionen teil, ich war schließlich nur die Liebste des Häuptlings, seine Squaw, und das habe ich geliebt. Mehr als alles andere habe ich genossen, dass die anderen Mädchen mich hassten, weil ich ihn erobert hatte, was jede von ihnen auch versucht hatte. Und wer hat ihn bekommen? Miss Danmark 1970! Das dumme Flittchen aus dem Südhafen, das hübsche Brüste, aber nie die Logik des Kapitals zu definieren gelernt hatte. Wie hielt es so ein begabter Typ überhaupt mit einer Blondine aus, die *Sitation* statt *Situation* sagte und ihm in keiner Weise ein intellektueller, feministischer Gegenpart sein konnte?

»Ha!«, rufe ich laut triumphierend bei der Erinnerung an die Pfeife rauchenden Frauenspersonen, schlage den Pelzkragen meines Mantels hoch und weiche einem von einer selbstbewussten Mutter energisch geschobenen Kinderwagen aus. Der Gedanke an das Fahrrad macht mich froh und gut gelaunt, als wäre es möglich, in die Zeit zurückzukehren, in der wir zusammen durch die Stadt geradelt sind und unsere Fahrräder mit ineinander verhakten Lenkern vor dem Haus des Volkes oder dem

Montmartre gestanden haben, als wären sie zwei Liebende wie wir. Meins war lila, seins ein schwarzes Raleighrad wie das, das ich gekauft habe, denn als frisch gebackener cand.pol. und sozialdemokratischer Folketingkandidat konnte er schlecht wie ein Hippie aussehen. Das konnte ich auf Dauer natürlich auch nicht, nicht nachdem er gewählt worden war, wir geheiratet hatten und aus dem Kollektiv ausgezogen waren, doch unser erster Sommer hatte etwas Flowerpowerartiges, und wir auch. Es war der Sommer 1971, und ich hatte nicht gewusst, dass man so glücklich sein konnte.

Nun bin ich nicht mehr ganz nüchtern und trinke auch noch einen kleinen Tropfen aus der Mineralwasserflasche in der Tasche, sodass ich auf einer Wolke dieses entschwundenen Glücks nach Hause schwebe und mir noch immer verschworen zulächle, als ich aus alter Gewohnheit mein Spiegelbild in einem Schaufenster betrachte, während ich daran vorbeigehe. Ich sehe noch immer okay aus, jedenfalls angezogen, und völlig aufgehört, mir hinterherzupfeifen, haben sie noch immer nicht, die Handwerker. Auf die Entfernung gehe ich für zehn Jahre jünger durch, an einem guten Tag vielleicht sogar für zwanzig; dann kann es passieren, dass sie mir »Hey, Schöne!« hinterherrufen, auch die jungen. Vor allem, wenn ich die Haare offen trage und sie mich nur von hinten sehen. Von vorn, aus der Nähe, hapert es. Dann werden sie sauer, besonders wenn sie mich für ein junges Mädchen gehalten haben, das sich nun aus der Nähe als alte Schachtel erweist. Ich versuche, darüber zu lachen, aber natürlich tut es weh. Vor allem, wenn sie mir in einem gekränkten, aggressiven Tonfall »Weibsbild!« hinterherrufen, als hätte ich sie willentlich beleidigt und unter Vorspiegelung falscher Tatsachen Begierde geweckt.

Wie dem auch sei, heute bin ich gut gelaunt, und niemand soll meine Freude kaputt machen, ganz im Gegenteil, es gilt, dieses prickelnde Gefühl so lange wie möglich festzuhalten. Warum also nicht den Tag feiern und ein paar Blumen bei der netten Blumenhändlerin kaufen, die einen Strauß mit flammroten Amaryllis und Grün bindet und ihn mir zur Begutachtung hinhält und mir mit dem gleichen entgegenkommenden Respekt vier lackierte Kerzen für einen Adventskranz verkauft, den ich plötzlich Lust habe zu kreieren. Ein bisschen spät, da der zweite Sonntag im Advent bereits vorbei ist, doch die Blumenfrau versichert mir, dass ich nicht die Einzige bin, die etwas spät dran ist.

»Wir können schließlich nicht alles schaffen, nicht?«, lächelt sie, und ich erwidere das Lächeln und sage, nein, da hat sie recht, wir haben alle so viel zu tun. Noch besser gelaunt setze ich den Heimweg fort, kralle mich an dieses wunderbare Gefühl, eine ganz gewöhnliche, geschäftige Frau zu sein, den Kopf voll mit Weihnachtsvorbereitungen. Eine, die Plätzchen backt und Leberpastete selbst macht, die lange Listen mit Weihnachtsgeschenken für die große Familie schreibt. Ja, genau so eine, die sich auf das Sofa vor dem Kamin fallen lässt, während sie zu ihrem Mann sagt, *Puh, war das voll im Kaufhaus!*

Das Prickeln hält an bis zum C. F. Richsvej, wo es bereits nach wenigen Metern zerbirst und stattdessen zu Unruhe und Herzklopfen wird. Es ist erst Nachmittag; die Wahrscheinlichkeit, dass er jetzt zu Hause ist, ist gering. Trotzdem, bei ihm kann man nie wissen. Meine Beine können sich mit dem Gehirn nicht einigen, ob sie langsamer oder schneller werden sollen, sodass mein sonst so dynamischer, vorwärts gerichteter Gang zögernd und unschlüssig wird wie der eines Tagelöhners. Erst als ich feststelle, dass das Auto nicht in der Einfahrt steht, atme ich durch und eile den Plattenweg und die Haustürstufen hoch und hole den Schlüssel aus meiner Tasche. Meine Hände zittern leicht, aber ich finde das Schlüsselloch und spüre die übliche Erleichterung, dass der Schlüssel passt. Das ist ein Zwangsgedanke von mir, dass ich eines Tages nach Hause komme und feststelle, dass er das Schloss ausgewechselt hat. Um mich auszusperren.

Kaum habe ich die Tür aufgeschoben, als ich auch schon das Telefon klingeln höre. Wieder rutscht mir das Herz in die Hose, und ich springe durch den Korridor in die Küche, wo ich mit einer hektischen Bewegung nach dem Wandtelefon greife, sodass mir der Hörer hinfällt und ich ein allzu kurzatmiges *Hallo!* herausbringe, während ich nach einer Erklärung suche, wie ich meine Abwesenheit rechtfertigen soll. Falls er mehrmals angerufen hat.

Aber es ist nicht Gert; es ist Ole-Stig, sein kleiner Bruder, der aus den USA anruft, um sich selbst für die Weihnachtsferien einzuladen.

»Falls es euch passt?«, fragt er mit dem deutlichen amerikanischen Akzent, den er sich nach zwanzig Jahren in San Francisco zugelegt hat. Ja, sicher, das passt ausgezeichnet! Nein, wir haben keine anderen Pläne, und ich weiß, dass Gert sich *so* freuen wird. Fast so sehr wie ich, die ich wieder Orgelbrausen und Schellengeläute höre, weil Ole-Stig vielleicht der Mensch auf der Welt ist, den ich am meisten mag. Der einzige Mann, bei dem ich mich sicher fühle. Wie ich ihm mehrmals in halb berauschtem Zustand versichert habe, würde ich glatt mit ihm durchbrennen, wäre er nicht schwul.

»Kommt Bob auch mit?«, frage ich hoffnungsvoll, denn wenn Ole-Stig nett ist, dann ist Bob lustig, scharfzüngig und witzig auf eine Woody-Allen-artige Weise, die selbst Gert zum Lachen bringt.

»Nein, der muss sich ums Geschäft kümmern«, klingt es knisternd über Satellit. »Du weißt doch, dass viele die Feiertage nutzen, um etwas für *ihn* zu tun!«

Er kichert mit einem typisch schwulen Kichern, und ich kichere mit, denn er spricht von Penisverlängerungen, dem Spezialgebiet der Klinik für plastische Chirurgie. Ole-Stig und Bob sind als Pioniere auf diesem Gebiet steinreich geworden, und Ole-Stig soll auch zu Hause »ein paar dänischen Kollegen auf die Sprünge helfen und ein paar Workshops abhalten«.

»Dann kann ich genauso gut *business* mit *pleasure* verbinden, nicht? Ein bisschen Weihnachten feiern, nicht? Weg von *nine-eleven, you know* ...«

Wir quatschen weiter über Terrorangst und amerikanischen Patriotismus, und ich verspreche, Ente mit Rotkohl und braunen Kartoffeln und der ganzen Schweinerei zu servieren, und Mandelreis natürlich. Mit einer Mandel drin. Ja, mit einer Mandel drin! Und mit einem Marzipanschwein, das der bekommt, der die Mandel hat und so weiter und so weiter, und es ist auf eine dahinplätschernde, oberflächliche Weise herrlich, bis er fragt, wie es Gert geht.

Meine Stimme ist angespannt, als ich ihm versichere, dass es Gert gut geht, dass er gut mit der Niederlage zurechtkommt und sich mit seiner neuen Rolle als politischer Sprecher arrangiert hat.

»*Really?* Er ist doch immer so ein *lousy loser* gewesen!«, sagt er mit brüderlichem Nachdruck. »Und wie geht es dir?«

»Mir?«, frage ich leichthin und versuche zu vergessen, dass Ole-Stig, der Outsider, alles sieht. Auch via Telefonkabel und Satellitenverbindung. Wenn er will. »Mir geht es auch gut. Ich bin zu Hause und mache es mir gemütlich, weißt du.«

»Ist er nett zu dir?«, fragt er.

»Ja, ja. Er ist nett zu mir«, lüge ich und beiße mir in die Lippe.

»Sonst bekommt er es mit mir zu tun! Mit dem Skalpell!«

»Ole-Stig, ich bitte dich!«, sage ich und sehe die Katastrophe so bildlich vor mir – das Skalpell, den chirurgischen Schnitt, den abgetrennten Penis in einer Stahlschüssel, fast kein Blut –, dass ich über mich selbst erschrocken bin. Deshalb beende ich das Gespräch, notiere mir die Ankunftszeit und verspreche, ihn am Flughafen abzuholen. Am 23. Dezember am frühen Morgen.

Man kann nicht gerade sagen, dass Gert Jacobsen ein häufiger Gast im Dachverband der Gewerkschaft ist. Ganz im Gegenteil ist es traditionell Per Vittrups Aufgabe, den Kontakt zu der Gewerkschaft zu pflegen, die nie ihre alte Skepsis gegenüber dem Chefideologen überwunden hat. Man stand trotz eines wachsenden Respekts für den Intellekt unbedingt aufseiten des Schmiedesohns, sodass es allein aus diesem Grund zwecklos gewesen wäre, zu viele Kräfte darauf zu verschwenden, sich bei den Gewerkschaftsbossen einzuschmeicheln. Ehrlich gesagt, war es auch nicht sein Ding, Fassbier in sich hineinzuschütten und Volkstümlichkeit zu demonstrieren, sodass er das nur zu gern Per überlassen hat, der von allem Volkstümlichen und Gemütlichen nicht genug bekommen kann. Doch auch die Gewerkschaftsspitze, die vor Kurzem ein paar Kratzer abbekommen hat, als einer der Gewerkschaftsbosse als Folge eines peinlichen Bereicherungsskandals Selbstmord begangen hat, hat Sinn für Realpolitik und die Notwendigkeit, Resultate vorzuweisen. Und was hilft es, die Lieder des sozialdemokratischen Dichters Oskar Hansen singen, aber keine Wahl gewinnen zu können? Und auch wenn es niemand ausspricht, meldet sich genau dieser Gedanke, als Gert Jacobsen das Gewerkschaftshaus auf Islands Brygge betritt, bewaffnet mit einem riesigen Strauß roter Rosen, den er als Dank für die Einladung zum Weihnachtsglühwein Lonnie, der Zweiten Gewerkschaftsvorsitzenden, überreicht. Sie ist so überrascht, dass sie den Wangenkuss nicht zurückweist, mit dem er das Überreichen der Blumen garniert. Man hat es hier weder mit Küssen noch mit Rosen, und obwohl sie nichts dafür kann, hat sie das Gefühl, den Mann zu verraten, der zur gleichen

Zeit mit einer Nikolausmütze auf dem Kopf auf dem Podium steht und lauthals *Rudolph the red nose reindeer* grölt. Per Vittrup ist so mit seinem Auftritt beschäftigt, dass er die Unruhe im Eingangsbereich nicht bemerkt, wo der Neueingetroffene mit beträchtlich mehr Herzlichkeit als sonst willkommen geheißen wird. Irgendjemand versorgt ihn sogar mit einem Glas Glühwein, um ihm die Mühe zu ersparen, es selbst oben an der Kantinentheke holen zu müssen.

Gert Jacobsen wehrt lächelnd ab.

»Lässt sich der gegen ein Bierchen eintauschen?«, fragt er, und der in der Hierarchie hoch angesiedelte Gewerkschaftsangestellte nickt beifällig, er ist auch nicht für das süße Zeug, und als die Geschichte später die Runde macht, sind alle sich einig, dass das mit Sicherheit das erste Mal war, dass jemand Gert Jacobsen das Wort *Bierchen* hat in den Mund nehmen hören.

»Was zum Teufel will er?«, fragt Lonnie mit hochgezogenen Augenbrauen, als die Geschichte bei ihr ankommt. Doch ihr Vorbehalt hat kein Gewicht, denn alle im Haus wissen, dass er sie zum Erröten gebracht hat, als sie die fünfzehn roten Rosen und den Kuss auf die Wange entgegengenommen hat, der ihr allem Anschein nach gut bekommen ist. Und wie kann sie auch auf alten Positionen beharren, wenn sie sich noch lange danach an den Duft seines Aftershaves, Armani, und den leichten Druck auf ihrem Oberarm erinnert, von dem gewisse Frauen weiche Knie bekommen. Außerdem muss sie schließlich den anderen recht geben, dass es nichts bringt, an den Sympathien und Antipathien der Vergangenheit festzuhalten. Es ist immerhin ihre Aufgabe, die Interessen ihrer Mitglieder zu vertreten. Allein deshalb müssen sie auf das richtige Pferd setzen. Das mit den überzeugendsten Gewinnchancen.

Was ich hier mache, ist weiß Gott obskur, und ich mache es auch nur, weil ich es meinem kleinen Bruder Niller versprochen habe. Er hat das Ritual erfunden; ich weiß nicht, ob er es von seinen suspekten Rockerkumpeln hat, es sollte mich aber nicht wundern. Jedenfalls hocke ich jetzt im streifigen Dezemberlicht im Urnenhain des Westfriedhofs, auf dem der Jensen-Clan seinerzeit in eine Familiengrabstätte investiert hat, und mache mich mit Kerzen und Kerzenanzünder zu schaffen. Das angezündete Grablicht stelle ich vor den Stein meines großen Bruders Sonny – »Danke für alles, kleiner Sonny, 9.4.1948–20.8.1966« –, und wie immer spüre ich einen Kloß im Hals und muss den Marmorfußball anfassen, für den die alten Kameraden aus seinem Verein Frem gesammelt haben, obwohl er zu dem Zeitpunkt schon nicht mehr bei ihnen spielte. Er hatte auf dem Gl. Køge Landevej einen Unfall mit seinem neuen Motorrad und war auf der Stelle tot, achtzehn Jahre alt, und dass mein Vater und nicht meine Mutter ihm im Grab Gesellschaft leistet, ist eine der teuflischen Ungerechtigkeiten, die man Schicksal nennt. Denn meine Mutter wünschte sich nichts sehnlicher, als ihrem Sohn zu folgen, je eher, desto besser, während mein Vater sich Tag für Tag weiterkämpfte, verbissen die Melodie der Zeit pfeifend, bis er vor acht Jahren den Löffel abgab und mit Schürze und auf dem Sargdeckel liegender Kutschermütze begraben wurde. Meine gebrechliche Mutter hingegen, die Märtyrerin der Familie, scheint uns alle zu überleben; vermutlich ist sie so mit Medikamenten vollgepumpt, dass nichts sie kleinkriegt. Niller, mein kleiner Bruder, der Bandidos-Rocker, der für einen Skandal sorgte, als er zum Begräbnis meines Vaters in der Rockerlederjacke anrückte, hat dem alten Max die letzte Ehre erwiesen, indem er andächtig ein Starkbier über dem Sarg ausleerte. Eine Handlung, die die Trauernden sozusagen in zwei Parteien teilte. Die, zu denen auch Gert und meine Mutter gehörten, die feine Kaufmannstochter aus Hjørring, die noch nie etwas so Geschmackloses erlebt hat, und die, zu denen meine Vetter und die anderen alten Carlsberg-Kameraden zählten, die laut und befreit gelacht haben. Seitdem besteht Niller darauf, die Tradition fortzusetzen und dreimal im Jahr ein Bier über dem Grab meines Vaters auszuleeren – am Geburtstag meines Vaters, an seinem Todestag und zu Weihnachten. In diesem Jahr sitzt er zufälligerweise in U-Haft im Westgefängnis und kann das Ritual nicht selbst zelebrieren, deshalb muss ich es tun. Das ist das Einzige, worum er mich in all den Jahren gebeten hat. Abgesehen davon, Gert zu verlassen, was er immer verlangt, wenn wir uns ein seltenes Mal sehen oder miteinander telefonieren. Und da ich ihm den Wunsch nicht erfüllen kann, erfülle ich ihm eben diesen.

Also hole ich ein Starkbier aus meiner Tasche, das nach dem Herumrollen in der Tasche überschäumt, als ich es mit dem Flaschenöffner aufmache, der immer in meinem Schminktäschchen liegt.

»Ein richtiges Männerbier!«, höre ich Paps schnaufen, als ich den Schaum vom Flaschenhals sauge. Schon als kleines Mädchen durfte ich einen Tropfen von Vaters Starkbier trinken, und genau wie meine Brüder habe auch ich zum ungeteilten Stolz meines Vaters die Vorliebe des Jensen-Clans für den Hopfen geerbt. Für ihn war das der Beweis, dass auch ich die Familientradition weiterführen und zu Carlsberg gehen würde.

»Ja, Paps, ein richtiges Männerbier«, bestätige ich trocken und leere die Flasche in einer kreisenden, gießenden Bewegung über Grabstein und Bepflanzung aus wie ein Pyromane, der den Tatort mit Benzin übergießt. Anschließend verstecke ich die Flasche unter der hohen, kurz geschnittenen Taxushecke, die dieses Stück Erde umgibt, und erfrische meinen Gaumen mit Aalborg Aquavit. *Fröhliche Weihnachten!,* proste ich ihnen zu und leere eine kleine Schnapsflasche in kleinen Schlucken, wobei ich mit einer Fingerspitze erst über den einen und dann über den anderen Stein streiche. Ich werde mich nie daran gewöhnen, ihre Namen in Granit gemeißelt zu sehen, doch seltsamerweise habe ich keine Schwierigkeiten damit, meinen eigenen Namen auf dem leeren Platz unter *Bierkutscher Max Jensen* zu sehen. Aber dieser Platz ist besetzt, dort wird einmal der Name meiner Mutter stehen. Wo werde ich dann hinkommen? Werden sie mich in das Jacobsen-Mausoleum in Frederiksberg werfen? Als zusätzliche Strafe? Alles in allem wäre es cleverer, meine Mutter und mich die Plätze tauschen zu lassen, sodass sie dort draußen zu liegen käme und mit den feinen Leuten Umgang hätte, während ich in Ruhe neben meinem Vater liegen könnte.

Ich glaube, dass auch er das vorziehen würde. Anstatt noch im Jenseits eine Frau mit sich herumzuschleppen, die ihm nie vergeben hat, dass es ihm als schlagfertigem Kopenhagener Matrosen auf einem Flottenbesuch in Aalborg gelungen ist, sie mit seinem Charme zu verführen und damit ihre guten Chancen zunichtezumachen. Sie hätte in der Gesellschaft aufsteigen sollen, nicht absteigen. Und vor allem hätte sie nicht als hart arbeitende Arbeiterfrau in einer engen Wohnung im Kopenhagener Südhafen enden sollen. Dass er auch sie nicht verdient hatte, sondern mit jeder anderen ein lustigeres Leben gehabt hätte, ist ihr seltsamerweise nie in den Sinn gekommen.

»Er schlägt mich«, flüstere ich dem Grabstein zu, den ich rau unter meinen Fingerkuppen spüre. Das habe ich ihm hier draußen schon früher anvertraut, aber er pflegt nur zu antworten, dass ich es, zum Teufel, doch selbst darauf angelegt habe und dass es hin und wieder nötig sein kann, einem widerspenstigen Weib eine zu langen. Davon hat schließlich noch niemand Schaden genommen. Nicht wahr?

Heute bekomme ich keine Antwort, obwohl ich lange warte. Sie scheinen abwartend zu lauschen, mein armer großer Bruder mit der Elvis-Tolle und der Lederjacke und mein Vater Max, der mir neben vielem anderen beigebracht hat, Schusterbillard zu spielen und Männer um den kleinen Finger zu wickeln. Jedenfalls hat es damals funktioniert. »Er schlägt mich richtig hart«, fahre ich fort, um eine Reaktion zu erzwingen. »Wenn das so weitergeht, bringt er mich um.«

Jetzt grollt es da unten, aber er antwortet nicht. Er fragt nur; es ist immer die gleiche ängstliche Frage, die er mir stellt: »Bist du böse auf mich?« Und immer antworte ich wie der Spiegel von Schneewittchens böser Stiefmutter: »Warum sollte ich böse auf dich sein?« Und mein Vater lächelt sein Gustav-Winckler-Lächeln, das kann ich hören, als er wie gewöhnlich hinzufügt: »Wir beide verstehen uns, Lindamädchen. Das haben wir immer getan.«

Ja.

Ein Gartentraktor nähert sich tuckernd; ich richte mich auf und tue, als sei ich ganz normal. Nicht so eine, die die Toten um Hilfe bitten muss. Tausche die kleine Schnapsflasche gegen eine neue aus der Tasche aus und trinke auch die in kleinen Schlucken leer. Dann ist auch dieses Fest vorbei. Ich muss sehen, dass ich nach Hause komme, obwohl ich gern noch bleiben und mich von der immergrünen Vegetation aufsaugen lassen und darin verschwinden würde. Die kleinen leeren Flaschen lege ich ordentlich zurück in die Tasche. Sie werden heutzutage aus Plastik hergestellt, und ich bin kein Umweltschwein.

Es ist rührend zu sehen, welche Mühe sich die Leute mit den Grabstätten ihrer Lieben geben. Man stelle sich einmal vor, so geliebt zu werden, dass die Verbliebenen die Grabstätte mit roten Weihnachtstulpen schmücken, mit Mooskränzen in Herzform, Leuchten in Elfengröße und ganzen Zwergenlandschaften, um das Andenken an die Verstorbenen wachzuhalten. Vielleicht weil es einfacher ist, sich den Toten gegenüber liebevoll zu verhalten als den Lebenden, denke ich mit einem angetrunkenen Hauch von Bitterkeit, als ich an einer Grabstätte nach der anderen vorbeigehe. Einige der Namen erkenne ich im Vorbeigehen wieder – da liegt die Milchverkäuferin, da unser Untermieter, *der Fettberg*, der so laut gepupst hat, dass wir es oben hören konnten, und da meine Schulkameradin Marianne, die vor zwei Jahren von der Carlsbergbrücke gesprungen ist. Sie war so tüchtig, war Gymnasiallehrerin am Rysensteen-Gymnasium. Ich defiliere an allen vorbei, Bekannten wie Unbekannten, und obwohl ich die Trauer über die Verlorenen wie eine Tür im Durchzug klappern spüre, stapfe ich hölzern weiter. Bleibe erst stehen, als ich fast aus der Abteilung für die gewöhnlichen Sterblichen heraus bin und zu einem frisch ausgehobenen Grab komme, das noch ganz mit Sargschmuck bedeckt ist. Aus dem »letzten Gruß« auf dem Schriftband geht hervor, dass hier ein junger Ehemann, »Mein Geliebter«, und »Paps« liegt. An einigen Kränzen stecken Kinderzeichnungen und in Plastikhüllen Briefe von Thea, Emilia und Matthias, die den Verstorbenen als Engel, Weihnachtsmann oder lächelnden Vater in einer gestreiften Badehose mit einer winkenden Tochter auf jedem Arm und einem kleinen Jungen auf der Schulter darstellen.

Niemand kann mir vorwerfen, eine Heulsuse zu sein, auch Gert nicht, doch hier brechen die Dämme. Die Tränenflut bricht hervor, ich will das nicht, kann mich aber nicht beherrschen, sondern krümme mich in einem gewaltsamen Weinen zusammen, das erst nachlässt, als ich mit zitternden Fingern den Verschluss von der dritten Nur-für-den-Notfall-Flasche geschraubt habe und die augenblickliche, brennende Linderung des Alkohols spüre. Ich schniefe, putze mir die Nase mit einem Papiertaschentuch und wische vorsichtig die zerlaufene Mascara mit einem Zipfel des Tuchs weg. Reiße mich zusammen und setze mich wieder in Bewegung, als der Friedhofsgärtner mit seiner fleecegefütterten Ohrenmütze von seinem Traktor gestiegen ist und mit zielgerichteten, effektiven Bewegungen zu graben beginnt. Offenbar hat er mich nicht bemerkt.

Als ich einen Abstecher zum See hinuntermache, der zugefroren ist und wie ein angelaufenes Silbertablett daliegt, erinnere ich mich wieder an meinen Erzeuger, der immer darauf bedacht war, dass die junge Generation die »großen Sozialdemokraten« wertschätzte. Die Kämpfer, die hier um das idyllische Seeufer zur Ruhe gebettet sind, wo ich mehr als einmal, sommers wie winters, im Gebüsch geküsst worden bin. Vor allem Stauning musste andächtig Ehre erwiesen werden, und auch H. C. Hansen und Hedtoft haben verdient, dass die Herren die Kappen abnehmen. Krag dagegen war schon zweifelhafter, und Hækkerup hat seinen Ruhm verspielt. Aber Grabsteine haben sie auch bekommen, gekauft und bezahlt von der Sozialdemokratie, und sogar ihre Frauen sind hier bestattet. Wenn Krag, Gerts Vorbild, sein Privatleben im Griff gehabt hätte, wären auch Gelder der Partei geopfert worden, Frau Krags Namen eingravieren zu lassen. Jetzt liegt er seltsam allein da, wie ein Single auf einer Veranstaltung für Paare. Genau in dem Augenblick, als ich mir Krags Initialen, J. O. – Jens Otto –, ansehe wird es mir klar. Um was es eigentlich geht. Für Gert und Per V. und all die anderen. Klar in der ganzen jämmerlichen Einfachheit. Derjenige zu sein, dem ein Denkmal gesetzt wird. Derjenige, der einen Platz hier unten im ersten Rang am *Roten Meer* bekommt. Eine VIP-Grabstätte mit einem Kranz zu Weihnachten; sie alle haben so ein von der Partei gesponsertes Moosteil bekommen, stelle ich fest, und einen Platz in den Geschichtsbüchern. Und wenn ich mich ordentlich benehme und zusammenreiße, kann ich nicht nur die First Lady werden; als Frau meines berühmten Mannes wird es mir erlaubt, ewig um meine eigene Achse zu rotieren. *Frau Staatsminister.* Das ist doch was. Ich hätte darauf angestoßen, hätte ich den mitgebrachten

Proviant nicht bereits geleert. Die drei kleinen Schnapsflaschen sind die gesamte Tagesration. Ich habe meinen Verbrauch rationiert; morgen kommt Ole-Stig, und er soll mich nicht durch die Gegend torkeln sehen.

Ich schlage den Pelzkragen hoch und ziehe die Handschuhe an. »Ewig besitzt man nur das Verlorene«, flüstert mir einer der Kämpfer mit feierlichem Pathos zu. Ja, daran hätte er früher denken sollen. Da hat Thad Jones' Motto schon mehr zu bieten: *Live Life This Day.* In meinem überspannten Gehirn wird diese Ermahnung zu einem Trompetensolo für Frauen, die – Friedhöfe – zu sehr lieben, und ich eile hastig weiter zum Ausgang bei der Kapelle, während ich, ohne stehen zu bleiben, die Zigaretten aus der Tasche fische. Ich höre Stimmen. Bin verrückt, wie er sagt. Doch die Schneeflocken, die langsam auf mich herunterfallen, als ich den ersten Zug nehme, sind wirklich. Und so, wie mein Leben sich entwickelt hat, sind selbst ein paar Schneeflocken zwei Tage vor Weihnachten ein gutes Zeichen. Etwas, das mich fröhlich macht und zum Lächeln bringt, einfach so.

Es ist seine verdammte Schüchternheit, die ihn zögern lässt. Als er sich endlich zusammenreißt, um ihren Namen zu rufen, ist sie in einem Schneeschleier verschwunden. Dafür weiß er jetzt, wo er sie mit langen, wiegenden Schritten Richtung Kapelle gehen sieht, endgultig, dass es wirklich Linda war, die er vorhin im Urnenhain gesehen hat. Seine Linda von damals. Linda Lykke, die Glückliche, an die er jedes Mal denkt, wenn er die Grabstätte ihrer Familie in Ordnung bringt und sie nahezu aus den Gräbern zu ihm herauszuspringen scheinen. Lebendig. Sonny und Max. Sonny auf seinem Motorrad, mit dem Stahlkamm, der aus der Tasche seiner Lederjacken guckt, und Max, warum auch immer, mit einem Würfelbecher in der Hand unten im Las Vegas sitzend.

Eigentlich ungerecht, dass gerade dieses Bild hängen geblieben ist. Denn so oft ist er nicht ins Wirtshaus gegangen, der alte Max, und so viel gewürfelt hat er auch nicht. Aber er muss in diesem Moment etwas Lustiges gesagt haben, da er ihm so in Erinnerung geblieben ist. Vielleicht war es aber auch Linda, die die Zeit hat stillstehen lassen. Vielleicht hat sie gerade eine ihrer gescheiten Bemerkungen von sich gegeben. Vielleicht hat sie genau in diesem Augenblick fest seinen Oberschenkel gedrückt oder die Beule in seiner Hose mit ihren langen, schnellen Fingern unter dem Tisch gestreift, die überall und nirgends zugleich sein konnten.

Bjarne war verrückt nach Linda, wer war das nicht. Der ganze Südhafen konkurrierte darum, Linda ins Enghave-Kino einzuladen, bei der Tombola auf dem Mozarts Plads Rosetten für sie zu schießen, sie auf getunten Mopeds zur Bavnehøj-Schule zu bringen oder abzuholen und ihr in der Engelbert-Petersen-Konditorei Kuchen zu kaufen. Die Frühreifsten luden sie sogar in den Vergnügungspark Bakken ein oder – was auch vorkam – ins feine Tivoli. Doch der Unterschied zwischen Bjarne und den anderen Jünglingen war der, dass er sie *geliebt* hat. Alles an ihr hat er geliebt. Ihr lautes Lachen, ihr schiefes Lächeln und ihre Tollkühnheit. Er hat sie geliebt, weil sie ein kluger Kopf war. Weil sie dem Teufel ein Ohr abquatschen und wiederum ganz still sein konnte. Weil sie ihn, Bjarne, verstand, obwohl er sich nicht richtig ausdrücken konnte. Jedenfalls nicht mit Worten. Er hat sie geliebt, weil sie Sonnys kleine Schwester war. Na schön, auch weil sie eine flotte Biene war und keine Angst hatte, das zu zeigen. Seit er zwölf war, hat er sie heiraten wollen, und seit er siebzehn war, waren sie zusammen. Ein Jahr oder zwei war er im siebten Himmel, wie man so sagt. Aber dann … ja, was dann? Das ist die LP, die sich seitdem auf seinem Plattenteller dreht, mit dem Tonabnehmer immer in derselben Rille. Was ist da passiert? Warum hat er sie verloren?

Bjarne holt eine senffarbene Schnupftabakdose aus der Außentasche seines Blaumanns und klemmt sich einen Klumpen Schnupftabak unter die Oberlippe. Eine Angewohnheit, die er aus den nordschwedischen Wäldern mitgebracht hat, in denen er als Waldarbeiter gearbeitet und sich allzu viele Jahre Gedanken gemacht hat, ohne der Antwort sonderlich näher gekommen zu sein. War es Sonny oder war es die Abtreibung? Dass diese beiden Dinge nicht voneinander getrennt werden können und entweder zusammen oder jedes für sich entscheidend waren, das hat er längst begriffen. Doch obwohl er das Rechenexempel immer wieder und aus immer wieder unterschiedlichen Perspektiven aufmacht, kommt er nie zu einem Schluss, an den er selbst glauben kann. Alles ist leicht und unkompliziert bis zu diesem Augusttag 1966, an dem Sonny gegen einen Laternenpfahl fährt. Er und Linda sind zusammen; sie sitzt hinten auf seinem Motorrad und schmiegt sich eng an ihn, die Arme um seine Taille, während er, Sonny und die anderen Jungen am Samstagabend ihre Paradefahrt die Vesterbrogade auf und ab machen. Lindas Röcke werden immer kürzer, ihre Haare immer länger und seine Lust auf sie immer größer. Doch obwohl sie so kess tut und ihn absichtlich scharf macht, darf er nicht. Nicht »das Freche«. Sie tauscht gern Zungenküsse mit ihm und tanzt eng mit ihm und lässt ihn seinen Unterleib gegen ihren pressen, wenn sie zu *Are you Lonesome Tonight* knutschen, doch obwohl er sich ein Jahr lang mit Haken und Hüfthalter abmüht, hält sie die Beine fest geschlossen. Sehr viel fester, als manche meinen. Denn der ganze Südhafen glaubt, dass er es von morgens bis abends mit Linda treibt. Und sie lässt sie natürlich in dem Glauben, aber eigentlich macht das alles nur noch schlimmer. Zuletzt ist er so verzweifelt, dass er ihr einen Antrag macht. Ihr vorschlägt, sich mit ihm zu verloben. Falls es das ist. Doch das will sie auch nicht. Sie lacht nur und sagt, dass er die Ruhe bewahren soll.

Sonny, dem er als Einzigem seine Qualen anvertraut, lacht ihn aus und sagt, dass ihr Lindamädchen eben nicht »so eine« ist. Denn Linda ist schlau. Im Gegensatz zu so vielen anderen ist sie sich durchaus darüber im Klaren, was es für den Marktwert bedeutet, einen Ruf als »abgelutschtes Bonbon« zu haben. Außerdem ist sie nicht der Typ, der mit sechzehn schwanger wird. Linda hat Mumm, sie wird studieren und all das. Sonny sagt das nicht direkt. Aber auf die eine oder andere Weise schwingt eine Warnung in dem kameradschaftlichen Lachen mit. Wie ein im Stahlkamm verstecktes Sprungmesser. Er darf nicht zu weit gehen mit Linda. Sie ist ihr Mädchen. Sonnys und Max'.

So wartet er diesen ganzen Sommer, ohne zu wissen worauf. Darauf, dass Linda erwachsen wird, vielleicht. Sie braucht nur noch ein Jahr bis zum Realschulabschluss, und ein Jahr hat schließlich nur dreihundertfünfundsechzig Tage – und Nächte! –, sagt er sich. Aber was, wenn sie bis zum Abitur warten will? Das sind noch weitere drei Jahre! Und wem sie da alles begegnen kann! Auf so einem Gymnasium. Wird sie ihn überhaupt noch beachten, wenn sie erst so weit gekommen ist? Obwohl er seine Lehre als Schlosser bald beendet und einen festen Job bei B&W hat?

Vermutlich erinnert er sich falsch, doch in seiner Erinnerung ist es ein besonders warmer und schwüler Sommer, in dem der süßliche Gestank des Hopfens über der Brauerei hängt. Sie hat einen Sommerjob drüben bei Carlsberg bekommen, arbeitet im Dreischichtbetrieb in einer der neuen Kolonnen in der neuen Zapfhalle, wo sowohl seine wie auch ihre Mutter die Bierkästen kontrollieren. Doch während die älteren Frauen immer müde sind und sich grau und erhitzt aus dem Tor schleppen, ist Linda verblüffend frisch, ob er sie nun um sechs nach der Nachtschicht abholt oder nach der Abendschicht um zweiundzwanzig Uhr. Nachmittags ist er selbst auf der Arbeit und kann nicht da sein.

Aber ansonsten ist er zur Stelle, sowohl was das Bringen als auch was das Abholen angeht. Jedes Mal schwillt er vor Stolz an, sodass er aus seinen eigentlich durchschnittlichen Dimensionen herauswächst und sich wie ein amerikanischer Filmheld fühlt, wenn sie ihm winkend entgegengelaufen kommt und ihre langen Beine vor den Augen von Hunderten schwitzender Männer über den Sattel schwingt, die sich alle wünschen, dass sie so ein Motorrad hätten und Linda ihr Mädchen wäre. Dieses verliebte Ziehen im Bauch hat er seitdem nie mehr erlebt, und so war dieser Sommer – schwindelerregend, erregend. Trotzdem hat er die ganze Zeit diesen unheilverkündenden Druck empfunden, gespürt, dass die Wolken sich zusammenzogen und der Himmel bald von Blitzen zerrissen sein und das Unwetter losbrechen würde. Über seinem sündigen Haupt, denn seine Gedanken kreisten unentwegt um die fleischliche Vereinigung mit Linda, nach der er sich so sehr sehnte. Und das Unwetter kam. An einem Samstag im August wurde die Hitzewelle, die, auch nachdem sie wieder mit der Schule begonnen hatte, weiter anhielt, jäh von einem plötzlichen Wolkenbruch abgelöst, der alle überraschte. Unter anderem die Campingtouristen auf dem Tomtelli-Campingplatz am Mosede-Strand, zu dem die ganze Bande regelmäßig fuhr, um von Samstag auf Sonntag zu zelten, Bier zu trinken und laute Rockmusik auf den mitgebrachten Koffergrammofonen zu spielen. Es waren immer viele Mädchen da draußen, doch Linda bekam nur selten die Erlaubnis mitzufahren. Und an jenem Wochenende musste sie einen Aufsatz schreiben und ihrer Mutter bei der Wäsche helfen, und deshalb hatte er auch keine Lust zu fahren. Aber Sonny fuhr. Dieser Junge war, um es mit Max' Worten zu sagen, mit einer hohen Oktanzahl im Blut geboren, sein Motto lautete *leb intensiv, stirb jung*, und deshalb schwang er sich gleich nach Feierabend in der Autowerkstatt, in der er gerade eine Lehre als Mechaniker gemacht hatte, auf seine Yamaha YDS3 und preschte dröhnend davon. Eine Stunde später als die Kameraden, weil die Werkstatt einen Wagen des Taxiunternehmens Sydhavnsbiler hereinbekommen hatte, bei dem hier und jetzt der Kühler abgedichtet werden musste. Doch er holte schnell einen Teil der Verspätung ein, denn man konnte rekonstruieren, dass er die Strecke von der Bådehavnsgade bis zum Kilometerstein 24 bei Tomtelli in weniger als zwanzig Minuten zurückgelegt hatte. Was bei dem Wetter viel, viel zu schnell war. Mithilfe schockierter Zeugen und der Polizei konnte man auch rekonstruieren, was passiert war. Sonny war im strömenden Regen, der die ohnehin schlechten Sichtverhältnisse noch weiter verschlechterte, mit hoher Geschwindigkeit den Gl. Køge Landevej entlanggerast, der auch die Landstraße des Todes genannt wurde. Deshalb hat er den ihm entgegenkommenden Lieferwagen nicht gesehen, der in dem Augenblick den Hügel herunterkam, in dem er sich angeberisch in die Kurve legte, um nach links auf den Campingplatz abzubiegen, ein Kunststück, das dazu gedacht war, den Eisessern am Kiosk zu imponieren. Im Übrigen umsonst, weil an diesem Tag niemand dort stand. Alle hatten vor dem Regen Schutz gesucht. Um einen Zusammenstoß zu vermeiden, bremst er gewaltig, doch wie jeder Motorradfahrer weiß, ist es fast unmöglich, eine jähe Bremsung auf einer regennassen Fahrbahn vorzunehmen, ohne die Gewalt über die Maschine zu verlieren. Er kommt ins Rutschen und wird in die Luft geworfen und direkt gegen einen Laternenpfahl geschleudert, der erst Jahre später entfernt wird. Es zertrümmert ihm die Schädeldecke; Helme sind etwas für Schlappschwänze.

Danach war der Sommer vorbei, obwohl er noch endlose Wochen weiterging. Ja, in gewisser Weise war alles vorbei, als der Sarg im Flammenmeer des Krematoriums verschwand. Jedenfalls was Bjarne anging. Auf dem Begräbnis biss er die Zähne zusammen, während Linda hemmungslos schluchzte. Dafür war sie diejenige, die die Zeit danach am besten durchstand. Die sich um das Praktische kümmerte. Die sich des erst vierjährigen Niller annahm und den Haushalt führte, als Åse, die Mutter, zusammenbrach und nach Dianalund kam. Linda war diejenige, die sich von der Schule beurlauben ließ und mit Max im Brauereiwagen herumfuhr und allen Gastwirten und Kneipenbesitzern auf ihrer Route erzählte, was passiert war. Sie war diejenige, die ihren Vater aufmunterte und ihm das Bier rationierte, als er allzu viel zu trinken begann. Und sie war auch diejenige, die ihn, Bjarne, tröstete. Sie ließ ihn abends bei sich weinen; sie strich ihm übers Haar und versicherte ihm, dass ihn keine Schuld traf. Aber sie widersprach ihm nie, wenn er sagte, dass es besser ihn, Bjarne, getroffen hätte statt Sonny. Bestenfalls konnte er sie dazu bewegen, einen ihn zum Schweigen bringenden Finger auf seine Lippen zu legen oder zu flüstern, dass er so etwas nicht sagen durfte. Allmählich wurde die Verzweiflung darüber, dass sie ihn, der er am Leben war, weniger liebte als Sonny, der tot war, zu einem größeren Schmerz als die Trauer um den verlorenen Freund. Und unreif, wie er war, endete es damit, dass er sie eines Abends so fest an den Oberarmen packte und eine Antwort verlangte, dass sie stöhnte. Wünsche sie sich, dass nicht Sonny, sondern er, Bjarne, bei dem Unfall umgekommen wäre? Als sie wieder mit ihrem »so kann man das nicht sehen« auswich und er mit immer härterem Griff eine Antwort verlangte, ob sie ihn mehr liebe als ihren toten Bruder, antwortete sie mit einem fremden, einschüchternden Fauchen, wie eine Katze aus der Unterwelt, dass sie *nie* jemanden lieben würde, wie sie Sonny geliebt hatte.

Sie war sechzehn, er achtzehn, sie waren nur ein Junge und ein Mädchen; trotzdem hat er nie aufgehört, sich Vorwürfe zu machen, dass er nicht klüger gewesen ist. Denn an diesem Abend hat er sie verlassen. Ist aus der Tür gestürmt und hat sie hinter sich zugeschlagen, dass der Putz im Treppenhaus von den Wänden rieselte. Wahrscheinlich ist er da passiert, der Bruch. Selbst wenn der Vorhang nicht hier fiel, denn, wie sich zeigen sollte, gab es noch mehrere Akte in diesem Drama. Erst bereute er, rief sie von der Telefonzelle an der Ecke aus an. Aber sie legte ihn auf Eis, wollte ihre Meinung nicht ändern und weigerte sich mehrere Wochen, ihn zu sehen. Er ließ den Kopf hängen, spielte jedoch den Stolzen und ging mit anderen Mädchen aus, die hinten auf dem Rücksitz sitzen durften, als er die Paradefahrerei wieder aufnahm. Ob das schließlich den Ausschlag gab, ob es ein Ausdruck von Eifersucht oder Besitzanspruch war, darüber ist er sich nie klar geworden, aber plötzlich, an einem Dienstagabend im September, rief sie ihn an und fragte, ob er kommen und sie abholen mochte. Sie würde gern eine Tour machen. Sie würde gern raus nach Tomtelli fahren und sich die Stelle ansehen.

In den Wochen, die vergangen waren, waren die Tage kürzer geworden und die Abende dunkler und kühler, und Linda war nicht länger ein helles, sonnengebräuntes Sommermädchen mit nackten Beinen. Ganz im Gegenteil haftete ihr etwas Winterhaftes an, wie sie in den engen Jeans und dem Anorak, dessen Reißverschluss ganz hochgezogen war, unter der Straßenlaterne im Borgbjergvej auf ihn wartete. Das Haar war zu einem Pferdeschwanz gebunden, und sie hatte kein Make-up aufgelegt. Er konnte sich nicht erinnern, sie jemals so zugeknöpft gesehen zu haben – und auch nicht so blass, mit dunklen Rändern unter den Augen. Doch als er erschrocken fragte, ob es ihr nicht gut gehe, versicherte sie ihm, dass es ihr ausgezeichnet gehe, schnipste ihre Zigarette fort und setzte sich mit der üblichen, leicht schwingenden Bewegung auf dem Sitz zurecht. Sie bestand auch darauf, nach Tomtelli hinauszufahren, obwohl er ihr das auszureden versuchte. Sie wirkte so zerbrechlich, und er war sich auch nicht sicher, ob er selbst das schaffen würde.

Sie brach in Tränen aus, und er musste kräftig schlucken, als sie nach Tomtelli hinauskamen und das Motorrad an dem nach der Saison geschlossenen Kiosk abstellten. Der Laternenpfahl hatte ordentlich etwas abbekommen, wie sie sagte, als sie sich die Augen trocken gewischt hatte. Es lagen noch immer verwelkte Blumen da, und der Asphalt stank noch immer nach Blut, und am Mast selbst waren in den morschen Ritzen des Holzes bräunliche Spritzer zu sehen. Er ließ sie allein, während sie die Stirn gegen den Pfahl lehnte und die Lippen bewegte, als würde sie beten. Anschließend suchten sie am Straßenrand nach weiteren Spuren, *welcher Art auch immer*, und als er nach einer intensiven Suche im Schein der Laterne einen zerbrochenen Seitenspiegel entdeckte, hatte er ein Gefühl, als hätte er die Goldenen Hörner gefunden. Sie lächelte das erste Mal an diesem Abend und steckte den Schatz in ihre Anoraktasche.

Und dann … Ja, dass es mit diesem Abend enden sollte, kam völlig überraschend für ihn. Ebenso wie er ganz anders verlief, als er sich vorgestellt hatte. So hatte er beispielsweise immer vor sich gesehen, dass sie einen Rock anhaben würde, wenn es endlich passierte. Einen Rock und einen Hüfthalter und dünne Nylonstrümpfe. Und dann musste er sich mit ein paar beschwerlichen Röhrenhosen abmühen, die sie ihm selbst half herunterzuziehen, als sie nach einer kalten Fahrt im Gegenwind, auf der er sie gegen seinen Rücken gepresst weinen spürte, zurück in die Stadt kamen und verfroren und durchgepustet in dem Schrebergartenhaus drüben in Frederikshøj landeten. Der Vorschlag kam von ihr. Sie wollte nicht nach Hause. Das wollte sie einfach nicht. Nachdem sie den Kirschwein aus dem Schrank geteilt und den größten Teil einer Packung North State unter einer klammen, grauen Wolldecke geraucht hatten, passierte es. Sie gab ihm nicht nur die Erlaubnis. Sie nahm ihn. Es war äußerst verwirrend und traurig, und sie weinte erneut, als er durch die enge Öffnung in sie eindrang, und er kam zu schnell, obwohl er meinte, aufgepasst zu haben. Denn Kondome hatte er dieses eine Mal nicht parat.

Obwohl er nicht sehr erfahren war, war es nicht sein erstes Mal. Er war mit einigen der Willigen, die dadurch zu den »Billigen« wurden, im Keller und drüben im Gebüsch bei dem Fußballfeld gewesen, und deshalb ärgerte es ihn furchtbar, dass er ihr kein besseres »erstes Mal« hatte bieten können. Denn ganz offensichtlich hatte sie nicht einmal annähernd etwas davon. Sie lag einfach da auf dem Sofa und weinte ihr ruhiges, unablässiges Weinen, das nicht auszuhalten war. Natürlich bot er ihr an, sie nach Hause zu fahren, aber nein, sie wollte bleiben, und was Max anging, würde es keine Probleme geben. Sie bestimmte jetzt selbst. Irgendwann in der Nacht schliefen sie eng umschlungen auf dem schmalen Lager ein. Am nächsten Morgen wachten sie erst gegen neun auf, und vielleicht nutzte er sie aus, denn diesmal ging die Initiative von ihm aus. Sie war weicher und nicht so angespannt, aber wenn er ehrlich war, schien es auch diesmal nicht das große Vergnügen für sie zu sein. Er selbst kam auf ihrem Bauch in dem irrtümlichen Glauben, dass das sicher wäre. Edel wischte er den Samen mit seinem Taschentuch ab, das er im Stillen beschloss, nie mehr zu waschen. Denn jetzt gehörte sie ihm.

Das flüsterte er ihr unter der Decke zu, und sie lächelte, und es war herrlich. Obwohl es bald zehn war, hatte er es noch immer nicht eilig, nach Hause zu kommen. Und wenn es ihr gleichgültig war, zu spät in die Schule zu kommen, konnte es ihm dieses eine Mal auch gleichgültig sein, zu spät zur Arbeit zu erscheinen. Deshalb lud er sie zum Frühstück ein, und auch in der Kaffeebar in der Toftegårds-Allee blieben sie hängen, bis die Kellnerin lange Blicke in ihre Richtung warf. Sie sagten nicht viel; er, weil er so voller Gefühle war, dass er sie unmöglich in Worte fassen konnte. Er glaubte oder hoffte, dass sie aus dem gleichen Grund schwieg: weil sie überwältigt war, dass sie jetzt zusammengehörten. Dass jetzt alles wieder gut war. Von Reue merkte er nichts, ganz im Gegenteil, sie klebte die ganze Zeit an ihm. Noch nie hatte er sie so verletzlich erlebt und noch nie einen solchen Drang gespürt, sie zu beschützen. Zärtlich hatte er den Arm um sie gelegt, sie an sich gezogen und mit belegter Stimme gemurmelt, dass er sie liebe. Dass sie nicht antwortete, machte nichts. Sie hatte seine Hand gedrückt, und ihre Augen waren wieder blank geworden, und das hatte ihm als Antwort gereicht. Sie tranken noch eine Kanne Kaffee und teilten sich die letzte Zigarette, und dann hatte er sie still und ruhig nach Hause in den Borgbjergvej gefahren. Max stand lauernd hinter der Gardine, wie er sehen konnte, doch sie küsste ihn wie immer zum Abschied schnell auf den Mund, dann war sie im Haus.

An diesem Tag hatte er Lust, ihr alle Blumen Kopenhagens zu kaufen, die Goldschmiede zu bestürmen und sich als frisch verlobt zu erklären. Doch etwas hielt ihn zurück, denn sein Glück basierte auf Unglück, und das machte ihn unruhig. Und ganz richtig, schon am selben Abend nahmen seine bangen Ahnungen zu. Sie hatte »Kopfschmerzen«, sagte Max, der ihm mit finsterem Gesichtsausdruck aufmachte. Und auch am nächsten Tag kam sie nicht heraus. Am dritten Tag bekam er einen Brief, in dem sie mit ihm brach. Ihre Beziehung beendete. Ohne Erklärung. Und fünf Wochen später schrieb sie ihm noch einen Brief, in dem sie ihm ebenso kurz mitteilte, dass sie schwanger war. Er hatte nicht aufgepasst.

Natürlich war er bereit, sie zu heiraten. Trotz der Panik, mit neunzehn Vater zu werden. Sie konnten eine Heiratserlaubnis bekommen, zu Hause bei ihm und seiner Mutter wohnen, da war Platz genug. Aber sie wollte von ihm nichts wissen und von dem Kind auch nicht. In die Abtreibung sollte er sich nicht einmischen, das würde sie selbst erledigen, und damit war er eigentlich aus dem Spiel. Was Max ihm vollkommen klarmachte. Er solle sich einfach von ihr fernhalten. Linda wolle mit so einem Schuft nichts mehr zu tun haben, und wenn er sich ihr jemals wieder näherte, würde er eine solche Tracht Prügel beziehen, dass er das nie mehr vergäße.

Am ersten November war er mit der Lehre fertig, und am zweiten November fuhr er nach Hamburg und heuerte auf einem Kohlenschiff an, auf dem sein Onkel Steuermann war. Er schrieb ihr in seiner Koje einen Brief nach dem anderen, aber sie antwortete nie, und als er auf Landurlaub nach Hause kam, war er zu stolz, sie aufzusuchen. Später, als sie zur Miss Danmark gewählt worden war, bekam er einen Zeitungsausschnitt über sie zugeschickt. In den Jahren, die folgten, erhaschte er immer wieder einmal einen Blick auf sie, einmal am Storchenbrunnen, wo sie in einer Gruppe von Hippies mit indischen Gewändern und Stirnbändern in den Haaren saß, und ein anderes Mal im Drop Inn, wo sie an irgendeinem bärtigen Künstlertypen hing. Nie gab er sich zu erkennen, sondern machte auf dem Absatz kehrt und flüchtete vor ihrem Anblick, von Grauen erfüllt, diesem Mädchen von Angesicht zu Angesicht gegenüberzustehen, das er einmal gekannt und doch nicht gekannt hatte.

Der Rest ist Geschichte, wie man so sagt. Er hielt sich von ihr fern, zog als Gelegenheitsarbeiter durch Europa, wandte sich dann nordwärts und ließ sich als Waldarbeiter in Norrbotten nieder, bis er nach dem Tod seiner Mutter vor vier Monaten mit einem Hörschaden und einer nie gestillten Sehnsucht nach Hause kam. Ist verheiratet gewesen, hat sogar einen jetzt erwachsenen Sohn mit einer finnisch-schwedischen Frau, mit der er einige lange, tiefe Winter verbracht hat. Doch im Grund genommen, ist er allein geblieben, und obwohl das pathetisch ist, möchte er gern, dass sie das weiß. Dass er es als eine Art Sühnegabe versteht für eine Schuld, die er gern auf sich nimmt. Die Schuld, dass er sie damals nicht verstanden hat. Dass er sie im Stich gelassen hat. Er möchte gern, dass sie weiß, dass es nie eine andere gegeben hat. Dass Linda immer *die* Frau in seinem Leben gewesen ist. Die einzige Eine.

Er greift nach der Harke, die er neben ihre Familiengrabstätte gelegt hat. Das erste Mal, als er wieder neben dem bescheidenen Grabstein stand, hatte eine riesige Erleichterung ihn erfasst, dass sie nicht hier lag. Dass es nicht zu spät war. Obwohl es das natürlich ist. Er hat sich informiert. Weiß, dass sie diesen Sozialdemokraten geheiratet hat, der durch die Gegend gelaufen ist und drüben bei Carlsberg den Cleveren gespielt hat und später als Finanzminister bekannt geworden ist. Linda ist die Frau eines bekannten Mannes geworden, das wäre sie mit ihm nicht. Vielleicht ist es einfach so. Dass Linda aus dem Südhafen fortwollte, fort von ihm. Vielleicht ist es überhaupt kein Mysterium.

Er zieht den Schnupftabak hoch. Beugt sich über die Grabstätte und entfernt einen kleinen Ast. Seltsam. Hier riecht es ganz unverkennbar nach Bier. Nach Starkbier. Er zieht den rechten Handschuh aus und steckt einen Finger in die Erde. Sie ist nass. Er hebt den Finger unter die Nase und riecht daran. Ja, das *ist* Bier! Das verrückte Frauenzimmer hat Starkbier über das Grab ihres Vaters gegossen!

Bjarne Husted richtet sich auf, stützt sich auf die Harke und wirft lachend den Kopf in den Nacken, während die Schneeflocken auf seiner Zunge schmelzen, und er laut ruft, was er sofort hätte rufen sollen, als er sie gesehen hat:

»Lindaaaa! Komm zurüüüüück!«

Eines Tages wird er sie anrufen. Bald. Bevor es auch dazu zu spät ist.

Das Weihnachtsstudio von P3 ist kitschig mit alternativem Weihnachtsschmuck dekoriert, der von den Zuschauern eingeschickt und von den Gästen gebastelt worden ist, die im Lauf des

Monats da waren. Das Schweinchen, das man sich irrsinnigerweise angeschafft hat, grunzt im Hintergrund im Heu und sendet einen scharfen und unverkennbaren Geruch aus, der den beiden Moderatoren in die Nase sticht, sich für Charlotte jedoch heimisch und sicher anfühlt.

Sie ist schließlich auf dem Land groß geworden und hat vor hundert Jahren selbst einmal ihr eigenes Saugferkel gehabt, Tulle, dem sie die Flasche gegeben und das sie hinter den Ohren gekrault hat, bis es schlachtreif war und plötzlich »verschwand«.

Diese Geschichte gibt sie, zwar sichtlich erkältet, doch gut gelaunt zum Besten, ausgeschmückt und mit einer dicken Schicht Vaseline auf der Linse der Erinnerung; diese Geschichte, die kritischere Moderatoren dazu veranlasst haben könnte, auf den inzwischen landesweit bekannten Selbstmord ihres Vaters zu sprechen zu kommen, der sich mit der Kordel eines Mähbinders erhängt hat. Aber so eine Sendung ist das nicht, es ist Weihnachten, und sie faltet gerade eine Mäuseleiter aus den Seiten der Regierungsgrundlage, in der es um die Leistungen im Umweltsektor geht.

»Ja, die wird leider nicht sehr lang!«, bemerkt sie trocken und hält sie den begeisterten Moderatoren hin. Die halten Charlotte ganz offensichtlich für einen Hit, und sie genießt diese unverpflichtende Freistunde, in der sie einigen ihrer angehäuften Frustrationen Luft machen darf.

»Charlotte Damgaard, beginnen wir mit unserem kleinen Weihnachtsspiel«, sagt die weibliche Hälfte unumwunden und schiebt ihr einen Würfelbecher hin. Ein Brettspiel liegt ausgefaltet vor ihnen auf dem Tisch. Das Prinzip ist folgendes, dass sie verschiedene Fragen bekommt, je nachdem, auf welchem Feld sie landet. Vermutlich stehen die Fragen ohnehin fest, aber sie geht auf den Spaß ein.

Zuerst würfelt sie eine Drei.

»Wie ist es, nach Hause geschickt zu werden?«, liest der Moderator vor. »Sozusagen aus dem Ministerbüro zu fliegen?«

»Schlimm!«, lacht sie. »Sehr viel schlimmer, als ich es mir vorgestellt hatte! Das ist wie beim Schlagball, nicht? Es ist beträchtlich lustiger, der zu sein, der drinnen ist, als der, der draußen ist.«

Sie will noch etwas über die katastrophale Politik der Regierung hinzufügen, doch die Moderatorin nickt auffordernd in Richtung des Bechers.

»Würfeln Sie noch einmal!«

Diesmal würfelt sie eine Sechs, und der Moderator strahlt.

»Werden Sie irgendwann einmal Staatsministerin?«

»Huha«, lacht sie ausweichend mit dem ätzenden Gefühl, Essigsäure getrunken zu haben. Mit welcher Phrase antworten Politiker doch gleich, wenn man ihnen solche Fragen stellt? »Wenn man diese Ambition nicht hat, hat man in Christiansborg nichts verloren!« Das zu sagen, kann sie sich nicht überwinden. Aber sie will auch nicht ihre Unsicherheit mit einigen Hunderttausend P3-Hörern teilen. Das Gefühl, in der Burg am falschen Platz zu sein. Die Ambivalenz, als sie an dem Einführungskurs für die neuen Folketingmitglieder teilgenommen hat und die Begeisterung der anderen, *da zu sein,* nicht teilen konnte, und die Antiklimax, als sie als Mitglied ihre Jungfernrede gehalten und das obligatorische Kleingeld einkassiert hat. Gar nicht erst zu reden von der Stimmung in der sozialdemokratischen Fraktion, die sie nicht gerade trällernd ihres Wegs gehen lässt. Auf der anderen Seite spürt sie den starken Impuls, *etwas zu tun*, für das Gute zu kämpfen wie die Idealisten, mit denen sie sich noch immer identifiziert. Aber muss das dort sein? In Christiansborg?

»Danach strebe ich nicht bewusst«, antwortet sie schließlich. »Nur einer muss die Drecksarbeit machen, sodass es schon sein kann, dass man sich opfern muss. Irgendwann einmal.«

Sie sagt das leichthin und munter, aber hier kriegen sie sie trotzdem.

»Bedeutet es ein Opfer, Staatsminister zu sein?«, fragt die Moderatorin, die unter ihrer entwaffnenden jütischen Oberfläche sowohl clever wie auch sarkastisch ist.

»Sehen Sie sich um!«, antwortet sie schnell, bevor sie es bereut. »Das ist der härteste Job im Land, Sie sind rund um die Uhr im Dienst und ernten nichts als Undank.«

»Und wenn man fertig ist, ist man *wirklich* fertig?«, fügt die clevere Jütländerin hinzu.

Charlotte lächelt ablenkend. Sie hat mehr als genug gesagt.

»Soll ich noch einmal würfeln?«

Der Flug SK926 von Los Angeles mit Ankunft auf dem Copenhagen Airport um 6.50 Uhr hat aufgrund der neu eingeführten Sicherheitsvorschriften auf den amerikanischen Flughäfen knapp vierzig Minuten Verspätung. Dafür können die Passagiere sich freuen, dass sie einen komfortablen Flug hatten, da in allen Klassen ungewöhnlich viel Platz war. In der Businessclass konnte sich Ole-Stig über drei Sitze ausbreiten, und nachdem er als routinierter Kosmopolit eine Schlaftablette genommen und zusätzlich direkt nach dem Abflug eine Melatonintablette unter der Zunge zergehen lassen hat, hat er seit dem Take-off wie ein Baby geschlafen. Im Gegensatz zu den Passagieren, die in großer Anzahl ihre Weihnachtsreise über den Atlantik abgesagt haben oder nur notgedrungen an Bord gegangen sind, hat Ole-Stigs Nervenkostüm sich nicht durch Flugzeugentführer aus dem Mittleren Osten, al-Qaida-Bomben oder Pockenviren im Ventilationssystem erschüttern lassen. Er teilt nicht die Furcht der Amerikaner vor dem in ihren Augen naiv schutzlosen Europa; er ist überzeugt, in dem Flugzeug sicherer zu sein als in der immer wieder von Erdbeben erschütterten Bay Area oder in jeder beliebigen amerikanischen Großstadt. Und was Kopenhagen angeht – Dänemark insgesamt –, ist das seiner Meinung nach noch immer ein rührend unschuldiges Märchenland, bevölkert von freundlichen Zwergen jenseits *the real world*.

Eine Meinung, die nur noch bestätigt wird, als er sich während des Landeanflugs die Nase am Fenster platt drückt und, nachdem das Flugzeug eine Kurve über Schonen geflogen ist, sich Kopenhagen wie eine beleuchtete Insel in einem dunklen Meer unter ihm ausbreitet. Eine *kleine* Insel, denkt er zufrieden, denn wie alle Emigranten möchte er das Vaterland in einer versiegelten Zeittasche halten, und deshalb ist jede Veränderung oder Entwicklung nur von Nachteil. Trotzdem starrt er fasziniert auf den gestrichelten Lichtstreifen mitten im Sund, bei dem es sich, wie er sich ausrechnen kann, um die neue Brücke über den Øresund handeln muss. Die Brücke, deren politischer Vater zu sein Gert so stolz ist. Wüsste man es nicht besser, könnte man den Eindruck gewinnen, dass es allein sein Verdienst ist, dass überhaupt etwas aus der Brücke geworden ist. Dass es ihm und seinem politischen Weitblick zu verdanken ist, dass Dänemark und Schweden miteinander verbunden sind. Doch als sein kleiner Bruder hat Ole-Stig gelernt, die Kirche im Dorf zu lassen, wenn es um Gert geht. Denn sein großer Bruder ist ein Prahlhans, das ist er immer gewesen. Er ist auch ein Hitzkopf, ein arroganter *s.o.b.*, ein *silly old bastard*, und seltsam ehrliebend. Alles in allem wäre er ziemlich unausstehlich, wäre er nicht noch so vieles andere. Superbegabt, intellektuell stimulierend und – das vor allem anderen – sein großer Bruder, der ihn immer beschützt hat. Ohne Gert hätte Ole-Stig die Kindheit in Tansania nicht überlebt. So einfach ist das. Ole-Stig hatte nicht nur eine weißere Haut als Gert und rötere Haare, was ihm an sich schon negative Beachtung einbrachte, um es mit einer erwachsenen Umschreibung auszudrücken. Er war auch eine *Heulsuse* und hatte nie gelernt, mit der Steinschleuder zu schießen, und kam selbst bei einer Schlägerei mit dem unterlegensten Gegner in Bedrängnis. Er verstand es einfach nicht, sich zu prügeln. Hatte nicht diesen *killer instinct*, der Gert zum Häuptling der Jungen machte, sowohl der weißen wie der schwarzen. Und obwohl Gert sich nicht zurückhielt und seinen kleinen Bruder wegen seiner mädchenhaften Neigung aufzog, mit Puppen zu spielen und schöne Damen aus den Wochenzeitschriften auszuschneiden, die sie aus Dänemark geschickt bekamen, duldete er es nicht, dass andere mit Fingern auf ihn zeigten. Auch nicht ihr Vater, der es nicht ertrug, dass sein jüngster Sohn sichtlich »entartet« war. Verstiegen wie er war, glaubte er, mithilfe von Strafen aus seinem Sohn »einen richtigen Jungen« machen zu können. Eine Erziehungsmethode, die er konsequent und mit harter Hand durchzog, bis Gert groß genug war, sich zwischen die beiden zu stellen und den Leiden seines kleinen Bruders ein für alle Mal ein Ende zu bereiten. Ob Gert jemals, in seinem tiefsten Inneren, die Homosexualität seines Bruders akzeptiert hat, ist zweifelhaft, aber zumindest hat er immer für dessen Recht gekämpft, homosexuell zu sein. Deshalb hat Ole-Stig trotz der offensichtlichen Fehler und Mängel seines großen Bruders eine Schwäche für ihn. Seinetwegen kann er gern die Ehre für sämtliche Brückenverbindungen, die er will, in Anspruch nehmen, darf prahlen und verschlossen sein, darf dozieren und irritieren. Er vergibt seinem großen Bruder alles.

Nur ein einziger Punkt stört ihn. Denn obwohl er seinen großen Bruder liebt, ja, ihn irgendwie sogar *vergöttert* und ihm alle Macht und Ehre dieser Welt gönnt, ist es nicht in Ordnung, *not okay*, dass er dort weitermacht, wo ihr Vater aufgehört hat. Nicht, dass sie jemals darüber gesprochen hätten. Aber er ist schließlich nicht blind – als Kind einer misshandelten Mutter sieht man so etwas. Die Unruhe, die Angst, die Nervosität. Und die klinischen Spuren natürlich. Er ist immerhin Arzt. Oft schon hat er zerschlagene Frauengesichter repariert und Frauen, die verzweifelt um eine neue Identität gekämpft haben in der Hoffnung, sich so vor ihrem Verfolger verstecken zu können, ein neues Gesicht gegeben. Er hat es sogar gratis gemacht. Für die finanziell Unterprivilegierten. Und das sind schließlich die meisten in dieser Situation.

Eine Stewardess tippt ihm auf die Schulter. Er hat vergessen, die Stuhllehne aufzurichten. Sie lächelt, blond und skandinavisch. Erinnert ein bisschen an Linda, vor zehn, fünfzehn Jahren. Er erwidert das Lächeln, drückt auf den Knopf und gelobt sich, diesmal etwas zu unternehmen. Mit Gert zu sprechen. Er muss aufhören, seine Frau zu schlagen.

Es ist nicht ihre Schuld, dass das Flugzeug Verspätung hat. Oder dass er Ankunftszeiten und eventuelle Verspätungen nicht im Videotext gecheckt hat, bevor sie von zu Hause losgefahren sind. Es ist auch nicht ihre Schuld, dass der junge Mann in der Information offensichtlich nicht weiß, wen er vor sich hat, als er nur eine verkürzte und nichtssagende Erklärung herunterleiert, statt ihnen ordentlich zu erklären, warum das Flugzeug Verspätung hat und warum die Gepäckauslieferung so lange dauert. Und es ist schließlich nicht ihre Schuld, dass es so lange dauert, im Café Select neben der Ankunftsschleuse einen Kaffee zu bekommen. Doch sie bekommt alles ab. Sie faucht er an und schimpft er aus, bei ihr beklagt er sich. Zum Beispiel als sie nach einer Pfeffernuss greift und dem Barkeeper mit einem allzu zuvorkommenden Lächeln »Frohe Weihnachten!« wünscht.

»Nimm dich doch zusammen!«, sagt er und zieht an ihrem Ärmel.

»Entschuldigung«, murmelt sie und verschüttet etwas Kaffee über den Mantel.

»Tsst!«

»Entschuldigung!«, sagt sie wieder und reibt mit einer Serviette über den Fleck. »Das muss ich wohl auf der Toilette machen«, fügt sie mit einem allzu gehetzten Ausdruck hinzu, den er kaum mehr ertragen kann.

»Da kannst du auch gleich etwas von dieser Kriegsbemalung entfernen. Du siehst aus wie ein geplündertes Weihnachtsbüfett.«

Stumm dreht sie sich um und verschwindet in Richtung Toiletten. Er hofft, dass Ole-Stig auftaucht, während sie weg ist. Er erträgt diese übertriebenen familiären Willkommensszenen nicht, in denen die beiden Experten sind. So gesehen, sieht er diesem Weihnachtsbesuch auch nicht mit ungeteilter Begeisterung entgegen. Es ist einige Jahre her, dass sie mit ihm allein gewesen sind, ohne Bob. Und es ist einige Jahre her, dass sie so viele Tage unter demselben Dach verbracht haben. Das macht ihn unruhig. Angespannt. Obwohl er sich auch freut, ihn zu sehen. Sehr sogar. Ole-Stig ist trotz allem der Mensch auf der Welt, der ihm am nächsten steht.

Er hat nicht das Budget für so etwas, der Chefredakteur. Aber er macht es trotzdem. Von seinem eigenen Geld. Spendiert eine Flasche Maltwhisky für die beste Rubrik des Jahres. Er allein bestimmt, wer den Preis bekommt. Und er zweifelt nicht einen Augenblick, wen er am 23. Dezember in sein Büro rufen wird, bevor die Redaktion ihre Arbeit während der Feiertage auf Sparflamme herunterfährt. Die Flasche geht an den supertalentierten Mikael Rud für sein *Dead Man Walking*. Das Präziseste, was bisher über Per Vittrup geschrieben worden ist. Und deshalb bereits überall zitiert und kopiert wird. Auch auf dem Rathausplatz. Und in Viby. Häh.

Erst nach den Mittagsnachrichten am 24. Dezember wird Per Vittrup klar, dass er ein Problem hat. Es besteht nicht darin, dass er mit den Weihnachtskarten hinterherhinkt, die sich, geschriebene wie ungeschriebene, auf seinem Schreibtisch stapeln. Das tun sie immer, obwohl seine effektive Sekretärin im Staatsministerium stets dafür gesorgt hat, dass sie trotzdem rechtzeitig herausgingen – jedenfalls die an die anderen Staatsoberhäupter, die Kommissionsvorsitzenden, die Generalsekretäre und die Konzerndirektoren. Dass sie sich dafür entschieden hat, das Angebot anzunehmen, im Büro des Staatsministers zu bleiben, kann er ihr nicht zum Vorwurf machen, obwohl er doch ein wenig enttäuscht war, dass Tove Munch nicht mit ihm gegangen ist. Er fand, sie hatten einen guten Modus Vivendi. Ja, ein nettes *persönliches* Verhältnis. *Never mind.* So ist das. In Christiansborg. Und sein Problem ist eigentlich auch nicht, dass man von ihm als ehemaligem Staatsminister nicht mehr erwartet, dem amerikanischen Präsidenten eine Weihnachtskarte zu schreiben, noch dass er selbst keine erwarten kann. Sein Problem knistert wie ein Wackelkontakt in einer Lautsprecheranlage. Ein Knistern, das immer lauter und enervierender wird, nachdem sich die Stille in der Burg ausgebreitet hat. Außer ihm ist bis auf die Sicherheitsbediensteten und den Wachmann niemand mehr da. Selbst die Reporter sind nach Hause gegangen, Brydesens Cafeteria hat geschlossen, und die Computer sind abgeschaltet. Langsam wird es sogar kalt; in den Weihnachtstagen steht die Heizung auf Nachtabsenkung. Da man annimmt, dass die ehrbaren Folketingmitglieder im Schoß ihrer Familien Weihnachten feiern. Jeder ist in seine Richtung davongeeilt, als das Folketing in die Ferien gegangen ist; erschöpft und geschlaucht von einem harten und aufreibenden Wahlherbst, haben sie alle das Bedürfnis nach Ruhe in der terrorfreien Zone ihres Heims.

Ehrlich gesagt, könnte auch er ein paar gemütliche Tage mit einem Feuer im Kamin, einem Glas Burgunder und einem Weihnachtsbaum, der bis zur Decke reicht, vertragen. Liebend gern hätte er in der Küche gestanden und die Verantwortung für die lange bratende Ente übernommen, die braunen Kartoffeln und die Sauce, in deren Zubereitung er ein wahrer Meister ist. Er hätte mit Genuss die Familie bewirtet, Gitte und die Jungen und ihre Freundinnen, von denen die eine hochschwanger ist, und wer sonst noch mit am Tisch gesessen hätte. Tatsache ist jedoch, dass es dieses Jahr keine Familie zu bewirten gibt. Gitte, mit der Weihnachten zu feiern ohnehin ausgeschlossen ist, befindet sich auf einer Auf-den-Fersen-von-Bin-Laden-Reportagetour in den Tora-Tora-Bergen. Das macht ihm Sorgen, ist aber *none of his business*, wie ihm nachdrücklich versichert wurde, als es ihm das letzte Mal gelungen ist, auf ihrem Satellitentelefon durchzukommen. Und was die Jungen angeht, ist der eine bei den Schwiegereltern in Südjütland und der andere in Surfferien in Australien, und darüber hinaus sind beide noch immer unversöhnlich ihm gegenüber, obwohl Gitte schon vor Langem verkündet hat, dass sie nicht zusammen Weihnachten feiern werden. So gesehen, weiß er schon eine geraume Zeit, dass sein Weihnachtsabend kein Bilderbuchabend werden wird, nur hat er es bisher versäumt, sich entsprechend zu verhalten. Doch als er in den Mittagsnachrichten die dramatischen Berichte über den gewaltigen Orkan hört, aufgrund dessen die Brücke über den Großen Belt geschlossen ist, sodass die Weihnachtsreisenden auf ihrer jeweiligen Seite des Belts gestrandet in ihren beladenen Autos sitzen und schlimmstenfalls riskieren, nicht rechtzeitig anzukommen, sieht er es ein. Dass er weihnachtslos ist. Er wird allein in der allzu großen Wohnung in der Stockholmsgade sitzen, die zu schmücken er nicht geschafft hat. Nicht einen Tannenzweig gibt es dort, und was den Kühlschrank angeht, so herrscht darin eine ebensolche Leere wie in dem steifen Blick des Vorsitzenden der Venstre-Partei.

Per Vittrup ist kein Eremit. Er ist ein soziales Wesen, das es in seinem tiefsten Inneren hasst, allein zu sein. Und fast zehn Jahre lang war er im Großen und Ganzen nur dann sich selbst überlassen, wenn er schlief oder auf der Toilette war. Ansonsten sind Leute dafür bezahlt worden, ihn rund um die Uhr zu bewachen. Er hat immer Gesellschaft gehabt, ist immer von jemandem umgeben gewesen, der seinen Kalender geführt und seinen Tag in Stunden und Minuten eingeteilt hat. Selbst den Weihnachtsabend haben sie für ihn geplant. Denn ein Staatsminister hat niemals frei, die mächtigen Männer legen nie ihre Rüstung ab, alles ist der Pflicht untergeordnet. Aufreibend, na schön, aber, Hand aufs Herz, seine Zeit selbst ausfüllen, ihr einen Sinn geben zu müssen, sich für oder gegen etwas zu entscheiden, zu etwas Stellung nehmen zu müssen, das niemand anderer für einen beschlossen hat, wie zum Beispiel ob man den Weihnachtsabend feiern will, ist erheblich anstrengender.

Resolut greift er zum Telefon. Drückt auf die Null, um eine Leitung zu bekommen, hält inne. Wen soll er anrufen? Seine verwirrte Mutter im Pflegeheim in Videbæk oder seinen Bruder in Struer? Soll er dort anrufen und um Weihnachtsasyl bitten? Ganz abgesehen davon, dass die Wetterverhältnisse offenbar nicht für gewagte Spontanentschlüsse in letzter Minute geschaffen sind, geht das nicht. Was soll er sagen? Wie soll er das erklären? Dass er, der bis vor einem Monat der mächtigste Mann im Land war, angekrochen kommen und demütig an die Tür der Herberge klopfen muss? »Hoch geflogen. Tief gefallen!« Ist es nicht das, was sie denken werden? Schadenfroh oder mitleidig, beides ist gleich schlimm. Nein, das kommt nicht infrage. Und sonst? Altgediente Funktionäre oder Freunde in der Partei anrufen und sich selbst einladen? Wer sollte das sein? Gert, der ihm seit der Wahlnacht aus dem Weg geht? Meyer, die auch nicht sonderlich warme Gefühle für ihn zu hegen scheint? Außerdem ist sie auf der Hütte bei ihrem norwegischen Reeder, dem einzigen Mann, der ihr gewachsen zu sein scheint.

Er legt den Hörer wieder auf. Sicher, er hat auch Freunde außerhalb der Politik. Gehabt jedenfalls. Aber viele der alten Freundschaften sind nicht gepflegt worden. Wenn er genau darüber nachdenkt, hat er einige der alten Freunde im vergangenen Jahr überhaupt nicht gesehen. Jedenfalls lässt sich der Faden nicht so leicht wieder aufnehmen, dass er sie sechs Stunden vorher anrufen und bitten kann, ihm einen Platz am Weihnachtstisch zu reservieren. Na schön, so ist das eben. Er hat sich nicht rechtzeitig bemüht, das muss er zugeben. Die Konsequenz ist, dass er am Weihnachtsabend allein sein wird, so schlimm ist das nun auch wieder nicht. Er kann eine der beiden Flaschen Beaune Premier Cru aufmachen, die Dansk Industri ihm geschickt hat. Und wenn er im D'Angleterre anruft, lässt sich bestimmt noch ein Weihnachtsessen ordern. Er ist dort schließlich bekannt. Also, ab nach Hause und den Kamin angemacht, wenn denn noch Brennholz da ist, Kerzen hat er. Ob nicht auch noch ein alter Film im Fernsehen läuft?

Ermuntert ruft er die Auskunft an und lässt sich die Nummer des D'Angleterre geben. Wird zum Restaurant durchgestellt, wo ihm nicht viel Zuvorkommenheit entgegengebracht wird, bis er darauf besteht, den Küchenchef persönlich zu sprechen. Offensichtlich ist er der Einzige, der noch nicht vergessen hat, wie oft sie große und kleine Aufträge durch das Staatsministerium bekommen haben. Zu Vittrups Zeiten.

»Wie viele Gedecke?«, fragt er nur, als Per Vittrup ihm ausführlich erklärt hat, dass er wie so viele andere aufgrund des Sturms gezwungen ist, seine Pläne zu ändern und in Kopenhagen zu bleiben.

»Zwei«, sagt er und saugt die Lippen nach innen. »Wir sind nur zu zweit in diesem Jahr. Die Kinder sind verreist.«

Weihnachten ist eine Prüfung für viele Menschen, heißt es in den Radionachrichten. Viele nehmen sich das Leben oder rufen verzweifelt bei der Telefonseelsorge oder einer der anderen Hotlines an, an die die Einsamen und Deprimierten sich wenden können. Eine Telefonnummer wird genannt, aber ich höre nur mit halbem Ohr zu, weil ich mit der Ente und den gebräunten Kartoffeln beschäftigt bin, und denke, dass ich dieses Jahr keine von diesen Verzweifelten sein werde. In diesem Jahr habe ich mein Schäfchen im Trockenen, bin drinnen in der Wärme, muss keine von denen sein, die sich die Nasen an den Fensterscheiben platt drücken, um sich auf die Feste der anderen zu träumen. In diesem Jahr bin ich dabei, in diesem Jahr gibt es keine Katastrophe, in diesem Jahr stehe ich in einer ganz gewöhnlichen Küche, in der ganz gewöhnliche Fragen gestellt – *Meinst du nicht, dass ich jetzt die Ente herausnehmen sollte, damit sie noch eine Weile stehen und ruhen kann?* – und ganz gewöhnliche Antworten gegeben werden – *Ja, sie sieht gut aus. Wir können sie zum Schluss immer noch ein paar Minuten unter den Grill stellen. Man darf sie nur nicht aus den Augen lassen, das kann schnell schiefgehen.* Doch an diesem Abend geht nichts schief, da bin ich sicher, denn mein Schwager Ole-Stig ist bei uns, und seit er gestern Morgen über die Schwelle getreten ist, scheint das ganze Haus wie verzaubert. Die reinste Magie. Gert schimpft nicht mehr, brummt nicht verärgert herum, sondern lächelt und wünscht sogar meiner Schwägerin Janni schöne Weihnachten, als sie mir unangemeldet einen großen, in Zellophan eingepackten Weihnachtsstern vorbeibringt, der angeblich von meiner Mutter ist. Er wird gegen die übliche Schachtel Anthon-Berg-Pralinen ausgetauscht, die ich meiner Mutter in den letzten Jahren pflichtschuldigst geschenkt habe. Die Kinder sind auch im Auto, sie sind auf dem Weg zum Mozarts Plads, um zusammen mit »Großmutter« Weihnachten zu feiern. Janni hat einen Weihnachtskorb von der

Heilsarmee bekommen, erzählt sie, als Ole-Stig alle hereinbittet. Gott sei Dank lehnt sie ab, sie müssen weiter; sie bringt schließlich das Essen mit. Dafür geht er mit hinaus und grüßt und steckt ihr einen zusammengerollten Hundertdollarschein zu, von dem sie den Kindern etwas Schönes kaufen soll. Janni ist zu Tränen gerührt, sie ist es nicht gewohnt, etwas geschenkt zu bekommen, eigentlich überhaupt nicht, etwas zu bekommen, und deshalb gibt er ihr noch einmal hundert Dollar und sagt, dass die für sie sind. Er kann sich das leisten, das ist es nicht. Es ist die Fürsorge, mit der wir nicht zurechtkommen, Janni und ich. Ich habe die Chance ergriffen, mit hinauszugehen, um die drei Kinder zu begrüßen; Stephanie, die auf dem Beifahrersitz sitzt, raucht, bald sechzehn ist und schon seit Langem mehr als geküsst wird, Patrick, der Lümmel, der die dunklen Augen seines Onkels hat, und der kleine Oliver, mollig und mit roten Wangen. Für ihn besteht noch Hoffnung, der Blick der beiden Großen ist bereits stahlhart, sie gehen wohl einer kriminellen Zukunft entgegen. Stephanie hat man beim Ladendiebstahl erwischt und Patrick aus dem Landschulheim nach Hause geschickt, weil er fünf Gramm Hasch bei sich hatte. Das ist Scheiße, und ich wünschte, ich könnte etwas für sie tun – etwas anderes, als heimlich Weihnachtsgeschenke zu schicken, wie ich das auch dieses Jahr getan habe.

Deshalb winke ich dem hustenden Daihatsu, der bestimmt den nächsten TÜV nicht übersteht, auch mit einer gewissen Beklommenheit nach. Ole-Stig sagt nichts, legt mir nur einen Arm um die Schulter; er weiß, was ich denke, und auch, was ich fühle. Vielleicht besser als ich. Wir überlassen das Thema sich selbst wie einen Vogel mit einem gebrochenen Flügel; wir sind mitten in den Vorbereitungen für das Weihnachtsessen, und es bringt nichts, über das Kind zu weinen, das ich verloren habe, und die Kinder, die ich später nicht bekommen konnte.

»*Great kids!* Was sind die groß geworden«, sagt er, als das Auto um die Ecke verschwunden ist. Etwas im Klang seiner Stimme verrät, dass er vielleicht den gleichen Schmerz mit sich herumträgt, sich nie reproduziert zu haben. Ob es Gert auch so geht? Haben sie jemals darüber gesprochen? Dass die Familie mit ihnen ausstirbt, mit den beiden Brüdern?

»Ja«, sage ich und schaudere vor Kälte. Es ist noch immer windig, obwohl der Sturm langsam abnimmt. »Die Kinder sind schon okay. Na schön, wir sollten besser …!«

Ole-Stig nickt, und wir gehen in die Küche und fahren da fort, wo wir aufgehört haben. Wir liegen gut in der Zeit; wir arbeiten prima zusammen, und selbst Gert findet sich in den Rhythmus ein, als er aus seinem Arbeitszimmer auftaucht, wo er wie üblich Stunden über seinem Taschenrechner und einem Block verbracht hat. Ole-Stig nennt ihn kopfschüttelnd einen unverbesserlichen *workaholic* – am Weihnachtsabend über einem alternativen Finanzgesetz zu brüten! Wo er nicht einmal Finanzsprecher ist! Gert zuckt versöhnlich mit den Schultern und macht unaufgefordert eine Flasche Wein auf, Kerzen und Musik an. Frank Sinatras Weihnachtshits sind kurz darauf aus den Lautsprechern in der Küche zu hören.

»Das ist das Amerika, das es einmal gab. Vor *Ground Zero*«, bemerkt Ole-Stig und summt bei *I'll Be Home for Christmas* mit, während er das Glas Rotwein entgegennimmt, das Gert ihm eingegossen hat. Ich bekomme auch eins; er macht es ganz voll, damit ich den Wein nicht mit Wasser verdünnen *kann*, nicht wahr? Es wäre gelogen, zu behaupten, dass ich den ganzen Tag noch keinen Tropfen getrunken habe. Ich war gezwungen, in das Außenlager im Garten zu gehen, wo ich Flaschen unter ein paar großen, leeren Tontöpfen versteckt habe, um ein paar Drinks zu kippen. Nicht viele, nur genug, dass meine Hände nicht so zittern. Deshalb bin ich ungewöhnlich klar im Kopf und kann sowohl zuhören wie auch die Sauce zubereiten, während das Gespräch zwischen den beiden Brüdern lebhaft wird, die sich mit ihren roten Haaren, ihren Sommersprossen und ihren behänden Gestalten zwar gleichen, ansonsten aber so unterschiedlich wie Tag und Nacht sind. Nicht nur weil Ole-Stig vier Jahre jünger und schwul ist und mit seinem gepflegten Schnäuzer, der modischen Kleidung und der Breitling-Uhr am Handgelenk durchaus als wohlhabender *gay doctor* von der amerikanischen Ostküste gecastet werden könnte, der in einige der Sitcoms passt, mit denen ich mein Dasein friste. Sondern auch weil Gert der Schwermütige und Rätselhafte, und Ole-Stig mit einem fröhlicheren Gemüt und einer allumfassenden Offenheit gesegnet ist. Besonders wenn sie zusammen sind, wird dieser Unterschied deutlich. Während Gert das Glas immer als halb leer ansehen wird, ist es für Ole-Stig stets halb voll. Trotzdem fällt mir, während ich das Entenfett von der Sauce abschöpfe, auf, dass Ole-Stig pessimistischer wirkt als sonst.

Sie unterhalten sich nämlich über Politik, über Amerikas Rolle in der Welt, über die Wahrscheinlichkeit, dass die USA sich die patriotische Stimmung für ihren Krieg gegen den Terror zunutze machen und den Irak besetzen werden, um Saddam Hussein zu stürzen. Ole-Stig verdreht die Augen, während Gert all die Männer aufzählt, die den Präsidenten unterstützen, unter anderem Cheney und Rumsfeld, die beiden Falken des rechten Flügels. Sie sind ganz versessen darauf, auf den Knopf zu drücken, *send in the marines*, und der allzu weiche Falke Colin Powell dürfte außerstande sein, das zu verhindern.

»*That's right!*«, stimmt Ole-Stig zu. »Und wenn diese Condoleezza Rice sie auch noch anspornt, werden sie sich noch mehr ins Zeug legen! *What the fuck* macht sie in dieser Regierung?«

»Sie ist die schwarze Geisel«, sagt Gert und klaut sich eine meiner Zigaretten aus der Packung auf dem Küchentisch. Eine seltene Ehre. »Condee ist der Schinken im Sandwich. Genau wie Colin«, fügt er hinzu.

»Sie ist die schwarze *weibliche* Geisel«, ergänze ich und schüttle mir selbst eine Zigarette aus der Packung. Drehe mich zu Gert um, um mir Feuer geben zu lassen, aber er hat das Feuerzeug weggelegt. Ole-Stig nimmt es und gibt mir Feuer.

Gert zieht skeptisch die Mundwinkel nach unten, er hat meine »selbst gestrickten Analysen« noch nie gemocht. Obwohl sie auf dem sporadischen Lesen der internationalen Zeitungen und Zeitschriften basieren, die ich ab und zu aus Gerts Papierkorb fische, um mich durch sie hindurchzuarbeiten. Wenn ich mit Saubermachen, Wochenzeitschriftenlesen und Nägellackieren fertig bin, versteht sich.

Doch Ole-Stig gibt mir recht, hurra!

»Yeah! Condee ist noch wichtiger für sie als Powell! Wenn eine schwarze Frau bis ganz an die Spitze kommen und Sicherheitsbeauftragte werden kann, ist an der Legitimität der Bush-Regierung nichts auszusetzen. Dann kann man sie nicht der Diskriminierung beschuldigen, oder?«

»Wir sind fast gleichaltrig. Sie ist ’54 geboren«, sage ich und ernte einen resignierten Blick von Gert, der sich wieder darin bestätigt fühlt, dass ich nicht intelligenter bin als die Türen, gegen die er meinen Kopf knallt. Das ist so eine Angewohnheit, die ich mir zugelegt habe. Ich erinnere mich an die Geburtsjahre berühmter Frauen, um mich damit zu quälen, was aus mir hätte werden können. Richterin am Obersten Gerichtshof, Professorin der Molekularbiologie, Literaturnobelpreisträgerin, Ministerin …! Natürlich ist das Unsinn, lächerlich, mir einzubilden, dass an mir eine Superfrau verloren gegangen ist. Dafür habe ich, 1950 geboren, noch immer eine reelle Chance, unter die jüngeren Toten zu fallen, die ich täglich in den Todesanzeigen zähle. Zumindest das muss ich schaffen, früh genug zu sterben, damit es bemerkt wird. Und wie immer hilft Gert mir dabei, dieses Ziel zu erreichen, indem er spitz fragt, was diese Bemerkung soll?

»Nichts«, piepse ich und konzentriere mich hausmütterlich auf die bräunenden Kartoffeln, die Ole-Stig vergessen zu haben scheint. Schulmeisterhaft wendet sich Gert Ole-Stig zu und erklärt den Begriff *Pax Americana*, dem wir Europäer per definitionem, *like it or not*, unterworfen sind, wie er meint. Eine Radiodiskussion, zu der ich – wie er annimmt – absolut keine Meinung habe. Von mir wird erwartet, dass ich den Mund halte. Aber ich bin trotz allem auch ein paar Semester auf die Universität gegangen, und ich kann eine Zeitung lesen, und jetzt, wo Ole-Stig als Puffer da ist, kann ich der Versuchung nicht widerstehen, meine Meinung kundzutun.

»Ja, aber«, unterbreche ich und mache einen tiefen Zug. »Es ist zwar möglich, dass wir uns mit Amerikas ökonomischer und militärischer Dominanz abfinden müssen. Es ist auch möglich, dass wir als kommunistischer Satellitenstaat geendet wären, wenn die USA uns nicht gerettet hätten. Aber bedeutet das, dass wir ihnen ewig dafür dankbar sein müssen? Historische Überlegenheit gibt doch nicht dem Stärkeren das moralische Recht, den Schwächeren niederzuwalzen! Man muss doch Respekt vor anderen Meinungen haben ... Ich meine, das ist doch nicht zivilisiert, oder?«

»Was ist nicht zivilisiert?«, fragt Gert und stößt Rauch aus.

»Andere auf ihren Platz zu prügeln«, sage ich und begegne seinem Blick, als der Rauch in Richtung Dunstabzug zieht. »Seinen Willen zu erzwingen«, meine ich. »Das ist doch unmenschlich, nicht?«

Ole-Stig nickt bestätigend, trotz Gerts spitzer Bemerkung: »Das ist internationale Politik, Schatz!« Offenbar hat der kleine Bruder die Doppeldeutigkeit in dem ehelichen Duell nicht mitbekommen, denn er spricht mit Sicherheit nur von Amerika, als er sagt, dass sie auch gegen die Schwulen sind.

»Sie sind gegen die Schwulen, die Lesben, die Indianer, die Gewerkschaften, die Abtreibungsärzte, die Feministinnen und die Intellektuellen. Alle Minderheiten erleben das. Unsere Telefone werden abgehört, die Basisdemokraten werden unterwandert, und wenn du sonntags nicht in die Kirche gehst, bist du bereits einer von *ihnen*. Ein potenzieller Terrorist oder ein *enemy of the state*. Sie sind so extrem paranoid, dass es schon krank ist. So viel dazu, die mächtigste Nation der Welt zu sein, Gottes gelobtes Land! Ein Terrorangriff, und alles wird zu Staub. Ich glaube wirklich, ich emigriere!«

»Ja! Komm nach Hause! Du kannst bei uns wohnen! Bob auch! Ihr könnt beide hier wohnen! Oben!«, rappe ich eifrig, zu eifrig, wie ich an Gerts angespanntem Ausdruck sehe. Es ist zwar Weihnachten, aber es gibt Grenzen.

»Too late, honey«, sagt Ole-Stig mit einem bedauernden Schulterzucken und steht auf. »Hast du ein ordentliches Messer?«

Yes, ich habe ein ausgezeichnetes, geschliffenes Messer, das mühelos die hervorragende Ente zerteilt, die zu dem hervorragenden Burgunder passt, an dem bei diesem hervorragenden Weihnachtsessen keiner spart. Eigentlich hatte ich geplant, in Maßen zu trinken, doch das Küchengeplauder war trotz allem so stressig, dass die Nervosität wie Fritteusenfett im Magen siedet. Ich habe auch Angst, eine Hitzewelle zu bekommen, die Kerzen geben so viel Wärme ab, dass sich Schweißtropfen unter der Kante meines BHs zu sammeln beginnen. Ich habe meinen Arzt bereits angefleht, mir Hormone zu geben, bin bereit, das Risiko eines Blutpfropfens in Kauf zu nehmen. Der Arzt hat nicht begriffen, warum ich so versessen darauf bin, Östrogene zu schlucken. Ich bin schließlich nicht in der Situation vieler Karrierefrauen mittleren Alters, die sich ihr ganzes Curriculum Vitae verderben können, wenn sie bei einer PowerPoint-Präsentation eine Hitzewallung bekommen – wie Condee bei einer Besprechung im Oval Office, stelle ich mir vor –, ich kann nach Hause gehen und durchschwitzen, was ich will. Mein Arzt ist nicht besonders fantasievoll, oder vielleicht verkraftet er einfach keine Patientinnen mit Problemen, deshalb gehe ich auch weiter zu ihm. Er fragt nie nach, auch nicht, wenn ich ein weiteres Mal mit einer gebrochenen Rippe komme, da ich »die Treppe hinuntergefallen bin«, oder Blut im Urin habe, weil die Nieren bei »einem Tritt von einem Pferd« zu Schaden gekommen sind. Deshalb hat er auch nicht genug Fantasie, sich vorzustellen, dass ich ein sehr viel größeres Risiko eingehe, wenn ich in Gegenwart meines Mannes Hitzewallungen bekomme, als wenn ich Hormone schlucke. Denn Gert *ekelt* sich vor meinen Hitzewallungen, die er als Provokation ansieht, und wenn ich während des Weihnachtsessens eine bekäme, fände er das so unappetitlich, dass er ohne Zweifel aufstehen und den Tisch verlassen würde. Selbst in Gegenwart seines Bruders.

Dank des Sterns von Bethlehem und vor allem dank der himmlischen Empathie meines Schwagers, die ihn demonstrativ den Schlips lösen und Gert bitten lässt, die Tür zum Garten zu öffnen, kann ich die Katastrophe abwenden, indem ich mir die Oberlippe mit dem Tellerdeckchen trocken tupfe und den obersten Knopf meiner mit Applikationen verzierten Seidenbluse öffne. Doch meine Nervosität bekomme ich nicht so leicht in den Griff, denn jetzt dauert es nicht mehr lange, bis wir die Geschenke austauschen. Es ist das Fahrrad, das mich nervös macht. Ob es ihm gefällt? Oder ob es total falsch ist? Als ich den Mandelreis auf den Tisch stelle und die Portionen verteile, tue ich das mit dem stillen Gebet, dass Gert die Mandel bekommt. Nicht weil er auch nur im Mindesten an dem Marzipanschwein mit der roten Schleife interessiert wäre, das für alle sichtbar auf dem Tisch steht, sondern weil ich weiß, wie sehr er es hasst, eine Trophäe, welcher Art auch immer, nicht zu gewinnen. Ole-Stig weiß das auch, doch dann fährt trotzdem ein kleiner Teufel in ihn, denn offenbar hat er nicht vor, Gert kampflos den Sieg zu überlassen. Es endet damit, dass die beiden sich jeder durch vier Portionen essen, bevor ich meine Chance gekommen sehe, die Mandel, die in meiner Portion war, in einen kleinen Klacks auf Gerts Teller zu schummeln. Ole-Stig sieht es sofort und schreit *Das ist Betrug!*, doch Gert führt schnell den Löffel zum Mund, um dann schamlos zu behaupten, der rechtmäßige Gewinner zu sein. Ein edler Gewinner, der das Schwein sofort an Ole-Stig weitergibt, mit einem nachsichtigen *Verderben wir dem Kind nicht den Spaß!*

»Dem Kind!«, quäkt Ole-Stig. »*Who the fuck* ist hier *das Kind!* So ist er immer gewesen«, beklagt er sich theatralisch bei mir, und ich lache und sage: *»I know!«*

Gert gluckst und hebt das Portweinglas, und Ole-Stig schüttelt gutmütig den Kopf und bringt ein Skål auf die Abwesenden aus – unter anderem auf die toten Eltern und den lebenden Bob, mit dem er mindestens zweimal am Tag lange Telefongespräche führt. Noch immer guter Laune macht Gert den Weihnachtsbaum an, den Ole-Stig und ich gestern gekauft und heute Vormittag geschmückt haben, während Gert kurz in der Burg war, und ich stehe vom Tisch auf und setze Kaffee auf und stürze eilig zwei Gläser mit Rotwein hinunter, um die Panik zu dämpfen, die mich durchströmt. Warum habe ich nicht einfach nur ein Buch oder ein paar Handschuhe oder etwas anderes, weniger Ausgefallenes gekauft? Es wäre besser gewesen, wenn wir die Geschenke ganz abgeschafft hätten. Weniger peinlich für uns beide. Denn was mag er für mich gekauft haben? Noch einen Satz Unterwäsche, die er dann zerreißt, wenn sich die Gelegenheit bietet?

Mit steifen Schritten kehre ich, das Kaffeetablett in den Händen, ins Wohnzimmer zurück. Und lasse es vor lauter Entzücken beinahe fallen, als ich den angezündeten Weihnachtsbaum sehe.

Alle elektrischen Lampen sind ausgeschaltet, und Frank Sinatra singt wieder. Gert dreht sich zu mir um und lächelt, und Ole-Stig nimmt mir das Tablett ab und stellt es auf den Sofatisch.

»Ist das schön!«, rufe ich und bleibe stehen und sehe mir blinzelnd den Baum an. Wann haben wir zuletzt einen Baum gehabt, der bis zur Decke reichte? Vor zehn Jahren? Vor fünfzehn? Jedenfalls nicht mehr, seit wir aufgehört haben, mit unseren Familien Weihnachten zu feiern.

Ole-Stig besteht darauf, dass wir um den Baum tanzen, und obwohl Gert sich weigert, endet es damit, dass wir um ihn herumgehen und einander an den Händen halten. Ole-Stig hat Frankieboy abgestellt und singt jetzt selbst – und was immer man über ihre Kindheit in der Missionsstation sagen mag, die Weihnachtslieder haben sie in der Sonntagsschule gelernt. Einige werden auf Englisch gesungen, doch das spielt für mich keine Rolle. In meiner Familie waren wir nie sonderlich weihnachtsliedfest, sodass ich ohnehin nicht viele Strophen der dänischen Versionen kenne. Ich lausche auch lieber den aufeinander abgestimmten Baritonen der beiden Männer, die *Silent Night* singen, dass die Fensterscheiben beschlagen und die Götter sich einfach erbarmen müssen. Und ich hoffe, das tun sie weiter, die Götter, damit mein Geschenk sich nicht als Katastrophe erweist. Als mein Verschworener holt Ole-Stig das Fahrrad aus dem Schuppen, wo es der freundliche, zu seinem Wort stehende Fahrradhändler auf meine Bitte hin gestern abgestellt hat.

»Für Gert von seiner Frau!«, liest Ole-Stig laut, als er das Fahrrad ins Wohnzimmer getragen hat. Ich hätte es nicht in Geschenkpapier einpacken sollen. Gert ist sichtlich irritiert, das ganze Papier abwickeln zu müssen, deshalb eile ich ihm mit einer Schere zu Hilfe und mache es für ihn, während er stumm zusieht.

»Ein Fahrrad«, sagt er schließlich nüchtern, als ich es von dem Goldpapier befreit habe.

»Ein Raleighrad«, sage ich. »Mit Trommelbremse. Gebraucht … So eins, wie du es einmal gehabt hast … damals, als wir jung waren, meine ich … Ich dachte …«

»Cool!«, sagt Ole-Stig und betätigt die Klingel. »Ein Vintage-Modell! Die bekommt man in den USA fast gar nicht!«

»Ich hatte eigentlich an ein Rennrad gedacht«, sagt Gert. »Ein Mountainbike. Das hier hat so etwas Altväterliches, nicht?«

Ole-Stig schüttelt zungenschnalzend den Kopf. Klopft Gert auf die Schulter.

»*Granny, let's face it!* Wir sind schließlich im Großvateralter. Auch wenn wir keine Enkelkinder haben!«

Ich bücke mich schnell, sammle das um seine frisch geputzten Lloyd-Schuhspitzen verteilte Papier auf und vermeide so, seinen Gesichtsausdruck zu sehen. Kann ihn mir aber ohne Weiteres vorstellen. Glatt wie das Meer unmittelbar vor der Flutwelle. Doch jetzt habe nicht ich mich zu dieser Bemerkung erdreistet, sondern sein lieber kleiner Bruder. Deshalb erhebt sie sich nicht, die Welle, begnügt sich mit ein paar kleinen Wellenschlägen, die kalt über mich hinwegspülen, während ich vor seinen Füßen liege.

»Das kann man hoffentlich umtauschen?«

»Das weiß ich nicht«, sage ich und richte mich mit dem zusammengeknüllten Papier und dem schwarzen Seidenband in den Händen auf. »Danach habe ich nicht gefragt.«

»Wenn er es nicht haben will, kaufe ich es. Zum doppelten Preis«, kommt es von Ole-Stig. Nicht sonderlich umgänglich diesmal. Eher wie das warnende Knurren eines Hundes.

Gert dreht sich halb zu ihm um, und in diesem Augenblick scheint das Wohnzimmer mit dem Weihnachtsbaum, den Kerzen und allem zu kippen.

»Ich behalte es«, sagt Gert und drückt mir einen Kuss auf die Wange. »Danke, Schatz! Das ist … nett von dir.«

Damit steht das Wohnzimmer wieder waagerecht, der Weihnachtsbaum wieder gerade, und der Kaffee scheint nicht mehr aus den Tassen zu laufen. Aber ich fühle mich noch immer so schief wie der Turm von Pisa, den zu besichtigen Touristen aus der ganzen Welt Eintritt zahlen.

Die letzten selbst verlöschenden Kerzen gehen mit einem *Ziiisch* aus, die Stille der Nacht senkt sich über das Haus, und die beiden Brüder haben die Hälfte ihrer Cohiba-Zigarren geraucht und sind beim dritten Cognac von Léopold Gourmel angelangt, einem hellen, bernsteinfarbenen Gourmeterlebnis mit einem Hauch Vanille, den Ole-Stig in hohen Tönen lobt, als er sich sagt, dass jetzt der Moment gekommen ist. Jetzt, wo Linda ins Bett gegangen – oder besser *geschickt* worden – ist, nachdem sie in einem Rausch die Küche aufgeräumt hat, den man *back home* als skandalös bezeichnen würde. Und obwohl dänische Frauen auch in diesem Punkt freizügiger sind, ist ihm klar geworden, dass seine Schwägerin ganz offensichtlich ein Alkoholproblem hat. Den endgültigen Beweis hat er im Schuppen bekommen, als er das unglückselige Fahrrad geholt hat und beinahe über eine halb volle Flasche Schnaps gestolpert wäre, die über den Betonfußboden rollte. Nicht wenige seiner engsten Freunde, gar nicht erst zu reden von seinem geliebten Bob, haben einen Entzug gemacht – sowohl nach dem Minnesota-Modell wie auch in der Betty-Ford-Klinik –, und das mit positivem Resultat, trotz einiger Rückfälle. Die Prognosen sind vor allem dann vielversprechend, wenn das Problem rechtzeitig erkannt wird und der Süchtige sowie der Mitsüchtige sich ihm stellen. Ob Gert erkannt hat, dass seine Frau trinkt, ist die Frage, um die Ole-Stig wie ein Golfball um die Lochkante kreist, während sein großer Bruder ihm ein weiteres Mal den Provinzialismus der dänischen Innenpolitik im Allgemeinen und die populistische Kaffeekränzchenrhetorik der neuen Regierung im Besonderen darlegt. Er scheint sich nicht viele Gedanken über seine Ehe zu machen, doch Ole-Stig ist sein Ärger nicht entgangen, als er Linda gebeten hat, sich zurückzuziehen. Ja, eigentlich klang es mehr wie ein Befehl, dem sie auch prompt Folge geleistet hat. Im Großen und Ganzen kann Ole-Stig, der Gert freundlich zuhört, sich nicht entscheiden, ob er beruhigt sein oder seine bangen Ahnungen, was das Verhältnis seines Bruders zu seiner Schwägerin angeht, eher bestätigt sehen soll. Obwohl er sie mehr als forschend angesehen hat, hat er keine Spuren physischer Gewalt entdecken können. Außer dass ihr ein Zahn fehlt, oben rechts, den sie durch eine Krone ersetzen lassen sollte, aber das heißt nicht notwendigerweise, dass er ihn ihr *ausgeschlagen* hat. Allerdings steht außer Diskussion, dass Gert unfreundlich zu ihr ist. Zu unfreundlich, und es schneidet ihm ins Herz zu sehen, wie eingeschüchtert seine früher so toughe Schwägerin inzwischen ist. Wenn er mit ihr allein ist, ist sie noch immer süß, lustig und schlagfertig, und als Profi würde er auch sagen, dass sie sich auffallend gut gehalten hat. Würde sie ihn in seiner Klinik konsultieren, er würde sich damit begnügen, ihr ein *blue peeling* zu empfehlen, wie das, dem er sich selbst unterzogen hat, und später einmal ein umfassendes Lifting. Ja, erst Restylane, gefolgt von Botox. Doch wie er immer zu seinen Klienten sagt, an der Ausstrahlung lässt sich nichts machen. Die innere Schönheit kann nicht einmal der beste Arzt der plastischen Chirurgie hervorholen. Und die verliert sie langsam. Die Frische, die Vitalität, die sie zumindest früher so *hot* machte, dass es selbst ihn nicht kalt ließ. Linda war einfach sexy. Nicht verwunderlich, dass Gert, der in seinen von Akne geprägten Teenagerjahren – in denen ihm ein Peeling wirklich gutgetan hätte – nicht gerade der Liebling der Mädchen war, herumstolziert ist wie ein *horny cat*, als er sie erobert hatte. Miss Danmark, verdammt! Und jetzt haben sie getrennte Schlafzimmer. Traurig. Gert macht auch keinen besonders glücklichen Eindruck, aber das ist vielleicht verständlich, wenn einem gerade der Job vor der Nase weggeschnappt worden ist.

Eigentlich hat er erst jetzt das Gefühl, dass Gert ein wenig auftaut, wo sie sich mit den Cognacgläsern in der Hand in den tiefen Ledersesseln in Gerts Arbeitszimmer entspannen, das in unangenehmem Ausmaß an das *Herrenzimmer* ihres Vaters in einer anderen Villa in Frederiksberg erinnert, von den Mogens-Koch-Regalen, dem Børge-Mogensen-Sofa und dem Kaare-Klint-Sessel bis hin zu den Geweihen an der Wand. Er hat Schuhe und Strümpfe ausgezogen, was er immer tut, wenn er entspannen will und sich sicher und wohl fühlt. Gert hat sich nie daran gewöhnt, Schuhe zu tragen. Ole-Stig lächelt ihm wissend zu, löst auch die eigenen Schnürsenkel und streift die Schuhe mit einem *ah!* ab. Jetzt, wo die Ruhe sich endlich eingefunden hat, ist es da nicht schade, eheliche Scharmützel zur Sprache zu bringen? Von denen Gert zu Recht behaupten kann, dass sie nicht *babybrother's business* sind.

»Kannst du dir vorstellen, wieder einmal auf Safari zu gehen?«, fragt er stattdessen mit einem Nicken zu den ausgestopften Großwildtrophäen hin.

»Nee, eigentlich nicht«, sagt Gert und folgt seinem Blick. Einem Blick, der sie viele Tausend Kilometer weiter südlich führt bis hinunter in die Massai-Ebene an einem warmen, sonnenflimmernden Tag vor langer Zeit. Einem Blick, der sie zu dem Punkt in der Geschichte zurückführt, an dem sich alles wendete und Gert die Oberhand gewann. Dem Punkt in der Geschichte, als Gert in der Massai-Ebene einen Löwen mit einem Schuss erlegte und ihr Vater anschließend behauptete, ihn selbst erlegt zu haben, obwohl die ganze Jagdgesellschaft Zeuge geworden war, dass er vorbeigeschossen hatte.

»Hättest du ihn wirklich erschossen?«, fragt Ole-Stig und erinnert sich an den Augenblick, in dem Gert das Gewehr gehoben, auf seinen Vater angelegt und mit einer Stimme wie Trockeneis gesagt hatte, dass die nächste Kugel für ihn sei, wenn er nicht sofort zugab, dass das gelogen war.

»Ja«, Gert schwenkt den Cognac im Glas. »Das hätte ich.«

»Tough guy«, nickt Ole-Stig.

»Meinst du ihn oder mich?«, fragt Gert säuerlich.

»Ihn! Unseren Vater. Er war ein harter Mann«, sagt Ole-Stig.

Gert zuckt mit den Schultern.

»Für Mutter war es schlimm. Und für dich.«

»Du hast es doch auch abbekommen!«, wirft Ole-Stig ein.

»Aber ich konnte es aushalten.«

Schweigend ziehen sie an ihren Zigarren. Ole-Stig hat Schwierigkeiten, seine am Brennen zu halten; als integrierter Lifestyle-Amerikaner hat er schon vor Jahren das Rauchen aufgegeben. Das sollte Gert auch. Zwanzig King ohne Filter pro Tag fordern ihren Preis. Falten, Krebs und Raucherlunge, schön wird das nicht. Hinzu kommen noch die Sonnenschäden aus der Kindheit. Er sollte sich auch auf Hautkrebs testen lassen. Ole-Stig hat damit angefangen, sich Muttermale entfernen zu lassen. Prophylaktisch.

»Eigentlich glaube ich nicht, dass irgendein Kind das aushalten kann«, ermannt er sich zu sagen. Sie haben noch nie darüber gesprochen. Über die Misshandlungen, die Gewalt. Den Gürtel, die Kleiderbügel. Die Demütigungen. Die Verwirrung darüber, dass der eigene Vater Arzt, Christ und gleichzeitig gewalttätig war. Das passte nicht zusammen. Schon gar nicht in Ole-Stigs empfindsamem Gemüt. Er ist geneigt, seinem *shrink* recht zu geben, dass seine eigene Entscheidung für die Medizin mit seinem lebenslangen Versuch zu tun hat, einen Zusammenhang zu schaffen. Er hätte ein Arzt für die Armen und nicht für die

Reichen werden müssen, hätte etwas in der großen Rechnung begleichen sollen.

»Man wird vermutlich abgehärtet. Lernt, Widerstand zu ertragen, zurückzuschlagen. Ziemlich nützlich in der Politik«, sagt Gert und schneidet hinter dem Zigarrenrauch eine sarkastische Grimasse.

»Ist das so?«, fragt Ole-Stig.

»Ist was so?«

»Die Politik? Geht es nur darum, sich schlagen zu können?«

Gert legt die Zigarre in den Aschenbecher, pult Tabak von der Zunge.

»Mmm. Im primitiven Sinn, ja. Wenn du dich nicht schlagen kannst, hast du in der Politik nichts verloren. Das ist hart. Brutal. Genau wie damals im Dorf. Dort konnten die Schwachen auch nicht überleben, oder? Sie gingen drauf. Das wärst du auch …«

»Wenn ich dich nicht gehabt hätte! Ich war schließlich nur ein kleiner, rothaariger Jammerlappen, sag es ruhig.«

Ole-Stig hält lächelnd eine abwehrende Hand hoch. Jetzt sind sie zurück in der Welpenzeit. Zwei gleichaltrige Brüder, die einander aufziehen, miteinander streiten und aufeinander eifersüchtig sind, letztendlich aber zusammenhalten.

»Kannst du dich erinnern, wie wütend er geworden ist, als du dein Fahrrad verliehen hast? Wie viel hast du noch mal zusammenbekommen? Du bist steinreich geworden!«

Gert lacht.

»Zuerst habe ich es gratis gemacht …«

»Um sie auf den Geschmack zu bringen! Du warst schon immer ein Finanzgenie!«

»Danach habe ich zehn Cent die Minute genommen! Das war billig! Und die Ärmsten bekamen Rabatt. Ich habe das Geld für einen edlen Zweck gespart! Kannst du dich nicht mehr erinnern? Ich wollte Geld für Ekomodo verdienen …«

Ole-Stig schaudert. Ekomodo war das Ungeheuer des Dorfs. Ein von der Syphilis zerfressener Krüppel, der mit seinem entstellten Gesicht und dem in Fäden aus den Mundwinkeln hängenden Speichel durch die Gegend trottete. Sein kleiner Neffe hat ihn herumgeführt, alle anderen hatten entweder Angst vor ihm oder schossen mit der Steinschleuder Steine nach ihm. Außer Gert, der sich als Einziger von den weißen Kindern herabließ, mit ihm zu reden. Manchmal gab er ihm sogar Zigaretten, die er dem Vater gestohlen hatte, oder Mais aus ihrem Küchengarten hinter dem Haus.

»Ich hatte viele Jahre Albträume von ihm«, murmelt Ole-Stig.

»Ja, und doch war er so friedlich wie nur … Ein armer Ausgestoßener. Dafür brauchte ich das Geld. Kannst du dich erinnern, wie arm er war? Er hatte nicht einmal eine Decke zum Schlafen.«

»Mutter hat ihm doch einmal eine gegeben, nicht wahr?«

»Ja. Und ich wollte ihm ein Radio kaufen. Ihm die Überraschung seines Lebens bereiten, verstehst du?« Gert sieht auf seine Zehen hinunter. Bewegt sie hin und her. Sie sind schön und wohlgeformt wie seine Finger.

»Aber das zu erklären, habe ich nie geschafft, nicht? Die Prinzipien hinter der Umverteilung … Vater hat geglaubt, dass ich die kleinen Negerkinder ausgebeutet habe, nicht?«

Die beiden Brüder drehen ihre Zigarre zwischen den Fingern. Auch Ole-Stig pult sich etwas Tabak aus dem Schnäuzer. Er färbt ihn seit Kurzem. Lächerlich. In Skandinavien ganz besonders.

»Großvater war wohl auch kein großer Pädagoge«, meint er schließlich. Als eine Art Verteidigung.

»Der Pfarrer?«, sagt Gert spöttisch. »Noch so ein selbstloser Humanist.«

»Erinnerst du dich an die Geschichte mit dem Betttuch?«, fragt Ole-Stig schaudernd, während der Albtraum der Kindheit sich rührt.

»Nicht wirklich. Wie war das noch?«

Ole-Stig seufzt. Eigentlich ist das keine Geschichte, an die er sich erinnern möchte. Da sie paradoxerweise seine eigene bedingt.

»Vater hat ins Bett gemacht, bekam Prügel, damit er aufhört, aber es hat nicht geholfen. Dann hat Großvater Großmutter verboten, seine Unterhose, seine Schlafanzughose und sein Betttuch zu wechseln. Vater hatte die Wahl, seine stinkenden, vollgepinkelten Sachen zu tragen oder nach draußen zu gehen und sie in einem Eimer auf dem Hofplatz zu waschen. Er hat sich zu Letzterem entschlossen, und da stand der kleine fünfjährige Knirps mitten im Winter mit nacktem Hintern und wusch seine Sachen im eiskalten Wasser. Keiner durfte ihm helfen, und obwohl Großmutter und das Dienstmädchen in der Küche standen, weinten und die Hände rangen, wagten sie nicht, ihm beizustehen. Er musste selbst das Betttuch auf die Wäscheleine hieven, und bevor er fertig war, war er natürlich selbst klatschnass und durchgefroren. Und als er eine Lungenentzündung bekam, war das die Strafe Gottes!«

»Der Mann war ein Sadist!«, entscheidet Gert kategorisch, als ginge es um eine besondere, prähistorische und seit Langem ausgestorbene Rasse, die in keiner Weise etwas mit ihm zu tun hat.

»Ja«, gibt Ole-Stig zu. »Er war ein Sadist. Aber das Unheimliche ist doch, dass der Fluch sich weitervererbt hat, nicht?«, sagt Ole-Stig zu spät, um sich in die Zunge zu beißen. *So* war das nicht gemeint. Aber *so* wird es auch nicht aufgefasst, denn Gert scheint in seine eigenen Gedanken versunken.

»Anyway«, fährt Ole-Stig fort und sieht wieder seinen Vater vor sich, an diesem Tag in der Ebene, unmittelbar vor Sonnenuntergang, die Sonne als rote Scheibe im Hintergrund. In seinem kakifarbenen Anzug mit dem breitkrempigen Lederhut auf dem Kopf, das Gewehr im Triumph erhoben. »Es war trotzdem gut, dass du ihn nicht erschossen hast. Trotz allem.«

»Hmm. Darüber könnte man diskutieren.«

Ole-Stig klinkt sich in Gerts Gedankenreihe ein, jedenfalls glaubt er das. Er spürt, dass Gert über die Kausalrelation nachdenkt. Denn hätte er damals ihren Vater erschossen, wäre ihre Mutter später nicht an der Tollwut gestorben, als sie von einer Fledermaus in den Nacken gebissen wurde, denn derselbe Vater – der einzige weiße Arzt in dem Distrikt – war zu stur, seine eigenen Grenzen zu akzeptieren und die Flying Doctors zu rufen. Wäre sie rechtzeitig von dem verlassenen Tabora ins internationale Krankenhaus in Dar Es Salaam oder nach Nairobi geflogen worden, hätte sie eine faire Chance gehabt zu überleben. Ergo kommt man mit dieser Logik zu dem Schluss, dass Gert – indem er seinen Vater nicht erschossen hat – Schuld am Tod seiner Mutter trägt.

Ob diese schwindelerregende Einsicht, das Trauma um den dramatischen Tod seiner Mutter, noch dadurch verschlimmert wurde, dass Gert zu diesem Zeitpunkt schon aufs Internat in Dänemark geschickt worden war, oder das Nikotin den kalten Schweiß auf Ole-Stigs Stirn austreten lässt, ist unklar. Jedenfalls ist ihm plötzlich übel und unwohl, er braucht Wasser und frische Luft.

»Puh«, sagt er und steht leicht wankend auf. »Ich muss mal …«

Gert lächelt spöttisch. Irritierend großbrüderlich.

»War das zu starker Tobak?«

Ja, das war es wohl. Allzu starker Tobak.

Noch bevor er das Wohnzimmer verlassen hat, hat Gert die Fernbedienung des Fernsehers in der Hand und CNN eingeschaltet. Der Moment ist vorbei. Er konnte Linda nicht einmal erwähnen, geschweige denn die kleinste Bemerkung fallen lassen, dass eine elektronische Badezimmerwaage wohl nicht das optimale Weihnachtsgeschenk für eine Frau ist, die so offensichtlich *just a little bit of love* braucht.

Ein Jahr war er spendabel, der alte Max, und hat meiner Mutter elektrische Lockenwickler geschenkt. Aber dafür hat er auch seinen Weihnachtsfick bekommen.

Eine Kirche wäre jetzt gut. Eine Mitternachtsmesse in einer Kathedrale wie dem Petersdom, wo der hinfällige Papst mit zitternder Stimme seine Kinder aller Hautfarben segnet. Ein Beichtvater hinter einem Vorhang. Ein Unbekannter, dem er nicht in die Augen zu sehen braucht, während er seine Sünden bekennt. Die größte von allen. Die, die Ole-Stig mit seinen Erinnerungen an Afrika unwissend aus dem Moor des Vergessens geholt hat. In vielen Beziehungen ist er noch immer ein Kind, der Intimchirurg. Ein flaumiger Junge, der von *the real world* keine Ahnung hat. Wie die Nonnen, die verzückt ihre Hände im Gebet falten. Offiziell ist Gert Jacobsen Atheist. Aber inoffiziell fürchtet er die Abrechnung. Wie sein Vater, der sich an das Leben geklammert hat aus Angst vor dem Jüngsten Gericht. Erbärmlich. Und was die Reue anging, kam sie zu spät und war zu berechnend.

Er zappt die Mitternachtsmesse in Rom weg. Verweilt bei ein paar halbschlüpfrigen Pornokanälen, bevor er ausschaltet. Schlendert in die Küche, um eine Flasche Carls Special zu holen. Um schlafen zu können.

Diese Hauskrankenpflegerin ist weniger geduldig. Es ärgert sie, dass Åse in ihrer eigenen Scheiße liegt. Aber sie kommt auch gerade von einem alten Junkie, dem man ein Bein abgenommen hat und der mit der Wundhygiene nicht zurechtkommt. Nicht gerade ihr Traum von einem Weihnachtsabend.

»Igitt, Åse«, sagt sie zurechtweisend. »Du hättest doch auch nicht eine ganze Schachtel Schokolade essen müssen! Auf einmal!«

Mein Lebenslauf passt auf die Rückseite eines Bierdeckels, und ich komme aus einem Haushalt, in dem *Laboremus Pro Patria*, bekannt durch die vor dem Eingang von Carlsberg stehenden Elefanten, das einzige Latein war, das gesprochen wurde. Ja, sicher, natürlich will ich gern für das Vaterland arbeiten, und geschickt bin ich auch, aber verstehst du, süßer Ole-Stig, der du am dritten Weihnachtstag unschuldig fragst, ob ich keine Lust habe, auf den Arbeitsmarkt zurückzukehren: Ich bin unbrauchbar. Wie ein Kamm ohne Zinken. Abgesehen von einem alten Abiturzeugnis und dem Kurs, zu dem Gert mich überredet hat, habe ich keine Qualifikationen. Sie würden sich totlachen, würde ich mich irgendwo bewerben. Ich kann nicht einmal mit einem Computer umgehen.

Als ich das sage, lacht er ungläubig und sagt, dass man das können muss, weil man sonst sozial *totally* gehandicapt ist! Er wird es mir schon noch beibringen, bevor er fährt. Wir können ein paar Stunden an seinem Apple-Laptop üben, das ist *a piece of cake*! Oh, ja, das will ich wahnsinnig gern! Bekomme ich auch eine eigene E-Mail-Adresse? Ja! Dann kann ich mit der ganzen Welt online sein! Manchmal schleiche ich mich in die Bibliotheksfiliale im Godthåbsvej und setze mich versuchsweise vor einen freien Computer, aber entweder kommt jemand und schiebt mich weg und sagt, dass jetzt Internetzeit ist, oder die freundliche Bibliothekarin fragt, ob sie mir irgendwie helfen kann. Daraufhin verziehe ich mich und leihe ein paar Bücher über Frauen von der Venus und Männer vom Mars aus, diese Selbsthilfeliteratur für kleine Unglücksraben wie mich.

»Das wäre doch ein guter Neujahrsvorsatz«, sagt Ole-Stig und tunkt einen braunen Kuchen in den Kaffee.

Ich lächle und schenke ihm noch eine Tasse ein. Das wird mein guter Vorsatz zum neuen Jahr. Auch wenn er mit den anderen in der Schublade endet.

Charlotte Damgaard sieht grauenhaft aus, als sie vor der Kühltheke steht und darüber nachdenkt, was zum Teufel sie am vorletzten Tag des Jahres essen sollen. Aber nicht weil sie ungeschminkt und nicht zurechtgemacht ist und ihren Teint irgendwie in Richtung gekochte Weihnachtsbratwurst beschreiben würde, denkt sie, »Oh, nein! Warum muss er ausgerechnet hier einkaufen!«, als sie aus dem Augenwinkel Per Vittrup ausmacht, der einen der großen Einkaufswagen vor sich herschiebt. Sie schämt sich für diesen Gedanken, aber sie würde ihm lieber nicht begegnen. *Dead Man Walking,* ein schrecklicher Ausdruck, aber einer, der sich einprägt. Auch ihr. Seit dem Zeitungsartikel hat sie nicht mehr von diesem Bild abstrahieren können, das sie mehrere Nächte hintereinander wachgehalten hat. Sie, die die Albträume der Kindheit endlich losgeworden ist, liegt jetzt wach und dreht und wendet sich, um nicht an eine ganz spezielle Episode aus dem Wahlkampf erinnert zu werden, den sie und Per ansonsten souverän gehandelt haben, als das klassische Duo – der erfahrene ältere Mann und die jüngere, aber clevere Frau.

Das Bild, das sie im Zeitlupentempo vor sich sieht, zeigt Per Vittrup, der an diesem Wahltag vor dem Storchenbrunnen steht und rote Rosen verteilt. Oder richtiger – es zeigt Per Vittrup, der vergebens versucht, die Rosen aus dem Korb, der an seinem Arm hängt, an den Mann beziehungsweise an die Frau zu bringen. Denn die Leute wollen sie nicht. Entweder machen sie einen großen Bogen um ihn oder sie schütteln abwehrend den Kopf und hasten weiter. Während ihr eigener Korb schnell leer wird, bleibt seiner voll. Und während sich die Panik unter den vom Parteibüro ausgesandten Truppen ausbreitet, wird seine Stimme immer schriller, während er unschuldige Kopenhagener anspricht, die ihm nur schwer wieder entkommen, wenn sie sich seiner erst einmal erbarmt haben. Kindern im Strampelanzug wird die Wange getätschelt, Rentner werden gedrückt, junge Hip-Hoper mit

Skateboards unter dem Arm bekommen einen Schlag auf die Schulter und so weiter. Doch was er auch tut, es lässt sich nicht verbergen: Der Staatsminister wird zurückgewiesen. Die Leute weichen ihm aus, als hätte er eine Krankheit.

Niemand will die Beinstümpfe des Bettlers sehen. Auch Charlotte nicht. Als sie wie erstarrt in vorgebeugter Haltung über den diversen Packungen mit Fleisch von Freilandschweinen steht, schämt sie sich, dass auch sie von Schwäche abgestoßen und von Stärke angezogen wird. Denn Charlotte betrachtet sich als anständigen Menschen. Sie *will* ein anständiger Mensch sein. Und ein anständiger Mensch wendet dem Verlierer nicht den Rücken zu. Ein anständiger Mensch verhält sich nicht wie die Fraktion im Folketing, die ihn seit dem Wahlabend mit der Niederlage alleingelassen hat. Bei jeder Fraktionssitzung hat sie es gespürt, wenn auch nur an ihren eingerollten Zehen. Sie ertragen ihn nicht. Sie reagieren wie eine Frau, die ihren Geliebten verstoßen hat und seine Berührung nicht länger aushält und seinen Namen nur noch mit Ekel ausspricht. Es ist keine rationale, sondern eher eine emotionale Zurückweisung, die sie teilt, aber nicht leben will. Deshalb richtet sie sich auf, und als er sie sieht und sofort auf sie zusteuert und laut und energisch das Wort an sie richtet, »Charlotte! Gute Weihnachten gehabt zu haben!«, ist sie gezwungen, sich überrascht zu geben und lächelnd »Hi Per!« zu sagen. Und weil sie so ein schlechtes Gewissen wegen ihrer Unehrlichkeit hat, bleibt ihr keine Wahl. Sie muss die Silvestereinladung annehmen. Die Kinder können sie ruhig mitbringen, das ist kein Problem. Er ist gerade dabei, alle anzurufen; er findet, sie könnten ein bisschen Aufmunterung brauchen.

»Die Idee kam mir ganz spontan, deshalb werden natürlich nicht alle können. Und Marienborg wird es auch nicht werden, aber in meiner Wohnung ist viel Platz!«

»Das klingt gut«, sagt sie und gibt zu bedenken, dass sie das natürlich noch mit Thomas besprechen muss.

»Ist er aus Afrika zurück?«, fragt Vittrup und scannt den Supermarkt auf aufmerksame Blicke ab. Sie gucken noch, die Leute. Obwohl das Gedächtnis kurz ist.

Charlotte erklärt, wie sie es schon einige Male hat tun müssen, dass Thomas zu Weihnachten aus Sambia nach Hause gekommen ist und laut Plan seinen Vertrag mit der MS, der Organisation für Internationale Zusammenarbeit, im kommenden Jahr auch erfüllen kann, indem er nur zu mehreren kürzeren Aufenthalten hinunterfliegt.

»Super«, sagt er und sieht ihr erneut in die Augen. »Wir brauchen dich in den kommenden Monaten. Alle guten Kräfte müssen zusammenstehen.«

Auf was oder wen der Gebrauch des Pluralis Majestatis hinweist, ist nicht ganz klar, aber sie fragt nicht nach. Sie mag nicht noch mehr Aufmerksamkeit auf sich ziehen und wirft einen Seitenblick auf das Fleisch in der Kühltheke.

»Um acht oder etwas früher. Dann können wir noch die Königin sehen, nicht?«, sagt er und lächelt wieder. Das Lächeln wirkt künstlich oder zumindest ungewohnt. Vielleicht weil sie ihn bisher noch nie in Zivil gesehen hat? Allein, ohne sein Gefolge von Aktenträgern.

»Das wird bestimmt nett«, nickt sie. »Sollen wir etwas mitbringen?«

»Nein, nein! Wenn ein Westjütländer etwas kann, dann einen Dorsch kochen!«, lacht er.

Jetzt greift er nach einer Packung Schinkenstückchen für den Wok. Rührt sich aber nicht von der Stelle; offenbar möchte er doch noch etwas loswerden.

»Hast du etwas von den anderen gehört?«, fragt er mit der gleichen unnatürlichen Lässigkeit wie ein Teenager, der wissen will, ob »jemand« angerufen hat.

»Nee, wir waren in Nordjütland. Ich habe ein einziges Mal mit

Meyer telefoniert. Sie waren in Norwegen auf der Hütte eingeschneit, aber das war bestimmt gemütlich. Mit Grog und einem Kaminfeuer, du weißt schon.«

Er lacht wieder.

»Das kann ich mir vorstellen. Was ist mit Gert? Hast du ihn gesprochen?«, fragt er leichthin.

»Gert?«, sagt sie und zieht die Augenbrauen zusammen. »Nein, das habe ich nun wirklich nicht. Sollte ich?«

»Nein, nein. Sie kommen morgen auch. Er und Linda. Wie dem auch sei, ich muss weiter. Grüß zu Hause«, sagt er und setzt sich mit dem fast leeren Einkaufswagen in Bewegung. Er wirkt irgendwie linkisch mit dem Wagen. Als ginge er mit einem Kinderwagen ohne Kind spazieren.

Sie sind dreizehn bei Tisch, worauf der Gastgeber zwischen der Foie gras und dem gekochten Dorsch mehr als einmal scherzend hinweist. Keiner der Gäste auf der gelinde gesagt überraschenden Gästeliste ist abergläubisch, zumindest lässt keiner durchscheinen, dass er es ist. Abgesehen von seiner Tischdame Linda natürlich, Gerts flatterhafter Frau, die wie üblich redet, wo sie besser schweigen sollte.

»Forderst du das Schicksal heraus, Per?«, fragt sie ihn beispielsweise und legt ihre schmale Hand auf seine. Eigentlich ist er erheblich paranoider, als er meint, so paranoid, dass er, hätte dieses Silvesteressen in einem italienischen Fürstenhof zur Zeit Machiavellis stattgefunden, sowohl für einen Mundschenk als auch für eine schwer bewaffnete Leibgarde gesorgt hätte. Deshalb hört er auch fälschlicherweise eine Betonung auf dem *du*, sodass die Frage in seinen Ohren lautet: »Forderst *du* das Schicksal heraus?«, und das in einem Tonfall, der besagt, dass sein Glück aufgebraucht ist, dass gerade er sich nicht der Gefahr aussetzen sollte.

Auf die gleiche Weise sieht er plötzlich, während sein Blick auf der Suche nach einer passenden Replik die Runde macht, seine Gäste in schweren Brokat und Velours gekleidet; die Ohren der Frauen mit großen tropfenförmigen Perlen geschmückt; die Männer in Wams und Barett. Wer Freund und wer Feind ist in diesem Szenarium, ist unmöglich auszumachen. Doch dann findet er seine Antwort, blinzelt hinter der Brille und schaut noch einmal über eine nun ganz vertrauenerweckende Gesellschaft von in hohem Grad jüngeren, um nicht zu sagen jungen Menschen, die ihm ihre offenen, noch immer beeindruckten Gesichter zuwenden. Der Einzige, der auf seine Gabel hinunterblickt, ist Gert.

»Ich glaube nicht an das Schicksal, Linda«, antwortet er und hebt sein Glas, indem er eine kleine Kunstpause einlegt. »Ich glaube an harte Arbeit. Sie bringt als Einziges Resultate«, sagt er dann, unmittelbar an die beiden Neugewählten gewandt, den jungen Sune Garde und die noch jüngere und herrlich zielstrebige Liv Busk Sørensen, auf die er zusammen mit dem dritten Neuen in der Gruppe, René Nielsen aus Aalborg, zu setzen gedenkt, wenn er direkt nach den Weihnachtsferien den ersten Teil seines *Erneuerungsplans* vom Stapel lassen wird. Christina Maribo ist ebenfalls mit von der Partie. Was ihr an politischem Talent fehlt, wird durch ihre grenzenlose Loyalität voll und ganz wettgemacht. Hinzu kommt, dass sie robust wie ein Brauereipferd ist und über eine Energie verfügt, die es fast, *fast,* mit seiner aufnehmen kann. Ein derartiger Arbeitseifer findet sich nur selten bei Frauen, wie er leider konstatieren muss. Nicht, dass sie faul sind, bestimmt nicht, Frauen sind nur, wie die süße Gitte immer zu sagen pflegte, nicht so *monoman* in ihrem Zugang zur Arbeit. Für sie gibt es auch noch anderes im Leben, wie er oft belehrt worden ist, und daran ist schließlich nichts auszusetzen. Doch wenn man in der Politik etwas erreichen will, braucht es diese totale Besessenheit, ohne Ablenkungen und ohne Gewissensbisse alles einzusetzen, um sein Ziel zu erreichen.

Dass Charlotte Damgaard, die er heute Abend nach einigen Überlegungen neben Gert gesetzt hat, über diesen Arbeitseifer verfügt, hat er früher bezweifelt. Ihrer Loyalität war er sich auch nicht ganz sicher, während das Talent nicht zur Diskussion stand. Was sie, zuletzt am Vormittag des 11. September dänischer Zeit, beinahe zu Fall gebracht hätte, war ihre Aufmüpfigkeit. Sie war zu weit gegangen, hatte sich wie eine Primadonna aufgeführt, sich geweigert, in ihrer allzu weit gehenden Forderung nach einem Schweinestopp zurückzustecken. Aus diesem Grund – und weil Gert ihren Kopf auf einem silbernen Tablett forderte – sollte sie von ihrem Ministerposten gefeuert und, um bei den morbiden Metaphern zu bleiben, zum Schafott geführt werden, als zwei voneinander unabhängige Ereignisse, das eine geringfügig, das andere von allumfassender Bedeutung, eintrafen.

Kurz vor dem anberaumten Treffen, auf dem die Entlassung effektuiert werden sollte, fiel er die Treppe im Staatsministerium hinunter und landete so unglücklich, dass er sich einen relativ komplizierten Knöchelbruch zuzog, der einen sofortigen orthopädischen Eingriff und einen Gips erforderlich machte. Und so viel er den Leuten auch zumutet, und offenbar hat er ihnen viel zugemutet, wenn man den Klagegesängen glauben darf, die in den Analysen der Medien bezüglich der dänischen Politik für das kommende Jahr laut geworden sind, doch Leute per Telefon zu feuern, das mutet er ihnen nicht zu. Wenn möglich jedenfalls nicht. Deshalb musste die Entlassung warten. Und als er schließlich mehrere Stunden nach der Operation wieder aufwachte, wachte er in eine neue Wirklichkeit mit den schockierenden Nachrichten über die Terroranschläge auf das World Trade Center und das Pentagon auf.

In dieser Situation konnte man natürlich keine Minister verabschieden, da galt es zusammenzustehen. *Zusammenhalt* zu demonstrieren. Deshalb teilte er ihr kurz mit, dass sie weiter dabei war, wenn sie das wolle. Das wollte sie, und das Wunder geschah, das musste selbst Gert zugeben, aus der Ente wurde ein Schwan. Vor ihren Augen. Charlotte Damgaard wuchs mit der Verantwortung, von Tag eins an.

Ob der Schock sie einlenken und nichts sagen ließ, als die Presse inmitten des Ganzen ihren Kommentar zu den »Verlautbarungen« hören wollte, dass sie hatte entlassen werden sollen, weiß er noch immer nicht. Er hatte lediglich konstatieren können, dass sie sich zum ersten Mal, seit sie Mitglied des Regierungskollektivs geworden war, wie ein Teil dieses Teams verhielt. Sie unterstützte hundertprozentig seine Autorität, die glücklicherweise nicht dadurch unterminiert wurde, dass er wochenlang auf Krücken herumhumpeln musste. Wie ihre Kollegen fand sie ihren Platz im Maschinenraum, wo sie loyal ihrer Aufgabe nachging und offensichtlich verstanden hatte, was es heißt, mit einer Verantwortung betraut worden zu sein. Mit Zufriedenheit stellte er fest, dass auch sie von dem altruistischen Pflichtgefühl erfüllt war, das die Feuerwehrleute in New York unter Einsatz des eigenen Lebens heroische Heldentaten vollbringen ließ. Weder Charlotte Damgaard noch ihre Mitarbeiter im Umweltministerium schonten sich in diesen ersten intensiven Krisenwochen, in denen er ihr die Aufgabe übertrug, die sektorenübergreifende Taskforce zu leiten, deren Ziel es war, ein Bioterrorismusbewusstsein aufzubauen. Eigentlich fiel das ins Ressort des Gesundheitsministers, doch da Charlotte noch vor 9/11 als Erste den Begriff »Bioterrorismus« eingeführt hatte und darauf verweisen konnte, dass sie ihr Ministerium schon vor einigen Monaten gebeten hatte, zu dem Risiko eines genau solchen Angriffs Stellung zu nehmen, war sie allen ein Stück voraus, weshalb er den entrüsteten Protest des Gesundheitsministers überhörte und auf Charlotte setzte.

So kam sie von der kältesten Kälte in die wärmste Wärme, was symbolisch noch dadurch unterstrichen wurde, dass er sie in der darauffolgenden Zeit oft als seine Sekundantin auswählte, wenn beruhigende Pressekonferenzen zu möglichen Funden von Milzbranderregern im Postterminal, kursierenden Märchen über eine Vergiftung des Wasserreservoirs Groß-Kopenhagens und Geständnissen über gestohlene Pockenviren abgehalten wurden. Dass Pulverpanik und Untergangsangst die Bevölkerung nicht total verunsicherten, musste zu Recht auch Charlotte zur Ehre angerechnet werden. Denn ohne die Angst der Bevölkerung zu unterschätzen, gelang es ihr, die Hysterie zu dämpfen, indem sie sich sachlich und kompetent zu den Gefahren äußerte, die im kollektiven Unterbewussten phantomartige Formen anzunehmen begannen. Und dann kam sie mit diesem »typischen Charlotte-Stunt«, wie ihre Fans das nannten. Als sie genau wie mehrere andere Politiker einen anonymen Brief mit einem weißen Pulver bekam, wurde dieser verfahrensmäßig zur Analyse ins Seruminstitut weitergeschickt, doch als der Milzbrandtest negativ ausfiel, bekam sie ihn zurück, brachte ihn mit auf die Pressekonferenz, lutschte einen in das Pulver getauchten Finger ab und teilte mit, dass er nach Puderzucker schmeckte. »Warum? Weil das Puderzucker *ist*!«

Das erlösende Lachen breitete sich von ihm selbst auf das versammelte Pressekorps im Spiegelsaal aus und weiter auf ein paar Millionen Fernsehzuschauer, die dankbar die Brücke zur Vernunft betraten, die sie für sie gebaut hatte. So begann zu mancher Bedauern Charlottes absteigender Stern am Medienhimmel wieder zu steigen, selbst der Begriff »Kronprinzessin« wurde erneut blank geputzt. Und da Per Vittrup den Meinungsumfragen zufolge noch nie so populär gewesen war wie in diesem turbulenten

Herbst und es deshalb nicht länger undenkbar war, dass er auch der nächste Staatsminister werden könnte, gab es bereits Spekulationen über »das neue Paar in der dänischen Politik«. Ja, ein Zeitungszeichner stellte sie sogar wie zwei bekannte Comic-Figuren dar. Über diese Zeichnung lachte er selbst am lautesten, und auch Charlotte schien sie so zu verstehen, wie sie gemeint war. Als Zeichen von Popularität oder zumindest *Bekanntheit*, ohne das kein moderner Politiker leben kann. Während des Wahlkampfs förderte er sie hemmungslos; sie und nicht Christina wählte er als »die Vertreterin der jüngeren Generation« für die Parteiwerbung im Fernsehen, und obwohl sie wahrscheinlich auch ohne seine Unterstützung gewählt worden wäre, meint er in aller Bescheidenheit, einen Teil der Ehre an den ungefähr fünfzehntausend persönlichen Stimmen zu verdienen, mit denen sie ins Folketing gesurft ist. Nicht, dass er aus diesem Grund lebenslange Dankbarkeit erwartet oder verlangt, weit entfernt. Aber er findet schon, dass sie sich in den letzten Monaten so nahe gekommen sind, dass er sie als eine der Seinen bezeichnen kann. Alles in allem schuldet sie ihm – und, okay, Meyer – sowohl ihre Position als auch ihren Posten.

Sein umherschweifender Blick verweilt auf Charlotte. Sie und Gert helfen gerade ihrer kleinen Tochter, Johanne heißt sie wohl, eine Tischrakete zu zünden. Der Zwillingsbruder ist nicht so vorwitzig wie seine Schwester, aber doch neugierig genug, dass er hinter Gerts Rücken, hinter dem er Schutz gesucht hat, hervorguckt.

»Seid ihr bereit?«, fragt Gert und zündet ein Streichholz an. Der Junge hat sich die Finger in die Ohren gesteckt, doch das Mädchen müssen sie fortziehen, damit sie sich nicht die Nase verbrennt.

Paff macht es, als die farbige Papierfüllung herausschießt und auf den Tisch hinunterrieselt. Das Mädchen lacht laut, und auch der Junge lächelt.

»Willst du es auch mal versuchen, Jens?«, fragt Gert, und zu seiner Verblüffung erlebt Per Vittrup jetzt diesen Mann, von dem er in keiner Weise gedacht hätte, dass er bei Kindern ankommt, wie er einen furchtsamen Jungen bis ganz an die Tischkante lockt, um dort, geführt von Gerts Hand, eine weitere Tischrakete zu zünden.

»Ich auch!« Das Mädchen hüpft auf und ab, und obwohl Charlotte zu intervenieren versucht, lächelt Gert sie großväterlich an und sagt, »Natürlich! Du auch!«, und wiederholt den Prozess von Anfang an bis zum lauten Jubel der Kinder. Charlotte klatscht in die Hände und lacht, tauscht lächelnd Blicke mit Thomas, dem Vater der Kinder, und selbst Linda, die in ihrer Ehe bestimmt nicht viel Grund zum Lächeln hat, sieht ihren Mann mit einem fast verliebten Blick an. Per Vittrup weiß ganz genau, wie lächerlich das ist. Aber es muss eine Art Eifersucht sein, die ihm einen Stich ins Herz versetzt und ihn nach einem nicht aufgeblasenen Ballon greifen lässt, den er hin und her schwenkt.

»Es gibt auch noch Ballons, Kinder!«

Linda dreht sich langsam zu ihm um und misst ihn mit diesem ganz speziellen, alles durchschauenden Blick, mit dem nur sie – und Gitte – ihn ansehen können.

»Und Luftschlangen, Per!«, sagt sie und pustet eine gelbe Luftschlange in einer Spirale über seinem Kopf aus. »Hast du nicht auch noch ein paar Karnevalshüte?«

Mitten in der sehr angeregten Silvesterparty in der Cosy-Bar, wo Ole-Stig sich einem stürmischen, lateinamerikanisch inspirierten Tanz mit einem extrem jungen, kaffeebraunen Frisör aus Malmø hingibt und die Puppen tanzen lässt – wieder einer dieser nicht übersetzbaren Ausdrücke –, wird er von einer betrunkenen Glatze mit zurückweichendem Kinn, Netzhemd und aufdringlichem Zeigefinger angesprochen. Die restliche Hand hält eine Flasche Freixenet fest.

»Dich kenne ich!«

»Das bezweifle ich!«, sagt Ole-Stig, ohne den Augenkontakt zu seinem gertenschlanken Tanzpartner zu verlieren.

»Doch, das tue ich!«, beharrt die Glatze und drängt sich ihm auf. »Wer zum Teufel bist du, verdammt? Ich weiß, dass ich dich kenne! Haben wir gebumst?«

»Hör mal zu, ich heiße Ole-Stig. Ich lebe in den USA, das tue ich seit über dreißig Jahren, und ich bin nur zu einem Weihnachtsbesuch hier. Okay? *Please leave us alone!*«

»Ach, du meine Fresse, jetzt weiß ich es!«, stößt der Eierkopf mit einem lallenden Lächeln aus.

»Gert Jacobsen, nicht? Der Politiker! Ach, du meine Fresse, Mann, bist du schwul?«

Ohne seinen Tanzpartner loszulassen, der seinen schmalen Unterleib so eng gegen seinen presst, dass Beule gegen Beule stößt, beteuert er noch einmal, dass er nicht Gert Jacobsen ist.

»Ich bin sein Bruder, okay? Gert ist nicht schwul!«

Doch der Fremde ist so mit diesem sensationellen Scoop beschäftigt, dass er sich von Korrekturen nicht beeindrucken lässt. Deshalb bleibt er einfach schwankend auf der Tanzfläche stehen und wiederholt, dass das nun aber wirklich eine Neuigkeit ist.

»Hast du dich geoutet? Super! Cool! Das traut sich der Löwe von der Venstre nicht, was? Respekt! Gert Jacobsen hat sich geoutet!«, ruft er in eine unbestimmte Richtung und lässt sich von dem Meer der Tanzenden verschlingen.

Hier muss Ole-Stig kapitulieren. Fällt seinem Partner um den Hals und lacht so sehr, dass er sich an dem schwitzenden Farbigen festhalten muss, der trotz Schweiß nur nach Guccis Rush2 riecht. Und als der fragt, was denn *so fucking funny* sei, kann er es nicht erklären. Man muss schon Däne sein und Gert Jacobsen kennen, um die Komik zu verstehen. Der Gedanke, wie wenig lustig Gert das Gerücht finden wird, das bestimmt bald in der ganzen Stadt die Runde macht, schmälert die Komik nicht. *News travel fast,* wie man so schön sagt.

Pers junge Gäste haben bereits einen Platz auf der Stufenleiter erreicht, wo man sich nicht um den Abwasch kümmert. Darum, wer ihn macht. Oder wer den Tisch abräumt, die Dorschreste in den Abfalleimer wirft, die Teller von Eiresten und Senfsauce säubert. Diese Art von niederen Arbeiten, die junge, vorwärts strebende Menschen nur kurzfristig übernehmen, um die mageren Studienjahre zu finanzieren, bevor die fetten Akademikerjobs auf sie warten. Bin ich verbittert? Vielleicht ein wenig eifersüchtig? Weil nicht ich mit achtundzwanzig einen Platz im engsten Kreis des Hofes bekommen habe? Weil ich nicht einmal geglaubt habe, dass das jemals passieren könnte? Das ist die Geißel der Arbeiterklasse – dass du zu wenig erwartest. Wir setzen die Latte zu niedrig an. Aus Selbstschutz, um nicht enttäuscht zu werden, falls es nicht gelingen sollte. Nach oben zu kommen.

Scheiß drauf, es passt mir ganz ausgezeichnet, hier in Pers minimalistischer Bulthaup-Küche zu stehen, die diese kühle Exhexe, Gitte Bæk, hat installieren lassen, und wie einer der beiden Trottel in Lars von Triers *Das Hospital der Geister* den Abwasch zu machen. Hier kann ich mit hautschonenden Gummihandschuhen stehen, denn trotz allem gibt es so ein Paar ganz ordinäre, gelbe unter dem doppelten Industriespülbecken, und auf einfältige Weise die Kluge spielen. Zu Anfang sind wir allein, Per und ich, was mir vorzüglich passt, denn wir haben uns lange nicht mehr unterhalten, und er macht, ehrlich gesagt, einen etwas mitgenommenen Eindruck hinter der fröhlichen Partylaune. Ein bisschen quält mich auch mein schlechtes Gewissen wegen meiner Bemerkung mit den Karnevalshüten.

»Nun, wie sieht es aus?«, leite ich unser Gespräch ein, während er über die Spülmaschine gebeugt steht. »Alles im grünen Bereich?«

Meine Absicht ist, ihn zum Sprechen zu bringen, über all das, worüber niemand spricht. Über Gitte, die ihn mitten in dem ganzen Dilemma verlassen hat. Über das angestrengte Verhältnis zu seinen scheißverwöhnten erwachsenen Kindern. Über die Wohnung, in der leere Flächen an den Wänden und Lücken im Regal davon tratschen, dass eine aufreibende Teilung des Mobiliars im Gang ist. Über Per »ganz privat«, wie es immer in den Zeitschriften heißt. Warum zum Teufel trägt er noch immer seinen Ehering? Der Vogel ist davongeflogen, das wissen alle! Bildet er sich etwa ein, dass er ins Nest zurückkommt? Doch mein Versuch, vertraulich zu sein, ist vergebens. Natürlich weicht er mir aus. Das tun sie alle.

»Mir geht es gut, aber um die Nation mache ich mir Sorgen«, antwortet er und legt das Gesicht in ernste Falten. Er kann das gut, diese landesväterliche Sorge, vielleicht weil sein Gesicht so fleischig ist, dass es wirklich etwas zum Modellieren hergibt. »Glaub mir, wer den Ernst der Lage noch immer nicht begriffen hat, wird morgen ein unsanftes Aufwachen erleben.«

»Du denkst an die Neujahrsansprache?«, frage ich; ich habe ihn früher am Abend seine düsteren Prophezeiungen lüften hören.

»Hmm«, nickt er und schiebt den Unterkiefer vor. »Das wird richtig brutal, heißt es. Und das Schlimmste ist, dass sie es auch so meinen. Sie werden Dänemark zu einem Minimalstaat machen. Du hast gehört, dass sie dreiunddreißig Spindoktoren eingestellt haben, von denen viele von der bürgerlichen Presse kommen? Die politische Redaktion der *Jyllands-Posten* ist wie leer gefegt. Kein Wunder, dass wir diese Wahl verloren haben. Alles, was wir gesagt oder getan haben, wurde schließlich verdreht!«

»Ja, aber …«, wende ich ein, während ich Teller abspüle.

»Und so wird es auch die nächsten vier Jahre bleiben. Die Zeitungen sind so regierungsfreundlich, dass es bald an die alte Sowjetunion erinnert.«

Per starrt mutlos vor sich hin. Er füllt nicht länger die Spülmaschine.

»Weißt du was, Linda«, sagt er und dreht sich zu mir um. »Du und ich, wir verstehen, was das bedeutet. Es ist ja nicht nur die Sahne, die sie vom Kuchen kratzen, nicht? Es ist die ganze Menschlichkeit. Die Anständigkeit, der Respekt vor den Schwächsten. Du kannst meinen guten Freund Tony Blair fragen, was elf neoliberalistische Jahre mit der Thatcher-Regierung gekostet haben. An menschlichen Tragödien. Hat man die Menschen erst einmal gebrochen, stehen sie nicht mehr auf. Hat man ihnen erst einmal den Glauben genommen, bekommen sie ihn nicht mehr zurück. Das ist nicht wieder gutzumachen, Linda. Verstehst du, das Schlimmste ist, wenn die Glut erstickt. Wenn keine Hoffnung mehr in den Augen ist … Es ist diese Hoffnung, die wir festhalten müssen, Linda. Verstehst du, was ich meine? Wir müssen ihnen zeigen, dass wir sie nicht im Stich lassen!«

Wenn Gert hier wäre, würde er auf dem Absatz kehrtmachen und die Küche verlassen. Er kann es nicht ausstehen, wenn Per anfängt, sich zu wiederholen. Doch die jungen Genossen, die nach und nach auftauchen und zu dem Publikum werden, ohne das er nicht auskommt, werden sichtlich von seinem Engagement angesteckt. Das ist es, was Per kann und Gert nicht: Er kann eine Stimmung schüren. Auf einem Bierkasten auf dem Enghave Plads stehen und die Leute zum Jubeln und Klatschen bringen, dazu bringen, sozialdemokratisch zu wählen. Oder richtiger, das konnte er. Damals, als sie ihm noch zugehört haben.

»Ja, und wie zeigen wir ihnen das, Per?«, ertönt plötzlich Charlotte Damgaards durchdringende Stimme, deren Ton jetzt etwas nordjütischer ist als sonst. »Kann ich irgendwie helfen?«, fragt sie dann, an mich gerichtet. Vermutlich nur eine rituelle Frage, aber ich bin froh, überhaupt bemerkt zu werden. Mit Aufmerksamkeit werde ich nicht gerade verwöhnt, auch nicht auf Pers Silvesterpartys. Und obwohl die Gästeliste in diesem Jahr etwas merkwürdig ist, sowohl was die Anwesenden als auch die Nichtanwesenden angeht, muss ich zugeben, dass ich nicht viele der üblichen Gäste vermisse. Weder bei den Herren noch bei den Damen.

Doch wenn die Gästeliste widerspiegelt, womit Per in der nächsten Zukunft zu tun haben wird, besteht Grund zur Sorge. Für ihn. Gert dagegen kann sich ruhig zurücklehnen. Auch das wird *a piece of cake*.

»Nein, danke, es ist einfacher, wenn ich es allein mache«, antworte ich Charlotte Damgaard, deren kleidsamer Rausch sie noch weiter in meiner Achtung steigen lässt. Die anderen sind langweilig puritanisch, mehrere von ihnen sind zu Mineralwasser übergegangen. Gert mag Charlotte nicht, deshalb mag ich sie offiziell auch nicht, doch im Geheimen ist sie diejenige, der ich während des Wahlkampfs am meisten die Daumen gedrückt habe. Während Gert über ihre jungen Wahlhelfer aus Amager vor Wut geschnaubt hat, Zickenclique nennen sie sich, war ich voller Bewunderung. Allein der Name ihrer Homepage, www.männersind-schweine.dk, hebt die Laune. Meine Sympathie habe ich niemandem verraten und tue es auch jetzt nicht, als ich mit den gelben Gummihandschuhen und Gittes zurückgelassener und fast neuer Amokka-Schürze demütig wie Aschenputtel am Spülbecken stehe und mit der Arbeit fortfahre, während die Diskussion hinter mir weitergeht.

»Es ist nämlich so, Charlotte! Wir müssen *zeigen*, dass wir noch da sind!«, kommt es eifrig von Per, der die Spülmaschine inzwischen sich selbst überlassen hat, die ich jetzt, wo ich die

Teller abgewaschen habe, einräume. Töpfe und Pfannen werde ich anschließend schrubben. Meine Promillegrenze, bis zu der ich gut funktioniere, ist hoch, sodass mir die paar Gläser heute Abend keine Probleme machen.

»Okay«, sagt Charlotte. »Es ist auch super, den Leuten die Hände zu schütteln und mit Rentnern in Herlev zu reden. Ganz bestimmt. Aber wir müssen wirklich bald formulieren, warum wir die Wahl verloren haben! Tun wir das nicht, können wir die nächste nicht gewinnen, richtig?«

Ich brauche mich nicht umzudrehen, um zu wissen, dass die jungen Genossen jetzt Blicke wechseln und das Gewicht unruhig von einem Fuß auf den anderen verlagern. Natürlich haben auch sie das diskutiert – aber man kann schließlich nicht den Gastgeber brüskieren, indem man ihm offen ins Gesicht sagt, dass die Niederlage vor allem seiner Person zuzuschreiben ist. Vielleicht glauben sie das auch nicht. Vielleicht hat er sie bereits dazu gebracht, an die bürgerliche Medienmauer und den ultraliberalen Wolf im Schafspelz zu glauben, den man erst durchschauen wird, wenn er morgen Abend seine Neujahrsansprache gehalten und mit einem Happs alle kleinen Lämmer verschlungen hat.

Es besteht auch kein Grund, die Arbeit zu unterbrechen, sich umzudrehen und Per anzusehen, während er den Fragen der Xanthippe ausweicht, indem er sich über die komplexen Zusammenhänge auslässt, die nicht auf eine eindeutige Erklärung reduziert werden können, abgesehen davon, dass wir natürlich erkennen müssen, dass wir zu der Integrationsfrage allzu vage Stellung bezogen haben. Und so weiter. Rasend langweilig, und Charlotte hat auch nicht die Geduld, ihm bis zu Ende zuzuhören, stattdessen wendet sie sich noch einmal an mich.

»Was meinst du, Linda? Du hast so viele Jahre als Beobachterin zugesehen, wie kommen wir wieder aus dem Sumpf heraus?«

Es wird totenstill. Sowohl in der Küche als auch in mir. Niemand fragt mich sonst nach meiner Meinung. In den vielen Jahren, die ich mit einem Minister verheiratet bin, ist das, glaube ich, noch nie vorgekommen. Ich habe es mir abgewöhnt, Meinungen zu haben. Ich übernehme einfach Gerts, das ist am sichersten. Jedenfalls nach außen hin. Früher habe ich mir oft Probleme eingehandelt, weil ich den Mund nicht halten konnte und mich partout in Dinge einmischen musste, »von denen ich nichts verstehe«. Deshalb beziehe ich nicht länger Stellung, beobachte nur, verhalte mich still und denke mir das Meine. Doch jetzt ist es, als würde ein trockener Ast in einem leisen Wald geknickt und die Stille plötzlich zerbrochen. Sie, Charlotte, ist ein Eindringling, und das mag ich an ihr. Ich lasse die Spülbürste ins Becken fallen und stelle das laufende Wasser ab, während mir das Herz in der Brust hämmert wie vor einer wichtigen Präsentation. Langsam drehe ich mich zu dem großen Mädchen mit dem markanten Gesicht und dem beharrlichen Blick um und befeuchte die Lippen, während ich wie eine Verrückte darüber nachdenke, was ich sagen soll.

»Ich meine«, beginne ich und merke, wie Pers Antennen auf mich gerichtet sind. Glaubt er auch, dass ich Gerts Bauchrednerpuppe bin? Dass das, was ich jetzt sage, klingen wird, als würde Gert selbst reden? Gert, der zurzeit klug genug ist, sich an seine Zahlen und Berechnungen zu halten und ansonsten so wenig wie möglich zu sagen?

»Ich meine«, fahre ich fort und überlasse mich dem freien Fall. »Ich meine, Männer-sind-Schweine und dass es von deiner Art mehr geben sollte!«

Niemand scheint zu begreifen, wie großartig, wie grenzüberschreitend das ist, was ich gerade getan habe. Denn alle lachen laut, am lautesten Charlotte, die darüber hinaus noch pfeift, vielleicht um ihre Verlegenheit über ein so vorbehaltloses Lob zu überspielen. Per lacht ächzend mit, was sollte er auch sonst tun, doch als das Lachen verebbt ist, legt er den Kopf schräg.

»Das meinst du nicht, oder? Du meinst nicht, dass *alle* Männer Schweine sind?«

»Kein Kommentar«, sage ich und drehe wieder den Wasserhahn auf, während es warm in meinem Bauch brodelt und erneut Gelächter hinter mir erklingt.

Man kann eine Silvesterparty nicht vor zwölf verlassen. Das ist gegen die Etikette. Man muss mit dem Rest der Gesellschaft vor dem Fernseher stehen und die Rathausuhr zwölf schlagen sehen. Man muss die Champagnerkorken knallen lassen und – das ist das Schlimmste – Neujahrsküsse austauschen. Vielleicht ist es auch nur das Zweitschlimmste, jedenfalls wenn man mit einer Frau verheiratet ist, die »ein gutes, neues Jahr« zum Vorwand nimmt, jeden anwesenden Mann, bekannt wie unbekannt, abzuküssen. Und Gert Jacobsen ist mit so einer Frau verheiratet und hasst es deshalb, auf solche Feste zu gehen. Weil er sich so Lindas »Kussrunde« mit ansehen und sich damit abfinden muss, selbst von den Frauen der anderen Männer auf die Wange oder den Mund geküsst zu werden, was ungefähr so erregend ist wie die Oblate beim Abendmahl. Deshalb schaut er bereits seit elf nervös auf die Uhr und denkt darüber nach, wie sie rechtzeitig verschwinden können. Seine Unruhe wird dadurch nicht gemindert, dass er Linda schon seit einiger Zeit nicht mehr gesehen hat, obwohl die Zimmer trotz ihrer herrschaftlichen Dimensionen überschaubar sind. Wenn er einen langen Hals macht, kann er sehen, dass nicht sie, sondern Christina Maribo und der junge Sune Garde mit Freundin auf dem Sofa vor dem Kamin sitzen. Dort sitzt Linda sonst gern, wenn sie hier sind. Sie sieht gern ins Feuer, sagt sie. Vielleicht ist sie auf der Toilette, vielleicht ist ihr übel geworden? Wie viel hat sie getrunken? Während des Essens hat er drei Gläser gezählt, plus den Begrüßungsdrink. Aber man weiß schließlich nicht, was sie vorher in sich hineingeschüttet hat, und auch nicht, was sie getrunken hat, seit sie vom Tisch aufgestanden ist. Er lächelt seinen Gesprächspartner, Charlotte Damgaards Mann Thomas, zuvorkommend an, einen naiven jungen Menschen, der ihn eine ermüdende halbe Stunde lang davon zu überzeugen versucht hat, dass Afrika für eine das Leben verlängernde ARV-Behandlung von HIV-Patienten reif ist. In großem Maßstab. Das ist so dumm, dass er nicht einmal Energie darauf verschwenden mag, ihm zu widersprechen. Obwohl er sich beinahe hätte provozieren lassen, als der Idiot mit so einem feministischen Scheiß kam, dass die patriarchalische Dominanz der Männer an der ganzen Epidemie schuld sei und sich alle Probleme des Kontinents lösen ließen, wenn man den Frauen »die Kontrolle über ihren eigenen Körper ließe«.

»Ich muss zugeben, dass man sich als Mann schon seines Geschlechts schämt, wenn man erlebt, wie die Männer sich aufführen. Sie sind absolut verantwortungslos, stecken alle an und geben darüber hinaus noch den Frauen die Schuld!«

»Hmm«, brummt Gert und denkt an das Bordell im Dorf. So, wie er sich an Afrika erinnert, sind nicht nur die Männer promisk. Afrikanische Frauen haben schon immer ihr sexuelles Potenzial bis zum Äußersten ausgereizt. Seiner Meinung nach stehen die Männer unter der Fuchtel der Frauen und nicht umgekehrt. Was weitgehend auch für ihre weniger primitiven, aber nicht weniger durchtriebenen europäischen Mitschwestern gilt, hätte er gern gesagt. Aber so etwas darf man nicht laut sagen, deshalb lässt er den jungen Mann weiter von *empowerment of women* und *male involvement* plappern, und was er noch alles aus dem bodenlosen Fass der Sozialbranche herauszieht. Gert tut sich zwar ziemlich schwer mit Feministinnen und ihrer weinerlichen Opfermentalität, doch sie sind ihm immer noch lieber als ihre männlichen Nachbeter. Pfui Teufel, und der hier gehört zu den ganz schlimmen!

Wenn er wollte, könnte er ihn wie einen Moskito auf einem Negerarm zerquetschen, aber das ist er, ehrlich gesagt, nicht wert. Außerdem beschäftigt ihn vor allem seine verschwundene Frau und der Countdown, der laut wie eine Uhr in seinem Schädel tickt. Er beugt sich mit den Händen auf den Oberschenkeln vor, um aufzustehen, doch in dem Moment lässt Charlotte Damgaard sich neben ihm nieder. Sie war unten auf der Straße und hat Raketen mit den Kindern abgeschossen, die jetzt »sicher« vor Pers DVD-Player installiert sind, dem Weihnachtsgeschenk, das er sich selbst gemacht hat.

»Was sehen sie sich an?«, fragt Gert.

»Das Motorsägenmassaker«, lacht sie und nimmt einen geräuschvollen Schluck aus dem Weinglas ihres Mannes. »Und, Gert, wie sieht es mit deinen Neujahrsvorsätzen aus?«

»Im Moment interessiert mich viel mehr, wo meine Frau ist«, sagt er und will aufstehen.

»Sie ist draußen in der Küche. Sie spült. Und sie will *keine* Hilfe. Du kannst ruhig hierbleiben! Nun, was ist? Irgendwelche Neujahrsvorsätze?«

Als sie wieder nach dem Glas ihres Mannes greift, steht der bereitwillig auf, um ein sauberes Glas für sie und weiteren Wein zu holen. Pantoffelheld.

»Ich habe keine«, sagt er ausweichend, während ein »Ist sie allein?« über seine Lippen will.

»*Come on!*«, lacht sie. »Weniger rauchen, weniger Alkohol, gut zu den Tieren sein!«

Er sieht sie forschend an, normalerweise äußert sie sich nicht so freimütig ihm gegenüber. Bezweckt sie etwas oder hat sie nur einen leichten Schwips? Sie hat etwas Walkürenhaftes, Kriegerisches an sich. Doch ihre großen, grünen Augen schwimmen leicht, und schielt sie nicht ein bisschen auf dem einen Auge? Eigentlich müssten sie miteinander reden. Die Fronten ein wenig aufweichen. Dass sie nicht gerade Busenfreunde sind, ist kein Geheimnis. Für keinen in der Fraktion. Sie standen von Anfang an auf Kriegsfuß, und im Herbst haben sie sich regelrecht überworfen. Über so wichtige Themen wie das Verhältnis zu ihren amerikanischen Alliierten und die Einwandererpolitik. Obwohl er die Kompetenz anerkennt, die sie bei der Handhabung der Krise unmittelbar nach dem 11. September bewiesen hat, und auch Respekt für ihren Einsatz im Wahlkampf hat, ist und bleibt sie die allzu rote Megafonhalterin, die nie auch nur ansatzweise die Essenz dänischer Politik begreifen wird: sich an die Mitte zu halten und die schwere Kunst der Zuteilungspolitik zu meistern. Gewürzt mit der besonderen Raffinesse, selbst das zu bekommen, was man haben will, ohne den Gegner merken zu lassen, dass man im Wesentlichen nicht nachgegeben hat. In aller Bescheidenheit ist das eine Kunst, in der er recht souverän ist, und vielleicht könnte er sie diese Kunst lehren, wenn sie sich von ihren beiden Marionettenspielern Meyer und Vittrup befreien würde. Denn zugegeben, sie hat etwas. Eine mächtige Naturkraft und eine ungewöhnliche Ausstrahlung, worin bestimmt ein gewisses Potenzial liegt. Dumm ist sie auch nicht, im Gegensatz zu gewissen anderen jungen Genossinnen, mit denen Per sich umgibt. Wenn sie sich nur eine Zeit lang bedeckt halten und nicht auf den Fraktionssitzungen auffahren und die »lammfromme proamerikanischen Linie« der Parteispitze kritisieren würde. Mehr als einmal hat sie darüber gewettert, dass sie nicht den nötigen Abstand zu der »primitiven Cowboy-Rhetorik« der Bush-Regierung wahren. Sie hat auch ihre »Skepsis« angesichts des »gnadenlosen Rachefeldzugs gegen die Talibanstellungen in Afghanistan« durch die Amerikaner geäußert, der leider allzu viele zivile Opfer gefordert und Tausende von Demonstranten in den europäischen Großstädten auf die Straße gerufen hat. Wie zu erwarten, haben große Teile des sozialdemokratischen Hinterlands auch ihren Widerwillen gegen die Unterstützung der harten Linie der Amerikaner zum Ausdruck gebracht, doch er persönlich ist überzeugt, dass viele der gemeinen Parteimitglieder nachts ruhiger schlafen würden, wenn der inzwischen weltberühmte *»most wanted«*-Anführer des al-Qaida-Netzwerks, Osama bin Laden, gefasst wäre, tot oder lebendig. Nicht weil er so einfältig ist zu glauben, dass mit dem saudischen Mastermind hinter Gittern Ruhe und Frieden einkehren würden. So, wie er die Situation versteht, befindet sich die Welt inmitten eines Wertekampfs zwischen dem Westen und dem Islam, der viele Jahre lang die politische Tagesordnung prägen wird. Es wird zu weiteren Terrorakten kommen, und es gibt keine rationale Begründung, warum Dänemark in dieser Hinsicht verschont bleiben sollte. Es hat einfach eine *epochale Wende* gegeben, einen historischen Bruch, was viele noch nicht begriffen haben. Und was er natürlich nicht einmal im Traum laut aussprechen würde. Denn Führung hat schließlich in hohem Grad damit zu tun, Sicherheit zu schaffen, das heißt, die *Illusion* von Sicherheit. Und wie schafft man diese Illusion? Indem man die Muskeln spielen lässt.

Und als die radikale Jugendorganisation Hizb ut-Tahrir während einer Versammlung in der Nørrebro-Halle den USA und allem, was an westliche Werte erinnert, den Dschihad erklärt hat, hat er auch nicht mit einer ausdrücklichen Verurteilung der radikalen Muslime gezögert, die er mehr oder minder direkt aufgefordert hat, das Land zu verlassen. Was – aus verschiedenen Gründen – zu gewissen Unstimmigkeiten in der Fraktion geführt hat, von Pers und Meyers Brüskiertheit über seinen Sologang bis hin zu Charlottes hitziger Anklage des Rechtsopportunismus. Vielleicht hätte sie die Diskussion sogar gewonnen, denn große

Teile der Fraktion teilten ihren Standpunkt, hätte sie nicht, wie üblich, in ihrer Hitzigkeit zu viele Bälle ins Spiel gebracht. Sie war wie vor den Kopf geschlagen, als er sie, ohne die Stimme zu erheben, abgekanzelt und als »himmelschreiend naiv, an der Grenze zur Dummheit« bezeichnet hat. »Sich einzubilden, diese Art von Extremisten mithilfe sozialpädagogischer Maßnahmen und Kaffeekränzcheneinladungen eliminieren zu können, ist nicht nur falsch, sondern unverzeihlich mit dem Wissen, über das wir heute verfügen«, hat er geschmettert. Und sie lag völlig falsch, als sie glaubte, die Oberhand durch die Frage zurückzugewinnen, ob er den frustrierten Einwandererjungen überhaupt etwas anderes zu bieten habe als »null Toleranz« und »Auge um Auge, Zahn um Zahn«. »Wird das deiner Meinung nach präventiv wirken in Bezug auf die Front zwischen ›ihnen‹ und ›uns‹, die für alle sichtbar langsam aufgebaut wird, nicht zuletzt durch die Mitwirkung der Sozialdemokratie! Soll ich unseren kurdischen Gemüsehändler jetzt als potenziellen Terroristen betrachten?« Und als er knapp mit einem »Ja, das sollst du« geantwortet hat, war das Match gewonnen. Sie schwieg.

Per hat sich nicht eingemischt, Meyer hat auch den Mund gehalten, und danach erstarben die Proteste. Zumindest für dieses Mal. Seitdem hat es nur vereinzelte Zusammenstöße gegeben, doch die Einwandererpolitik wird zweifelsohne für Turbulenz in der Fraktion sorgen. Und Susanne Branner, die Sprecherin, lässt sich auch langsam nötigen. Sie müssen so schnell wie möglich zu einem Kompromiss kommen, der die Flügel sammelt. Ließe sich Charlotte besänftigen und von der Notwendigkeit überzeugen, den berechtigten Ängsten der Bevölkerung entgegenzukommen, könnte sie eine richtig nützliche Spielerin werden. Doch das erfordert, dass sie zumindest mit ihm spricht. Dass sie einsieht, dass sie sich nicht auf Per verlassen kann. Er wird sie, falls nötig, für einen Schilling verkaufen, und hat sie mehr als einmal hängen- und an einem dünnen Faden über dem Abgrund baumeln lassen. Das kann sie doch nicht vergessen haben, und falls sie es hat, hilft er ihr gern, die Erinnerung aufzufrischen, und wird seinen Beitrag dazu leisten, dass sie die Konflikte der Vergangenheit hinter sich lassen und zu einem freundschaftlichen Umgang finden. Will sie zu einer Toppolitikerin werden, muss sie lernen, dass die persönlichen Beziehungen in der Politik notwendigerweise fließend sind. Man wechselt die Tanzpartner, trennt sich und findet zueinander zurück, wenn neue Konstellationen das erfordern. Anpassungsvermögen ist eine Notwendigkeit, in Feindschaften wie in Freundschaften. *Keep your friends close, but your enemies closer.* So sind die Regeln auf der Burg. Man muss flexibel sein, sonst lassen sich neue Öffnungen weder sehen noch nutzen.

»Hast du denn Vorsätze für das neue Jahr«, fragt er deshalb entgegenkommend und bietet ihr eine Zigarette an.

»*Endgültig* mit dem Rauchen aufzuhören!«, sagt sie mit einem vielsagenden Blick auf die filterlose Kings. »Außerdem habe ich schon lange den Vorsatz, dir zu sagen, was für ein riesengroßes Arschloch du warst, als du mich bei den Haushaltsverhandlungen hintergangen hast. Wie viele Millionen hast du dem Umweltministerium gestrichen? Ohne mich vorzuwarnen? Zweihundert?«

»Einhundertachtundneunzig«, berichtigt er sie und gibt ihr Feuer.

»Lässt sich das noch etwas präzisieren?«, fragt sie und inhaliert, noch immer mit diesem herausfordernden Blick.

»Wenn du es genau wissen willst: 198 243 314 dänische Kronen«, antwortet er und lächelt.

»Du bluffst. Du kennst das Budget nicht auf Punkt und Komma auswendig.«

»Du kannst es gern überprüfen.«

Sie schlägt mit der Hand auf das Kissen aus Seehundfell neben sich.

»Das ist doch krank!«

»Das ist meine Spezialität. Ich liebe Zahlen. Und entschuldige, aber zweihundert Millionen sind nicht viel bei einem Budget von 3,7 Milliarden!«

Sie zuckt mit den Schultern. Stößt Rauch aus.

»Was sagst du dann zu 29,2?«, fragt sie herausfordernd.

»Ein historisch niedriges Wahlergebnis!«

»Wer trägt die Verantwortung?«

»Da sind wir uns doch einig.«

»Was sollen wir jetzt machen?«

»Aus unseren Fehlern lernen.«

»Welche Fehler haben wir begangen?«

»Verschiedene.«

»Welcher war der größte?«

»Sag mal, ist das ein Verhör? Mit einem Lügendetektor!«, ruft er und rutscht unruhig auf dem Stuhl hin und her. Beobachtet, wie die Leute sich im Fernsehzimmer nebenan sammeln.

Sie lacht. Richtet ihren Ausschnitt. Er ist so tief, dass er den Blick auf einen recht einladenden Brustansatz freigibt. Er mag ihren roten Lippenstift. Und die schwarze Strumpfhose mit Goldschimmer.

»Vielleicht. Wann sind wir wieder an der Macht?«

»Das kommt darauf an …«

»Worauf?«, fragt sie und lehnt sich ganz über den Sofatisch, sodass er noch tiefer in ihren Ausschnitt sehen kann.

»Das kommt darauf an, ob wir die richtige Antwort finden.«

»Die Antwort worauf?«

»Die Antwort, warum es so schiefgelaufen ist«, er zieht bewusst eine Augenbraue nach oben.

»Und du hast sie, nicht wahr? Die Antwort?«

»Warum sollte ich sie haben?«

»Weil du auf alles eine Antwort hast. Immer. Deshalb wirst du auch so bewundert. Und gefürchtet«, sie kneift die Augen zusammen.

»Mag sein.« Er lächelt zurückhaltend. »Aber jetzt will ich eine Antwort darauf, wie es meiner Frau geht«, sagt er und reißt sich aus dem Zauberkreis los, den sie plötzlich um ihn gelegt hat. Er hat nicht gewusst, dass sie derartige Fähigkeiten besitzt.

»Es geht ihr super! Ganz ruhig. Sie amüsiert sich. Per hält draußen Hof. Thomas scheint auch in der Küche hängen geblieben zu sein, da er nicht mehr zurückkommt.«

»Hm! Das klingt beruhigend«, sagt er, macht aber trotzdem Miene, aufzustehen.

»Du, darf ich dich etwas fragen?«

Wieder beugt sie sich mit entblößtem, milchweißem Dekolleté vor.

»Das tust du doch die ganze Zeit.«

»Okay, aber darf ich dich etwas Persönliches fragen?«

»Nur zu.«

»Magst du Frauen?«

»Was?«, diesmal schießen die Augenbrauen spontan nach oben. »Was für Frauen?«

»Frauen. Ganz allgemein. Frauen als Kategorie«, fragt sie und schwenkt die Zigarette.

»Ich liebe Frauen.«

»So wie du Zahlen liebst?«

»Hör mal, habe ich nicht für eine Verlängerung des Mutterschaftsurlaubs plädiert? Zum Preis von einer *Milliarde*? Unter anderem deshalb musste dein Budget gekürzt werden!«

»Und deshalb konnte ich auch den Plan von einem grünen Dänemark nicht weiterverfolgen!«, schießt sie zurück. »Aber lassen wir das jetzt. Jetzt stehen wir schließlich beträchtlich größeren

Problemen gegenüber!« Sie verdreht die Augen. »Wenn sie die Vereinbarungen des Mifresta-Abkommens brechen, gibt es Krieg! Was denkst du?«

Er nickt zustimmend. Obwohl er der Meinung ist, dass dem Umweltministerium eine kräftige Rasur nicht schaden könnte, gibt er ihr recht, dass die von der Regierung angekündigten Kürzungen, vor allem was die Investitionen in erneuerbare Energien angeht, völlig kopflos sind. Und wenn man die spezielle Bewilligung für Umwelt, Frieden und Stabilität streicht, ist das ein glasklarer Vertragsbruch. Er drückt seine Zigarette im Aschenbecher aus und schielt ins Fernsehzimmer, um zu sehen, ob Linda inzwischen dort aufgetaucht ist.

»Dann gehen wir zum Angriff über! Darüber habe ich mit den Radikalen gesprochen. So!«, sagt er, um den Schluss dieses seltsamen, aber nicht ganz unstimulierenden Gesprächs zu markieren.

»Nein, nein!«, protestiert sie. »Wir sind noch nicht fertig! Liebst du Frauen genauso sehr wie Zahlen?«

»Das kann man absolut nicht vergleichen, Charlotte!«

»Ja, aber trotzdem!«, beharrt sie. »Was liebst du mehr? Frauen oder Zahlen?«

»Frauen, natürlich! Ich bin schließlich nicht so ein abgestumpfter Zahlenheini, der ein intimes Verhältnis zu seinem Taschenrechner hat!«, sagt er aufgebracht. Trotz seines guten Willens spürt er den Ärger.

»Okay! Wie groß ist deine Frau?«, fragt Charlotte, als im gleichen Moment Linda mit einer Flasche Rotwein und einem sauberen Glas für Charlotte in der Doppeltür auftaucht. Mit einem schönen Gruß von Thomas, der Jens auf der Toilette hilft.

»Ungefähr ein Meter siebzig«, antwortet er und hört selbst, dass seine Antwort wie ein ungeduldiges Zischen klingt. »Sollen wir das Spiel jetzt nicht beenden, es ist gleich zwölf!«

»Ein Meter fünfundsiebzig«, antwortet Linda auf Charlottes auffordernden Blick hin.

»Wie viel wiegt sie?«, wieder wandert Charlottes Blick von Gert zu Linda und wieder zurück zu Gert.

»Das weiß ich doch nicht! Fünfundfünfzig Kilo?«

»Das war vor zwanzig Jahren, *honey*. Vierundsechzig!«

Nachdem sie Gert und Charlotte Wein eingeschenkt hat, steht sie in der Türöffnung und kichert Charlotte auf eine Weise verschworen zu, die seinen Ärger nur noch weiter schürt.

»Welche Kleidergröße hat sie? Welche Schuhgröße?«

»Keine Ahnung! Schluss jetzt mit dem Unsinn!«, sagt er und steht so abrupt auf, dass die Flasche, die Linda auf den Tisch gestellt hat, beinahe umkippt. Charlotte gelingt es gerade noch, sie festzuhalten, während sie versucht, ihn mit einem »Gert, verdammt! Das war doch nur Spaß!« zurückzuhalten.

Sein Über-Ich sagt ihm, dass er tief durchatmen, bis zehn zählen und sich wieder hinsetzen sollte. Doch die mühsam aufgebaute Vernunft fällt in sich zusammen wie ein Kartenhaus im Sturm, da er es nicht erträgt, dass jemand sich über ihn lustig macht. Und erst recht keine Frau. Dass er sich nur noch mehr zum Gespött macht, als er Linda mit einem »Komm, wir gehen!« am Arm packt, ist ihm durchaus bewusst, doch sein Temperament siegt über den kühlen Verstand, sodass er genau das tut. Die Silvesterparty in einem Wutanfall verlässt, der alle Hindernisse aus dem Weg fegt, sei es der Gastgeber mit seinem Baumkuchen oder Linda mit ihrem quäkenden »Wir können doch jetzt nicht gehen! Es ist fünf vor zwölf!«.

»Dann bleib!«, zischt er und reißt seinen Lammfellmantel vom Bügel in der Diele. Aber natürlich geht sie mit, ein paar Schritte hinter ihm, da sie ihre Tasche holen muss und er den Fahrstuhl nicht warten lässt und bereits unten auf der Straße ist und in sein Auto steigt, als sie schließlich auftaucht.

»Gert, du kannst nicht fahren!«, wendet sie ein und bleibt auf der Haustürstufe stehen. »Du hast zu viel getrunken. Wir müssen ein Taxi rufen!«

»Willst du mit oder nicht?«, faucht er wütend und zieht die Autotür zu.

Einen Augenblick zögert sie. Als überlege sie, ihm zu trotzen. In dieser Sekunde wünscht er, dass sie es tut. Dass sie einmal Nein sagt. Sich weigert, mit ihm zu fahren, den Kopf in den Nacken wirft und zurück auf die Party geht. Doch sie fügt sich, wie immer. Setzt sich stumm auf den Beifahrersitz und kann gerade noch ihren Rockschoß retten, bevor er hart auf das Gaspedal tritt und den Wagen einen Satz in den Verkehr machen lässt. Ohne vorher zu blinken. Wenn er in eine Alkoholkontrolle gerät, ist er geliefert. Ein Gedanke, der ihn, eingekapselt in seine Wut, höchstens leicht wie die kalte Nachtbrise streift. Er hat sich auch nicht angeschnallt und hasst es, dass sie den Gurt anlegt. Fühlt eine fast unbezwingbare Lust, frontal gegen einen Laternenpfahl oder einen Straßenbaum zu fahren, nur um ihr Angst zu machen. Stellt sich den Krach vor, den knirschenden Laut des Metalls, das aufreißt; sieht sie verunstaltet in dem Glasscherbenhagel. Spürt eine solch gewaltsame Sehnsucht nach Grausamkeit, Schiffskatastrophen und plötzlichem Tod, dass er sich für seine Feigheit verhöhnt, als er mit ihrem Schrei in den Ohren auf die Bremse tritt und bei Rot mitten auf der Kreuzung hält, als ein Bus quer über die Øster Farimagsgade kommt.

Was war denn das?«, fragt die Gesellschaft staunend einander und vor allem Charlotte, als die Tür hinter dem Paar ins Schloss gefallen und der Zugwind ihnen um die Knöchel geweht ist.

»Er ist einfach ausgeflippt«, antwortet Charlotte kopfschüttelnd. »So etwas habe ich noch nie erlebt.«

»Haha«, lacht Per Vittrup gut gelaunt und macht sich bereit, den Champagner zu entkorken. »Wir schon! Gert kann so maßlos wütend werden. Früher war das noch schlimmer. Hast du ihn aufgezogen?«

»Ein bisschen«, kichert sie gespielt schuldbewusst.

»Pfui! Das mag er überhaupt nicht! Aus diesem Grund hat er schon so manche Kaffeetasse zerschlagen. Einmal hat er sogar einen ganzen Türrahmen zerlegt.«

Wie bitte?! Die jungen Genossen sammeln sich um ihn; sie vergessen beinahe, dass in sechzig Sekunden Neujahr ist. Sie können sich absolut nicht vorstellen, dass dieser besonnene und kontrollierte Mann die Beherrschung verlieren kann.

»Er macht so einen *kultivierten* Eindruck«, sagt die junge Liv Busk Sørensen, die bei dem netten Küchengeplauder dabei war.

»Mag sein, aber man kann die Menschen nicht nach ihrem Äußeren beurteilen, kleine Liv!«, sagt er und wechselt einen Blick mit Anton Møller, seinem neuen Berater. Sein bisheriger hat glücklicherweise die Konsequenzen gezogen und zum 1. Januar selbst gekündigt. Vittrup ist nahe daran, übermütig zu werden und ein »Frag seine Frau« hinzuzufügen. Aber das wäre unterhalb der Gürtellinie.

»Nun, Freunde! Zählen wir! Kommt, Kinder!«, sagt er und nimmt Augenkontakt zu Charlottes Zwillingen auf, die schnell begreifen und von ihren Stühlen aus mitzählen. »Zehn, neun, acht, sieben …«

Dann ist das neue Jahr da. Die Champagnerkorken knallen. 2001 ist endlich vorbei.

Er ist draußen, ich weiß nicht wo. Hat das Auto auf den Einstellplatz gefahren und mir gesagt, dass er weg ist. Jetzt haben wir seit vier Stunden 2002, und bis jetzt kommt es mir wie ein

Wunder vor, dass wir überhaupt so weit gekommen sind. Nachdem wir um Schamhaaresbreite einem Nachtbus auf der Øster Farimagsgade entgangen sind, wäre es auf der Dronning-Louises-Brücke beinahe schiefgegangen, wo es einen Zusammenstoß zwischen der Polizei und ein paar jungen Leuten gegeben hatte, die ein Auto in Brand gesteckt und mitten auf der Fahrbahn ein Feuer gemacht hatten. Man hat uns angehalten, doch als der Bedienstete ihn erkannte, hat er uns einfach mit allen guten Wünschen für das neue Jahr weitergewunken. So ist das mit ihm. Das Schicksal hält die Hand über ihn, ungeachtet dessen, wie sehr er es herausfordert. Ich sitze im Bademantel in der Küche, rauche und, na ja, stoße mit mir selbst an. Es ist ja kein anderer da, mit dem ich anstoßen kann. Janni hat mir per SMS einen Neujahrsgruß mit Smiley und vielen Küssen von den Kindern geschickt, und Ole-Stig hat gegen eins auf dem Handy angerufen und gefragt, ob wir es nett haben. Supernett, weißt du! Haha! Habe gelogen und gesagt, dass Gert tanzt und nicht ans Telefon kommen kann. Er selbst habe sich köstlich amüsiert, hat er lachend gemeint und gesagt, dass er Brötchen mitbringt. Er liebt Brötchen. Wir haben sie jeden Tag, seit er da ist. Er fährt in vier Tagen, wenn ich ihn nicht überreden kann zu bleiben. Bis dahin wird er es nicht schaffen, mir zu zeigen, wie man einen Computer bedient, das glaube ich jedenfalls. Er hat zu tun, muss seinen dänischen Kollegen beibringen, wie man einen Penis verlängert. Vielleicht könnte er ja mit dem seines Bruders anfangen, haha. Friede sei mit ihm, dem Schwulenarsch, er hat sein Päckchen zu tragen wie wir alle. Uns allen bleibt nichts anderes übrig, als uns selbst zu retten.

So ist das Leben, denke ich und öffne die Küchentür zu dem nebligen Nachthimmel. Eine verspätete Rakete schießt in die Luft, verschwindet in den Wolken, verpufft und wird zu nichts – wie ich. Zum Teufel mit den Neujahrsvorsätzen und den parfümierten Wünschen für die Zukunft. Was soll ich damit? Nächstes Silvester bin ich ohnehin nicht mehr da. Futsch, verschwunden, wie all die Jahre und die Raketen und alles. Ich brauche jemanden zum Reden. Wünschte, ich könnte jemanden anrufen. Irgendjemanden, der mich davon überzeugen kann, dass es sich lohnt weiterzumachen. Ich gehe zurück in die Küche, schließe die Gartentür. Sie klemmt und muss auf eine ganz besondere Weise angehoben werden, damit man sie schließen kann. Schlendere langsam zum Wandtelefon und drücke die Nummer, die ich mir unbewusst gemerkt habe. 70 20 12 01. Bereue es schon und will auflegen, als der Anrufbeantworter anspringt und mitteilt, dass die Telefonseelsorge von 16 bis 23 Uhr geöffnet hat. Für akute Fälle außerhalb der Öffnungszeiten wird auf die 112 verwiesen. Ich bin kein akuter Fall. Eher ein komischer, denke ich, und lege resigniert auf. Um meinen Mann suchen zu lassen, ist es noch zu früh. Obwohl er das Haus deprimiert verlassen hat. Er hätte uns beide umbringen können in dem Auto. Begegnen sich da unsere Seelen? Treffen sie sich heimlich in der gleichen Sehnsucht, dass alles zu Ende zu sein soll?

Es ist fast ein Jahr her, seit er das letzte Mal hier war. Er weiß nicht einmal, ob es das Etablissement noch gibt. Ob geöffnet ist und ob sie Zeit für ihn haben. Vielleicht ist Silvester einer der geschäftigen Abende. Er weiß auch nicht, ob die Schwestern noch da sind. Doch zu seiner Erleichterung existiert alles noch. Sie lassen ihn herein, erkennen ihn zwitschernd: »*Where have you been?*« Und natürlich haben sie Zeit, er muss nur einen Augenblick warten. Fünf Minuten. Sie machen gerade noch den Jacuzzi klar. In der Zwischenzeit kann er an dem Champagner nippen. Schon nach viereinhalb Minuten holen sie ihn und führen ihn in die Suite. Wie sie sich an ein solches Detail erinnern können, ist ihm unklar. Doch unmittelbar, bevor ihm die Tränen in die Augen steigen, beginnen sie, ohne ein Wort zu wechseln, seine Schnürsenkel zu lösen und ihm die Schuhe und Strümpfe auszuziehen. Jede zieht einen Schuh aus. Claire den rechten, Jessica den linken. Schon jetzt, wo ihre schönen mokkafarbenen Hände liebevoll seine Füße massieren, spürt er, wie Wohlbehagen ihn durchströmt. Er schließt die Augen und lehnt sich in dem Himmelbett mit seinem Überfluss an Seidenkissen zurück. Oh Gott, wie sehr er Entspannung braucht. Sich sanften Frauenhänden zu überlassen, schwarzen, heißen Mösen.

Ich schrubbe die Badewanne so verbissen, dass ich außer Atem komme. Das Email wird langsam alt, es ist schwer, die Ränder ganz wegzubekommen. Für die Fugen zwischen den Fliesen brauche ich eine alte Zahnbürste, die ich in Chlorid und Universalreiniger tauche. Trotzdem lässt sich der schwarzgrüne Schimmel, der sich dort sammelt, nur schwer entfernen. Sonst bin ich ziemlich geschickt im Saubermachen. Wenn es eine dänische Meisterschaft im Saubermachen gäbe, wäre ich unter den Favoriten. Dänische Meisterin im Hausputz. Das ist doch auch etwas. Eine Künstlerin hat einmal Abwasch ausgestellt. Männer finden so etwas provozierend. Genau wie die gebrauchten Damenbinden und die BHs und die verwaschenen Unterhosen, die die Emanzen in den Siebzigern ausgestellt haben. Was habe ich damals gedacht? Vermutlich das Gleiche wie Gert. Dass das ein paar verkrampfte Lesben sind, die einmal von einem Hafenarbeiter durchgefickt werden müssten. In diesem Punkt waren sie sich rührend einig, mein Vater und Gert. Der alte Max hat auch nicht verstanden, warum die Weiber sich so angestellt haben. Sie hatten es doch gut. Nur als sowohl meine Mutter als auch ich mit den anderen Carlsberg-Frauen an der großen Demonstration für gleichen Lohn auf dem Rathausplatz teilnahmen, wurden ihm in seinem Blaumann die Knie weich. Das war das einzige Mal, dass ich mich ihr verbunden gefühlt habe. Als wir da in der riesigen Menge gewöhnlicher Arbeiterfrauen nebeneinander standen und riefen: »Wir wollen den gleichen Lohn! Wir wollen den gleichen Lohn!«, bis wir heiser waren und der Vorsitzenden der Brauereiarbeiterinnen Beifall klatschten, die mit der Faust auf das Rednerpult schlug und erklärte, dass sie kein Abkommen unterschreiben werde, solange die Forderung nach gleichem Lohn nicht erfüllt sei. Ich kann mich noch an die Glut erinnern, die plötzlich in ihren Augen, den Augen meiner Mutter, aufflammte, und ich erinnere mich an ihre Stimme dicht neben mir, erst dünn und zögernd, dann laut und volltönend. An diesem Wintertag, 1971 war das, oder war es 1970?, haben sowohl sie als auch ich und die anderen fünfhundert Frauen zum ersten Mal ein Gespür für die gemeinsame Stärke bekommen, glaube ich. Dass auch wir das Boot steuern können, wenn wir zusammenhalten. Und dranbleiben.

Aber genau das haben wir nicht getan. Die meisten sind wie sie nach Hause zu ihren Männern gegangen und haben Frikadellen gemacht. Vielleicht hat sie an diesem Tag den Kartoffelbrei etwas lauter auf den Tisch geknallt, vielleicht ist sie sogar so weit gegangen, ihn zu bitten, die Senfgurken selbst zu holen. Doch ansonsten hat man die Politik der Gewerkschaft und den Aufruhr den lautstarken Emanzen überlassen, zu denen ich zur Freude meines Vaters nicht gehörte. Sie haben im Südhafen und bei Carlsberg auch nicht für ihre Sache geworben, soweit ich mich erinnere. Einige von ihnen haben eine Aktion gegen die Miss-Danmark-Wahlen gestartet, die sie als frauenfeindlich bezeichnet haben. Irgendwo gibt es einen Zeitungsausschnitt mit einem Foto von mir und einer Emanze, die ein indisches Tuch als Stirnband und eine große, runde Brille trägt. Ich habe falsche Wimpern, langes, blondes, in der Mitte gescheiteltes Haar und sehe aus wie eine Barbie-Puppe, und obwohl ich eine ordentliche, hochgeschlossene Bluse trage, erinnere ich mich daran, als hätte ich nur einen Bikini angehabt. Sie hat mich verunsichert, obwohl es das erklärte Ziel der Aktion war, »mit den Kandidatinnen der Miss-Danmark-Wahlen ins Gespräch zu kommen«. Hätte ich mich damals nicht so heruntergemacht gefühlt, wäre ich ihnen gegenüber vielleicht offener gewesen. Wäre ihnen vielleicht gefolgt und hätte den Sommer im Frauencamp auf Femø verbracht, statt in den Diskotheken der Westküste Go-go zu tanzen und den Hintern für geile Böcke zu schwingen, die so die Emanzipation der Pornografie feierten. Und vielleicht läge ich dann auch nicht hier auf meinen Knien in dem verbissenen Versuch, die abgestoßenen und lanolingefetteten Hautzellen eines Mannes aus einer Badewanne zu entfernen, die er *nie* auch nur ein einziges Mal selbst sauber gemacht hat. Vielleicht hätte ich dann keinen Mann geheiratet, für den das Gegenteil undenkbar wäre – dass er hinter mir sauber macht.

Womit ich nicht behaupten will, dass er neurotisch ist, was das Saubermachen angeht. Ich bin es, die sauber macht, um sich abzureagieren. Wenn ich nervös bin. Ängstlich. Und das bin ich jetzt, während ich warte, dass er vom Flughafen zurückkommt. Ole-Stig sitzt jetzt im Flieger, wenn sie *on time* sind. Seine Sprache hat auf meine abgefärbt, was Gert spitz kommentiert hat. »Es ist verständlich, dass Ole-Stig nach dreißig Jahren in den Staaten ein amerikanisiertes Dänisch spricht. Aber dass du auch diese Gewohnheit angenommen hast, kommt mir, ehrlich gesagt, ziemlich affektiert vor«, hat er gestern gesagt. Diese Gewohnheit muss ich mir also schnellstens wieder abgewöhnen. Bevor er nach Hause kommt. Falls er kommt, denn jetzt sind nur noch ich und die Skelette hier, die in den Schränken verstaut waren, während Ole-Stig hier war.

Dass jetzt Schluss ist mit – Entschuldigung – *make believe*, hat er mir bereits dadurch zu verstehen gegeben, dass ich nicht mit zum Flughafen kommen durfte. Er hat es mir selbstverständlich nicht direkt verboten, aber das ist auch vollkommen unnötig. Ich bin wie ein Hund, der auf das kleinste Fingerschnipsen reagiert. Ich bin so gut dressiert, dass ich selbst nach der Schaufel greife, um mir mein Grab zu schaufeln. Folglich habe ich auch mein Bedauern ausgedrückt, dass ich meinen Schwager leider nicht zum Flughafen begleiten kann. Ich habe nämlich so »furchtbar viel zu tun«, und uhh, macht sich da nicht wieder eine »Migräne« bemerkbar? Rücksichtsvoll, wie er ist, hat Ole-Stig nicht die Beine unter der dünnen Lüge weggetreten, mich nur auf die Wange geküsst und daran erinnert, den Geschenkgutschein einzulösen. Neben den vielen Weihnachtsgeschenken, die er mir gemacht hat, hat er mir auch eine »Neujahrsgabe« verehrt, mir einen Geschenkgutschein für eine Körpermassage gegeben. »Es dürfte dir guttun, dich ein bisschen verwöhnen zu lassen!«, hat er gesagt, doch sein schuldbewusster Ausdruck hat mir verraten, dass er genau weiß, dass es nicht dieses Verwöhnen ist, das mir fehlt. Vor Weihnachten hatte ich den bescheidenen Traum, dass wir miteinander reden könnten. Dass ich Gelegenheit haben würde, ihm mein Herz auszuschütten. Mir von einem vernünftigen Menschen versichern zu lassen, dass ich nicht verrückt bin. Doch die Gelegenheit hat sich nicht ergeben; Gert war ungewöhnlich viel zu Hause während des Besuchs seines Bruders, sodass wir mit Ausnahme des Vormittags, an dem Ole-Stig versprochen hatte, mir PC-Unterricht zu geben, eigentlich nie allein waren. Oder ist das nur eine Entschuldigung? Haben wir uns beide zurückgehalten, das Thema vermieden, die Konsequenzen gefürchtet, würde das Ungesagte in Worte gefasst? Oder irre ich mich? Bilde ich mir lediglich ein, dass sein großer Bruder mir Leid zufügt? Fällt überhaupt nichts auf? Wahrscheinlich ist es einfach so, dass Blut dicker ist als Wasser. Auch wenn er mir ein »Ich wünschte, ich könnte dich in die Tasche stecken und mitnehmen!« zugeflüstert hat, als Gert nach einem seiner Koffer griff. Das Gleiche habe ich einem kleinen, verkommenen Zigeunermädchen zugeflüstert, als ich einmal als die ihren Mann begleitende *Mrs. Minister of Finance* im Rahmen des Damenprogramms in der Tschechoslowakei ein Kinderheim besucht habe. Das hat auch nichts gebracht. Vom Standpunkt des Kindes aus war ich nicht besser als all die anderen wohlmeinenden Damen mit ihren Hüten und ihren guten Absichten. Und von Lindas *p.o.v.* aus betrachtet, dem *point of view* der Linda aus dem Südhafen, ist Ole-Stig nur ein Stück Scheiße. Um es einmal auf gut Dänisch zu sagen.

Am zweiten Januar ruft er Charlotte Damgaard an. Auf ihrem Handy. Sie scheint überrascht, ihn am Telefon zu haben; um der Wahrheit die Ehre zu geben, hat er sie auch noch nie angerufen.

»Hey, Gert!«, sagt sie, gefolgt von einem vorsichtigen »Danke für letztens!«.

»Gleichfalls. Störe ich?«, fragt er. Er hört hohe Kinderstimmen im Hintergrund. »Nein, nein! Ich wasche nur gerade den Kindern die Haare. Johanne hat Läuse. Wieder einmal!«

»Teufel auch ...«, sagt er und spielt mit dem Kugelschreiber. »Haben wir die nicht endlich ausgerottet? Dann hat unser Wohlfahrtsprojekt wohl nichts gebracht.«

Sie lacht abwartend, ruft nach Thomas, dem Pantoffelhelden, dass er sie ablösen soll.

»Du, ich will es kurz machen«, sagt er mit einem Blick auf die Notizen von seinem vertraulichen Treffen mit seinem Nachfolger, dem Finanzminister. »Ich wollte dir nur sagen, dass sie im Umweltsektor über eine Milliarde einsparen werden. Wenn man die das Mifresta-Abkommen betreffenden Kürzungen mitrechnet.«

»Eine *Milliarde*!«, schreit sie auf. »Das können sie doch nicht machen!«

»Ich habe die Zahlen gerade bekommen. *Off the record*, natürlich. Aber du kannst dich schon mal gut darauf vorbereiten, sie zu kommentieren. Sie gehen morgen an die Presse, also hast du vierundzwanzig Stunden Vorsprung. Vielleicht können wir die Schlüsselzahlen am Telefon durchgehen? Später, wenn du mit dem Entlausen fertig bist? Zu meiner Zeit haben wir Petroleum verwendet, aber das macht man wohl nicht mehr?«

Der Ansatz eines Lächelns schwingt in ihrer Stimme mit, als sie antwortet, dass es einen Versuch wert sei. Und dass sie ihn sehr gern zurückruft.

»Danke«, sagt sie schließlich. »Das war wirklich nett, dass du angerufen hast. Eine *Milliarde*! Die sind verrückt!«

»Ich dachte, du solltest es nicht aus der Zeitung erfahren.«

Und so verläuft das Gespräch ganz zu Gert Jacobsens Zufriedenheit. Bis sie es mit einem etwas zu katzenfreundlichen »Grüß Linda« beendet.

Der Radiowecker weckt ihn kurz vor den Sieben-Uhr-Nachrichten. Theoretisch gesehen, haben sie noch immer Weihnachtsferien, deshalb gesteht er es sich zu, eine Stunde länger als sonst zu schlafen. Seit dem Silvesterabend plagen ihn auch die Symptome einer Erkältung, die zu hartnäckig sind, um als Katerkopfschmerzen abgetan zu werden. Obwohl die ihn auch heimgesucht haben. Charlotte Damgaard dürfte es ähnlich gegangen sein, nichtsdestotrotz ist es unverkennbar ihre Stimme, die die vernichtende Kritik an den von der Regierung geplanten Milliardeneinsparungen im Umweltsektor äußert. Ohne zu zögern zählt sie all die vitalen Bereiche auf, die weggekürzt werden sollen, von den Naturführern im Wald von Jægersborg bis hin zum Kampf gegen die Verunreinigung der Ostsee, was die Kürzungen wie eine bestialische Budgetbeschneidung aussehen lässt. Sehr effektvoll, das muss er ihr lassen. Aber woher hat sie die Zahlen? Die präzisen Beispiele? Kann ihr alter Ministerbüroleiter Henrik Sand sie damit gefüttert haben? Er ist zwar loyal, doch das wäre direkter Amtsmissbrauch. Und das kurz vor seiner Ernennung zum neuen Staatssekretär. Das waren wohl eher ihre Freunde unter den Umweltreportern.

»Nicht allein Dänemarks Ruf und internationale Führungsposition im Umwelt- und Energiebereich gehen bei diesem brutalen Massaker verloren. Die Zukunft der kommenden Generationen wird diesem ideologischen Beispiel geopfert. Man bekommt nicht mehr Umwelt für weniger Geld. Man bekommt weniger Umwelt. Und das haben die Dänen nie gewollt«, wettert sie.

Gut, sehr gut. Sie hat sich die Ministerin doch noch nicht abgewöhnt. Aber es wäre angemessen gewesen, ihn erst zu unterrichten. Denn, um der Wahrheit die Ehre zu geben, die Zahlen sind brandneu für ihn. Und er mag es nicht, derartige Neuigkeiten per Radio zu erfahren. Seltsam, dass Gert sie nicht zuerst bekommen hat. Lässt er langsam nach?

Bist du gut ins neue Jahr gekommen?«, fragt Meyer und lässt sich mit graziöser Eleganz auf einem Stuhl an Charlottes kleinem Besprechungstisch nieder. Sie hat Croissants mitgebracht, die in einer Tüte von van Hauen auf dem Tisch liegen und Charlottes Aufmerksamkeit auf sich ziehen, obwohl sie versucht, standhaft zu sein und die Versuchung zu ignorieren.

Es ist der zweite Montag nach Neujahr, erst am Dienstag tritt das Folketing nach den Weihnachtsferien wieder zusammen. Während die meisten Mitglieder bereits in der Vorwoche zurückgekommen sind, ist Meyer bis zuletzt geblieben. Sie ist erst am vergangenen Abend von der Gebirgshütte zurückgekehrt und wirkt vital und gut erholt hinter ihrer kleidsamen Bräune, die so gut zu dem honigblonden Haar passt. Charlotte fühlt sich dagegen blass wie die kreideweißen Wände ihres Büros, und obwohl sie ein schönes Weihnachten hatten, wäre es gelogen, zu behaupten, dass sie in Topform ist. In Ermangelung von Ferien auf einer sonnigen Tropeninsel plant sie eine Vitaminkur mit Obst und Gemüse. Keine Zigaretten, keinen Kaffee, keinen Alkohol, und Buttercroissants von van Hauen passen leider auch nicht ins Programm.

»Ja, wenn man einmal davon absieht, dass ich Schwierigkeiten habe, die Neujahrsansprache des Staatsministers zu verdauen! Hast du so etwas schon einmal gehört? ›Machen wir das 21. Jahrhundert zum Jahrhundert der Freiheit!‹«, faucht Charlotte. »Wohlstand entsteht nicht durch die Freigebigkeit des Staates, sondern durch den Arbeitseifer der Menschen …«

Meyer lacht.

»Ja, das war ganz schön happig! Übrigens danke für deine SMS!«

»Entschuldige, wenn ich dir die Ferien verdorben habe. Aber ich konnte das nicht für mich behalten. Sie wollen immerhin eine Milliarde im Umweltsektor einsparen und den Grünen Fonds ganz aufgeben. Per hatte völlig recht«, seufzt sie. »Es ist wahrhaftig Zeit für eine Veränderung.«

»Ja, wie ich gehört habe, warst du gut in den Radionachrichten. Allen einen Schritt voraus, wie man so schön sagt«, lächelt Meyer anerkennend.

»Hmm«, nickt Charlotte und beschließt, ihr nicht zu erzählen, dass Gert ihr mit Pers Segen ein Geschenk mit Schleife verehrt hat. »Ich setze gerade mal Kaffee auf.«

Eine einzige Tasse muss erlaubt sein. Sonst kommt sie gar nicht durch diesen filzgrauen Tag.

»Um Kaffee habe ich Helle auf dem Weg zu dir schon gebeten. Er muss gleich fertig sein.«

Und das ist er. Denn es vergehen nur wenige Minuten, bis es an der Tür klopft, und die Sekretärin mit einem Tablett mit Tassen und Tellern und Milch in einem Kännchen hereinkommt. Charlotte hat sich bemüht, nicht den klassischen Exministerschnitzer zu begehen und zu glauben, dass man noch immer Minister ist und an jedem Finger einen dienstbaren Geist hat, der alles Mögliche für einen erledigt, vom IT-Support bis zum Kaffeekochen … Deshalb hat sie ihren Kaffee selbst gekocht. Doch ihre Bescheidenheit hat sich am Rand zur Dummheit bewegt, wie sie jetzt erkennt, denn wäre Meyer nicht resolut eingeschritten, wäre sie wahrscheinlich in den fernen Ecken der Burg gelandet, in Sibirien oder ganz draußen auf der Reitbahn und nicht in diesem begehrten, frisch renovierten Büro im Provianthaus. Ohne sie wäre sie als neues Mitglied des Folketings total verloren gewesen in diesem possenhaften Kampf um Räume, Inventar, PCs und nicht zuletzt Sekretärinnen, der sich im Zug des Wechsels abgespielt hat.

Während Charlotte in dem Ministerbüro am Højbro Plads ihre Schubladen geleert und mit einem Anflug von Eifersucht und einem unerwartet großen Kloß im Hals den Stab mit dem gleichen Enthusiasmus an ihren Nachfolger übergeben hat, mit dem man die Schlüssel zu seinem konfiszierten Eigentum abgibt, hat Meyer dafür gesorgt, dass Charlotte bei der Raumkabale nicht übersehen wurde, die die durchtriebenen Ratten der Burg, angeführt von dem festen Personal der dänischen Gewerkschaft für Handel und Büro, bereits vor Ausschreibung der Wahl inszeniert hatten. Und während Charlotte der langen, nervenaufreibenden Auszählung im Innenministerium beiwohnte, bei der aufgrund eines Formfehlers in Kopenhagen mit der offiziellen Bekanntgabe des Wahlergebnisses noch gewartet werden musste, handelte Meyer in ihrem Namen. Meyer, die nach alter Gewohnheit selbst zu den größten Wahllokomotiven zählt, hat sich Charlottes sensationelle 15 786 persönliche Stimmen zunutze gemacht, um ihrem Protegé einen Platz in dem begehrten Provianthaus zu sichern und sie gleichzeitig in einem attraktiven *Konsortium* unterzubringen, wie die gemeinsamen Sekretariate auf Christiansborgisch genannt werden.

Eigentlich war das ein Einsatz, für den Charlotte hätte dankbar sein sollen. Sie war auch entzückt über das atmosphäregetränkte Büro unter den alten Dachsparren und zufrieden mit ihrer Sekretärin, die zu den cleveren zählt. Trotzdem hat es sie geärgert, noch vor der ersten Fraktionssitzung als eine von Meyers Alliierten abgestempelt zu werden. Zum einen beabsichtigt sie, ihr Mandat frei zu verwalten, und zum anderen plagt sie der Verdacht, dass Meyer ihr in der Zeit vor dem elften September die Freundschaft gekündigt hatte. Hätte Vittrup den Mut gehabt, sie zu feuern, ohne diese Exekution erst mit Meyer besprochen zu haben? Wohl kaum.

Während sie der Sekretärin etwas zu überschwänglich für den Kaffee dankt und ihnen einschenkt, versucht sie zu erraten, worauf Meyer eigentlich aus ist. Eins der Geheimnisse hinter Meyers lang anhaltendem Erfolg in der Politik ist es, keine Zeit zu vergeuden, wie Charlotte festgestellt hat. Alles, was sie tut, dient einem speziellen Zweck. Wie zum Beispiel das Mitbringen der besten Croissants der Stadt zu einem unangemeldeten Morgenbesuch.

»Gemütlich hast du es hier«, sagt Meyer anerkennend und schiebt die Bäckertüte zu Charlotte hin. Die einen resignierten Seufzer unterdrückt und sich ein Croissant auf den Teller legt. »Mit Sune kommst du auch gut zurecht, nicht?«

Charlotte nickt und beißt in die spröde Kruste, sodass sich Blätterteigkrümel über den ganzen Teller verteilen.

»Hmm. Er ist nett. Und tüchtig. Er hat wirklich Ahnung von Ausbildungspolitik. Außerdem ist er ein echter Juso. Die können ihr politisches ABC.«

Meyer nickt zustimmend und beißt ebenfalls in ihr Croissant. Fast ohne zu krümeln.

»Er war Silvester auch bei Per, wie ich gehört habe?«

Bevor Charlotte antworten kann, ist Meyer bereits bei einem anderen Thema.

»Wie ist sie gelaufen? Pers Party?«

Charlotte zuckt mit den Schultern. Man weiß nie, wie viel Meyer bereits im Vorhinein weiß, sodass man leicht zu viel oder zu wenig sagt. Charlotte entschließt sich, wie üblich zu verfahren. Und die Wahrheit zu sagen. Daran erstickt man wenigstens nicht.

»Supergemütlich. Per hat etwas Leckeres zu essen gemacht. Einen perfekt gekochten Dorsch …«

»Ja, darin ist er gut«, wirft Meyer ein und führt die Kaffeetasse an die geglossten Lippen.

»Er scheint in Form zu sein. Jedenfalls jammert er nicht …«

»Hat er irgendetwas gesagt? Etwas Wichtiges, meine ich?«

»Nun ja, er hat ein wenig von der Zukunft fantasiert, soweit ich mich erinnere. Aber ich hatte einen leichten Rausch …«

Sie lächelt entschuldigend und beißt noch einmal herzhaft in ihr Croissant.

»Ja«, sagt Meyer mit einem gnädigen Lächeln, »das habe ich auch gehört.«

»Dann hast du sicher auch gehört, dass ich Gert dazu gebracht habe auszuflippen?«, sagt Charlotte, während sie auszurechnen versucht, wer ihr Informant ist. Liv? Sune? Christina Maribo?

Meyer wischt sich sorgfältig den Mund ab. Lässt ein Drittel des Croissants übrig und schiebt den Teller weg.

»Soweit ich das verstanden habe«, sagt sie dann und sucht in ihrer Tasche nach den Benson & Hedges, »musste er die Gesellschaft verlassen … Hast du einen Aschenbecher?«

Charlotte schüttelt aufgebracht den Kopf und greift hinter sich nach einem Aschenbecher, den sie aus alter Gewohnheit auf dem Schreibtisch stehen hat.

»Er *musste die Gesellschaft verlassen*? Weil ich ihn ein bisschen aufgezogen habe? Das ist verdammt …«

»Er musste die Gesellschaft verlassen, weil es seiner Frau nicht gut ging …«

»Was?«, Charlotte reißt die Augen auf. »Es ging ihr ausgezeichnet! Ihr fehlte nichts! Er war derjenige, der …«

»Charlotte, wir anderen kennen Linda jetzt seit dreißig Jahren. Und lass es mich einmal so sagen – sie ist ein wenig *labil*.«

»Labil? Wie meinst du das?«, fragt Charlotte und runzelt die Brauen.

»Sie hat ein paar psychische Probleme. Das hast du sicher bemerkt, nicht? Sie kennt ihre Grenzen nicht, und deshalb muss Gert sie ihr hin und wieder setzen. Wie ihr das Silvester erlebt habt.«

Charlottes Stirnfalten werden tiefer, während sie sich Linda Jacobsen in Erinnerung zu rufen versucht. Okay, ihre Nägel sind zu rot, ihre Absätze zu hoch, ihr Haar zu gebleicht, ihre Kleider zu kurz. Vielleicht wirkt sie auch irgendwie nervös. Und Charlotte gibt gern zu, dass sie sie bei den wenigen Gelegenheiten, bei denen die Ehepartner dabei waren, nicht weiter beachtet hat. So ist das nun einmal, keiner interessiert sich für die Wasserträger, die begleitenden Männer oder Frauen. Man braucht nur Thomas zu fragen, der einen Großteil des von Katerkopfschmerzen geprägten ersten Januars damit verbracht hat, sich über Gert Jacobsens aufgeblasene Arroganz auszulassen. Trotzdem muss sie zugeben, dass es sie überrascht hat, mit welchem Raffinement Linda ihre Männer-sind-Schweine-Replik in Pers Küche angebracht hat. Das widersprach jedem Vorurteil, dass Linda Jacobsen eine dumme Gans sei. Wäre sie das, hätte sie auch nicht die Idee hinter dem fatalen Spiel erkannt, das zu Gerts spektakulärem Rückzug geführt hat.

»Entschuldige, aber ich habe diese Episode nun doch etwas anders erlebt!«, sagt Charlotte und beugt sich vor. »Ich habe es so erlebt, dass Gert überreagiert hat, weil ich ihn aufgezogen habe. Das war nicht Linda, die sich danebenbenommen hat! Das war er selbst. Er hat sie weg*geschleppt*! Das hättest du sehen sollen!«

»Jetzt hör mal zu, Charlotte! Gert mag ein Stockfisch sein, und ich kann ausgezeichnet verstehen, wenn du ihm gegenüber skeptisch bist. Er und ich waren uns auch nicht immer einig. Aber unter uns gesagt, hat er eine *einzigartige* Geduld, was Linda angeht. Ohne ihn wäre sie nichts, das darfst du nicht vergessen. Sie hat es nie geschafft, eine Ausbildung abzuschließen, sie hat nie einen Job über längere Zeit behalten, sie hat keine Freunde, soweit ich weiß, und sie hat ihm nicht einmal Kinder geboren!«

»Pfui!«, ruft Charlotte ärgerlich. »Das kann man doch niemandem zum Vorwurf machen!«

»Nein, aber sie könnte schon ihren Lebensstil überdenken, nicht?«, kontert Meyer hart. »Schwangere Frauen sollten Alkohol nicht in den Mengen trinken, in denen sie das getan hat. Und wie sie das, wenn du es denn genau wissen willst, noch immer tut!«

Die plötzliche Stille steht im Raum und zittert wie ein Stahldraht zwischen ihnen. Seltsam, dass gerade Linda Jacobsen sie dazu bringt, so gegeneinander Front zu beziehen. Warum regt Meyer sich ihretwegen so auf? Meyer, die sonst so beherrscht ist, wenn es um menschliche Beziehungen geht. Charlotte reibt sich die Nase. Sie muss, der hierarchischen Ordnung zufolge, einlenken.

»Okay, dann sagen wir, dass Linda Jacobsen psychisch labil ist. Dafür habe ich verstanden, dass Gert offenbar für seine Hitzigkeit bekannt ist.«

»Ach, ja?«

»Ja, Per sagt, dass er schon Kaffeetassen zerdeppert und Türrahmen zertrümmert hat …!«, will sie auftrumpfen, doch der Stimme geht die Luft aus, noch bevor sie den Satz beendet hat.

Meyer gluckst wie ein Pokerspieler, der den bluffenden Gegenspieler durchschaut.

»Sagt Per das? Du, zurzeit würde ich nicht so viel darauf geben, was Per über Gert sagt. Ich würde ohnehin etwas auf Abstand gehen. Mir ein Netzwerk in der Fraktion aufbauen, Charlotte. So lernst du die innerparteilichen Gruppierungen kennen.«

Charlotte streckt die Hand nach der Kaffeetasse aus. Ihr Mund fühlt sich plötzlich trocken an.

»Soll ich zu Per auf Abstand gehen?«

Meyer zuckt fast unmerklich mit den Schultern. Ist viel zu professionell, um etwas in Worte zu fassen, woran man sie später aufhängen könnte.

»Vor dir liegt eine große Zukunft in der Partei, Charlotte. Das hat die Wahl bestätigt. Gert sieht das auch so, auch wenn du vielleicht nicht diesen Eindruck hast. Es besteht kein Grund, dich gegen einen fallenden Baum zu lehnen. Sag mal, rauchst du nicht mehr?«

»Ich habe aufgehört«, antwortet Charlotte lakonisch, während sie vor ihrem inneren Auge eine riesige Königseiche zu Boden fallen sieht. »Das habe ich den Kindern versprochen. Sie haben herausgefunden, ›dass Rauchen töten kann‹.«

»Das kann so vieles! Na schön, danke für den Kaffee«, sagt Meyer und sieht auf die Uhr.

Als Elizabeth Meyer das verrauchte Büro verlassen hat, verfällt Charlotte in unangenehm irritierende Spekulationen. Doch als ihr Blick den ausgestopften Hühnerhabicht streift, den sie aus dem Umweltministerium mitgenommen und in der Fensternische aufgestellt hat, wo er wie eine Erinnerung daran steht, dass kleine Mäuse nie aufhören dürfen, die großen Raubtiere zu fürchten, ist sie sicher, wie alles zusammenhängen muss. Meyers Quelle kann niemand anderer als Gert selbst sein. Er hat sie angerufen und dafür gesorgt, dass seine Version der Geschichte die Runde macht. Um den wahren Sachverhalt im Keim zu ersticken. Nichts als ganz gewöhnliches, banales Krisenmanagement, wie es jeden Tag hinter diesen Mauern gehandhabt wird. Das Überraschende ist nur, dass Meyer sich in der Regel nicht von solchen Manövern zum Narren halten lässt. Warum also hat sie seine Geschichtsverfälschung weitergegeben? Hasst sie Linda Jacobsen oder hat sie andere Gründe, Gert in einem vorteilhafteren Licht darzustellen, als er es verdient?

In der innersten Innentasche ihrer Tasche findet sie eine Zigarette. Zerbröckelt und mit losem Tabak, aber rauchbar.

»Sie hat Partei ergriffen«, sagt sie laut vor sich hin, als sie den ersten Rauch ausbläst. »Shit«, flucht sie dann. »Shit.«

Seit fast zehn Jahren bin ich morgens früh davon aufgewacht, dass die Gratiszeitungen durch den Briefschlitz geworfen werden. Jetzt bekommen wir nur noch die *Politiken*, die übrigen Zeitungen liest er in der Burg.

Die *Politiken* haben wir seinetwegen behalten. So kann er an seinem Morgenritual festhalten und die Zeitung auf Notizen, Neuigkeiten, Features, Leitartikel, Analysen oder Debatteneinlagen durchsehen, die sich a) mit ihm, b) mit anderen Sozialdemokraten, c) mit dänischer Innenpolitik, d) mit dänischer Außenpolitik und e) mit internationaler Politik befassen. Es versteht sich von selbst, dass er sie immer zuerst liest. Er mag es nicht, eine gelesene Zeitung vorgelegt zu bekommen. Außerdem ist Wissen Macht, und ich darf nichts, das ihn angeht, wissen, bevor er es selbst weiß. Wäre die Zeitung ein Knochen, wäre er abgenagt und ohne richtiges Fleisch daran, bevor er damit fertig ist und ihn mir zum Spielen überlässt. Ich glaube nicht, dass er sich jemals Gedanken darüber gemacht hat, wie viel ich aus diesem Knochen heraushole. Um bei der kulinarischen Metapher zu bleiben, verhält er sich wie ein verwöhnter und sehr satter Büfettgast, der sich nur aus den Schüsseln mit den vorzüglichsten und exklusivsten Leckereien bedient. Ich hingegen tue mir keinen Zwang an; ich bin eine Allesfresserin, oder vielleicht ist das auch nur Ausdruck meines proletarischen Zugangs zu dieser Welt, dass ich sowohl von der Pastete wie von der Bratwurst in mich hineinschaufele. Deshalb kann ich zum Beispiel lange auf einer Notiz wie dieser herumkauen: *»Ein häuslicher Streit endete gestern Abend damit, dass eine Frau im Ålekistevej in Vanløse von ihrem Mann erstochen wurde. Vizekriminalinspektor Herman Kjeldsen zufolge war das Verhältnis der beiden schon seit längerer Zeit angespannt, bevor es gestern Abend in einem Mord gipfelte. Die Messerstecherei fand in der Villa des Paares statt, während sowohl die Kinder als auch eine Freundin im Haus waren. Herbeieilende Nachbarn schlugen Alarm, doch obwohl ein Notarztwagen schnell zur Stelle war, konnte die Frau nicht gerettet werden. Der Mann wurde unmittelbar nach der Tat festgenommen.«*

Mit solchen Geschichten würde er nie seine Zeit vergeuden. Er sieht sie nicht einmal. Denn in seiner Welt gibt es keine Spalte mit Kurzmeldungen.

Es braucht sehr viel länger, sich die Macht abzugewöhnen, als sich an sie zu gewöhnen. Manchmal vergisst er am Morgen, wenn er aufwacht, dass er sie nicht mehr hat. Wie ein Lahmer, der seine Bewegungsfähigkeit erst vor Kurzem verloren hat, kann er eine Minisekunde der Illusion verfallen, dass sein Dasein noch immer wie vor dem Unglück ist. Dass er aufstehen, die Beine über die Bettkante schwingen und sich frei in dem Universum bewegen kann, das er schon so lange kennt, dass er es als gegeben betrachtet hat. Drängt sich ihm dann die Realität auf, wird er von einer nahezu unerträglichen Traurigkeit ergriffen. Von einem ihn zerreißenden Gefühl der Bedeutungslosigkeit und der ängstlichen Frage, womit er seinen Tag ausfüllen soll. Wie soll er sich durch die trivialen, sinnlosen Tage ohne wirklichen Inhalt schleppen? Kalenderblätter, ausgebucht mit Banalitäten und provinziellen Bagatellen. Wie soll er ohne den Kick, das Adrenalin, die Intensität und all das andere auskommen, das mit der Macht verbunden ist? Darüber spricht niemand, von Meyer einmal abgesehen, die ihm unumwunden erklärt hat, dass sie es als Verschwendung von Ressourcen ansieht, dass sie keine Prokura hat. Sie alle müssen ihren Kampf allein kämpfen; die Macht auf Abstand halten wie ein Dompteur, der nie vergessen darf, dass ein dressiertes Raubtier noch immer ein Raubtier ist. Per Vittrup ist nicht unreflektiert. Er kennt seinen Goethe wie auch seinen H. C. Andersen. Er kennt den Mythos von Faust und das Märchen vom Schatten. Er weiß, dass man zwar die Macht hat, die Macht einen aber auch. Er kennt die Gefahr der Abhängigkeit, hat Massen von verlorenen Machtjunkies gesehen und längst beschlossen, dass er nicht wie einer von ihnen enden will. Wie jeder Süchtige meint er, aufhören zu können, wann immer er will. Er ist nicht süchtig, braucht den Stoff nicht in Mengen zu schnüffeln, um zu spüren, dass es ihn gibt.

Trotzdem: Welchen Pakt würde er nicht eingehen? Welchen Preis würde er nicht bezahlen? Welchen Arm würde er nicht opfern, um sie zurückzubekommen? Nur für einen Augenblick. Den Rausch, der Wichtigste zu sein. Der, der mit dem Daumen nach oben oder nach unten zeigt. Der, der mit einem Bleistiftstrich *die Entscheidung* trifft. Und der, für den man den roten Teppich ausrollt.

Per Vittrup ist, wie er gern beteuert, eine Frohnatur. Deshalb geht er nicht unter, er angelt nicht im Meer der Depressionen. Trotzdem ärgert er sich höllisch, dass nicht er an dem bevorstehenden epochalen EU-Gipfeltreffen im Herbst teilnehmen wird, wie heute Morgen in der Zeitung zu lesen war. Er hatte davon geträumt, für diese Erweiterung zu stehen. Der Vater des neuen Europas zu werden. Es ist fast nicht auszuhalten, dass diese Ehre seinem Nachfolger zufallen wird, diesem humorlosen Kleinigkeitskrämer. Bestimmt gibt es nicht einmal Champagner! Aber Per Vittrup ist ein Kämpfer, deshalb vermag er wie immer die Verbitterung von sich abzuschütteln und zur Hochform aufzulaufen. Alles muss eingesetzt werden, um die Regierungsmacht zurückzugewinnen. Damit er seinen Stuhl zurückbekommt.

Die ersten Winterlinge haben bereits ihre kleinen gelben Köpfchen durch den Winterboden gesteckt. Wie rührend, dass sie das schaffen! Das sage ich ihnen, als ich ein paar im Garten pflücke und als allererste Frühjahrsboten mit ins Haus nehme. Ganz tot kann ich noch nicht sein, denn es freut mich aufrichtig, sie in einem Marmeladenglas ins Wasser zu stellen. Fälschlicherweise glaube ich, dass auch ihn das freuen wird. So mache ich immer wieder Fehler. Unglaublich, dass ich so langsam von Begriff bin. Und das an seinem Geburtstag! Er hat heute Morgen das Haus verlassen, noch bevor ich wach geworden bin. Er ist im Vormittagsfernsehen, um das neue Finanzgesetz zu kommentieren, das gestern vorgelegt worden ist. Warum er und nicht der finanzpolitische Sprecher auf dem Sofa sitzt und mit dem neuen mürrischen Finanzminister diskutiert, ist mir ein Rätsel. Aber ich weiß, dass er seinen Nachfolger verachtet und meint, dass die Regierung mit ihrem Steuerstopp ein Hasardspiel mit Gerts gut durchdachtem 2010-Plan und dem heiligen Verfügungsrahmen spielt, über den er so eifrig wacht wie ein Taliban über die Tugend seiner Tochter. Er macht sich sogar die Mühe zu lächeln. Mir tun die Mundwinkel beim bloßen Zusehen weh. Ich habe es ihm im Lauf der Jahre so oft gesagt: dass es nichts macht, wenn er etwas weniger *seriös* auftritt. Danach richtet er sich in der Regel nicht, deshalb muss irgendein hoch bezahlter Spindoktor ihm einen Tipp gegeben haben. Hoffentlich findet derselbe Spindoktor auch, dass er seinen Kleidungsstil verbessern muss.

Darin waren wir uns jedenfalls einig in dem exklusiven Herrenbekleidungsgeschäft, in dem ich ihm ein neues Hemd gekauft habe. Ich gehe dort jedes Jahr zu seinem Geburtstag hin. Dieses Jahr haben sie mich dazu überredet, ein sauteures Boss-Hemd »mit Pfiff« zu kaufen. Hellblau, wie üblich, doch mit kleinen, karamellfarbenen Karos und einem Cutaway-Kragen, wie der gut gekleidete Verkäufer mir erklärt hat. Ein Cutaway-Kragen. Das klingt gut. Sachlich. Ich wünschte, ich würde es nicht vergessen.

Aber das werde ich. Ich kann mir Fakten nicht merken. Was wäre es schön, hätte man einen Vorrat an so ein paar soliden Fakten, über die man verfügen und die man mit sich herumtragen könnte wie einen Diplomatenkoffer mit Codeschloss. Dann stünde man etwas sicherer auf seinen tönernen Füßen, könnte sich, ohne wie ein alter Rasenmäher zu stottern, über das periodische System, den Dreißigjährigen Krieg oder den Unterschied zwischen Barock und Rokoko auslassen. Wie Gert, der vor verfügbarem Wissen nur so strotzt. Wenn er wollte, könnte er bei *Wer wird Millionär?* mitmachen und eine Million gewinnen. Mich könnte er als Telefonjoker nehmen, wenn es um Fragen zu Popmusik, TV-Soaps, Haushaltsführung und so etwas geht, was sicher kein richtiges Wissen ist. Wie zum Beispiel: Wie entfernt man einen Rotweinfleck aus einer weißen Tischdecke? Mit A: Mehl; B: Zucker; C: Salz; D: Kartoffelmehl. Dann säße er in der

Klemme! Lieber Gert, die richtige Antwort ist C: Salz! Würde ihm eine solche Frage gestellt, würde er toben. Total durchdrehen. Das wäre unter seiner Würde. Dagegen bewegt er sich auf vertrautem Terrain, wenn er wie jetzt lächelnd auf Meyerheims Sofa sitzt und sich fragen lässt, welche Bedeutung es haben wird, dass wegen des neuen Finanzgesetzes das Wachstum im öffentlichen Verbrauch um ein halbes Prozent sinken wird. Die Antwort kommt ohne Blinzeln und Stammeln: Kürzungen der Transfereinkommen, geringerer öffentlicher Service, Einsparungen bei Schulen, Krankenhäusern und Pflegeheimen. Peng, peng, peng! Wie aus der Pistole geschossen. Doch sein Kollege auf dem Sofa ist selbst Politiker, deshalb lässt er den Kugelregen einfach von sich abprallen und doziert unangefochten weiter. Er ist nicht die Spur erschrocken.

Doch Janni ist es. Der Beitrag ist noch nicht zu Ende, als sie auch schon aufgeregt anruft und fragt, was das soll. Sie hat bereits unten auf dem Markt gehört, dass sie den Sozialhilfeempfängern das Wohngeld streichen, und ihr Sachbearbeiter hat sie schon vorgewarnt, dass sie sich einer Arbeitsbeschaffungsmaßnahme unterziehen muss. Was wird dann aus ihrer Tagesmutter-Schummelei und ihrer schwarzen Putzarbeit? Woher sollen sie dann das Geld für den Vergnügungspark nehmen? Und Stephanie hat ihr Handy in der Stadt verloren, und wenn Janni ihr kein neues kauft, klaut sie einfach eins! Was soll sie tun? Warum haben sie es immer auf Leute wie sie abgesehen? »Anstatt es den alleinerziehenden Müttern schwer zu machen, sollten sie lieber etwas gegen all die Kanakenjungen unternehmen, die hier herumlaufen und krumme Dinger drehen!« Ich lasse sie reden, obwohl ich mich für den Hang der Armen schäme, nach unten zu treten. Was weiß ich schon über *Kanaken*; ich kenne keine. Bis auf die verschleierten Frauen, die auf dem Weg zum Halalmetzger oder zu Netto den Nordre Fasanvej hinuntergewatschelt oder -gestapft kommen. Und den Fahrradhändler, der so nett war, das Raleigh-Rad zurückzunehmen. Auch wenn er sichtlich meine Enttäuschung darüber geteilt hat, dass das Geschenk nicht gut angekommen ist. *Was falsch sein, was? Sein gute Fahrrad!* Um es wieder gutzumachen, habe ich ihm vorgeschlagen, zehn Prozent von dem Geld abzuziehen, das ich zurückbekommen sollte. Für seine Mühen, habe ich gesagt, und für seine *Enttäuschung* gemeint. Auch ich bin enttäuscht. Aber ich drücke die Enttäuschung zu einer harten Kaugummikugel zusammen, die ich unter die Tischplatte kleben kann. Gert hat nicht einmal bemerkt, dass das Fahrrad weg ist. Wird es bestimmt nie entdecken.

Als Janni sich fertig beklagt hat und ich eine ganze Zigarette geraucht habe, ohne etwas anderes als »So?«, »So!« und »Ach, so ...« beigesteuert zu haben, fragt sie, ob ich ihr nicht beim Putzen helfen könne, wenn sie zu der Arbeitsbeschaffungsmaßnahme muss. Ich verspreche, darüber nachzudenken, vor allem um auflegen und Gert eine SMS schicken zu können: »Glückwunsch! Supergute Fernsehsendung. LG, L.«

Den Rest des Tages verbringe ich mit Warten. Warten auf Vater. Ich habe das gesamte Programm durch – Saubermachen, persönliche Überholung, Zubereitung seines Lieblingsgerichts, Schwanzstück vom Rind mit roh gebratenen Kartoffeln und Sauce béarnaise, gefolgt von Schokoladenmousse, Auswahl der Weine und Decken des Tisches zu einem Candle-Light-Dinner. Das Glas mit den Winterlingen stelle ich zusammen mit dem Geschenk an seinen Platz. Da ist auch noch ein Brief von seiner alten Tante Bodil, einer zähen bald Neunzigjährigen, die irgendwo auf Fünen lebt und offenbar noch immer geistig klar genug ist, Geburtstagsglückwünsche zu verschicken. Was sonst noch an Aufmerksamkeiten eingeht, ist bestimmt an die Burg adressiert, seine eigentliche Adresse. Ich habe keine Ahnung, wann er zu

Hause zu erwarten ist. Höre den ganzen Tag nichts von ihm, rechne aber damit, dass er gegen sieben, acht Uhr auftaucht. Sorge vorsichtshalber dafür, dass das Schwanzstück und ich selbst schon ab halb sieben fertig sind. Gegen fünf genehmige ich mir einen Schluck Weißwein. Wie immer um diese Zeit sind meine Handflächen eiskalt, und ich fahre bei dem geringsten Laut von der Straße zusammen.

Ich brauche keinen besonderen Anlass, Angst vor ihm zu haben, die Furcht meldet sich pünktlich wie der Hunger vor der Essenszeit. Da ich jedoch glaube, gut in der Zeit zu liegen, und der Dunstabzug über mir saust, höre ich nichts. Plötzlich steht er einfach da, als ich mich umdrehe, nachdem ich die Ofentür aufgemacht habe, um einen Blick auf das Bratenthermometer zu werfen.

»Oh Gott, jetzt schon!«, rufe ich schuldbewusst, und allein das ist natürlich verdächtig.

»Stehst du da und säufst?«, fragt er mit einem strengen Blick auf das Weinglas. Er hat noch immer seinen Mantel an und die Aktenmappe unter dem Arm.

»Nein, nein! Ich habe nur ein einziges Glas getrunken!«, versichere ich ihm und schiele zur Uhr. Es ist kurz vor sechs. Der Braten ist frühestens in einer Viertelstunde fertig. Danach sollte er besser noch zwanzig Minuten stehen und ruhen. »Du hast noch Zeit, ein Glas mitzutrinken«, lächle ich wie eine bleiche Kopie seines Pomadenlächelns aus dem Vormittagsfernsehen.

»Ist das Essen noch nicht fertig?«, fragt er und knallt seine Handschuhe auf den Schiefer des Küchentisches.

»Bald … du bist früh dran«, antworte ich defensiv. »Ich wusste nicht …«

Er schüttelt resigniert den Kopf von einer Seite zur anderen. Lässt die Mappe los. Sie ist schwer. Inzwischen schleppt er auch seinen Laptop hin und her.

»Du hast ganz genau gewusst, dass ich um 19.30 Uhr zur Mitgliederversammlung des Kreises muss. Ich treffe mich um 19 Uhr mit dem Vorsitzenden zu einer Vorbesprechung. Das heißt, dass ich um 18.45 hier los muss. In einer halben Stunde, Linda! Und jetzt frage ich dich noch einmal: Wann ist das Essen fertig?«

»Jetzt! Es ist jetzt fertig! Setz dich, dann serviere ich!«

Es ist nur ein Aufschieben der Strafe, denn natürlich wird sie kommen, wenn er in die Kartoffeln beißt, die nicht gar sind, und in den Braten, der noch zu rot ist. Doch das ist Teil seines Vergnügens, dass ich kopflos herumrenne und immer ängstlicher werde, während er sich freut, mich für mein Vergehen bestrafen zu können. Weil ich ihm einen Vorwand geliefert habe: Ich habe vergessen, dass er zu dem Kreistreffen muss. Das habe ich, denn selbst wenn ich anstrengt nachdenke, kann ich mich nicht erinnern, dass er mich darüber informiert hat. Es steht auch nicht im Kalender in der Küche, wie ich sehen kann. Aber dann habe ich wohl vergessen, es einzutragen. So ist das schließlich. Ich vergesse alles. Fakten. Informationen.

Er liest gerade die Karte von seiner Tante, als ich mit dem Braten und den Kartoffeln hereinkomme. Vergessen ist der frühere Ärger, denn jetzt hat sich ein Ausdruck engelhafter Sanftheit auf seinem Gesicht ausgebreitet, der bis zu den fächerförmigen Lachfältchen in den Augenwinkeln reicht. »Kleiner, lieber Gert!« hat sie bestimmt geschrieben, und das reicht, damit der große Mann zu einem schlaksigen, rothaarigen Jungen in kurzen Hosen mit Schorf auf den Knien und Sommersprossen auf der Nase schrumpft. Er gluckst in sich hinein, als er den Hundertkronenschein in einem Pinzettengriff zwischen den Fingern hält.

»Ist das nicht rührend?«, fragt er, ohne den Blick von der Karte zu heben.

»Ja, das ist süß«, stimme ich ihm zu. Hier gilt es vorsichtig zu sein, denn Tante Bodil ist die Schwester seiner Mutter und hat allein dadurch fast den gleichen Heiligenstatus wie sie. Tante Bodil ist nach dem Tod seiner eigenen Mutter zu einer Art Muttersatz geworden. Damals in der Zeit in Afrika, von der wir nie mehr reden.

»Was willst du dir davon kaufen? Einen Fußball?«, platzt es trotzdem aus mir heraus. Nicht um spitz zu sein, sondern weil sie damals einen richtigen Lederfußball in das Dorf in Tansania geschickt hat. Trotz der Vorbehalte seines Vaters gegen jede Art von »Luxus«. Diese Geschichte hat er oft erzählt. In Gerts Familienchronik ist sie der Klassiker. Er weist überhaupt oft auf Tante Bodil hin, wenn er erklären soll, warum ein Typ mit einem so ausgeprägt akademischen Klassenhintergrund wie er Sozialdemokrat geworden ist. In Gerts Darstellung ist Tante Bodil eine Art Heldin der Arbeit, die sich abgerackert hat, seit sie als Zwölfjährige auf Egeskov angefangen hat zu dienen, bis sie 1968 als Arbeiterin in der Konservenfabrik in Odense pensioniert wurde. Er hat einmal ein Bild von ihr in die Hände bekommen, auf dem sie als Fabrikarbeiterin Spargel schält – »vor der Zeit der Maschinen« –, und für ihn ist dieses Foto heilig wie ein Haar von Jesu Bart. Viel mehr wert als das Parteibuch, denn es ist seine Legitimation. Der Nagel, an den er die Mütze hängen kann. Zugegeben, es dürfte schwerfallen, das wörtlich zu nehmen. Hätten wir anderen das 00-Klopapier aus dem Plumpsklo im Garten oder Großvaters Holzschuhe verwahren sollen? Das hätten wir wohl, aber damals wussten wir schließlich nicht, dass wir eines Tages forschungswürdige Arbeitergeschichte sein und ins Museum kommen würden.

»Haha!«, glücklicherweise lacht er bei der goldenen Erinnerung und steckt die Karte sorgfältig zurück in den Umschlag. »Sie meint, ich soll mir ein Buch kaufen. ›Denn du hast doch immer so gerne gelesen!‹«, zitiert er.

Ich lächle und sage nicht, dass es dann höchstens ein Taschenbuch sein kann. Hole den Salat und die gekochten Bohnen, die ich in der Mikrowelle noch weich bekommen habe. Als ich zurückkomme, hat er sich mit schnellen und effektiven Griffen aus der Schüssel bedient. Er hat es schließlich eilig, muss in dreiunddreißig Minuten aus dem Haus sein.

»Herzlichen Glückwunsch zum Geburtstag«, sage ich und hebe das Glas, als er Vorlegelöffel und -gabel zur Seite gelegt hat. »Jetzt bist du ein Mann im besten Alter!«

»Was meinst du damit?«, fragt er kampfbereit über das Glas hinweg.

»Nichts Besonders. Nur was ich gesagt habe. Dass ein Mann von siebenundfünfzig Jahren ein Mann in seinem besten Alter ist! Im Gegensatz zu einer Frau von siebenundfünfzig!«

Ich schneide eine selbstironische Grimasse, um seinen Verdacht auszuwischen, dass ich ihn auf irgendeine Weise wegen seines Alters verhöhnen oder daran erinnern wolle, dass ich fünf Jahre jünger bin. Dass ich andeuten wolle, dass er langsam *alt* wird.

Währenddessen folgen meine Augen dem ersten Bissen, den er zum Mund führt. Ein Stück Fleisch mit ein paar Kartoffelscheiben und einer Bohne.

»Oh, Gott, ich habe die Sauce vergessen!«, rufe ich und stürze in die Küche, um die Kasserolle zu holen. Muss noch ein weiteres resigniertes Stöhnen in Kauf nehmen, als er die Gabel sinken lässt und gefahrdrohend murmelt, »Linda, kannst du dich nicht zusammennehmen? Wenigstens an meinem Geburtstag?«, als ich schnell wieder zurückkomme und Sauce auf seinen Teller gebe.

»Entschuldigung«, murmle ich und setze mich ihm gegenüber. »Ich habe auch ein Geschenk für dich«, plappere ich und schiebe ihm die Schachtel hin. »Und sieh mal, die Winterlinge! Die sind aus dem Garten! Ist das nicht unglaublich? So zeitig? Sonst sind sie nicht so früh dran, nicht wahr? Vielleicht liegt das an dem Klimawandel, der sich langsam bemerkbar macht. Ich glaube, bald kommen auch die Schneeglöckchen, und das

Blühen der Forsythien kann man beschleunigen, indem man die Äste …«

»Um Himmels willen, sei still, Frau!«, ruft er plötzlich über den Tisch, sodass sich eine große Sprechblase mit Großbuchstaben und Totenköpfen über seinem Kopf aufpumpt.

»Entschuldigung«, sage ich erneut und sehe auf meinen noch leeren Teller. Muss mir ein wenig auftun, nur um des Scheins willen. Nachdem er mich mit einem strafenden Blick angesehen hat, kaut er weiter, und bald scheint es, als habe er meine Anwesenheit vergessen und sei in seine eigenen Gedanken abgetaucht. Was eine Erleichterung für mich ist, denn offensichtlich scheint er nicht zu bemerken, dass das Essen missglückt ist, das er mit Rotwein hinunterspült. Doch nach der ersten Portion schiebt er den Teller bereits zur Seite und fischt seine Zigaretten aus der Innentasche. Ich will ihm schnell einen Aschenbecher holen, doch er hält abwehrend eine Hand hoch.

»Ich gehe gleich in mein Zimmer, um die Gedanken zu sammeln. Danke für das Essen«, sagt er wohlerzogen und verlässt den Tisch.

»Willst du das Geschenk nicht auspacken?«, rufe ich ihm hinterher. Er begnügt sich damit, sich halb umzudrehen. »Ich weiß doch, was es ist. Ich habe ausreichend Hemden.«

»Ja, aber das hier ist anders! Es ist von Boss! Mit einem Cutaway-Kragen!«

»Süße Linda, ich bin nicht deine Anziehpuppe!«

»Nein, aber der Verkäufer fand auch, dass du etwas Modischeres brauchst. Hin und wieder wirkst du ein bisschen grau in …«

Er scheint in einem einzigen Schritt bei mir zu sein. Denn plötzlich ist er über mir, schüttelt mich, als wäre ich ein unartiges Kind, während er mit den Zähnen knirscht.

»Du sollst verdammt noch mal nicht mit irgendeinem Stutzer in einem Bekleidungsgeschäft über mich reden!«

»Ja, aber …«, protestiere ich und gebe nach, als er mich hochzieht, indem er meinen Kiefer zusammenpresst.

»Du sollst mit *niemandem* über mich reden! Verstanden?«

»Ja!«, winsle ich und greife mir an die Wange, auf die er mir mehrere brennende Ohrfeigen gibt.

»Und du sollst mir keine Fahrräder kaufen oder mich Silvester zum Narren machen oder mir alberne SMS schicken oder das Abendessen zu spät fertig haben, wenn ich einmal zu Hause bin! Verstanden!«, schreit er mir ins Ohr, sodass es sich anfühlt, als würde mir das Trommelfell gesprengt. »Und da wir gerade dabei sind, sollst du dich auch nicht über mich lustig machen, egal, ob vor meinem Bruder oder meiner Schwägerin oder mit wem zum Teufel du hinter meinem Rücken sprichst! Was ist mit Per? Mit dem sprichst du wohl auch?«

»Nein! Bei meiner Ehre! Worüber sollte ich mit ihm reden?«

»Ja, worüber habt ihr da draußen in der Küche geredet? Was?«

»In was für einer Küche?«, wimmere ich.

»In was für einer Küche?«, äfft er mich nach. »In Pers Küche! Ihr wart allein da draußen, richtig? Silvester? Habt ihr euch unterhalten oder nur miteinander geflirtet wie üblich? Na?«, brüllt er, und diesmal schlägt er zu, hart.

»Wovon redest du?«, frage ich und versuche vergebens, einen weiteren Schlag abzuwehren. Zwischen den Fingern sehe ich, dass er auf die Uhr blickt. Somit befinden wir uns mitten im Wüten der Gefühle einen kurzen Augenblick auf der gleichen Plattform aus kaltem Kalkül. Er schätzt seine Zeit ein, ich berechne ganz rational, dass sein Termin mich retten wird. Offenbar kommt er selbst zu der Schlussfolgerung, dass er keine Zeit hat, das fortzusetzen. Er muss in wenigen Minuten gehen, wenn er nicht zu spät zu dem Treffen kommen will. Und im Gegensatz zu Per kommt Gert nie zu spät. Auch in diesem Bereich ist er die Präzision in Person.

Dafür gönnt er sich einen effektvollen Schluss.

»So!«, schnaubt er, drückt mich zurück auf den Stuhl und greift nach meinem Nackenhaar. Knallt meinen Kopf auf den Teller und zieht mein Gesicht durch die Sauce, den Rinderbraten und die Kartoffeln. Ich habe Blutgeschmack auf den Lippen. Ob es sich um mein eigenes Blut oder das des Bratens handelt, kann ich nicht sagen. Jedenfalls bleibe ich mit dem Gesicht im Essen sitzen, bis er das Wohnzimmer verlassen hat. Er soll mich so nicht sehen. Das würde seinen Ekel vor mir nur noch verstärken.

»Kann ich eine Quittung bekommen?«, murmle ich mit belegter Stimme, als er die Tür hinter sich zugeknallt hat und ich mir das Gesicht mit der Stoffserviette abwische. Eine Quittung zum Beweis, dass ich bezahlt habe, was ich ihm schulde. Sonst kommt er nur mit noch einer unbezahlten Rechnung zurück. Aber das tut er ohnehin.

Als ich das Auto in der Einfahrt aufheulen höre, nehme ich mein halb volles Rotweinglas und schleudere es gegen die weiß lackierte, gepolsterte Tür seines Arbeitszimmers.

»Schwein!«, schreie ich mit schriller Stimme, als das Glas zerbricht und der Wein mit roten Zungen über den Hochglanz leckt.

Der rundliche Kreisvorsitzende, der in seinem bürgerlichen Leben Lehrer an der Technischen Fachschule ist, bewundert Gert Jacobsen. Und die Bewunderung wird nicht weniger, als er in der ersten Reihe sitzt und sich daran erfreut, mit welcher Souveränität der frühere Finanzminister frei zum Thema des Abends spricht, das der Kreisvorsitzende in aller Bescheidenheit selbst formuliert hat: *Die Sozialdemokratie nach der Wahl – welcher Weg führt in die Zukunft?* Gert hat nicht nur wie üblich das Thema im

Griff, er scheint auch charmanter und weniger steif, als er das sonst oft ist. Das wird der Kreisvorsitzende in seinem Referat erwähnen, ebenso wie er, bereits während er sich Notizen macht, zu schreiben beschließt, dass das Mitgliedertreffen »gut besucht« war. Sicher, sie haben für fünfzig gedeckt und Kaffee gemacht, doch fünfunddreißig sind unmittelbar nach der Wahl auch nicht schlecht. Die Leute sind schließlich den ganzen Herbst über mit Politik gemästet worden, sodass man ihnen nicht vorwerfen kann, dass sie lieber zu Hause sitzen und es sich auf dem Sofa gemütlich machen. Und dann bei dem Wetter! Schneeregen und Matsch und eine frische Brise von Nordosten. Und um die Tatsache, dass viele Sozialdemokraten ein paar Wunden haben, die geleckt werden müssen, kommt man auch nicht herum. Eins ist es, Wahlplakate aufzuhängen, etwas völlig anderes, sie mit dem flauen Gefühl wieder abzunehmen, dass der Einsatz vergebens war. Besonders in den Kreisen, die ihren Kandidaten nicht ins Folketing bekommen haben, bewegt sich die Frustration auf gleicher Höhe mit der geschlagener Hooligans. Man verlangt Sündenböcke. Will die Parteispitze einen Bußgang antreten sehen. Will neue Gesichter an der Spitze sehen, das hört er die ganze Zeit.

Er persönlich ist vor allem Per Vittrups müde und ist im Geheimen geneigt, der gestrigen sensationellen Äußerung des Vorsitzenden der sozialistischen Volkspartei zuzustimmen, dass hauptsächlich Vittrup die Verantwortung dafür trägt, dass jetzt die Bürgerlichen an der Macht sind. Das darf man natürlich nicht laut sagen, und das geht vielleicht auch ein bisschen zu weit. Andererseits nützt es nichts, die interne Debatte zu unterdrücken, weshalb er und Gert sich noch vor dem Treffen einig geworden sind, dass er als Sprecher selbst auf diese Äußerung zu sprechen kommen wird, sollte in der nachfolgenden Fragestunde nicht danach gefragt werden. Es ist besser, die Katze aus dem Sack zu lassen, wie Gert so richtig bemerkt hat. Und als Gert seinen Beitrag mit einem bescheidenen »Danke für Ihre Geduld« beendet, springt er auf, wendet sich an die Versammlung und fordert alle auf, sich »an der Diskussion um die Zukunft der Partei« zu beteiligen.

Bei den Anwesenden handelt es sich größtenteils um alte Bekannte, die, was nicht sonderlich verwunderlich ist, ihre alten Steckenpferde reiten. Statt Visionen zu entwickeln, konzentrieren sie sich auf Peanuts und wollen partout über den fehlenden Pflegeheimplatz für ihre alte Tante reden, die Kürzungen in der Familienpflege oder die veralteten Lehrbücher in der Grundschule. Gert antwortet zuvorkommend und höflich, aber es ist deutlich, dass diese Art Fragen keinen Enthusiasmus bei ihm hervorruft. Dafür lebt er auf, als ein junger Mann nach dem Kampf gegen den Terror und die selbst ernannte Rolle der USA als Kreuzfahrer in der islamischen Welt fragt. Gehöre es nach der Fußnotenperiode der Achtziger jetzt zum sozialdemokratischen *comme il faut*, dem Kurs der USA im Bereich der Außen- und der Sicherheitspolitik zu folgen?

Gert nickt bereits aufmunternd bei der Frage und fährt mit dem Nicken fort, als er dem jungen Mann mit der dünnen, viereckigen Brille antwortet. Entweder ist er ein ganz neues Parteimitglied oder er gehört zu denen, die einen Beitritt erwägen. Es gibt trotz allem noch einige von ihnen. Unverbrauchte, politisch aufgeweckte junge Leute, die über den zunehmenden Rechtsruck in der Welt, unter anderem den Dänemarks, empört sind, und für die Anreize geschaffen werden müssen, der Partei beizutreten. Es sind diese jungen Demokraten, die das Herz eines Kreisvorsitzenden erwärmen. Leider treten viele von ihnen der radikalen Linken bei, die nahezu zu einer Modepartei für die jungen Akademiker in den Städten geworden ist. Sie zieht auch die ethnische Elite an, was symbolisch noch dadurch unterstrichen wird, dass die Radikalen und nicht die Sozialdemokraten damit prahlen können, dass der Sohn eines syrischen Gastarbeiters einen Sitz im Folketing bekommen hat. Auch in diesem Punkt muss er widerstrebend erkennen, dass sie selbst zu inaktiv gewesen sind. Deshalb freut es ihn ganz besonders, ein paar schöne junge Mädchen »mit anderem ethnischen Hintergrund« zu entdecken, die er ebenfalls noch nie gesehen hat. Sie sitzen mitten im Saal auf den äußersten Plätzen am Mittelgang. Genau wie der junge Mann hören auch sie aufmerksam Gerts Antwort zu.

»Eine äußerst relevante Frage! Die dänische Außenpolitik hat sich verändert. Die Welt hat sich verändert. Die Mauer ist gefallen, die alten Feindbilder zerbröselt. Es besteht kein Grund mehr, eine Invasion aus dem Osten zu fürchten, es sei denn, man fürchtet wie die Dänische Volkspartei und die Unionsgegner einwandernde Horden polnischer Handwerker!«

Der Saal antwortet mit zustimmendem Lachen.

»Leider gibt es noch immer Schlangen im Paradies. Vielleicht waren wir zu langsam, das zu bemerken, vielleicht zu sehr mit uns selbst beschäftigt. Ungeachtet dessen, zu welcher Erklärung wir Zuflucht nehmen, ist es eine Tatsache, dass es Menschen auf dieser Erde gibt, die so sehr in Opposition zu den westlichen Werten stehen, dass sie bereit sind, für ihre Sache zu sterben. Das haben wir beim Angriff auf das World Trade Center gesehen, und es tut mir leid, das sagen zu müssen, doch meiner Meinung nach ist das erst der Anfang …«

Jetzt ist es so still im Saal, dass man die perlende Kohlensäure im Mineralwasser des Redners hören kann.

»Deshalb teile ich die Einschätzung des amerikanischen Präsidenten insoweit, als wir gezwungen sind, die westlichen Werte zu verteidigen, die wir uns angewöhnt haben, als gegeben anzusehen. Die Menschenrechte, die Freiheit für Männer und Frauen, die Redefreiheit, die Religionsfreiheit, die Freiheit zu tanzen und sich zu amüsieren, die Freiheit ins Kino zu gehen oder, was die Mädchen betrifft, zu tragen, was sie wollen ...«

Eine Hand schießt nach oben. Sie gehört einem der beiden Einwanderermädchen. Der Kreisvorsitzende nickt ihr zu, dass er die Wortmeldung notiert hat. Offenbar versteht sie den Code nicht, denn die Hand bleibt oben. Hoch oben. Jetzt bemerkt Gert sie und lächelt ihr schnell zu, um auf die gleiche Weise zu kommunizieren, dass sie auf der Rednerliste steht. Ohne Wirkung. Die Hand bleibt oben, oben in der Luft wie ein Speer, während Gert leicht abgelenkt weiterdoziert.

»... Wir können nicht außerhalb dieser Allianz stehen, was nicht bedeutet, dass wir zu einem lammfrommen Mitläufer der USA werden sollen. Natürlich betreiben wir unsere eigene Außenpolitik, obwohl sie mit der Zeit gewiss mehr und mehr mit unseren europäischen Partnern abgestimmt werden wird, doch meiner Meinung nach ist es nichtsdestotrotz eine Tatsache, dass wir der altbekannten *Pax Americana* unterliegen ...«

Das Mädchen hat die Geduld verloren. Obwohl der Kreisvorsitzende versucht, sie zurückzuhalten, unterbricht sie den Redner.

»Wollen Sie damit sagen, dass die USA ein moralisches Recht haben, den Rest der Welt zu überrollen, und dass es sozialdemokratische Politik ist, die 1,2 Milliarden Muslime auf dieser Welt zu westlichen Werten zu bekehren? Wenn sie nicht bekehrt werden wollen, sind sie dann als Fundamentalisten und somit als Feinde der USA und ihrer Alliierten zu betrachten, zu denen auch Dänemark und die dänischen Sozialdemokraten gehören? Macht es Ihnen keine Sorgen, dass die dänischen Muslime sich bereits seit langer Zeit stigmatisiert fühlen?«

Die Fragen werden schnell und mit kaum hörbarem Akzent gestellt. Der Kreisvorsitzende nimmt an, dass die junge Frau Türkin ist. Ein gut integriertes türkisches Mädchen, wie er sie aus seiner eigenen Schule kennt. Bedauerlicherweise haben mehr und mehr der jungen Mädchen in der letzten Zeit angefangen, Kopftuch zu tragen. Freiwillig, beteuern sie, wenn er sie fragt. Dieses Mädchen jedoch trägt ihr dickes, lockiges Haar offen. Er wechselt einen Blick mit Gert, der ihm signalisiert, dass er die Situation im Griff hat. Er will ihr gern antworten. Alle haben sich der neudänischen jungen Frau zugewandt, die sich inzwischen erhoben hat und damit zeigt, wie erstaunlich klein sie ist. Ihre Freundin hat rote Wangen bekommen und kaut verlegen auf den Nägeln herum. Der Kreisvorsitzende spürt seinen Puls ansteigen. Wird Gert die wütende junge Frau verbal in Fetzen reißen, wozu er mit Leichtigkeit imstande sein dürfte? Bereits jetzt hat er genug Beispiele, um in seinem Bericht zu schreiben, dass »sich eine lebendige Debatte entwickelt hat«.

»Sie haben gleich *mehrere* interessante Fragen aufgeworfen«, antwortet Gert. »Auf einmal. Dürfen wir auch Ihren Namen erfahren?«

»Yasemin«, antwortet die junge Frau bereits weniger hitzig, während sie sich wieder hinsetzt.

»Yasemin?«, wiederholt er fragend und atmet ein, während er nachdenkt. »*Leider* haben wir nicht die ganze Nacht, und nicht einmal die würde reichen, um dieses Thema zu vertiefen. Aber lassen Sie mich Ihre Fragen der Reihe nach beantworten: Zunächst einmal: Nein, die USA haben kein moralisches Recht, andere zu überrollen. Der, der die Übermacht hat, muss sich immer die Mühe machen, sich vor einem Missbrauch derselben zu hüten. *Macht* ist nicht gleichbedeutend mit *Recht*, richtig? Ich meine, dass Bill Clinton das besser verstanden hat, auch wenn er sich bestimmt der Stärke Amerikas bewusst war und nicht gezögert hat, davon Gebrauch zu machen. Mit Erfolg auf dem Balkan, mit weniger Erfolg in Somalia.«

Die Eingeweihten im Saal lächeln, doch auch die verbleibende

Mehrheit kommt gar nicht erst dazu, sich abgehängt zu fühlen, da er ohne Pause fortfährt.

»Im Prinzip hat niemand das Recht, anderen Nationen, Völkern oder Kulturen die eigenen Werte aufzudrängen. Für diese Form des Kulturimperialismus hat es in der Weltgeschichte allzu viele katastrophale Beispiele gegeben. Ich selbst bin in Afrika aufgewachsen, deshalb verstehen Sie vielleicht, was ich meine.«

Gert Jacobsen lächelt die junge Frau an, die seinen intimen Ton mit einem kleinen versöhnlichen Lächeln im Mundwinkel quittiert. Der Kreisvorsitzende versucht, der Kommunikation zwischen Redner und Fragestellerin zu folgen, ist jedoch mit der Führung der Rednerliste beschäftigt. Jetzt ist ein ganzer Wald von Händen in der Luft. Wenn das nur nicht in einer weiteren fruchtlosen »sie und wir«-Debatte endet.

»Deshalb bin ich auch nicht der Meinung, dass ein gläubiger Moslem, der sich fünfmal am Tag nach Mekka wendet und Schweinefleisch als unrein ansieht, als Feind des Westens zu betrachten ist. Solange er mich in Frieden meinen Hotdog essen lässt und meine Frau nicht zwingt, die Burka zu tragen!«

Die junge Frau nickt zögernd, während der Saal in befreites Lachen ausbricht. Haha. Gert Jacobsen ist ein charmanter Mann. Man muss ihn nur lassen!

»Was Ihre letzte Frage angeht: Ja, es bekümmert mich, dass die dänischen Muslime sich *stigmatisiert* fühlen, wie Sie sagen. Ich meine auch, dass wir uns in der Einwandererdebatte neu besinnen müssen, was der letzte Wahlkampf hinreichend klargemacht hat. Nachdem das jetzt gesagt ist, müssen wir auch die Dinge beim Namen nennen, wenn wir mit der Integration weiterkommen wollen. Wir können nicht damit leben, dass junge Extremisten den dänischen Mitbürgern den Dschihad androhen, wie es vor Kurzem in der Nørrebro-Halle geschehen ist. Ich hoffe, da sind wir uns einig, Yasemin?«

»Ja, natürlich, aber …«, antwortet die junge Frau, doch der Kreisvorsitzende bringt sie mit der Rednerliste zum Schweigen, auf der bereits zu viele Namen aufgelistet sind.

Gert nickt wieder.

»Hören Sie, Arne gibt mir gerade zu verstehen, dass noch andere zu Wort kommen möchten. Darf ich vorschlagen, dass wir beim Kaffee weiterreden?«

Yasemin zuckt resigniert die Schultern. Die Freundin kichert, und der Kreisvorsitzende kann dem Nächsten das Wort erteilen. Aufgrund seiner Liste kann er jetzt bereits sagen, dass »sich eine lange und lebendige Debatte entwickelte«. *Engagiert* wäre bestimmt auch angebracht. Eine lange, lebendige und engagierte Debatte. Ja. Er hofft, dass die schöne – und kluge! – Yasemin nicht vor dem Kaffee verschwindet. Sie brauchen neue Mitglieder wie sie.

Yasemin will weder Kaffee noch Tee noch Mineralwasser noch irgendetwas anderes. Sie will nur raus aus dem pädagogischen Zentrum am Lollandsvej, wo das Treffen stattgefunden hat. Doch sie muss auf Melika warten, die unbedingt noch pinkeln muss, bevor sie zum Bus gehen. Eigentlich muss sie auch, aber sie schafft es nicht, länger unter diesen besserwisserischen Kartoffeldänen zu bleiben, die sich für so gut halten, nur weil sie Mitglied der Sozialdemokratie und nicht der Dänischen Volkspartei sind. Wo ist eigentlich der Unterschied? Der Debatte nach zu urteilen, in der sie Rechenschaft darüber ablegen musste, warum Einwandererfamilien in Genossenschaftswohnungen nicht die Waschzeiten der gemeinsamen Waschküche einhalten und warum die Jungen ein Messer bei sich tragen und die Mädchen nicht mit ins Landschulheim dürfen, besteht kein Unterschied. Als wären »die Fremden« Freiwild, ganz und gar.

Gert Jacobsen, das muss man sagen, hat sich wie ein Gentleman verhalten. Er ist ihr in mehreren Fällen zu Hilfe gekommen, und eigentlich hätte sie sich gern weiter mit ihm unterhalten. Um ihn zu hören, ist sie schließlich heute Abend überhaupt hier. Für eine Studentin der Politologie ist er per definitionem so etwas wie ein Hit; es gibt wahrhaftig noch Dinosaurier im politologischen Reservat der Universität, die bei der Erinnerung an den jungen Superstudenten und Studentenpolitiker strahlen, dem alle eine glänzende Karriere vorausgesagt haben. Er wird auch regelmäßig zu besonderen Anlässen als Festredner in die Rosenborggade eingeladen, denn in diesem Milieu ist seine Tendenz, zu intellektualisieren, kein Problem. Das ist sie für Yasemin auch nicht, die fast außer sich war vor Freude, als sie ihn Anfang des letzten Semesters als Gastdozenten über die Konvergenzkriterien des Euro im Verhältnis zu den neuen EU-Bewerbungsländern reden hörte. Mehrere andere der Studiengruppe hielten ihn für zu trocken. Stinklangweilig. Doch genau diese Trockenheit, diese akademische Distinguiertheit hat es ihr angetan. Vielleicht weil ihre eigene Kultur so gefühlsbetont ist. Alles ist melodramatisch, sentimental und bedeutungsschwanger. Alles liegt in der Luft oder steht zwischen den Zeilen. Wenn Gert Jacobsen über Nationalökonomie spricht, scheint dagegen alles auf Linie zu stehen. Wie ranke Zinnsoldaten in einer Reihe.

Auch ihre Überlegungen, ihre Diplomarbeit über das Wachstumspotenzial des dänischen Wohlfahrtsmodells zu schreiben, sind stark von ihm inspiriert. Sie hat mehrere seiner früheren Publikationen gelesen und würde liebend gern ihre Problemformulierung mit ihm diskutieren. Wie beurteilt er als einer der größten politischen Architekten seiner Generation die Möglichkeiten des Wohlfahrtsmodells, ausreichendes Wachstum in einer globalisierten Zukunft zu schaffen? Kann der Kuchen größer werden, oder sind die Grenzen erreicht? Wie geht die Sozialdemokratie mit dem Bedarf an Reformen um, der Auseinandersetzung mit den heiligen Kühen, die zu Unzufriedenheit unter den Kernwählern führen wird? Hätte sie Gelegenheit gehabt, diese Fragen zu stellen, hätte er vielleicht nicht einmal über ihre ethnische Herkunft nachgedacht. Aber was ist passiert? Sie hat sich selbst ein Bein gestellt, als sie sich von seinen Ausführungen hat provozieren und ihr unmögliches Temperament mit ihr hat durchgehen lassen. So viel zur Vernunft, wenn man selbst das reinste orientalische Gefühl verkörpert!

Hitzig sucht sie sich zwischen den hauptsächlich dicken Männern mittleren Alters, die rauchend um den Eingang herumstehen, den Weg nach draußen und keucht unwillkürlich, als die kalte Abendluft in ihren Lungen kratzt. Weiß Gott, ob das etwas Genetisches ist, das mit der Kälte. Dass sie sich nicht an sie gewöhnt, weil sie unter einem wärmeren Himmelsstrich geboren ist. Unsinn. Es liegt nur daran, dass sie immer im Sommer in der Türkei ist, wenn es brütend heiß ist. Im Winter ist es eisig kalt in den anatolischen Bergen. Da sind sie nur nicht dort. Sie bindet sich den Schal um und macht die Daunenjacke zu, während sie in ihren zu dünnen Stiefeln um ein paar matschige Pfützen herumgeht, um zu der Mauer zu kommen, wo sie auf Melika warten will. Aber sie schafft nur ein paar Schritte, bevor jemand ihren Namen ruft.

»Yasemin?«

»Ja?«

Er ist es, Gert Jacobsen. Ohne Mantel. Er steuert zielbewusst auf sie zu.

»Hauen Sie ab?«

Sie lächelt und holt ein paar Handschuhe aus der Tasche.

»Wir dürfen den Bus nicht verpassen. Und ich trinke keinen Kaffee.«

»Auch keinen türkischen?«, fragt er, was einschüchternd sein könnte, wäre da nicht das Lächeln, das jetzt sehr viel breiter ist als vorhin im Saal. Auch breiter, als er im Fernsehen zu lächeln pflegt. Er sieht besser aus, seine braunen Augen sind wärmer. Vielleicht ist er auch ein bisschen kleiner, aber so ist das oft mit den Leuten, die man vor allem aus dem Fernsehen kennt.

»Doch, türkischen Kaffee trinke ich«, gibt sie zu. »Ich mag nur diesen Thermoskannenkaffee nicht.«

»Ich auch nicht«, lächelt er wieder. »Das war eine spannende Debatte, die Sie da in Gang gesetzt haben. Darf ich fragen, womit Sie sich beschäftigen?«

»Ich studiere. An der Universität von Kopenhagen. Politik«, antwortet sie und muss wieder lächeln. Sie wird es nie müde, diesen Triumph auszuspielen. Es kommt selten vor, dass die Leute nicht überrascht reagieren. Oh Gooott! Ein Kanake mit Köpfchen!

»Okay!«, er erwidert das Lächeln. »So etwas habe ich mir schon gedacht. Darf ich Ihnen noch eine Frage stellen?«

Sie nickt.

»Sind Sie bei den Jusos? Oder Mitglied des Freien Forums?«

»Nein. Ich gehe hin und wieder zu ihren Versammlungen«, antwortet sie ausweichend. »Aber ich bin eine sehr interessierte *Beobachterin* der Politik. Ich fange bald mit meiner Diplomarbeit an. Ich denke darüber nach, über das Wachstumspotenzial des Wohlfahrtsstaates zu schreiben.«

»Spannend! Nicht über Integration?«, zieht er sie auf.

»Ne-ein! Davon bekomme ich jeden Tag genug mit!«, platzt sie heraus. Er *ist* süß. Und mit einem weniger konservativen Kleidungsstil und einem anderen Haarschnitt sähe er auch jünger aus.

Jemand ruft von der Tür her nach ihm. Das muss der Kreisvorsitzende sein.

»Sie waren gut!«, beeilt sie sich hinzuzufügen. »Und ich verstehe natürlich die Notwendigkeit eines transatlantischen Dialogs …«

»Ja, aber ich verstehe auch Ihre Bedenken! Hören Sie, ich muss …« sagt er mit einem Blick zur Tür hin, wo jetzt auch Melika erscheint.

Yasemin zögert nur einen Augenblick, dann bricht sie noch eine Regel der Konvention, denn ein gutes, türkisches Mädchen darf sich so nicht aufführen. Anstatt sich zurückzuhalten, prescht sie vor.

»Entschuldigung, darf ich *Sie* etwas fragen?«

»Ja?«, wieder lächelt er entgegenkommend.

»Das ist jetzt furchtbar aufdringlich, aber wäre es vielleicht möglich, dass Sie mir helfen, meine Problemformulierung zu klären? Also, ich würde mich freuen, wenn Sie eine Stunde oder so erübrigen könnten, um ein paar Fragen durchzugehen. Ich habe einige Ihrer früheren Sachen gelesen, eigentlich recht viele, und ich finde, dass Sie sehr visionär …«

»Sehr visionär?«, lächelt er und ruft dem Kreisvorsitzenden zu, dass er jetzt kommt. »Das ist neu!«

Er holt eine Visitenkarte aus der Innentasche seiner Jacke. »Hier! Rufen oder mailen Sie meine Sekretärin an und sagen Sie ihr, dass Sie mit mir gesprochen haben. Dann findet sie ein Loch im Kalender.«

»Ja, aber das eilt nicht!«, sagt sie mit einem Blick auf die Karte. Gert Jacobsen, Mitglied des Folketings.

»Doch, das tut es!« Er legt den Kopf schräg und sieht ihr direkt in die Augen, sodass sie den Impuls bekämpfen muss, den Blick niederzuschlagen. »Rufen Sie morgen an!«

»Okay«, kichert sie verlegen und winkt Melika zu sich, die sich diskret im Hintergrund gehalten hat.

»Versprechen Sie mir das?«

»Ja, ja! Ich rufe morgen an.«

»Ausgezeichnet. Nett, Sie getroffen zu haben, Yasemin«, sagt er schließlich und gibt ihr zum Abschied die Hand. Seine Hand ist auch kleiner, als sie erwartet hätte, doch der Händedruck ist fest und warm. »Ja, und Sie!«, fügt er hinzu und schüttelt auch Melika die Hand.

»Hallo«, hört sie sich hinter ihm herrufen, als er ihre Hand losgelassen hat und Melika bereits an ihrem Jackenärmel zieht.

»Herzlichen Glückwunsch zum Geburtstag!«

»Danke!«, lächelt er von Ohr zu Ohr, bevor er auf den Kreisvorsitzenden zugeht, der ihm ungeduldig die Tür aufhält. Kaum hat der Sog der Vakuumpumpe die Tür hinter ihm zugehen lassen, als Yasemin auch schon die geballte Faust hochschnellen lässt.

»*Yes!* Ich habe einen Termin!«

Jetzt bricht Melika in Lachen aus, doch in dem ausgelassenen Lachen schwingt auch ein Hauch von bekümmertem Tadel mit, dessen Bedeutung jedem muslimischen Mädchen klar ist.

»Hast du nicht! Du hast einen Freier! Ein rothaariges, altes Schwein!«

»Tsst!«, schnalzt Yasemin mit der Zunge und umfasst mit der Hand den Arm der Freundin. »Aber sag niemandem was, ja? Du weißt, wie sie sind.«

Die Kusine runzelt vielsagend die Augenbrauen. Sie weiß es.

Der Kreisvorsitzende sitzt in seiner Küche im Guldborgvej, die Notizen von dem Abend vor sich auf dem Tisch. Seine Frau ist ins Bett gegangen, deshalb genehmigt er sich ein Gute-Nacht-Bier. Den Hosenknopf hat er auch geöffnet. Etwas, das sie unter Garantie beanstanden würde, ebenso wie sie eine spitze Bemerkung über seinen Blutdruck und die Extrakilo machen würde, die er über Weihnachten zugelegt hat. Er isst zu viel, ja, aber ansonsten hat sie keinen Grund zur Klage. Er trinkt nicht, er raucht nicht und er rennt nicht den Frauen hinterher. Sein einziges Laster ist die Politik, aber die kann sie wohl nicht verknusen. Dass er sich *so* intensiv damit beschäftigt. Mit der Zeit hat er aufgegeben, es ihr zu erklären, mag sich nicht länger deswegen streiten. Es ärgert ihn nur, macht ihn sogar ein wenig verstimmt, dass sie das einfach nicht versteht. Wie heute Abend, wo er ganz aus dem Häuschen war über die gute Debatte. Ganz zu schweigen davon, wie super Gert in Form war. Er mochte es ihr gegenüber nicht einmal erwähnen, als sie nach Hause fuhren und er vor lauter Freude den Toyota kaum auf der Straße halten konnte, aber wäre es nicht fantastisch, wenn ihr Kandidat Vorsitzender würde. Der nächste dänische Staatsminister. In gewisser Weise wäre das eine Kompensation für die politische Karriere, auf die er selbst hat verzichten müssen. Ihretwegen. Weil sie ihm schon früh klar zu verstehen gegeben hat, dass es ohne sie sein würde, sollte er sich selbst aufstellen lassen, sowohl in der Lokal- wie in der Landespolitik. Entweder oder. Damals, als Familienvater von drei Kindern, hatte er das Gefühl, keine Wahl zu haben. Schließlich liebte er seine Frau und wahrscheinlich hatte er auch gehofft, dass sie mit der Zeit nachgeben würde. Darin hatte er sich geirrt, sie ist mit den Jahren eher unbeugsamer geworden. Sodass er »im klaren Licht der Hinterdreinsicht«, um es mit den Worten eines bekannten, wegen Betrugs verurteilten Unternehmers zu sagen, sich möglicherweise falsch entschieden hat. Und jetzt ist es ohnehin zu spät. Mit vierundfünfzig ist er zu alt, um etwas daran zu ändern. So ist das. Es geht ihm schließlich gut als Teil des Hinterlandes. Seine Stärke liegt eben auch im Organisatorischen, und so gesehen, hat er sich damit abgefunden, den Posten des Kreisvorsitzenden als Tüpfelchen auf dem i zu betrachten. Sollte er andererseits jedoch aufgefordert werden, sich als Landrat aufstellen zu lassen, könnte man nicht von vornherein ablehnen … Ja, ja. Seine Frau hat recht. Hin und wieder klingt er selbst wie ein Christiansborg-Politiker.

Der Kreisvorsitzende saugt an seinem kurzen, nagellosen Daumen. Die Spitze ist einer Rundsäge zum Opfer gefallen, als er irgendwann einmal vor ein paar Schülern die Notwendigkeit demonstrieren wollte, vorsichtig mit Maschinen umzugehen. Seine Frau verabscheut diesen Stumpf. Na schön, als Kreisvorsitzender ist man keineswegs einflusslos. Schon gar nicht, wenn man selbst die Berichte über die Treffen schreibt, wie er es immer getan hat. Am liebsten direkt nach den Treffen, wenn die Eindrücke noch frisch sind und er seine eigenen Kritzeleien noch lesen kann.

Wie jetzt, wo er mit der Hand einen Entwurf schreibt, den er morgen in der Freistunde in den Computer eingeben wird. Er hat auch nicht den geringsten Zweifel, dass die Worte so gesagt worden sind, wie er sie niederschreibt: »Auf die Frage nach Gert Jacobsens Haltung zu der massiven Kritik an dem Parteivorsitzenden, die unter anderem durch den Vorsitzenden der Sozialistischen Volkspartei in der Tagespresse laut wurde, lautete die Antwort, dass wir in der Partei von den sehr persönlichen Angriffen auf den Vorsitzenden Abstand nehmen, die von vielen vorgebracht worden sind. Wir haben in der Sozialdemokratie eine lange Tradition, dass der amtierende Vorsitzende auch nach einer Wahlniederlage in seinem Amt bleibt, solange er das wünscht. Diese Tradition, denke ich, sollten wir wahren.« Gert Jacobsen fügte jedoch hinzu, dass er Verständnis für die Kritik an der Führungsspitze und für das Bedürfnis hat, neue Gesichter zu sehen. »Aber man verschrottet schließlich keine ganze Boing 747, nur weil eine Metallmüdigkeit in einem Flügel festgestellt worden ist. Man begnügt sich mit einem partiellen Austausch.« In seinem Notizblock hat er das Wort *partiell* unterstrichen. Das tut er auch in der Kladde. Aber er hat schon entschieden, es im Computer nicht kursiv zu schreiben. Sie sind bereits bis an die Grenze gegangen.

Sein Geburtstagsgeschenk an sich selbst ist ein Besuch bei den Schwestern. Diesmal hat er angerufen und einen Termin gemacht. Sowohl um sicherzugehen, dass sie da sind, als auch aus Gründen der Diskretion. Der spontane Einfall an Silvester hätte fatal sein können, wäre er jemandem begegnet. Egal wem. Statistisch gesehen, kann er schließlich nicht der Einzige sein, der so ein Etablissement aufsucht. Es kursieren überreichlich Gerüchte von Kollegen, Chefredakteuren, ja, selbst von bekannten Priestern. Wenn man Pech hat oder unvorsichtig ist, kann so eine Geschichte alles kaputt machen. Nicht nur, weil die Medien immer indiskreter das Privatleben der Prominenten, zu denen auch die Politiker gehören, unter Beschuss nehmen. Hinzu kommt, dass es insgesamt dumm ist, eine Schwäche zu zeigen. Niemand darf etwas gegen einen in der Hand haben. Deshalb hat er die Örtlichkeit bis heute auch nicht mehr frequentiert und will damit auch nicht wieder anfangen. Es *ist* zu riskant. Früher oder später läuft man Gefahr, in den Memoiren irgendeines Flittchens bloßgestellt zu werden. Oder erpresst. Wie es hervorragenden Kollegen aus der britischen und amerikanischen Politik passiert ist, von denen Bill Clinton das bekannteste und dümmste Beispiel sein dürfte. Mit einem naiven Mädchen Sex zu haben, das für eingetrocknete Samenflecken schwärmt, als wären es getrocknete Rosenblätter in einem Poesiealbum, das ist mehr als unprofessionell!

Nicht, dass er die Versuchung nicht nachvollziehen kann, denkt er, als er mit hochgeschlagenem Kragen und einem bis in die Stirn gezogenen Hut aus seinem Auto steigt, das er um die Ecke geparkt hat. Auch er hat sich, wie er zugeben muss, als er mit schnellen Schritten die stille Østerbrogade entlanggeht, bei dem Treffen heute Abend sehr zu der jungen Einwandererfrau hingezogen gefühlt. Sie war einfach *reizend.* Voller Leben und Energie. Der kurze Moment, den sie vor dem Gebäude allein waren, hat ausgereicht, seine Energie aufzuladen. Wie eine in die

Ecke gestellte Musikbox, in deren Schlitz jemand unerwartet eine Münze wirft und die nach einem Jahr der Vergessenheit wieder von Musik erfüllt ist. Er will nicht einmal ausschließen, dass es ihre Nähe im Saal war, die ihn heute Abend so gut hat sein lassen. Sowie er das Wort ergriffen hatte, war ihm die junge Frau mit den wilden Locken aufgefallen, die fast am Ende der sechsten Reihe saß. Nicht nur weil sie schön war, das war ihre Freundin auch, sondern weil er ihre jugendliche Neugier gespürt hat und die großen, rosinenbraunen Augen, die ihm unablässig und aufmerksam wie ein Spotlight gefolgt sind. Und obwohl er normalerweise Unterbrechungen nicht schätzt, hat er ihren Einwand genossen. Das war … *erfrischend*. Spaßig auf eine kindliche Weise, wie eine rote Brause, die geschüttelt wird und überläuft. Hoffentlich ruft sie an. Er hätte sich ihre Nummer geben lassen sollen, der Sicherheit halber. Yasemin. Ein schöner Name.

Er wirft in beide Richtungen einen Blick über die Schulter, während er über die Straße geht. Er hat freie Bahn. Die Gardinen sind vor die beiden Kellerfenster gezogen, sodass nur ein rötliches, warmes Licht hindurchscheint. Er seufzt genießerisch, während er einen schwachen Stoß in seinem Glied verspürt. Dann betritt er die halbmondförmige Steintreppe und drückt auf den obersten Knopf der Gegensprechanlage. *Bellarosa,* steht dort.

»Panther«, sagt er leise. Eine einfache Vorsichtsmaßnahme. Verrate nie deinen richtigen Namen. Und halte dich an ausländische Frauen, die nicht die geringste Ahnung haben, *Who's who in Danmark*.

»Oh, Panther! Happy Birthday! Come in!«, kommt die knatternde Antwort, gefolgt vom elektrischen Summen des Türöffners.

»Thanks!«, lächelt Gert Jacobsen und drückt die stattliche Eichentür auf.

Ich fantasiere davon: die Karte von Tante Bodil mit dem Vogelmotiv von Johannes Larsen in Fetzen zu reißen; den Rest der Béarnaise in seinen tragbaren IBM ThinkPad zu schütten; den Braten mit Garnitur unter seine Bettdecke zu legen; den Tisch so zurückzulassen, wie er jetzt aussieht; den Rotwein an der Tür herunterlaufen zu lassen; die Glasscherben und das zerbrochene Weinglas auf dem Parkett liegen zu lassen; mich nicht zu waschen.

Ich fantasiere von: Rache. Während ich die Karte von Tante Bodil mit dem Motiv von Johannes Larsen zurück in den Umschlag stecke, fantasiere ich von Rache. Während ich den Rest der Béarnaise in den Spülstein schütte, fantasiere ich von Rache. Während ich den Braten mit Garnitur in Folie packe und in den Kühlschrank stelle, fantasiere ich von Rache. Während ich den Tisch abräume, fantasiere ich von Rache. Während ich die Rotweinstreifen mit einem Tuch mit Spülmittel abwische, fantasiere ich von Rache. Während ich die Glasscherben auf dem Boden zusammenfege und das zerbrochene Weinglas aus Rücksicht auf die Müllfachleute, die in den alten Tagen einfach Müllmänner genannt wurden, mit Küchenrolle umwickle, fantasiere ich von Rache. Während ich unter der Dusche stehe und mein Gesicht mit Lavendelseife aus Marseille und meine Haare mit angenehm duftendem Paul-Mitchell-Shampoo wasche, fantasiere ich von Rache.

Anschließend gehe ich mit meiner Nuckelflasche mit Wodka und Saft ins Bett und mache mich über mich selbst lustig, weil ich nicht einmal dazu in der Lage bin, das Boss-Hemd mit dem Cutaway-Kragen in Stücke zu schneiden. Ganz im Gegenteil, ich habe ihm die Schachtel unversehrt mit Band und Schleife und allem auf seinen Schreibtisch gelegt.

Ich fantasiere von Rache. An mir.

Charlotte Damgaard hat nach qualvollen Überlegungen beschlossen, sich aus eventuellen Machtkämpfen herauszuhalten und ihrer Arbeit nachzugehen. Dass das ihre Strategie sein muss, ruft sie sich immer wieder in Erinnerung, während sie vor ihrem PC sitzt und die eingegangenen Mails durchscrollt. Das heißt für sie, ihrem Auftrag als Sprecherin nachzugehen und jeden einzelnen katastrophalen Schritt zu überwachen, den ihr Nachfolger tut. Sie hatte gehofft, dass die Aufhebung des Dosenverbots ihn etwas besänftigen würde. Aber nein, er macht hartnäckig weiter. Der neueste Einfall des Umweltministers ist es, den Biologen der Forst- und Naturbehörden das Recht zu nehmen, gefährdete Naturgebiete in Südjütland zu identifizieren und stattdessen den lokalen Schweinebaronen und anderen Interessenten die Entscheidung zu überlassen, worauf besondere Rücksicht genommen werden soll. Empörend. Genauso empörend, wie das Budget der Dänischen Umweltuntersuchungen auf nichts zu kürzen und einen Umweltskeptiker an die Spitze eines sogenannten Instituts zur Umweltevaluation zu setzen, das ausschließlich dazu ins Leben gerufen wurde, die Kürzungen der Regierung im Umweltbereich zu legitimieren. Letzteres hat sie nicht von Henrik Sand, ihrem lieben Freund im Umweltministerium. Denn er ist nicht nur ein loyaler Beamter, jetzt ist er auch ein loyaler Staatssekretär. Deshalb *sagt* er nichts. Nicht am Telefon jedenfalls. Aber er klang nicht froh, als sie ihn anrief. Und einwilligte, mit ihr zu Mittag zu essen. »Es sollte nur nicht auf Slotsholmen sein.«

Ja, das sollte es wohl nicht!

Wie die Situation im Land aussieht, will sie ihre Munition natürlich nicht auf Flügelkriege und Schlammschlachten verschwenden. Deshalb weigert sie sich auch, sich aufzuregen, als sie eine PDF über ein Kreistreffen in Frederiksberg öffnet. Ja, Gert hat wahrscheinlich eine böswillige und subtile Absicht verfolgt, als er die sozialdemokratische Fraktion im Folketing mit einem metallmüden Jumbojet verglichen hat, an dem nur gewisse Teile des Flügels ausgetauscht werden müssten. Was heißen soll, dass nicht die gesamte Parteispitze, sondern nur der Vorsitzende ausgetauscht werden muss. So kann man den Text auslegen, und so wird er zweifellos von einigen ausgelegt werden. Christina Maribo, die die Datei weitergeleitet hat, dürfte ganz schön nervös sein. Sie wird vermutlich dumm genug sein, sie Per Vittrup selbst zu präsentieren, der damit noch einen weiteren Stein aus dem Weg zu räumen haben wird. Ist das produktiv? Nein, nach Charlottes Meinung nicht. Und nach der der Wähler auch nicht. Wenn sie sich hier drinnen nicht am Riemen reißen, wird es damit enden, dass sie den ganzen verdammten Jumbojet verschrotten müssen!

Aber okay, sie sollte die PDF-Datei ausdrucken und in die Mappe mit den X-Files legen. Man weiß nie, was man hier drinnen noch braucht.

Sie drückt die Handynummer ihrer studentischen Hilfskraft.

»Hallo, Rasmus, kannst du mir schnell etwas ausdrucken? Möglichst diskret?«

Der drollige Student, der auf seine ganz eigene Art genial ist, lacht so laut, dass sie sein jungenhaftes Lachen draußen auf dem Gang hören kann, auf dem der Drucker steht.

»Den Bericht über das Kreistreffen, den alle haben wollen?«

Sie kichert leicht hysterisch und schließt das Computerfenster. Wieder einmal wird sie darin bestätigt, dass es das einzig Wahre ist, seiner Arbeit nachzugehen.

Yasemin ist kein schüchternes Schulmädchen, und es ist bei Weitem nicht das erste Mal, dass sie einen Fuß auf die große Treppe von Christiansborg setzt. Sowohl auf dem Gymnasium wie auch während ihrer Zeit an der Universität hat sie an Führungen teilgenommen, ein einziges Mal hat sie bei der Eröffnung des Folketings in der Loge gesessen, und zusammen mit ihrer Studiengruppe gehörte sie mit zu den Tausenden von Menschen, die den freien Zugang in der Kulturnacht genutzt haben. Der Unterschied, spürbar an heftigem Herzklopfen unter ihrem eng sitzenden Cardigan, ist der, dass sie nie allein hier war. Sie hat noch nie einen *Termin* gehabt.

Einen Termin mit einem prominenten Mitglied des Folketings, auf den sie verweisen kann, als die Wache sie nach ihrem Anliegen fragt. Einen Termin, der bestätigt wird, als sie durch die Schleuse ist und in dem Glaskäfig nach dem Telefonhörer gegriffen wird, während sie in der Wandelhalle steht und sich alle Mühe gibt, ruhig und entspannt auszusehen. Der Wachmann legt den Hörer auf und teilt ihr mit, dass sie gleich abgeholt wird, und händigt ihr eine selbstklebende Gästekarte mit Datum und Zeit aus, die sie sichtbar an ihrer Kleidung befestigen soll. Dann ist sie im inneren Bereich. Sie hat Zugang zur heiligsten Halle des Königreichs! Eigentlich, denkt sie, ist das unglaublich, dass man nicht durch Metalldetektoren gehen oder seine Tasche von Röntgenstrahlen durchleuchten lassen muss. Skandinavien ist wahrhaftig die Verwirklichung von Karl Poppers *Offener Gesellschaft*. Falls es das war, worauf Gert Jacobsen bei ihrer Diskussion auf dem Treffen verwiesen hat, gibt sie ihm recht. Ja, das muss verteidigt werden. Auch von den dänischen Muslimen. Was sie unter anderen Umständen zu einem Gedanken weitergeführt hätte, der sich ihr immer häufiger aufdrängt: *Ist sie selbst eine Muslimin?* Doch jetzt wird ihre Aufmerksamkeit von Gert Jacobsen *himself* gefangen genommen, der leichtfüßig und mit einem breiten Lächeln die Haupttreppe hinuntergesprungen kommt. Hinter ihm, oben am Ende der Treppe, erhascht sie einen Blick auf eine ihrer Heldinnen der dänischen Politik, Charlotte Damgaard, die dort mit einer anderen ehemaligen Ministerin steht und redet, wie hieß sie doch gleich, ja, Christina Maribo.

Sie kann nicht dagegen an. Als sie von der Bank aufsteht und Gert Jacobsen entgegengeht, ist es ihr einfach unmöglich, nicht wie eine Touristin zu lächeln, die auf Prominentenkreuzfahrt in Hollywood ist und juchzend sowohl Tom Cruise als auch Nicole Kidman entdeckt hat.

Charlotte Damgaard und Christina Maribo sehen sich bedeutungsvoll an, als Gert in Gesellschaft eines unbekannten Einwanderermädchens mit einem reservierten Lächeln auf der Treppe an ihnen vorbeigegangen ist.

»Hallo! Hast du gesehen, wie er *gelächelt* hat?«, bemerkt Christina, sobald das Paar außer Hörweite ist.

Charlotte lacht.

»Schon, aber das allein dürfte wohl kaum suspekt sein!«

Christina verdreht die Augen.

»Hör mal zu, wenn man Gert Jacobsen die Hand gedrückt hat, muss man danach seine Finger zählen!«

Sie kichern wieder, um dann mit erneuter Energie ihre Diskussion über den Bericht aus Frederiksberg wieder aufzunehmen. Christina ist vollauf damit beschäftigt, von einem zum anderen zu laufen, um wegen der Jumbojetmetapher die Stimmung anzuheizen. Charlotte hält es für besser, die Sache in einem offenen Forum zu erörtern, wenn es denn unbedingt sein muss.

»Warum bringst du das nicht einfach auf der Fraktionssitzung zur Sprache? Dann kannst du Gert mit den Äußerungen konfrontieren, er kann sie zurückweisen, aber zumindest ist reiner Tisch gemacht.«

»Weil Gert niemand ist, mit dem man sich auf eine offene Konfrontation einlässt. Per macht das schließlich auch nicht, nicht wahr? Das ist zu gefährlich, ganz einfach. Die Leute haben Angst vor ihm, nicht?«

Charlotte schüttelt den Kopf und greift nach ihrer Tasche. Sie ist spät dran. Jedenfalls wenn sie mit dem Fahrrad zum Treffen der Naturfreunde fahren will.

»Ich habe keine Angst vor ihm!«

Christina wirft ihr einen vielsagenden Blick zu.

»Du rechnest doch auch nicht damit, zu bleiben, oder?«

Es passiert gelinde gesagt nicht jeden Tag, dass ihr Chef sich in eigener Person in die untere Etage bewegt, um einen Gast abzuholen. Es passiert auch nicht jeden Tag, dass er sich in die Bewirtung einmischt und mehrmals unterstreicht, dass auch Tee serviert werden muss! Und schließlich ist es äußerst ungewöhnlich, dass er darum bittet, eine Stunde im Kalender für eine zukünftige Diplomandin der Universität Kopenhagen freizuhalten. Wer kann Gert Jacobsens Sekretärin also die Schlussfolgerung verdenken, dass der Gast, der als *Yasemin Aydin* eingetragen ist, eine bezaubernde junge Frau sein muss? Und wer kann es derselben Sekretärin verdenken, dass sie ein breites Grinsen unterdrücken muss, als Gert Jacobsen zur Tür hereinkommt und höflich und gut gelaunt plaudernd eine kleine, bezaubernde junge Frau durch das Vorzimmer in sein eigenes Büro führt und hinter ihnen die Tür schließt?

Die jungen Männer der Werbeagentur drehen sich fragend zu Per Vittrup und seinem Berater, Anton Møller, um, als sie mit der Powerpoint-Präsentation fertig sind. Vittrup streicht sich vielsagend übers Kinn, während Anton mit einer gewissen Trägheit das Licht in dem Büro mit den Doppelfenstern und der Aussicht über den Schlossplatz anmacht. Es ist jetzt zwar sechzehn Minuten länger hell, doch es ist bewölkt und fast vier Uhr.

»Spannend«, sagt Vittrup schließlich. »Spannend …«

»Aber?«, sagt der wortführende Artdirector in dem bunten Hemd, das lose über seiner armeegrünen Baggy-Jeans hängt.

»Diese Papageienmethode, dieselbe Botschaft immer wieder zu wiederholen … Erinnert das nicht ein wenig an Waschpulverwerbung?«, fragt Vittrup und sucht zweifelnd Hilfe bei seinem Berater.

»Aber es wirkt«, antwortet der Artdirector kurz. Hochmütig, findet Anton. »Jedenfalls wenn man die *richtigen* Botschaften hat!«

Sein Partner, der das Haar zu einem Pferdeschwanz gebunden hat und eine zerknitterte Jacke mit Nadelstreifen trägt, die entweder im Wäschetrockner gelandet oder aus dem Kanal gefischt worden sein muss, nickt zustimmend.

»Und sie glaubwürdig rüberbringt, natürlich. Alle Menschen auf der ganzen Welt wissen, dass Coca-Cola *the real thing* ist! Und sie nehmen der Werbung das auch ab. Verstehen Sie, was ich meine?«

Anton Møller, der den größten Teil seiner Kleidung in einem der großen Warenhäuser kauft und überbezahlten Kopenhagener Werbegurus mehr als skeptisch gegenübersteht, kommt Vittrup zu Hilfe.

»Sie meinen, dass uns die Wähler das nicht abnehmen? Wenn sie die Coca-Cola-Slogans als glaubwürdiger empfinden als die der Sozialdemokratie, hängt das wohl auch mit der Größe des Werbebudgets zusammen?«

Der Artdirector nickt.

»Natürlich. Sie investieren viel zu wenig Geld in das Marketing. Und das Geld, das Sie investieren, investieren Sie falsch! Wenn die Sprache nicht klar ist, hört auch niemand zu! Die Botschaft kann nicht einfach genug sein!«

Wieder macht Anton Miene zu antworten, doch Vittrup hebt abwehrend die Hand.

»Mir ist das Problem durchaus bewusst«, sagt er. »Sowohl was mich selbst als auch was die Partei angeht. Wir müssen uns *erneuern*. Sowohl in der Form als auch im Inhalt.«

»Ja«, bestätigt der mit dem Pferdeschwanz. »Das ist wie mit Müsli …«

»Mit Müsli?«, unterbricht ihn Anton, außerstande, seinen Ärger zurückzuhalten. »Wie viel bekommen Sie in der Stunde für so ein Geschwätz? Fünfzehnhundert? Zweitausend?«

»Wie mit Müsli«, fährt der Pferdeschwanz unangefochten fort. »Man muss die Müslizusammensetzung in regelmäßigen Abständen erneuern. Das Grundkonzept ist das gleiche, nicht? Hafer, Nüsse, Rosinen und so weiter. Aber die Leute werden es müde, immer das Gleiche zu essen, nicht? Und die Konkurrenz kann sie einem leicht abspenstig machen. Deshalb muss man das Müsli re-definieren, nicht? Also setzt man Kokosflocken oder getrocknete Bananen zu, re-designt die Verpackung und nennt das ganze *Tropen-Müsli*. Im Prinzip ist das bei einer politischen Partei nicht anders …«

Anton kocht. *Re-definieren, re-designen!* Leck mich am Arsch! Das sind mehr als hundert Jahre Existenzkampf, den sie da diffamieren! Wie wäre es mit etwas *Re-tro*! Aber Vittrup scheint sich nicht provoziert zu fühlen, scheint ganz im Gegenteil aufmerksam zuzuhören. Beunruhigend.

»Mit diesem Prozess beschäftigen wir uns doch auch … wir nennen es nur *Erneuerung*«, wirft er schwach ein. »Es darf nur keine reine Designerpolitik daraus werden!«

»Wie wäre es mit einer Namensänderung?«, fragt der Artdirector und zeigt auf das aufgehängte Plakat mit dem Vorschlag für einen neuen Namen und ein neues Logo.

»*Die Sozialdemokraten?* So nennen wir uns doch im Alltag. Damit gibt es keine Probleme, nicht wahr, Anton?«

Anton zuckt mit den Schultern. Gerade zurzeit hat er den

Eindruck, dass es mit allem Probleme gibt. Vor allem, wenn man nicht alle Eventualitäten berücksichtigt. Auch die, auf die keiner kommt.

»Sollten wir nicht Gert hinzuziehen? Und Meyer? Bevor wir das Parteibüro einbeziehen?«, schlägt Anton vor und ärgert sich erneut, dass er Vittrup nicht von dieser Solonummer hat abbringen können. Zumindest der Parteisekretär hätte von dem Entschluss informiert werden müssen, für teures Geld eine Werbeagentur zu beauftragen. Von den mageren Parteimitteln. Streng genommen, dürften sie sich am Rand der Parteigesetze bewegen. Aber Per wollte partout sichergehen, selbst derjenige zu sein, der eine Lösung aus dem Ärmel schüttelt. Um Handlungskraft zu demonstrieren. – *»Jetzt?«*

Vittrup fährt nachdenklich mit der Zunge über seinen Goldzahn.

»Jetzt? Ja, das wäre eine gute Idee. Versuchst du, sie zu erreichen?«

Anton will bereits wählen, als der Artdirector sich wieder zu Wort meldet.

»Da wäre noch eine letzte Sache, die wir Ihnen gern zeigen möchten«, fügt er hinzu und wechselt einen Blick mit dem Pferdeschwanz, der wieder auf dem hippen Mac herumklickt. »Wir haben nur damit gespielt. Ohne es in Rechnung zu stellen.«

Auf der Leinwand erscheint eine Reihe körniger Schwarz-Weiß-Fotos, die Charlotte Damgaard auf verschiedene Weise *in action* zeigen. Unten auf jedem Bild sieht man ein breites Band in neuer dunkelroter Farbe mit dem neuen Logo in weißer Schrift. Sehr potent, sehr modern. Aber was zum Teufel hat das mit Politik zu tun?

»Ja?«, kommt es fragend und wachsamer von Per Vittrup.

»Form und Inhalt müssen irgendwie verkauft werden, nicht?«, antwortet der Artdirector. »Sie kann das. Sie ist zu einer Ikone geworden. Deshalb wäre es dumm, daraus keinen Nutzen zu ziehen. Wenn Sie Ihre Position zurückgewinnen wollen, meine ich.«

»Ja, aber sicher wollen wir das«, lächelt Vittrup säuerlich. »Darauf läuft die ganze Übung schließlich hinaus.«

Er erinnert sich an das Piercing, einen kleinen Strassstein im Nasenflügel, aber er hat vergessen, wie klein sie ist. Ein Meter fünfundfünfzig? Ihm fallen auch noch andere Details auf, dass ihre braunen Augen ein wenig zu eng stehen, dass sie feine Härchen auf den Unterarmen hat und eine Narbe am Kinn. Wie hat sie sich die zugezogen, möchte er sie gern fragen; ist sie mit dem Fahrrad hingefallen oder als kleines Kind vom Küchentisch gestürzt? Das fragt er natürlich nicht; stattdessen fragt er, ob sie noch mehr Tee möchte, ob sie etwas dagegen hat, dass er raucht, und ob er ein Fenster öffnen soll. Sie hingegen möchte wissen, ob er der Meinung ist, dass man von einer unabwendbaren Krise des Wohlfahrtsstaates sprechen kann, einem Sättigungspunkt, der sich in der Wählerkrise der europäischen Sozialdemokratie widerspiegelt, ob er mit der Definition der drei Phasen des dänischen Wohlfahrtsstaates einverstanden ist: die Fokussierung auf die soziale Sicherheit 1890–1920, die Konsolidierungsphase 1920–1960 und der Aufbau einer sozialen Bürgerschaft von 1960 bis heute. Wenn er dieser Phasenaufteilung zustimmt, wie sieht er dann die Entwicklung einer möglichen Phase vier?

Er antwortet ausführlich auf alles und hat, während sie sich Notizen macht, reichlich Zeit, die Schweißflecken zu beobachten, die sich unter ihrem pflaumenblauen Cardigan bilden, und deren Geruch, nachdem ihr Tee kalt geworden ist, sich mit dem Tabakrauch mischt und einen schwachen Duft nach Frau und Blumen hinterlässt. Ihre Ernsthaftigkeit amüsiert ihn, doch wieder erlebt er ihre Nähe, ihren Ernst und ihre Intelligenz als so stimulierend, dass er sich in einige der akademischen Irrwege hineinredet, auf denen er sonst selten wandelt. Offenbar scheint sie das nicht abzuschrecken. Ganz im Gegenteil, sie kennt sowohl ihren Habermas als auch ihren Weber, nickt immer eifriger und rutscht weiter auf dem Stuhl nach vorn, je wichtigtuerischer er wird und je mehr Namen und Theorien er nennt, sodass sie im geistigen Sinn mitten in einer heißen Umarmung sind, als es plötzlich an der Tür klopft. Wer mag schon in einer so intimen Stunde unterbrochen werden? Gert jedenfalls nicht, der statt »Herein« zu sagen ein »Ich will nicht gestört werden!« faucht, als die Sekretärin den Kopf hereinsteckt.

»Entschuldigung, es ist Per … Er möchte gern, dass Sie rüberkommen! Jetzt.«

»Hat das nicht Zeit?«

»Offenbar nicht«, antwortet die Sekretärin. »Es wurde schon mehrere Male nachgefragt. Und jetzt ist bereits über eine Stunde vergangen.«

Yasemins Rosinenaugen fliegen verwirrt zur Uhr über der Tür.

»Entschuldigung … Ich hätte …«

Gert lächelt ihr kurz zu und wendet sich wieder an die Sekretärin.

»So furchtbar kann es doch nicht eilen!«

»Soll ich sagen, in fünf Minuten?«, fragt die Sekretärin.

»In zehn!«, sagt Gert und lächelt Yasemin verschworen zu. »Wir sind gleich fertig!«

»Ist es in Ordnung, dass ich für heute Schluss mache?«, fragt die Sekretärin mit einem Blick auf das gebrauchte Geschirr.

Ja, zum Teufel, denkt Gert. Geh! Lass uns allein!

Er sagt, freundlich, dass das natürlich in Ordnung ist, dass er selbst das Tablett hinausbringt und dass sie Per sagen kann, dass er auf dem Weg ist.

»Wo waren wir?«, fragt Gert, als sie wieder ungestört sind. Doch die Magie ist zerbrochen, Yasemin hat schleunigst begonnen zusammenzupacken.

»Nirgendwo! Ich meine, es war fantastisch«, sagt sie und sieht ihn über den Tisch hinweg an. »Wirklich! Sie waren mir eine sehr große Hilfe.«

»Gleichfalls« zu sagen, wäre völlig deplatziert, aber genau das träfe es am besten. Dass sie ihm geholfen hat. Zum Ursprung zurückzufinden, der zu sein, der er so gern ist. Der Akademiker. Der Theoretiker. Der Denker. Deshalb fühlt er sich, während sie dasitzt und den Block zuklappt und die Tasche zumacht und die Locken aus der Stirn streicht, wie ein kleiner Junge, der sich an Mutters Rocksaum klammert, um sie zurückzuhalten. »Du darfst nicht gehen!«, fühlt er sich versucht zu betteln. Und sagt es sogar:

»Sie dürfen nicht gehen …!«

Sie sieht schnell von ihrer Tasche auf und lässt einen Kugelschreiber hineingleiten.

»… ohne dass wir einen Termin für die Fortsetzung unseres Gesprächs ausgemacht haben! Ich habe schließlich auch noch ein paar Themen, die ich gern mit Ihnen erörtern möchte!«

Ihr Lächeln ist unsicher, verlegen.

»Ja?«

Da kommt ihm die Idee, die einleuchtende Idee, die ihm schon längst hätte kommen sollen.

»Haben Sie einen Job?«

Sie nickt, schlägt die dichten Wimpern nieder, rutscht leicht auf dem Stuhl hin und her und bricht schließlich in Lachen aus.

»Ja! Aber der hat so wenig hiermit zu tun, dass ich Ihnen lieber nicht sagen möchte, was ich mache!«

»Sie arbeiten im Gemüsegeschäft Ihres Vaters?«

Sie lacht und richtet den ausgestreckten Zeigefinger auf ihn.

»Falsch! Im Kiosk meines Onkels!«

Ihr Lachen setzt eine Lachlawine bei ihm in Gang. Wann hat er das letzte Mal so gelacht? Wann hat jemand ihn zuletzt dazu gebracht, so zu lachen, dass es in den Bauchmuskeln wehtut und die Kontaktlinsen beinahe ausgespült werden? Er lacht wie ein ganzes Theater, schlägt sich auf die Schenkel und ringt nach Luft. Sie lacht mit, ist völlig aufgelöst vor Lachen, lacht schließlich so, dass sie aufstehen und stampfend und tanzend um sich selbst hüpfen muss.

Auch dieses gemeinsame Lachen ist eine Art Umarmung, und auch sie wird abgebrochen. Denn ohne, dass sie es klopfen gehört haben, steht plötzlich Per Vittrup in der Tür. Mit einem Ausdruck tiefen Unglaubens, der nur neues Benzin auf das Feuer des Lachens gießt.

»Hi, Per!«, bekommt Gert endlich heraus. »Das ist Yasemin! Meine neue studentische Hilfskraft!«

Ach, du meine Fresse, ist er sauer geworden, der Staatsminister, als ein Autonomer ihm oben in Nørrebro ein Ei an den Kopf geworfen hat. Eier sind gut für die Haare, sage ich zu dem Bildschirm, aber er scheint das nicht lustig zu finden. Der Staatsminister war auf Charmeoffensive in der Aufwärmstube der Heilsarmee, informiert der Reporter und interviewt den Obdachlosen, der ihm zu Hilfe geeilt und jetzt der Held des Tages ist. Zum Teufel, Mann, wie dumm können wir kleinen Leute eigentlich sein! Sie sollen sich verdammt noch mal selbst retten da oben! Der Idiot rennt herum und spielt den Cleveren, womit, zum Teufel, hat er gerechnet? Es sind doch genau die da drüben in Nørrebronx, die die Regierung jeden Tag verarscht mit ihrem »Leistung gegen Leistung« und den »Kürzungen« und den »härteren Strafen« und mehr ins Gefängnis und »raus mit den Falschfarbigen« – ist das vielleicht eine »stringente und faire Ausländerpolitik«, wie sie das nennen? Und gleichzeitig wieselt die neue Sozialministerin der Regierung mütterlich durch die Gegend und redet von all dem, was sie für die »sozial Ausgestoßenen« tun will. Sie tun ihr leid. Sie möchte gern etwas für sie tun. Und für »misshandelte Frauen« übrigens auch. Vielleicht sollte ich die Ministerin anrufen? Fuck, wäre das eine Überraschung: »Hallo! Hal-lo! Sie sprechen mit Linda Lykke Jacobsen, Gerts Frau. Wir sind uns bestimmt schon beim König oder der Königin oder sonst wo begegnet. Also, ich wollte nur sagen, dass ich sowohl sozial ausgestoßen bin als auch misshandelt werde! *Double-trouble*, verstehen Sie? Also, was haben Sie Schönes für mich, Schätzchen?«

Ich sehe die Reportage, wie der Staatsminister das Ei an den Kopf bekommt, mehrere Male auf unterschiedlichen Kanälen. Ich liebe diese Reportage. Wünschte, ich wäre nicht zu voll, sie auf Video aufzunehmen. Es kommt mir vor, als sähe ich einen Gruselfilm, in dem der Held plötzlich sein wahres Gesicht zeigt. Der Moment, in dem einem klar wird, dass er der Mörder ist. Warum sagt der Reporter nichts dazu? Zu der Entlarvung des Bösen? Dann wäre der Mann morgen nicht mehr Staatsminister. Sehe denn nur ich das? Sehen die anderen das nicht? Das Monster im Mann?

Ich führe mich auf wie ein Teenager, der allein zu Hause ist. Streife die Asche in die Topfblumen ab, weine, lache, trinke. Gert ist in Finnland. Oder am Nordpol. Er erzählt mir inzwischen nichts mehr. Kommt und geht wie ein von der Arbeit stark in Anspruch genommener Hotelgast. Hat mir heute Morgen jedoch mitgeteilt, dass er die nächsten drei Tage unterwegs ist. War freundlich, wirklich. Hat mich nicht geschlagen oder so. Hat mir erlaubt, seine Tasche zu packen, und ist nicht sauer geworden, als ich ihn an den Pass erinnert habe. Obwohl der bestimmt nicht länger nötig ist, jetzt, wo die Grenzen aufgehoben sind. Die Grenzen für was auch immer.

»Das *ist* ein Dilemma«, gibt Yasemin zu und rührt zerstreut in ihrem Caffè Latte herum. Diese Art Kaffee mag sie auch.

Melika sitzt ihr an dem kleinen, runden Tisch im Café Norden gegenüber. Sie sitzt mit dem Rücken zu Christiansborg und der Reiterstatue von Absalon, die Yasemin über die Schulter der Kusine sehen kann. Im Gegensatz zu neunundneunzig Prozent der Dänen, die in der Februarkälte draußen auf der Strøget frieren, weiß sie, wer Absalon war. Einer der größten und kaltblütigsten Politiker, die Dänemark jemals gehabt hat. Sie kann auch die fünfundzwanzig dänischen Staatsminister der Reihe nach aufzählen und weiß, dass ohne die exzentrische Eigenmächtigkeit Christians IV. Kopenhagen nicht so aussähe, wie es heute aussieht. Deshalb meint sie das in Wirklichkeit auch nicht. Es ist überhaupt kein Dilemma. Sie muss nicht zwischen zwei Möglichkeiten wählen. Denn natürlich nimmt sie den Job an. Das werden sie zu Hause auch verstehen, wenn sie es richtig erklärt. Ihr Vater wird es jedenfalls verstehen. Daran besteht kein Zweifel. Sie muss an der Zukunft weiterarbeiten, für die sie so viel geopfert hat. Deshalb müssen sie einsehen, dass sie ihre Jugend nicht länger im Kiosk des Onkels vergeuden kann. Sie müssen verstehen, was für eine Megachance es für sie ist, in die Burg zu kommen.

»Wie ein Lottogewinn«, sagt sie zu Melika, die kleine Stückchen von ihrem Cookie abbricht. »Wenn man sich später um einen Job bewirbt, steht das im Lebenslauf. Das Folketing, das Finanzministerium oder das Außenministerium. Du weißt, wie schwer es für uns ist. Trotz der Supernoten.«

Melika nickt skeptisch.

»Ja, aber …«

»Ja, aber was?«, fragt Yasemin hitzig. Sie weiß, was kommen wird.

»Wir heiraten doch ohnehin.«

»Vielleicht!«

Melika kichert auf ihre nervöse Art.

»Yasemin, da gibt es kein ›Vielleicht‹. Das ist ein Entweder-oder, nicht?«

Der Löffel klirrt in dem Glas mit dem dicken Boden, als Yasemin es hart abstellt. Warum muss ihre Kusine immer so eine Spielverderberin sein? Nur weil sie einer Verlobung zugestimmt hat, muss Yasemin das nicht auch tun. Sie können sie nicht zwingen. Und das werden sie auch nicht.

»Ich nehme den Job jedenfalls an«, beschließt sie. »Ich werde meinen Vater schon überzeugen. Das ist kein Problem.«

Ihr Vater wird sie unterstützen. Er wird sogar stolz sein, eine Tochter zu haben, die in Christiansborg arbeitet. Davon ist sie überzeugt. Obwohl auch er in letzter Zeit angefangen hat, in die Moschee zu gehen.

Janni hat versprochen, dass niemand zu Hause sein wird. Und das ist auch keiner. Das Haus ist leer. Deshalb nehme ich Sonnenbrille und Kopftuch ab und sehe mich in der Villa um, die sauber zu machen ich vier Stunden Zeit habe.

Janni ist drüben im Westgefängnis. Mein Bruder ist im Gefängnis niedergestochen worden. Von einem sechzehnjährigen Araber im berüchtigten Nordflügel. Demnach zu urteilen, was ich aus Janni herausbekommen habe, die am Telefon völlig aufgelöst war, ging es um eine Haschschuld bei dem harten Einwandererkern, der Janni zufolge den gesamten Haschhandel da drinnen kontrolliert. Niller ist eigentlich selbst so eine Art Kleindealer, obwohl er sich von »den Brüdern« hat pensionieren lassen, aber er scheint Konkurrenz bekommen zu haben. Damit hat er sich nicht abgefunden und ist auf seine flapsige Art frech geworden, und dafür hat man ihn bestraft. Jedenfalls liegt er jetzt mit einer perforierten Lunge und einem Schnitt in der Hand, den er sich zugezogen hat, als er versucht hat, sich zu wehren, auf der Krankenstation. Er schwebt nicht in Lebensgefahr, und die Situation ist nicht so kritisch wie damals, als er bei einer »Rockerauseinandersetzung« draußen im Mondfisch angeschossen wurde. Aber mitgenommen ist er und »geschockt«, wie Janni sagt. Vor allem darüber, dass so ein kleiner Scheißkerl ihn angegriffen hat. Das sagt er auch erschüttert zu mir, als er mich vom Krankenbett aus anruft. »Verdammt, Mann, der kleine Dreckskerl hätt' mich umbringen können! Und nichts konnt' ich tun! Das konnt' ich doch nicht! Das hätte verdammt noch mal Patrick sein können, nicht? Das war noch ein Junge! Verdammte Scheiße, du! Die Kanaken reißen alles an sich! Die sind eiskalt, die Arschlöcher, Mann!« Janni hat die Erlaubnis bekommen, ihn zu besuchen, und auch ich verspüre den unmittelbaren Impuls, mit dem Verbandskasten zu ihm zu eilen. Er ist trotz allem mein Bruder. Aber Gert hat ein für alle Male beschlossen, dass er das nicht ist. Wenn ich auch nur daran dächte, eine Besuchserlaubnis in einem dänischen Gefängnis zu beantragen, würde mich das Höllenfeuer treffen. Es hätte wahrscheinlich »ernsthafte Konsequenzen«. Er hat Angst, dass das herauskommt. Dass sein Schwager fast chronisch für das eine oder andere im Knast sitzt – Haschhandel, Hehlerei und Raub besonders schwerer Art. Einmal, als wir darüber gestritten haben, habe ich gesagt, dass er ganz beruhigt sein kann. Es wäre mindestens ebenso peinlich für Niller, mit Gert Jacobsen in Verbindung gebracht zu werden. Da hat mich auch das Höllenfeuer getroffen.

Na schön, aber Janni, die geschworen hat, mit diesem unverbesserlichen Psychopathen für immer fertig zu sein, schwirrt jetzt um den Patienten herum und hat ihrem alten Traum wieder Leben eingehaucht, dass sie doch wieder zueinanderfinden, nach Absitzen seiner Strafe nach Lolland ziehen und neu anfangen.

Deshalb kann sie ihrer Putzarbeit nicht nachgehen, und obwohl sie nicht zu einer Arbeitsbeschaffungsmaßnahme herangezogen wurde, sitze ich jetzt mit meinem Versprechen da, das ich ihr leichtsinnigerweise gegeben habe. Man stelle sich einmal vor, ich werde entdeckt! Wenn das herauskommt! Dass die Frau eines Toppolitikers schwarz putzen geht. Das wäre sehr viel schlimmer, als wenn jemand ihn dabei erwischt, wie er mir eine Ohrfeige gibt! Ich kann die scheinheiligen Kommentare der *B. T.* und des *Ekstra Bladet* vor mir sehen, die sich in moralischer Verärgerung suhlen, unterstützt von vor Schadenfreude triefenden Leserbriefen. Oder irre ich mich? Betrachtet man Schwarzarbeit inzwischen als einen Protest des Volkes gegen die Steuertyrannei des Staates? Als gesunde Reaktion auf die verschrienen sozialdemokratischen Politiker, denen jetzt alle die rote Karte geben? Ist man Teil der Gemeinschaft, ein richtiger Däne, wenn man einander die Haare schneidet und die Zündkerzen wechselt und Dienstleistungen und andere Leistungen nach Einbruch der Dunkelheit austauscht? Wie dem auch sei, ich wäre geliefert. Man würde mich zum Gespött aller am Galgen aufknüpfen. Denn dem, der nichts hat, darf auch nichts gegeben werden.

Diese Familie hat alles, das sehe ich bereits, bevor ich den Mantel an den Haken gehängt habe. Das ist eins dieser Heime, wie sie zurzeit in den Zeitschriften abgebildet werden. Abblätternder Countrystil mit einem Touch Großstadtbohème und einer kleinen Prise ethnischer Würze. Ein Showroom jungen Familienglücks, *Shabby chic,* heißt das nicht so? Oder war das in der letzten Saison? Wie Goldmarie gehe ich verzückt von Raum zu Raum, vom Erdgeschoss die weiß gescheuerte Treppe hoch in die erste Etage. Hier sind das Elternschlafzimmer mit einem Kinderbett neben dem Doppelbett und zwei Kinderzimmer, die in rosa beziehungsweise hellblau gehalten sind. Es gibt auch ein Badezimmer älteren Modells, bestimmt sprechen sie täglich darüber, es auszuwechseln. Am Ende des Gangs ist ein kleiner Raum, das Herrenzimmer. Hier ist alles Hässliche versammelt: DIN-A4-Mappen, Computer, Drucker, Korrespondenz und Papiere. An der Wand steht ein volles Regal mit einer eher zufälligen Büchersammlung, Belletristik und Fachliteratur gemischt: das Weinbuch der *Politiken*, das Fußballjahr 2000, Jens Chr. Grøndahls *Lucca*. Außerdem ein paar englische Titel, Tom Wolfes *A Man in Full* und Joseph Conrads *Heart of Darkness*. Dieses Zimmer, Vaters Refugium, soll nicht geputzt werden. »Da darfst du nichts anrühren«, hat Janni betont. Er macht keinen so pedantischen Eindruck, dieser Vater, deshalb wird er es wahrscheinlich nicht einmal merken, dass ich ein paar der Bögen auf dem Tisch in die Hand genommen habe. Es ist nicht schön, zu schnüffeln, aber ich muss etwas wissen. Was sind das für Menschen, sind sie überhaupt real? Jedenfalls sind sie so real, dass sie Briefe bekommen. Und ich muss nur ein paar Bögen Papier, eine Gehaltsabrechnung ein paar Millimeter wegschieben, um klüger zu werden: Der Mann ist, verdammt noch mal, Journalist. Bei der *Belingske Tidende*. Und seine schöne, sonnengebräunte Frau, die mich von mehreren Fotos mit und ohne Brut anlächelt, ist eine *Human-Resources-*Beraterin, wie aus dem Brief von einer Bank hervorgeht.

Ich reiße mich von meiner Schnüffelei los. Die Zeit läuft, und obwohl ich schnell bin, muss ich mich beeilen. Kann nur der Versuchung nicht widerstehen, mich in eines der Kinderbetten zu legen. In das des Jungen. Das letzte Mal, das ich in einem Kinderbett gelegen habe, war Patrick noch klein, und ich habe es mir die paar Male, die ich ihn ins Bett bringen durfte, erschlichen. Jetzt liege ich hier, die Wange gegen das Kissen eines fremden Jungen gepresst, und atmete den Duft eines kleinen Kindes ein. Schließe die Augen, spüre, wie eine Bärenpfote meine Wange berührt, ziehe die kleine Decke mit dem Pu-der-Bär-Bezug hoch bis an die Nase. Ich muss die Beine unter mir zusammenfalten, um ins Bett zu passen, und als ich eine Weile dort gelegen habe, drehe ich mich auf die Seite und rolle mich in Embryostellung, während die Sehnsucht in mir zu tropfen beginnt wie schmelzendes Eis. Lautlos nässen meine Tränen das Kissen des Jungen. Ich mache mir nicht die Mühe, die Trauer zu entschlüsseln. Es spielt auch keine Rolle, ob es meine verlorene Kindheit ist, über die ich weine. Ob es der Verlust von Sonny, meines großen Bruders, oder der Verzicht auf die Kinderschar ist, die nicht unter meinen Fittichen aufwächst. Doch als ich hier liege und mich in den Embryozustand und das schwappende warme Wasser zurückschniefe, sind es trotz allem die Kinder, die ich nie bekommen habe, die am meisten wehtun. Die klebenden Kinderhände, die ich nicht gewaschen habe. Die Gutenachtgeschichten, die ich nicht vorgelesen habe. Die Schaukeln, die ich nicht angestoßen habe. Die Essenspakete, die ich nicht gemacht habe. Die Mahnungen, die ich nicht ausgesprochen habe. Der Trost, den ich nicht gespendet habe.

Selbstmitleid ist ein Luxus, den man sich dort, wo ich herkomme, nicht erlauben kann. Selbstmitleid ist den Reichen vorbehalten. Wir anderen müssen die Zähne zusammenbeißen. Tut man das nicht, geht man zugrunde. Wie meine Mutter, das Medizinwrack. Trotzdem reiße ich mich erst mit schwerem Körper los, als das Telefon die Stille des Hauses durchschneidet. Sorgfältig mache ich das Bett und ordne die Teddybären. Streiche die Bettdecke glatt. Das Kissen wird bestimmt wieder trocken sein, bevor die Familie nach Hause kommt. Der kleine Junge wird gar nicht merken, dass Goldmarie in seinem Bettchen gelegen hat.

Rasmus hat so helle Haare und eine so helle Haut, dass er fast ein Albino ist. Und seine Augen sind der Farblosigkeit so nahe, dass er sie in seinem Dating-Profil bei scor.dk als wassertropfenblau bezeichnet hat. Dafür ist er groß und gut gebaut, wenn auch noch immer so dünn und schlaksig, dass einiges an Muskelmasse fehlt, um der Bezeichnung »athletischer Jünglingskörper« gerecht zu werden, mit der er in ironischer Sorgfalt sein Äußeres beschreibt. Aber wie er zu sagen pflegt: »Bis jetzt hat sich noch niemand beklagt!« Was damit zusammenhängen mag, dass nur verstimmend wenige die Gelegenheit hatten, Rasmus ohne Kleider zu sehen, es sei denn, man rechnet die Männer in der Sauna und die Mädchen am Strand mit. Rasmus vergeudet ansonsten keine Zeit. Er ist immer auf der Jagd. Es sitzt in ihm wie ein Reflex, dass er seinen Charme spielen lässt, sobald er ein Mädchen sieht. Leider hat sein Eifer oft zur Folge, dass die Mädchen entweder nach dem ersten Date schreiend flüchten oder ihn schnell als »den Lustigen« abstempeln, und »der Lustige« ist nun einmal ganz und gar nicht das Gleiche wie »der sexy Typ«. Lustig zu sein, ist offenbar das *Gegenteil* von sexy, wie Rasmus nicht ohne Bitterkeit in Gesellschaft anderer stark angetrunkener und ebenso verschmähter Freier oft feststellen muss, wenn ein weiterer vielversprechender Abend mit dummem Gequatsche und der Aussicht auf ein leeres Bett zu Ende gegangen ist.

In der Regel ist die Schmach vergessen, noch bevor der Rausch ausgeschlafen ist, sodass auch das nächste Mädchen, das seinen Weg kreuzt, mit dem gleichen jungenhaften Enthusiasmus attackiert wird. Hin und wieder hat er ja auch Erfolg, und obwohl nicht alle Mädchen Traummädchen sind, so sind sie zumindest Mädchen. Und Mädchen sind per definitionem wunderbar. Doch dieses Mädchen, dem er nicht nur vorgestellt wird, sondern das an einem Montagmorgen im Februar von einem überbeschäftigten Mitarbeiter im Sekretariat der Sozialdemokraten seiner Obhut überlassen wird, ist so wunderbar, dass er bereits in den ersten drei entscheidenden Sekunden ihre Gene mischt und vor sich sieht, wie ihre gemeinsamen Kinder eine helle Haut und dunkle Augen mit dichten, gebogenen Wimpern haben und mit blondem, lockigem Haar und langen, konkaven Nasen gesegnet sein werden. Sie werden zweisprachig sein und bei Fußballspielen nicht wissen, ob sie für die Türkei oder für Dänemark sein sollen, und falls es Mädchen werden, werden sie draußen in Vesterbro hellrote Rüschenkleider kaufen und ihre Eltern plagen, schon mit drei Jahren Löcher in die Ohren zu bekommen.

»Ich bin Yasemin«, sagt das Mädchen und reicht ihm die Hand. »Ich bin die neue studentische Hilfskraft.«

»Ja!«, schreit er fast und bleibt, was ganz ungewöhnlich für ihn ist, mehrere Sekunden sprachlos, bevor ihr fragendes Lächeln ihn dazu veranlasst, endlich seinen Namen zu sagen und ihre Hand loszulassen.

»Rasmus«, sagt er mit einem nervösen Räuspern, als sei seine Stimme plötzlich wieder im Stimmbruch. »Möchtest du vielleicht einen Kaffee?«

Eigentlich keine so dumme Frage, weil neun von zehn Mädchen mit Ja geantwortet hätten. Aber sie trinkt keinen Kaffee, sagt sie, und das hätte er wissen müssen. Muss man so etwas nicht von seiner zukünftigen Frau wissen? Ist das nicht genau so eine Frage, mit der man bei der Art Paarquiz durchfallen würde, wie er sie sich manchmal an einem verregneten Sonntagnachmittag reinzieht, während er träge zappend darauf wartet, dass der Kater so weit nachlässt, dass er über seine Diplomarbeit über das *Dänische Wählerverhalten in den 1990er-Jahren* nachdenken kann, ohne sich übergeben zu müssen.

Eine Chance hat er, den verpatzten ersten Eindruck wieder gutzumachen, und zwar indem er ihr eine gute Tasse Tee aufbrüht. Doch um das zu tun, muss er sie einem der anderen Rüden im Sekretariat überlassen, die im nächsten Augenblick auftauchen und sich auf sie stürzen werden.

»Komm!«, sagt er schließlich, wie er hofft in einem Ton, der entschlossene Männlichkeit signalisiert. »Wir gehen in die

Küche und machen Tee! Dann erzähle ich dir alles, was du wissen musst!«

»Das ist nicht nötig«, sagt sie abwehrend. »Ich brauche nichts.«

»Nichts, um dich zu stärken? Glaub mir, du brauchst es! Du weißt es nur nicht«, sagt er und macht sein Gummigesicht, das sie sofort zum Lachen bringt. Jetzt darf er nicht den üblichen Fehler machen und Jim Carrey imitieren. Doch wie jeden Clown spornt Lachen ihn an, sodass seine Absicht, wie ein ernsthafter Mann zu wirken, vergessen ist, noch bevor er den Kessel in der Küche aufgesetzt hat. Und der Tee, der von so furchtbarer Qualität und so muffig und trocken ist, dass er schwört, persönlich und von seinem eigenen Geld eine von Hand abgewogene Tüte bei Perch's zu kaufen, ist kaum getrunken, als er auch schon Christiansborg im Allgemeinen und die sozialdemokratische Fraktion im Besonderen wie eine Sitcom dargestellt hat, in der Casper Christensen gut die tragende Hauptrolle spielen könnte.

»Und wen sollte er spielen?«, fragt Yasemin lachend und pustet in den warmen Tee. Sie hat drei Löffel Zucker hineingeschaufelt. Das muss er ihr abgewöhnen, bevor sie Kinder bekommen.

»Vittrup natürlich. Ich spiele Gert Jacobsen, weil er so *dä-monisch* ist! Uhu! Ein richtig gefährlicher Mann, der durch die Gegend schleicht und auf *den richtigen Augenblick* wartet! Wow!«, sagt er und geht so in der Dramatik auf, dass ihm erst zu spät auffällt, dass Yasemins Lächeln über dem Rand des Teebechers erstarrt ist.

»Äh, Entschuldigung!«, sagt er schließlich, als ihm einfällt, dass Gert Jacobsen ihr den Job verschafft hat, verdammt. Das Gerücht vom handverlesenen türkischen Mädchen ist ihr schließlich vorausgeeilt. Alle wissen, dass Gert etwas mit ihr am Laufen hat – was immer das auch sein mag. »Gert ist okay. Superklug jedenfalls. Der Klügste. So klug, dass er gar nicht da ist!«

Das hätte er auch nicht sagen sollen, sieht er sofort an ihrem flackernden Lächeln. Kann er denn gar nichts richtig machen?

»Diese Woche ist er zum Beispiel in New York. Das *World Economic Forum, you know*. Du weißt schon, das sonst in Davos stattfindet.«

Sie nickt. Liest offenbar auch Zeitung. Ein kluges Mädchen. Aber auch ein wenig verloren, wie er sieht.

»Keine Sorge, er kommt am Freitag zurück. Und seine Sekretärin feiert bis Mittwoch ihre Überstunden ab. Bis dahin kümmere ich mich um dich«, sagt er und wackelt mit den Ohren.

Absolut bescheuert. Aber sie lächelt wieder. Und das wird er einmal in seiner Rede auf ihrer silbernen Hochzeit erwähnen. Wie er trotz eines hoffnungslosen Anfangs die schöne Yasemin erobert hat, indem er in einer Teeküche in Christiansborg mit den Ohren wackelte. In dem Winter, in dem sich ein weiterer blutiger Akt in dem jahrelangen sozialdemokratischen Shakespeare-Drama abspielte. In dem Winter, den die verehrten Mitglieder damit verbrachten, zu schmollen und zu tratschen, wer was bei einem unwichtigen Kreistreffen gesagt und wer wen nicht über die neue Kommunikationsstrategie informiert hat, statt die Kräfte darauf zu verwenden, sich aus dem Dreck zu ziehen. Eines Tages, wenn sie sich ein wenig besser kennengelernt haben, wird er ihr die Wahrheit sagen: Gert Jacobsen ist genauso mit allen Wassern gewaschen wie Per Vittrup. Wenn sie den Ausdruck versteht. Auch das wird er als Argument für ihre Vermählung anführen. Dass man die feinen Nuancen einer fremden Sprache durch die Liebe am besten lernt. Er muss herausfinden, was »ich liebe dich« auf Türkisch heißt. Vermutlich etwas mit vielen Üs. *Üch lübe düch.*

»Ja, dann bin ich ganz beruhigt, Rasmus«, lächelt sie und schüttet den restlichen Tee ins Spülbecken. »Kannst du mir auch etwas über die Arbeit erzählen?«

Vielleicht liegt es daran, dass er in New York ist, dass wir uns dort befinden. Auf einem Gerüst an einem Wolkenkratzer. Er ist hinter mir her, jagt mich von Etage zu Etage, während er schreit, dass ich eine billige Hure bin. »Du bist nichts ohne mich! Ich habe dich geschaffen!« Ich bin zu sehr außer Atem, um zu antworten, und weiß zudem, dass ich alle meine Kräfte dazu brauche, den Vorsprung einzuhalten, der immer kleiner wird. Der Abstand zwischen uns wird immer kürzer, meine Beine zittern unter mir, als ich über eine weitere Metallleiter auf die nächste Ebene klettere. Durch die Stufen sehe ich den schmalen Schacht der Straße tief unter uns, die gelben Taxen heben sich wie bunte Kleckse von dem grauen Strom der Fahrzeuge ab, die sich nur langsam vorwärts schlängeln. Mir ist schwindlig, ich zögere, und dieses Zögern reicht aus, dass er meinen Absatz mit der Fingerspitze streift. Dumm wie ich bin, trage ich hochhackige Schuhe. Und einen etwas zu engen Rock. Mit großer Kraftanstrengung ziehe ich den Fuß zu mir und komme hoch, laufe über die glatten Bretter des Gerüsts, während ich mich frage, ob er eine Pistole bei sich hat und mich von hinten erschießen wird. Aber das würde ihn nicht befriedigen, glaube ich. Denn dann sähe er nicht die Angst in meinen Augen, die Todesangst, und was soll dann das Ganze? Nein, er wird mich an den Rand drängen. Das wird er. Er wird mich dort hindrängen, wo er mir nur einen kleinen Schubs zu geben braucht. Und er wird mich zwingen, den Augenkontakt zu ihm zu halten.

In Träumen ist alles besser oder schlechter als in der Wirklichkeit. In Träumen gibt es keine Gewerbeaufsicht und keine Sicherheitsbestimmungen. Deshalb komme ich, nachdem ich noch eine Leiter hinaufgeklettert bin, auf ein Dach, das so flach und ungesichert ist wie ein Betonboden. Groß wie eine Arena ist es, aber es gibt keine Fluchtwege. Keine Türen, durch die ich verschwinden könnte, keine Bänke, unter denen ich mich verstecken könnte, keinen Fahrstuhl, der mich in Sicherheit bringt. Hier gibt es nur mich und Gert, meine Angst und seine Wollust. Und einen eisigen Wind, der sein Lachen zu mir herüberträgt, als ich zum Rand des Daches laufe. Ich werde schneller, und das lässt ihn glauben, dass ich selbst springen und mich seinem Vergnügen entziehen will. Deshalb wird auch er schneller, um mich noch rechtzeitig einzufangen, und natürlich ist das unrealistisch, ich wäre im Wachzustand nie so kalt und klar denkend, doch eine Sekunde bevor ich den Rand erreiche, bleibe ich abrupt stehen und springe einen Schritt zur Seite, sodass ich aus seiner Bahn komme. Und dann passiert, was immer in diesem Albtraum passiert, es kann variieren, und die Orte sind austauschbar, aber immer geht es um die Jagd und die endgültige Auseinandersetzung: Er stürzt brüllend in den Abgrund, während ich wegsehe.

Als ich keuchend aufwache, sind Nachthemd und Betttuch schweißnass. Das Herz in meiner Brust hämmert, eigentlich wundert es mich, dass der Körper sich narren lässt. Das war schließlich nur ein Traum. Es besteht kein Grund, solche Angst zu haben. Vor allem heute Nacht nicht, wo ich mit Sicherheit weiß, dass der ganze Atlantische Ozean zwischen uns liegt. Wahrscheinlich bereitet er sich gerade auf seine Rede auf der Konferenz vor, soweit ich mich erinnere, soll er um zehn *a.m.* Ortszeit reden. Doch als ich in die Küche gehe, um Milch in der Mikrowelle aufzuwärmen, und eine seiner Kings rauche, während ich warte, dass der Albtraum sich zurückzieht, werde ich von einer neuen Erkenntnis eingeholt. Nicht Gert macht mir Angst in dem Traum. Ich fürchte mich vor mir selbst. Ich bringe ihn schließlich um.

Als der Korrespondent das Interview über die Ergebnisse des ökonomischen Gipfeltreffens beendet hat, auf dem der frühere dänische Finanzminister sich brüsten konnte, einer der prominenten Delegierten zu sein, und die Kamera nicht mehr läuft, fragt er leichthin, wie es eigentlich Per Vittrup geht. Nach der Wahlniederlage. Gert Jacobsen, der sich lautstark darüber beklagt, dass es allmählich nicht mehr möglich ist, in Gottes gelobtem Land eine Zigarette zu rauchen, antwortet genauso leichthin und ohne den Eifer, mit dem er sich über das Rauchverbot an öffentlichen Orten aufregt, dass es »so geht«. Mehr sagt er nicht, doch das ist bereits zu viel. Vor allem, als er den Satz am selben Abend bei dem Abendessen mit dem Botschafter vor zwölf prominenten Dänen wiederholt. Erweitert durch ein »so lange es dauert«.

In einem Fluss ist kein Platz für zwei Krokodile.« Hat Gert das nicht einmal gesagt? *Never mind,* er schreibt ihm das Zitat gern gut, denn es ist wahr. Wie wahr, merkt er, als Gert sieben ganze Tage weg ist und er wieder freier atmen kann. Da muss er eben damit leben, dass der Mann wie gewöhnlich die Situation bis zum Äußersten ausnutzt und sich wie ein Staatsoberhaupt aufführt und allen möglichen Leuten Interviews gibt, in denen er sich über den Zustand der Welt, die neuen Herausforderungen für Länder und Erwerbsleben und schließlich und endlich über die globale Wut auslässt, was Per Vittrup vor allem ironisch lächeln lässt. Besonders sein Spalten füllendes Gerede, dass man in der privilegierten Welt die Frustration der Unterprivilegierten verstehen und ihr entsprechen muss, ist so durchschaubar wie das Flusswasser, in dem sie nicht beide sein können. Gert als politischer Philosoph! Das kann doch keiner ernst nehmen.

Das sagt er natürlich nicht direkt, als er einen der wenigen Journalisten, zu denen er noch Vertrauen hat, ins Gitte Kik zum Mittagessen einlädt, um Andeutungen bezüglich des Erneuerungsplans durchsickern zu lassen. Er muss das Eisen schmieden, solange es heiß ist, wie sie immer bei ihm zu Hause gesagt haben.

Und wenn Gert sich an das Programm hält, dürfte er nicht vor morgen zurück sein und keinen Kommentar abgeben und den Daumen nach oben oder nach unten richten können. Der Journalist fragt, ob der Plan in der Fraktionsspitze durchdiskutiert worden sei. Ja, ja, natürlich. Unzählige Male. Was sagt Gert Jacobsen?

»Hören Sie«, sagt Per zu dem *B. T.*-Journalisten. »Wenn Sie den da ausschalten ...«

Das tut der Journalist, was sonst.

»Wissen Sie was? Gert ist so mit der Außenpolitik und den großen Perspektiven beschäftigt – *state of the world*, Sie verstehen schon –, dass er keine Zeit für die Innenpolitik und die trivialen Probleme unserer kleinen Welt hat.«

»Wollen Sie damit sagen, dass Gert in diesen Erneuerungsplan nicht involviert ist?«

Per Vittrup lässt sich Zeit, das Eidotter über sein Tatar zu geben.

»Glauben Sie, das ist pasteurisiert?«, fragt er leichthin, um schließlich dem fragenden Blick des Journalisten zu begegnen. »Hören Sie, was ich jetzt sage, ist nicht zum Zitieren gedacht. Aber lassen Sie es mich einmal so ausdrücken, dass Gert Jacobsen sich, so wie es aussieht, selbst ausgeklinkt hat. Er zählt nicht.«

Der Journalist leckt sich den Bierschaum von den Lippen, um dann eine völlig unerwartete Frage zu stellen.

»Und er interessiert sich auch nicht für Männer?«

»Was?«, staunt Per Vittrup.

»Es geht das Gerücht, dass man ihn in engem Kontakt zu einem bemerkenswerten jungen Farbigen in der Cosy Bar gesehen hat. Silvester.«

»Silvester? Ja, aber da war er doch bei mir.« Auch Per hebt sein Glas. »Jedenfalls bis Mitternacht.«

Er gluckst vor sich hin.

»Ach, wissen Sie was? Das ist eine tolle Story, aber ich glaube nicht, dass da etwas dran ist. Gert steht auf Frauen, wissen Sie. Auf viele Frauen.«

Ob Desmond Tutu und Gerhard Schröder sich ebenso aufführen? Kofi Annan und Colin Powell und die dreitausend anderen Konferenzteilnehmer, die nach fünf Tagen hochtrabender Diskussionen über die Lösung der großen Weltwirtschaftsprobleme nach Hause kommen? Ob sie auch zur Haustür hereinkommen, den Schuft aus dem Hosenstall guckend, ihre Frauen ins Heu werfen und erst nach dreimal Ruck und einem Erguss »Guten Tag« sagen und »Wie geht es, Schatz?«. Oder haben sie unterwegs Druck abgelassen? Huren sind schließlich ein Teil der Karawane, habe ich gehört. Vielleicht liebt Gert deshalb diese Gipfeltreffen so. Drücken Sie die Eins, wenn Sie eine Asiatin wünschen. Drücken Sie die Zwei, wenn Sie eine Afrikanerin wünschen. Drücken Sie die Drei, wenn Sie eine Europäerin wünschen. Drücken Sie die Vier, wenn Sie eine Pizza bestellen möchten ... Einmal hat er damit kokettiert, dass es ihm nie einfallen würde, für etwas zu bezahlen, das er gratis bekommen kann. Daran habe ich ihn erinnert, als er mich nach einer seiner Reisen mit Filzläusen ansteckte und ich gern wissen wollte, ob er die auch gratis bekommen hat. Auch in diesem Fall endete es damit, dass ich plötzlich mit der Beweislast dastand. Ich musste beweisen, dass nicht ich ihm untreu gewesen war! Und da ich das nicht konnte, war ich wieder einmal das dreckige Frauenzimmer, bei dem er sich eine Geschlechtskrankheit geholt hat.

Seitdem bin ich etwas zimperlich, wenn er von der Front heimkehrt. Sie haben schließlich HIV, viele von ihnen. Auch diesmal mache ich mich zu kostbar, bin zu langsam, den Wink mit dem Zaunpfahl zu verstehen, sodass nichts dazu zu sagen ist, dass er nicht warten kann, sondern mir die Strumpfhose herunterreißt und die Beine spreizt, als wollte er eine riesige Gans füllen. Hätte er mir nur zwei Sekunden gegeben, um auf gleiche Höhe mit ihm zu kommen, hätte er mich nur geküsst, wären die Säfte vielleicht geflossen, denn auch ich weiß, was sexueller Hunger ist. Ein Hunger, den nur er stillen kann, weil ich auf ihn und keinen anderen stehe. Hin und wieder verhöhnt er mein Begehren, indem er mir die Befriedigung verwehrt, wenn ich bettelnd daliege und mich wie eine geile Kätzin neben ihm winde, während er bereits seine postkoitale Zigarette raucht und sichtlich wichtigere Dinge zu tun hat, als seine Frau zu befriedigen. Früher geschah das, um mich kleinzukriegen, heute wohl eher, weil die Erektion nicht lange genug hält. Darüber sprechen wir nicht. Das ist ein *Ganz Großes Tabu*. Aber unter uns: Gert Jacobsen hat immer Erektionsprobleme gehabt, doch jetzt hat er, mit Verlaub, Schwierigkeiten, einen hochzukriegen. Jedenfalls bei mir. Vor allem, wenn ich zu draufgängerisch bin.

Heute ist es nicht so sehr Sex, den ich mir von ihm wünsche. Ich bin glücklich, einfach in seinem Arm zu liegen, während der Samen meine Schenkel hinunterläuft und tulpenförmige Flecken auf der Flachsbettdecke hinterlässt. Das müssen die Müdigkeit und der Jetlag sein, die ihn so einnicken lassen, dass er fügsam die Augen schließt und liegen bleibt, ohne mich von seinem Brustkasten zu stoßen, wo mein Kopf heute ausnahmsweise ruhen darf. Ich friere, wage aber nicht, die Hand nach etwas auszustrecken, womit ich uns zudecken könnte, aus Angst, den Augenblick zu zerstören. Unter seiner stellenweise behaarten Brust höre ich das Herz schlagen, und während ich hin und wieder mit einer gewissen Hoffnung vor mir sehe, wie seine Herzkranzgefäße von Tag zu Tag weiter verkalken und immer undurchlässiger werden, empfinde ich jetzt Zärtlichkeit, wie er dort liegt, das Glied erschlafft, zusammengerollt wie ein Vogel in seinem Nest. Ich weiß nicht, was es ausmacht, vielleicht das gedämpfte Licht, doch wenn ich ihn so vor mir sehe, scheint das Alter wie ausgewischt. Runzeln und Falten werden geglättet, die Säcke unter den Augen verschwinden. Er sieht aus wie damals, als ich es so hinreißend fand, ihn ohne die dicke Brille zu sehen. Es fehlt nicht viel, dass ich sie hin und wieder vermisse. Weil es mein Privileg war, ihn ohne zu sehen.

»Ich liebe dich«, flüstere ich und streiche ihm leicht über den sich kräuselnden Strich vom Nabel abwärts. Seine roten Haare sind echt, doch auch seine Schamhaare werden langsam grau. Um die Hoden sind sie schon ganz weiß. Ob er das weiß? Und jemals einen Gedanken darauf verschwendet hat, sie zu färben?

»Mmm«, grunzt er. Nicht abweisend. Nicht feindlich. Eher dösig, als lägen wir an einem warmen Strand irgendwo im Süden in der Sonne. Auf Kreta, vielleicht.

»Ich habe dich vermisst«, fahre ich fort und halte den Atem an. Das könnte ihm zu weit gehen.

»Mmm«, kommt es erneut. »Gleichfalls«, fügt er dann hinzu und lächelt mit geschlossenen Augen.

Ja, was kann man mehr wollen? Was kann ich mehr wollen? Mein Mann hat mich vermisst. Ich könnte weinen.

Doch die Zeit der Wunder ist noch nicht vorbei. Denn als ich, vom Übermut getrieben, an seinem Glied herumfingere, wächst es willig in meiner Hand, und als ich hinuntertauche und es in den Mund nehme, beginnt er leicht zu stöhnen. Er hat die Augen noch immer geschlossen, als ich mich auf ihn setze und ihn reite, wild und atemlos, und er wirft mich nicht einmal ab, als ich, die Lippen auf seinem Schlüsselbein, über ihm zusammenbreche, indem ich mit einem Jammern komme, das sehr viel fremder klingt als sein Gebrüll.

»Danke«, flüstere ich anschließend und hebe den Kopf, um seinem Blick zu begegnen.

»Dir auch danke«, antwortet er, ohne die Augen zu öffnen.

Irritierenderweise ist sie in Gesellschaft dieses albernen Rasmus, als er sie auf dem Gang wiedersieht. Das zwingt ihn, sich wie ein ganz gewöhnlicher Arbeitgeber zu verhalten, und hindert ihn daran, etwas weniger formell zu sein. Er will gerade in die Herrentoilette verschwinden, nur um zu verhindern, dass ihr Wiedersehen von diesem Idioten kaputt gemacht wird, den sie dank Charlotte Damgaard noch immer beschäftigen. Doch Yasemin hat ihn bereits gesehen und lächelt, wie er sehen kann, ihr Sternenlächeln.

»Guten Tag, Yasemin!«, sagt er und gibt ihr die Hand, während er Rasmus lediglich zunickt.

»Hallo«, lächelt sie und ergreift seine Hand. »Willkommen zurück!«

»Danke!«, lächelt er und wünscht, der Idiot würde verschwinden, statt mit studentischer Besitzermiene dicht neben ihr stehen zu bleiben.

»Haben Sie sich schon etwas eingewöhnt?«

»Rasmus hat sich um mich gekümmert«, nickt sie und sieht den Bengel lächelnd an. »Jetzt weiß ich sowohl, wo Brydesens Cafeteria ist, als auch, wie man Paternoster fährt.«

»Sie ist sehr gelehrig«, wirft Rasmus mit seinen ewig rollenden Spielautomatenaugen ein. »Und sie ist *superehrgeizig*! Am zweiten Tag kannte sie bereits alle Namen der Folketingmitglieder und ihre Parteizugehörigkeit!«

»Rasmus!«, sie versetzt ihm kichernd einen Klaps. »Das stimmt nicht!«

»Nun gut, dann eben am dritten Tag!«

»Ja, Sie kennen wohl nicht einmal die Namen der *Fraktions*mitglieder?«, schneidet Gert ihm das Wort ab. »Yasemin, können Sie in zehn Minuten in meinem Büro vorbeischauen?«

Das Handy lastet schwer wie ein Stein in der Innentasche seiner Arbeitsjacke. Das blöde Telefon hat sich quer gelegt wie eine Holzsperre im Fluss, die die Gedanken hindert, frei zu fließen. Jeglicher mentale Verkehr hört hier auf. Bei der Möglichkeit, sie anzurufen. Die Nummer kennt er auswendig. 20 96 44 46.

Bjarne seufzt. Tief. Legt mehr von dem Reisig auf das Feuer, das er an diesem frostklaren, sonnigen, freien Tag verbrennen will. Dem Weihnachtssturm ist ein alter Apfelbaum zum Opfer gefallen, und er selbst hat noch ein paar Birken und eine Kiefer gefällt, die er zu Brennholz gespalten und in säuberlichen Stapeln gelagert hat. Die Hagebuttenhecke und die wilden Obstbüsche hat er ebenfalls ausgedünnt, aber er muss erkennen, dass ein Schrebergarten zu klein ist, um ihn zu erschöpfen. Oben in Norra Norrbotten hatte er viele Hektar Wald, 964 000, sodass die physische Müdigkeit nach einem langen Tag voll konzentrierter Arbeit mit der Motorsäge die Schlaflosigkeit auf Abstand halten konnte. Doch siebenunddreißig Stunden die Woche einen Friedhof in Ordnung zu bringen, lässt viel zu viel Energie für Grübeleien übrig. Grübeleien, die in immer engeren Zirkeln in seinem Kopf kreisen, nachdem er herausgefunden hat, dass weniger als sechs Kilometer zwischen ihnen liegen. Damals war es leichter, als sich der Abstand in Tausenden von Meilen bemessen ließ.

Er starrt ins Feuer, verliert sich über den rotgoldenen Flammen in seinen Gedanken, bis die Wärme der Strahlen ihn zwingt, einen Schritt zurückzutreten. Über dreißig Jahre hat er sich danach gesehnt, sie wiederzusehen. Und dann hat es weniger als eine Minute gebraucht, ihre Nummer im Internet zu finden. Linda Lykke Jacobsen. Es gab nur eine. Theoretisch gesehen, könnte das eine andere sein. Aber er hat im Lesesaal der Bibliothek unter ihrem Mann in Kraks Blauem Buch nachgeschlagen, und seine Adresse ist dieselbe wie ihre. Sie wohnt drüben in Frederiksberg. Im C. F. Richsvej. Eine Gegend, in der er noch nie gewesen ist.

Was soll er da auch? Da drüben bei den Reichen? Was ihn zu der nächsten lästigen, logischen Frage führt: Warum soll er sie anrufen? Was bringt ihm das anderes als eine höfliche Abfuhr? Vielleicht erinnert sie sich kaum noch an ihn. Vielleicht hat ihr das, was geschehen ist, nichts bedeutet.

Bjarne spuckt. Schnupftabakspucke. Lässt die Hand unter die Jacke gleiten, wo sie über dem Ericsson-Handy zur Ruhe kommt. Zum hunderttausendsten Mal stellt er sich ein Ultimatum: Entweder ruft er sie an und bringt es hinter sich, oder er muss woanders hinziehen. Wenn er, ohne etwas zu unternehmen, hier in diesem Schrebergartenhäuschen bleibt, das er von seiner Mutter geerbt hat, macht ihn das fertig. Dann lieber zurück in den Wald. Dorthin, wo es genug Bäume gibt, in die er ihren Namen ritzen kann. Bevor er sie fällt.

Sie wünschte, sie könnte es ihrem Vater erzählen. Oder wenigstens Rasmus, der sein Fahrrad neben ihr herschiebt und darauf besteht, sie zum Nørreport-Bahnhof zu begleiten. Wenn sie schon nicht »wenigstens ein Glas Tee« im Café Europa mit ihm trinken will, an dem sie auf dem Weg zur Købmagergade gerade mit schnellen Schritten vorbeigekommen sind.

»Warum hast du es so eilig?«, fragt er und hechelt wie ein Hund.

»Ich muss zur Arbeit«, sagt sie kurz angebunden, muss aber wie gewöhnlich über ihn lachen.

»Zur *Arbeit*! Ja, aber du hast doch den ganzen Tag gearbeitet!«, wendet er ein.

»Wir Einwanderer müssen doppelt so hart arbeiten, das weißt du doch!«, sagt sie leichthin, bereut, ihre kulturelle Achillesferse entblößt zu haben, und beeilt sich, die Aussage dadurch zu relativieren, dass sie sie wie einen Sonderfall klingen lässt. »Ich habe versprochen, meinem Onkel heute in seinem Kiosk zu helfen.«

»Wo?«

»Das geht dich nichts an!«

»Warum musst du so geheimniskrämerisch sein? Wir Kulis müssen zusammenhalten!«

»Ich bin kein Kuli.«

»Na schön! Aber warum erzählst du dann nicht, was in Gert Jacobsens Büro passiert ist?«

»Das habe ich doch erzählt!« Yasemins Blick wandert flüchtig über die bunte Schaufensterdekoration von Noa Noa. Die Frühjahrskollektion ist da. Hätte sie nicht Rasmus im Schlepptau, hätte sie sich vielleicht etwas Neues zum Anziehen gekauft. Etwas Helles, Sommerliches. Nur ein Top oder einen Rock. Etwas *Feminines.* »Wir sind meine Arbeitsaufgaben durchgegangen. Und dann hat er von New York erzählt. Sehr interessant.«

»Ja, das muss es wohl gewesen sein! Du warst eine ganze Stunde bei ihm drinnen! Fünfundsechzig Minuten, um genau zu sein!«

»Bist du eifersüchtig?«, lacht sie und dreht sich zu ihm um.

»Moi? Jaloux? Non, non!«, Rasmus schüttelt nachdrücklich den Kopf. Er hat eine peruanische Strickmütze mit Ohrenklappen aus den Siebzigerjahren auf, die er zu Hause in der geflochtenen Erinnerungskiste seiner Mutter gefunden hat. »Es ist nur nicht jeder devoten studentischen Hilfskraft vergönnt, über eine Stunde in der Gesellschaft Seiner Exzellenz verbringen zu dürfen.«

Sie wird von einem grünen Fahrradkurier gerettet, der in einer Schlangenlinie so eng an ihr vorbeirast, dass sie zur Seite springen muss.

»Idiot!«, ruft Rasmus dem Fahrer hinterher und ergeht sich in einer missbilligenden Tirade über Verkehrsrowdys, Fahrradfaschisten und andere Verrückte, die durch ihr egoistisches Verhalten die Gemeinschaft zersetzen. Er ergeht sich in langen, sprühenden, wortäquilibristischen Girlanden, während sie den Kultorvet passieren und zum umbaugeschädigten Nørreport-Bahnhof weitergehen, der mit der neuen Metro verbunden werden soll.

»Rasmus, du hast vollkommen recht. Schreib einen Artikel! Ich muss meinen Zug bekommen!«, sagt sie und schellt einmal mit seiner Fahrradklingel, bevor sie wegläuft und unter der Erde verschwindet, um die Linie Ex nach Ishøj zu erwischen.

»Hey!«, klingt es protestierend hinter ihr her, doch sie begnügt sich damit, die Hand zu heben und lässig mit den Fingerspitzen zu winken.

Sie hätte es ihm gern erzählt, denkt sie, als sie in den Zug gestiegen ist und sich auf einen freien Sitz im Raucherabteil hat fallen lassen. Obwohl sie ihn noch nicht richtig kennt und man ihn ebenso schwer ernst nehmen kann wie Donald Duck, glaubt sie doch, dass er verstanden hätte, wie großartig das ist. Was für ein Geschenk ihr Gert damit gemacht hat. Dieses Geschenk, das jetzt als zusammengefaltetes Papier zwischen zwei Kalenderblättern ihres Spiralkalenders liegt. Allein der Gedanke daran, was sie in ihrer Tasche hat, macht sie ganz schwindlig. So wie es in ihren Ohren gesaust hat, als er ihr den Zettel mit einem lässigen »Ich habe übrigens etwas für Sie!« überreichte. Das war so unfassbar, dass die Buchstaben keinen Sinn ergaben, bevor sie sie nicht ein zweites Mal gelesen hatte: *All the best to Yasemin from Hillary Rodham Clinton.*

»Ein Autogramm von Hillary Clinton?«, hat sie nur gestaunt, als ihr endlich klar geworden war, was sie da in der Hand hielt. Und dann waren ihr die Tränen in die Augen geschossen. Gert hatte ihr lachend sein Taschentuch gegeben und gesagt, dann habe er also richtig gedacht.

»Wie konnten Sie das wissen?«, hatte sie mit belegter Stimme gefragt, und er hatte ihr die Antwort gegeben, die es unmöglich macht, irgendjemandem davon zu erzählen. Außer Melika vielleicht. »Süße Yasemin, ich denke, dass ich Sie bereits ein wenig kenne. Und ich freue mich darauf, Sie noch besser kennenzulernen. Sie sind *something special*!«

Was er damit gemeint hat, weiß sie nicht. Und genau darüber denkt sie in dem nach Westen fahrenden Zug nach. In den zwanzig Minuten, die die Zugfahrt dauert, kommt sie zu keinem Ergebnis. Doch auch wenn sie sich das nicht eingestehen will, ist sie so beunruhigt, dass sie sich wie eine Ehebrecherin vorkommt, als sie den kleinen, gut sortierten Kiosk ihres Onkels betritt.

»Entschuldige, dass ich so spät komme«, sagt sie.

Der Onkel sieht verblüfft von der türkischen Zeitung auf, der islamisch orientierten *Zaman*, die ausgebreitet auf der Theke liegt.

»Das tust du doch gar nicht. Du bist fünf Minuten zu früh.«

Weißt du, was das soll, Charlotte? Warum halten sie sich aus allem heraus?«

Per Vittrup ist frustriert. Verärgert. Er sitzt mit einer Gesäßbacke auf der Fensterbank, den Rücken dem Schlossplatz von Christiansborg zugewandt. Charlotte zuckt mit den Schultern. Auch sie steht; er hat sie gerade nach einer weiteren sinnlosen Fraktionssitzung in sein Büro gezerrt. Søren Schouw ist der Einzige der Alten, der hin und wieder ein wenig kläfft und dem Parteivorsitzenden widerspricht, ansonsten überlässt man den Nahkampf der Zwischengeneration und den eifrigen Neugewählten, die noch nicht gelernt haben, dass das kein politischer Diskussionsklub ist, in den sie da aufgenommen worden sind. Jedes Mal, wenn *buzzwords* wie »Visionen«, »Erneuerung« oder das stark vermisste »unser politisches Projekt« fallen, leuchten sie auf wie Lämpchen in einem Pinball-Spiel. Vor allem wenn Per mit diesen modernen Klischees um sich wirft, wird deutlich, wie die alte Garde – vor allem Gert und Meyer – stöhnt, und auch Charlotte muss zugeben, dass sie langsam allergische Reaktionen auf das häufige Aufsteigenlassen politischer Heißluftballons entwickelt.

»Per, ich weiß es nicht«, trippelt sie, ohne den Stapel von Mappen loszulassen, den sie vor sich hält. Sie ist auf dem Weg zu einer Sitzung des Umweltausschusses; erfreulicherweise hat sie eine gute Zusammenarbeit zwischen dem neuen umweltpolitischen Sprecher der Sozialistischen Volkspartei, der mindestens genauso beharrlich ist wie ihr alter Freund Svend Thise, und dem Sprecher der Radikalen in Gang gebracht, der etwas von seinem Fach versteht und Charlottes Antipathie gegen ihre liebe Parteigenossin Susanne Branner teilt, die fortwährend darüber mault, dass Charlotte ihr den Sprecherposten weggeschnappt hat. Die drei haben sich mit der Einheitsliste und der Christlichen Volkspartei zusammengetan, um den Umweltminister auf die dänischen Ziele für den *Global Deal* festzunageln, hinsichtlich dessen Charlotte in ihrer Zeit als Ministerin weitreichende Versprechungen gemacht hat. Was wohl zu viel verlangt ist, doch so findet die skandalöse Passivität des Ministers zumindest in der Presse Erwähnung.

»Weißt du auch nichts über dieses türkische Mädchen, von dem Gert so begeistert spricht?«, fragt er lässig.

Charlotte gestattet sich ein schnelles Lächeln. Das also ist des Pudels Kern.

»Yasemin? Seine neue studentische Hilfskraft? Nach dem zu urteilen, was Rasmus, meine studentische Hilfskraft, sagt, muss sie göttlich sein. Er ist hin und weg von ihr.«

»Na schön! Das sind andere wohl auch. Jedenfalls ist auffällig, dass Gert angefangen hat, sich für Integrationsfragen zu interessieren.«

Charlotte kichert pflichtschuldigst.

»Ja, aber davon einmal abgesehen, dass Yasemin vielleicht ein ungewöhnlich schönes Mädchen ist, ist es doch richtig, dass er das tut«, sagt sie schließlich.

»Was?« Per Vittrup hebt das Kinn.

»Die Einwanderer mehr mit einzubeziehen. Es ist wohl etwas theoretisch, eine Diskussionsgrundlage zur Integration zu schreiben, wenn man selbst noch nie auch nur in der Nähe eines Gettos gewesen ist. Ich halte das für eine wirklich gute Idee.«

»Was? Was ist eine gute Idee?«, fragt er erneut und kommt mit einem allzu fragenden Ausdruck auf sie zu. Das kann einfach nicht sein. Dass er es nicht weiß. Sie *müssen* das mit ihm abgeklärt haben.

»Yasemin in die Arbeit an dem neuen Integrationsprojekt einzubinden. Das ist Gerts Vorschlag, aber Susanne Branner unterstützt ihn. Sagt Meyer jedenfalls.«

Per Vittrup nickt. Presst die Lippen angesichts der Demütigung aufeinander.

»Ja, das ist es wohl. Eine gute Idee.«

Die er selbst hätte haben müssen, denkt er, das sieht sie. Die Frage ist nur, ob sie genauso gut gewesen wäre, wäre sie von ihm gekommen.

»Du, ich muss los«, sagt sie mit einem Blick auf die Uhr.

Per Vittrup, der wieder auf dem Weg zum Fenster ist, wirbelt plötzlich herum und dreht ihr erneut das Gesicht zu. Die Verwandlung ist umwerfend. Fort ist der geschlagene, grüblerische Ausdruck mit den zusammengezogenen Augenbrauen. Das Gesicht ist jetzt offen und kampfbereit, die Körperhaltung dynamisch: vorgeschobene Brust, gerader Rücken.

»Wir müssen insgesamt mehr zuhören! Nicht wahr? Wir waren wohl doch etwas zu selbstgerecht hier in Christiansborg. Haben hier drinnen das Gefühl dafür verloren, was den gewöhnlichen Dänen eigentlich bewegt. Hat deshalb nicht auch das Flüchtlings-Einwanderer-Gespenst so enorme Dimensionen annehmen können?«

»Ja«, sagt Charlotte schnell in der Hoffnung, dass er zur Sache kommt und sie gehen kann.

»Charlotte, bestimmt habe ich das dir gegenüber schon früher erwähnt. Aber jetzt machen wir Nägel mit Köpfen. Anton ist dabei, das Terrain zu sondieren, aber die Rückmeldungen sind positiv. Und jetzt in diesem Augenblick habe ich mich entschlossen: Wir machen es!«

»Machen was?«, fragt sie unruhig, während in ihrem Magen ein ganzer Vogelschwarm mit den Flügeln schlägt.

»Wir gehen auf Tournee! Wir ziehen durchs Land und reden mit den Leuten. An ihren Arbeitsplätzen, in den Parteiverbänden, auf der Straße. Wir besuchen die lokalen Radiosender, die Fernsehstationen, die Wochenzeitungen, die Ausbildungsstätten, was auch immer! Wir hören uns an, was die Leute sagen! Was machen wir richtig, was machen wir falsch? Warum haben wir unsere Wähler an die Bürgerlichen verloren? Was hat die Dänische Volkspartei, das wir nicht haben?«

»Wer soll das machen?«, fragt sie und befeuchtet schnell ihre Lippen.

»Ich, Anton und ein paar von euch Jungen. Sie sehen gern neue Gesichter da draußen. Unter anderem deins, Charlotte, ich hätte dich gern dabei«, lächelt er so bedeutungsvoll, als hätte er sie gerade für die Nationalmannschaft ausgewählt.

»Mich?«, ruft sie überrumpelt. »Das kann ich nicht! Ich bin mit den Kindern allein. Thomas ist wieder in Sambia.«

»Oh, das lässt sich regeln«, sagt er. »Aber rede noch nicht darüber, ja?«

Komm«, fordert Fatima, die Nachbarsfrau, sie auf und greift nach Yasemins leerer Tasse. »Lass mich dir die Zukunft voraussagen.«

»Jetzt nicht. Fadime-ana!«, lehnt Yasemin auf Türkisch ab. »Ich muss rein und weiterarbeiten!«

Ihre Mutter schlägt sich jammernd auf die kräftigen Schenkel.

»Arbeiten, immer arbeiten! Dieses Mädchen arbeitet zu viel! Es ist Samstag! Bleib hier und setz dich zu uns! Wir sehen dich gar nicht mehr!«

Yasemin seufzt resigniert und schiebt der Nachbarin die leere Mokkatasse hin. In fünf Minuten wollen sie sich die Samstagsshow mit Hülya-avsar auf Kanal D ansehen, sodass die Pein nur kurz sein wird. Inzwischen haben sie auch die ganze Liste der üblichen psychosomatischen Krankheiten beider Frauen abgehandelt, von Fatimas kaputtem Knie bis zu den Magenschmerzen ihrer Mutter. Und sie haben zungeschnalzend den saftigen Tratsch über den türkischen Jetset durchgehechelt, der vorzugsweise aus Fußballspielern und Fotomodellen besteht und ihnen jede Woche in neuen, schockierenden Dosen in ihrem Lieblingsprogramm *Paparazzi* serviert wird, das zu allem Überfluss auch noch seinem Namen gerecht wird.

»Okay, dann sag mir die Zukunft voraus! Aber dann musst du mir auch ein wundervolles Leben versprechen!« Die Nachbarsfrau, die ihr Kopftuch im Leopardenmuster anbehalten hat, blinzelt über dem Kaffeesatz. Stößt bedenkliche Laute aus, saugt an den Zähnen und nimmt eine immer besorgtere Miene an, je länger sie daraufstarrt.

»Nazar!«, erklärt sie schließlich. Der böse Blick. Die Mutter führt bestürzt die Hände zum Gesicht.

»Jemand hat den bösen Blick auf dich gerichtet, Yasemin!«, erklärt die eifrige Nachbarsfrau düster.

»Ach, ja!«, Yasemin reißt die Augen übertrieben weit auf. »Wie schrecklich!«

»Siehst du keinen Mann?«, fragt die Mutter neugierig und beugt sich über die Tasse.

»Doch«, kommt es vielsagend. »Ich sehe einen Mann. Aber auch eine Frau!«

»Ach, ja«, sagt Yasemin leichthin und knackt eine Pistazie. »Hat sie den bösen Blick auf mich gerichtet?«

»Damit spaßt man nicht!« Die Mutter greift mit ihrer fleischigen Hand warnend nach dem Handgelenk ihrer Tochter.

»Immer mit der Ruhe!« Yasemin steckt die grüne Nuss in den Mund und steht auf, um die Tassen wegzuräumen. »Ich habe keinen Freund, wieso sollte ich dann eine Rivalin haben?«

Die Mutter und die Nachbarsfrau wechseln Blicke. Es ist nicht leicht heutzutage, Töchter zu haben. Auch wenn manche Töchter unbändiger sind als andere.

»Wann soll sie heiraten?«, fragt die Nachbarsfrau leise, als Yasemin mit dem Tablett gegangen ist.

»Bald«, nickt Yasemins Mutter, bietet der Nachbarin ein Stück Konfekt an und nimmt die Fernbedienung vom Kacheltisch, um den Ton einzuschalten. Die Erkennungsmelodie läuft bereits. Beim Klang der bekannten Töne taucht auch Yasemins Schwägerin mit dem Baby auf dem Arm auf. Yasemins Mutter macht Platz auf dem Sofa und ruft nach ihrer jüngsten Tochter.

»Yasemin, es fängt an!«

Aber Yasemin hat plötzlich andere Pläne.

»Ich gehe zu Melika. Sie hat mir gerade eine SMS geschickt«, sagt sie und winkt mit dem Handy. »Ich schlafe bei ihr. Vater hat es mir erlaubt. Ich habe ihn angerufen.«

Die Schwiegertochter quasselt verärgert los, doch die Mutter hebt abwehrend die Hand. Vor der Nachbarin darf niemand zurechtgewiesen werden. Fatima ist eine Klatschtante, sodass bald ganz Ishøj wissen würde, dass sie ihre Tochter nicht im Griff haben. Es wird bereits viel geredet. Allein dieses Teil in der Nase hat den Tratsch aufflammen lassen. Deshalb haben sie sich auch entschlossen, die Neuigkeit über ihre neue Arbeit vorerst für sich zu behalten. Natürlich möchte man, dass es seinen Kindern gut geht. Und sicher, sie sind stolz auf ihre Tochter. Vor allem ihr

Mann, Yasemins Vater, platzt nahezu vor Stolz. Aber *Christiansborg*. Das ist fast zu viel des Guten. Die Leute werden so leicht neidisch heutzutage. Und an wem wird das ausgelassen? Nicht an Yasemin jedenfalls. Die pfeift auf sie alle. Auf *die ganze türkische Musik*, wie sie einmal gesagt hat. Da hat sie ihrer Tochter eine Ohrfeige gegeben. Sie soll nur nicht frech werden. Und vor allem nicht auf Dänisch, das sie, Sekine, nie richtig gelernt hat. Das war 1978 nicht nötig, als sie ins Land kam und Ibrahim zugeführt wurde. Die ersten Jahre, bevor sie im Technologischen Institut zu putzen angefangen hat, war sie schließlich nur zu Hause und hat sich um die Kinder gekümmert. Um die beiden großen und um Yasemin, die genau wie der Jüngste, ihr kleiner Bruder Yasar, in Dänemark geboren ist. Yasemin ist mit Zweitnamen nach ihrer Großmutter *Sehriban* benannt, und bei diesem Namen nennt sie die Tochter auch am liebsten.

Denn jedes Mal, wenn Sekine diesen Namen ausspricht, erinnert sie sich an all das, was sie verloren hat. An ihre liebe, verstorbene Mutter zuallererst und an das schöne Leben, das sie in dem Dorf hatten. Hätte Sekine gewusst, was sie erwartete, wäre sie nie hierhergereist. Doch Ibrahim hat Dänemark als das Land beschrieben, in dem man das Gold von der Straße auflesen kann, wenn man sich nur danach bückt. Im Dorf zu Hause hatten sie keine Zukunft, das war ihr klar. Die Männer, die nicht nach Norden reisten, mussten in die Städte, um Arbeit zu finden. Istanbul, Ankara. Oder sie gingen zum Militär und kamen nur selten nach Hause auf Urlaub. Weg mussten sie in jedem Fall. Sie verdienten nicht annähernd so viel Geld wie die, die nach Deutschland oder Dänemark gingen. In ihrem Dorf gingen sie nach Dänemark. Einer nach dem anderen. Sodass schon einige Familien in Dänemark waren, auch aus ihrer eigenen Verwandtschaft, als sie ankamen. Zu Anfang war das auch in Ordnung. Spannend. Als würde die Zukunft mit all ihren Möglichkeiten sie unter dem

Kinn kitzeln. Hier konnten sie reich werden! Allein die Wohnung war so groß wie ein Palast. Man konnte sich darin verlaufen. Die Kinder waren begeistert von dem fließenden Wasser, der Toilette und der Badewanne, in der sie stundenlang planschen und spielen konnten, und sie selbst genoss es, nicht mehr die schweren Arbeiten verrichten zu müssen, wie Wasser im Brunnen zu holen, mit Brennholz Feuer zu machen und Wäsche im Fluss zu waschen. Doch bereits im ersten Sommer, den sie zu Hause verbrachten, entdeckte sie zu ihrer Verzweiflung, was da vor sich ging. Die Kinder fanden es komisch, auf dem Boden zu sitzen und aus Schüsseln zu essen, und beklagten sich, dass es keinen Fernseher gab. Und selbst sie spürte den Abstand, der sich wie Risse in ausgetrockneter Erde zeigte. Plötzlich fiel es ihr schwer, einem Huhn den Kopf abzuhacken; das Weben hatte sie fast verlernt, und sie verbrannte sich, als sie die selbst gebackenen *yufka*, die Fladenbrote, aus den Flammen des Steinofens holen wollte. Auch sie hatte sich verändert. So türkisch sie in der Wohnung in Ishøj auch lebten, sie waren von der neuen Welt mit ihren großen Einkaufszentren, Gefriertruhen, Waschmaschinen, Bushaltestellen, S-Bahnen, Müllschluckern, Fahrstühlen, Kindergärten und Schulen und der Sozialhilfe infiziert worden. Die Erkenntnis ist ihr nicht mit einem Mal gekommen, sondern eher in Bruchstücken über die Jahre, und jetzt, wo ihr keine Stücke mehr fehlen und sie das ganze Bild sieht, verleugnet sie es. Umso beharrlicher, je deutlicher es sich abzeichnet. Dass es kein Selbstbedienungsbüfett war, zu dem sie gekommen waren. So eins, an dem man sein Lieblingsgericht auswählen und den Rest übrig lassen konnte. Ganz im Gegenteil, man war gezwungen, das ganze Menü zu nehmen. Das Saure mit dem Süßen zu schlucken.

Das hätten sie auch gemusst, wenn sie in eine türkische Großstadt gezogen wären. Die Zeiten haben sich auf jeden Fall geändert – auch in dem Dorf hat die Zeit nicht stillgestanden. Auch wenn sie noch immer schleppend hinterherhinken, entwickelt es sich. Sie haben Fernsehen bekommen. Kühlschränke. Und viel zu tun. Der Webstuhl ist zusammengepackt worden, es sind keine jungen Frauen mehr da, die daran sitzen können. Aber das will sie auch nicht zugeben, auch wenn Yasemin ihr mehr als einmal Vorträge darüber gehalten hat. Über die Abwanderung aus dem Dorf in die Stadt, über den Übergang von der Agrarkultur zur Industriegesellschaft, von der Naturalienökonomie zum Lohnkonto und zur Einkommenssteuer. Wenn Yasemin mit ihren »Predigten« anfängt, die immer länger geworden sind, je mehr Examina sie gemacht hat, verschließt Sekine in der Regel die Ohren. Manchmal im wahrsten Sinne des Wortes, indem sie sich die Ohren zuhält und ruft, dass sie von dem ganzen klugen Gerede Kopfschmerzen bekommt! Das tut sie auch; sie erträgt es nicht länger, zu denken. Ihr Kopf tut weh, ihr Körper tut weh, und obwohl sie noch nicht einmal sechzig ist, kommt sie sich wie ein alter, verschlissener Esel vor. Sie schafft es nicht länger, zu arbeiten, sie schafft es kaum, sich über die Mikrowelt hinauszubewegen, die sie kennt. Selbst drüben im Einkaufscenter fühlt sie sich wie eine Fremde. Weniger und weniger willkommen, obwohl sie seit über fünfundzwanzig Jahren in Ishøj wohnt. Die Dänen sehen sie schief an, vor allem seit dem Furchtbaren, das am elften September passiert ist. Als könne man alle Muslime über einen Kamm scheren! Sie persönlich mag die anderen Einwanderer nicht – die Marokkaner, die Palästinenser, die Somalier. Sie verabscheut sie, hat Angst vor ihnen. Und sie ist wütend auf die türkischen Familien, die ihre eigenen Kinder nicht im Griff haben, sodass sie nichts als Unheil anrichten. Man sollte sic ausweisen, die ganze Familie. Dann würden sie es vielleicht lernen. Die Dänen sind zu lasch. Sie haben keinen Respekt. Alles zerfällt hier, wenn man nicht die Zügel anzieht und an den Traditionen festhält. Sie sind auch zu lasch gewesen. Besonders Yasemin haben sie an einer allzu langen Leine laufen lassen. Nicht, wenn es nach ihr gegangen wäre. Es liegt an Ibrahim, er ist zu nachgiebig. Hat Ambitionen, was seine Tochter angeht. Alles hat sich immer um Yasemin gedreht, obwohl auch ihr großer Bruder Yilmaz gut in der Schule war und eine Ingenieursausbildung gemacht hat. Dass er keine Arbeit gefunden hat, ist schließlich nicht sein Fehler. Jetzt hoffen sie, dass Yasar ein ordentliches Zeugnis bekommt, damit auch er aufs Gymnasium gehen und studieren kann.

Sowohl Yilmaz als auch Ibrahim haben angefangen, in die Moschee zu gehen. Sie selbst ist auch einige Male dort gewesen, zum Freitagsgebet in der Frauenabteilung. Der Imam hat eine strenge Predigt gehalten, in der er die Frauen ausgeschimpft hat, zu eitel und zu oberflächlich zu sein. Sie sollten lieber im Koran lesen als sich vor dem Spiegel herausputzen. Dabei hat sie sich nicht angesprochen gefühlt. Ganz im Gegenteil war sie total einig mit ihm, dass man die Zügel anziehen, zu den Vorschriften des Korans zurückkehren und sich von dem sündigen Lebensstil der Dänen fernhalten sollte. Dafür schien er über die Lautsprecher direkt zu ihr zu sprechen, als er den Frauen vorwarf, allzu viel Zeit auf dem Sofa vor dem Fernseher zu verbringen. Da brannten ihre Wangen, weil sie zugeben musste, dass sie es liebt, hier in ihrer Wohnung auf dem Sofa mit den geklöppelten Nackenstützen zu sitzen, in dem sicheren Wohnzimmer, das wie ein Nest ausgekleidet ist mit roten Teppichen, Kissen und Familienfotos, mit Nippes und ziselierten, farbigen Teegläsern und ihrer schönen *gaydanlik*, der versilberten Teemaschine, die einen Ehrenplatz hat, und zwischen den Kanälen hin und her zu zappen. Das Einzige, was sie genauso liebt, ist das Zusammensein mit ihrer Familie. Besonders wenn sie alle zusammen sind. Sonntags, wenn ihre älteste Tochter aus Malmø nach Hause kommt und die Frauen stundenlang in der Küche stehen und die Männer sich an einen gut gedeckten Tisch mit all den traditionellen Leckereien setzen, *dolmer, börek, köfte, tursu, baklava,* die jedes ordentliche kurdische Mädchen zubereiten können sollte. Wenn es sich Hoffnungen machen will, geheiratet zu werden. Das hat sie auch Yasemin gegenüber betont, die auch in diesem Punkt starrsinnig ist. Noch ein Problem, das ihr augenblicklich Kopfschmerzen verursacht. Oder Magenschmerzen. Oder beides. Dass sie in gewisser Weise ihre Kusine, Yasemins hoffentlich zukünftige Schwiegermutter, bei den Eheverhandlungen angelogen hat. Weil sie sie nicht darüber informiert hat, dass Yasemin nie kochen gelernt hat. Nicht richtig jedenfalls. Auch das mit den Büchern hat sie ihr nicht gesagt. Dass ihre Tochter die Nase in Bücher steckt, seit sie lesen kann. Und sie hat kein Wort davon gesagt, dass Yasemin keine Ahnung hat, dass sie bald eine Braut sein wird. Damit sie, Sekine, Frieden bekommt und nicht länger fürchten muss, dass Yasemin ihr völlig entgleitet. Ibrahim ist dagegen, Yasemin gegen ihren Willen zu verheiraten. »Das gibt nur Ärger!«, sagt er mit einer unausgesprochenen Anspielung auf die nicht so geglückte Ehe ihrer ältesten Tochter mit dem jähzornigen Schwiegersohn. Möglicherweise hat er recht; wenn jemand Yasemins Streitlust kennt, dann sie. Aber sie haben bereits allzu lange gewartet, und je mehr Zeit vergeht, desto schwieriger wird es. Und wenn er nicht eingreifen will, muss sie es tun. Zu Yasemins Bestem. Damit sie zurück zu ihren Wurzeln findet und nicht vergisst, wer sie ist. Irgendwann einmal wird sie ihrer Mutter dankbar sein, sie gerettet zu haben. Vor dem Verderben.

»Hallo! Mutter, bist du da?« Yasemin hat sich vor sie gehockt und schwenkt lachend eine Hand vor ihrem Gesicht, als wolle sie sie wecken.

»Entschuldige! Ich war einen Moment weg«, murmelt Sekine und blinzelt mit den Augen.

»Ist etwas nicht in Ordnung?«, fragt Yasemin jetzt mit besorgtem Stirnrunzeln.

»Nein, nein! Ich habe nur meinen Gedanken nachgehangen!«

»Ist es okay, dass ich gehe? Du kannst mich auf dem Handy anrufen, wenn etwas ist.«

Sekine seufzt tief.

»Wenn dein Vater es dir erlaubt hat«, sagt sie resigniert und tut so, als sei sie bereits von dem stark geschminkten Fernsehsternchen mit dem tiefen Ausschnitt gefesselt, über das man sich so herrlich aufregen kann. »Pass auf dich auf, *kizim*, mein Mädchen«, lächelt sie blass und reicht Yasemin ihre füllige Hand, damit sie sie küssen kann.

Was wollt ihr trinken?«, fragt Rasmus und macht eine Armbewegung, die anzeigt, dass sie haben können, was immer sie wollen.

»Weißwein«, entscheidet Yasemin schnell, gefolgt von einem Lächeln. »Ein Glas Chardonnay, bitte!«

»Ein schönes Glas Chardonnay, ja, gern!«, wiederholt Rasmus mit der Miene eines Obers. »Und die Dame?«, sagt er an Melika gewandt.

»Nur eine Cola. Eine Cola light, wenn sie die haben«, sagt sie bescheiden.

»Komm schon«, kommt es protestierend von Yasemin. »Sie möchte auch gern ein Glas Weißwein, nicht?«

Melika gibt widerwillig nach. Okay.

»Zwei Glas Weißwein, sehr gern«, nickt Rasmus höflich und zwängt sich wie ein Periskop durch die samstägliche Menge zur mahagonibraunen Theke des Café Sommersko. Seine weißen Haare sind wie die Frucht eines Löwenzahns über alle Köpfe hinweg zu sehen.

Yasemin folgt ihm lachend. Dreht sich zu Melika um.

»Er ist verrückt. In seiner Gesellschaft muss ich immer lachen.«

Melika lächelt verkrampft. Als sie sich in ihrem Zimmer wie zwei kichernde Teenager geschminkt, die Haare gebürstet und Sachen anprobiert hatten, war sie mit dem kleinen Trick einverstanden gewesen. Doch schon im Taxi hatte die Reue wie die neuen Sommerschuhe von Carla F. beim ersten Tragen zu drücken begonnen. Zunächst war sie froh, dass kein türkischer, sondern ein dänischer Fahrer hinter dem Steuer saß. Noch dazu ein junger Typ. Jünger, jedenfalls. Gut aussehend für einen Dänen. Er hat sie auch nicht angemacht oder so; er war einfach auf eine krankhafte Weise unangenehm. Starrte sie die ganze Zeit durch den Rückspiegel an. Zog sie mit den Augen aus, als hinge er irgendeiner Scheißfantasie nach. Yasemin hat wie immer geplaudert, nur auf Türkisch diesmal, doch Melika ist sich wie Rotkäppchen vorgekommen, das sich den Ermahnungen seiner Mutter widersetzt, den Waldweg verlassen hat und plötzlich dem bösen Wolf gegenübersteht. Das ist der Unterschied zwischen ihr und ihrer Kusine. Für Melika ist der Wald voller garstiger Wölfe in den unterschiedlichsten Verkleidungen, während Yasemin unbekümmert auf den verbotensten Wegen Blumen pflückt. Sie sieht keine Gefahren, nur Möglichkeiten. Vielleicht weil bei ihr immer alles gut gegangen ist. Selbst als sie als Dreijährige aus dem vierten Stock aus dem Fenster gefallen ist, ist sie mit dem Leben davongekommen.

»Und wenn wir jemanden treffen, den wir kennen?«, fragt Melika und sucht unruhig das überfüllte Café ab. Sie sind glücklicherweise die einzigen Einwanderermädchen, soweit sie sehen kann. »Und wenn deine Mutter meine Mutter anruft?«

Yasemin verdreht die Augen und lehnt sich gegen die rote Rückenlehne aus Lederimitat.

»Melika, entspann dich! Wir sind dreiundzwanzig, wir sind erwachsen! Haben wir nicht das Recht auf ein bisschen Spaß?«

»Ja, aber … Du weißt, was ich meine. Ich bin schließlich verlobt …«

»Genau deshalb solltest du dich beeilen, etwas Spaß zu haben! Bevor du heiratest!«

Yasemin lacht wieder, doch nur bis sie sieht, dass Melikas Augen feucht geworden sind.

»Entschuldige, Melika!«, sagt sie und nimmt die Hand ihrer Kusine. »Das ist nicht die Spur lustig mit deiner Hochzeit. Willst du da raus?«

Melika schüttelt langsam den Kopf. Sieht die Mitgift vor sich, die ihre Mutter bereits zur allgemeinen Bewunderung zu Hause im Wohnzimmer ausgestellt hat. Handgeknüpfte Teppiche, Goldschmuck, Küchengeräte. Sieht die Einladungen, die bald verschickt werden sollen. Sieht ihre Mutter, ihre Großmutter, ihre Tanten mütterlicherseits, ihre Tanten väterlicherseits, ihre Schwestern. Alle sind entzückt, dass sie jetzt an der Reihe ist.

»Wie sollte das gehen? Es ist doch hoffnungslos …«

Melikas dünne Stimme, die es von vornherein schwer hat, sich gegen die Musik durchzusetzen, wird von Rasmus übertönt, der mit einem schäumenden Fassbier in der einen und zwei Weingläsern in der anderen Hand und mit einer zwischen den rechten Oberarm und den Bauch geklemmten Falsche Weißwein zurückkommt.

»So, meine schönen Jungfrauen, jetzt sollte es wohl möglich sein, den Durst zu stillen.«

»Wir haben ein *Glas* gesagt, Rasmus!«, lacht Yasemin.

»Ein Glas nach dem anderen!«, sagt er, indem er sich hinsetzt und einschenkt. »Skål, Mädchen! Was bin ich froh, in eurer Gesellschaft zu sein!«

Als sie sich zuprosten, nutzt Rasmus die Gelegenheit, Yasemin eine Millisekunde tiefer in die Augen zu sehen als nötig, aber auch das lässt sie nur in Gelächter ausbrechen. Ist es denn nicht möglich, dieser Frau klarzumachen, dass er in sie verliebt ist? Ernsthaft! Dass er sie haben will und dass er, seit sie vor ein paar

Stunden angerufen und gefragt hat, ob er mit ihr etwas trinken geht – mit ihr und ihrer Kusine –, total aus dem Häuschen ist? Hat sie denn überhaupt keine Ahnung, was es heißt, die Kumpel sitzen zu lassen, wenn man sich gerade auf einen Tarantino-Abend mit Bierwetttrinken und Nachos mit Käse eingestimmt hat? Nur weil es einem Mädchen plötzlich einfällt, sich mit einem zu verabreden? Wie unmännlich! Er riskiert, ihretwegen aus ihrem Klub ausgestoßen zu werden. *So be it!* Und wenn er nur so lange mit ihr zusammen sein kann, bis sie – und ihre verlegene Kusine – brauchen, eine Flasche Weißwein zu kippen. Und am liebsten noch eine zweite ... Er ist das erste Mal außerhalb der Burg mit ihr zusammen, und das macht sie nur noch wunderbarer. Und ein wenig aufregend, weil sie in der Abendversion mit dem lila Lidschatten, der Mascara und den kirschroten Lippen ganz anders ist, noch sehr viel attraktiver. So sexy hat Gert Jacobsen sein kleines *Haustier* wohl noch nie gesehen.

Der Gedanke an Gert Jacobsen, den alten Verführer, der dauernd hinter Yasemin her ist, lässt Rasmus das Fassbierglas zu hart aufsetzen, sodass das Bier überschwappt und einen nassen Ring auf der Tischplatte hinterlässt.

Yasemin schüttelt lachend den Kopf.

»Was ist los mit dir?«

»Ich verliere nur gerade den Verstand«, antwortet er und schielt.

»Du tust was?« Yasemin sieht fragend von Rasmus zu Melika, die selbst mit einem verständnislosen Kopfschütteln antwortet.

»Den Verstand verlieren. Die Fassung verlieren, den Kopf verlieren, außer sich sein«, zählt er auf wie aus einem Synonymwörterbuch und fügt nach einem kurzen Moment hinzu: »Wenn ich mit dir zusammen bin, meine ich.«

Einmal gelingt es ihm, ernst zu bleiben, keine Grimasse zu schneiden oder wie ein Hahn zu krähen. Und in dem kurzen Moment, in dem ihre Blicke sich treffen, bevor sie zu ihrer Kusine hinübersieht, die eine Augenbraue hochgezogen hat und nach dem ersten Schluck Wein sichtlich entspannter zu werden scheint, sieht er, dass er ins Schwarze getroffen hat. Endlich ist es ihm gelungen, ihre Palisaden zu durchdringen. Und als sie das nächste Mal ihre Gläser heben, ist sie es, die ihm tief in die Augen sieht. Nicht flirtend, eher forschend wie ein Geologe, der plötzlich ein Fossil in einem ansonsten unbedeutenden Kiesel entdeckt hat. Das macht ihn total nervös, und er stößt aus reiner Unruhe unter dem Tisch mit seinem Knie gegen ihres. Ehrlich, das war keine Absicht. Doch als sie ihr Bein nicht zu sich zieht, lässt er auch seins, wo es ist. Obwohl ihm das den Atem nimmt. Puha.

Ich bin ein undankbares Miststück. Das hat meine Mutter immer gesagt, und damit hat sie recht. Warum kann ich mich zum Beispiel nicht einfach darüber freuen, dass Gert in Frühlingsstimmung ist, seit er aus New York nach Hause gekommen ist? Warum muss ich partout Wermut in meinen Becher kippen, indem ich das Schlimmste befürchte? Immerhin ist er seitdem nett zu mir gewesen. Spricht mit mir. Erzählt. Schimpft nicht übers Essen. Schlägt mich nicht. Geht nicht pedantisch die Kontoauszüge durch oder zieht mich wegen Zeit oder Geld zur Rechenschaft. Ist plötzlich sehr an Islam und Integration interessiert und kommt mit Stapeln von Fachliteratur nach Hause. Gestern hat er eine Einführung in den Koran aus der Tasche geholt. Er wird an ihrer neuen Diskussionsvorlage zur Integration als Co-Autor mitarbeiten, sagt er mit jugendlichem Eifer. Deshalb braucht er mich jetzt. Ich habe eine Funktion. Als Versuchskaninchen. Ich soll die Rolle des Publikums übernehmen, des unentbehrlichen Claqueurs, der ihn mit Nicken und Applaus ermuntert, während er auf dem Podium steht und redet. Eine Rolle, die ich von Anfang an willig gespielt habe – und immer mit Vergnügen. Weil ich es liebe, ihn reden zu hören. Einen kurzen Augenblick lasse ich mich mitreißen, auch ich bin schließlich ein bekümmerter Bürger, der sich über das Verhältnis zwischen dem Westen und dem Islam Gedanken macht.

»Ja«, stimme ich eifrig zu, als er mir an einem seiner seltenen Abende zu Hause den Unterschied zwischen der kollektivistischen und der individualistischen Gesellschaftssicht und das Verhältnis von Ehre und Scham erklärt. »Deshalb werden die aufmüpfigen Mädchen auch umgebracht. Weil sie die Ehre des Kollektivs verletzen. Wie diese schwedische Fadime, die vor Kurzem beerdigt wurde«, sage ich mit einem Nicken zum Fernseher in der Küche hin. »Die schwedische Regierung hat …«, füge ich hinzu, um an Autorität zu gewinnen, als ich die Machete in seinen Augen funkeln sehe. Er hat keine Lust, sich meine Hausfrauenbeobachtungen anzuhören. Er will reden, ich soll schweigen. »Entschuldigung«, sage ich. »Fahr fort.«

Er fährt nicht fort. Die Verzauberung ist für dieses Mal zerbrochen. Er zieht sich in das Labor des Alchimisten zurück, das Arbeitszimmer, wo er Blech zu Gold macht, während ich in meiner Welt bleibe, in der es genau umgekehrt läuft. Ich kann keinen Stock in Scheiße stecken, ohne beides kaputt zu machen.

Den ganzen Abend kaue ich Nägel und schwanke, ob ich zu ihm hineingehen und ihm irgendetwas servieren oder ob ich mich fernhalten soll. Schließlich entschließe ich mich für das Dienstbotenmodell. Ich klopfe vorsichtig an und stecke den Kopf hinein. Er spricht so leise ins Telefon, dass ich es durch die Tür nicht gehört habe. Sobald er mich sieht, beendet er das Gespräch mit einem »Nun gut, Yasemin, ich wollte nur sagen, dass das hervorragend ist! Reden wir morgen weiter, okay. Schlafen Sie gut!«.

Als er den Hörer auflegt, sieht er mich an. Oder besser mit einem glasigen Blick durch mich hindurch. Meine Angst ist bereits geweckt, ich zittere wie eine Hirschkuh vor einem Gewehrlauf. Ich glaube, dass ich Prügel bekommen werde, weil ich an der Tür gelauscht habe.

»Ent-Entschuldigung«, stammle ich. »Ich wusste nicht …«

»Das war Yasemin«, lächelt er und schwenkt irgendeinen Ausdruck in der Luft herum. »Meine neue studentische Hilfskraft. Ein fantastisches Mädchen. Sie hat ein hervorragendes Papier verfasst.«

Der Schuss trifft mich direkt ins Herz. »Yasemin«, echote es im Wald. *YaseminYaseminYasemin.* Indem ich mich an den Türrahmen stütze, kann ich mich aufrecht halten. Er lächelt noch immer, hat den Blick jedoch von mir abgewandt.

»Möchtest du etwas?«, frage ich am Rand der Bewusstlosigkeit. »Ein Bier?«

»Nein, danke. Ich habe mir einen Cognac genommen. Geh ruhig ins Bett.«

Im Film hat man so oft gesehen, dass die Leute sich übergeben, wenn sie einen Schock bekommen, dass es zu einem Klischee geworden ist. Ich kann bestätigen, dass das nicht nur auf der Leinwand so ist. Meine Mutter hat so reagiert, als die Polizei kam und ihr das von Sonny erzählt hat. Ich selbst habe so reagiert, als mein Vater abgekratzt ist. Und jetzt reagiere ich wieder so, kotze in die Küchenspüle, die näher ist als die Toilettenschüssel im Badezimmer.

Anschließend zittern meine Hände so stark, dass ich kaum den Schraubverschluss von der halben Flasche Aquavit aufschrauben kann, die ich in einer Tüte mit Seifenflocken unter der Spüle versteckt habe. Ich trinke direkt aus der Flasche, bis mir der Schnaps das Kinn hinunterläuft. Eigentlich hatte ich angefangen, meinen Konsum herunterzufahren, aber jetzt, wo ich mein Spiegelbild mit der Flasche vor dem Mund im Küchenfenster sehe, weiß ich, dass ich ohne Pardon weitermachen werde.

Und auf die kleinen Freuden zähle wie die, dass er mich in der Nacht in meinem Bett aufsucht und wie immer von hinten nimmt. Gewaltsam und kurz. Es tut weh, ich wimmere und bitte ihn, es zu lassen. Doch das tue ich nur, um ihn zu erregen, denn solange er mein Rektum auseinanderspreizt, ist er noch da. Bei mir. Wo wird ihm das sonst geboten? Ohne dafür bezahlen zu müssen?

Am nächsten Morgen sehe ich zu, dass ich zeitig auf bin und den Kaffee für ihn fertig habe. Während ich mit einem schmerzenden Arschloch durch die Gegend laufe und Brot röste und Saft einschenke und Hausfrau spiele, gelingt es mir, mich selbst davon zu überzeugen, dass ich gestern Abend überreagiert habe. Es hat andere Frauen gegeben, so dumm bin ich nun auch wieder nicht. Eifersüchtig bin ich auch früher gewesen, sodass ich auch dieses Gefühl nicht als Indikator nehmen kann. Herrgott noch mal, das ist nur eine kleine Studentin, die ihn bezaubert. Sei's drum.

Doch dann taucht er auf, frisch rasiert und gut riechend. Gekleidet in ein modisches hellblaues Hemd mit karamellfarbenen Karos und einem Cutaway-Kragen.

»Du siehst gut aus«, sage ich und schenke ihm Kaffee ein.

»Danke«, sagt er und faltet die *Politiken* auseinander, indem er mich von oben bis unten mustert. Ich bin nackt unter dem Kimono, so wie er es mag. Vor allem nach dem Sex. Damit er mich riechen kann. Und schnell und hurtig noch einmal nehmen, falls es ihn überkommt. »Sag mal«, sagt er schließlich. »Sind deine Titten in der letzten Zeit nicht ungewöhnlich platt geworden?«

Ich schwöre: Das bin nicht ich, die das sagt. So etwas zu sagen würde ich nicht wagen. Nein, das ist die Linda aus dem Südhafen, dem Arbeiterviertel, die plötzlich in unserer feinen Wohnküche steht und ihm als das grobschlächtige Brauereimädchen antwortet, als das sie gedacht war.

»Ist dein Schwanz nicht ungewöhnlich schlapp geworden?«

Es ist die Linda aus dem Südhafen, die das sagt. Aber es ist die Linda aus Frederiksberg, der mit einem Knirschen die Nase gebrochen wird, als die Faust zum zweiten Mal zuschlägt.

Hat Gert Jacobsen das gefressen?«, fragt Rasmus ungläubig, als er Yasemins Entwurf einer Diskussionsvorlage zur Integration gelesen hat.

»Er findet es fantastisch«, nickt sie und behält die Tür im Auge. Sie sitzen in Charlotte Damgaards Büro. Sie ist zur Abstimmung im Saal. Um ausnahmsweise auf den grünen Ja-Knopf zu drücken und damit einen Regierungsvorschlag gutzuheißen. Sie haben dem Verkehrsvergleich zugestimmt, um zu demonstrieren, dass sie eine konstruktive Oppositionspolitik betreiben.

»Ja, es ist auch fantastisch! Und es wäre noch fantastischer, wenn es von der rot-grünen Einheitsliste käme. Das ist *fuchsrot*!« Rasmus verdreht die Augen.

»Ist es nicht!«, protestiert Yasemin. »Damit kehrt man nur zu den Normen dänischer Anständigkeit zurück! Mit dieser 24-Jahre-Regelung kann doch keiner leben!«

Rasmus seufzt und blättert in der Diskussionsvorlage.

»Da sind wir uns völlig einig, meine Taube. Wir beide können damit nicht leben. Aber Gert Jacobsen ist in der Regel ein Hardliner, was das angeht. Seit wann zählt er zu den Softies?«

»Seit er mich kennt«, lacht Yasemin und nestelt nervös an ihrem Nasenstecker.

»Ja«, Rasmus fährt sich mit der Hand durch sein weißes Haar und schüttelt langsam den Kopf. »Genau das ist der Punkt.«

»Was?«, fragt Yasemin, und ihr fällt auf, dass Rasmus plötzlich ernst geworden ist.

»Nichts! Du hast ihn einfach von ein paar Dingen überzeugt! Er ist zur Vernunft gekommen! Du bist super, Yasemin. Kommst du mit zum Mittagessen? Beim Chinesen?«

»Was ist genau der Punkt?« Yasemin zieht an seinem Jackenärmel.

»Du wirst nur sauer.«

»Nein! Sag es mir!«

»Versprichst du, dass du nicht sauer wirst?«

Yasemin nickt energisch.

»Ich werde nicht sauer. Worum geht es, Rasmus?«

»Um das Übliche«, wieder fährt er sich mit der Hand durchs Haar.

»Komm, Rasmus! Worum?« Yasemin legt den Kopf schief.

»Es geht darum, dass er dich flachlegen will. Um nichts anderes.«

Yasemin blitzt ihn an und schnappt sich die Diskussionsgrundlage.

»Was bist du doch platt!«

»Ja, ich verstehe ihn sogar! Ich würde das Gleiche tun, wenn ich er wäre! Männer *sind* so!«, führt er an und erntet noch einen Mörderblick, als sie wütend den Raum verlässt.

Der Notarzt ist ein medizinischer Technokrat. Ein Problemignorant, der sich an das Somatische hält, indem er diagnostiziert, repariert und zusammenflickt. In diesem Fall konzentriert er sich deshalb ausschließlich auf die Nase der Patientin, die er vorsichtig untersucht. *Fraktura nasi*, Nasenbruch, führt in jedem Fall zu Schmerzen und Unwohlsein, da der Bereich so empfindlich ist und gewaltig anschwillt. Doch die Patientin hat Glück gehabt; der Schlag hat die Unterkante des Nasenbeins getroffen, wodurch der unterste Teil des Knochens abgesplittert ist. Was erheblich weniger dramatisch ist als ein Bruch des gesamten Nasenskeletts. Darüber hinaus ist die Patientin insofern davongekommen, als es nicht zu einer Blutansammlung in der Nasenscheidewand gekommen ist, sie müssen also nicht einmal das Blut absaugen.

»Wie ist das passiert?«, fragt er die Krankenschwester. Nicht aus Interesse, sondern weil es im Notarztbericht stehen muss.

»Sie ist auf einem glatten Weg ausgerutscht«, informiert ihn die Krankenschwester leise.

»Aha«, sagt der Arzt, wohlwissend, dass die häufigste Ursache für Nasenbrüche Schläge sind. Höchstwahrscheinlich ist die Patientin von ihrem Partner misshandelt worden, doch das geht ihn nichts an.

Er rollt mit dem Stuhl nach hinten, von der Patientin weg. Die Krankenschwester steht bereit, um mit Watterollen und Kleenex zu übernehmen.

Die Patientin, eine ansonsten ziemlich gut erhaltene Frau in mittleren Jahren, sieht fragend in seine Richtung.

»Unmittelbar gehe ich nicht davon aus, dass eine Operation nötig sein wird, aber das lässt sich mit Sicherheit erst in einer Woche sagen, wenn die Schwellung zurückgegangen ist«, sagt er, diesmal an die Patientin gewandt, die ihm irgendwie bekannt vorkommt. »Ich gebe Ihnen eine Überweisung für die HNO-Station mit, dann können die Spezialisten zum weiteren Verlauf Stellung nehmen. Haben Sie etwas Schmerzstillendes im Haus?«

Die Patientin nickt und greift sich prüfend an die Nase, die über dem Nasenrücken bereits breit wie ein Brot zu werden beginnt.

»Die ersten acht Tage dürfen Sie nicht arbeiten. Brauchen Sie eine Krankmeldung?«

Die Patientin schüttelt den Kopf.

»Wie lange wird es dauern?«, bekommt sie schniefend heraus.

»Mit vier Wochen müssen Sie rechnen. Ob Sie operiert werden müssen oder nicht. Und halten Sie sich vorläufig von vereisten Wegen fern. Okay?«, lächelt er, professionell und effektiv, gibt der Patientin die Hand und überlässt den Fall der Krankenschwester.

So verlässt der Notarzt lässig, mit dem Gefühl der eigenen Kompetenz, den Untersuchungsraum, mit offenem Kittel, das Diktafon in der Hand, bereit für die nächste Herausforderung.

Yasemin hat geklopft, und er hat »Herein!« gesagt, trotzdem hat sie das Gefühl, in seine Privatsphäre einzudringen, als sie das Büro betritt. Es liegt nicht daran, dass er telefoniert. Das tut er oft, wenn sie mit Hintergrundmaterial oder den Mengen an Ausschussunterlagen, die zu ordnen und up to date zu halten zu ihren Aufgaben gehört, in seinem Büro ist. Für heute haben sie eine Vorbesprechung ihres Entwurfs einer Diskussionsgrundlage zur Integration angesetzt.

Yasemin lächelt ihm entschuldigend zu und will sich wieder zurückziehen, da sie aus dem liebevollen Ton zu entnehmen glaubt, dass er mit seiner Frau telefoniert. Aber er winkt sie herein und fährt unangefochten mit seinem Gespräch fort, das mitzuhören sie nicht umhin kann.

»Schatz, es tut mir furchtbar leid, das zu hören. Tut es weh? Na schön, dann nimmst du am besten ein paar Paracetamol und gehst ins Bett, nicht wahr? Brauchst du etwas? Wenn ja, musst du anrufen, ja? Okay, Schatz? Gute Besserung, Liebe.«

Er legt auf und lächelt Yasemin an.

»Meine Frau ist gefallen und hat sich den Kopf geschlagen«, erklärt er. »Ich will ihr nur gerade ein paar Blumen schicken«, sagt er und drückt die 118.

»Wie nett«, denkt Yasemin, als sie ihn rote Rosen bestellen hört. Neun langstielige. Mit Karte. *Von mir an dich* soll darauf stehen. Wenn es ihrem Vater auch nur einmal einfallen würde, ihrer Mutter Blumen zu schicken, hätte die Mutter vielleicht nicht so oft »Magenschmerzen«.

Und wenn ihr Vater sich so ein paar Hemden anschaffen würde wie das neue, schicke karierte, das Gert heute trägt, würde er auch jünger aussehen. Gesünder. Im Grund ist ihr Vater nicht älter als Gert. Doch im Vergleich zu ihm wirkt er wie ein alter Mann. Irgendwie großväterlich, mit seinem grau werdenden Vollbart, den er sich hat wachsen lassen. Yasemin bevorzugt rasierte Männer. Wie Gert, der sich heute beim Rasieren geschnitten haben muss, weil auf seinem Hemdkragen Blutspritzer sind. Merkwürdig, dass seiner Frau das nicht aufgefallen ist. Ihre Mutter würde ihren Mann nie mit Blut auf dem Hemd aus dem Haus gehen lassen. Das würde ihre Hausfrauenehre kränken. Aber an so etwas denkt Gerts Frau bestimmt nicht. Dänische Frauen haben anderes zu tun, als um ihre Männer herumzustreichen. Ihre Mutter findet die dänische Form des Zusammenlebens furchtbar. »Denen ist die Familie doch egal! Deshalb lassen sich auch alle Dänen scheiden. Weil sie nur an sich selbst denken!«

Ihre Mutter ist randvoll mit Vorurteilen. Sie sollte mal so jemanden wie Gert kennenlernen. So einen dänischen Mann, der seine Frau respektiert und ihr rote Rosen schickt, weil sie gefallen ist und sich verletzt hat.

»Sind Sie schon lange verheiratet?«, rutscht es ihr heraus, als er aufgelegt hat. »Entschuldigung, ich meine … Das ist so romantisch …«

Er lehnt sich in seinem Stuhl mit der hohen Rückenlehne zurück und sieht vor sich hin.

»Wir haben gerade Silberhochzeit gefeiert«, antwortet er und dreht sich zu ihr um.

»Wow!«, lächelt sie und freut sich bereits auf die nächste Diskussion mit ihrer Mutter. »Haben Sie Kinder?«

»Leider nein«, antwortet er kurz angebunden und schiebt den Stuhl zurück. »Okay, wollen wir anfangen?«

Naturemorte: eine Tüte Watterollen. Eine Schachtel Paracetamol. Ein offenes Päckchen Grønne Light. Ein Einmalfeuerzeug. Eine Flasche Wodka, gemischt mit Apfelsinensaft. Eine TV-Fernbedienung. Ein Strauß langstieliger roter Rosen. Mit Karte. Von ihm an mich. Und eine zusammengefaltete Kopie eines Notarztberichts, mit der ich mir den Hintern abwischen kann.

Nicht alle sind begeistert, Besuch vom Vorsitzenden zu bekommen. Doch Anton Møller gibt nicht auf. Bleibt am Telefon, bis ihm die Ohren klingeln und sie zögernd einwilligen, sodass er einen Ort nach dem anderen abhaken kann. Randers, Viborg, Aalborg, Hjørring, Nyborg. Denn jetzt muss das Volk, verdammt noch mal, gewonnen werden. Wenn sie jetzt kein von einer breiten Masse unterstütztes Mandat bekommen, ist die Schlacht verloren. Darin ist er sich mit Vittrup einig, obwohl keiner von ihnen es direkt ausspricht. Dass jetzt rekrutiert werden muss, vor der endgültigen Schlacht. Der Schlacht, für die Anton bereit ist, alles zu geben. Die Schlacht um den Kongress, den ordentlichen, der ganz nach Plan Mitte September abgehalten werden soll. Wenn Per dann das Rednerpult betritt, muss er Standing Ovations und volle Unterstützung bekommen. Und wenn Anton seine Arbeit gut macht, wird dann niemand mehr daran zweifeln, wer der richtige Vorsitzende ist. Und Gert Jacobsen und seine erbärmlichen Handlanger wird man auspfeifen oder besser noch als die parteischädigenden Verräter abführen, die sie sind.

Bisher hat Anton sich eingebildet, dass die Macht nur ein Mittel zum Zweck ist. Nicht das Ziel. Er war jederzeit bereit, in einer Diskussion über die fragwürdigen Motive der Politiker hartnäckig daran festzuhalten, dass die Vorstellung von der zynischen Machtgier der Politiker nichts anderes ist als ein banales Klischee, das von den sensationslüsternen und populistischen Medien genährt und weiterentwickelt wird. Er war der Meinung, dass Konspirationen, politische Intrigen und unfeine Tricks eher in die Welt der Fiktion als der Wirklichkeit gehören. Und was seine eigene Partei anging, die Sozialdemokraten, hätte er auch in seiner wildesten Fantasie niemals gebilligt, dass jemand seine eigenen Interessen über die der Partei stellt. Er hätte niemals geglaubt, dass man seine sparsamen Kräfte darauf verwenden würde, den amtierenden Parteivorsitzenden zu unterminieren, zur Freude der Regierung, die sich in der Gewissheit in ihrem Sattel zurücklehnen kann, dass die Sozialdemokraten so damit beschäftigt sind, ihren eigenen Schwanz zu fressen, dass sie vorläufig keine Bedrohung darstellen.

Und er hätte nie und nimmer geglaubt, dass Freunde zu Feinden werden. Dass es sich nichtsdestotrotz so verhält, davon konnte er sich überzeugen, als die Dänische Volkspartei mit der unerhörten und total irrelevanten Meldung herauskam, dass man in Zukunft auch gern eine sozialdemokratische Regierung unterstützen werde – unter der Voraussetzung, dass der Vorsitzende ausgewechselt werde. Dass sich Gert Jacobsen als politischer Sprecher nicht sofort dagegen verwahrt und prompt eine Pressemeldung herausgegeben hat, sondern die Einmischung erst dann kommentierte, als er in den TV-2-Nachrichten darauf angesprochen wurde, und mit nichts anderem als einer lauen Zurückweisung kam, dass andere sich nicht in ihre Angelegenheiten einmischen sollten, hat seinen Verdacht bestärkt, dass es sich um ein abgekartetes Spiel handelt. Was hat Gert für diesen Dienst bezahlt? Dass er anschließend nicht die Stimme gegen die Dänische Volkspartei erhob, als die darauf bestand, das Dänische Zentrum für Menschenrechte zu schließen? Oder war Mutter Volkspartei nur glücklich über die Chance, es dem Mann heimzuzahlen, der einmal vom Rednerpult des Folketings aus ihre Partei als »nicht stubenrein« bezeichnet hat?

Anton seufzt und massiert seine Nackenmuskeln. Er verkrampft zu sehr, wenn er telefoniert. So ist das, wenn man eine Ware verkaufen muss, nach der niemand oder nur wenige fragen. Das lässt er Per natürlich nicht wissen. Stattdessen versucht er, optimistisch zu sein und das Interesse an der kommenden Frühjahrsoffensive größer aussehen zu lassen, als es ist. Wenn die anderen Per heruntermachen, baut Anton ihn auf. Fleißig und unermüdlich wie eine Ameise baut er den eingestürzten Ameisenhaufen wieder auf. Vergebens vielleicht. Andere würden das sinkende Schiff womöglich verlassen und sich nach einem anderen Job umsehen. Bevor man als Verlierer abgestempelt wird. Doch dass Anton nicht länger naiv ist, heißt nicht, dass er nicht loyal ist. Das ist er. Sonst könnte er nicht mehr in den Spiegel gucken. Dass er seine Naivität verloren hat, ist schlimm genug. Gehört zu den Dingen, die er beweint, denkt er, als er einen flüchtigen Blick aus dem Fenster wirft und bemerkt, dass große Schneeflocken durch die Luft wirbeln und sich bereits wie gesiebter Puderzucker auf das Kupferdach der Burg gelegt haben. Er mag Naivität. Und obwohl Per Vittrup sowohl brutal als auch berechnend sein kann, besitzt er doch die Gnadengabe der Naivität. Tief in diesem hochgewachsenen Mann findet sich noch immer eine Wunschinsel, ein kindliches *Neverland*, das seltsamerweise in all diesen Jahren unberührt geblieben ist. Für diese Ursprünglichkeit will Anton sich schlagen. Bis zuletzt will er daran festhalten, dass Per Vittrup trotz aller Fehler und Mängel anders ist. Echt. Weil im Gegensatz zu Gert Jacobsen die Unschuld ihn trägt. Was immer er tut, er tut es reinen Herzens. Das hat Anton Møller beschlossen. Genau wie er beschlossen hat, dass Gert Jacobsens Herz schwarz sein muss wie das Böse selbst. Wie *dieser* Mann es aushält, sich im Spiegel anzusehen, ist ihm ein Rätsel. Und warum ihn nicht alle durchschauen, ein noch größeres Mysterium.

Antons Grübeleien werden vom Klingelton seines Handys unterbrochen, dem Thema aus *James Bond*. Es ist Radio Viborg, die endlich zurückrufen. Anton hat sich im Stuhl aufgerichtet. Fährt seinen ganzen Charme auf und klingt genau wie sein Chef, als er sich meldet: »Nun, Kasper, alles klar? Der Kopf in der Luft, die Beine auf dem Boden?«

In weiten Teilen des Landes und in meinem Kopf schneit es kräftig. Überall wird vor unnötigen Fahrten gewarnt. Zug-, Bus- und Flugverkehr sind aufgrund des heftigen Schneefalls eingestellt worden; die Brücken sind geschlossen, die Fähren fahren nicht. Alle sind dazu verdammt zu bleiben, wo sie heute Abend sind. Auch Gert, der in der Krogerup-Hochschule festsitzt. Über so etwas pflegt er sich in der Regel furchtbar aufzuregen, und wäre dies in seiner einstigen Blütezeit passiert, hätte er glatt auf die Idee kommen können, den Heimtransport mit einem der Raupenfahrzeuge des Militärs oder einem Hubschrauber des Seenotrettungsdienstes zu verlangen. So werden sie alle mit der Zeit, hat mir einmal ein Beamter anvertraut. Die Macht steigt ihnen zu Kopf; sie bilden sich ein, dass *sie* die Macht sind. Ihre Forderungen werden immer unangemessener; Reden sollen umgeschrieben werden, Tischordnungen geändert, Hotels umgebucht. Mitarbeiter werden für Versehen angefahren, an denen sie keine Schuld tragen – dass der Verkehr in Paris zum Erliegen gekommen ist, dass es in London regnet, dass in New York Stromausfall herrscht. Und niemand wagt sie daran zu erinnern, dass sie nur die – zeitweiligen – Repräsentanten der Macht sind, weil niemand weiß, wie lange es dauert. Deshalb dürfen sie sich so benehmen, vor allem die Männer, obwohl gewisse Frauen es allmählich auch lernen. Sagte der Bürochef, aber da hatten wir auf dem Flug von Tokio nach Kopenhagen auch sieben Stunden die Flugsitze miteinander geteilt, und in neun Kilometern Höhe schmeckte ihm der Gin Tonic ebenso gut wie mir. Außerdem war die vertrauliche Mitteilung auch als eine Art Trost gedacht, nachdem wir eine Zone mit kräftigen Turbulenzen durchflogen hatten, die Gerts Flugangst in einem Grad aktiviert hatten, dass er nach zwanzig Minuten verhaltener Nervosität schließlich seinen Ministersekretär angeschrien hatte, er sollte das Flugzeug zum Landen bringen. »Sehen Sie zu, dass das Flugzeug landet! Jetzt!« Ich entschied mich zu bleiben, wo ich war, zwei Reihen hinter ihm, und überließ den kleinen hysterischen Lausejungen dem Ministersekretär und den herbeieilenden Stewardessen. Habe ich mich daran geweidet? Nein, es war mir peinlich. Und deshalb hat dieser Beamte mit seinem seltenen Einfühlungsvermögen verstanden, dass ich die Versicherung brauchte, dass mein Mann nicht schlimmer war als die anderen.

Aber Gert hat das Eingeschneitsein verblüffend ruhig aufgenommen und kein Theater gemacht; der Hochschulleiter hat ihm ein Zimmer besorgt, in dem er schlafen kann, und versprochen, für ausreichend Rotwein zu sorgen. Am Telefon hat er teilnahmsvoll gefragt, ob ich okay bin; ob ich habe, was ich brauche, und so weiter. In Anbetracht seines Vergehens könnte ich in Versuchung geraten, spitz zu sein, doch ich kann bereits merken, dass sein Goodwill langsam aufgebraucht ist. Immerhin ist er die letzten vier Tage nett und richtiggehend fürsorglich gewesen, obwohl er sich nicht direkt entschuldigt hat. Dass der Besuch bei dem Spezialisten heute ergeben hat, dass ich nicht operiert werden muss, macht den Vorfall auch weniger schwerwiegend.

Ich habe ihm versichert, dass alles wunderbar ist. Was nicht ganz stimmt. Denn um die Wahrheit zu sagen, sind mir die flüssigen Vorräte ausgegangen, und das ist ein Problem. Denn er hat eine abgeschlossene Bar und einen ebensolchen Keller, gefüllt mit gutem Cognac beziehungsweise mit mehreren Hundert Flaschen Wein. Und wenn ich richtig verzweifelt bin, kann ich nicht ausschließen, mich daran zu vergreifen. Einzubrechen, wie mein Bruder es mich gelehrt hat. Doch da mein pochender Riechkolben mich ständig daran erinnert, was ich dabei riskiere, bin ich im Moment eher geneigt, diese Trockenperiode durchzustehen. Der Kaufmann hat geschlossen, und bei dem Wetter kann ich auch unmöglich hinausgehen. Schon gar nicht mit dieser Nase. Schon deshalb ist es völlig ausgeschlossen, mit einer Tasse in der Hand bei den Nachbarn zu klopfen und mir einen Schoppen Schnaps zu leihen. In den alten Tagen hatten wir Kontakt zueinander. Sind beieinander ein- und ausgegangen. Haben uns etwas geliehen und wieder zurückgegeben. Und eine Frau mit einer gebrochenen Nase hätte man nie allein zu Hause hocken lassen. Jemand hätte sich gekümmert. Indem er die Hand über sie gehalten und den Mann bestraft hätte. Es war in Ordnung, den Frauen eine Tracht Prügel zu verpassen, damit sie sich anständig benahmen. Doch sie zum Krüppel zu schlagen, galt als schlechter Stil. Das tat ein ordentlicher Mann nicht, und die, die es trotzdem taten, bekamen eine Lektion erteilt.

Wer wird Gert eine Lektion erteilen? Wer packt ihn am Kragen, drückt ihn gegen die Wand und erklärt, dass er die harte Seite herauskehrt, wenn das noch einmal passiert? Gibt es überhaupt noch anständige Männer? Was ist mit den Schneepflugfahrern, den Rettungsdienstleuten und den abkommandierten Soldaten, die unermüdlich und pflichteifrigst die Nacht durchschuften, um Dänemark auszugraben? Sind das anständige Männer? Das ist schwer zu sagen. Man kann es ihnen schließlich nicht ansehen. Ob die Frauen dieser vertrauenerweckenden Männer zitternd zu Hause sitzen wie ich und denken, dass sie ihnen auch ein zweites Mal die Nase brechen können, wenn sie es einmal getan haben? Ich glaube das nicht von ihnen. Ich glaube, dass sie anständige Männer *sind.* Ich bewundere sie. Ich habe eine Schwäche für diese stattlichen Helden in ihren großen Maschinen. Und obwohl ich seit meinem sechzehnten Lebensjahr weiß, dass ich mich geirrt habe, habe ich nie ganz aufgehört, ihnen zu trauen. Ihnen zu trauen und sie zu mögen. Selbst ich würde es nicht glauben, wenn ich das von einem von ihnen hörte: Oh, wenn er seiner Frau die Nase gebrochen hat, ist das bestimmt ihre Schuld. Sie hat wohl selbst darum gebeten.

Die Schneepflüge werden die ganze Nacht im Einsatz sein, melden sie. Ich würde gern neben einem ordentlichen Mann mit Reflexstreifen auf der Arbeitskleidung und Kaffee in der Thermoskanne oben in so einem Führerhaus sitzen. Ich würde gern da sitzen, das Nachtradio eingeschaltet und zusehen, wie alles in meinem miserablen Leben vor mir hergeschoben wird, um schließlich zu zusammengepressten Schneewällen zu werden, die schmelzen und in die Kloaken laufen, sobald es zu tauen beginnt.

Mutter, wenn du mir nicht glaubst, sieh aus dem Fenster! Oder schalte dieses eine Mal das dänische Fernsehen ein! Ganz Dänemark ist unter Schnee begraben. Ich komme hier nicht weg. Ich muss hierbleiben, Mutter!«

Yasemin seufzt, während sie durch das Foyer der Hochschule wandert. Lauscht zerstreut den Einwänden und Klagen ihrer Mutter, während sie sich ermahnt, nett und zuvorkommend zu sein und sich nicht aufzuregen. Ihre Mutter stellt sich quer, weil sie spürt, dass Yasemin nicht das Geringste dagegen hat, in der Hochschule eingeschneit zu sein, zusammen mit einer Masse junger Dänen, die sie von ihren Wurzeln wegziehen. Weg von ihren Eltern, weg von ihrer Familie, weg von der Vorstellung, dass ihr Aufenthalt hier nicht für immer ist. Dass sie eines Tages alle zusammen in die Türkei zurückkehren.

Yasemin versteht ihre Mutter ausgezeichnet. Sie liebt ihre Mutter. Und es tut ihr weh, den Schmerz zu sehen, der mit dem Alter deutlicher hervortritt als Äste unter weiß gestrichenem Holz. Aber es ist unumgänglich, und wenn sie es übers Herz bringen würde, müsste sie sich eines Tages hinsetzen und es ihr sagen: »Ja, Mutter, du verlierst mich. Nein, Mutter, wir kehren nie zurück. Denn mit jeder Generation werden wir dänischer und weniger türkisch. In einer Generation oder in zwei werden unsere Kinder nicht einmal mehr Türkisch sprechen. Deine Urenkel werden dich nicht verstehen. Wir werden assimiliert, selbst wenn wir weiter Tee aus Gläsern trinken und *köfti* servieren und gern um einen gut gedeckten Tisch versammelt sitzen. Ungeachtet dessen, ob ich in einer Hochschule in Nordseeland einschneie oder nicht.«

»Ja, aber bekommt ihr etwas zu essen? Wo sollt ihr denn schlafen? Hast du ein Zimmer für dich? Schlaf nicht in deinen Sachen!«, kommt es unaufhörlich von ihrer Mutter, als sie widerstrebend erkennt, dass die Schlacht verloren ist. Dass Yasemin heute Nacht nicht nach Hause kommt.

Yasemin redet ihr nach dem Mund und versichert, dass für sie gesorgt wird. Dass sie weder hungern noch frieren werden und dass keine Gefahr besteht, dass es zu unpassenden Situationen kommt.

»Man behandelt uns königlich«, sagt sie und muss an die Bekanntmachungen an der bunten Pinnwand denken. Das Plakat über die gerade eben beendete Debatte dominiert alle anderen: *Die Zukunft der Demokratie – warum seine Jugend an die Politik verschwenden?* Zwei der vier Diskussionsteilnehmer waren Jungpolitiker von der Sozialistischen Volkspartei und der Radikalen Linken, während der dritte ein Wahlanalytiker des Roskilde-Universitets-Center war und der vierte Gert Jacobsen, der außer Konkurrenz wichtigste Name dieses Abends. Und, wie Yasemin erleichtert konstatieren kann, ein Megaerfolg. Die Studenten haben ihm während seines Vortrags aus der Hand gefressen. Auch Yasemin hat verzückt seinen Ausführungen darüber gelauscht, wie er bereits als Kind in einem afrikanischen Dorf beschlossen hat, sein Leben für die Veränderung einer ungerechten Welt einzusetzen. Und sie hat zusammen mit den anderen gelacht, als er beschrieb, wie er lernen musste, ein Bier mit dem Fingerknöchel zu öffnen, wenn er sich auch nur die geringsten Hoffnungen machen wollte, von seinen Kollegen gehört zu werden, als er in seiner Studienzeit als Brauereiarbeiter bei Carlsberg arbeitete. Tatsächlich war sie von seiner Rede so ergriffen, dass sie Lust hatte, der Partei beizutreten. Sozialdemokratin zu werden, leider Gottes.

Yasemin wird von ihrer Mutter, die immer strenger ist, als man es ihr unmittelbar zutrauen würde, in die Wirklichkeit zurückgerufen.

»Hörst du mir überhaupt zu? Ich habe dich etwas gefragt!«

»Ja?«, sagt Yasemin.

»Wer ist *wir*? Mit wem bist du zusammen?«

»Mit meinem Chef natürlich. Mit Gert Jacobsen. Und mit ein paar anderen Kollegen«, fügt sie schnell hinzu. »Mit Rasmus und Charlotte.«

»Dann bist du also nicht allein mit ihm?«, kommt es inquisitorisch.

»Nein, nein!«, lügt sie. »Mutter, ich muss los. Grüß Vater! Küsschen!«

Als sie sich umdreht, sieht sie direkt in seine braunen Eichhörnchenaugen.

»Probleme?«, fragt er.

»Nicht die Spur.«

Im gleichen Moment füllt sich das Foyer mit einer ganzen Horde Studenten, die in Mänteln, Mützen und Handschuhen hereinströmen.

»Kommt!«, ruft ein sehr rotbäckiges Mädchen, das sie beinahe umgelaufen hätte. »Kommt mit raus, wir machen eine Schneeballschlacht.«

Gert hebt abwehrend die Hand.

»Nein, ich glaube …«

»Doch!«, sagt Yasemin und packt ihn. »Das machen wir jetzt.«

»Du kannst ein paar Stiefel und eine Jacke von mir leihen«, sagt der große, magere Hochschulleiter, der auch aufgetaucht ist.

Gert schüttelt lachend den Kopf.

»Eine Schneeballschlacht!«, lacht er. »Das habe ich nicht mehr gemacht, seit ich zwölf war!«

»Dann wird es aber Zeit!«, lacht Yasemin und lässt das Telefon in ihre Jackentasche gleiten.

Rotwein oder Earl Grey? Der Hochschulleiter schwankt kurz, bevor er eine Flasche aus dem Weinregal in der Küche zieht. »Tee!«, schnaubt er vor sich hin. Man muss ja nicht direkt zur Schau stellen, dass man milieugeschädigt ist. Schon gar nicht, wenn seine Frau zu Hause in Kopenhagen hat bleiben müssen. Er kann die beiden im Wohnzimmer lachen hören, Gert Jacobsen und das junge Mädchen. Wie hieß sie doch gleich? Irgendein Blumenname. Jasmin?

Der Hochschulleiter ist Mitglied des Zentralvorstands der Radikalen Linken. Doch ihre politische Uneinigkeit ist nicht der Grund, dass er nie ein großer Fan von Gert Jacobsen war. Es ist etwas Persönliches. In den Augen des Schulleiters war er immer ein arroganter Scheißkerl mit einem, milde ausgedrückt, verkrampften Verhältnis zu seinen Mitmenschen. Ein verschlossener Typ.

Aggressiv auf eine herablassende Weise. So erinnert er sich zumindest aus der Zeit in dem Kollektiv an ihn, in dem er eine kurze Zeit ein Wasserbett mit einem Mädchen aus Århus geteilt hat, das leider Chorsängerin in *Hair* geworden ist und sich in einen mitspielenden amerikanischen Deserteur verliebt hat. Gert Jacobsen hatte zwar lange Haare und einen Bart wie alle anderen, aber sonst war nicht viel Flowerpower an ihm. Hinter dem Rollkragen war er ein beinharter, dogmatischer Ideologe, der schon damals groß darin war, Gegner aus dem Weg zu räumen. *Trotzki* haben sie ihn genannt, und trotz seiner antikommunistischen Einstellung schien er den Spitznamen als Kompliment aufzufassen, was sehr bezeichnend für ihn war. Das einzig Positive an dem Typen war seine Freundin Linda, die süß und lustig war und genauso natürlich wie Frikadellen mit Saurem. Dass so ein Mädchen diesen Stockfisch all die Jahre ausgehalten hat, ist ihm ein Rätsel. Aber vielleicht hat er Gert Jacobsen Unrecht getan. Oder der Mann ist mit den Jahren runder und entspannter geworden. Unweigerlich muss man nach dem heutigen Abend die Auffassung von diesem Mann revidieren, der dem radikalen inneren Kreis zufolge bald der neue Vorsitzende der Sozialdemokraten sein wird. Nachdem er ihn lachend mit einer Horde ausgelassener Hochschüler durch den Schnee hat toben sehen, muss er seiner eigenen Parteivorsitzenden recht geben. Gert Jacobsen ist nicht so sozial gehandicapt, wie viele glauben. Er macht einen netten, zuvorkommenden und amüsanten Eindruck; die jungen Leute waren begeistert von ihm, und er ist nicht sauer geworden, als seine junge Begleiterin ihm eine Abreibung verpasst hat. Ja, das war eine gute Idee, die sie hatte, die schlaue, radikale Vorsitzende, die vorgeschlagen hat, dass der Hochschulleiter Gert Jacobsen in seine Hochschule einlädt. Damit er sich selbst davon überzeugen kann, dass Gert Jacobsen nicht völlig ungenießbar ist als möglicher, von ihnen zu unterstützender Staatsministerkandidat. Nach Vittrup.

»Rrrh!«, zischt er irritiert, als das Gewinde des Flaschenöffners schief greift und der halbe Korken im Flaschenhals stecken bleibt, als er ihn mit einem Ruck herausziehen will. Das kommt von dem ganzen Tee. Man verliert die Fertigkeit.

Ich weiß nichts, aber zwischendurch taucht doch etwas auf. Etwas, das ich einmal bei *Discovery* gesehen oder in *Das Beste* gelesen habe. Wie zum Beispiel, dass Maulwürfe lebendige Regenwürmer gefangen halten. Sie beißen ihnen die Köpfe ab, weil sie so nicht abhauen können. Ohne Kopf können sie nichts anderes, als sich zu winden und zu wenden, während sie darauf warten, gefressen zu werden.

Ich weiß auch, dass Hitlers Lieblingshund Blondi hieß. Der Führer hat diesen Hund geliebt, den er in den letzten Tagen des Krieges selbst vergiftet hat, indem er an ihm das Zyankali getestet hat, das für ihn selbst bestimmt war. Mehr als alles andere fürchtete er die Demütigung, lebend in Gefangenschaft zu geraten, und in seiner krankhaften Paranoia vertraute er nicht darauf, dass die Giftkapsel, die er von den Offizieren seines Vertrauens bekommen hatte, effektiv genug war. Sein Misstrauen erwies sich als unbegründet, denn der Köter fiel auf der Stelle tot um. Aber ganz so überzeugt kann er doch nicht gewesen sein, oder auch das war nur ein Ausdruck seines Größenwahns, dass er es für nötig befand, Gift zu nehmen und sich in den Mund zu schießen, als die Zeit gekommen war. Während Eva Braun, die am Vortag ihren Geliebten geheiratet und damit ihr Schicksal besiegelt hatte, sich bescheiden damit begnügte, die Zyankalikapsel zu schlucken. Angeblich weil sie eine schöne Leiche sein wollte. Das war sie auch, denn während Hitler sich das Gehirn weggepustet hat, waren an ihr keine verunstaltenden Verletzungen zu erkennen, als man das Paar auf dem Sofa fand; ironischerweise war im Augenblick des Todes jeder zu seiner Seite gesunken.

Warum erinnere ich mich so deutlich an diese Geschichte, während ich so vieles andere vergessen habe? Manchmal habe ich das Gefühl, als sei aus meinem Gehirn Hafergrütze geworden. Als sei ich einer dieser Analphabeten, die weder einen Fahrplan lesen noch den Untertiteln folgen können. Aber das kann ich. Ich weiß, dass ich mich langsam zum Fernsehjunkie entwickle. Liege schlapp mit der Fernbedienung in der Hand da, während ich von den Vormittagsprogrammen bei Nordvision, die über die Einsiedler auf dem in Nebel gehüllten Vogelberg berichten, zu den informativen Nachmittagssendungen bei DR 2 zappe oder zu den Talkshows der Schrottkanäle, in denen pervers übergewichtige Afroamerikaner oder Latinos ihr elendes Leben ausbreiten, zur Freude von uns anderen, die wir noch nicht so tief gesunken sind, dass wir in einem Fernsehstudio auf unseren untreuen Ehepartner losgehen.

Da ist es schon spannender, sich mit Eva Braun zu identifizieren. Auf den ersten Blick ist es doch unbegreiflich, dass eine Frau einen Mann lieben kann, der die Ausrottung von sechs Millionen Juden auf dem Gewissen hat. Zusätzlich zur Verantwortung für vierundvierzig Millionen anderer Toter, unter anderem Kinder und Frauen, die für seine grandiosen Träume von einem Imperium bezahlen mussten. Der Mann war schließlich ein psychopathisches Monster. Vielleicht war er nur draußen ein Teufel und zu Hause ein Engel? In Pantoffeln und mit einem Lieblingshund? Im Gegensatz zu meinem Mann, der draußen ein Engel ist, jedenfalls wenn man den Zeitungsberichten der letzten Zeit glauben darf. Gert würde mich nie auffordern, mit ihm zu sterben. Diese Freude würde er mir nicht gönnen. Lieber zusammen mit einem Wolfshund krepieren, den er zweifellos mit mehr Ergebenheit und Respekt behandeln würde als mich. Warum würde ich dann trotzdem das Gleiche tun wie Eva Braun? Eher Gift nehmen, als mich von ihm trennen, meine ich. Weil es eben so ist. Ich bringe mich langsam um. Tropfen für Tropfen lasse ich das Gift in mich eindringen – den Alkohol, das Nikotin und die bittere Blausäure der Resignation. Er hat mich in der Hand. Weil er die Oberhand gewonnen hat. Er kann mir die Nase brechen, und trotzdem krieche ich vor ihm. Und er kann mir neun rote Rosen schicken, die ich selbst abschneide, in Wasser und nachts sorgsam ins Kalte stelle, damit sie länger halten und noch mehr Angst verbreiten. Warum werfe ich sie nicht auf den Kompost? Das ist das Rätsel, lieber Watson. Warum hänge ich so verdammt an diesem Mann, der mir nichts als Böses will?

Damals, als ich mich noch genug konzentrieren konnte, um richtige Bücher zu lesen und mit Genuss zu spüren, wenn die Türen der Erkenntnis sich für mich öffneten; damals, als ich noch daran glaubte, mich wie eine olympische Stabspringerin über mich selbst erheben zu können, passierte es, dass ich auf Texte stieß, die mir das erklärten. Warum ich so abhängig von ihm war. Warum ich an Abstinenzerscheinungen und Zittern litt wie ein Junkie in einer Kneipe in der Colbjørnsgade, wenn ich meinen Stoff nicht bekam. Warum ich es trotz der Konsequenzen nicht lassen konnte, ihn zu provozieren. Es hatte etwas mit meiner Kindheit zu tun, natürlich. Etwas mit nicht gelösten freudianischen Bindungen und unerlöster Wut. Soweit ich mich erinnere, hatte es irgendetwas damit zu tun, dass man andere zwingt, die Wut auszudrücken, die man selbst nicht ausdrücken kann. So macht man sich zum Opfer seiner eigenen Wut. Hier distanziere ich mich. Denn die Einzige, auf die ich wütend war, war meine Mutter, und ihr das zu sagen, hatte ich nie Probleme! Abgesehen von den kurzen Augenblicken der Zusammengehörigkeit wie damals, als wir zusammen für gleichen Lohn demonstrierten oder als sie mich mit in Daells Kaufhaus nahm, um mir meinen ersten

BH zu kaufen, habe ich keine Nähe zu ihr empfunden. Müde, sauer und unzufrieden, so erinnere ich mich an sie. Ein Jammerlappen, dem immer irgendetwas wehtat. Der Kopf, der Magen oder die Schultern. Vor allem wenn sie Nachtschicht hatte, war sie unausstehlich. Kritisierte und wies zurecht. Schaffte nichts, musste Schlaftabletten nehmen, um zu schlafen, und Aufputschmittel, um wach zu werden. Aber sie war zu fein, um Bier zu trinken wie die anderen. Nach Sonny gab sie auf. Konnte nicht mehr, obwohl sie noch immer uns hatte. Mich und Niller, der damals erst vier war. Wäre seine Mutter nicht so mit der eigenen Nabelschau beschäftigt gewesen, ich würde eine Tüte Watterollen fressen, dass er heute nicht auf der Krankenstation des Westgefängnisses läge. Meine Mutter war das schwache Glied der Familie, und das habe ich ihr nie verziehen, nein. Dass sie sich nicht zusammengerissen und getan hat, was ihre Aufgabe war. Unter anderem, meinem Vater eine ordentliche Frau zu sein. Hätte sie das geschafft, wären wir nicht so tief gesunken, jeder auf seine Weise.

Das mit dem Aufruhr gegen die Mütter war ziemlich modern in den Siebzigern. Oh, was haben sie intellektuelle Gespräche geführt, meine Kommilitoninnen am Roskilde-Universitets-Center, wenn sie die *Herbstsonate* mit Liv Ullmann und Ingrid Bergman gesehen hatten. Ich habe an den Diskussionen dieser strickenden Alternativen nie teilgenommen, obwohl ich selbst kleine Strampelanzüge aus buntem Baumwollgarn gestrickt und Gert sogar mit ins Grand-Kino gelockt habe, um das neue schwedische Opus zu sehen. Als ich aus den Haschnebeln und dem Go-go-Käfig erwacht war und dank Gerts dauerndem Insistieren eingesehen hatte, welch enormen, ja, fast kriminellen Bildungsrückstand ich mit mir herumschleppte, hatte ich genug damit zu tun, dieses Loch aufzufüllen. Wie eine zweite Eliza Doolittle wollte ich alles in der Hälfte der Zeit lernen, sodass wir wie die anderen *Intellellen* ins Grand gingen, wo man jedenfalls nicht um eine Karte in den billigen Reihen bat. Nun gut, nach diesem etwas lauen Filmerlebnis beging ich den Schnitzer, das Thema auf *seine* Mutter zu bringen. Weil ich auch etwas darüber gelesen hatte, dass gewalttätige Männer typischerweise unter einer verklemmten Mutterbindung litten. Dass sie die Sehnsucht nach der Mutter und die Frustration darüber, dass sie nicht ausschließlich auf der Welt war, die Bedürfnisse und Wünsche ihres Sohnes zu erfüllen, auf die Partnerin übertrugen. In casu *auf mich*. Sie verlangten und erwarteten *totale* Hingabe, stand dort.

Das leuchtete mir ein, denn schon damals hatte ich das Muster durchschaut. Er schlug, wenn er sich bedroht fühlte. Von potenziellen Rivalen, Freundinnen, Studien. Der Mann konnte auf ein Buch eifersüchtig sein! Auf längst verstorbene Autoren. Ich durfte nichts wissen, das er nicht wusste. Ich durfte keine Pfade betreten, die er nicht für mich geebnet hatte. Vor allem durfte ich mich nicht ohne seine Begleitung bewegen, weder in der materiellen noch in der immateriellen Welt. Er wollte mit. Als mein Beschützer und Begrenzer. Und ich ließ ihn mitkommen; anfangs geschmeichelt über die Aufmerksamkeit, später um zu demonstrieren, dass ich wirklich auf nichts aus war. Dass mein Gewissen so rein war, dass man es auf dem Rathausplatz hätte aufhängen können, wie es in einer Waschpulverreklame damals so schön hieß. Ich fand es *schlimm* für ihn. Wollte ihm gern *helfen*. Wollte gern seine kleine, verständnisvolle und ewig verzeihende *Frau* sein …

Ich war schließlich erst Anfang zwanzig, was erklärt, warum ich nicht einfach den Mund gehalten habe. Ich glaubte noch daran, dass es sich nur um eine Übergangsphase handelte. Dass wir wie so viele andere ein paar Kanten abschleifen mussten. Dass er nur einer dieser verschlossenen Typen war, über die die dänischen Frauen in den damals so populären »Ratgebern« lesen konnten, und der nur ein liebevolles und verständnisvolles weibliches Wesen brauchte, um aufzutauen. Er sagte schließlich selbst, dass er von mir abhängig war. Ohne mich *zugrunde gehen* würde. Und wenn das Kind erst da wäre, war ich überzeugt, würde sich alles wie Eigelb und Öl zu einer lockeren Mayonnaise binden. Das Kind, auf das er sich so freute. Das Kind, das mich vor ihm schützte, wie ich glaubte. Da, wo ich herkomme, schlägt man nämlich keine schwangere Frau. Man tritt sie nicht in den Bauch, dass sie eine Fehlgeburt hat. Aber das tat man offenbar da, wo er herkam. Jedenfalls tat er das, als ich nach dem Kino zu Hause in der Küche stand und Käsebrote für uns schmierte und ihn leichthin fragte, ob er nicht an dem Verhältnis zu seiner Mutter arbeiten wolle? Um das mit der Gewalt in den Griff zu bekommen?

Ich erinnere mich, dass das Messer, das ich in der Hand hatte und krampfhaft festhielt, als er mich durch die Wohnung jagte, einen Bakelitschaft hatte. Und ich erinnere mich, dass es nicht viel taugte, als er richtiggehend die Beine unter mir wegtrat, wie man einen Kippständer unter einem Fahrrad wegtritt, sodass ich hart auf den Rücken fiel und das Gefühl hatte, ich hätte mir die Lende gebrochen. Ich blieb unbeweglich liegen, um zu zeigen, dass ich mich ergab und es vollkommen überflüssig war, noch nach mir zu treten. Schon nach dem ersten Tritt wusste ich, dass ich das Kind verlieren würde. Er selbst weigerte sich, den Zusammenhang zu sehen, als ich anfing zu bluten. Er hatte doch Mao-Latschen angehabt! Noch heute würde nur ein Lügendetektor ihn seines Verbrechens überführen können. Denn trauerte er vielleicht nicht, weinte er nicht in meinen Armen, als ich nach der Ausschabung aus der Narkose erwachte? Oh doch. Ich billigte sein Leugnen und alle Rechtfertigungen, mit denen er kam, während ich auf der gynäkologischen Station lag und die Augen fest vor der Tatsache verschloss, dass mein Mann mein

Kind getötet hatte. Ich hatte keinen anderen Wunsch, als mit meinem toten Embryo im Arm in den Sarg gelegt zu werden und mich auf ewig in ein Loch in der Ede versenken zu lassen und zu verschwinden. Aber ich musste mich zusammennehmen. Denn ich las deutlich im Blick meiner Mutter, als sie mich mit einem Strauß schwer duftender eigelber Freesien mit Grün besuchte, dass es das Klügste war, mich nicht anzustellen. Hat man das Schicksal erst einmal herausgefordert, kann man nicht erwarten, dass es die Hand über einen hält. So galt ihre ganze Sympathie Gert, der nichts von den Sünden meiner Vergangenheit wusste. Und mein Vater kam nicht. Er mochte keine Krankenhäuser.

Diese ganze Misere mochte ich mit meinen sensiblen Kommilitoninnen nicht teilen. Einige von ihnen kamen wie ich aus der Arbeiterklasse, aber sie waren anders. Leichter zu verpflanzen, leichter zu beeindrucken. Sie hatten nicht die raue und illusionslose Südhafensozialisierung durchlaufen, die *the zipless fuck* erschwerte. Mir kam es noch immer wie Klassenverrat vor, mit den Reichen zu ficken, denen zu vertrauen ich damals schon Schwierigkeiten hatte. Ob sie nun so taten, als ständen sie auf unserer Seite, oder nicht. Waren nicht sie es, die dem Südhafen den entscheidenden Stoß versetzt hatten, als sie ohne jedes Feingefühl eine Autobahn, eine Schnellstraße und den Durchgangsverkehr durch diesen ansonsten so grünen und hellen Musterstadtteil führten, und so nicht nur ein ganzes Viertel, sondern eine ganze Kultur durchschnitten? Vorgärten wurden eingeebnet, Bäume gefällt, Drahtzäune errichtet, sodass man nicht länger schnell einmal zu dem Nachbarn oder dem Spielkameraden auf der anderen Seite der Straße laufen konnte. Noch bevor ich zehn war, bekam ich es auf die harte Weise beigebracht – *Wir sind ihnen gleichgültig, den hohen Herren im Rathaus. Wir bedeuten ihnen nicht mehr als der Wurm, auf den sie treten, wenn sie sich ein seltenes Mal hinaus ins wirkliche Leben begeben!* Vielleicht wussten wir es alle, intuitiv, wie der letzte Mohikaner vor dem Angriff der Kavallerie. Dass wir verloren waren. Dass das Viertel zum Tode verurteilt, unsere Zeit abgelaufen war. Dass unsere große Erzählung schon bald zerschossen sein und nur noch wie ein zerfetztes Stück Spitzengardine in einem Fensterrahmen ohne Glas hängen würde. Schon bald würde es das alles nicht mehr geben. Die Treppenhäuser voller frecher Kinder, die Süßigkeiten aus dem Tante-Emma-Laden, die Eisstangen aus dem Milchgeschäft, den Gesang des Scherenschleifers, den Laufburschen des Kaufmanns Longjohn, den Kaffeeklatsch, die Feierabendbiere, den Sechs-Tage-Lauf, die Volksbücherei, die Wäsche im Hof, den Tanz in den Straßen, das Fest der Gewerbetreibenden, die Witze. Alles würde der Vergangenheit angehören. Wenn wir uns retten wollten, mussten wir zum Feind überlaufen und uns in Schale werfen, damit wir wie weiße Menschen aussahen.

Wir Jungen ergriffen die Chance; ich ergriff sie, was gab es da zu überlegen? Was gab es da zu bewahren? Benutz es und wirf es weg, das hatten wir schnell gelernt. Doch irgendwo in uns nahmen wir den Trotz mit, wie einen Funken des olympischen Feuers. Wie freigelassene Sklaven, die es zwar gelernt hatten, in geputzten Schuhen herumzulaufen und mit Messer und Gabel zu essen, überwanden wir nie unsere Skepsis. Wie sehr wir uns auch anstrengten, vergaßen wir nicht das Wissen, das wir in uns trugen: Vertrau niemandem von draußen. Rechne nur mit den eigenen, mit deinesgleichen.

Das stand nicht in den Büchern, und über so etwas drehte Bergman auch keine Filme. Doch mehr als alles andere ist das vielleicht mein Unglück. Dass ich trotz meiner ausdauernden Aufstiegsversuche als zeittypischer Traditionsbrecher immer diesen Zug in die entgegengesetzte Richtung gespürt habe. Zurück. Nach unten. Das ist es wohl, was ihn in den Wahnsinn getrieben hat. Dass er die Linda aus dem Südhafen nie ausgelöscht hat. Dafür mache ich das bald für ihn.

Seltsam übrigens, dass er keinen Hund hat. Jeder weiß, dass man sich einen Hund anschaffen muss, wenn man in der Politik einen Freund haben will. Zurzeit ist er dabei, seinen einzigen Freund in der Politik *ab*zuschaffen. Die Junta hat noch ein Küchentreffen bei uns abgehalten. Sie haben den Kreis auf den jungen Martin Jansen ausgeweitet, den hellblonden Aladin der Partei, der noch darauf wartet, dass die Apfelsine in seinen Turban fällt. Als einer von Søren Schouws Laufburschen verachtet Gert ihn im Stillen, doch jetzt, wo die Aufrüstung im Gang ist, kann man es sich nicht leisten, ein Kostverächter zu sein. Ich lausche mit meiner geschwollenen Nase an der Tür. Da tagt ein ganzer Männerchor mit verschiedenen Stimmen, Bass, Bariton und Tenor, die sich zu einer polyphonen Verspottung des Königs versammelt haben, den sie dabei sind zu stürzen. Ich stecke mir die Finger in die Ohren und leide mit ihm. Nicht mit Per. Nein, nein. Er kommt schon zurecht. Egal, was passiert, er wird wieder auf die Beine kommen und wie eine fröhliche, gelbe Plastikente oben schwimmen. Nein, ich bemitleide Gert, der die Freundschaft auf dem Altar der Macht opfert. Was sehr viel schlimmer ist, als selbst geopfert zu werden. Der, der schlägt, leidet mehr als der, der geschlagen wird.

Darf ich Sie etwas fragen?«, fragt Yasemin vorsichtig, als sie sich in der einzigen befahrbaren Spur im Schneckentempo Richtung Kopenhagen bewegen.

»Fragen Sie!«, sagt er und lockert den krampfhaften Griff um das Lenkrad. Die Straße ist wie braune Seife. Als Stadtmensch fehlt ihm die Routine mit glatten Straßen. Zehn Jährchen auf der Rückbank eines Ministerautos waren da auch nicht gerade hilfreich.

»Wie ist es, an der Macht zu sein? So richtig? Wie Sie das waren?«

Er stößt ein Kichern aus. Er liebt ihre Freimütigkeit.

»Hm«, grübelt er. »In der Zeit als Finanzminister habe ich es als eine einzige lange Sitzung erlebt! Jeden einzelnen Tag muss man hart und intensiv daran arbeiten, ein paar Sturköpfe zur Einigkeit zu bewegen, ob es nun um die Regierung, die Folketingfraktion, die Parteien oder um die Interessenorganisationen geht«, sagt er und bremst vorsichtig für einen Bus, der sich einreihen will. »Ja, so ist das. Ein einziger langer Verhandlungsverlauf! Klingt das langweilig?«

»Nicht gerade superaufregend«, gibt sie zu.

»Es tut mir leid, Sie zu enttäuschen«, lächelt er und schaltet den Scheibenwischer ein. »So ist das. Die Vorstellungen des Volks von der Macht sind unendlich weit von der Wirklichkeit entfernt. Hier in Dänemark hat man nie die totale Macht, nicht? Deshalb wird man auch kein guter Machthaber, indem man die Gegenseite zur Schnecke macht, nicht? Im Folketing ist es doch die gleiche kleine Gruppe zentraler Vertreter, die über eine gewisse Periode die Dinge unter sich aushandeln. Genau das hat der neue Staatsminister nicht begriffen. Er macht die anderen am liebsten herunter, nicht?«

»Und der alte?«, fragt sie mutig mit schräg gelegtem Kopf.

»Per? Leidet an einer fortschreitenden Schwächung des Realitätssinns, befürchte ich«, sagt er und wühlt in der Mittelkonsole nach seinen Zigaretten. »Na schön, genug von mir. Erzählen Sie mir etwas von sich, Yasemin.«

Rasmus ruft auf ihrem Handy an. Er schickt diverse SMS. Er mailt. Er kreist um Gert Jacobsens Büro, das abgeschlossen ist, weil die Bahn vom Schneechaos betroffen und nicht imstande ist, die Sekretärin und Tausende anderer Reisender rechtzeitig an ihre Bestimmungsorte zu bringen. Das Schneegestöber hat zum Morgen hin abgenommen, und die großen Einfallstraßen nach Kopenhagen sind inzwischen geräumt, sodass sie für die Autofahrer, die nicht warten können, befahrbar sind. Und als ihm, nachdem er eine Weile durch die Gänge gestrichen ist, klar wird, dass Yasemin und Gert Jacobsen sich zusammen in seinem Auto auf dem Weg nach Kopenhagen befinden, nachdem sie als eingeschneite Gäste die Nacht in der Hochschule von Krogerup verbracht haben, passiert in ihm etwas Neues. Aus einem mächtigen Ei, von dem er nicht gewusst hat, dass er es in seinem Allerinnersten trägt, schlüpft plötzlich eine hässliche Schlange, die sich in einem einzigen Zischen durch seinen langen Körper windet, ihn ausfüllt und in ihm Wohnung bezieht. Abgeworfen wie eine schuppige Haut, ist der dumme Junge mit seinen Narreteien und Possen, zurückbleibt das alles verzehrende Ungeheuer der Eifersucht. *Warum antwortet sie nicht? Was haben sie gemacht? Haben sie zusammen geschlafen? Hat er sie nackt gesehen? Hat er ihr in der ganzen Zeit, die sie allein waren, den Kopf verdreht? Und warum sind sie immer noch nicht da? Wie lange mag es wohl dauern, von Humlebæk nach Slotsholmen zu fahren? Doch keinen ganzen Vormittag! Hat er sie entführt? Sind sie auf dem Weg in den Frühling nach Paris?*

Nur unter Aufbietung seiner übermäßig geringen Selbstkontrolle kann er sich beherrschen, nicht jeden Einzelnen am Kragen zu packen, den er auf seiner Suche in den Fluren trifft, um ihm Antworten auf die Fragen abzuverlangen, die er an diesem Vormittag für die einzig relevanten hält. Doch als er schließlich Charlotte Damgaard erwischt, die – von Østerbro aus – auch Schwierigkeiten hatte, durch die Schneemassen durchzukommen, kann er sich nicht länger beherrschen.

HAST DU ETWAS VON YASEMIN GEHÖRT? WARUM RUFT

SIE NICHT AN? WO BLEIBEN SIE? DAS IST DOCH ZU WEIT HERGEHOLT, IN KROGERUP EINZUSCHNEIEN! WARUM MUSSTE SIE ÜBERHAUPT MIT? ER BRAUCHT SIE WOHL AUCH, DAMIT SIE IHM DIE SCHUHE ZUBINDET UND DIE ZÄHNE PUTZT!

»Rasmus, hast du Fieber?«, fragt Charlotte, während sie unangefochten von seinen Seelenqualen den Mantel an den Haken hängt und ihre pelzgefütterten Stiefel gegen die High Heels austauscht, die so effektvoll klacken, wenn sie die Wandelhalle durchquert.

»Fieber?«, fragt er und greift nach einer Büroklammer auf ihrem Schreibtisch, die er nervös gerade biegt. »Willst du damit andeuten, dass ich klinge, als sei ich krank? Im Kopf?«

»Zumindest redest du irre! Besorg uns einen Kaffee und beruhige dich!«

»*Mich beruhigen!* Wenn meine Liebste sich in den Krallen eines Kannibalen befindet!«

Charlotte, die sich auf ihren Schreibtischstuhl gesetzt hat und sich gerade in ihren Computer einloggt, öffnet den Mund zum Protest, wird aber sofort von Rasmus abgefertigt.

»Ja, aber das ist er doch! Gert Jacobsen ist ein Kannibale, der kleine Studentinnen zum Frühstück verspeist. Vielleicht hat er sie bereits vertilgt. Vielleicht ist es schon zu spät!«, sagt er und vergräbt theatralisch das Gesicht in den Händen.

Charlotte wirft ihm vom Bildschirm her einen kopfschüttelnden Blick zu.

»Falls es dich beruhigt, kann ich dir mitteilen, dass *ich* gehört habe, dass sie vor einer Viertelstunde noch lebendig genug war, um anzurufen und zu sagen, dass sie im Lauf einer halben Stunde da ist. Glaubst du, dass du die überlebst?«

»Warum ist sie nicht an ihr Handy gegangen?«

»Sie war wohl mit etwas anderem beschäftigt«, zieht Charlotte ihn auf. »Du weißt schon, in gewissen Situationen will man lieber nicht gestört werden!«

»Frauenzimmer!«

Charlotte lacht, den Blick noch immer auf den Bildschirm gerichtet, wo das Eingangspostfach auf dem Monitor erscheint.

»Hol uns verdammt noch mal endlichen einen Kaffee! Und sieh zu, dass du in die Gänge kommst, okay? Bist du dir eigentlich darüber im Klaren, wie viel Regenwald gefällt wird, während du hier herumstehst und verrücktspielst?«

Er trottet prustend zur Tür, die Füße hinter sich herschleppend.

»Du, Rasmus!«, ruft sie ihm hinterher, gerade als er die Hand nach der Türklinke ausstreckt. »Liebst du sie wirklich?«

»Yasemin? Mmmm«, lächelt er, während die Röte wie ein Pilz aus dem ausgefransten Halsausschnitt seines Sweatshirts schießt.

»Liebt sie dich auch?«

»Noch nicht«, lächelt er.

Hätte ich Schauspielerin werden sollen? Mit meinem Talent, mich zu verstellen und andere zu imitieren, meine ich? Es gibt keine Rolle, die ich nicht schon gespielt hätte: die aufopfernde Tochter, die freche Göre, das bekiffte Blumenkind, die intellektuelle Akademikerin, die werdende Mutter, selbst die süße Schwiegertochter. Doch das größte Talent habe ich für die Rolle der Frau meines Mannes. Und das war nicht gerade das, was sie brauchen konnten, meine Kifferfreunde in Christiania, die seinerzeit versuchten, mich mit in die Theatergruppe Solvognen zu bekommen. Ich drängte mich als Kandidatin schließlich auf, da ich nichts dagegen hatte, meine Titten zu zeigen und barfuß zu tanzen. Doch zu mehr als einer einzigen Statistenrolle in einer der spektakulären Vorstellungen ist es nicht gekommen, bevor ich dem Regisseur meines Lebens begegnet bin, der mir versichert hat, dass ich in seinem Leben immer die Hauptrolle spielen würde. Ha! Natürlich wurde es genau umgekehrt. Er spielte die Hauptrolle in meinem, und während sein Name ganz oben auf den Plakaten stand, wurde ich auf ewig auf die Nebenrolle reduziert. Auf eine dieser Rollen, die jederzeit gestrichen werden können, wenn die endgültige Version erzählt wird.

Ungerecht, wenn man bedenkt, dass ich schließlich auch etwas leiste. Wie an diesem Vormittag, an dem er kurz vorbeikommt, um sich zu rasieren und zu duschen, bevor er in die Burg fährt. Eigentlich kommt mir das ungelegen, ich bin mit meiner blühenden Boxernase selbst auf dem Weg aus der Tür. Ich muss zu meiner Putzstelle, die ich noch immer nicht losgeworden bin und von der ich nicht lassen kann. Ich bin bereits spät dran, doch als Gert aus dem Auto anrief und mir mitteilte, dass er vorbeikommen und gern ein sauberes Hemd herausgelegt haben würde, musste ich bleiben und warten. Ich habe auch frischen Kaffee gemacht und auf einem Tablett mit Paisleymuster in der Küche Frühstück angerichtet. Nicht, dass ich erwarte, dass er es isst. Aber das Angebot muss bestehen. Sonst wird die Herrschaft das Fehlen bemängeln.

»Hallo, Schatz!«, zwitschere ich, als er zur Tür hereingestürmt kommt, sich des Mantels entledigt und direkt ins Badezimmer stürzt. »War es eine furchtbare Fahrt? Hast du überhaupt ein Auge zugetan in dieser Hochschule? Sie raten noch immer von allen unnötigen Fahrten in Nordseeland ab … Soll ich dir ein Ei kochen? Du willst doch bestimmt einen Toast, nicht?«

Ich renne ihm, seinen Mantel überm Arm, hinterher, noch hat er mir nicht in die Augen gesehen. Das tut er erst, ganz flüchtig, bevor er mir die Badezimmertür vor der Nase zuschlägt.

»Nein, danke, ich habe es eilig. Yasemin sitzt im Auto und wartet.«

Hämmere ich vielleicht gegen die verschlossene Tür? Schreie ich? Rufe ich vielleicht Gott an, falls es denn einen gibt? Bin ich nicht ruhig und beherrscht in der Rolle der jederzeit nachsichtigen und verständnisvollen Hausfrau? Übertreffe ich mich nicht selbst, als ich mit einem vorsichtigen Scharren an der Tür vorschlage, das Mädchen hereinzubitten? Sie muss doch nicht draußen im kalten Auto sitzen und frieren? Sie, die sich sicher unter der gleichen Bettdecke wie er gewärmt hat. Sie, die ihre weiche Kinderwange an seinen kupferroten Bartstoppeln gerieben hat, als sie heute Morgen eng umschlungen aufgewacht sind.

»Vielleicht möchte sie eine Tasse Kaffee?«, schlage ich edelmütig vor.

»Linda, lässt du mich jetzt in Ruhe scheißen! Sie trinkt keinen Kaffee!«

Eine göttliche Replik, die es verdient hätte, von anderen als mir gehört zu werden. Schade, dass unser Leben kein Theaterstück ist. Ein schlechtes dänisches Drama, das für die Kopenhagener im Aveny-Theater aufgeführt werden könnte. Dann diente es zumindest einem Zweck. Pathos für den Privatgebrauch ist und bleibt erbärmlich. Wie zum Beispiel, als ich mich in Gerts Arbeitszimmer schleiche, den einzigen Raum, der zur Straße hin liegt, um einen Blick auf die Rivalin zu werfen. Vergebens. Gert ist natürlich nicht so dumm, die Prunkkutsche mit der Prinzessin direkt vor dem Haus zu parken. Ich kann nur das hintere Ende des Autos sehen, ganz rechts in meinem Blickfeld, zwei Häuser weiter die Straße hinunter. Wenn ich meinen Körper verrenke, sehe ich auch den obersten Zipfel eines schwarzen Haarschopfs. Entweder ist sie klein, oder sie ist ganz im Sitz zusammengesunken. Wie sagt man doch gleich? Lieber klein und aufgeweckt als groß und träge? Wie ich, die ich in meiner eifersüchtigen Erregung einen Blumentopf mit einer weißen Orchidee umwerfe, sodass er mit einem Knall auf dem Boden landet.

»Was geht hier vor?«, erklingt es sofort hinter mir.

»Nichts!«, piepse ich verwirrt und bücke mich, um die Scherben aufzuheben.

»Tsst«, schnalzt er nur verächtlich mit der Zunge. Er hat Wassertropfen im Haar und ein Handtuch um die Taille, und obwohl der Gedanke lächerlich ist, dass ein junges Mädchen so einen nicht mehr jungen Kerl mit einem leicht schwabbeligen Brustkasten, einem Bürobauch und Fettpolstern an den Rippen begehren soll, bin ich vollkommen überzeugt, dass dem so ist. Diese Yasemin will ihn haben. Sie hat bereits meinen Platz im Auto eingenommen, und als ich ihn hinter der Jalousie lauernd zielbewusst durch den Schnee gehen sehe, den ich wegschaufeln muss, ist deutlich, dass er sich darauf freut, sich auf den Fahrersitz neben sie zu setzen. Damit sie als glückliches Paar in einem silbergrauen Citroën zusammen in den Verkehrsstrom gleiten können.

Sollten wir nicht sehen, dass wir anfangen?«, sagt Vittrup gereizt auf seinem Platz im Fraktionszimmer, in dem die sozialdemokratischen Parteigenossen sich nach und nach eingefunden haben.

»Es fehlen noch immer ein paar«, bemerkt die Fraktionsvorsitzende Meyer ruhig, während sie ihre neue, modische Lesebrille aus einem exklusiven, nach Gucci aussehenden Etui holt.

»Wir haben die Sitzung schon um eine Stunde verschoben!«

»Warten wir noch ein paar Minuten, damit Gert auch eine Chance hat zu kommen.«

»Sollen wir die Zeit von einundfünfzig Menschen vergeuden, nur um auf Gert zu warten?«

Meyer antwortet nicht einmal. Sie begnügt sich damit, ihrem Vorsitzenden über den Brillenrand einen kurzen, einschüchternden Blick zuzuwerfen, der sich einprägt. Den wenigen, die dieses kleine Intermezzo bemerken. Zu ihnen gehören Christina Maribo und Charlotte Damgaard, die anschließend Christinas Versuch ausweicht, Augenkontakt aufzunehmen.

Die Fahrt von Humlebæk nach Kopenhagen hat mehr als doppelt so lange gedauert wie üblich. Doch auch wenn sie dreimal so lange gedauert hätte, hätte ihn das nicht gestört. Ganz im Gegenteil, er bedauert, dass sie schon zu Ende ist, als sie durch das Portal und über das schneebedeckte Pflaster der Reitbahn weiterfahren.

»Ist das schön!«, ruft Yasemin, lehnt sich im Sitz nach vorn und sieht durch die Frontscheibe, wo sich vor ihnen das Panorama entfaltet mit der streng symmetrischen Reitbahnanlage und den Kolonnaden auf beiden Seiten, dem Springbrunnen und der Reiterstatue Christians IX., die auf der gleichen Mittelachse liegen wie der emporragende Turm.

»Das sieht aus wie ein Märchenschloss. Ein Winterpalast!«

Er lächelt und drosselt das Tempo. Um nicht zu rutschen, wie er meint. Aber er wird für sie langsamer. Um den Augenblick hinauszuzögern, in dem er sie gehen lassen muss.

»Ja, das ist schön«, stimmt er ihr zu. »Als Finanzminister hatte ich das Vergnügen, die Restaurierung der Reitbahnanlage auf meinem Tisch zu haben. Unter Schloss- und Eigentumsverwaltung.«

»Cool«, nickt sie imponiert, was ihn auf eine jungenhafte Weise stolz macht. Obwohl es eine Anerkennung ist, die er sich erschwindelt hat. Streng genommen, hatte er nicht viel damit zu tun.

Langsam lässt er den Wagen nach rechts auf den Parkplatz um die Reiterstatue rollen und manövriert ihn auf einen Platz zwischen zwei aufgeschütteten Schneewällen.

»So«, sagt er und stellt den Motor aus. Er dreht sich im Sitz zu ihr um, ohne Miene zu machen auszusteigen. Nicht einmal abgeschnallt hat er sich. Sie hat es; sie will gerade den Gurt zur Seite streifen, als er, die Hände auf dem Steuer ruhend, ihren Blick einfängt.

»So?«, lächelt sie fragend und lässt den Gurt los.

»Jetzt sind wir angekommen«, erwidert er. »Danke für die Tour«, sagt er in einem so innigen Ton, als hätten sie zusammen in einem Luftballon den Äquator überquert.

»Ihnen auch vielen Dank!«, lächelt sie und streicht sich eine gewundene Haarlocke aus der Stirn. »Das war richtig lustig! Und nett …«

Er nickt vor sich hin. Lustig und nett. Und sehr viel mehr, hätte er gern hinzugefügt, wenn ihm die entsprechenden Worte eingefallen wären. Die richtigen. Die, die weder zu viel noch zu wenig sagen.

»Habe ich zu viel geredet?«, kommt es dann mit hinreißender, kindlicher Unsicherheit, die sie von ihren gleichaltrigen, unerträglich selbstsicheren dänischen Geschlechtsgenossinnen unterscheidet, die nie den geringsten Zweifel an den eigenen Vortrefflichkeiten aufkommen lassen.

»Absolut nicht! Alles, was Sie sagen, ist schließlich relevant und klug. Und«, fügt er hinzu, »vielen Dank, dass Sie mich überredet haben, bei der Schneeballschlacht mitzumachen. Das hat Spaß gemacht!«

Sie lacht bei dem Gedanken daran.

»Ich werde Ihnen Ihr Handy natürlich ersetzen«, fährt er fort.

»Nein, das müssen Sie nicht. Ich hätte es einfach nicht mit rausnehmen dürfen. Sie finden es bestimmt, wenn der Schnee geschmolzen ist.«

»Hören Sie, Sie haben es im Dienst verloren, nicht wahr? Dann ersetzt es Ihnen Ihr Arbeitgeber natürlich!«

»Nein, Gert, wirklich!«, sagt sie und wirft den Kopf in den Nacken. »Das macht nichts! Es war alt. Ein gebrauchtes 3210er! Es ist nichts wert!«

»Aha! Sie meinen, so wie ein alter, verbrauchter 1945er? Den man eigentlich ausrangieren sollte?«, sagt er gespielt beleidigt.

»1945! Sind Sie wirklich schon *so* alt?«, sagt sie, und ihre Augen werden rund wie Verkehrsschilder.

Er legt stöhnend die Stirn auf das Lenkrad, während sie schallend lacht.

»Oh, Gert, Entschuldigung. Sie sind weder alt noch verbraucht. Sie sind ein Mann im besten Alter!«

Vor seinem inneren Ohr klingelt schwach eine Glocke. »Ein Mann in seinem besten Alter!« Ein Bild taucht auch auf. Linda schellt mit der Glocke. Wie ein krummes, altes Weib steht sie da, nackt unter ihrem Kimono, mit langen, roten Klauen und einem Lächeln, das eine Reihe verfaulter Zähne entblößt.

Er reißt sich von dem Bild los. Hebt die Stirn vom Lenkrad und räuspert sich. Zieht den Schlüssel aus dem Zündschloss und drückt auf den Verschluss des Sicherheitsgurts.

»Na schön! Sehen wir, dass wir zu den Löwen hineinkommen. Und«, sagt er mit gerunzelten Brauen, »ich ersetze Ihnen Ihr Telefon. Sie müssen mir nur eine Quittung bringen.«

»Okay. Danke«, lächelt sie, wieder mit einem Touch dieser kleidsamen Unsicherheit.

Mikael Rud bittet den Taxifahrer zu warten und springt aus dem Auto. Er will nur schnell ins Haus und sein Minidiktiergerät holen, das er für das Interview mit dem jungen Marokkaner braucht.

Mikael Rud ist jung, strebsam und ambitioniert. Wenn er Fußballspieler wäre, würde man ihn als torgefährlich bezeichnen.

Ein Angreifer, der intuitiv zur richtigen Zeit an der richtigen Stelle ist und hervorragend die Chancen zu nutzen weiß, die sich ihm bieten. Vielleicht schießt er nicht immer ein Tor, aber er schreckt nie davor zurück, es zu versuchen. Genauso wenig schreckt er davor zurück, einen Widersacher zur Strecke zu bringen, wenn es denn sein muss. Einem in die Beine zu gehen, wenn der Schiedsrichter in die andere Richtung guckt. Es sind diese kämpfenden jungen Männer, die die Väter dieser Welt so lieben. Für ihren Willen, ihre Energie und ihre Risikobereitschaft. Wenn es diese Männer nicht gäbe, würde sich die Welt nicht weiterentwickeln. Wer sollte die Kriege auskämpfen, wer die Revolutionen anführen, wer die Arenen füllen, wer die Frauen verführen und neue Söhne zeugen?

Und wer sollte die Nachrichten machen und die Zeitungen füllen, könnte man hinzufügen, denn Mikael Rud ist Journalist. Bei der *Berlingske Tidende*. Hier betrachtet man den zweiunddreißigjährigen Reporter als eine der großen Hoffnungen der Zeitung. Als einen der Namen, auf die man bei der bevorstehenden Erneuerung der 254 Jahre alten, unter starkem Druck stehenden Tageszeitung setzt. Dass die sich zurzeit in norwegischen Händen befindende Zeitung in einer Krise steckt, ist sowohl der Leitung als auch den Mitarbeitern klar. Die Leute lesen keine Zeitung mehr. Jedenfalls sind sie nicht bereit, dafür zu bezahlen. Wie der enthusiastische und hochgradig ideologische Chefredakteur es in einer seiner unzähligen Anfeuerungsreden einmal ausgedrückt hat, die an der bald immunisierten Redaktion abzuprallen scheinen, sind es nicht die anderen Tageszeitungen, sondern die »Geschäftigkeit des Lesers«, mit der man zu kämpfen hat. Trotz des beharrlichen Optimismus des Chefredakteurs wächst die Bedrohung durch Mitarbeiterflucht. Denn wer mag schon an Bord einer sinkenden Galeasse sein? Ein paar Talente sind bereits als hoch bezahlte Informationschefs ins Erwerbsleben abgewandert, andere haben sich in den neuen Ministerien als Spindoktoren einstellen lassen. Mikael Rud hat auch einige Angebote bekommen, die sich zwar nicht mehr wie in den alten Tagen als Druckmittel für ein höheres Gehalt gebrauchen, stattdessen aber in goldene Versprechungen und freie Verfügungsgewalt umsetzen lassen. Wenn er nur bleibt. Konkret bedeutet das, dass ihm die prestigereiche Korrespondentenstellung in Washington versprochen wurde und er im Moment eine Carte blanche als Featurejournalist hat. Er kann sich zum großen Ärger seiner Kollegen über jedes Thema verbreiten und über alles schreiben, was er für relevant hält. Unter anderem über Politik. Die einzige Forderung ist die, dass seine Artikel Biss haben und »nahe am Leser« sein sollen. Jeder redaktionelle Text muss den Leser unmittelbar ansprechen, nicht zuletzt die Frauen. Diese Forderung gilt auch für die Christiansborg-Reportage, die, freiheraus gesagt, aus mehr Drama und weniger Politik bestehen soll.

Was Mikael Rud mit seinem Hintergrund als Kriegsreporter auch liefern kann. Sein Porträt des geschlagenen Per Vittrup, dem er am Wahltag gefolgt ist, war sowohl das schärfste als auch das frechste der unzähligen Porträts, die in diesen Tagen geschrieben wurden. Aus ihm stammt auch die gefeierte und mit Whisky belohnte Headline *Dead Man Walking*. Das Porträt ließ Mikael Ruds Aktien weiter steigen, und obwohl man gern gesehen hätte, dass er noch weitere Politiker, vor allem Sozialdemokraten, schlachten würde – warum nicht Gert Jacobsen ans Fell gehen, niemand anderer tut das –, hat man ihm die nötige Zeit zugebilligt, einer möglichen dänischen Terrorspur in Verbindung mit Osama bin Laden und den europäischen Zellen der al-Qaida nachzugehen. Das riecht ein wenig nach dem Kugelregen, von dem er seiner Frau Marlene sich fernzuhalten versprochen hat. Ein Versprechen, das sie ihm abrang, als sie ihm vor vier Jahren seinen Erstgeborenen in den Arm legte. Ein billiger Trick, doch als nach zwanzig Monaten Nummer zwei folgte, musste er sich schließlich eingestehen, dass er möglicherweise nicht mehr ganz so bereit war, sich den Arsch abschießen zu lassen.

Dass sie es mit dem pastellfarbenen Familienidyll in dem Mauermeisterhaus ein bisschen übertrieben hat, tut nichts zur Sache. Er verbringt ohnehin die meiste Zeit in der Redaktion, und wenn es Marlene Spaß macht, Innenarchitektin zu spielen, ist das okay für ihn. Solange sie sich um alles kümmert, sich im Gebrauch von Zierkissen zurückhält und ihm seine Höhle lässt. Sie ist ein Ordnungsmensch, das ist er nicht. Er putzt auch nicht gern, weshalb er darauf bestanden hat, sich freizukaufen. Schwarz, nimmt er an. Auch das ist Marlenes Angelegenheit. Genau wie sie jeden Donnerstagmorgen die dreihundert Kronen in einem Umschlag bereitlegt. Bestimmt hat sie schon mehrere Putzfrauen ausprobiert; er bekommt das nur mit, wenn sie über die Qualität ihrer Arbeit meckert. Doch die, die zurzeit kommt und, wie er hören kann, gerade Staub saugt, ist supergut. Sagt Marlene. Wischt sogar den Boden hinter dem Klo. Und arrangiert die Bären auf den Kinderbetten, die sie so ordentlich macht, als sollten sie bei Harrods ausgestellt werden. Sagt Marlene. Keiner von ihnen hat ihre Putzfee schon einmal gesehen, doch Marlene schreibt ihr kleine Zettel oder schickt ihr SMS.

»Hallo!«, ruft er laut, um sie zu warnen, als er sich dem Wohnzimmer nähert, wo sie, ganz richtig, gerade Staub saugt. Sie hat ihm den Rücken zugewandt, sodass er mehrmals rufen muss, bevor sie sich umdreht. Wer mehr zusammenzuckt, ist schwer zu sagen. Während ihr aus reiner Verwirrung der Staubsaugerschlauch aus der Hand fällt, fällt ihm der Unterkiefer herunter. Nicht, dass er sich groß Gedanken über ihre Putzhilfe gemacht hat. Aber er hatte sich die gute Fee zumindest nicht als übel zugerichtete Frau mittleren Alters mit einem blauen Auge, einer geschwollenen Nase und einer Zigarette im Mundwinkel vorgestellt.

»Entschuldigung«, schafft er zu stammeln. »Ich wohne hier! Ich wollte nur oben etwas holen.«

Sie nickt stumm und macht den Staubsauger aus.

»Entschuldigung, dass ich rauche«, sagt sie nervös und abgehackt. »Ich habe die Balkontür aufgemacht.«

»Solange Marlene das nicht weiß«, sagt er verschwörerisch. »Sie ist richtig glücklich über Sie. Sie sind die Beste, die wir je hatten.«

Ihre Blicke begegnen sich verlegen. Dann folgt eine ausholende Armbewegung.

»Nun gut, draußen wartet mein Taxi. Also … noch einen schönen Tag!«

Sie nickt, zwingt ein flüchtiges Lächeln auf ihre Lippen und stellt den Staubsauger wieder an.

In dem Augenblick, in dem sie sich von ihm fortdreht und er verstohlen die hohe Gestalt mit den schönen Beinen betrachtet, weiß er, dass etwas an ihr ihm bekannt vorkommt. Doch weder da noch später, als er mit seinem Diktiergerät wieder im Auto sitzt, fällt ihm ein, wer sie sein könnte. Die Mutter von irgendwem vielleicht? Und als er viele Stunden später, nach dem Interview mit dem Marokkaner, das sich zu einer Superstory mit Verbindungen zur Moschee im Dortheavej und den geheimen Waffenlagern der Einwandererbanden auf dem Westfriedhof entwickelt hat, in die Pilestræde zurückkommt, hat er die Spekulationen über ihre eigenartige Putzfrau bereits vergessen.

Warum er es gerade an diesem Morgen tut, an dem sie entdecken, dass die muslimischen Grabstätten geschändet wurden, kann er nicht sagen. Vielleicht weil die Ohnmacht, die er angesichts dieser Schändung empfindet, der Ohnmacht gegenüber Sonnys Tod gleichkommt. Vielleicht weil dieser Vandalismus in ihm die gleiche verwirrende Scham weckt wie die, die er angesichts ihrer Abweisung empfunden hat. Verwirrend, weil er gern die Scham auf sich genommen hätte, gleichzeitig jedoch das ratlose Gefühl hatte, dass sie bei ihm nicht am rechten Platz war. Als hätte er nicht das Recht auf ein so großes Gefühl. Vielleicht ist es auch der furchtbare und doch schöne Anblick der in den winterlichen Schnee hingegossenen Grabsteine, der die Pforte zu ihr öffnet. Weil er ihn an den Sommer erinnert, in dem er, ohne es zu wissen, zum ersten und einzigen Mal dem Tod und der Liebe von Angesicht zu Angesicht gegenübergestanden hat.

Was immer es ist, es veranlasst ihn, sich, sobald die Polizei eingetroffen und seine Gegenwart nicht länger erforderlich ist, hinter ein mit Moos bewachsenes Sandsteinmonument eines bestimmt steinreichen, längst verstorbenen Großhändlers zurückzuziehen und sein Handy hervorzuholen. Und ohne zu zögern die Nummer zu drücken. Lindas Nummer.

Dass etwas zum letzten Mal stattgefunden hat, weiß man in der Regel erst im Nachhinein. Entweder weil die Übergänge von einer Phase in die andere fließend sind wie die Jahreszeiten – plötzlich begreift die Mutter mit Wehmut, dass sie ihr Baby zum letzten Mal gestillt hat. Oder weil der Übergang so abrupt ist wie ein Blitz an einem klaren Sommerhimmel – niemand kann vorher wissen, dass das banale Gespräch, das man vor dem Eintreffen des Unglücks führt, das Letzte sein soll, oder dass der Kuss, den man austauscht, bevor der Geliebte eine andere trifft, der Kuss des Abschieds ist.

Die drei Personen, die so laut diskutieren, dass sie beinahe streiten, wissen nicht, dass sie zum letzten Mal eine offene Diskussion führen. Denn in Zukunft werden die drei keine geschlossene Troika mehr bilden, die die Macht unter sich aufteilt und eventuelle interne Unstimmigkeiten klärt, bevor sie sich in eine größere oder kleinere Öffentlichkeit begibt. In Zukunft werden die zwei dem Dritten die Freundschaft gekündigt haben, der dafür jeder offenen Konfrontation mit den beiden aus dem Weg gehen wird. Taktisch wird er versuchen, um sie herumzudribbeln, um sie dadurch von jeglichem Einfluss abzuschneiden. Er wird sie ignorieren, andere Verbündete suchen und damit die beiden, die bisher die wichtigsten und stärksten Säulen seiner Macht waren, neutralisieren, wie er hofft.

Doch dass die Besprechung an diesem Nachmittag eine besondere Herausforderung ist, eine Kraftprobe, begreifen die beiden schnell. Vittrup will sie beide mit einem Mal besiegen – mit dem linken Arm will er Meyer erledigen, mit dem rechten Gert. Er will ihnen zeigen, dass er ohne sie auskommt. Dass er nicht von ihnen abhängig ist, dass er sich nicht von Knüppeln bremsen lässt, die sie ihm zwischen die Beine werfen. Denn er gedenkt es nicht als ein Naturgesetz zu akzeptieren, dass sein politisches Leben von ihrer Gnade abhängen soll. Keiner von ihnen weiß, dass es das letzte Mal ist, dass sie ihm den Respekt zollen, ihm von ganzem Herzen Widerstand entgegenzusetzen. Denn das tun sie, sich ihm widersetzen. Als die engagierten Sozialdemokraten und professionellen Strategen, die sie sind, ertragen sie es trotz allem nicht, dabei zuzusehen, dass er einen solchen Fehltritt begeht. So kaltblütig sind sie nun doch wieder nicht, dass sie untätig dabei zusehen, wie ein Mann sich selbst zugrunde richtet. Schließlich gibt es auch noch eine Partei, auf die Rücksicht genommen werden muss. Ganz zu schweigen von einem ganzen Land, das eine glaubwürdige Regierungsalternative mit einem starken Vorsitzenden an der Spitze braucht. Und ein Mann, der eigensinnig daran festhält, die nächsten beiden Monate darauf zu verschwenden, durchs Land zu reisen und in jedem einzelnen Parteiverband Kaffee zu trinken und sich die Stimme des Volkes anzuhören, steht weder für das eine noch für das andere.

»Das ist eine tot geborene Idee!«, ruft Gert Jacobsen und macht einen Karateschlag in der Luft, um seinen Standpunkt zu unterstreichen. »Das bringt gar nichts! Das Einzige, das du mit Garantie erzeugst, ist das Bild einer unsicheren und schwachen politischen Führung.«

»Ich habe unserem Volk versprochen *zuzuhören*! Falls du weißt, was das bedeutet!«, schlägt Per zurück. »Wir haben es versäumt, dem Volk zuzuhören! Wir sind zu politischen Technokraten geworden, Gert Jacobsen!«

»Wir sind professionell geworden, meinst du das?«, wirft Elizabeth Meyer ein. Ihre Stimme, die eine Oktave höher ist als normal, verrät ihre Wut. Und der Blick, der über Per Vittrup klirrt wie Porzellankugeln. »Und somit genau das, was unsere Wähler mit Recht von uns erwarten können. Aber das, was du jetzt vorhast, Per, ist meiner Meinung nach absolut unprofessionell! Es wird deine Autorität schwächen!«

»Ja«, stimmt Gert zu. »Das kommt einem Piloten gleich, der sein Cockpit verlässt, in den Passagierraum geht und die Fluggäste fragt, ob sie nicht ein paar Vorschläge haben, wie er das Flugzeug in der Luft halten soll! Denn er weiß leider nicht mehr weiter, und das Handbuch hat er zu Hause vergessen!«

»Du denkst an einen Jumbojet?«, wirft Per Vittrup spitz ein.

»Gehen wir einmal davon aus«, nickt Gert heftig, während die Adern wie ein Gabelbein auf seiner Stirn hervortreten. »Eine Boing 747 mit 262 Passagieren an Bord *plus* Besatzung! Ist es da verwunderlich, dass die Leute nervös werden? Kann man es ihnen verdenken, dass sie sich beim nächsten Flug für eine andere Fluggesellschaft entscheiden, falls sie *überhaupt* wieder auf den Boden kommen!«

»Soll deine Flugangst uns andere daran hindern, nur ein kleines bisschen vom Boden abzuheben?«, schießt Per Vittrup zurück.

»Ich habe keine Flugangst!«, protestiert Gert. »Auch nicht im übertragenen Sinn. Aber ich muss zugeben, dass ich mit einem kompetenteren Piloten im Cockpit entspannter wäre.«

»So wie der Pilot für einen angenehmeren Flug garantieren kann, wenn er Vertrauen zu seinem Kopiloten hat.«

Die beiden Männer sehen sich wütend in die Augen, bis Meyer sie wie ein autoritärer Boxrichter trennt.

»Jetzt sollten wir nicht *zu* metaphorisch werden! Per, was wir dir sagen wollen, ist, dass die Parteiverbände dir keine Legitimität verleihen. Zum Ersten sind unsere Mitglieder nicht repräsentativ für die dänische Bevölkerung, zum Zweiten sind sie zu wenige, und zum Dritten verstehen sie nichts von Politik! Du wirst in Ost und West Zusagen machen, und du wirst nichts hören, das du nicht schon im Vorhinein weißt …«

»Ich höre sie vor allem sagen, dass sie eine Erneuerung wollen! Neue Gesichter«, trumpft er ungeduldig auf und sieht erst den einen und dann die andere an.

Ohne den Blick abzuwenden, gelingt es Meyer, eine Zigarette herauszuholen. Gert gibt ihr in dem Moment Feuer, in dem sie sie zwischen den fülligen Lippen hat. Sie lässt sich Zeit, inhaliert langsam und stößt ebenso langsam den Rauch aus.

»Und ich höre sie vor allem sagen, dass sie besonders *ein* Gesicht ausgewechselt sehen wollen.«

»Und was antwortest du dann?«, fragt Per Vittrup heiser.

Eine neue Pause. Ein weiterer Zug an der Zigarette, eine weitere Rauchfahne, die in die Luft aufsteigt.

»Bis jetzt habe ich geantwortet, dass ein Wechsel des Vorsitzenden keine Lösung ist.«

Gert Jacobsen lehnt im Gegenlicht am Fensterrahmen, Elizabeth Meyer sitzt am Konferenztisch Per Vittrup gegenüber und raucht – erstarrt in dieser Stellung findet Anton Møller die drei bekannten Hauptakteure der Partei vor, als er in Zimmer 2-086 platzt. An der gespannten Atmosphäre und der zementgrauen Gesichtsfarbe seines Chefs erkennt er, dass etwas Dramatisches passiert ist. Dass die Situation im Büro des Vorsitzenden jedoch von so historischem Charakter ist, dass er zum Kiosk hinunterstürzen und eine Einmalkamera kaufen sollte, um dieses Bild zu verewigen, kommt ihm nicht in den Sinn.

»Entschuldigung, dass ich störe«, sagt er zögernd. »Ich wollte nur hören, ob ich das Angebot von Avis annehmen soll? Autogruppe B – vom ersten April bis zum ersten Juni? Und das Hotel Kongens Ege in Randers möchte eine Bestätigung über die Anmietung des großen Versammlungsraums am …«

Es ist so still, dass man hören kann, wie Per Vittrup seine Finger ineinanderflicht. Anton bildet sich sogar ein, die heftige Gedankenaktivität wahrzunehmen, die die Verbindungen zwischen den Synapsen des Gehirns knüpfen lässt. Endlich kommt die Antwort, schwer wie ein Gewicht aus Blei.

»Mach das, und bestätige alles. Auch in den anderen Städten.«

Gert spannt die Kiefermuskeln an, Meyer drückt ihre Zigarette im Aschenbecher aus. Und bevor Anton bis zehn zählen kann, haben sie den Raum verlassen.

Hallo, Linda, hier ist Bjarne«, hat er gesagt. Und ich habe gesagt: *»Was für ein Bjarne?«* Darauf hat er gesagt: *»Spreche ich nicht mit Linda? Linda Lykke aus dem Borgbjergvej?«* Und in dem Augenblick bin ich auf den gebeizten Korbstuhl gesunken, als mir, die linke Hand noch immer um das Staubsaugerrohr, klar wurde, dass ich längst aufgehört habe zu existieren. Linda Lykke, die glückliche Linda, wie der Name sagt, ist zu Linda Ulykke, der unglücklichen Linda, geworden, und Bjarne ist ein Bote aus dem Totenreich, der gekommen ist, um mich zu holen. Die Angst hat nach meiner Kehle gegriffen, und obwohl ich sofort den Hörer aufgelegt und weiter sauber gemacht habe, saß sie wie ein Granatsplitter in mir. Und als ich mich mit einem Ruck umgedreht und mich dem Herrn des Hauses von Angesicht zu Angesicht gegenübersah, dem jungen Reporter der *Berlingske*, der plötzlich im Wohnzimmer stand, sah auch er aus wie jemand, der gerade ein Gespenst gesehen hat.

Es ist eine undankbare Aufgabe, eine Topfblume in Christiansborg zu sein. Nicht einmal der größte und saftigste Efeu wird bemerkt. Jedenfalls hat Gert Jacobsen in den bald drei Jahrzehnten seines Daseins in der Burg der Bürobepflanzung nie auch nur einen einzigen Gedanken geschenkt. Und das tut er auch jetzt nicht, als er sich in seinem Schreibtischstuhl zurücklehnt und mit auf den Tisch geknallten Beinen drei Kings hintereinander raucht, den verschlossenen Blick auf eine alte, krumme Sukkulente mit staubigen Gummiblättern gerichtet. Dass er eine Frau hat, die in ihrem konstanten Bestreben, seiner Wut mit den unterschiedlichsten Maßnahmen vorzubeugen, unter anderem ihre Topfblumen zu Hause immer mit einer besonderen Bürste abstaubt, kommt ihm nicht in den Sinn. In Christiansborg denkt Gert Jacobsen nie oder zumindest nur selten an Linda. In seinem Universum trennen wasserdichte Schotten das, was in der Politik vorgeht, von dem, was im Privatleben geschieht. Denn wie so viele Männer seiner Gewichtsklasse ist Gert ein Meister im Fokussieren, ein Meister darin, das eine vom anderen zu trennen. An diesem frühen Abend, an dem sein Hungergefühl von dem Nikotin und dem Cognac aus der Schublade gedämpft wird, ist er ganz und ausschließlich darauf konzentriert, die nächsten Züge in dem strategischen Schachspiel zu überdenken, das Per mit seiner glatten Provokation selbst eröffnet hat. »Das war eine Kriegserklärung!«, wie Meyer es in ihrer lobenswerten Präzision schnaubend formulierte, nachdem sie das Büro des Vorsitzenden verlassen hatten. Eine Analyse, mit der er sich nur einverstanden erklären kann, und obwohl Pers Verhalten ihn vor Wut hat schäumen lassen, macht die unverhohlene Arroganz des Mannes die Dinge auch leichter. Jetzt ist Gert das Unwohlsein los, das er trotz allem dabei empfunden hat, seinem alten Waffenbruder in den Rücken zu fallen. Per selbst hat zum Duell aufgefordert, und damit müssen alle Rücksichten weichen, sind alle Absprachen hinfällig. Das sieht Meyer auch so, die nie unter Gefühlsduselei gelitten hat – bis auf ihr sentimentales Verhältnis zu ihrer Herzensfreundin Eva Bøglund, deren Selbstmord sie Per bis heute nicht verziehen hat –, denn ansonsten besteht noch immer das dringende Risiko, dass er, Gert, als Königsmörder verschrien wird, wenn Per fällt. Die Leute, sowohl in der Fraktion wie auf der Straße, werden in großem Ausmaß Sympathie, vielleicht sogar Mitleid mit *the underdog* empfinden. Es sei denn, Per steht so kopflos da, dass jeder begreift, dass der Mann nicht länger imstande ist, zu regieren. Dass er, so gesehen, für unmündig erklärt werden muss, dass es zum eigenen Besten des Mannes ist, dass jemand eingreift und die Zügel an sich reißt, bevor der Wagen aus der Spur läuft.

Dass gleichzeitig allen einleuchtet, dass dieser *jemand* notwendigerweise nur Gert Jacobsen sein kann, ist nicht weniger wesentlich. Es muss so aussehen, als habe er das Amt des Vorsitzenden nur mit starken Bedenken und als schwere Pflicht auf sich genommen. Weil man ihn darum *gebeten* hat. Weil er der Einzige ist, der die Stärke und die Fähigkeit hat, die Partei wieder aufzubauen und die Wähler zurückzugewinnen, damit diese verheerende bürgerliche Regierung nur eine Parenthese in der Geschichte des Landes ist.

Er seufzt tief, nickt nachdenklich. Ja, so ist das. Es gibt *keine* Alternativen. Er *muss* es tun. Er hat die *Pflicht*, Dänemarks nächster Staatsminister zu werden. Er ist einfach der Einzige, der den Kahn wenden kann. Der richtige Mann zur richtigen Zeit. Das kann man ihm nicht vorwerfen. Man könnte ihm nur vorwerfen, dass er *nicht* antritt. Wenn er nicht den Mut hätte, das Notwendige zu tun. Es bedarf nicht einmal eines großen Einsatzes, jetzt, wo Per bereits bei den Medien in Misskredit geraten ist und sich mit seiner törichten Frühlingstournee und seinem noch weniger durchdachten Erneuerungsplan nur noch mehr zum Narren machen wird. Seine Strategie, mit den Jusos ins Biwak zu ziehen und die mittlere Generation und seine wahren Genossen zu übergehen, um direkt die leicht manipulierbaren Jüngeren anzusprechen, funktioniert nicht. Würde der Mann seinen Machiavelli kennen, wüsste er, dass diese Taktik nur bei einem starken Fürsten funktioniert, der seine Feinde ganz einfach eliminieren kann. Für einen hilflos zappelnden, auf dem Rücken liegenden Käfer wird sie sich schnell als das Gegenteil bewirkend erweisen. Denn wer anders als die alten Freunde, die er gerade verstößt, wäre treu genug, ihn wieder auf die Beine zu stellen?

Nein, beschließt er, als er das Glas an die Lippen führt, es gibt nichts mehr zu überlegen. Keinen Grund zu zögern. Als Erstes müssen sie den Mann in seinem eigenen Sumpf versinken lassen. Niemand wird einen Finger für ihn rühren, und wenn ihm der Schlamm bis zum Hals steht. Früher oder später wird er kapitulieren. Deshalb müssen sie zusehen, dass sie die Mehrheit, und am besten eine große Mehrheit, für ihren Flügel gewinnen, damit die Fraktion so geschlossen dasteht wie möglich. Das muss mit Peitschen und Engelszungen passieren, mit Drohungen und Versprechungen. Und schließlich ist offensichtlich, dass er selbst gestärkt werden muss. Nach innen hat er keine Probleme mit der Position, es ist sein *Image*, das sich ändern muss. Wieder muss er Meyer recht geben, obwohl ihm nicht gefiel, wie direkt sie ihn darauf aufmerksam gemacht hat, dass die Wähler ihn als pedantischen Stockfisch mit nach unten zeigenden Mundwinkeln sehen.

Eine Charakteristik, die er in mehreren Zeitungskommentaren der letzten Zeit wiedergefunden hat, die ansonsten ihm gegenüber positiver geworden sind. In einem der Artikel wurde sein »cholerisches Temperament« erwähnt, und als »Goebbels« hat man ihn irritierenderweise auch bezeichnet. In einigen Kommentaren wurde bezweifelt, dass er Wähler anwerben könne, und obwohl auch das geschmerzt hat, ist er sich im Klaren darüber, dass er ernsthaft an seiner volkstümlichen Durchschlagkraft arbeiten muss.

»Du musst charmanter sein, Gert!«, schmetterte Meyer, als er vor ein paar Stunden bei ihr vorbeischaute, um den Tag hinunterzuspülen und einen Meinungsabgleich zu machen. »Sei einfach so, wie du bist, wenn du mit Yasemin zusammen bist, okay?«, hatte sie verschmitzt gesagt. Woraufhin er kichernd errötet war wie ein schüchterner Schuljunge und sie den Zeigefinger auf ihn gerichtet und gesagt hatte: »Ja, genau so, Gert!« Was »so« ist, hätte er noch vor ein paar Wochen nicht begriffen. Jetzt spürt er es schließlich selbst: dass Yasemin durch ihre bloße Anwesenheit den Eiskern in ihm zum Schmelzen bringt. Mit ihr ist eine Klimaveränderung eingetreten, die den Teil seiner Seele erwärmt, der am stärksten gefroren ist. Sie lässt ihn sich *menschlicher* fühlen. Im Gegensatz zu Linda, die ihn in dem Schraubstock hält, in dem er sein ganzes Leben gezappelt hat. Als Sohn seines Vaters. Mit ihrer kriecherischen Untertänigkeit zwingt sie ihn, die Muster der Kindheit zu wiederholen, denn so war es schon im Dorf: Er herrschte, weil alle Angst vor ihm hatten. Schwarze wie Weiße. Weil er bereit war, sich bis zum letzten Blutstropfen zu schlagen, falls es denn nötig war. Er ergab sich nie. Und er war phänomenal mit der Steinschleuder. Ob das Ziel nun ein Tier oder ein Mensch war, er traf immer.

Er nimmt die Beine vom Tisch. Fischt die letzte Zigarette aus der Packung. Es gibt gewisse Dinge, an die er nicht denken darf.

Gewisse Dinge, von denen er sich einbildet, sie vergessen zu haben. Was damals in Afrika passiert ist zum Beispiel. Als er noch ein Junge war. Schnell zwingt er die Gedanken zu Angenehmerem hin. Zu Yasemin, die er gern anrufen würde. Nur um ihre Stimme zu hören. Oder seine eigene, die weicher und klangvoller wird, wenn er mit ihr spricht. Mit der noch nicht angezündeten Zigarette zwischen Zeigefinger und Daumen der linken Hand drückt er ihre Nummer.

Ihr Handy muss ausgeschaltet sein, denn der Anrufbeantworter mit der Aufforderung, eine Nachricht zu hinterlassen, springt sofort an. Da erinnert er sich, dass sie mit einigen der anderen studentischen Hilfskräfte ins Kino wollte, unter anderem mit ihrem Bewunderer, dem unausstehlichen Rasmus. Natürlich geht ihn das nichts an. Natürlich darf sie machen, was sie will. Deshalb ist es völlig unangemessen und ärgert ihn, dass seine Stimme nicht die Spur weich ist, sondern eher flach und trocken wie ein Knäckebrot, als er sie bittet, ihn so schnell wie möglich zurückzurufen. Er könne den Redeentwurf nicht finden, den er sie gebeten hat herauszulegen. Tschüss. Anschließend beißt er sich in die Lippe und ruft noch einmal an.

»Hi, Yasemin, ich bin's noch mal. Entschuldigung, eigentlich habe ich nur angerufen, um Ihre süße Stimme zu hören. Aber Sie können trotzdem gern zurückrufen.«

Anschließend lässt eine plötzliche Eingebung ihn die Nummer der Schwestern drücken. Zum aller-allerletzten Mal. Das hätte er nie tun dürfen. Denn am Telefon sitzt eine Fremde. Eine Dänisch sprechende Bürotante, die keinen Sinn für den Sonderstatus des *Panthers* hat, als sie ihm tonlos mitteilt, dass er heute Abend nicht kommen kann. Claire ist bis eins ausgebucht und Jessica krankgemeldet.

»Krankgemeldet?«, sagt er gereizt. In der Unterwelt der Träume ist man doch nicht krankgemeldet!

»Ja, aber sie selbst ist nicht krank. Ihr Kind hat die Windpocken.«

Ohne ein Wort knallt er den Hörer auf. Er könnte weinen. Wie damals, als er als kleiner Junge sein Eis fallen gelassen und gewusst hat, dass er kein neues bekommt.

Wer war das?«, fragt Claire, die gerade einen Kunden zur Tür gebracht hat. Sie kann gerade noch eine Tasse Kaffee trinken, bevor der nächste kommt.

»*Panther?* Ich habe gesagt, dass du heute Abend keine Zeit hast ...«

»Oh, nein!« Claire verdreht die Augen. »Das ist Gert Jacobsen. Einer der Festen. Er bekommt *immer* einen Termin! Bei Politikern ist es immer *dringend*! Vergiss das nicht, Baby. Das sind die Männer, von denen wir leben! Ist noch Milch da?«

Yasemin ist total überwältigt, als das Licht im Saal angeht und der Abspann läuft. So geht es ihr oft, wenn sie einen neueren dänischen Film gesehen hat. Vor allem die Dogma-Filme mit ihrem gekörnten Realismus und ihren hektischen Dialogen faszinieren sie. Über Thomas Vinterbergs *Das Fest* ist sie vier Jahre nach der Premiere noch nicht hinweggekommen. Und auch diesen Premierenfilm, *Okay,* über ein dänisches Paar, das sich einer Familienkrise und der Untreue stellen muss, hat sie mit dem gleichen schockierten Interesse verschlungen wie ein Anthropologe, der einem kannibalischen Ritual in Neu Guinea beiwohnt. Wie immer kommt sie sich wie eine Voyeurin vor, die durch das Schlüsselloch guckt, um diese merkwürdigen, fremdartigen Wesen zu belauern, die sich Dänen nennen und erwarten, dass alle verstehen, was das ist. Und wie immer fühlt sie sich zwischen der Sehnsucht, wie sie zu werden – frei und unabhängig –, und der Angst, dabei Schaden zu nehmen, gespalten. Ein Leben ohne feste Stützpunkte zu leben, ist ebenso erschreckend wie der Gedanke, schwerelos durch den leeren Raum zu wirbeln.

»Was meinst du?«, fragt Rasmus, als sie sich aus der Reihe gezwängt haben und Teil des Stroms Richtung Ausgang geworden sind.

»Richtig gut«, erwidert sie. Sie hat ihm zwar erlaubt, während des Films einen Arm um ihre Schultern zu legen, und sie begreift auch langsam, dass er mehr als ein beknackter Typ ist. Aber sie hält ihn noch immer auf Abstand. Er ist trotz allem nur ein Junge. Ein immer zu Späßen aufgelegter Junge, der, als sie vor dem Kino stehen, fragt, ob sie einen Abstecher zum Rathausplatz machen und sich ein Hotdog einverleiben sollen?

»Du bist lustig!«, sagt sie, während sie ihr neues Nokia 3510 einschaltet, das Gert, wie versprochen, bezahlt hat.

Aus eigener Tasche, fürchtet sie. »Du musst wissen, dass es einem moslemischen Mädchen nie im Leben einfallen würde, jemanden zu küssen, der Schweinefleisch gegessen hat!«

»Oh, oh!«, stöhnt er und tut, als würde er schielen. »Dann nehmen wir eben ein Shawarma!«, sagt er, während sie ihre Mailbox abhört. Sie hat drei Nachrichten. Eine von Melika. Eine von Gert, die sie die Brauen zusammenziehen lässt. Und noch eine von Gert, bei der sie rot wird.

»Ist er das, der Finstere?«, fragt er. *»GJ?«*, fügt er hinzu.

Yasemin schüttelt den Kopf, löscht die beiden ersten Nachrichten und behält die dritte.

»Nein, nein! Das waren Melika und meine Mutter. Ich muss jetzt nach Hause.«

»Oh!«, sagt er und lässt enttäuscht die Mundwinkel hängen.

»Wir sehen uns morgen«, sagt sie, stellt sich auf die Zehenspitzen und gibt ihm einen Kuss auf die Wange. Zum Trost.

Er ist in Hundescheiße getreten. In unserer eigenen Einfahrt. Ich schwöre, dass nicht ich die dort ausgelegt habe, damit er hineinstapft. Warum auch? Ich bin ohnehin diejenige, die das stinkende Zeug von seiner Schuhsohle kratzen muss. Andererseits habe ich auch nicht dafür gesorgt, dass sie nicht dalag. Wie eng ich das Sicherheitsnetz auch knüpfe, ich falle immer durch. In Zukunft muss ich noch das Einsammeln von Hundescheiße auf dem gesamten Weg, vielleicht sogar im ganzen Viertel, in ganz *Frederiksberg*, auf die Liste meiner täglichen Arbeiten setzen. Daran hätte ich etwas früher denken sollen. Entschuldige, Gert. Schlag mich ruhig. Hier ist meine Wange. Oder vielleicht reicht es dir heute ja auch, mich in die Nieren zu treten, denn meine Nase ist immer noch ziemlich mitgenommen, und das blaue Auge von neulich sieht auch noch so aus, als hätte ich zu tief in die Theaterschminke geguckt. Ja, ja, verabreiche mir nur eine Tracht Prügel, ich habe sie verdient. Nicht nur für das mit der Hundescheiße, worüber ich leider kichern musste. Äußerst unpassend, entschuldige. Du darfst das nicht persönlich nehmen; ich hätte auch gekichert, wenn der Papst auf einer Bananenschale ausgerutscht wäre. Es war schon immer am lustigsten, wenn die Großen auf dem Arsch landen. Das verstehst du wohl nicht. Nein, ich habe noch andere Sachen auf dem Gewissen. Außer meiner heimlichen Putzarbeit, die mein Erspartes Woche um Woche anwachsen lässt, ist da der Anruf bei Bjarne, den ich heute gemacht habe. Ich musste wissen, ob diese Stimme aus der Vergangenheit Wirklichkeit war oder ob ich langsam die Halluzinationen bekomme, die genau wie Bauchspeicheldrüsenentzündung und Vitamin-B1-Mangel mit chronischem Alkoholmissbrauch einhergehen. So weit bin ich noch nicht, obwohl ich Magenschmerzen habe und den Arzt anrufen und bitten musste, mir weitere Säureblocker zu verschreiben.

Bjarne war keine Einbildung, es gibt ihn. Im Südhafen! Er

wohnt in derselben Gartenlaube in dem Kleingartenverein in Frederikshøj, in der wir das einzige Mal eine Nacht zusammen verbracht haben. Seine Stimme zu hören, war wie das Abspielen des Soundtracks von damals – das Gebrüll von Sonnys Motorrad, die Radionachrichten, der Krach aus den Zapfhallen, das Klirren der Bierflaschen in den Kästen, das verschleimte Lachen meines Vaters, das Klagen meiner Mutter und das Pfeifen der Jungen. Ich höre auch die Totenmesse aus dem Abtreibungsbus nach Polen, doch sie wird schnell von *Yesterday* übertönt, dem Beatles-Song, den ich immer wieder gespielt habe, als alles vorbei war, und *Help* kam wie aus meinem Mund. Eigentlich habe ich Bjarne nicht angerufen, um mit ihm über die alten Tage zu quatschen; ich wollte ihn bitten, mich in Ruhe zu lassen. Doch in seinem schwedisch klingenden Dänisch hat er den Teppich der Vergangenheit so wundervoll ausgebreitet, dass man sich einfach daraufsetzen musste, als wäre es Sonntag und wir auf einem Ausflug mit Butterbroten und Pils in den Valbypark.

Es ist diese Stimmung aus Anemonen und summenden Bienen, die wie ein luftiger Traum in mir sitzt, als Gert mit dem Schuh mit Hundescheiße in der Hand wütend zur Tür hereinstürmt. Ich eile herbei, um das Problem aus der Welt zu schaffen, indem ich ihm den Schuh abnehme und im Großen und Ganzen das tue, was von mir erwartet wird. Aber ich habe auf Autopilot umgeschaltet, was er sofort merkt, weil er mich am Arm packt und bellt, dass ich das breite Grinsen lassen soll. Das tue ich; ich stelle es sofort ein, genau wie ich sofort die Scheiße wegputzen will, doch nicht einmal, als seine flache Hand meine Wange trifft, wache ich richtig auf. Weil ich so damit beschäftigt bin, an meinem neuen Bjarne-Bonbon zu lutschen. Dieser riesigen, bunten Süßigkeit, die ich in der Backe versteckt habe, ohne dass er es merkt.

Kein anderer in der dänischen Politik führt so sorgfältig Tagebuch wie er. Seit dreißig Jahren wird jeder einzelne Tag protokolliert, zuerst in billigen Kladden aus China mit steifem, schwarzem Umschlag und roten Ecken, später in ledergebundenen Heften. Jedes Mal, wenn ein Heft voll ist, kommt es in eine feuerfeste Kiste im Keller. Nach seinem Tod soll die ganze Sammlung an die Königliche Bibliothek gehen. Nicht ins Archiv der Arbeiterbewegung, in das er nicht das nötige Vertrauen hat. Denn Gert Jacobsens Tagebücher sollen nicht nur für die Nachwelt erhalten bleiben, sie sollen als unersetzliche historische Dokumente aufbewahrt werden, die zukünftigen Forschern einen einzigartigen Zugriff auf *die Wahrheit* ermöglichen werden. Selbst die quellenkritischsten Historiker werden Schwierigkeiten haben, die Richtigkeit seiner Darstellung der Begebenheiten und seiner Rolle dabei zu widerlegen, weil sie mit vernichtender Konsequenz verfolgt wird. Sie werden vor allem Schwierigkeiten haben, die Zuverlässigkeit der sporadischen Notizen zu beurteilen, die sein Privatleben betreffen. Es gibt keine widersprüchlichen Aussagen, keine schriftlichen Quellen, die auf irgendeine Weise Zweifel säen könnten.

Deshalb werden die Leser, die fünfzig Jahre nach Gert Jacobsens Tod über diese Zeilen blicken werden, die der Montblanc-Füllfederhalter gerade mit kantigen Buchstaben füllt, geneigt sein zu glauben, dass dieser epochale Märztag im Jahr 2002 wirklich so verlaufen ist, wie der Verfasser ihn beschreibt. Wohl wird man mit professioneller Skepsis Gert Jacobsens Erleben der Besprechung im Büro des Vorsitzenden mit dem anderer vergleichen und dabei fluchen, dass Per Vittrup nicht eine ebenso imponierende Tagebuchsammlung hinterlassen hat. Einige werden vielleicht die Aufrichtigkeit in Abschnitten wie diesem geradeheraus anzweifeln: *Während der Besprechung im Büro des Vorsitzenden wurde sowohl Meyer als auch mir klar, dass Per dabei ist, die Partei wie auch sich selbst gegen die Wand zu fahren. Seit der Wahl-*

nacht haben wir beide sowohl geahnt als auch befürchtet, dass er nicht rechtzeitig einsehen würde, dass seine Person und nicht alle möglichen eingebildeten Widersacher das größte Hindernis dafür darstellt, dass wir wieder auf die Füße kommen. Es sieht nicht so aus, als hätte Per verstanden, dass er die größte Verantwortung dafür trägt, dass wir das schlechteste sozialdemokratische Wahlresultat in der westeuropäischen Geschichte erzielt haben. Meyer formulierte das sehr direkt über einem Fingerbreit Malt Whisky, als wir wieder in meinem Büro saßen: »Dieser Mann kapituliert nie. Entweder wir zwingen ihn dazu, oder er reißt die gesamte Sozialdemokratie bei seinem Fall mit. Ich denke, man sollte ihn zwingen.« Wie schmerzhaft es auch ist, so muss ich doch zugeben, dass sie recht hat. Vor diesem Hintergrund habe ich ihr heute schweren Herzens versprochen, mich als nächster Vorsitzender der Partei zur Verfügung zu stellen. Das wird ein schwerer Stand, aber ich denke, dass ich es der Partei schuldig bin, dieses Amt zu übernehmen. In jedem Fall als Übergangsfigur.

Vor allem für die letzten Zeilen dieses Abschnitts werden die Historiker und Studenten Monate und Jahre brauchen. Während niemand Anlass haben wird, sich das Folgende genauer anzusehen: *Gegen 21 Uhr erschöpft nach Hause gekommen. Ein gemütliches Essen vor dem Fernseher mit Linda eingenommen, die die Lasagne warm gehalten hat. Ein Glas Rotwein getrunken, um den Tag hinunterzuspülen. Nach den Fernsehnachrichten haben wir es uns jeder mit unseren Betätigungen gemütlich gemacht. Linda hat sich bestimmt einen Krimi angesehen, während ich den Abend in meinem Arbeitszimmer verbrachte. Hatte vierunddreißig unbeantwortete E-Mails!*

So vertrauenswürdig klingt dieses Zeugnis, dass nicht einmal der Verfasser dieser Geschichtsverfälschung selbst sich noch erinnert, dass die Hand, die ohne Unterbrechung den Füllhalter führt, auch die Hand ist, die früher am selben Abend besagte Ehefrau mit flacher Hand geschlagen hat. Weil jemand büßen musste. Für alles.

Aus dem Büro des Staatsministers hat man einen großartigen Blick über den westlichen Teil der Stadt, die Reitbahn im Vordergrund, Rathausturm und Tivoli im Hintergrund. Dafür kann man nicht auf den Schlossplatz sehen, was dem neuen, korrekten Staatsminister nur allzu gut passt. So sieht er die zehntausend Demonstranten nicht, die, angeführt von der Gewerkschaft, zusammengeströmt sind, um gegen seine Regierung zu buhen und zu wüten.

Per Vittrup, der ansonsten sein altes Büro oft vermisst und es hin und wieder noch immer als tiefe Kränkung empfindet, dass ein anderer es unrechtmäßig eingenommen hat, kann sich indessen keine bessere Aussicht wünschen als die, die sich ihm bietet. Unter den Sprossenfenstern des Büros des Vorsitzenden breitet sich nämlich ein dichtes Menschenmeer aufgebrachter Demonstranten von der Reiterstatue bis über den Højbro Plads aus. Ganz wie in den alten Tagen; mit roten Fahnen, Bannern, Lautsprechern und Männern und Frauen vom richtigen Schlag. Die Presse ist auch da, natürlich, oben von seinem Aussichtspunkt aus sieht er mehrere Fernsehteams, und er macht auch einige bekannte Künstler aus, die gekommen sind, ihrer Unzufriedenheit mit dieser Regierung Ausdruck zu verleihen, die alles abrasiert, was abstehen und die nette liberale Frisur verunstalten könnte.

»Anton«, sagt er gut gelaunt. »Jetzt wendet sich das Blatt! Das sind mindestens zwanzigtausend Menschen!«

»Die Polizei sagt zehntausend«, wirft Anton ein, der plötzlich Lust hat, ihm zu widersprechen.

»Sie sind in Bussen aus dem ganzen Land angereist«, fährt Vittrup unangefochten fort. »Ich überlege hinunterzugehen! Sollte ich nicht hinuntergehen und ein paar Worte sagen?«

»Nein«, ruft Anton spontan und greift nach dem Arm seines Chefs, um ihn zurückzuhalten. »Das halte ich für eine ganz schlechte Idee!«

»Weder die Sozialistische Volkspartei noch die Einheitsliste halten sich zurück!«

»Die haben ja auch *gegen* das Finanzgesetz gestimmt, nicht?«, lächelt Anton beschwichtigend.

»Das konnten wir schließlich nicht. Das wissen die Leute ganz genau. Komm, wir gehen runter! Wir müssen uns ja nicht länger als einen Moment zeigen. Was riskiere ich schon?«

»Dass die Wut sich gegen dich richtet!«, denkt Anton. »Dass irgendein pfiffiger Fernsehreporter das einfängt, sodass ganz Dänemark zusehen kann, wie der sozialdemokratische Vorsitzende von seinen eigenen Leuten ausgepfiffen wird. Oder noch schlimmer, dass alle in eine andere Richtung gucken und eine hellwache Kamera das Bild eines allzu eifrig herumtrippelnden Parteivorsitzenden einfängt, der von seinen eigenen Leuten *aus der Gemeinschaft ausgeschlossen wird.*«

»Du solltest da nicht hinuntergehen, weil wir – wie besprochen – deine Medienpräsenz dosieren wollen«, führt Anton sachlich an. »Bevor es losgeht, meine ich. Wir sollten uns nicht zu sehr exponieren. Es ist uns fast gelungen, auch *Euroman* für uns zu interessieren«, versucht er ihn zu überreden.

»Einverstanden«, nickt Vittrup nachgiebig und wippt leicht auf den Füßen, die am liebsten zur Tür hinaus und auf den Platz hinunter zum Volk laufen würden. Zu seinem Volk.

Hmm«, grübelt Bjarne mit vorgetäuschter Skepsis. »Ich weiß nicht so recht«, fügt er dann hinzu und tritt gegen die Reifen. »Das erfordert schließlich einiges an Blecharbeit. Sowohl am Boden als auch an der Karosserie. Wie sieht es mit Ersatzteilen aus? Bekommt man die noch?«

»Die bekommt man in Schweden. Oder in Deutschland«, nickt der Besitzer, ein schnaubender, übergewichtiger Mann seines Alters, mit einem tiefen, nach Luft schnappenden Seufzer. Er braucht das Geld für eine große Knieoperation in einem privaten Krankenhaus. An beiden Knien. Jedes Knie kostet 57 000 Kronen. In den öffentlichen Krankenhäusern beträgt die Wartezeit acht Monate. Obwohl der neue Gesundheitsminister angekündigt hat, dass die Wartelisten kürzer werden sollen. Er persönlich hat längst aufgehört, auf Politiker zu hören, sagt er. Und die Sozialdemokraten hängen total in den Seilen. Deshalb hat er auch die Dänische Volkspartei gewählt. Aus Protest.

Seit er die Garage des Reihenhauses in Svinninge betreten hat, hat sich ein Schwall dänischer Meckerei über Bjarne ergossen. Erst als der Mann die Plane vom Wagen nahm, wurde er endlich still. Das wurden sie beide. Ach, du meine Fresse, wie nur Männer das beim Anblick einer sinnlichen, kurvenreichen Frau oder eines hellblauen Chevrolet Bel Air, Jahrgang 1957, werden können.

»Am liebsten würde ich ihn ja behalten …«, seufzt der Besitzer erneut und zieht seine Hose hoch. »Aber meine Frau, Sie wissen schon. Sie möchte gern einmal nach Bali …«

Bjarne beeilt sich, verständnisvoll zu nicken. Von alten Männern in alten Autos verstehen Frauen nichts. Dafür verstehen alte Männer in alten Autos nichts von Frauen.

»Ich nehme ihn!«, hört Bjarne sich plötzlich sagen. »Zu dem angegebenen Preis!«

»Der ist aber überboten worden«, sagt der Mann pfiffig. »Ein Sammler drüben in Kalborg hat zehn mehr geboten …«

»Na schön, dann biete ich noch mal zehn mehr«, erklärt Bjarne bestimmt, ängstlich, ihn nicht zu bekommen. »Okay?«

Von jedem vernünftigen Gesichtspunkt aus ist es vollkommener Unsinn, einhundertsechzigtausend Kronen seines sauer verdienten Geldes für ein altes amerikanisches Auto zu bieten, das die letzten zwanzig Jahre unter einer staubigen Plane in Svinninge gestanden hat. Doch Bjarnes Vernunft ist außer Kraft gesetzt, seit er Linda wiedergesehen hat. Sicher, er hat ihr versprochen, nicht wieder anzurufen. Doch keine zehn wilden Pferde können ihn davon abhalten, ihre Nummer zu drücken, als ein rudimentärer Kaufvertrag unterschrieben ist und er total aufgedreht mit dem Kraftfahrzeugschein in der Hand in einer Raststätte sitzt.

»Linda«, spricht er auf ihren Anrufbeantworter. »Ich bin es noch einmal, Bjarne. Ich wollte dir nur erzählen, dass ich gerade einen alten Ami gekauft habe, einen Chevrolet Bel Air 1957. Hellblau wie deine Augen. Vielleicht können wir damit zusammen einen Frühlingsausflug machen? Ich muss ihn nur erst noch herrichten. Tschüss.«

Anschließend steigt er aus seinem gewöhnlichen, langweiligen Polo, einem Erbe seiner Mutter, und schaut über die Felder. Der Winter hat seinen Griff gelockert, das frühjährliche Pflügen hat begonnen, und heute Nacht werden die Uhren auf Sommerzeit umgestellt. Er lächelt breit, folgt mit den Augen dem Flug eines Fasans über die klumpige Erde. *Summertime.* Nach sechsunddreißig Jahren Winter.

Rasmus arbeitet, weil Yasemin arbeitet. Oder richtiger, er hängt wie ein Rottweiler in einem Hundekorb in der Burg herum, in der es sonntäglich still und friedlich ist, und räumt planlos ein paar Papiere hin und her, während er sich neue Gründe ausdenkt, sie zu stören. Am liebsten würde er sie hinaus in die Frühlingssonne locken, die endlich die winterliche Wolkendecke durchbrochen hat, aber dazu lässt sie sich nicht überreden. Er hat es versucht, sowohl mit einem Eis auf Langelinie als auch mit warmem Holundersaft in Christianshavn. Sie ist beschäftigt, sie muss arbeiten, will alles auf einmal erledigen. Eigentlich bewundert er ihre Disziplin, findet es supercool, dass sie so ehrgeizig ist. Aber verdammt, sie sind doch jung! Sie wollen doch auch *Spaß* haben! Und als ihr zukünftiger Ehemann muss er besorgt feststellen, dass sie in letzter Zeit ein bisschen blass um die Nase ist. Sie braucht Licht und Luft und einen Kuraufenthalt in einem Liegestuhl, und er will auch gern derjenige sein, der sie mit einer Decke zudeckt …

Rasmus schielt zur Uhr. Fast eine ganze Stunde hat er sie jetzt oben im Büro des Finsteren allein gelassen. Der Finstere, der immer finsterer wird, je mehr Zeit vergeht, arbeitet bestimmt irgendeine Megawohlfahrts- oder Integrationsinitiative aus, die offiziell die Regierung erschüttern soll, in Wirklichkeit aber das Ziel hat, die politische Impotenz des laschen Vorsitzenden vorzuführen. Rasmus würde die peruanische Strickmütze seiner Mutter fressen, wenn dem nicht so ist. Dies sind Interpretationen, die Yasemin zungenschnalzend zurückweist. Doch obwohl Rasmus ein Clown ist, der sich allem Anschein nach nur so durchs Dasein schwafelt, weiß er, dass er den richtigen Blick hat. Das Talent, Politik zu verstehen und Politiker zu durchschauen, das keine noch so dicken Lehrbücher einem jungen Studenten beibringen können.

Darüber hinaus hat er die Fähigkeit, *die* gute Idee zu bekommen, einfach so, aus dem Nichts. Wie jetzt, als er eine seiner ausgeschnittenen Papiergirlanden auf die Tischplatte wirft und mit einem Tarzan-Schrei aufspringt. Yasemin muss Radfahren lernen! Draußen auf der Reitbahn. Auf dem alten Fahrrad seiner Mutter, das er zufälligerweise heute stibitzt hat. *Zufälligerweise?* Nein, nein! Das ist Schicksal. Dass sein eigenes Fahrrad gerade an diesem Frühlingssonntag, der wie geschaffen dafür ist, einem türkischen Mädchen das Radfahren beizubringen, einen Platten hatte.

Eins der wenigen Autos, die an diesem Sonntag über die Reitbahn rollen, ist ein silbergrauer Citroën. Der Mann hinterm Steuer sieht so mürrisch und verbissen aus, dass man glauben könnte, es regne von einem dunklen und blaugrauen Himmel, würde man von seinem Gesicht auf das Wetter schließen. Paradoxerweise ist der Sonnenschein an seiner schlechten Laune schuld. Weil er damit nichts anfangen kann; weil es ihm hinter der Festung des Winters am besten geht; weil die ganze Lebensfreude, die ihn umgibt, ihn mit einer Wehmut erfüllt, mit der er nicht umgehen kann. Deshalb bewegen seine Mundwinkel sich auch noch weiter abwärts, als er die ausgelassenen jungen Menschen sieht, die auf der anderen Seite des Springbrunnens mit einem Fahrrad herumalbern. Er erträgt sie nicht. Weder die Radfahrer noch die Skater, die Jogger oder all die anderen, die in ihrer Lebensentfaltung unbedingt so demonstrativ sein müssen.

Doch dann entdeckt er, dass das Mädchen, das auf dem Fahrrad so unsicher neben dem schlaksigen Jungen herschlingert, Yasemin ist. *Seine* Yasemin, die alle zum Lachen brachte, als sie auf einer der Sitzungen des Integrationsausschusses darauf hinwies, dass es bei den Integrationsbemühungen doch auch darum gehen müsse, den Einwandererkindern das Radfahren beizubringen. Denn sie hat das nie gelernt! Wer hätte sie das lehren sollen? Mehrere am Tisch boten ihre Dienste als Fahrradlehrer an. Unter anderem er selbst. Und jetzt kommt ihm wie gewöhnlich dieser Rasmus in die Quere und bringt sie so herrlich zum Lachen und Kreischen wie damals im Schnee.

Statt zu parken, fährt er weiter, bis er neben ihnen steht. Yasemin ist schon auf die Seite gegangen und winkt ihm mit dem Fahrrad zwischen den Beinen zu. Er lässt das elektrische Fenster herunter, lächelt sie an und übersieht Rasmus.

»Das sieht vielversprechend aus. Dann kann ich Sie ja bald einmal zu einer Radtour einladen?«

»Ich muss erst noch ein wenig üben«, lacht sie. »Auf sicherem Gelände.«

»Kommen Sie hoch?«, fragt er dann.

»In zwei Minuten«, nickt sie. »Ich habe schon alles zurechtgelegt.«

Er lächelt erneut. Startet das Auto, tritt aufs Gaspedal und tut, als bemerke er Rasmus' Stinkefinger im Rückspiegel nicht.

Die Villen stehen dicht beieinander im C. F. Richsvej. Dicht genug, damit ein Nachbar, der noch vor Sonnenuntergang das zukünftige Kartoffelbeet im Küchengarten umgräbt, eine Streiterei bei offener Terrassentür mithören kann. Als er plötzlich auf die berühmten Streitenden aufmerksam wird, sich aufrichtet und zu graben aufhört, um besser hören zu können, bekommt er den gesamten Dialog mit. Zumindest seine Worte, denn sie kann man nicht hören. Man hört nur Gert Jacobsen, der für einen so netten Mann überraschend laut zu brüllen imstande ist:

»Verkauft? Du kannst doch nicht mein Fahrrad verkaufen, du wahnsinniges Weibsbild?«

»…«

»Wem zum Teufel hast du es verkauft? Wo ist das Geld, wo? Das ist Diebstahl! Hast du es versoffen, oder was?«

»…«

»Ich sollte dich verdammt noch mal irgendwo einsperren lassen! Du bist doch komplett unzurechnungsfähig! Hast du noch mehr verkauft, he? Das Silber meiner Mutter, he? Das Tranquebar-Service meiner Großmutter? Hast du das verkauft? Soll ich reingehen und nachzählen?«

»…«

Verkaufst du das an deinen Bruder und deine kriminelle Verwandtschaft? Oder an Janni und ihre minderbemittelten Kinder?«

»…«

»Jetzt werd' nicht frech! Hörst du! Du weißt, was dann passiert! Tut es weh? Ich habe gefragt, ob ES WEHTUT?«

»JA, ES TUT WEH!«, hört der Nachbar sie schreien. Dann wird die Terrassentür heftig zugeknallt.

Als der Nachbar einen weiteren Klumpen Erde wendet, freut er sich, als ganze fünf glänzende Regenwürmer zum Vorschein kommen. Die Erde ist sichtlich besser geworden. Das muss der Dünger sein, den er im Herbst untergegraben hat.

Linda würde nicht anrufen, um während der Klinikzeiten Small Talk zu machen. Wenn sie in San Francisco anruft und eine Nachricht bei seiner Sekretärin hinterlegt, muss es wichtig sein. Schlimmstenfalls ist Gert etwas zugestoßen. Als Ole-Stig nach der ersten Penisverlängerung des Tages aus dem Operationssaal kommt, streift er Mundschutz und Kittel ab, eilt in sein Büro und ruft sie zurück.

»*Honey,* ist etwas passiert?«, fragt er, sobald er ihre allzu spröde Stimme hört. »Ist etwas mit Gert?«

»Nein, ihm geht es gut«, sagt sie. »Er ist gestresst, du weißt ja, wie er dann wird.« Ole-Stig ist wie alle guten Ärzte auch ein ausgezeichneter Psychologe, also begreift er, dass das das Problem ist. Die Art, wie Gert »wird«. Seine Schwägerin ruft ihren Schwager auf der anderen Seite des Atlantiks an, um sich Hilfe zu holen, wie sie mit seinem Bruder umgehen soll, der weiß Gott ein Fall für Fortgeschrittene ist. Aber was kann er auf diese Entfernung tun? Ihr raten, sich scheiden zu lassen? Zur Polizei zu gehen, falls er sie schlägt? Beides würde nur zu weiteren Kalamitäten führen – und in der Position, die Gert innehat, ist das wirklich ausgeschlossen. So schlimm ist er wohl auch wieder nicht, und Ole-Stig hat genug alte Ehepaare gesehen, *straight* wie *queer*, die nicht ohne ihre täglichen Konflikte auskommen, selbst wenn sie ihrer Umwelt mörderisch erscheinen. Das gibt guten Sex, hat er gehört.

»Wie geht es dir selbst?«, fragt er und hindert sie daran zu antworten, indem er leichthin hinzufügt: »Hast du dein Weihnachtsgeschenk eingelöst? Ich bin sicher, dass eine Massage Wunder wirkt.«

»Auch bei gebrochenen Nasen und aufgeplatzten Augenbrauen?«, antwortet sie in einem harten, metallischen Tonfall, den er nicht mag.

»Es gibt nichts, wobei Massagen nicht helfen!«, weicht er aus und nimmt das Tablett mit dem Take-away-Sushi entgegen, das auf seinen Schreibtisch gestellt wird. Seine Mittagspause dauert nur noch fünfundzwanzig Minuten, und am liebsten würde er noch eine Viertelstunde Powerschlaf einlegen. »Du, das war wirklich nett, mit dir zu plaudern, Linda. Ruf mich ein anderes Mal an. Oder komm rüber und gönn dir ein wenig Erholung. Dann passen Bob und ich auf dich auf! Grüß Gert, ja?«

Das verspricht sie und lacht auch, als er sagt, dass er weitermachen muss, leider, weil er einem Bisexuellen den Anus reparieren muss, einem verheirateten Republikaner, der für die nächste Gouverneurswahl kandidiert. Das ist nicht einmal gelogen, doch als er aufgelegt und seine schwarz lackierten Essstäbchen mit Silberbeschlag aus der Schublade geholt hat, findet er es keine Spur lustig. Es braucht schon mehr als *wasabi*, um den schlechten Geschmack zu überdecken, der zurückgeblieben ist. Er hat sie im Stich gelassen. Wieder einmal. Eine gebrochene Nase und aufgeplatzte Augenbrauen. Damit sollte sich keine Frau abfinden. Das hätte ihre Mutter auch nicht gesollt.

Ole-Stig seufzt und macht den Deckel des Kartons auf. Vielleicht ist es der Anblick des rohen blauroten Thunfisch-Nigiri. Vielleicht der Gedanke an die Mutter. Oder das Gespräch mit

Linda. Anyway, er beschließt, sich nicht auf Bobs neue Idee einzulassen. Es kann schon sein, dass das die Geldquelle der Zukunft ist. Die intimen Komplexe der Frauen. Aber er wird keine Vaginaverschönerungen machen. Sie straffen oder die Schamlippen richten. Der Männer wegen. Er möchte sich auch weiter im Spiegel ansehen können.

Was heißt *Mutter* auf Türkisch?«, fragt Rasmus, als sie auf dem Weg zum Chinesen sind, um sich ein Sandwich zu holen.

»*Anne*«, antwortet Yasemin kurz angebunden.

»*Anne*«, wiederholt er. »Und *Vater*?«

»*Baba.* Warum willst du das wissen?«

»*Baba?* Um den Integrationsprozess zu erleichtern.«

»Ha!«, sagt sie hitzig. »Als wäre der nicht einseitig!«

»Und was heißt *Ich liebe dich*?«

Sie lächelt widerstrebend und nickt dem pakistanischen Genossen der Sozialistischen Volkspartei zu, der mit einem sympathisierenden Lächeln an ihnen vorbeigeht. Über so etwas reden sie nicht, die wenigen Minoritätsdänen in der Burg. Aber sie machen alle einen Bogen um das Schinkensandwich, und sie wissen intuitiv, dass sie zusammenhalten müssen, wenn sie unter den *Kartoffeln* zurechtkommen wollen.

»Das heißt *seni seviyorum.*«

»*Seni seviyorum!*«, sagt er mit der unschuldigen Miene eines Sprachführers, der nach dem Weg zum nächsten Postamt gefragt hat.

Ich bin es nicht gewohnt, angefasst zu werden. Jedenfalls nicht auf diese Weise. Deshalb kann ich auch nicht entspannen, sondern liege steif wie ein Brett auf der Massagebank.

»Entspannen Sie sich!«, fordert mich die indisch aussehende Frau im Sari auf, deren grau gesträhnter Zopf wie ein Klingelzug ihren Rücken hinunterhängt. »Versuchen Sie, tief in den Bauch zu atmen! Nein, so nicht! Füllen Sie den Bauch mit Luft, als wäre er ein Luftballon, zählen Sie bis sechs, und atmen Sie langsam wieder aus!«

Ich versuche es, sauge Luft ein, doch die eingeatmete Luft kommt nicht weiter als bis zum Hals.

»Ich kann nicht!«, entschuldige ich mich.

Die Frau, die sich als *Amitra* vorgestellt hat, verwirrenderweise aber ohne jeden Akzent Dänisch spricht, lächelt freundlich und sagt, dass alle lernen können zu atmen. Sie kennt mich nicht; ich kann nichts, nicht einmal atmen. Voller Scham will ich bereits von der Liege springen, mich anziehen und den prunklosen Behandlungsraum verlassen, dessen einziger Schmuck eine Calla in einer hohen Vase ist. Eine Masseurin kann nicht mit einem Menschen arbeiten, der unter Berührungsangst leidet, und das wird sie mir jeden Augenblick mitteilen. Erst nonverbal durch ihre braunen Shiva-Augen, um dann höflich und in formvollendeten Wendungen zu beklagen, dass sie leider außerstande ist, die Behandlung durchzuführen. Diese Abweisung ertrüge ich nicht, das wäre der Tropfen in dem berühmten Fass; die Ähre, die die Last zum Kippen bringt. Deshalb komme ich ihr lieber zuvor und gehe von mir aus. Alles in allem war es schließlich nicht meine Idee. Ich wäre nie auf den Gedanken gekommen, einen Termin für eine Ganzkörpermassage bei einer Therapeutin in der Innenstadt zu machen, hätte ich nicht einen Geschenkgutschein von meinem Schwager gehabt, den einzulösen ich versprochen habe.

»Sie machen einen sehr angespannten Eindruck«, sagt sie und legt eine Hand auf meine Schulter, sodass ich nicht flüchten kann. »Haben Sie Stress?«

»Ja«, antworte ich und merke selbst, wie ich die Fäuste balle und die Kampfhormone durch meinen Körper jagen.

»Setzen Sie sich auf, dann versuchen wir zusammen zu atmen«, sagt sie, und ich gehorche, denn das bin ich gewohnt. Dann stellt sie sich hinter mich und spreizt ihre rechte Hand über meinem Zwerchfell, während sie die linke auf meinem Brustkasten liegen lässt. »Ruhig«, fährt sie fort, als meine flatternde Unruhe sich auf sie überträgt.

»Entschuldigung«, murmle ich wieder, schnell und schuldbewusst.

»Sie brauchen keine Angst zu haben« sagt sie. »Ich tue Ihnen nichts.«

Sie steht noch immer hinter mir, sodass ich ihr Gesicht nicht sehen kann. Das brauche ich auch nicht, allein ihr gedämpfter Tonfall verrät mir, dass sie es gesehen hat. Dass *jemand* mir etwas tut. An den gelben und blauen Flecken am Oberkörper, an der verdächtigen abdeckenden Schminke um das Auge, an dem roten Streifen über den Schulterblättern hat sie es gesehen. Sie hat meine Angst gespürt, auch wenn sie ihr kein Gesicht geben kann und meine Furcht nicht teilt, dass plötzlich die Tür aufgetreten wird und er dort steht, gekleidet wie ein Gangster mit Trenchcoat und Schlapphut und einem auf mich gerichteten Maschinengewehr. Weil ich nichts genießen darf. Denn im gleichen leisen Tonfall versichert sie mir, dass »mir hier nichts passieren kann«.

Auf eine Aussage wie diese hätte die Linda aus dem Südhafen mit spöttischen Gelächter geantwortet, denn so einen Unsinn sagt nur jemand, der keine Ahnung hat. Aber ich gebe fügsam nach wie ein wildes, von einem Pferdeflüsterer gezähmtes Pferd, lasse mich von ihrem Mandelduft entführen und entspanne bald so, dass es mir gelingt, in ihren Atemrhythmus zu fallen. Als sie mich loslässt, damit ich den Rhythmus selbst halte, *atme-ein-und-atme-aus!*, falle ich in mich zusammen und komme wieder mit dem Rhythmus durcheinander, aber sie macht mir Mut und sagt, dass ich es kann. Ich bin *gut* im Atmen! Das ist das größte Lob, das ich seit Langem bekommen habe, und ich lächle, und mir wird beinahe schwindlig von dem auf der Fensterbank stehenden Räucherwerk in einer Messingschale, das gemischt mit Sauerstoff in meinen gemarterten Körper strömt.

Jetzt bin ich für die Massage bereit, lege mich willig auf den Bauch und leiste nur wenig Widerstand, als sie erst ein wenig Massageöl über meinen Rücken gibt und anschließend mit kundigen Händen über die einzelnen Teile desselben streicht. Mit federleichten Bewegungen berührt sie die quer verlaufende Hautabschürfung, die ich mir zugezogen habe, als er mich an den Knöcheln über den Kokosläufer in der Diele gezogen hat, und auch um die Druckstellen an den Oberarmen arbeitet sie sich vorsichtig herum. Sie kommentiert keine ihrer Entdeckungen, arbeitet sich einfach langsam durch meinen Körper, erst den Rücken, dann den Nacken, die Schultern, die Gesäßbacken, die Beine, die Füße, die Zehen. Und auch ich bin stumm, stöhne nur manchmal, wenn ihr Daumen auf Schmerzpunkte und Infiltrationen drückt. Zeit und Raum sind aufgehoben in diesem zellenartigen Raum, der von einer japanischen Schiebetür aus Reispapier begrenzt wird; ich könnte mich in einer Seitenstraße in Madras befinden, in einem anderen Jahrzehnt, einem anderen Jahrhundert, vielleicht in einer anderen Inkarnation. Der Schwebezustand hält an, bis sie mich bittet, mich umzudrehen. Da klappen die Flügel wieder zusammen, ich gerate aus der Fassung, bis sie mich mit einem beschützenden dünnen Frotteehandtuch zudeckt und nur den Teil des Körpers unbedeckt lässt, den sie gerade bearbeitet.

Erneut komme ich zur Ruhe und lasse mich von dem Gedanken an die Reinkarnation treiben. Ich bin nicht gläubig, nicht im spirituellen Sinn. Hätte ich Anlagen zur Religiosität, hätte ich längst einen Erlöser gefunden. Allmählich bin ich genauso illusionslos geworden wie meine Mutter; ich glaube an nichts, weder hier auf der Erde noch im Jenseits. Sollte ich als Selbstmordattentäter angeworben werden, könnten sie sich ihre Versprechungen vom Himmelreich in den Arsch stecken. Für mich läge die Belohnung allein darin, dass das das Ende wäre. Dass es mit mir und meiner miserablen Existenz vorbei wäre. Abergläubisch bin ich auch nicht; zusammen mit Gert, dem zufolge alles *Politik* ist, habe ich mich oft über den eskapistischen Hang der dummen Dänen zum Alternativen lustig gemacht mit all seinem Tingeltangel, New Age und *du kannst mich an einer gewissen Stelle*. Ich schlafe nicht mit indianischen Traumfängern überm Bett und habe nicht wie einer von Gerts viel belächelten Kollegen, der Verteidigungsminister, der sein Amt niedergelegt hat, einen Knutschguru, bei dem ich Trost suche. Nicht einmal im psychedelischsten Rausch habe ich mich dem Göttlichen genähert. Deshalb muss Amitra über ganz besondere Fähigkeiten verfügen, weil ich plötzlich für die Vorstellung der Wiedergeburt offen bin. *Visualisierung* kann das nicht; unter ihren Händen gleite ich unbeschwert durch vierfarbige Verwandlungen, alle in östlichen Umgebungen. Ich bin die Geisha, die den Fächer zusammenschlägt; der Mönch, der das Messer über seinen tonsierten Schädel führt; das Mädchen, das die Wasserbüffel durch die Reisfelder treibt und stehen bleibt, als ein Schmetterling auf seinem Finger landet. Und ich bin der Schmetterling mit den gezackten Flügeln und der gelben Zeichnung, unbekümmert und schillernd flattere ich von Blume zu Blume und sauge mit meinem Rüssel den Nektar auf. Voll und ganz damit beschäftigt, meine Bestimmung zu erfüllen.

»Amitra«, frage ich mit geschlossenen Augen. »Möchten Sie als Mann oder als Frau wiedergeboren werden? Oder als Schmetterling?«

Ich kann ihr Lächeln hören, als sich ihre Lippen öffnen.

»Als Frau natürlich«, sagt sie und lässt die Hände um meinen Solarplexus kreisen. »Wir können schließlich Leben geben.«

»Ich habe keine Kinder«, sage ich bedrückt und runzle die Stirn. Ich stemme wieder dagegen, doch diesmal bleiben ihre Hände, wo sie sind.

»Deshalb können Sie doch trotzdem Leben geben. Im übertragenen Sinn«, sagt sie und lässt sich nicht davon stören, dass ich wie eine Handramme zu zittern beginne.

»Mein Mann hat mir das Kind aus dem Leib getreten. Da«, erkläre ich mit klappernden Zähnen und führe einen Finger zum Gebärmutterpunkt.

»Ja«, sagt sie ruhig, als wäre das eine Geschichte, die sie jeden Tag zu hören bekommt.

»Ich bin bei ihm geblieben«, stammle ich und versuche mit aller Macht, das Weinen zurückzuhalten, das gegen den Deich drückt. »Und jetzt ist es zu spät …«

»Es ist nie zu spät«, sagt sie und knetet weiter meine Bauchdecke, jetzt nicht mehr sanft, sie legt ihr ganzes Gewicht hinein. »Kommen Sie! Lassen Sie den Schmerz heraus!«

Ich will zu dem Klischee Abstand gewinnen, indem ich lache, zumindest meinen Vorbehalt kundtun, indem ich eine Grimasse schneide, doch der Versuch eines Lachens wird zu einem Hicksen, die ironische Grimasse zur umgestülpten Öffnung, aus der der Schrei herauskommen kann. Erst da lässt sie mich los, aber da ist die Arbeit auch vollbracht. Der Embryo ist erlöst, ich gebäre mich selbst in einer warmen und gewaltsamen Flut aus Rotz und Salzwasser, Schleim und Speichel. Doch kaum bin ich wieder auf meinem eigenen Bauch gelandet, als ich auch schon merke, wie mein Kopf unter Wasser gehalten und in einen Eimer gedrückt wird, und jetzt bin ich das Katzenjunge, das ersäuft werden soll, und keiner hört den Urschrei, als ich begreife, dass es nicht Gert, sondern mein eigener Vater ist, den ich verzerrt von unten durch den Wasserspiegel über den Zinneimer gebeugt stehen sehe. Nur meine Mutter kann mich jetzt retten, aber sie ist nicht da, verschwunden, und obwohl ich verzweifelt nach ihr rufe, hört sie mich nicht. Deshalb ist es nicht sie, die mich hochzieht und vor dem Tod durch Ertrinken rettet; es ist Amitra, eine fremde, indisch aussehende Frau, die mich in eine sitzende Position bringt. Sie hält mich fest, wiegt mich, trocknet mir das Gesicht mit einem Papiertaschentuch und ist barmherzige Samariterin und professionell distanziert zugleich.

»Entschuldigung«, wiederhole ich dumm, als ich endlich wieder imstande bin zu reden. »Ich weiß nicht, was in mich gefahren ist.«

»Nicht entschuldigen!«, lächelt sie und schließt ihre beiden Hände um meine. »Sie haben Grund, unglücklich zu sein, Sie ertragen es nur nicht länger. Ihr Körper ist ausgemergelt, Linda. Sowohl Ihrer Milz als auch Ihrer Leber geht es nicht gut. Die Ausstrahlung Ihrer Chakren ist sehr trübe!«

Ich lächle schief, meiner *was*?

»Ihrer Energieräder, der Verbindungsglieder zwischen Körper und Seele«, beginnt sie, wird jedoch durch das Summen der Türglocke unterbrochen, die die Ankunft des nächsten Patienten ankündigt. Jetzt ist sie es, die mir einen entschuldigenden Blick zuwirft, aber ich habe mich bereits von der Liege heruntergearbeitet.

»Wollen Sie sich nicht noch ein paar Minuten ausruhen?«, fragt sie fürsorglich. »Und sich etwas erholen?«

Ich schüttle den Kopf und ziehe mir die Dior-Strumpfhose über den gebeugten Spann. Ich kann mich weder in fünf noch in zehn Minuten erholen. Aber wenn ich schnell hier herauskomme, kann ich vor zwei noch schnell einen Stärkungsschluck nehmen. Bis jetzt habe ich heute noch keinen Tropfen getrunken, und nach dieser Strapaze beginnt sich das Verlangen nach dem Nuckellappen zu rühren. Ein Drink und eine Zigarette, den Lippenstift nachziehen und das Ganze vergessen, auch die schlecht arbeitende Leber, denke ich, als der ätherische Engel hinausgeschwebt ist, um den nächsten Patienten in Empfang zu nehmen. Ich ziehe mich an, zittere nur leicht mit den Händen, als ich den Reißverschluss meines Rocks hochziehe. Ziehe die hohen Stiefel an, schlüpfe in meinen Mantel, werfe mir die Tasche über die Schulter und fühle mich in meiner üblichen Hülle sicher, als ich den Raum verlasse, ohne noch einen Blick auf die Liege zu werfen, auf der ich mich hin und her geworfen habe.

Das kleine Wartezimmer ist leer, der eingetroffene Patient ist offenbar in ein anderes Behandlungszimmer geführt worden. Ich beginne zu glauben, mich ungesehen hinausschleichen zu können, doch bevor ich an der Tür bin, ist Amitra zurück.

»Warten Sie!«, sagt sie und gibt mir ihre Visitenkarte, die sie umdreht. »Ich verreise für ein paar Monate. Aber dort bekommen Sie Hilfe. Rund um die Uhr. Sie sind nett. Ich bin selbst dort gewesen«, fügt sie gelassen hinzu.

Ich nehme die Karte entgegen und behalte sie in der Hand. Erst als ich unten auf der Straße bin, wage ich, einen Blick darauf zu werden. *Frauenhaus Kastaniely* steht da. Plus einer Adresse und einer Telefonnummer. Meine erste Eingebung ist es, die Karte durch das Kanalgitter verschwinden zu lassen, das direkt vor meinen Stiefelspitzen ist. Was zum Teufel soll ich mit dieser Information? Aber dann lasse ich sie doch in die Manteltasche gleiten, wohl wissend, dass ich damit riskiere, für den Besitz unerlaubt eingeholter Informationen bestraft zu werden. Hart.

Wie ein gemeiner Verbrecher sehe ich über die Schulter, um sicherzugehen, dass ich nicht verfolgt werde, als ich schnell die Straße hinuntergehe und nach einem Toreingang Ausschau halte, in dem ich meinen organzerstörenden Fix zu mir nehmen kann.

Wie es scheint, habe ich freie Bahn, doch dann wirbelt das Lasso trotzdem durch die Luft und legt sich um meinen Hals, sodass ich mit einem geschockten Keuchen stehen bleibe. Denn er hat mich ausgestellt. Im Fenster eines Sexshops, mitten zwischen Dildos, Handschellen, kleinen Schweinen und Kühen zum Aufblasen hänge ich wie eine schlachtreife Sau in hellroter Silikonausgabe, nackt, in natürlicher Körpergröße, mit vorstehenden Brüsten und allen drei Löchern bereit zum oralen, analen oder vaginalen Gebrauch. Der hellrote Schlitz der Muschi leuchtet wie ein Zyklopenauge, umgeben von wild wachsender hanffarbener Behaarung, die nicht zur platinblonden Perücke passt. Die aufgemalten Augen sind blau, die Lippen lackrot, der Gesichtsausdruck vulgär, willig und gähnend leer. Auch ohne die Informationen auf dem Preisschild – Anus und Vagina sind aus *Naturleder* – würde ich mich in dieser *Liebespuppe mit Vibroei und Reizstimulierung* wiedererkennen, wie er mich sieht. Doch wie immer muss das Messer tief in die Wunde gebohrt werden, denn natürlich hat die Puppe auch einen Namen. *Sexy Linda* heißt sie. Da kann man nur kotzen. In den Rinnstein. Und auf offener Straße mit Wodka und Saft nachspülen.

Thomas ist ein Mann mit Gewissen. Sollte er, der gerade *gewissenhaft* sein Fahrrad gegen die Verkehrsrichtung durch eine der engen mittelalterlichen Einbahnstraßen der Innenstadt schiebt, irgendwann einmal bei einer Zeitungsumfrage gefragt werden, wann er sich selbst am wenigsten leiden kann, würde er ohne zu zögern antworten: »Wenn ich jemanden im Stich lasse.« Mit sengendem Schmerz würde er an das letzte Frühjahr denken, als er seiner geliebten Charlotte untreu war. Glücklicherweise hat sie ihn in Gnade wieder aufgenommen. Er würde auch an die vielen HIV-kranken Kinder und Frauen in Sambia denken, die er im

Stich lässt, indem er endgültig aus dem MS-Projekt aussteigt. Was Letzteres angeht, liegt die Schuld nicht bei ihm, dass das Projekt vor der anberaumten Zeit abgebrochen wird. Es sind die in die Milliarden gehenden Kürzungen der Regierung im Bereich der Auslandshilfe, die die MS, die Organisation für Internationale Zusammenarbeit, zwingen, sechzehn Millionen einzusparen und die Anzahl der ausgesandten Entwicklungshelfer von zweihundert auf einhundertdreißig zu reduzieren. Doch da er Däne ist, trägt er trotzdem einen Teil der Schuld, und die internationale Gemeinschaft und die afrikanischen Entwicklungshilfeempfänger sehen ihn als Leiter des Projekts auch als Verantwortlichen, da sie nicht verstehen, was in dem sonst so humanistischen, progressiven Land vor sich geht. Er kann ihnen nur in allem recht geben – dass es eine Katastrophe ist, dass ein so wichtiger Bahnbrecher wie Dänemark sein Idealziel verrät, ein Prozent des Bruttoinlandsprodukts der Entwicklungshilfe zuzuführen.

Die Schuld ist Thomas' ewiger Schatten und treuer Begleiter, denn wann tut man genug? Wann sind die eigenen Motive edel genug? War es reiner Edelmut, der ihn getrieben hat, im vergangenen Sommer an den gewaltsamen Demonstrationen anlässlich des Gipfeltreffens in Göteborg teilzunehmen, einer Aktion, über die in allen Medien berichtet wurde, die ihn selbst einen Gang durch die Rechtsmaschinerie gekostet und auch Charlottes politischen Goodwill auf eine harte Probe gestellt hat? Und ist es besonders integer, zu einem als Mittagessensverabredung getarnten Vorstellungsgespräch zu gehen, bei dem vielleicht ein Job in der Asylabteilung des Dänischen Roten Kreuzes für ihn herausspringt? In einer Zeit, in der seine besten Freunde in eine ungewisse Akademikerarbeitslosigkeit hinauskatapultiert werden? Seine Frau kann ihn schließlich versorgen, warum kann er dann nicht einen der wenigen Jobs, die für Leute wie ihn da sind, einem anderen überlassen? Er könnte sich um seine Kinder kümmern, Elternurlaub nehmen, Charlotte unterstützen. Sicher, nur kann er das einfach nicht. Er hat es probiert. Denn obwohl er seine Frau hundertprozentig unterstützt und grenzenlos bewundert, hat er begriffen, dass er auch *Mann* sein muss. Ergo braucht er einen Job. Einen guten Job mit Sinn und Gehalt und Status.

Thomas' eigenen hohen Ansprüchen zufolge ist diese Antwort alles andere als zufriedenstellend. Deshalb hat er gerade am Højbro Plads um Ablass gebeten, indem er einem der leutseligen Penner, wie sie im Aalborg seiner Kindheit genannt wurden, die Obdachlosenzeitung *Hus Forbi* abgekauft hat, als der ihm ein Bier aus seiner gelben Supermarkttüte anbot. Statt die Einladung zu dem Gespräch anzunehmen, das der Mann ihm aufdrängen wollte, hat er ihm noch einen Zwanziger extra gegeben und ist mit der Entschuldigung weitergeeilt, dass er spät dran ist. Was auch stimmt. Er ist in der Tat zehn Minuten zu spät, weil sein Fahrrad einen Platten hatte und er die Fahrradpumpe im Chaos des Kinderzimmers nicht finden konnte. Zu spät zu kommen, ist prinzipiell schlechter Stil, doch zu einem Vorstellungsgespräch zu spät zu kommen, ist ausgesprochen dumm.

Deshalb will Thomas keine Zeit verlieren und eilt mit Siebenmeilenstiefeln durch die Gasse, um möglichst schnell beim Restaurant zu sein. Das einzige Hindernis, das er noch vor sich sieht, ist eine Frau, die vor einem Pornoshop steht und sich übergibt. Er sollte ihr zu Hilfe eilen, sich versichern, dass sie okay ist. Stattdessen wechselt er die Straßenseite und tut, als hätte er sie nicht gesehen. Versucht sich zu überzeugen, dass er, wie Charlotte so oft sagt, nicht jedem einzelnen Menschen auf dieser Welt helfen kann. Vor allem denen nicht, die sich selbst helfen können. Und diese Frau scheint auch nur eine Betrunkene zu sein, die reichlich einen über den Durst gekippt hat und trotzdem den Kopf in den Nacken legt und mit irgendeiner orangegelben Mischung nachspült, wahrscheinlich Schnaps, gemischt mit Saft. Als er auf ihrer

Höhe ist, nimmt sie die Flasche vom Mund, und da er dann doch nicht anders kann, als hinzusehen, treffen sich ihre Blicke. Sofort sieht er in die andere Richtung, weil ihm das Wiedererkennen so peinlich ist, dass er es nicht wahrhaben will. Ihr Anblick ist fast ebenso obszön und ekelerregend wie die Zurschaustellung des fleischfarbenen Sexspielzeugs hinter ihr. Und warum zum Teufel sie das Schlimme noch schlimmer machen muss, indem sie ihn wie eine alte Kupplerin anruft, begreift er nicht. Nichtsdestotrotz tut sie das mit ihrem belegten *Hallo, Thomas*!

Das ihn zwingt, sich umzudrehen, den Überraschten zu spielen und etwas zu burschikos zu antworten:

»Linda! Du?«

»Mmm«, lächelt sie zweideutig, während sie sich mit der Fingerspitze Schaum aus dem Mundwinkel wischt.

»Ich bin's. Wirklich. Grüß zu Hause.«

Das verspricht er, schwingt das Bein über die Stange und fährt den restlichen Weg auf dem Fahrrad gegen die Einbahnstraße.

Yasemin geht ans Telefon, als *Euroman* anruft. Eigentlich ist sie der Meinung, inzwischen ein leidliches Gefühl dafür zu haben, was ihr Chef will und was nicht. Also hat es sich eingebürgert, dass sie die eingehenden Anfragen vorsortiert und Gert die Arbeit abnimmt, zu den offensichtlich irrelevanten, von denen es überraschend viele gibt, Stellung zu nehmen. Ein Thema, das sie immer wieder einmal heftig mit Rasmus diskutiert; sie versteht das mangelnde Gefühl der Dänen für Hierarchien nicht. Wie kann ein neu eröffnetes Café in Næstved oder ein Wirtschaftsverband in Varde glauben, dass der Kalender eines ehemaligen Finanzministers es erlaubt, Vorträge über »mein Leben in der Politik« oder »die Globalisierung« zu halten? Haben die Leute überhaupt keinen Anstand? Glücklicherweise nicht, sagt Rasmus dann, es ist ein Ausdruck der durch und durch demokratischen Gesinnung der Dänen, nicht zu glauben, dass einer mehr zählt als der andere. Folglich ist des einen Zeit auch nicht mehr wert als die des anderen. Und was die Beurteilung von GJ angeht, ist Rasmus sowieso der Meinung, dass dieser Mann keinen sonderlichen Respekt verdient. Es ärgert Yasemin höllisch, dass Rasmus Gert immer heruntermachen muss. Zum Ersten ärgert es sie, dass sie so viel Zeit dafür opfern muss, einen Mann zu verteidigen, den sie selbst respektiert und bewundert. Und zum Zweiten bedeutet das, dass sie mit Rasmus nicht über Gert reden möchte. Hin und wieder wäre es aber schon nett, jemanden zu haben, mit dem sie die Dinge durchsprechen könnte. Wie zum Beispiel jetzt, wo sie den Chefredakteur von *Euroman* am Telefon hat und beurteilen muss, ob Gert Lust hat, sich für ein Porträt in einem Hochglanz-Lifestylemagazin für jüngere Männer auf der Überholspur interviewen zu lassen. Spontan würde sie eher meinen, nein, und das antwortet sie dem aufdringlichen Redakteur auch, der nur schwer seinen Unmut darüber beherrschen kann, von so einem Wurm von Türsteher wie ihr abgewiesen zu werden.

»Hören Sie, ich glaube, da irren Sie sich, Baby«, sagt der Chefredakteur in nonchalantem Ton, als würde er gerade seine Manschettenknöpfe richten. »Wenn ich Ihnen verrate, dass ich hier vor mir vierzehn gelbe Telefonnotizen aus dem anderen Lager habe, in denen ich angebettelt werde, ein Interview mit Per Vittrup zu bringen, glauben Sie dann nicht auch, dass Sie mich zu Gert Jacobsen durchstellen sollten?«

»Er ist in einer Sitzung im Saal«, sagt sie und sieht zu dem viereckigen Kasten hoch, wo noch immer das »S« für Sitzung aufleuchtet.

»Na schön, dann bitten Sie ihn, mich zurückzurufen, wenn er wieder da ist. Sagen Sie ihm, dass er auf die Titelseite kommt. Wenn er mich innerhalb einer Stunde zurückruft. Ciao.«

»Idiot«, sagt Yasemin laut und knallt den Hörer auf. Vierzig Minuten lang ignoriert sie den Dummkopf und fährt mit ihrer übrigen Arbeit, Briefe und Mails zu beantworten, fort. Anschließend braucht sie zehn Minuten, um an ihrem Nasenstecker herumzufingern, zu pinkeln und sich das Telefongespräch in Erinnerung zu rufen, das sie bis zum Gehtnichtmehr irritiert. Was hat der Mann gesagt? Von dem anderen Lager und Per Vittrup? Wie viele Telefonnotizen waren es, die er auf dem Tisch hat? Vierzehn? Hat er sie nicht richtiggehend erpresst? Was lässt den selbstherrlichen Narren glauben, Gert und Per Vittrup gegeneinander ausspielen zu können? Würde Gert Per hintergehen? So illoyal sein, wie es nur ein Medienparasit sein kann? Das würde er doch nie tun!

Yasemin fährt sich mit beiden Händen durch ihre Locken, bis sie nach allen Seiten abstehen. Dann seufzt sie tief, glättet ihr Haar und greift nach dem Zettel mit der hingekritzelten Telefonnummer. Er ist mitten in einer hitzigen Debatte und hasst es, wegen Nichtigkeiten gestört zu werden. Ganz ehrlich, sie hat keine Ahnung, ob das eine Nichtigkeit ist. Aber sie ist trotzdem der Meinung, ihn aus dem Saal holen zu müssen. Damit er selbst Nein sagen kann.

Yes!«, brüllt der stutzerhafte Chefredakteur und knallt die Faust auf den gelben Philippe-Starck-Glastisch, als das Gespräch beendet ist. Er ist auf die gesamte Schweinerei eingegangen! Und es war so leicht, ihn zu überreden. Und er hatte keine Probleme damit, aufs Titelblatt zu kommen. Solange er das Interview zur Durchsicht bekommt. »Es kann schließlich immer einmal vorkommen, dass man sich verspricht«, wie er gesagt hat. Das Einzige, was ihm sonst noch wichtig war, war der Zeitpunkt des Erscheinens. Als ginge es um das *Timing*. Ein tüchtiger Mann übrigens. Cool. Auf die richtige Weise.

Bist du sicher, dass sie es war?«, fragt Charlotte skeptisch, den Kopf auf Thomas' nackter Brust.

»Hundert Prozent. Ich soll dich schließlich auch grüßen, nicht?«, sagt er und lässt seine Hand über ihre Schulter den Unterarm hinunterwandern, dass sie eine Gänsehaut bekommt.

»Ja, aber bist du dir sicher, dass sie *voll* war? Zu der Tageszeit? Sie könnte schließlich auch krank sein.«

»Sie war sternhagelvoll. Ich bin schließlich in der Jomfru Ane Gade aufgewachsen. Ich weiß, wie ein Rausch aussieht. Das ist nicht schön in dem Alter. Vor allem nicht bei einer Frau!«

»Chauvinist!«, lacht Charlotte und kneift ihn in die Seite, dass er aufheult. »Wenn ich mit Gert Jacobsen verheiratet wäre, würde ich bestimmt auch zur Flasche greifen! Ist noch Wein da?«

»Ja, aber erst müssen wir uns küssen!«

Das tun sie. Und mehr. Und noch einmal. Anschließend trinken sie Barolo und sprechen weiter über Thomas' geglücktes Bewerbungsgespräch. Es sieht ganz so aus, als wäre es ein Erfolg gewesen. Er bekommt den Job, glaubt er. Das feiern sie gerade. Linda vergessen sie oder verbannen sie zumindest aus ihrem Bewusstsein, jeder für sich.

Susanne Branner ist schon unzufrieden auf die Welt gekommen. Zurzeit ist sie unzufrieden, weil sie sich konstant von Gert Jacobsen übergangen fuhlt, der seine kleine türkische Studentin ein Integrationspapier hat schreiben lassen, ohne sie einzubeziehen. Außerdem ist sie unzufrieden, weil auch Charlotte Damgaard begonnen hat, sich zu diesem Thema zu äußern, als hätte sie die Weisheit mit Löffeln gefressen. Und vor allem ist sie unzufrieden, dass Per Vittrup die Politik schleifen lässt, was sie an einem Tag lascher und am nächsten gestraffter dastehen lässt. Sie hat ihrer Unzufriedenheit auf den Fraktionssitzungen Luft gemacht, aber niemand scheint sie ernst zu nehmen. Niemand von der Führungsspitze jedenfalls. Einen Termin mit Gert hat sie auch zu machen versucht, wird aber weiter hingehalten. Von seinem kleinen *turkish delight*, seiner studentischen Hilfskraft, die offenbar den Platz seiner Sekretärin eingenommen hat.

Und ausgerechnet sie, Yasemin, steht jetzt unten am Kiosk und kauft einen Apfel und eine Tafel Ritter Sport, was Susanne Branner, als sie mit ihrer wie Brausepulver brodelnden Unzufriedenheit eilig in das kleine Geschäft stürmt, nur allzu gelegen kommt.

Es ist diese Art Bemerkungen, die man feinen Menschen nicht zutraut. Vor diesem Vorfall hätte Susanne Branner beharrlich geleugnet, dass es ihr auch nur in den Sinn kommen könnte, so etwas zu sagen. Nichtsdestotrotz stößt sie das junge Mädchen absichtlich an, als sie sich an ihr vorbeidrängt, um eine Cola light aus dem Kühlschrank zu holen. Und als die gut erzogene Yasemin sich lächelnd umdreht und schnell zur Seite tritt, springt eine widerliche Kröte aus dem Mund der vierundzwanzig Jahre älteren Frau: »Zicke!«

Der Kioskpächter hinter der Theke meint sogar gehört zu haben, dass die immer sozial entrüstete sozialdemokratische Politikerin mit ihrem Hang zu Klatschblättern und Mineralwasser *Kanakenzicke* gezischt hat, woraufhin sie einen Zwanzigkronenschein auf die Theke knallte und ohne auf das Wechselgeld zu warten mit ihrer Cola aus dem Laden marschierte.

Auch Yasemin traut ihren eigenen Ohren nicht. Sprachlos hat sie den Apfel fallen lassen, den aufzusammeln sie sich jetzt bückt.

»Lassen Sie ihn ruhig liegen«, sagt der freundliche Kioskbesitzer. »Nehmen Sie sich einen neuen.«

Weiter vor wird er sich nicht wagen. In seinem Metier gilt es, neutral zu sein.

Was bekommt man für 25 Kronen? Ein Rubbellos oder zehn Zentiliter Aalborg Aquavit. Ich entscheide mich für die Miniflasche, habe nie Glück im Spiel gehabt. Und in der Liebe auch nicht. Trotzdem habe ich das ungewohnte Gefühl, vom Glück angelächelt zu werden, als ich auf einer Parkbank die Nachricht abhöre, die Bjarne schon vor mehreren Tagen auf meine Mailbox gesprochen hat. Er hat einen alten Chevy gekauft, einen Bel Air wie den, den sich der Straßenbahnfahrer aus der Borgmester Christiansens Gade für die 10 000 gekauft hat, die er in einem Quiz gewonnen hat. Das war damals Wahnsinn, und das ist heute Wahnsinn. Aber das hat verdammt noch mal Stil. Leider verblasst das Lächeln des Glücks schneller als Gerts. Es ist zum Heulen mit Bjarne und seiner seligen Unwissenheit. Ich bringe es kaum übers Herz, ihn aus seinem Traum zu wecken und ihm zu sagen, dass *Memory Lane* ein abgesperrtes Gebiet und kein Ort ist, der sich für nostalgische Liebespaare in alten Amikisten eignet.

Sekine sitzt im Wartezimmer des Arztes und schielt zu ihrer Tochter hin. Sie ist in eine dänische Zeitschrift vertieft, die Sekine noch nie gesehen hat. E-U-R-O-M-A-N buchstabiert sie im Kopf, ohne dass sich für sie ein dänisches Wort dahinter verbirgt. Dann ist es bestimmt Englisch. Das ist im Dänischen oft so. Genau, wie sich inzwischen viele dänische Worte in das Türkisch eingeschlichen haben, das die jungen Leute reden. »Hei«, sagt Yasemin oft. Und »klasse!« und »Bis dann!«, »Okay!«, sagen auch alle. Sie selbst auch.

»Was ist?«, fragt Yasemin auf Türkisch und sieht auf, als sie den forschenden Blick ihrer Mutter bemerkt.

»Nichts«, lächelt Sekine verbindlich und führt ihr Taschentuch zum Mund. Sie ist nervös, unruhig, wie immer, wenn sie mit den Behörden zu tun hat. In der Regel hält sie sich von ihnen fern.

Wünschte, sie kämen ohne ihr Krankengeld aus, sodass sie nicht einem System Rede und Antwort stehen müsste, dem gegenüber sie so unterlegen ist, dass sie ihre Tochter als Dolmetscherin braucht. Doch mit den Ausgaben für Yasemins Hochzeit können sie ihren Beitrag nicht entbehren. Und jetzt verlangt die Gemeinde ein neues ärztliches Attest, damit das Krankengeld weitergezahlt wird. Wenn sie nicht belegen kann, dass sie arbeitsuntauglich ist, rutscht sie in die Sozialhilfe, hat ihre Sachbearbeiterin ihr erklärt. Und von dort in eine Umschulung oder Fortbildung. Und wenn sie chronisch krank ist, muss sie Invalidenrente beantragen. Sekine versteht nicht viel von ihren Gesetzen und Paragrafen. Yasemin oder ihre anderen Kinder müssen ihr alles, was sie bei der Gemeinde sagen, in kleine, mundgerechte Bissen schneiden. Sie sind in der Regel sehr geduldig mit ihr, die Kinder und die Schwiegerkinder. Doch in der letzten Zeit scheint Yasemin immer reizbarer zu werden. Vor allem die letzten Tage hatte sie extrem schlechte Laune. Sie fährt auf und will mit ihnen allen diskutieren. Wie jetzt auf dem Weg hierhin, als Sekine sich darüber beklagt hat, dass sie ihr das Geld nicht einfach geben, sondern sie zum Verhör bestellen. Wenn alle anderen das bekommen, warum dann sie nicht? Wenn jeder sehen kann, dass sie zu krank und zu alt zum Arbeiten ist? Verbraucht! Was hat Yasemin dazu gesagt, ihre eigene Tochter? Dass sie abnehmen und sich nicht mehr so viele Gedanken um ihre Gesundheit machen soll. Dann könnte sie wieder anfangen zu arbeiten, statt kleine Probleme zu großen zu machen.

Das hat sie ihrer Mutter direkt ins Gesicht gesagt, und wäre sie nicht auf Yasemin als Dolmetscherin angewiesen, hätte sie ihr einen Rüffel erteilt. Yasemin hat ein Unrecht an ihrer Mutter begangen; trotzdem sitzt sie mürrisch und ohne ein Wort zu reden auf ihrem Stuhl und starrt in diese Zeitschrift, die voller junger, modisch gekleideter Männer in teuren Anzügen ist. Wenn Yasemin so abweisend ist, wie soll sie dann jemals mit ihr über die Hochzeit reden? Das Mädchen ist schließlich nie zu Hause, und wenn sie denn einmal nicht in der Arbeit oder auf der Universität ist, hält sie sich jedenfalls nicht in der Küche auf. Da wäre es am natürlichsten, es ihr zu sagen. Einfach während des Kochens darauf zu sprechen zu kommen. Das Gespräch wie selbstverständlich auf den jungen Mann zu bringen, der bald mit seiner Ausbildung zum Computeringenieur an der Technischen Universität in Istanbul fertig ist und in jeder Beziehung eine ausgezeichnete Partie ist. Jeden Abend, bevor sie sich schlafen legen, fragt Ibrahim, ob sie mit Yasemin gesprochen hat. Und jeden Abend sagt sie: »Morgen, das verspreche ich.« Jetzt rufen sie auch aus der Türkei an. Sie wollen ein Datum festmachen. Die Formalitäten müssen erledigt, die Einladungen verschickt und das Orchester muss gemietet werden, wenn sie den Termin im August einhalten wollen. Und das wollen sie, versichert sie, wenn sie mit ihrer Kusine spricht, der Mutter des Jungen. Das letzte Gespräch war ein wenig unangenehm. Ziemlich unangenehm sogar. Denn ein anderes junges Mädchen aus Ishøj wurde plötzlich erwähnt, so ganz nebenbei. Deshalb ist Sekine sich vollkommen darüber im Klaren, dass ihr die Zeit davonläuft. Die Verlobung muss bekannt gegeben werden, selbst wenn sie als stellvertretende Schwiegermutter den Ring an Yasemins Finger stecken muss. Denn damit, dass ihre Tochter abgelehnt wird, kann Sekine nicht leben. Diese Scham erträgt sie nicht.

Sekine führt wieder das Taschentuch an der Nase vorbei. Sieht auf ihre breiten, braunen Schuhspitzen hinunter und lässt den Blick zu Yasemins spitzen, schwarzen Stiefeln wandern. Spürt einen Anflug von Neid auf das Leben, das ihre clevere Tochter führt. So frei und sorglos. Und reich! Dieses Mädchen kann kaufen, was sie will. Wie jetzt das neue Handy, das plötzlich in ihrer riesengroßen Tasche klingelt, in der sie ihr ganzes Leben mit sich herumträgt. In Sekines Vinyltasche aus dem Basar in Konya sind nur ihre Geldbörse, die Schlüssel und Lippenpomade.

»Rasmus!«, lächelt sie breit und legt die Zeitschrift weg. »Ich habe doch gesagt, dass ich mit meiner Mutter zum Arzt muss! Ich bin in ungefähr einer Stunde da. Haha! Das wird schon gehen. Mach's gut, Rasmus.«

»Ich soll dich von Rasmus grüßen«, teilt Yasemin mit, noch immer mit einem Lächeln in den Augen. »Das ist mein Kollege. Er arbeitet auch als studentische Hilfskraft.«

Sekine nickt. Rasmus, ja. Sie erinnert sich an ihn. Er war auch mit in der Hochschule. Damals, als Yasemin nachts nicht nach Hause gekommen ist, weil sie eingeschneit war.

Yasemin will wieder nach E-U-R-O-M-A-N greifen. Doch jetzt öffnet sich die Tür zu dem Behandlungszimmer, und Ulla, die Ärztin mit der Halbbrille auf der Nase, ruft sie herein.

»Sekine«, sagt sie und lächelt auf diese offene dänische Art, die sie nicht versteht. »Kommen Sie herein. Sie haben heute Yasemin mitgebracht?«

Glücklicherweise sind keine anderen Patienten im Wartezimmer. Um ihnen hinterherzustarren, der watschelnden Mutter und der schicken Tochter. Sie wird auch einmal dick werden. Das werden die Frauen in ihrer Familie. Wenn sie heiraten.

Wo ist Yasemin?«, fragt Gert Jacobsen vorwurfsvoll seine Sekretärin, die eilig das Fenster in ihrem Computer schließt, um die Bewerbung zu verbergen, an der sie gerade arbeitet.

»Ich habe sie nicht gefressen!«, antwortet die Sekretärin, jedenfalls in Gedanken. »Sie begleitet ihre Mutter zum Arzt«, informiert sie ihn neutral. »Sie kommt gegen eins.«

»Ja, stimmt.« Gert Jacobsen erinnert sich und trollt sich wie ein hilfloser Großvater wieder in sein Büro.

Aufgrund eines Personenschadens hat die S-Bahn nach Kopenhagen zwanzig Minuten Verspätung. Normalerweise würde Yasemin aufstöhnen und zum Handy greifen und wie alle anderen überall anrufen, doch heute passt es ihr ausgezeichnet, dass der Zug zwischen Friheden und Åmarken still steht. So kann sie einfach nur dasitzen, sich in ihrer Ecke verkriechen und muss mit niemandem reden. Yasemin muss nachdenken. Denn was hat Susanne Branner neulich in dem Kiosk mit ihrer Bemerkung *gemeint*? War das nur ein ganz gewöhnlicher Ausdruck des alltäglichen Rassismus, dem sie alle hin und wieder begegnen? Des Rassismus, für den man ein *Kanake* sein muss, um ihn am eigenen Leib zu erfahren? War das eine Erinnerung daran, dass man es vielleicht bis hierhin schaffen kann, bevor das Gitter heruntergeht, aber nicht weiter? Die raffinierte Form der Apartheid, die so schwer zu beweisen ist, weil sie im Verborgenen am besten gedeiht? Werden die jungen Einwanderer von den Türstehern der Diskotheken abgewiesen, weil sie Türken, Marokkaner oder Palästinenser sind, oder weil es eine »geschlossene Party« ist? Werden die jungen Einwanderinnen aus dem Bewerbungsstapel aussortiert, weil sie Türkinnen, Marokkanerinnen oder Palästinenserinnen sind, oder weil der Job »anderweitig vergeben ist«?

Ist Yasemin naiv gewesen? Hat sie nicht gesehen, wie die Gesellschaft ist, weil sie es so leicht gehabt hat? Hat sie sich mit ihrem Optimismus und ihrer vorwärts stürmenden Unbezähmbarkeit eingebildet, dass für eine wie sie der Weg freigeräumt ist? Dass sie nur Gas geben, die Opferrolle hinter sich lassen und sich selbst als Gewinnerin sehen muss? Wird sie einsehen, dass Melika recht hat? Besser früher als später erkennen, dass man kulturellen Kräften gegenübersteht, gegen die man unmöglich gewinnen kann? Endet es damit, dass Melika, die jetzt ihr Studium aufgegeben hat, um sich ganz den Hochzeitsvorbereitungen zu widmen, die Glücklichere von ihnen beiden wird? Weil sie klug genug war, sich den Vorhersagen des Kaffeesatzes zu beugen? Während sie, Yasemin mit dem Kopf gegen die Wand rennt, ohne etwas anderes davon zu haben als gewaltige Kopfschmerzen?

Andererseits, denkt sie, während sie sich kurz von zwei minderjährigen Rowdys ablenken lässt, die das Rauchverbot in dem Abteil ignorieren und sich breit grinsend jeder eine Zigarette anzünden, will sie lieber sterben, als so ein Nichtleben zu führen wie ihre Mutter.

Diabetes, Übergewicht, zu hoher Blutdruck und die Aussicht, ewig passiv zu sein und von einer Gesellschaft versorgt zu werden, in der sie sich nicht zu Hause fühlt. Was für ein Dasein ist das? Auf Lebenszeit in seinem eigenen Gefängnis eingesperrt zu sein, in dem man sitzt und sich über den Verfall der Sitten entrüstet?

Yasemin spielt an ihrem Nasenstecker. Fächelt verärgert den Zigarettenrauch weg, der das ganze Abteil verräuchert. Rüpel. Jetzt belästigen sie auch eine ältere Dänin, die sie gebeten hat, die Zigaretten auszumachen. Yasemin würde sich lieber nicht einmischen, hat noch nicht zu Ende nachgedacht. Denn was tut sie? Lässt sie sich von dem frustrierten Miststück Susanne Branner bremsen? Oder behauptet sie ihren Platz in Christiansborg, macht ihr Diplom und verfolgt ihre Ziele? Müsste sie nicht langsam Das Große Gespräch mit ihrem Vater führen, dem Vernünftigsten in der Familie, und ihm sagen, dass die Zeit reif ist, von zu Hause auszuziehen. Auch wenn sie nicht verheiratet ist. Doch vor allem muss sie ihm sagen, dass sie im Sommer nicht mit in die Türkei fahren wird. Sie braucht die Sommermonate, um sich auf ihre Diplomarbeit vorzubereiten. Im Alltag schafft sie es gerade, ihre Vorlesungen zu besuchen und ihrer Arbeit auf der Burg nachzugehen. Dafür lernt sie viel über praktische Politik, indem sie so eng mit Gert zusammenarbeitet. Ein Privileg, obwohl er ein zeitaufwendiger Chef ist. Und sie ihm nicht immer folgen kann. Warum zum Beispiel lässt er sich von *Euroman* interviewen? Was will er in so einem Angebermagazin? Warum überlässt er solche populistischen Unterfangen nicht Per Vittrup, der diese Zurschaustellung offenbar zu brauchen scheint?

»*Fuck you,* Mutter!«, hört sie jetzt auf dickem Kanakentürkisch. »Du uns zeigen Respekt, he? Wir rauchen, wann wir wollen, okay?«

Yasemin zögert nicht länger. Das sind ihre Landsleute, also ist es ihre Pflicht einzugreifen.

»Hi«, sagt sie und geht zu den Jungen. Zwölf, dreizehn Jahre sind sie, höchstens, aber sie können bereits mit den Gangsterattitüden jonglieren und sehen sie mit dem gleichen flegelhaften Ausdruck an, den sie die ganze Zeit aufgesetzt haben. Doch er verschwindet schnell, als sie sie auf Türkisch zurechtweist.

»Was ist los, ihr Kleinkinder? Solltet ihr nicht in der Schule sein, statt hier zu sitzen und andere Leute zu belästigen und Schande über eure Familien zu bringen, was? Ich weiß, wer ihr seid, mein Vater redet im Klub oft mit euren Vätern«, blufft sie. »Soll ich zu Hause erzählen, dass ihre Söhne hier sitzen und rauchen und großtun und während der Schulzeit auf dem Weg zum Fisketorvet sind, hä?«

»Hure«, zischt der eine auf Dänisch.

»Macht ihr die Zigaretten jetzt aus? Ich kann auch sofort anrufen«, sagt sie und holt das Handy heraus.

Sie wechseln verstohlene Blicke. Einigen sich dann stillschweigend. Schnipsen die Zigaretten auf den Boden und treten sie mit ihren federnden Nikesohlen aus.

Die Dänin sieht Yasemin dankbar an. Und dann setzt der Zug sich endlich langsam in Bewegung.

Yasemin geht zurück auf ihren Platz. Vielleicht ist es doch das, worauf sie ihr Leben verwenden soll. Die Integration auf Augenhöhe. Jedenfalls gibt es genug zu tun. Doch die Frage bleibt: *Warum* hat Susanne Branner sie *Zicke* genannt oder war es *Kana-*

kenzicke? Irgendwann wird sie Rasmus fragen. Vielleicht hat er eine Idee. Er ist schließlich Däne.

Wenn man einen Brief bekommt, auf dem der eigene Name steht, hat man doch das Recht, ihn zu öffnen? Aber wenn auf dem Brief *Linda Lykke Jacobsen und Gert Jacobsen* steht, hat dann der eine das Recht, ihn zu öffnen, bevor der andere nach Hause kommt? Kann ich es mir mit anderen Worten erlauben, den Brief aufzumachen und zu lesen, bevor Gert ihn gesehen hat? Gibt es überhaupt eine Etikette, was das Öffnen von Briefen angeht? Gibt es ein anerkanntes Werk, einen Knigge, auf den ich verweisen kann, falls ich das Falsche tue?

Während ich den Brief und das Dilemma drehe und wende, kommt mir der Gedanke, dass das noch ein Beispiel für den Unterschied zwischen dem Normalen und dem Anormalen ist. Auch wenn ich nicht mehr auf dem Laufenden darüber bin, was normal ist, und unsere Ehe deshalb hin und wieder für gar nicht so ungewöhnlich halte, bin ich ziemlich überzeugt, dass andere Frauen keine Angst haben, einen Brief zu öffnen, der an sie adressiert ist. Es sei denn, sie haben aus dem einen oder anderen Grund eine exponierte Position – wie zum Beispiel Elizabeth Meyer, die einzige Frau, vor der Gert Respekt hat –, die die Angst vor Briefbomben oder Milzbranderregern rechtfertigen könnte. Doch dieser Brief ist nicht anonym, er hat einen Absender. Und der ist nicht al-Qaida, sondern der *Arbeiter* aus dem Borgbjergvej. Der frühere Parteivorsitzende der Sozialdemokraten. Ein Mythos.

Ich lasse den Brief fluoreszierend auf dem Küchentisch liegen, während ich den Kühlschrank sauber mache und den Gefrierschrank leere, um ihn abzutauen. Die Fächer sind mit vereister Tiefkühlkost vollgestopft, die das Haltbarkeitsdatum überschritten hat. Was zum Teufel habe ich mir dabei gedacht, als ich all diese Rinderschwanzstücke, Hähnchen, Forellen und Himbeertorten gekauft habe? Dass wir wieder Abendgesellschaften geben? Janni und die Kinder zum Abendessen einladen? Es uns Samstagabend mit einem Bœuf Béarnaise gemütlich machen? Einem *Steeeak*, wie Niller, der wieder gesund und nach Nyborg überführt worden ist, sagen würde. Ich fülle Plastiktüte um Plastiktüte mit meinen Fehlkäufen, stelle sie vor die Tür, um sie später in den Müllcontainer zu bringen. Zuletzt ist nur noch eine Flasche Schnaps übrig, die versteckt hinter dem Essensberg gelegen hat. Sie lässt mich in meine kleinen Hände klatschen, was für ein Geschenk, denn ich, die ich sonst die totale Übersicht über meine Alkoholvorräte habe, hatte sie vergessen. Eine halb volle Flasche Brøndum-Schnaps. Übrig von einem Ostermittagessen vor einigen Jahren. Mit Gitte und Per. Bevor die Pichelei überhandnahm. Heute bin ich streng. Den Schnaps bekomme ich erst als Belohnung, wenn ich Zeitungen auf den Boden der Gefriertruhe und auf den Küchenboden gelegt habe. Es ist eine alte *Sonntags-Berlingske*, die ich auf dem schachbrettartigen Linoleum ausbreite. Nachrichten, Sport, Autos, Wohnungen. Mein Blick verweilt auf einigen vierfarbigen Anzeigen von Immobilienmaklern, eine Zweizimmerwohnung in Nørrebro kostet fast zwei Millionen! Wer zum Teufel kann sich das leisten? Ich will das Magazin auffalten und sehe das kleine Passfoto, das immer über den Beiträgen der Journalisten abgedruckt ist. Mikael Rud. Mein Arbeitgeber. Der Typ, der aussah, als hätte er den Tod von Lübeck gesehen, als er mich am Donnerstag mit dem Staubsauger und meinem blauen Auge überrascht hat. Der nette Junge ist auf Exkursion gewesen, weit weg von der Pilestræde, hat sich bis zum Südhafen hinunterbegeben und über die Verwüstungen durch die Einwanderer in diesem Viertel berichtet. Ich habe nicht vor, den Artikel zu lesen, doch die Einleitung ist effektvoll – *»Etwas pas-*

siert mit Ahmed, wenn er einen Baseballschläger in die Hand bekommt« –, und ich bleibe Spalte für Spalte dabei und lese bis Seite zwei weiter. Sitze mit offenem Mund da und begreife kaum, dass es mein Kindheitsviertel ist, über das er da schreibt. Dass der ganze Kg. Enghave offenbar mit Banden infiziert ist, die sich mit Neonazis, Dänen und untereinander prügeln, mit Keulen und Schlagringen, und Waffen auf dem Westfriedhof verstecken! Ein paar haben einen Überfall auf den Supermarkt im Borgbjergvej verübt – *im Borgbjergvej!* – und sitzen jetzt im Vestre. Vielleicht sind das die, die Niller fertiggemacht haben? Die marokkanischen Jungs, die bei dem Artikel mitgewirkt haben, sind alle auf die Bavnehøj-Schule gegangen – *meine alte Schule!* – und prahlen damit, dass sie sich die Zeit mit bestellten Einbrüchen und dem Weiterverkauf »heißer Ware« vertreiben. Gefälschte Northface-Jacken wie die, die Patrick hat, und die neuesten Handys. In Polen beschafft. Alles dreht sich um Ehre und Status, sagen sie. Darum, sich Respekt zu verschaffen. Der Artikel schließt damit, dass sie sich trotz ihres sündigen Lebensstils als gläubige Muslime betrachten, die hin und wieder in die Moschee gehen und im Prinzip mit den Extremisten in Hizb-ut-Tahrir sympathisieren. Sie haben auch keine Probleme damit, das Mädchen zu heiraten, das die Eltern für sie ausgesucht haben. Und sie hätten gern einen Ausbildungsplatz. *Einen Ausbildungsplatz!* Als könnte irgendjemand ihnen irgendetwas beibringen!

»Na, denn Prost!«, sage ich und stehe schwindlig auf. Das muss einfach hinuntergespült werden. Vielleicht wohnt der keulenschwingende Ahmed in unserer alten Wohnung? Vielleicht ist er in denselben engen Räumen groß geworden, vielleicht waren sie allzu viele Kinder auf allzu wenigen Quadratmetern? Vielleicht haben er und seine Freunde meiner Mutter Angst gemacht, auf die Straße zu gehen? Janni zufolge ist sie in den letzten drei Jahren nicht mehr unten auf dem Platz gewesen. Man stelle sich einmal vor, dass sie eingezogen sind, als wir ausgezogen sind. Wer hätte das gedacht? Dass die ausgenutzten und äußerst willkommenen Gastarbeiter, die wie durch Zauberei unsere Unterschicht aufwerteten, indem sie willig die Rolle der Niedersten, am schlechtesten Bezahlten und geringst Geachteten einnahmen, sich rächten, indem sie hiergeblieben sind? Frauen und Kinder nachgeholt haben und allein dadurch Schrecken und Entsetzen verbreiten, dass sie sich formieren. So weit reichte die Fantasie des *Arbeiters* jedenfalls nicht. Dafür ist er stoisch da geblieben, wo er immer war, während die Invasion alle anderen weg- oder in die Arme von Mutter Volkspartei trieb. Er wohnt noch immer in derselben Eckwohnung, dreißig Hausnummern von unserer entfernt. Und jetzt wird er achtzig, wie ich sehe, als ich den Umschlag mit einem Finger aufreiße, nachdem ich einen ordentlichen Tropfen gekippt habe. Verdammt. Er hat nicht nur meinen Namen mit auf die Einladung zu dem großen Geburtstagsfest geschrieben, das am Pfingstsamstag von den Sozialdemokraten im Festsaal des Arbeitermuseums abgehalten werden soll, sondern auch noch ein handschriftliches PS hinzugefügt: *Hoffe sehr, Linda zu sehen!* Das ist mehr als ein Wunsch, das ist ein ausdrücklicher Befehl, den Gert nicht ignorieren kann. Das wird ihn rasend machen. Er hasst es, wenn der Alte so mit ihm umspringt. Und obwohl ich weiß, dass ich es letzten Endes ausbaden muss, freue ich mich. Dass man sich an mich erinnert. Dass ich erwünscht bin. Dass ich dazugehöre. Als würde Papi mir den Kopf tätscheln.

Ich bleibe am Küchentisch sitzen, rauche ein paar Zigaretten, schwebe in einer albernen festlichen Erwartung in einem Ballon über den damaligen Südhafen. Soll ich mir ein neues Kleid kaufen?

Erinnere mich erst an die Tüten mit der Tiefkühlkost, als sich ein hellroter See in Form einer Niere auf dem sonst immer sauberen Küchenboden ausbreitet. Das kann Himbeersaft sein. Oder Ochsenblut.

Sie treffen sich heimlich wie zwei untreue Liebende, die nicht entdeckt werden wollen. Oder vielleicht eher wie Geheimagenten, die vertraulich gestempeltes Wissen austauschen. An und für sich kann keiner ihnen vorwerfen, zusammen zu Mittag zu essen, eine ehemalige Ministerin und ihr damaliger Sekretariatschef, der inzwischen zum Staatssekretär im Umweltministerium befördert worden ist. Aber es könnte missverstanden werden, könnte für Aufregung sorgen, für Unannehmlichkeiten. Außerdem verträgt das Gespräch keine langen Ohren von den Nebentischen und keine interessierten Mithörer, von denen man nie wissen kann, wer sie sind.

Deshalb machen sie einen Spaziergang. In reichlich Abstand zu den wenigen anderen Promenierenden. Auf Langelinie. Henrik Sand hat für den Proviant gesorgt und italienische Panini und ihren alten Hoftrunk, den Søbogaard-Saft aus schwarzen Johannisbeeren, mitgebracht. Dieses prunklose Mittagessen nehmen sie mit hochgeschlagenen Mantelkrägen auf einer Bank mit Aussicht auf die kabbeligen Wellen des Hafenbassins ein, bevor sie beschließen, einen Spaziergang zu machen, um sich warm zu halten. Zur Molenspitze hinaus. Henrik Sands Blutdruck ist noch immer zu hoch, aber er ist inzwischen in aller Stille fünfzig geworden, was ihn etwas entspannter hat werden lassen. Vielleicht wird er doch noch ein Fest geben. Um zu feiern, dass er, entgegen aller Erwartung, der Familientradition nicht folgt und allzu jung stirbt. Falls er es wagt, das Schicksal herauszufordern. In diesem Fall steht Charlotte mit auf der Gästeliste, ob das nun passend ist oder nicht. Wäre er der Typ, der zurückblickt und in der Vergangenheit schwelgt, müsste er erkennen, dass er sie vermisst. Täglich. Nicht, dass er ihren bauernschlauen Nachfolger nicht schätzt, doch in der kurzen Periode, in der sie Ministerin war, war es bedeutend lustiger, zur Arbeit zu gehen. Das Budget war auch größer. Beträchtlich. Jetzt kürzt er, wie er soll, aber sonderlich spaßig ist es verdammt noch mal nicht, visionslose Kürzungen mit dem hirnrissigen Argument »Weil!« durchzusetzen. Dass ihre Zusammenarbeit zu Ende war, als die Regierung gestürzt wurde, war mehr als ärgerlich. Doch dass sie mit einer so souveränen Stimmenzahl ins Folketing eingezogen ist, hat ihn sehr gefreut. Ja, seine Frau könnte bestätigen, dass er der Euphorie so nahe war, wie ein Westjüte aus Harboøre das nur sein kann, als klar wurde, dass Charlotte Damgaard sie alle rechts überholt hatte. Begreif das, alter Elefantenbulle!

So, findet er, soll sie weitermachen, und wenn er in aller Diskretion als ihr erfahrener *consigliere* fungieren kann, steht er ihr gern zur Verfügung. Mit allem, was das an karrieremäßigen Risiken in sich birgt. Das hat er längst entschieden. Deshalb antwortet er ihr auch bereitwillig, als sie ihn um seine Meinung zu dem sozialdemokratischen Machtkampf bittet, der offenbar in eine konfrontativere Phase geht.

»Henrik, kannst du mir sagen, um was es da geht? Was ist der Kern der Sache? Warum will Gert Vittrup stürzen?«, fragt sie auf ihre übliche direkte Art. Genau wie ihr grün-weiß karierter Mantel ihn in gute Laune versetzt, versetzen ihn ihre unprätentiösen Fragen in gute Laune.

»Das ist nichts anderes als ein ganz banaler Machtkampf unter zwei Männern. Der Kern der Sache ist gleichgültig. Das Unwichtigste in dieser Art von Machtkämpfen ist, wer recht *hat*. Viel wichtiger ist, wer recht *bekommt*. Wer starker ist, wer gewinnt.«

»Oh Gott«, stöhnt Charlotte. »Was für ein Zirkus, wie üblich.«

»Nicht sonderlich grandios, aber so ist es«, stimmt er zu. Sie haben den gleichen Gehrhythmus gefunden. Sie macht ebenso lange Schritte wie er. Und sie sind fast gleich groß. »Männer sind schließlich nicht so anspruchsvoll, nicht wahr? Für die meisten geht es einfach nur darum, messbare Macht zu erlangen. Zu gewinnen, ganz primitiv. Grand-Schlammschlachten-Titel, Boxkämpfe, Trophäen. Frauen! Das wissen Gert Jacobsen und Per Vittrup ganz genau, aber sie umschreiben es natürlich. Machen den Streit größer, wichtiger, als er ist. Gleichzeitig werden sie abstreiten, dass sie einen Kampf auf Leben und Tod ausfechten. Das ist etwas sehr Dänisches, nicht wahr?«

»Wie meinst du das?«, fragt sie mit schief gelegtem Kopf. Sie ist langsamer geworden, lässt auch ihn das Tempo reduzieren.

»Nun ja, in der dänischen Politik gilt es, die Machtgier herunterzuspielen. Wir tun, als würden wir ihn uns teilen, den *Einfluss*. Man darf schließlich nicht zeigen, worauf man aus ist. Obwohl alle wissen, dass die Nummer zwei per definitionem darauf lauert, die Nummer eins zu Fall zu bringen, um selbst König zu werden. Genau wie jeder weiß, dass die Nummer eins andererseits alles tun wird, um die Möglichkeiten von Nummer zwei zu untergraben, die Nummer eins zu werden. Das ist nicht weniger blutig als zu Shakespeares Zeiten, aber man darf sich um Gottes willen nicht mit Blut an den Händen erwischen lassen.«

»Und was wird jetzt passieren? Konkret?« Charlotte ist stehen geblieben, sieht ihn mit ihren großen, flussgrünen Augen an. Sie hat rote Wangen bekommen und eine rote, tropfende Nasenspitze. Auch ihm läuft die Nase, sodass er sie erst einmal putzt, bevor er fortfährt:

»Da eine bedrohte Nummer eins nichts weniger wünscht, als die Macht an die sie herausfordernde Nummer zwei abzutreten, wird Vittrup jetzt versuchen, sich mit einer möglichen Nummer drei zu alliieren, um Gert zu umgehen. Wenn er zu dem Schluss kommt, dass er Zeit hat, wird er vielleicht eine ganze Anzahl von Möglichkeiten prüfen, unter denen er dann seinen – jungen, beeinflussbaren – Nachfolger auswählen wird. Wenn er sich jedoch gedrängt fühlt, wird er sich voraussichtlich entscheiden, auf einen Kronprinzen oder eine Kronprinzessin zu setzen«, sagt er und schiebt vielsagend die Unterlippe vor.

Charlotte schüttelt sich. Eine Wolke hat sich vor die Sonne geschoben. Sie lässt sich bei der Andeutung nichts anmerken.

»Wird ihm das gelingen? Gert von den Fleischtöpfen fernzuhalten?«

Henrik Sand schüttelt nachdenklich den Kopf. Braucht eigentlich keine so lange Bedenkzeit, doch ihm geht es nicht anders als dem Vater, der notgedrungen seine treuherzige Tochter von dem Irrglauben befreien muss, dass alle Männer mit Bonbontüten nett sind.

»Nein, das wird es nicht. Er ist geschwächt, und sie werden zum Angriff übergehen wie Haie, die Blut gerochen haben. Die Feinde sind zu viele geworden, er hat zu vielen auf die Füße getreten, und jetzt haben sie sich zusammengetan. Sie werden entweder passiven Widerstand leisten, indem sie ihm nicht helfen. Oder sie werden aktiven Widerstand leisten und anfangen, ihn schlechtzumachen, vertrauliche Informationen an die Presse weitergeben. All diese unschönen Dinge, die sich bereits abzeichnen.«

»Und welche Position nehme ich dabei ein?«, fragt sie und steckt sich ein Stück Nicorette in den Mund. Sie hat sich wieder in Bewegung gesetzt. Er folgt ihr.

»Welche Position möchtest du denn einnehmen?«

»Ich möchte die Schweiz sein!«

»Neutral?«, lacht er. »Und es dir in aller Bequemlichkeit mit deinen Kuckucksuhren und deiner Toblerone gemutlich machen? *Come on,* Charlotte!«

»Ich habe eine gewisse Schwäche für Per«, sagt sie schließlich. »Obwohl, *you know*!«

»Obwohl er dich beinahe gefeuert hätte! Das darfst du nicht vergessen, nicht wahr? Auch wenn es dir nicht gefällt, dass man auf einen einschlägt, der bereits am Boden liegt!«

»Ja, das hasse ich! Das gehört zu den Dingen, von denen ich

meinen Kindern immer sage, dass sie das nie tun dürfen«, räumt sie ein.

Er schüttelt den Kopf.

»Ihr sollt alle gute Freunde sein«, zieht er sie auf. »Manchmal muss man sich fragen, ob Frauen überhaupt für die Politik geschaffen sind. Seid ihr nicht alle viel zu weich?«

»Wie bitte?«, sagt sie und zieht ihre Handschuhe an.

»Ja! Wenn ihr zwischen Herz und Hirn entscheiden müsst, zwischen Vernunft und Gefühl, entscheidet ihr euch für das Herz, nicht? Frauen stimmen ›aus dem Bauch heraus‹, sagt ihr das nicht? Ihr wollt nicht akzeptieren, dass es Bauern kostet, wenn man Schach spielt!«

»Was ist mit Meyer?«, trumpft sie auf.

»Die Frage ist, ob sie eine Frau ist!«

»Was bist du doch streng!«, lacht sie und versetzt ihm einen Puff in Richtung Kaikante.

»Was sagt Meyer übrigens zu deiner Positionierung?«

»Dass ich zu Vittrup Abstand halten soll. Und lernen, Gert zu lieben. Letzteres ist am schwersten. Mein *Bauch* sagt mir, dass er ein Schweinehund ist.«

»Meiner auch. Aber er kann trotzdem die richtige Wahl sein. Die einzige Möglichkeit. Wenn ihr überleben wollt. Darin hat Meyer recht. Sie hat ja immer schon ein erstaunliches Gespür gehabt zu hören, wann die Kamiken knirschen.«

»Sie hat *was*?«

»Das sagen sie oben in Grönland. Die Eskimos schlagen sich schließlich auch um die Macht, zu deiner Orientierung. Sollen wir umkehren? Ich habe in einer halben Stunde eine Besprechung mit dem Minister …«

»Kannst du ihm nicht einen vergifteten Apfel von mir geben?«, fragt Charlotte trocken, als sie umdrehen und Richtung Stadt gehen.

»Ach, dann hast du doch zugehört?«, lächelt er.

»Mmm. Kennst du noch mehr gute Sprüche, die ich sticken und über der Tür aufhängen kann?«

»Nur, dass man wissen muss, in welche Richtung man pissen muss«, sagt er in schleppenden Westjütisch. »Sonst erwischt einen der Strahl im Nacken.«

»Ih, was bist du poetisch!«, lacht sie.

Er macht eine ausladende Handbewegung.

»Kann ich dir sonst noch mit etwas behilflich sein?«

»Ja, mit etwas ziemlich Pikantem. Weißt du, ob Gert Jacobsens Frau ein Alkoholproblem hat?«

»Nee. Aber ich kann das für dich herausfinden«, sagt er und sieht sie schräg von der Seite an. »Brauchst du das für irgendetwas?«

»Das weiß ich noch nicht. Vielleicht«, sagt sie und zuckt mit den Schultern. Er sieht sie abwartend an, doch eine nähere Erklärung scheint nicht zu folgen.

Stattdessen zeigt sie zu den hohen Kränen auf Holmen hinüber, wo bald die Oper gebaut werden soll.

»Was hältst du von dem Geschenk des Reeders? Ist das auch die Machtmanifestation eines großen Mannes?«

»Ganz entschieden«, nickt er und schiebt die Brille zurecht. »Da geht es um den Nachruhm. Dem Wichtigsten von allem. Wenn man entdeckt, dass man doch nicht unsterblich ist.«

Weißt du auch, was ein Liter Milch kostet?«, hatte Meyer trocken gefragt, als sie vor Kurzem zur »Konsultation« bei ihm war. Sie haben gemeinsam einen Plan erarbeitet und einige *bullet points* für das Interview aufgestellt, das den Kampf möglicherweise endgültig entscheiden wird.

»Tust du das?«, hatte er erwidert und damit gewonnen. Denn im Gegensatz zu Elizabeth Meyer und den meisten anderen Politikern könnte Gert Jacobsen wirklich darauf antworten, was ein Liter fettarme Milch oder sechs Rollen Toilettenpapier kosten. Würde er danach gefragt, würde er den Volkstümlichkeitstest glanzvoll bestehen und als einer derjenigen dastehen, der die Verbindung zum Volk nicht verloren hat. In Wahrheit kennt Gert Jacobsen die Preise der Lebensmittel nur, weil er die Einkaufszettel seiner Frau akribisch kontrolliert. Und da er ein Zahlenmensch ist, erinnert er sich auch an den Preis für einen Liter fettarme Milch, obwohl er damit nichts anfangen kann. Er nutzt dieses Wissen ausschließlich dazu, seine Frau zu schlagen, und abgesehen davon, ist es ihm völlig gleichgültig, ob der Preis für einen Liter fettarme Milch um fünfzig Øre gefallen oder gestiegen ist. Denn Gert Jacobsen interessiert sich, im Grund genommen, nicht für den Alltag und die Menschen, die darin leben. Als Ideologe und Theoretiker ist er an den großen Linien und den großen Ideen interessiert; er betrachtet die Gesellschaft am liebsten aus der Vogelperspektive, aus der man einen Überblick über die Konstruktion und den klaren Grundriss hat und nicht von störenden menschlichen Elementen abgelenkt wird. Er bezieht sein Wissen über Arbeitslosigkeit, durchschnittliche Lebenserwartung oder Ausbildung lieber aus den Tabellen des Dänischen Amtes für Statistik, als einem x-beliebigen Rentner zuzuhören, der ihn am Høybro Plads anhält, um ihm seine Not mitzuteilen. Und er wird jederzeit mehr Vertrauen in die Erörterungen des Direktors der Nationalbank zur dänischen Ökonomie setzen als in das Klagelied eines Schlachthofarbeiters über die Globalisierung und die daraus entstehenden Konsequenzen für seinen Arbeitsplatz. Im Grund genommen, taugen diese subjektiven Einschätzungen nichts, will man die Wohlfahrtsgesellschaft statistisch erfassen, wie Gert das so gern tut.

Deshalb liegt Per Vittrup mit seiner fixen Idee von der Frühlingstournee, die – *Gott steh uns bei!* – nächste Woche losgehen soll, seiner Meinung nach auch völlig daneben. Wie bereits vorauszusehen, ist die Presse nicht sonderlich freundlich gestimmt, es heißt sogar, dass die *Weekendavisen* an einem richtiggehend vernichtenden Artikel arbeitet. Deshalb sind er und Meyer sich völlig einig, dass *die Korsettmethode*, wie Meyer sie nennt, langsam zu wirken beginnt; Vittrup ist so eingeschnürt, dass er früher oder später nach Luft ringen und zur schmählichen Kapitulation gezwungen sein wird. In der Zwischenzeit macht Gert sich in aller Stille zur Übernahme bereit. Meyer hat ihren Platz auf der Trainerbank eingenommen, sekundiert von einem geheimen Team von Hilfstrainern, die den Platz der anderen in diesem Masterplan so gut wie nicht kennen. Jeder Einzelne von ihnen berichtet Meyer, die die Botschaften dann weiterleitet. Um Spuren zu verwischen und den Feind in die Irre zu führen. Deshalb gibt es keine Frühstückstreffen zu Hause in der Küche mehr, was ihm ganz ausgezeichnet passt. Er fühlt sich nie wohl dabei, Politik und Privatleben zu mischen, ist nie wirklich entspannt, wenn Linda in der Nähe ist. Die Berater gehen auch davon aus, dass er viel Unterstützung erhalten wird. Von einer Entscheidung durch eine Wahl ist keine Rede. Die, die Vittrup unterstützen, sind zu wenige, zu jung oder zu alt, um gravierenden Widerstand zu leisten. Der Stein im Schuh ist wie immer Charlotte Damgaard, die Zeter und Mordio schreien könnte, nicht zuletzt in den Medien. Deshalb muss sie genau im Auge behalten und umhätschelt werden. Daran arbeitet er seit Langem, doch nichtsdestotrotz scheint sie für Vittrups Angeltouren im Volksmeer eine gewisse Sympathie zu hegen. Jedenfalls soll sie eingewilligt haben, ihn einige Tage zu begleiten. Um Charlotte wird man sich besonders bemühen müssen. Auf die richtige Weise, wohlgemerkt. Denn die Frau ist noch immer hoffnungslos idealistisch, sie muss davon *überzeugt* werden, dass ein Machtwechsel notwendig ist. Aus *guten* Gründen. Kaufen lässt sie sich jedenfalls nicht. Noch nicht.

Doch wie auch die Berater einstimmig hervorheben, muss nicht nur Charlotte Damgaard umworben werden. Die gesamte weibliche Wählerschaft will davon überzeugt werden, dass Gert keine kleinen Kinder zum Frühstück verspeist. Wenn er sein kantiges, barsches Image loswerden will, muss er etwas mehr *Alltag* zeigen. Was umso dringlicher ist, als er weder Kinder noch Enkelkinder hat, mit denen er sich fotografieren lassen oder von denen er erzählen kann. Er muss sich bei Kinopremieren, Theatervorstellungen und Sportveranstaltungen sehen lassen. Und seine Frau muss ihn begleiten. Die Leute bekommen sie ja nie zu Gesicht. Man könnte fast glauben, er sei geschieden oder Single. Und so wird man nicht Staatsminister. Man sehe sich nur Per Vittrup an.

Linda ist ein Problem, das muss er zugeben. Eine größere Belastung, als irgendwer ahnt. Das heißt, Meyer hat mehr als eine Ahnung. Und Per wohl auch. Doch wie schlimm es wirklich mit ihr ist, weiß niemand. Er sollte sie loswerden, hätte sie schon längst loswerden sollen. Sie zu einem Entzug zwingen, in die Klinik schicken sollen, wie sie das seinerzeit mit Schouw getan haben. Ohne bleibende Wirkung, leider. Doch wie die Dinge liegen, muss das warten. Er kann sich erst nach dem außerordentlichen Kongress scheiden lassen, auf dem Vittrup seine Abschiedsrede halten und man ihn hoffentlich zum neuen Vorsitzenden ernennen wird. In dieser kritischen Phase darf er keinen falschen Schritt tun, und es versteht sich von selbst, dass eine durch die Boulevardzeitungen gehende Scheidung alles kaputt machen kann. Und selbstverständlich kann er nicht riskieren, dass sie während des Entzugs in einem Gesprächskreis das eine oder andere ausplaudert. Nein, am besten bleibt sie, wo sie ist. Zu Hause, wo sie den geringsten Schaden anrichtet. Wenn er sie an der kurzen Leine hält, kann sie ihn bei passenden Gelegenheiten begleiten. Wie zum Geburtstag des *Arbeiters*, zu dem ausgewählte Presseleute eingeladen sind. Er hat ihr ein neues Kleid genehmigt und sie aufgefordert, sich zu dem Anlass hübsch zu machen. Er hat auch gesagt, dass er sie umbringt, wenn sie für einen Skandal sorgt. Das wird sie nicht, hat sie versprochen.

Nun gut, aber der *Alltag* … Alles in allem muss er bei dem, was er sagt und tut, sehen, dass er seinen Ausgangspunkt im Alltag nimmt. Er muss auf Erlebnisse und Begebenheiten aus dem Alltag der Dänen Bezug nehmen. Indem er über den Alltag spricht, kann er zeigen, dass er weiß, wie die Wähler denken und fühlen. Er muss sie glauben machen, dass er ihre Sorgen ernst nimmt. Ungeachtet dessen, wie klein und bedeutungslos sie ihm vorkommen. Das gilt im Besonderen für die Integrationsdebatte, in der der Weg fast frei ist, alle zu übertrumpfen. Zuerst muss er das Boot nur so ins Schaukeln bringen, dass alle verwirrt und nervös werden, um dann das Ruder zu übernehmen. Auch hier ist Yasemin seine heimliche Waffe. Sie, seine unschätzbare Informantin, kann ihn über den dänischen Alltag auf dem Laufenden halten – vom Zustand der S-Bahnen bis hin zu den neuesten Slangausdrücken –, sodass er – auch unter den jüngeren Wählern – die erstrebenswerte *street credibility* bekommt. Darüber hinaus kann sie für ihn formulieren, damit er zehn Jahre jünger, frischer und schärfer klingt. Wie zum Beispiel in dem Artikel, den sie über »die Integration auf Augenhöhe« geschrieben hat. Eine einzige Anmerkung hatte er, ansonsten konnte er, so wie er war, direkt an die *Jyllands-Posten* geschickt werden. Sie haben ihn mit Kusshand genommen und versprochen, ihn an einem der Tage zu bringen, an denen Vittrup laut Plan in Mitteljütland aktiv sein wird. Das wird einem Granateneinschlag gleichkommen. Aber so ist das, Krieg ist Krieg. Und da gilt es vor allem, den Feind zu verwirren.

Heute Nachmittag wird er sich ein neues Fahrrad kaufen und von morgen an mit dem Fahrrad zur Arbeit fahren. Und in einer halben Stunde wird er einem Stylisten freie Hand lassen und anschließend bei *Euroman* seine Lebensgeschichte zum Besten geben. Auszugsweise.

Er ist einfach cool!«, ruft die Fotografin mit der strengen Cleopatra-Frisur und der orangefarbenen Nappajacke, als sie Gert Jacobsens Büro nach einem dreistündigen Interview verlassen haben. »Seine Augen sind der reine Wahnsinn. Die Kamera hat ihn *verschlungen*!«

»Und er hat *uns* verschlungen!«, lacht der Chefredakteur und lockert seine Krawatte. »Das hat verdammt noch mal Power!«

»Die Geschichte mit der Löwenjagd, die war genial! Glaubst du wirklich, dass er seinen eigenen Vater erschossen hätte?«

»Ja! Und ich glaube, es ärgert ihn, dass er es nicht getan hat!«, nickt der Chefredakteur begeistert und sucht nach seinen Zigaretten. Er liebt richtige Männer.

Journalisten und Politiker beziehen ihre Straßenweisheit oft von den Taxifahrern. Auch Charlotte Damgaard unterhält sich gern mit ihnen, wenn sie von Amts wegen von A nach B muss. Ein zufälliger *taxidriver* kann mindestens so gute Antworten auf die Frage geben, warum die Sozialdemokraten die Wahl verloren haben und aus welcher Richtung der Wind insgesamt weht, wie irgendein medienerfahrener politischer Kommentator mit einer verkrachten Vergangenheit in Christiansborg.

Doch an diesem frischen Aprilmorgen hätte sie sich auf dem Weg zum Inlandsterminal von Kastrup eher den stillen Typ gewünscht. Noch lieber wäre ihr gewesen, der Mann hätte sich aufs Fahren konzentriert und seine Hände am Steuer gelassen, statt damit in der Luft herumzufuchteln oder sein Handy zu halten, das aus irgendeinem Grund nicht mit einer Freisprechanlage ausgerüstet ist. Würde er doch nur seine Augen auf die Fahrbahn richten und nicht konstant über den Rückspiegel Blickkontakt mit ihr suchen. Denn er, ein Pakistani, ist trotz seiner zwanzig Jahre im Land noch immer sehr schwer zu verstehen und sehr aufgeregt darüber, sie als Kundin zu haben. Denn er interessiert sich für Politik, ist Mitglied der Venstre und begeisterter Anhänger des Staatsministers wegen seiner Befürwortung einer »konsequenten und fairen Ausländerpolitik«; von ihm aus könnten sie gern sämtliche kriminellen Einwanderer der zweiten Generation des Landes verweisen, weil sie alles kaputt machen. »Ein fauler Apfel kann einen ganzen Korb Äpfel verderben!«, warnt er mahnend, während er durch die Stadt rast, bei Gelb über die Ampel saust und rechts überholt. Charlotte hält sich krampfhaft am Türgriff fest und schickt ein stilles Gebet gen Himmel, ist aber so spät dran, dass er wie der Teufel fahren muss, wenn sie den Morgenflieger nach Karup noch erreichen will. Jens hat wieder Mittelohrentzündung bekommen, und da Thomas zu seinem letzten Einsatz nach Sambia zurückgekehrt ist, hat sie auf die Studentin warten müssen, die manchmal in der Not einspringt. Außerdem musste sie Johanne in den Kindergarten bringen und das Taxi warten lassen, während sie mit ihrer fünfjährigen Tochter hineinhastete, die Gott sei Dank so einfach und umgänglich geworden ist. Ein wenig zu einfach und umgänglich, findet Charlotte fast schon. Vielleicht ist das nur das Große-Schwester-Gen, das sich da bemerkbar macht. Johanne ist trotz allem der ältere Zwilling. Was sich immer öfter auf eine großschwesterlich überhebliche Weise bemerkbar macht.

Glücklicherweise kommen sie schnell über die Knippelsbrücke und einigermaßen erträglich durch die Torvegade. Doch gerade als sie sich bei der Kreuzung am Christmas Møllers Plads zu entspannen beginnt, klingelt erneut das Handy des Fahrers. Diesmal hört er teilnahmsvoll zu, brummt etwas in gebrochenem Dänisch und beendet das Gespräch mit einigen Zungenschlägen. Die Geschwindigkeit hat er nicht nennenswert reduziert, auch nicht als sie nach links auf die Uplandsgade abgebogen sind, und ist damit der lebende Beweis dafür, dass Männer offenbar doch imstande sind, mehrere Dinge gleichzeitig zu tun.

»Das war Sekine. Eine meiner Patientinnen. Eine Türkin. Sie hat Magenschmerzen. Ich bin Fernheiler«, sagt er erklärend und sucht wieder ihren Blick im Rückspiegel, während sie mindestens zwanzig bis dreißig Stundenkilometer schneller als erlaubt den Amager Strandvej entlangrasen.

»Fernheiler?«, fragt sie und wirft einen Blick auf den Sund und die mächtigen Windräder. Und ärgert sich wie immer höllisch über den geringen Stellenwert, den die Regierung erneuerbaren Energien beimisst.

»Ja! Ich kann Leute heilen. Sie können mich anrufen und mir erzählen, dass sie Schmerzen im Magen oder im Knie oder im Kopf haben. Dann denke ich im Lauf des Tages konzentriert an sie, und die Schmerzen gehen weg. Das ist eine Fähigkeit, die ich bei der Geburt mitbekommen habe. Ich kann in andere Menschen hineinsehen. Wie ein Röntgenstrahl.«

»Ja?«, sagt Charlotte und schielt nach der Uhr auf dem Instrumentenbrett. Check-in in zwei Minuten. Abflug in achtzehn. Das schafft sie, denkt sie, als sie im Kreisel nach rechts abbiegen und sie den neuen Auslandsterminal sehen kann, der sich vor ihren Augen ausbreitet. Vittrup ist bestimmt auch spät dran. Das ist er meistens. »Und wer ruft Sie so an?«

»Meistens Frauen. Den Einwandererfrauen geht es schlecht. Sie sind einsam. Das macht ihnen zu schaffen. Die Einsamkeit. Sie nennen das nur Magenschmerzen«, sagt er einfühlsam und wirft ihr noch einen Blick im Rückspiegel zu. Doch diesmal verweilt er bei ihr, forschend.

»Ihnen geht es auch nicht so gut, nicht wahr?«

»Mir geht es ausgezeichnet«, lächelt sie reserviert. »Es ist Frühling, die Sonne scheint.«

»Ja, aber Sie haben Magenschmerzen!«, beharrt er.

»Das liegt daran, dass ich nicht gefrühstückt habe!«, lacht sie.

»Nein, das liegt daran, dass Sie nicht wissen, was Sie tun sollen. Sie sind voller Zweifel. Und Zweifel machen Magenschmerzen!«

Sie öffnet den Mund zum Protest.

»Sie können mir nichts vormachen«, sagt er und biegt zum Inlandsterminal ab. »Die Augen sind der Spiegel der Seele.«

»Und was sehen Sie in den Augen des Staatsministers?«, fragt sie spitz und macht ihre Tasche auf, um die Geldbörse herauszuholen.

»Den Willen! Den Willen zum Sieg! *Er* weiß, was er will! Und er *tut*, was er will.«

»Demnach hat er keine Magenschmerzen?«

»Nein, weder Magen- noch Kopf- oder Herzschmerzen!«

»Das liegt bestimmt daran, dass er kein Herz hat!«, murmelt Charlotte, doch entweder hört der Fahrer nicht, was sie sagt, oder er beschließt, es misszuverstehen. Denn er nickt zustimmend.

»Ja, er ist ein sehr mächtiger Mann. Sehr mächtig.«

»Und was halten Sie von dem da?«, fragt sie und zeigt auf Per Vittrup, der vorm Eingang des Terminals steht und ungeduldig von einem Fuß auf den anderen trippelt.

»Wäre er ein Esel, würde man ihn notschlachten«, antwortet er und bremst hart, indem er den Wagen vor dem Eingang zum Stehen bringt. »Sie bezahlen mit Karte?«

Charlotte nickt und reicht ihm ihre Kreditkarte, als sich die Tür öffnet und Vittrups joviales Gesicht hereinschaut.

»Guten Morgen, Charlotte! Ich dachte schon, du wolltest mich im Stich lassen!«

»Nein, nein«, lacht sie und spürt, dass der Pakistani alles in seinem Rückspiegel beobachtet. »Das ist nur einer dieser üblichen Chaosmorgen.«

Ein Wachmann folgt mir, als ich durch das Einkaufscenter in Frederiksberg bummle. Zuerst glaube ich, dass er etwas von mir will. Dass er davon fantasiert, mir in eine Umkleidekabine zu folgen und es hinter dem Vorhang mit der Doofen zu treiben. Doch als ich bei *Monsoon* bin und vor dem Spiegel Cocktailkleider anprobiere, fällt der Groschen: Der Mann geht nur seiner Arbeit nach! Man hält mich für eine Ladendiebin oder hat trotz meiner Diskretion mitbekommen, wie ich einen Schluck aus der Flasche gekippt habe, als ich mich auf der Bank vor dem Supermarkt ausgeruht habe, nachdem ich bei *Inspiration* cremefarbene Lene-Bjerre-Handtücher eingekauft habe. Ich hatte schon immer eine Schwäche für Handtücher. Exklusive, hochflauschige Handtücher in Naturtönen. Vielleicht haben die Verkäuferinnen den Wachdienst angerufen, obwohl ich für sechshundert Kronen eingekauft habe, den neuen Übertopf mitgerechnet. Habe ich zu viel Lärm gemacht? Zu laut geredet? Oder ist es, weil ich gegen eine Lin-Utzon-Vase gestoßen bin, die dabei kaputt gegangen ist, und sie sauer geworden sind? Obwohl ich angeboten habe, sie zu erstatten, hat man mich auf eine rücksichtslose Art und Weise zur Tür geleitet. Ich habe das doch nicht mit Absicht getan, verdammt! *Verdammt, verdammt!*

Ich verstehe nicht, warum alle Menschen immer so scheißsauer sein müssen, nur weil man selbst gute Laune hat. Denn das habe ich und kichere laut, als ich das Gleichgewicht verliere und gegen den Spiegel falle und das Kleid nicht angezogen bekomme. Die Verkäuferin kommt und fragt, wie es geht, und ich sage, dass es ausgezeichnet geht, besonders wenn sie mir mit dem Reißverschluss hilft.

»Finden Sie mich zu fett?«, zwinge ich ihr eine Antwort ab, als ich in dem tomatenroten Paillettenkleid vorm Spiegel stehe. »Hässlich? Abstoßend? *Alt!*«

Nein, das findet sie überhaupt nicht, mit dem Busen und der Taille, den Hüften und den schönen Beinen ist das Kleid wie für mich gemacht.

»Sie haben eine super Figur!«, sagt sie, freundlich, das muss man ihr lassen.

»Ich war einmal Miss Danmark«, prahle ich, und das findet sie auch fantastisch, aber sie weiß nicht recht, was sie dazu sagen soll, dass mein Mann ein jüngeres Modell gefunden hat. »So eine Dunkle«, zische ich, sodass ihr Blick zu flattern beginnt und sie einen Schritt zurückweicht. Das war auch sehr taktlos von mir, denn sie ist selbst ziemlich dunkel. *Neudänisch,* wie es so schön heißt. Wenn man korrekt sein will. Politisch korrekt. À la Gert Jacobsen.

Ich schaffe es nicht, noch mehr Kleider anzuprobieren, und nehme das tomatenrote, obwohl es vielleicht etwas zu auffällig ist zu einem achtzigsten Geburtstag. Aber verdammt noch mal, warum nicht etwas Spaß haben? All die anderen sind so langweilig, dass selbst die Topfpflanzen eingehen! Die Verkäuferin sagt, dass ich es jederzeit umtauschen kann, falls ich den Kauf bereue, und ich ziehe mich an und reiße mich zusammen und schaffe es bis zur Kasse und habe gerade mit einer ausladenden Bewegung meine Kreditkarte durch das Gerät gezogen, als mir jemand auf die Schulter tippt. Es ist der pausbäckige Wachmann, und ich quassle los und sage, dass ich nichts gestohlen habe und was zum Teufel er sich einbildet und dass er ruhig meine Tasche durchsuchen kann, wenn er will!

»Sie dürfen im Geschäft nicht rauchen«, sagt er da und zeigt auf die Zigarette, die zwischen meinen Lippen klemmt. Ich weiß gar nicht, wer sie dorthin gesteckt hat, denn ich bin schließlich nicht so unkultiviert, in einer feinen Boutique zu rauchen! Glaubt er das etwa?

»Ich glaube gar nichts. Aber ich muss Sie bitten, die Zigarette auszumachen«, sagt er in einem scheißirritierenden, beherrschten Wachmanntonfall, der mich total aufregt. »Draußen in der Halle gibt es Aschenbecher.«

Als er mich am Arm fasst, brennt mir die Sicherung durch. Das ertrage ich einfach nicht. Ich rufe und schreie und schlage um mich, bis er über Walkie-Talkie Verstärkung anfordert, und tief in meiner Hysterie verstehe ich, dass jetzt alles zu spät ist. Doch plötzlich teilen sich die Wasser, und ich werde von einer mündigen Stimme beruhigt, die ganz gelassen und keinen Widerspruch duldend sagt:

»Lassen Sie sie los. Ich kümmere mich um sie.«

Der Griff lockert sich, der Wachmann zieht sich zurück, hält die herbeieilende Verstärkung auf Abstand und überlässt Bjarne den Rest.

Er ist wie der Prinz auf dem weißen Pferd aufgetaucht, verdammt, wenn auch ohne Pferd. Ach, du meine Fresse, was für ein Zufall.

»Bjarne, verdammt, wo sind deine Haare?«, blinzle ich und muss beinahe weinen, weil er damals so schönes, blondes Haar hatte und jetzt kahl bis auf die Wurzeln ist.

»Komm, Linda!«, sagt er resolut und nimmt die Plastiktüte mit dem Kleid, die die Verkäuferin ihm reicht. »Jetzt gehen wir beide einen Kaffee trinken.«

Es wird ein Tag, den sie in Gedanken immer wieder abspulen wird. Ein langer Tag mit einem vielversprechenden Anfang. Nach dem kurzen Flug, auf dem Vittrup sich ein Nickerchen gegönnt hat, redet er wieder lebhaft drauflos, und seine Laune ist ebenso wie die Antons strahlend blau wie der Himmel über ihnen. Charlotte lässt sich gern anstecken, spürt mit Erleichterung, wie sich der Knoten in ihrem Magen, den der Pakistani mit den Fernheilkräften so richtig diagnostiziert hatte, bereits in dem engen Mietauto lockert, in dem Anton am Flughafen von Karup auf sie gewartet hat. Der Ton zwischen den beiden Männern ist überraschend ausgelassen, wie zwischen verschworenen Kameraden. Anton sitzt hinterm Steuer, Vittrup auf dem Beifahrersitz. Sie selbst sitzt hinten und nimmt begierig die frühlingsgrüne Landschaft in sich auf.

»Na, Charlotte«, sagt Vittrup und dreht sich zu ihr um. »Tut es nicht gut, einmal rauszukommen?«

Sie nickt. Und wie! Wenn man erst einmal in der Burg eingeschlossen ist, nimmt die Arbeit einen völlig in Anspruch; die Jahreszeiten ziehen vorüber, ohne dass man es bemerkt, Narzissen blühen und verblühen.

»Es tut uns gut, uns einmal richtig durchblasen zu lassen, was? Nach Jütland heimzukommen und ein paar Kühe zu sehen! Nicht wahr, Anton?«

»Jau«, antwortet Anton auf Jütisch. »Endlich weg von der Teufelsinsel! Siehst du in die Wegbeschreibung, Kopilot?«, fragt er und reicht ihm einen Ausdruck.

»Wo sollen wir hin?«, fragt Vittrup und imitiert Hugo, den computeranimierten Fernsehtroll.

»Das frag ich dich!«, sagt Anton. »Wo *sollen* wir eigentlich hin?«

»Wir Sozialdemokraten?«, fällt Vittrup ein. »Sollen wir nach rechts oder nach links? Was sagst du da hinten auf dem Rücksitz? Sollen wir nach rechts oder nach links oder geradeaus? Uns in der Mitte halten?«

»Die Mitte ist langweilig, stimmt's? Und zu überlaufen!«, lacht sie, während Anton noch einmal um den Kreisel fährt. »Wenn es nach mir geht, sollten wir uns links halten.«

»Hm«, sagt Vittrup nachdenklich. »Aber was ist, wenn unsere Wähler sich für rechts entschieden haben? Müssen wir ihnen dann nicht folgen?«

»Bis zur Dänischen Volkspartei? *No way!*«

»Wisst ihr was«, sagt Anton, »wie wäre es, wenn wir einfach nach Viborg führen? Und wenn der Kopilot uns dann noch zu Trier Christensens Maschinenfabrik im Lundvej 34a lotst, haben wir eine gute Chance, den ersten Termin dieses Tages einzuhalten. Wir haben schließlich ein strammes Programm! Das ist kein Sonntagsausflug, was wir hier machen!«

»Willkommen in dem grünen Wald, in dem die Vöglein singen«, stimmt Vittrup an. *»Hört alle her, zum Singen hat der dän'sche Mund 'ne Zunge.«*

Während sich Charlotte damit begnügen muss mitzusummen, stimmt Anton unbeschwert und aus vollem Hals die dritte Strophe an: *»Unser treuer Freund unser König ist, wie Gold sein Wort man schätzt: Kommt her, ihr guten Dänen, sagt uns, was euch fehlt!«*

»Hört! Sagt uns, was euch fehlt!«, singt Vittrup, bis die Grundtvig'sche Weise von dem James-Bond-Thema von Antons Handy unterbrochen wird, das sie ebenfalls zum Lächeln bringt. Es macht Spaß, mit den Jungs unterwegs zu sein, es wird Spaß machen. Es war eine gute Idee mitzukommen. Nur für ein paar Tage. Trotz Meyers Warnung, den »Tanz nicht zu eng werden zu lassen«. Wenn sie ganz ehrlich sein soll, muss sie im Hinblick auf ihre Magenschmerzen einräumen, dass sie selbst ihre Zweifel gehabt hat. Denn da sie sich noch immer das Recht vorbehält, in diesem Machtkampf neutral zu bleiben, ist es vielleicht dumm, sich zu Propagandazwecken missbrauchen zu lassen. Andererseits ist sie der Meinung, ihre Beine so eng zusammenhalten zu können, dass niemand auf die Idee kommen sollte, sie hätte sich mit Per Vittrup verheiratet oder verlobt. Rein metaphorisch gespro-

chen! Alles in allem ist er schließlich ihr Vorsitzender, und einen Vorsitzenden unterstützt man. Bis man ihn herausfordert. Offen. Subversive Aktionen sind ihr innerlich zuwider. Mobbing ist immer widerlich und ekelhaft, egal, ob es in einer Schulklasse oder in einer Folketingfraktion vorkommt. Und ganz bestimmt ist ihre Teilnahme an der Tournee auch eine Art Protest ihrerseits. Ein Zeichen dafür, dass sie von den heimlichen Spielchen Abstand nimmt, die die Luft im Fraktionszimmer verpesten. Das hat sie auch freiheraus verkündet, als ihr auf der Vorstandssitzung neulich zum ersten Mal eine Stellungnahme abverlangt wurde. Sie haben ihre Haltung akzeptiert, aber sie hat gespürt, dass sie sich mehr von ihr erwartet hatten. Ein scharfes Profil und kompromisslose Haltungen sind schließlich ihr Markenzeichen. Warum vertritt sie dann keine Meinung?

Wenn sie ehrlich sein soll, verfolgt sie ein geheimes Ziel mit diesem kleinen Ausflug. Sie will Vittrup auf die Probe stellen. Testen, ob er etwas taugt, ob er seine eigene Wankelmütigkeit in den Griff bekommt. Wird sie letztendlich ihn unterstützen? Weil sie ganz einfach ihn am besten leiden kann? Oder soll sie ihre sentimentalen Gefühle beiseiteschieben und wie Meyer der Vernunft folgen und Gert unterstützen? Die Eisenmaske, bei deren Anblick sich ihre Eingeweide wie Aale in Reusen winden? Charlotte hasst es, banal zu sein. Und sie hasst es, sich weiblichen Klischees entsprechend zu verhalten. Trotzdem sitzt sie auf dem Rücksitz und kreuzt die Finger in der Hoffnung, dass Vittrup den Test besteht. Denn wie Kierkegaard richtig schrieb: »Reinheit des Herzens bedeutet, eine Sache zu wollen.« Ohne diese Klärung kann man nicht handeln. Weder in der Liebe noch in der Politik.

Und im Lauf des Vormittags kann sie zu ihrer Erleichterung mehrere Pluspunkte in sein Zeugnis eintragen. Während sie sich in der Maschinenfabrik wie ein Fisch auf dem Trockenen fühlt, ist Vittrup als alter Schmiedejunge in seinem Element. Mit aufrichtigem Enthusiasmus besichtigt er Rohrbiegemaschinen, Drehmaschinen und Transportbänder und fragt eifrig nach technischen Einzelheiten und hochtechnologischen Produktionsgängen. Der Werkführer ist ganz offensichtlich begeistert über das kompetente Interesse und erklärt glücklich alles bis ins kleinste Detail, bis Anton schließlich eingreifen muss, um eine katastrophale Überschreitung des Zeitrahmens zu verhindern.

Zum Abschluss der Führung hält Vittrup einen kleinen, ermutigenden Vortrag über die Globalisierung, die keine Gefahr darstelle, wenn man so weitsichtig und flexibel sei wie dieser siebzig Jahre alte Betrieb. Das geht der blau gekleideten Gruppe von Schmieden und Maschinenarbeitern runter wie Öl – mit wohlwollendem Lächeln reagieren sie auf die kleinen Geschichten, als Per »noch ein Junge war und zwischen sprühenden Funken in einer Dorfschmiede aufwuchs«.

»Wie viele von euch können ein Pferd beschlagen?«, fragt er rhetorisch und verliert sich etwas zu lange in den Erinnerungen an damals. Wieder greift Anton ein, in einer Minute beginnt die Mittagspause, und wenn sie es schaffen wollen, die politische Versammlung in der Kantine abzuhalten, müssen sie jetzt gehen.

Abgesehen davon, dass nur bedrückend wenige in dem Teil der Kantine auftauchen, der ihnen zur Verfügung gestellt wurde, verläuft auch dieses Arrangement zufriedenstellend. Jedenfalls bis ein älterer Schmied mit Händen wie Blasebälge auf die *Fremdarbeiter* zu sprechen kommt.

»Sie meinen die *Einwanderer*?«, korrigiert Vittrup ihn freundlich, aber bestimmt. Auch dafür bekommt er einen Pluspunkt.

»Nein, ich meine die *Fremdarbeiter*! Denn sie sind doch Fremde, nicht? Und genau das ist das Problem. Dass ihr das nicht sehen wollt. In Christiansborg! Um nur ein Beispiel zu nennen …«, er zögert mit einem Seitenblick auf den Vertrauensmann, der bereits dabei ist zu intervenieren, »also, um es geradeheraus zu sagen, wirkt es schon etwas verwunderlich, dass sie fünfmal am Tag den Arsch in die Luft strecken. Das sollten sie eigentlich nicht bezahlt bekommen, nicht? Wir anderen bekommen unsere Pausen auch nicht bezahlt.«

»Sicher«, gibt Vittrup zu. »Das ist nicht richtig. Das sehe ich ein … Das Beten ist schließlich ihre Privatsache …«

»Genau!«, nickt der Schmied eifrig und knüllt sein Butterbrotpapier zu einer Kugel zusammen. »Und sie haben auch ein anderes Verhältnis zur Reinlichkeit … Sie wissen schon, wenn man nach ihnen auf die Toilette geht, dann …«

»Svend«, kommt es warnend von dem Vertrauensmann. »Wollen wir nicht … Das sind doch Kollegen, von denen du da sprichst! *Gute* Kollegen!«

»Sicher, aber man darf doch wohl sagen, was Sache ist, oder? Sind ja auch nicht alle so.«

»Svend, verdammt, du wäschst dir doch auch nicht jedes Mal die Hände, stimmt's?«, kommt es gutmütig von einem der anderen, und dann lösen sich die aufziehenden Wolken in dänischer Gemütlichkeit, Leberpastete mit roten Beten und Pfeifentabak auf.

Dass Vittrup das Gewitter einfach erleichtert vorbeiziehen lässt, gibt ein Minus in Charlottes Zeugnisbuch. Denn ist es nicht Aufgabe des Vorsitzenden, den Vorurteilen der Wähler direkt zu Leibe zu rücken und Lösungen aufzuzeigen? Lösungen, die in die Zukunft weisen und nicht in die Vergangenheit?

Darüber muss sie noch öfter an diesem Tag nachdenken, der, ganz wie Anton vorausgesagt hat, kein Sonntagsausflug ist. Das Programm ist straff, anstrengend für ihre Begriffe, doch Vittrup ist jedes Mal gleich gut gelaunt, ob er nun bei Radio Viborg Platten umdrehen oder in einem örtlichen Parteiverband Kaffee trinken soll. Bis auf kleinere Variationen ist es immer die gleiche Anfeuerungsrede, die er überall hält, und zu ihrer Verwunderung zeigt sich, dass auch die Diskussionen mit einigen wenigen Abweichungen die gleichen sind. Auch als sie am späten Nachmittag im Hotel Kongens Ege in Randers eintreffen, wo Vittrup der Hauptredner auf einem eintägigen Einführungsseminar für neue Mitglieder sein soll. »Denn davon haben wir richtig viele!«, wie er als Einleitung sagt, um dann zu Charlotte hinüberzuzeigen und ihr die Ehre dafür zukommen zu lassen, dass sie »viele junge Wähler, vor allem Frauen« angezogen hat. Er verspricht auch, dass sie in der folgenden Diskussionsrunde Fragen beantworten wird.

Das will sie gern, sogar mit Freude, denn während des Wahlkampfs hat sie Gefallen daran gefunden, vor großen Versammlungen zu sprechen. Aber sie kommt nicht wirklich zum Zug, denn Vittrup spricht so lange über die Notwendigkeit, zurück zu den Wurzeln zu finden, dem Fußvolk zuzuhören und aus der arroganten Besserwisserei der Vergangenheit zu lernen, dass kaum Zeit für die Diskussion bleibt. Die wieder wenig visionär und enttäuschend konkret wird: Was wird Vittrup gegen die Kürzungen im lokalen Zentrum für Erwachsenenbildung unternehmen, warum dauert die Bearbeitung von Arbeitsunfällen so lange, kann er garantieren, dass nicht an der Rente gerührt wird? Dazu kommen die ewigen persönlichen Geschichten, die immer bei solchen Treffen angesprochen werden: »Wie kann es sein, dass meine Schwiegermutter keinen Pflegeheimplatz bekommt, obwohl sie fünfundachtzig ist und jede Nacht umgedreht werden muss?« Die persönlichen Sachen verspricht er »sich zu notieren, damit wir sie uns genauer ansehen können!«, und die anderen Fragen nutzt er, um die jetzige Regierung wegen ihrer sozialen Verantwortungslosigkeit anzugreifen. Eine jüngere Frau, die sich als Lehrerin aus Brønderslev vorstellt, was Charlotte die Ohren spitzen lässt, da das ihre Heimatstadt ist, fragt, ob man beabsichtigt, etwas gegen Zwangsehen zu unternehmen, da eine ihrer Schülerinnen gerade nach Marokko geschickt wurde, um verheiratet zu werden. Hierauf antwortet Vittrup, dass man das mit Sicherheit wird. »Niemand in Dänemark soll gegen seinen Willen zu einer Ehe gezwungen werden.«

Nur zwei Fragen werden direkt an Charlotte gestellt. Ist sie noch immer für einen totalen Schweinestopp? Das ist leicht zu beantworten. »Ja!«, sagt sie nur und bringt den Saal zum Lachen, als sie eine Grimasse in Vittrups Richtung schneidet. Man hat den Konflikt noch nicht vergessen, der sie beinahe den Kopf gekostet hätte. Die andere Frage ist heikler:

»Wie erleben Sie als neu gewähltes sozialdemokratisches Folketingmitglied die persönlichen Angriffe und die Schlammschlacht, die nach der Wahlniederlage eingesetzt haben?«

»Puh!«, ruft sie, wieder zur Belustigung des Saals, und atmet tief durch, während sie den Blick auf den Fragenden gerichtet beschließt, ins kalte Wasser zu springen. »Das erlebe ich als verdammt ärgerlich! Meiner tiefsten Überzeugung nach stürzt man Regierungen nicht, indem man mit Schlamm um sich wirft!«

Hiermit erntet sie den größten Beifall des Nachmittags, und Per Vittrup klatscht mit.

Mehrere Hände schießen in die Luft, aber Anton macht eindeutig klar, dass sie jetzt gehen müssen. Bevor es gefährlich wird. Deshalb bedankt sich der Tagungsleiter, dass sie vorbeigeschaut haben, Vittrup dankt dem Tagungsleiter ein wenig zu lange, genau wie er ein wenig zu lange dem Beifall lauscht, als wolle er noch die letzte Kraft daraus ziehen.

»Ein Letztes möchte ich euch noch sagen, die ihr euch zu Sozialdemokraten erklärt habt … Vielleicht habt ihr Zweifel anlässlich dieses Schritts gehabt, vielleicht seid ihr unsicher, was so ein *commitment* für euch mit sich bringt. Ich möchte es mit den Worten Kierkegaards ausdrücken: ›Zu wagen heißt, Angst zu riskieren. Nicht zu wagen bedeutet, sich selbst zu verlieren.‹«

Jetzt passiert es, jetzt erreicht er sie, jetzt wird es still im Saal, jetzt bekommt Charlotte Gänsehaut.

Eine Minisekunde lässt er sie in der Luft hängen, um sie dann mit einem entwaffnenden »Wir sehen uns heute Abend in der Bar, liebe Freunde!« wieder landen zu lassen, woraufhin erneut Beifall ausbricht und ihm durch die Flügeltür folgt, die Anton für ihn aufhält.

»Super!«, nickt Charlotte anerkennend, als sich die Tür hinter ihnen geschlossen hat. »Ich hatte richtig Gänsehaut.«

»Das war nicht schlecht«, stimmt Anton zu, und Vittrup zuckt mit den Schultern.

»Das ist mein Lebensmotto, dieses Zitat. Und es schien mir nie aktueller!«

Hierauf bewilligt man Charlotte eine Viertelstunde, um sich in ihrem wunderbar aufgeräumten Hotelzimmer, in dem sie die Nacht verbringen wird, die Nase zu pudern. Sie nutzt die Zeit jedoch nicht zum Nasepudern; stattdessen spricht sie mit Jens, Johanne und ihrer Mutter, die von Slagelse gekommen ist, um auf ihre Enkelkinder aufzupassen. Jens weint, er hat Ohrenschmerzen, und obwohl ihre Mutter Krankenschwester ist, kann sie nichts anderes für ihn tun, als ihn mit Paracetamol zu füttern.

»Du sollst nach Hause kommen! Ma-maaa!«, hickst er in den Hörer, und es ist genauso unerträglich wie immer, dass sie nur versprechen kann: »Ich komme morgen, kleiner Schatz!« Theoretisch könnte sie den letzten Flieger nach Kopenhagen noch erreichen, sie fragt auch ihre Mutter, ob sie die Tour abbrechen soll, doch ihre Mutter, die sich während Thomas' Abwesenheit überraschenderweise zu einer festen Stütze entwickelt hat, sagt, dass sie ihre Arbeit tun solle. Sie kämen schon zurecht. Wenn erst Kurt, ihr Seniorliebhaber und Lieblingsspielkamerad der Kinder, mit Pizzen aufgetaucht sei, werde der kleine Jens sich schon wieder beruhigen.

»Nutz deine kurze Pause«, sagt die Mutter, und Charlotte lacht und sagt, dass sie das versuchen werde, und legt schnell auf. Denn sie muss noch auf die Toilette und sich tatsächlich die Nase pudern, da der nächste Programmpunkt ein Interview mit der *Randers Amtsavis* ist.

Während des Interviews muss sie wieder Pluspunkte vergeben, da Vittrup ihr mit seinem detaillierten Wissen über die lokalen Verhältnisse imponiert. Natürlich hat Anton ihn ausreichend gebrieft, doch er verfügt auch selbst über eine gründliche Kenntnis der vielen Betriebsschließungen und Auslagerungen von Arbeitsplätzen, die es in der Region gegeben hat und die mit dazu beigetragen haben, dass die Sozialdemokraten scharenweise Wähler verloren haben. Sie brauchen eine Aufmunterung, die Leute vor Ort. Wie er dem kritzelnden Journalisten sagt, der um eine Erklärung für die massive Niederlage auch bei den Kommunalwahlen bittet.

»Wenn fünfundsechzig ungelernte Arbeiter ihren Job verlieren, weil ein Unternehmen wie die Randers Tauwerke die Produktion nach Osteuropa verlegt, ist es nicht verwunderlich, dass die Leute frustriert und nervös werden. Da muss die Welt doch aus den Fugen geraten sein! Was macht man da? Gegen Globalisierung und Veränderung stimmen, um uns zu bestrafen. Es ist nur leider so, dass die Globalisierung nicht einfach aufhört zu existieren, nur weil man eine neue Regierung wählt. Eine Regierung, die die Antworten nicht hat, die wir haben. Weil es ihnen egal ist, ob fünfundsechzig ungelernte Arbeiter auf die Straße gesetzt werden. Fünfundsechzig Menschen, was bedeuten die schon im großen Zusammenhang? *Auf dem Papier?* Verstehen Sie, Preben«, sagt er und benutzt bewusst den Vornamen des Journalisten, »der Unterschied zwischen ihnen und uns ist, dass *wir* uns um jeden einzelnen dieser Menschen sorgen. Wir Sozialdemokraten wissen, was es heißt, arbeitslos zu werden. Für dich, für deine Familie, für deine Kinder. Ja, selbst für deine Enkelkinder. Dieses Gefühl, ausgemustert zu werden, Preben, der Baustein zu sein, der in dem großen Spiel übrig ist. Freitagabend mit einer Kündigung nach Hause zu kommen, ohne Aussicht auf einen neuen Job … Das macht nicht nur ein Wochenende kaputt, das kann ein Menschenleben kaputt machen. Deshalb werden wir alles tun, um langfristige Lösungen zu finden. Investitionen in die öffentliche Arbeit zu stecken, neue Schulen zu bauen anstelle der heruntergekommenen, die wir haben. Auf Weiterbildung und Umschulung zu setzen, statt die Gelder für Erwachsenenbildung und Tageseinrichtungen zu streichen, wie es jetzt geschieht. Wir werden Millionen in die Forschung investieren, in die Ausbildung der jungen Leute, denn wir *glauben* an die Zukunft. Wir haben keine Angst davor. Wir werden uns rüsten, ihr entgegenzutreten, die soziale Sicherheit zu gewährleisten. Wohlfahrt für alle, auch für die sozial Schwächsten. Können Sie mir folgen, Preben?«

Das kann Preben, er nickt höflich und lächelt und vergisst beinahe Charlotte, die einmal mehr auf den Platz im Schatten des Helden verwiesen worden ist. Doch die Professionalität rettet den erfahrenen Zeitungsheini, denn schließlich wendet er sich ihr zu und fragt, was ihr der Tag in der jütischen Provinz gebracht hat.

»Ich habe herausgefunden, dass Per meint, was er sagt!«, platzt sie heraus, und obwohl Per Vittrup sofort in ein versöhnliches Lachen ausbricht, ist das so offensichtlich ein Patzer, dass nicht einmal der unkritischste Mikrofonträger ihn überhören könnte. Deshalb fragt Preben W. Nielsen, dem übrigens eine Kündigung droht, auch sofort:

»Hatten Sie denn Zweifel daran?«

»Nein, nein!«, sagt sie schnell und lächelt breit. »Was ich sagen will ist, dass im Gegensatz zu dem, was einige glauben, Per wirklich für diese Partei *brennt*. Er *will* die Veränderung und hat eine beachtliche *Energie* und einen *Willen* …«

Ein paar Sätze kann sie noch anhängen, doch sie merkt selbst, dass sie trotz ihrer überströmenden Gesten irgendwie alles nur noch schlimmer macht. Doch jetzt versäumt der Journalist zuzuhören, er geht mit einem lauernden Lächeln zu dem Punkt weiter, der nach einer Sensation riecht.

»Per Vittrup, wenn Charlotte Damgaard Sie auf Ihrer Tour begleitet, ist das als Ausdruck dafür zu werten, dass sie bei dem Generationswechsel, den Sie gerade vorbereiten, eine besondere Rolle spielen wird?«

Im Gegensatz zu Charlotte hat Per Vittrup gelernt zu denken, bevor er spricht. Jedenfalls wenn es darauf ankommt. Deshalb zögert er kurz, legt den Kopf schief und sagt mit einem verschmitzten Lächeln, dass viele aus der jungen Generation ihn begleiten. Abwechselnd.

»Sie müssen raus und die Praxis kennenlernen. Etwas über den täglichen Kampf des gewöhnlichen Lohnempfängers lernen. Man ist erst ein guter Politiker, wenn man eine Kantine zum Stillsein bringen kann, während man auf einem Bierkasten steht und eine Rede hält, nicht? Was Charlottes Position angeht, möchte ich nur so viel sagen, dass das Feld offen ist. Wäre ich ihr Lehrer, würde ich es wohl so formulieren, dass Charlotte so weit kommen kann, wie sie selbst will«, sagt er und wirft Charlotte ein väterliches Lächeln zu. Das sie stumm erwidert, ohne etwas preiszugeben, ironisch.

Der Pressefotograf ist eingetroffen, in Begleitung von Anton. Er will auf die Straße und seine Bilder machen, bevor es dunkel wird. Der Journalist, der jetzt ganz aufmerksam ist, hebt abwehrend die Hand und richtet den Blick auf Charlotte.

»Was ist mit Ihnen, Charlotte, wie weit wollen Sie kommen? Sehen Sie sich als Kronprinzessin?«

Sie seufzt demonstrativ. Ihrer Kronprinzessinnen-Manie mehr als müde. Denkt diesmal jedoch erst nach und speist den Mann mit einer nichtssagenden Antwort ab, mit der sie eigentlich ganz zufrieden ist. Weil sie in ihrer Inhaltslosigkeit niemanden verärgern kann.

»Ich möchte so weit wie möglich kommen. Wer will das nicht?«

Aus Vittrups beifälligem Nicken schließt sie, dass sie diesmal keinen Fauxpas begangen hat, und die Stimmung ist weiter gelöst bis heiter, als sie nach draußen geleitet werden. Anton und der Journalist bleiben oben am Hoteleingang stehen, während Charlotte und Vittrup gebeten werden, den Hügel hinunter Richtung Stadt zu gehen, wo der Fotograf Stellung bezogen hat.

»Charlotte, mit den Armen schwingen! Jetzt gilt es, jung und dynamisch auszusehen«, sagt Vittrup leise, als sie, Seite an Seite, auf den Fotografen zugehen.

Offenbar gelingt ihnen das nicht, oder sie haben die Augen geschlossen oder, was Charlotte angeht, Haare im Gesicht, denn der Fotograf bittet sie, den Stunt zu wiederholen. Deshalb müssen sie den Hügel noch einmal hinauf. Zu ihrem Entsetzen spürt Charlotte, dass sie außer Atem gerät, während Vittrup beim Gehen noch über Jens Otto Krags bescheidene Kindheit als Sohn eines Zigarettenhändlers aus Randers reden kann, ohne nach Luft zu schnappen. Doch er zieht ein wenig den Fuß nach, den er sich im Herbst gebrochen hat, merkt sie. Diese Einschränkung nach einem Unfall macht es jedoch nicht besser. Sie muss ärgerlicherweise erkennen, dass er, der mehr als zwanzig Jahre älter ist als sie, in weit besserer Form ist. Sie müsste wieder anfangen zu laufen, wie das junge Mädchen mit Kopfhörern, das ihnen entgegenkommt, von der glühenden Abendsonne beschienen. Anscheinend bemerkt sie sie nicht, so wie die Sonne sie blendet. Charlotte sieht ihr neidisch hinterher. *Fuck*, was würde sie für so eine unbekümmerte halbe Stunde in Laufschuhen geben. Nur für sich!

Sie haben die Spitze des Hügels erreicht, als plötzlich das Quietschen von Bremsen, gefolgt von einem dumpfen Aufprall, zu hören ist. Bevor sie reagieren kann, läuft Vittrup auch schon den Hügel hinunter zu dem Zebrastreifen, wo eine Gestalt leblos vor dem Kotflügel eines quer stehenden Autos liegt. Es ist die Joggerin, wie Charlotte sofort erkennt, während ihr Herz in der Brust hämmert und sie mechanisch hinter Vittrup herläuft, gefolgt von Anton und dem Journalisten. Als sie unten ankommt, hat Vittrup sich bereits über das Mädchen gebeugt, während der Pressefotograf sich um den Fahrer des Wagens kümmert, einen ganz jungen Typen in zweifarbiger Arbeitskleidung, der in der Hocke sitzt, das Gesicht in den Händen vergraben, als wage er nicht zu sehen, wie schlimm es steht.

»Ich rufe einen Krankenwagen!«, hört Charlotte Anton sagen, während sie sich von der anderen Seite über das Mädchen beugt.

»Das ist nicht nötig«, murmelt das Mädchen nach einer kurzen Bewusstlosigkeit und schlägt die Augen auf. »Ich bin okay, es ist nichts passiert!«

»Ja«, sagt Vittrup, »offensichtlich nicht, aber sie sollten dich in der Ambulanz durchchecken, nicht?«

Beim Klang der Stimme des ehemaligen Landesvaters blinzelt das Mädchen erschrocken, als hätte sie nun doch ihre Zweifel, ob sie *wirklich* unverletzt ist, da sie sich plötzlich einbildet, Per Vittrup in eigener Person über sich gebeugt zu sehen.

»Sind Sie das wirklich?«, fragt sie verdutzt. »Ich meine …«

Vittrup lächelt und nimmt ihre Hand.

»Ja, du bist weder im Himmel noch in der Hölle. Du bist noch immer auf der Erde, im wahrsten Sinne des Wortes, und ich, Per Vittrup, sitze neben dir.«

»Ja, aber ist das dann …?«, fragt sie und blinzelt zu Charlotte hin. »Sie kenne ich doch auch! Charlotte, nicht? Charlotte Damgaard?«

»Wir sind heute hier in der Stadt. Wir sind gerade vorbeigekommen«, sagt Charlotte und streicht ihr über die Wange. »Zufällig. Wie heißt du?«

»Mette«, sagt das Mädchen und wischt sich das Blut von der Lippe, in die sie sich offenbar gebissen hat. »Was ist denn eigentlich passiert?«

»Es war meine Schuld«, sagt der junge Mann mit gebrochener Stimme, »ich bin zu schnell gefahren; ich habe dich nicht gesehen! Die Sonne stand zu tief. Entschuldige, entschuldige. Ich wollte nach Hause, meine Mutter hat Geburtstag! Sie wird heute sechsundvierzig!«

Er macht eine hilflose Armbewegung, sieht abwechselnd zum Auto, dessen Motorhaube eine Beule hat, und zu dem Mädchen hin, das sich jetzt auf die Ellenbogen aufzustützen versucht.

Vittrup bringt sie dazu, das Vorhaben aufzugeben und sich wieder hinzulegen, »nur vorsichtshalber, wir warten besser auf die Ambulanz«, und kurz darauf hören sie sich nähernde Sirenen. Es kommt nicht nur ein Krankenwagen, sondern auch die Polizei, und plötzlich wird die eigentlich undramatische Situation angespannt und ernst mit dem Notarzt, der dem Mädchen in die Augen leuchtet, ihren Puls fühlt und eine Halskrause und Vorsicht anordnet, als die zu Schaden Gekommene in den Krankenwagen gehoben wird. Die Polizei, der natürlich auch auffällt, dass sich zwei bekannte Politiker am Unfallort befinden, verhört kurz den jungen Mann sowie Charlotte und Vittrup. Nur Vittrup hat den Unfall beobachtet, und er bestätigt die Erklärung des Fahrers, dass er schnell gefahren sei und nicht mehr vor dem Mädchen habe abbremsen können, das über den Zebrastreifen gelaufen kam. Der fassungslose junge Mann muss in ein Röhrchen pusten, obwohl er weinerlich beteuert, seit dem Wochenende nur Cola getrunken zu haben. Zu Charlottes Erleichterung bestätigt der Test, dass er null Promille hat, deshalb darf er nach Hause zu seiner Mutter fahren.

Während Vittrup darauf besteht, das Mädchen in die Ambulanz zu begleiten, bietet Charlotte dem jungen Mann an, ihn in seinem eigenen Auto nach Hause zu fahren. Beide Angebote werden auf das Entschiedenste zurückgewiesen. Der leichenblasse junge Mann mit den zitternden Knien kann wirklich selbst fahren, meint er, und das junge Mädchen möchte auf keinen Fall in Begleitung des früheren Staatsministers im Zentralkrankenhaus von Randers eintreffen. Sie hat ein paar leichte Verletzungen davongetragen und sich das Knie aufgeschlagen; in der engen Jogginghose ist ein Loch, und die Wunde muss gereinigt werden, das ist alles. Dass sie in der Ambulanz abgeholt werden muss, ist ihr schon peinlich genug. Nach einigem Hin und Her erlaubt sie Anton jedoch mitzufahren, wenn das denn so wichtig für alle ist.

»Das ist es«, beteuert Vittrup. »Wir wollen sichergehen, dass du in gute Hände kommst und bald wieder durch die Gegend laufen kannst. Das nächste Mal solltest du vielleicht ein bisschen besser aufpassen«, ermahnt er sie und drückt noch einmal ihre Hand, bevor sie mit einem tapferen Lächeln auf der Trage im Krankenwagen verschwindet.

»Was sagt der Arzt?«, fragt Vittrup leise und hält den abweisend wirkenden Arzt fest.

»Das kann alles oder nichts sein«, sagt der Arzt kurz angebunden und setzt sich zur Patientin, während Anton neben dem Fahrer Platz nimmt. Sie haben verabredet, dass er sich ihnen im Restaurant unten in der Stadt anschließt, sobald er die Patientin den Ärzten und ihren Eltern übergeben hat.

»Warum sind Ärzte immer so arrogant?«, fragt Vittrup, als der Krankenwagen losfährt. »Er klang ja fast wie ein Politiker!«

Charlotte versucht sich an einem Lächeln, das ihr aber auf den Lippen erstirbt, als die Sirenen wieder eingeschaltet werden.

»Das ist reine Routine«, sagt Vittrup und legt dem jungen Mann, der erschrocken dem Krankenwagen hinterhersieht, beruhigend eine Hand auf die Schulter. »Aber vergiss nicht, ihr ein paar Blumen zu schicken, okay?«

Erst als der Junge im verbeulten Auto seines Vaters davongeschlichen ist, hat Charlotte wieder ein Auge für ihre Umgebung. Registriert, dass sich eine Gruppe neugieriger Zuschauer um sie versammelt hat. Und bemerkt auch, dass sowohl der Fotograf als auch der Journalist die Kamera beziehungsweise den Block zur Hand haben. Darüber könnte sie sich aufregen. Aber sie schafft es, ehrlich gesagt, nicht. Zerrt stattdessen an Vittrup, um ihn aus den Klauen des Journalisten zu befreien; jetzt ist man auf seine »Reaktion« und seine »Gefühle« aus. Man tut schließlich nur seine Arbeit, wie alle Presseleute das immer tun, ungeachtet, ob sie das Königshaus mit Teleobjektiv beobachten oder Katastrophen in Nahaufnahme fotografieren. Sie selbst hat absolut keinen Kommentar zu dem Unfall übrig. Es muss Grenzen geben.

»Ich weiß nicht, wie es dir geht«, sagt sie leise zu Vittrup, als sie ihn wegzieht. »Ich könnte jetzt gut ein richtig großes Bier vertragen.«

»Dann lass uns die Storegade hinuntergehen«, sagt er. »Da hat die Thor-Brauerei eine Pipeline zu allen Wirtshäusern!«

»Das ist verdammt noch mal eine Lüge!«, lacht sie befreit.

»Warum glaubst du mir nie, Charlotte? Das ist verdammt noch mal wahr!«, sagt er und greift nach ihrem Ellenbogen, als sie sich von der Presse verabschiedet haben und den Zebrastreifen überqueren. Nachdem sie gründlich in beide Richtungen gesehen haben. Sowohl nach links als auch nach rechts und wieder nach links.

Anton hat für sieben Uhr einen Tisch in Niels Ebbesens Restaurant bestellt. Sie kommen eine Viertelstunde zu spät, weil sie auf dem Weg eine »Tränke« aufgesucht haben. Charlotte hat das Gefühl, zu schwanken und beschwipst zu sein; sie hat einen halben Liter Bier auf nüchternen Magen und nach großer Aufregung getrunken, doch abgesehen davon, dass der Schreck sie beide ein wenig laut gemacht hat, wirkt Per Vittrup völlig unbeeinträchtigt von dem Liter Thor, den er getrunken hat. Er bestellt Weißwein und Rotwein zu dem aus drei Gängen bestehenden Tagesmenü, das sie einstimmig auch für Anton bestellen, der zur Hühnersalat-Vorspeise noch immer nicht da ist und somit Vittrups lebhaften Bericht über den treuen Knappen des Bischofs von Århus, Niels Ebbesen, verpasst, der Jütland von den Plünderungen und Steuerausschreibungen des gierigen deutschen Grafen Gert befreite.

»Mit einem einzigen Hieb seines Schwertes trennte Niels Ebbesen den Kopf des Grafen vom Körper!«

»Du weißt eine ganze Menge, was?«, lacht Charlotte und hebt ihr Weinglas.

»Ja, man muss eben die Geschichte auf der Tischserviette vor seiner Begleiterin lesen«, lacht er und stößt mit ihr an.

»Hieß er wirklich Graf *Gert*, der gierige Deutsche?«, fragt sie.

Vittrup breitet unschuldig die Arme aus.

»Ja! So hieß er wirklich. Lies selbst!«, sagt er und zeigt auf den Bericht auf der Tischserviette über Niels Ebbesens Heldentat.

Die lächelnde Bedienung kommt und räumt ihre Teller ab, lässt die Vorspeise für Anton stehen. Charlotte schielt zu dem unberührten Gedeck hin. Besteht Grund zur Besorgnis? Oder liegt es nur an der langen Wartezeit in der Ambulanz, dass er so spät ist?

»Du«, unterbricht Vittrup ihre Gedanken. »Es tut mir leid, dass du zu so einem schwierigen Zeitpunkt in die Fraktion kommst. Sich darauf umzustellen, in der Opposition zu sein, ist immer qualvoll. Und das, was im Moment passiert, *die Schlammschlacht*, ist auch nicht gerade ermutigend …«

»Sie ist *vernichtend*!«, platzt es aus ihr heraus.

»Nicht sonderlich inspirierend, nein«, stimmt er ihr zu und probiert den Rotwein, der traditionell erst ihm eingeschenkt worden ist. Er wird mit einem freundlichen Nicken für gut befunden. »Ausgezeichnet. Überhaupt ein gemütliches Lokal«, sagt er anerkennend zu der Bedienung, während sie weiter einschenkt. »Ich verstehe auch deine Unlust, dich daran zu beteiligen«, fährt er fort, als die Bedienung sich zurückgezogen hat. »Probieren wir den Tropfen?«

Das tun sie, und es ist wirklich ein guter Bordeaux, dessen Qualitäten jedoch in gewissem Grad an Charlotte verschwendet sind, da sie ihren Geschmacksnerven nicht die nötige Aufmerksamkeit schenkt. Ihre Antennen sind ganz auf Vittrup eingestellt, der offenbar Anlauf nimmt, etwas Wichtiges zu sagen.

»Charlotte«, beginnt er noch einmal, als er das Glas abgestellt hat. »Es liegt mir fern, jemanden um etwas zu *bitten*. Da, wo ich herkomme, bettelt man nicht gern um Almosen.«

»Wo ich herkomme auch nicht«, wirft sie düster ein und denkt an ihren Vater, der sich lieber an einem Strick aufgehängt hat, als jemanden um Hilfe zu bitten, um aus seiner Futtermittelschuld herauszukommen. »Männer jedenfalls nicht«, fügt sie hinzu.

»Stimmt, Männer nicht«, lächelt er schwach und fährt fort. »Und ich bin so sehr Mann, dass auch ich dich nicht bitten werde, heute Abend irgendwelche Versprechungen zu machen. Aber lass mich die Situation kurz für dich umreißen, Charlotte. Denn sie ist ernst.«

Charlotte nickt, spielt mit den Tafelbrötchen. Der Knoten im Magen hat wieder angezogen.

Er räuspert sich. Lehnt sich über den Tisch, schafft eine Intimzone, in die sie unwillkürlich eintritt, in dem auch sie mit dem Stuhl vorrückt.

»Kann ich mich auf dich verlassen, Charlotte?«

Sie nickt ernst.

»Ich weiß, dass ich das kann. Entschuldige. Schon in der Wahlnacht habe ich gewusst, wie es werden würde. Ich kenne meine Pappenheimer, nicht? In Wirklichkeit haben sie ja seit 1998 auf so eine Situation gewartet, denn da haben schließlich alle geglaubt, dass ich verliere! Alle bis auf mich. Ich habe bis zum Ende gekämpft, weißt du! Am Tag vor der Wahl habe ich um zwölf Uhr abends vor dem Park-Kino Rosen verteilt, als die Leute herauskamen, nachdem sie sich *Titanic* angesehen hatten«, er lächelt schief, nippt an dem Wein. »Aber *mein* Schiff ist nicht untergegangen, ich habe gewonnen, und das hätte ich nicht gedurft. Das gehörte nicht mit in die Berechnung …«

»In welche Berechnung?«, fragt Charlotte und reißt die Augen auf.

»In Gerts Berechnung. Er hat die ganzen Jahre darauf gewartet.«

»Hat er das?«, fragt sie, die Stirn skeptisch gerunzelt. »Ja, aber warum?«

»Abgesehen von der Eitelkeit, der Kränkung, dass ich damals seinen Platz eingenommen habe, und dem Verlangen, die Nummer eins zu werden, sind wir politisch zutiefst uneins. Ich stehe all seinen schönen Plänen und Hochrechnungen im Weg, dem Teufel und seinem Finanzminister. Verstehst du, Gert ist ein Technokrat! Mit totalitären Neigungen, wenn du mich fragst!«

Aber sie fragt nicht, denn jetzt wird das Hauptgericht serviert, ein mit Honig glasiertes Kalbsfilet, Spargel und neue Kartoffeln. Wieder meldet sich Charlottes Unruhe beim Anblick des unberührten Gedecks, das sie stehen lassen.

»Hmm, delikat!«, kommt es von Vittrup, als er in ein Stück Filet gebissen hat. »Wo waren wir?«

»Bei *Gert, dem Gierigen*«, bemerkt sie mit hochgezogener Augenbraue und zwingt sich, ein Stück vom Filet abzuschneiden. Ihr Appetit hat bei Vittrups Bericht beträchtlich abgenommen. Soll sie ihm vertrauen, oder leidet er an *noia*, wie Rasmus, ihre unentbehrliche studentische Hilfskraft, sagen würde?

»Ja, haha. Also, der Unterschied zwischen Gert und mir ist unser grundsätzlicher Zugang zur Politik, nicht wahr? Es ist der gleiche Unterschied wie der zwischen Krag und dem *Arbeiter*, wenn du so willst. Die Verankerung im Alltag, im gewöhnlichen Leben unter gewöhnlichen Menschen. Für mich ist es wichtig, das Wichtigste überhaupt, diese *Verbindung* sicherzustellen. Die Verbindung zwischen dem Volk und uns in Christiansborg. Der *Arbeiter* hat schließlich gesehen, dass ich diese Verbindung habe, während Gert nur noch ein weiterer Supertechnokrat ohne Krags Format und Musikalität geworden wäre. Deshalb hat er auf mich gezeigt, nicht? Am meisten hat es mich immer gequält, Charlotte«, sagt er und gebraucht das Messer wie eine pointierende Verlängerung seines Zeigefingers, »wenn es mir nicht gelungen ist, diese Verbindung sicherzustellen. Wenn ich Gert und seine Rechenkünstler drüben im Finanzministerium nicht daran hindern konnte, mit all ihren bürokratischen Initiativen und Ganzheitslösungen die Leute zu überrollen. Darum haben wir gekämpft, Gert und ich, viele Male. Denn er begreift es nicht. Für ihn ist diese Verbindung nichts als sentimentaler Quatsch. Kannst du mir folgen?«

Charlotte nickt stumm. Isst, ohne etwas zu schmecken. Versucht, sich die Worte einzuprägen. Muss sie notieren, wenn sie zurück im Hotel ist.

»Deshalb, Charlotte, kann ich die Macht nicht Gert überlassen, verstehst du? Ich kann nicht und ich will nicht. Meine ganze intellektuelle und emotionale Investition in die Führung der Partei war darauf ausgerichtet, den Zynismus außen vor zu halten. Und da kann ich doch nicht die Partei einer Horde skrupelloser Zyniker überlassen, nicht wahr? Dann würde ich sie wirklich verraten!«

Sie nickt wieder. In diesem Augenblick kommt ihr seine Auslegung einleuchtend vor, nicht zuletzt weil sie ihr wie eine Verlängerung ihres eigenen Misstrauens Gert gegenüber erscheint. Wie wäre es schön, wenn sie ein einziges Mal den Helden und den Schurken ausmachen und sich auf die Seite des Helden schlagen könnte. Vielleicht hätte sie das auch getan, gäbe es da nicht noch das dritte Steinchen im Spiel.

»Und Meyer?«, fragt sie und tunkt eine halbe Kartoffel in die Sauce, *sauce provençale*.

»Ist die Zynischste von allen«, lacht er trocken. »Sie hat sich immer nach der Macht gedreht. Wie eine Sonnenblume, die sich der Sonne zuwendet …«

»Sie verfolgt damit wohl auch ein Ziel?«, bemerkt Charlotte brüskiert. »Ein politisches, meine ich.«

»Das tut sie wohl. Aber welches? Zurzeit habe ich wirklich Schwierigkeiten, ihr Ziel zu erkennen. Abgesehen davon, dich zu unserer ersten Staatsministerin zu machen!«, sagt er und greift nach dem Rotwein. Sein Glas ist leer.

»Ich werde nicht Parteivorsitzende werden!«, protestiert sie und lässt sich ebenfalls nachschenken.

»Warum nicht? Nach mir? Der Platz ist frei für den, der ihn ausfüllen kann.«

»Ich bin mehr für die Umwelt als für die Macht.«

»Die Umwelt braucht die Macht!«, gibt er zurück und streut Salz auf seinen Teller. »Du hättest meinen Segen. Denn du hast sie auch, nicht wahr?«

»Was habe ich?«

»Die Verbindung zum Volk«, lächelt er. »Ich habe dich immerhin sagen hören, dass du so weit wie möglich kommen willst, nicht? Vorsitzende der Partei zu werden, ist so weit wie möglich! Prost!«

Sie stößt leise lachend mit ihm an, *touché*. Die Bedienung kommt mit mehr Kartoffeln, die Vittrup sich gut gelaunt auf den Teller legt.

»Ich habe dieses Jahr keine Kartoffeln gesetzt«, sagt er dann. »Und das wird mir später leidtun«, grübelt er. »Denn der, der keine Kartoffeln setzt, kann auch keine neuen ausgraben. Das ist ja das fantastisch Lehrreiche an der Gartenarbeit …«

»Was?«

»Dass man erntet, was man sät. Das gilt auch in der Politik.«

»Und deshalb?«

»Und deshalb muss man immer an die Zukunft denken. Dafür sorgen, die Kartoffeln zeitig zum Keimen zu bringen.«

»Du klingst wie Henrik Sand, mein alter Sekretariatschef«, lächelt sie. »Er hat auch etwas von einem philosophierenden Gärtner mit einem grünen Finger und einer Rosenschere.«

»Und er hat dich nicht gelehrt, dass es manchmal nötig ist, die Heckenschere zu benutzen, wenn man die schlimmsten Wildlinge loswerden will?«

Charlotte dreht den Stiel ihres Weinglases zwischen den Fingern.

»Er hat mich sogar gelehrt, dass es manchmal nötig sein kann, das Übel mit der Wurzel herauszureißen«, sagt sie.

»Ja«, spielt er mit. »Und es gibt die Notwendigkeit des Fruchtwechsels … Charlotte, wir könnten doch auch ein Abkommen treffen«, beginnt er, doch es bleibt bei dem Anlauf, denn jetzt endlich taucht Anton auf. Beunruhigend blass um die Nase. Und mit beunruhigenden Neuigkeiten.

Das Mädchen, dem es nach der Ankunft im Krankenhaus schlechter ging, hat gerade ein CT hinter sich, das den Verdacht des Ärzteteams auf eine Blutansammlung im Gehirn bestätigt hat. Da das Zentralkrankenhaus von Randers keine neurochirurgische Abteilung hat, ist sie jetzt in einem Krankenwagen auf dem Weg ins Krankenhaus von Skejby, wo eine Ausleitung vorgenommen werden soll. Die Ärzte haben den aufgewühlten Eltern und der kleinen Schwester erklärt, dass kein Grund zur Panik bestehe; eine subdurale Blutung sei nur dann lebensbedrohlich, wenn sie nicht entdeckt wird. Ihr Zustand sei allerdings ernster als zunächst angenommen.

Zu ernst, als dass Anton sein Essen essen kann, das vor ihm auf dem Tisch steht. Zu ernst, als dass Charlotte das Dessert, Erdbeeren Romanoff, hinunterbekommt. Aber offenbar nicht so ernst, dass Per Vittrup den letzten Programmpunkt des Tages absagt. Denn um zehn Uhr steht er wie versprochen am Mikrofon in der Hotelbar und summt sich durch eine ganze Hitparade von Evergreens zu Ehren der neuen sozialdemokratischen Mitglieder. Viele von ihnen singen sogar mit. Das tut Charlotte nicht, sie will hoch ins Bett. Und auch Anton zieht sich diesmal vor seinem Chef zurück.

»Er scheint zurechtzukommen«, sagt er trocken, als sie sich zusammen davonschleichen.

Sie sprechen nicht darüber, fassen ihre Gefühle nicht in Worte. Doch als sie auf den Fahrstuhl warten, statt die Treppe zu nehmen, sind sie vereint in der kindlichen Scham über den Vater. In der Enttäuschung, dass die Nächstenliebe trotzdem nur bis zum *The show must go on* geht.

»Sie wird schon wieder!«, sagt Charlotte stattdessen und drückt tröstend seinen Arm.

Er nickt vor sich hin.

»Hmm. Du, ich glaube, ich fahre nach Skejby«, sagt er entschlossen, als die Fahrstuhltür aufgleitet.

»Das musst du nicht!«, wendet Charlotte ein. »Du kannst ohnehin nichts tun.«

»Nein, aber es geht mir besser, wenn ich auf dem Laufenden bin«, sagt er und klopft auf seine Jackentasche, in der die Autoschlüssel sind.

»Wie meinst du das?«, fragt sie, während die Türen wieder zugleiten und der Fahrstuhl ohne sie nach oben fährt.

»Das Drama liegt immer im Detail«, sagt er ausweichend und tritt einen Schritt zurück, als der Fahrstuhl mit einem warnenden Pling erneut seine Ankunft ankündigt. Diesmal tritt die Lehrerin aus Brønderslev heraus und lächelt verlegen, als sie Charlotte sieht.

»Oh, ich würde so gern mit dir reden! Darf ich dich auf ein Bier einladen? Deinetwegen bin ich überhaupt in die Partei eingetreten ...«

»Ich bin eigentlich auf dem Weg ins Bett«, beginnt Charlotte, aber da ist nichts zu machen. Sie kann einen Fan nicht enttäuschen. Und schon gar nicht einen von zu Hause. Das tut man nicht. »Aber wenn du ein Bier ausgibst, dann ...«

Anton winkt ihr mit zwei Fingern zu.

»Ich bin weg«, sagt er.

»Ruf an, wenn du etwas weißt«, nickt sie und dreht sich zu dem neuen Mitglied um. Ihrem Namensschild zufolge heißt sie Dorthe.

»Sollen wir in die Bar gehen, Dorthe?«

»Kannst du dich an mich erinnern? Ich war auf dem Gymnasium in der Klasse unter dir.«

»Schwach«, lügt Charlotte. »Du warst auf dem sprachlichen Zweig, nicht?«

Blackout. Ich erinnere mich an nichts. An absolut nichts. Lassen wir es dabei. Einigen wir uns einfach darauf, dass ich nicht die geringste Erinnerung habe, wie in aller Welt ich in den Besitz einer Tüte mit einem tomatenroten Kleid mit Paillettenbesatz und Spaghettiträgern von *Monsoon* aus dem Einkaufscenter in Frederiksberg gekommen bin. Streichen wir einfach die letzten vierundzwanzig Stunden und vergessen alles über Bjarne, der seine Haarpracht verloren hat und dreißig Jahre älter aussieht, sodass er jetzt in einem unangenehmen Ausmaß dem Foto seines Vaters ähnelt, *des Kommunisten*, der nie aus dem Krieg nach Hause gekommen ist. Einigen wir uns einfach darauf, dass er mich nicht in diesem Zustand aufgegabelt, im Café Piccolo mit Kaffee abgefüllt und anschließend in seinem Pisspott heimgefahren hat, der absolut nicht wie ein amerikanisches Auto aussieht. Und falls er die Schlüssel aus meiner Tasche geholt, die Tür aufgeschlossen und mir ins Bett geholfen hat, habe ich auch das vergessen. Aber dass er nicht mit unter die Bettdecke wollte, daran erinnere ich mich. Und an den Klang der zuschlagenden Tür, als er gegangen ist, und an die große Stille, die darauf folgte. Habe ich nicht genau das gesagt: Er soll sich von mir fernhalten.

Die Familie findet Anton einzigartig. Während sie die ganze Nacht gemeinsam gewartet haben, ist er fast zu einem *Teil* der Familie geworden. Sie umarmen ihn, wie sie einander umarmen, als sie gegen Morgen die Nachricht bekommen, dass die Operation nach ein paar eingetretenen Komplikationen schließlich gut verlaufen ist. Und natürlich fordern sie ihn auf, zusammen mit ihnen zu warten, bis Mette aufwacht. Erst gegen sieben werden sie hereingerufen, und genau wie die Mutter, der Vater und die Schwester wird Anton von bewegter Erleichterung überwältigt, als Mette sie bleich und wiedererkennend anlächelt und auf das »Du kannst dich an Anton erinnern, nicht? Er ist mit in die Ambulanz gefahren« nickt, bis ihr die Augen wieder zufallen.

Anton, der die intensive, vertraute Stimmung nicht dadurch zerstören will, dass er aus der Tür stürzt, nimmt still und ruhig von der Familie Abschied und lässt sich in keiner Weise anmerken, dass sein Chef in einer Livesendung von Radio Alfa in Randers ist, die in wenigen Minuten ausgestrahlt werden wird, und sicher schon verzweifelt versucht, ihn auf seinem ausgeschalteten

Handy zu erreichen. Hoffentlich ist Charlotte für ihn eingesprungen und hat Per geweckt, wie sie es versprochen hat, als er sie mit der guten Nachricht von der gelungenen Operation anrief. Über die Per sich zumindest freuen kann. Wahrscheinlich ist die Sendung sowieso *no big deal*; Per leiert ohnehin in allen Lokalradios die gleiche propagandistische Litanei herunter.

Im Kiosk in der Vorhalle kauft er einen Tütenkakao und einen in Plastik verpackten Muffin, überlegt, an der Cafeteria vorbeizugehen, um eine Tasse Kaffee zu bekommen, begnügt sich jedoch damit, sich die *Jyllands-Posten* zu schnappen, und eilt auf den Parkplatz hinaus. Er hat seinen Muffin bereits verspeist und den Kakao getrunken, bevor er bei dem Mazda ist und die leere Verpackung zusammen mit der Zeitung auf den Beifahrersitz wirft. Im Rückspiegel sieht er deutlich die Spuren der Nacht – Bartstoppeln und Ränder unter den Augen. Er bleckt selbstironisch die Zähne wie ein Schimpanse – man ist schließlich keine fünfunddreißig mehr – und dreht den Zündschlüssel herum. Außer einer Rasur, einer Dusche und einer Runde Zähneputzen braucht er dringend etwas so Banales wie ein Klo. Er wird unterwegs an einem Rastplatz halten. Er schaltet sein Handy ein und ruft Charlotte an, nur um den tutenden Besetztton zu hören. Unterlässt es, Vittrup anzurufen; es wäre nicht das erste Mal, dass er vergessen hat, das Handy auszuschalten, bevor er im Radio oder Fernsehen auf Sendung gegangen ist. Sucht im Autoradio nach Radio Alfa, als er am Randersvej in einer Schlange vor einer roten Ampel steht. Doch der Empfang reicht offenbar nicht ganz bis nach Århus, denn er muss noch ein paar Kilometer weiter Richtung Norden fahren, bevor er Per Vittrups Stimme über 107,4 MHz hört. Eine warme, melodische Stimme, der er immer gern zugehört hat. Sie hat etwas Sicheres, Väterliches. Um nicht zu sagen Landesväterliches, doch dass sie sich an diesem Morgen nicht in ihrer üblichen gemütlichen Lokalradiotonlage bewegt, hört Anton sofort. Sie klingt schärfer, und die Redegeschwindigkeit ist schneller, als auf diesen Frequenzen üblich. Das kann nur eines bedeuten, das Unwahrscheinliche ist eingetreten: Per Vittrup wird in einem Lokalradio Zunder gemacht! Mechanisch und mit gerunzelter Stirn folgt Anton dem Verkehr Richtung Randers, während er herauszubekommen versucht, worum es eigentlich geht. Als er an der Autobahnausfahrt ist, hat er es begriffen. Es hat nichts mit Mette und dem Unfall zu tun, wie er befürchtet hatte. Nein, in dem Interview geht es um einen Artikel in der heutigen Ausgabe der *Jyllands-Posten*. Um die fehlgeschlagene Integration, an der die Sozialdemokratie ihren Teil der Verantwortung tragen muss. Verfasst von Gert Jacobsen, dem politischen Sprecher der Partei. Und der Moderator, der zweifellos ein erfahrener Journalist ist, möchte gern wissen, ob Per Vittrup mit dieser Einschätzung einverstanden ist. Ob er hinter seinem politischen Sprecher steht und die recht weitgehenden Forderungen unterstützt. Dass Staat und Kirche voneinander getrennt werden zum Beispiel. Dass das Fach Christliche Religion durch Demokratielehre ersetzt und die Koranschulen geschlossen werden? Während sowohl private wie auch öffentliche Arbeitgeber gezwungen werden sollen, ethnische Minoritäten gemäß einer Quotenregelung einzustellen? Und, was am wichtigsten ist, was bedeutet das für den Bezirk Randers, in dem schon jetzt so viele ihre Jobs verloren oder Angst davor haben?

Und Per Vittrup faselt und schwafelt und quasselt und quatscht, bis jedem klar wird, dass dieser Artikel nicht über seinen Schreibtisch gegangen ist. Schlimmer noch, er macht die interne Spaltung in der Ausländer- und Integrationspolitik auf jämmerliche Weise deutlich. Anton haut leise fluchend mit der flachen Hand so heftig aufs Steuer, dass er versehentlich die Hupe betätigt und als Dank von einer Fahrerin auf der rechten Spur den Stinkefinger gezeigt bekommt. Er muss nicht einmal auf den ausgeschilderten Rastplatz, Gudenå Ø, fahren und den Artikel lesen, um zu wissen, was das hier ist. Ein gut platzierter Tritt in den Schritt, unterzeichnet von G. J. Aber er setzt trotzdem den Blinker, denn jetzt *muss* er pinkeln. Scheiße, das wird sie den ganzen Tag verfolgen. Mindestens. Er kann genauso gut das Programm für den heutigen Tag absagen und sofort ihre Flüge umbuchen, auf dass sie zurück in den Führerbunker kommen. An so einem Tag sollte man nicht in Jütland herumfahren und Fehler machen.

Kann der Flügelschlag eines Sommervogels in Brasilien in Texas einen Tornado auslösen?«, fragte ein berühmter Meteorologe, Edward Lorenz, 1961. »Ja!«, würde Yasemin vier Jahrzehnte später antworten, ohne zu zögern, ohne über mehr als periphere Kenntnisse der Chaostheorie zu verfügen und ohne zu wissen, dass Chaos in der Welt der Physik als »eine ungeordnete Bewegung, die unter einfachen, reproduzierbaren Umständen auftritt«, definiert wird. Denn schuldbewusst spürt sie, dass ihr Flügelschlag den Medienorkan ausgelöst hat, der mit von Stunde zu Stunde zunehmender Stärke tobt. Hätte sie diesen Artikel nicht geschrieben, wäre dieser Tag höchstwahrscheinlich nur *another day at the office* geworden, allen anderen so gleich wie zwei Tage in Christiansborg das nur sein können. Doch während sie erschrocken an ihren Nägeln kaut, das Wüten des Unwetters verfolgt und sich bemüht, die Kanonade aus eingehenden Mails und insistierenden Anrufen zu bewältigen, scheint es Gert nahezu einen Kick zu versetzen, im Auge des Orkans zu stehen. Munter lächelnd geht er wie geplant zu seinem Arbeitsessen mit dem Vorstand der Nationalbank und bittet sie, den Journalisten mitzuteilen, dass er nichts weiter hinzuzufügen hat. Sollte Per Vittrup anrufen, sei er ebenfalls beschäftigt.

Bevor er ohne Mantel das Büro verlässt, um auf dem kurzen Weg hinüber zur Nationalbank ein bisschen Sonne zu tanken, versucht sie sich trotzdem an einer Entschuldigung. Erst jetzt, wo sie den Artikel gedruckt in der Zeitung gesehen hat, wird ihr klar, wie radikal er ist. Rasmus hat die ganze Zeit recht gehabt; er ist zu fanatisch, als dass ein Hardliner wie Gert Jacobsen seinen Namen daruntersetzen sollte. Er *hat* ihn gelesen, sie war selbst dabei, und damals hatte er keine Vorbehalte. Hat sie stattdessen in hohen Tönen gelobt und gebeten, den Artikel mit einigen kleinen Änderungen abzuschicken. Formal gesehen, hat sie sich demnach nichts vorzuwerfen, doch obwohl Gert ihre Entschuldigung mit einem kleinen Lachen zurückweist, hat sie das Gefühl, ihn auf die eine oder andere Weise dazu verführt zu haben, zu weit zu gehen. Hat er das ihretwegen getan? Ja, großmütig wie er ihr gegenüber ist, wollte er ihr die Freude gönnen, zum ersten Mal einen eigenen Text im Druck zu sehen. Geschmückt mit seinen Federn. Das ist ein Geschenk von ihm, genau wie er ihr damals das Autogramm von Hillary Clinton mitgebracht hat.

Am liebsten würde sie den Journalisten erklären, dass alles so zusammenhängt. Dann könnte sie die Verteidigung der Argumente übernehmen, die er natürlich nicht erläutern kann. Könnte erklären, was sie mit Wendungen gemeint hat wie »Mit weit offenen Augen hat die Sozialdemokratie leider dabei zugesehen, wie ein neues verarmtes Proletariat am Boden der dänischen Gesellschaft herangewachsen ist«. Oder »Jedes Mal, wenn ein junger Mann mit einem anderen ethnischen Hintergrund ins Gefängnis geworfen wird, ist das ein Anschlag auf die demokratische und tolerante Wohlfahrtsgesellschaft, für die dänische Sozialdemokraten seit Stauning so viel geopfert haben«. Gerade dieser Passus hat vom frühen Morgen an die Dänische Volkspartei vor Entrüstung im Quadrat springen lassen, und noch vor Mittag hat Susanne Branner sich ihr angeschlossen. Als Integrationssprecherin mit einem breiten Auftrag könne sie mit solch rabiaten Äußerungen der Parteispitze nicht leben und fordere deshalb ein augenblickliches Dementi von Per Vittrup. Sie *verlange*, dass er Gert Jacobsen den Kampf ansage und ihre Linie als Sprecherin unterstütze.

Als Yasemin ihr schrilles Gekrächze in den Mittagsnachrichten im Radio hört, fühlt sie sich noch schuldiger. Denn hätte Susanne Branner derart überreagiert, wenn sie sich nicht ausgerechnet hätte, dass Yasemin die Verfasserin des Artikels ist? Nein. Die Wut richtet sich gegen sie, Yasemin, und nicht gegen Gert oder Per Vittrup. Denn Susanne Branner hasst Yasemin, das hat sie ihr schließlich gezeigt. Doch auch das kann sie der Presse nicht sagen. Das kann sie niemandem sagen. Allein der Gedanke an den Vorfall im Kiosk lässt sie erröten. Aus Scham. Als wäre sie bei einem Ladendiebstahl erwischt worden oder auf andere Weise schuldig geworden. Das ist sie ja auch. Sie hat gegen die ungeschriebenen Gesetze verstoßen. So eine wie sie darf die Nase nicht zu weit vorstrecken. Deshalb hält sie sich den restlichen Tag beflissen an Äußerungen wie »Kein Kommentar« und »Er ist leider beschäftigt. Kann er zurückrufen?«, auch als Per Vittrup am Apparat ist. Dass jetzt sie alle Flüche und Verwünschungen abbekommt, nimmt sie gern auf sich. Da sie die Schuld daran trägt, dass er zum Punchingball des Tages geworden ist.

Anton hätte sich geschickt absichern können. Er hätte Abstand zu den Verfügungen seines Chefs nehmen können, indem er ein einziges Wort in gedüngte Erde hätte fallen lassen. Er hätte die Wahrheit in ein Schließfach legen, sich Zeugen und die Möglichkeit sichern können, eine neue professionelle Identität zu erlangen. Er hätte sagen können: »Was konnte ich schon tun? Der Mann wollte einfach nicht hören! Den ganzen Tag habe ich ihn verzweifelt zu überreden versucht, zurück nach Kopenhagen zu fahren. Wir haben gestritten, dass die Fetzen flogen, fragen Sie Charlotte Damgaard. Statt bei Aalborg Portland herumzuhängen und anschließend Rentner in Nørresundby zu unterhalten, hätte er den Tag nutzen sollen, sich Respekt zu verschaffen. Er hätte Gert zur Ordnung rufen und Susanne Branner zum Mittagessen einladen sollen. Er hätte die Presse besänftigen und sich einen Gegenzug ausdenken sollen. Einen raffinierten Plan ausarbeiten sollen! Doch er hat sich wie ein Stier in der Arena benommen. Blind um sich getreten und erklärt, dass er sich von Gerts Provokation nichts *diktieren* lasse. Ja, aber hallo, man muss doch die tatsächlichen Verhältnisse in der Eisenindustrie sehen! Na schön, er hat mir nicht zugehört, und das ist ihn teuer zu stehen gekommen. Denn wie er mir beigebracht hat, ist Timing alles in der Politik. Verpasst man den richtigen Zeitpunkt, rächt sich das. Und man darf die Leute *nie* ins Wochenende gehen lasen, ohne vorher die Brände der Woche gelöscht zu haben. Sonst riskiert man, dass sie sich ausbreiten. Was sie in diesem Fall auch getan haben, wie man feststellen kann.«

Diese Vorsichtsmaßnahme ergreift Anton nicht. Nach außen hin geht er nicht auf Abstand. Er steht zu ihm. Die einzige Illoyalität, die er sich leistet, ist die, im Lauf des Tages einige Male Blicke mit Charlotte zu wechseln. Doch wieder ist es dieser wissende Blick unter Geschwistern, die für ihre mürrischen und unberechenbaren Eltern nur das Beste wollen.

April ist der Monat, in dem die meisten Menschen Selbstmord begehen. Heißt das, dass man froh sein soll, fast bis zum Mai überlebt zu haben? Soll man sich beglückwünschen, durch den Monat gekommen zu sein, ohne Pillen geschluckt, sich erhängt oder von einer Brücke gestürzt zu haben? Auch das hätte ich mit dem netten Kaufmann aus dem Godthåbsvej diskutieren können, doch ungeachtet dessen, wie viele kleine und große Flaschen er mir verkauft, bleibt die Konversation immer die gleiche. Es geht um Wind und Wetter, um dies und das, und irgendwann sollte ich ihm einmal die Hoden zusammenquetschen und ihn zwingen, mir zu verraten, was er wirklich sieht. Was sieht er anderes in mir als die angetrunkene Frau eines mächtigen Mannes? Kronen und Øre vielleicht? Denn sie verdienen schließlich nicht schlecht an solchen Wracks wie uns. Wir bringen die Kasse zum Klingeln, nicht? Er lebt nicht vom Verkauf von Milch, nicht wahr? Jedenfalls liegen im Gebüsch drüben im Park keine Milchkartons. Und was der Postbote vor Kurzem in sich hineingeschüttet hat, war auch keine Milch. In seiner demokratischen, staatlichen Uniform holte er verstohlen, Gott steh mir bei, erst eines und dann noch ein Bier aus seiner Fahrradtasche. Und das während der Arbeitszeit! Wer hätte das gedacht? Zumindest hat er die leeren Flaschen zur Freude der Flaschensammler in den Papierkorb geworfen. Die meisten von uns sind Schweine, wie ich feststellen muss. Sie werfen ihre leeren Minifläschchen überallhin, mit der Folge, dass die soliden, ihre Hunde lüftenden Bürger nicht umhinkönnen zu sehen, dass es uns gibt. Die heimlichen Trinker. Die kleinen Säufer. Die Küchenschrankalkoholiker. Uns, die wir immer den Schein zu wahren versuchen. Die wir uns über die Bier saufenden Verlierer mit ihren Furcht einflößenden Kötern erhaben fühlen, die inzwischen aus ihrem Winterlager aufgetaucht sind. Die wieder Plätze und Bänke besetzen, sich gegenseitig bestärken und es sich in ihren Räuschen gemütlich machen. Sie schlagen sich, spielen ihre Eifersuchtsdramen vor aufgedunsenen Frauen mit Bierbäuchen und hennafarbenen Haaren mit grauen Ansätzen, machen sich in die Hose und verspotten uns andere. So tief bin ich trotz allem noch nicht gesunken. Aber manchmal verspüre ich die Lust, mich ihnen anzuschließen.

Es wäre so leicht, die Linie 39 zum Toftegårds Plads zu nehmen und dort in die Linie 37 umzusteigen. Man bräuchte nur am Nordre Fasanvej einzusteigen und zwanzig Minuten später am Mozart Plads hinauszuhüpfen und sich zu ihnen gesellen. »Hi, Freunde, geht es euch gut?« – »Teufel auch, Linda, bist du das?«, würden sie sagen. Sie würden mich in ihren Klub aufnehmen, denn ich wäre eine von ihnen. Ich könnte unter dem Balkon meiner Mutter auf dem Platz sitzen und würde zu ihnen gehören. Schrill lachen, mich kabbeln, Zigaretten erbetteln und es mir in der Sonne gut gehen lassen, und bis auf die Bierrechnung und wer wem eine Runde schuldet, wäre mir alles scheißegal. Wir würden kleine Tipps austauschen, wie man das System hereinlegt – den Arzt, das Sozialamt, die Polizei – und den Tod an der Nase herumführt, damit man im April nicht den Löffel abgeben muss.

Bjarne hat mich wieder fallen gelassen. Verständlicherweise. Ich habe ihn selbst gebeten, das Ganze zu vergessen. Und mit dem Ganzen meine ich *das Ganze*. Deshalb hält er sich fern; hat wohl einen Schock bekommen, der Waschlappen. So ist es am besten. Trotzdem erwische ich mich dabei, dass ich jedes Mal, wenn ich um die Ecke biege, nach seinem kleinen Pisspott Ausschau halte. Davon träume, dass er sich in einen goldenen Schlitten verwandelt hat, der anhält und darauf wartet, mich vor meinem Plagegeist in Sicherheit zu bringen. Weil ich das Mädchen mit dem gläsernen Schuh bin. Und er der Prinz. Verdammt lächerlich. Doch ist das nicht der gleiche Traum, den Gert von ihr, von diesem Blumenmädchen träumt? Yasemin-hier-und-Yasemin-da? Dass sie seine Prinzessin ist, die ihn vor dem Hausdrachen rettet? So, wie die Situation ist, kann er sich nicht von mir scheiden lassen, das ist klar. Die *politische* Situation, meine ich. Das sähe nicht gut aus. Umbringen kann er mich auch nicht. Doch wenn ich diese beschissene Arbeit selbst übernähme, könnte ihm das sogar einige Sympathien einbringen. Besonders wenn ich so rücksichtsvoll wäre, es wie einen Unfall aussehen zu lassen. Irgendetwas in Richtung gegen einen Baum fahren oder auf dem Bahnsteig stolpern und vor die S-Bahn fallen. Ich könnte natürlich auch einfach trinken, bis das System zusammenbricht. Das dürfte nicht undurchführbar sein. Aber ist das eine sichere Methode? Endet das nicht eher damit, dass ich irgendwo liege und in meinem eigenen Erbrochenen vor mich hin röchle? Wie die armseligen Grönländer, die Janni zufolge den halben Mozart Plads eingenommen haben. Dann lieber Zyankali wie Eva Braun. Ein bisschen eitel ist man schließlich doch. Und auf seinen Besitz bedacht. Denn ich will ihn nicht hergeben. Sie soll ihn nicht haben. Die Augen könnte ich ihr auskratzen, allein deshalb, weil er tief in sie hineingesehen hat. Und weil er seinen Namen unter einen Artikel gesetzt hat, den sie geschrieben hat. Denn sie ist ein *tüchtiges* Mädchen. Aber was ist mit ihrer Möse? Denn ohne *pussy power*, meine Liebe, bekommst du ihn nicht.

Diesmal bringt Meyer keine Croissants mit, und die Besprechung findet auch nicht in Charlottes Büro statt. Es ist ja auch keine Besprechung im offiziellen Sinn. Es ist eher ein Besuch. Ein Sonntagsbesuch, bei dem eine Freundin der Familie mit einer glasierten Erdbeertorte im weißen Konditoreikarton und einer Tüte mit Himbeerschnitten für die Kinder vorbeikommt.

»Sind die groß geworden!«, ruft der Gast und umarmt die Zwillinge, um die Illusion eines privaten Besuchs aufrechtzuerhalten. Meyer lässt sich auch willig mit ins Kinderzimmer ziehen, um sich die kantigen Buchstaben anzusehen, die Johanne an die Tafel geschrieben hat. Imponiert schlägt sie die Hände zusammen, dass das aufgeweckte Mädchen schon seinen Namen schreiben kann, was mit heraushängender Zunge stolz demonstriert wird, und pädagogisch bemüht geht sie in die Hocke, um sich Jens' Lieblingsdinosaurier in seiner allmählich ansehnlichen Sammlung zeigen zu lassen.

Als das erledigt, der Kaffee durchgelaufen ist und die Zwillinge auf dem PC Pixeline spielen, nachdem sie ihre Himbeerschnitten zur Hälfte aufgegessen und mit Saft hinuntergespült haben, ist es Zeit für das eigentliche Anliegen. Nein, zuerst muss noch die Torte probiert werden, hmmm, und Kaffee getrunken. Meyer muss sich eine Zigarette anmachen, Charlotte in Versuchung geführt werden, eine mitzurauchen, doch dann lässt es sich nicht länger auf die lange Bank schieben.

»Susanne Branner zieht sich zurück. Aus Protest. Sie wird das jetzt bekannt geben.«

»Aha?«, sagt Charlotte überrascht. »Ich dachte, Per hätte sie gestern davon abbringen können?«

»Hast du das geglaubt?«, lächelt Meyer schwach, ohne weiter darauf einzugehen. »Wir möchten, dass du den Posten übernimmst. Den Posten der Integrationssprecherin. Mit wir meine ich Per, Gert und mich. Ich habe mich versichert, dass du genug Stimmen bekommst. Die große Mehrheit.«

»Warum wollt ihr *mich* auf diesem Posten?«, fragt Charlotte sprachlos.

»Wen denn sonst?«

»Dich!«

Sie lacht trocken.

»Weißt du was, Charlotte, ich habe, ehrlich gesagt, genug damit zu tun, die Flotte am Schwimmen zu halten!«

»Warum sollte ich diesen Posten übernehmen? Das ist ein Uriasposten!«

»Weil du das durchstehst. Und weil du die Chance haben sollst. Der Posten der Umweltsprecherin bringt dir in der Opposition nichts. Das ist die reinste Zeitverschwendung. Während du dich im Integrationsbereich profilieren kannst. Man wird sich an dich erinnern, verstehst du? Wenn die Wahl kommt. Wenn du deinen Job gut machst, rückst du auf. Niemand kommt mehr um dich herum.«

»Ja, aber meine politischen Standpunkte, Meyer!«, ruft Charlotte und rutscht auf dem abgenutzten Sofa nach vorn. »Ich bin viel zu rot in dem Bereich! Ich *verabscheue* die Ausländerpolitik der Regierung! Die 24-Jahre-Regelung ist unmenschlich!«

»Bist du denn für Zwangsehen?«, fragt Meyer leichthin und stößt Rauch aus. »Du musst deine Ansichten auf diesem Posten natürlich mäßigen. Oder zumindest bei deinen Äußerungen diplomatischer sein. Dafür Sorge tragen, dass die Fraktion mitzieht, haltbare Kompromisse herbeiführen. Aber du nimmst keinen Schaden, wenn du das lernst. Das ist Teil deiner Führungsausbildung, nicht? Dass du lernst, zurückzublicken und auf die Herde zu warten!«

»Was ist, wenn ich ablehne?«

»Die Option hast du nicht. Wenn du die bist, die zu wollen wir uns geeinigt haben, musst du den Posten annehmen. Schon um Per zu helfen. Von ihm wirst du in Kürze hören. Ich habe nur versprochen, den Weg zu ebnen«, lächelt sie. »Ich unterstütze dich natürlich. Meiner Meinung nach ist das der spannendste Posten, den man im Moment bekommen kann. Und der wichtigste. Das ist wirklich ein Bereich, in dem du den berühmten Unterschied machen kannst. Was du so gern willst.«

»Und wer wird Umweltsprecher?«, fragt Charlotte, während vor ihrem inneren Auge Ozeane austrocknen und Windradparks stillgelegt werden. An und für sich eine relevante Frage. Aber nicht annähernd so relevant wie die beiden Fragen, die sie hätte stellen sollen. *Warum* will Vittrup sie auf diesem Posten haben? Und vor allem, *was* hat Gert vor? Meyer könnte beide beantworten, braucht es aber nicht. Denn geschickt wie ein Zauberkünstler kann sie davon ablenken, indem sie auf die gestellte Frage antwortet.

»Er hat die alberne Idee, ihn an Susanne Branner zurückzugeben. Um sich den Rücken freizuhalten. Das kann ich ihm hoffentlich ausreden. Einer von den Jüngeren wäre besser, nicht? Wen würdest du vorschlagen?«

Charlotte hat sich zu keinem Zeitpunkt ihres Gesprächs *Ja* sagen hören! Andererseits hat sie auch nicht *Nein* gesagt.

Und so muss sie akzeptieren, dass eine äußerst zufriedene Meyer kurz darauf aufsteht, um nach erfolgreich vollbrachter Tat die Wohnung in der Drejøgade zu verlassen, in der sie den größten Teil einer Erdbeertorte, ein paar zur Hälfte aufgegessene Himbeerschnitten und eine neue Integrationssprecherin zurücklässt.

Bjarne steht in der Do-it-yourself-Werkstatt in Ydre Nørrebro in einem Funkenregen und hört absolut nichts hinter seinem Schweißvisier. Deshalb muss die Inhaberin, *die Schöne*, denn das war sie einmal, bevor sich ihr Leben zwischen Motoröl und Neonlicht abspielte, zu ihm gehen und ihn an der Schulter rütteln, damit er sie bemerkt.

»Bjarne, verdammt, wir schließen jetzt! Es ist zehn. Ich muss nach Hause ins Bett!«

Er stellt das Schweißgerät aus und befreit sich von dem Visier. »Ist es schon so spät?«

Die Schöne nickt mit einem resignierten Seufzen. Männer und Autos. Sie können stundenlang daran herumbasteln. Tagelang. Wie er hier, der jetzt seit einer Woche jeden Abend Blecharbeit gemacht hat. Von seinem Feierabend bis zur Schließenszeit. Er ist Friedhofsgärtner. Und hat einmal in Schweden gelebt. Mehr weiß sie nicht von ihm. Sie sagen nicht so viel, die Männer.

Auch ihr eigener nicht. Was gibt es auch schon zu sagen? Ab und zu könnte es ganz nett sein, ein bisschen zu reden. Wie jetzt, wo alle anderen gegangen sind und sie das Licht ausmachen will. Und die Alarmanlage einschalten.

»Hast du etwas Bestimmtes mit ihm vor?«, fragt sie. »Weil du dauernd an ihm arbeitest?«

»Etwas vor?«, fragt er verständnislos und wirft die Handschuhe weg.

»Ja, willst du zu einem Treffen damit oder so was? Ihn vorführen?«

»Nee … nein! Das will ich nicht. Ich will nur damit herumfahren«, sagt er ausweichend, sammelt das Werkzeug zusammen und geht zum Waschbecken.

Die Schöne, die gelernt hat, stumme Männer zu deuten, trifft ins Schwarze, als sie im Stillen davon ausgeht, dass es etwas mit einer Frau zu tun haben muss. Näher kann sie der Wahrheit nicht kommen, da sie nicht weiß, dass eine aufwühlende und schockierende Begegnung mit seiner Jungendliebe Bjarne wie einen Besessenen an diesem Auto arbeiten lässt. Weil er sich einbildet, auch Linda wieder aufrichten zu können, wenn er den Wagen in Schuss bekommt. Diese Annahme entbehrt jeder Logik, doch Bjarne klammert sich verbissen daran. Denn welchen Handel könnte er sonst abschließen? Mit welchem Gott? Und wie soll er sich sonst abreagieren und seine Hände davon abhalten, den Mann zu bestrafen, der ihr so wehgetan hat. Er hat es schließlich gesehen, als er ihr beim Ausziehen geholfen hat. Die Male, die Blutergüsse, die Hautabschürfungen. Ein flügellahm geschossener Vogel in einem goldenen Käfig ist sie geworden. Eine kleine verschüchterte Lerche, die in eine Hand passt. In seine Hand.

Ist das seine Schuld? Muss er sich selbst bestrafen? Hat er sie damals zum Krüppel gemacht? Trägt er die Verantwortung an einem Totalschaden, den niemand sehen kann?

Bjarne seufzt. Wäscht sich die Hände mit der fettlösenden Seife so sorgfältig wie ein Chirurg vor der Operation. Trocknet sie an mehreren Papierservietten ab und ist dabei, sich in Gedanken zu verlieren, als er das demonstrative Räuspern der Schönen hinter sich hört.

»Dauert das noch eine Ewigkeit, oder was?«

Rechtzeitige Sorgfalt kann bedeuten, Visite zu machen, wie Gert Jacobsen das im Stillen bezeichnet. Während der Vorsitzende die Großfeuer löscht und sich den Goodwill des Volkes sichert, sieht Gert Jacobsen zu, bei den Jüngeren und Unerfahrenen vorbeizuschauen. Er hilft ihnen, ihr Sachgebiet zu überblicken. Gibt ihnen gute Ratschläge, informiert sie über die Absichten der Regierungsparteien, hilft ihnen, Strategien auszuarbeiten, und weist auf Kungeleien und Kloabsprachen hin, die sie selbst nie entdeckt hätten. Unsicher, wie sie sind, ist jeder Einzelne von ihnen ihm zutiefst dankbar, dass er ihm seine Zeit opfert. Sie fühlen sich geehrt durch seinen Besuch in ihren Schuhschachteln von Büros. Sie sind stolz, dass er ihre Ausführungen liest und ihre Reden kommentiert; obwohl die meisten Nichtraucher sind, lieben sie es, wenn er sich eine Kings anzündet und so lange bei ihnen bleibt, wie es dauert, sie zu rauchen. Verloren, wie sie sich manchmal in dem großen Haus fühlen, genießen sie seine Aufmerksamkeit. Denn obwohl ihr Vorsitzender unaufhörlich von »den Jüngeren« redet, hat er keine Zeit für sie. Anders als Gert, der so gut zuhören kann. Und zudem so höllisch klug ist.

Am ersten Mai wird Yasemin von einem feuchten Traum geweckt. Und obwohl er auf dem Laken keinen Fleck hinterlässt, den ihre Mutter neugierig studieren kann, wenn sie die Bettwäsche der Familie einsammelt, schlägt sie den Blick nieder, als ihre Mutter beim Frühstück fragt, ob sie gut geschlafen hat. Die Frage ist vor allem ein Vorwand, der Sekine die Möglichkeit geben soll, über ihre eigene Schlaflosigkeit, ihre Glieder- und Magenschmerzen zu klagen, deshalb verweilt ihr Blick nur flüchtig auf ihr und scheint nicht zu durchschauen, dass ihre ehrbare Tochter gerade aus einem Bett gestiegen ist, in dem sie wollüstig mit einem geilen, satyrähnlichen Mann geschlafen hat.

Yasemin ist über den Traum schockiert. Sie schämt sich für ihr Unterbewusstsein, das ihr so einen Streich spielt. Schämt sich, dass es ein Begehren offenbart, das sie unter keinen Umständen zugeben will. Es ist nicht der sexuelle Akt an sich, von dem sie sich distanziert. Denn im Gegensatz zu dem, was ihre Mutter glauben möchte, hat sie ihre Jungfräulichkeit schon lange verloren. Irgendwann im Lauf der fröhlichen Gymnasiumstage, als alle Regeln für kurze Zeit aufgehoben waren. Ihr Vater, der damals nicht mehr Moslem war, als ein durchschnittlicher Däne Christ ist, ließ sie machen, was sie wollte. Er war stolz auf sie, die Superschülerin, die mit 1,2 den besten Durchschnitt ihres Jahrgangs erzielt hatte. Und nach drei Jahren, in denen sie die Nase nur in Büchern gehabt hatte, wollte sie alles ausprobieren. Sex, Zigaretten und Alkohol. Und das hat sie auch getan. Sie hatte eine Woche Spaß, wurde von Stefan entjungfert, dem süßesten und rücksichtsvollsten Jungen der Stufe, und war mit ihm zusammen, bis er nach dem Sommer in die USA reiste und sie sozusagen alles ausprobiert hatte. Seitdem hat es noch ein paar andere gegeben, zwei, weil sie wählerisch und auf ihren Ruf bedacht ist. Nicht, dass man als Einwanderermädchen so viele Angebote bekommt. Jedenfalls nicht, wenn man auf die Universität geht und besser ist als die meisten Jungen. Was sowohl auf die mit einem Minoritätshintergrund als auch auf die Dänen zutrifft. Offenbar fühlen sie sich durch sie bedroht und werden schnell aggressiv und unangenehm, wenn sie sich endlich bei einem Fest genug Mut angetrunken haben, mit ihr zu reden. Und die netten, die keine Angst vor ihr haben, törnen sie einfach nicht an. Wie Rasmus, der süß und nett, aber einfach nicht sexy ist.

Und Gert? Törnt er sie an?, fragt sie sich, als sie sich unter der Dusche einseift. Vielleicht, denn ihre Brustwarzen werden hart beim Gedanken an ihn. Das ist so peinlich, dass sie sofort das kalte Wasser anstellt, um den Gedanken an seine sommersprossigen Hände zu vertreiben, die liebkosend über ihren Körper gleiten. Diese Eisprungfantasie muss auf der Stelle erstickt werden, es ist *haram*, verboten!, sich derart lustvolle Gedanken über seinen Chef zu machen! Nicht zuletzt deshalb, weil sie ihn in knapp drei Stunden sehen wird, um sich seine Rede zum 1. Mai in Frederiksberg Have anzuhören. Anschließend wird sie sich mit Rasmus im Fælledparken treffen, wo sie sich zusammen mit Charlotte Per Vittrup auf der großen Bühne ansehen wollen. Rasmus hat bereits im Vorhinein bange Ahnungen. Sollte sie mit ihm ins Bett gehen? Mit Rasmus? Um ihr Verlangen in akzeptablere Bahnen zu lenken?

Yasemin dreht das Wasser ab und trocknet sich ab. Cremt sich mit Bodylotion ein und muss sich erncut auf die Finger hauen. Pfui, Yasemin, pfui!

Du kannst auf dem Eis laufen und das perfekte Kurzprogramm hinlegen, jeden doppelten oder dreifachen Rittberger schaffen. Du kannst deine Pirouetten und deine Sprünge beherrschen, und du kannst spüren, wie sich das kratzende Singen der Kufen, der insistierende Rhythmus der Musik auf das Publikum überträgt, das nach den dir eingeräumten zwei Minuten und vierzig Sekunden in begeistertes Klatschen und Johlen und Pfeifen ausbricht. Du kannst außer Atem neben deinem unermüdlichen Trainer in der Box sitzen und der Kamera mit einem in Zellophan eingepackten Blumenstrauß zuwinken, während du auf das Urteil der Jury wartest. Du kannst dir alle 6,0er vorstellen und bereits vor dir sehen, wie du mit diesem Lauf jedem Gerücht die Nahrung nimmst, dass deine Form rückläufig ist, dass du nicht länger zur Elite gehörst, dass du deinen Titel verlieren wirst. Denn das wird der Triumph, der Wendepunkt, für den du so hart gearbeitet hast. Dann heben die Schiedsrichter ihre Tafeln, und es scheint, als wären sie verhext, denn nicht einer gibt dir mehr als eine 5,5. Was das Technische betrifft, sieht es ganz gut aus, doch was das Künstlerische anbelangt, gibt man dir so erschütternd schlechte Noten, dass dein Trainer dich wortlos von der Kamera wegzieht.

Du kannst souverän ein strapaziöses 1.-Mai-Programm durchziehen, das morgens um sieben mit einem Kaffee in einem Schrebergartenverein auf Amager beginnt, auf den eine Rede nach der anderen folgt, kulminierend in der Ansprache im Fælledparken vor mehr als 50 000 Menschen, die dir mit einem zustimmenden Brüllen antworten, als du zum Kampf gegen den rechten Flügel aufrufst, und die laut und taktfest Beifall klatschen, sodass deine Nackenhaare sich aufstellen und dein rotes Herz anschwillt, und dich trotzdem in der zusammengeschnittenen Reportage zum 1. Mai in den TV2-Nachrichten lächerlich gemacht sehen, in denen man dich wie einen Idioten hinstellt, der auf jeder einzelnen Versammlung genau die gleichen einstudierten Phrasen von sich gibt.

Es sind diese niederträchtigen Ungerechtigkeiten, die einem an die Nieren gehen. Kunsteisläufern und Parteivorsitzenden. Und es gibt nichts, was sie dagegen tun können.

Ist dir aufgefallen, dass er die ganze Zeit lächelt?«, bemerkt Christina Maribo eines Tages spitz, als Gert gerade mit einem lauten und, nun ja, lächelnden »Guten Morgen, die Damen!« auf dem Flur an ihnen vorbeigegangen ist.

»Er ist wohl einfach in Frühlingslaune«, meint Charlotte. »Vielleicht hatte er eine Winterdepression?«

»Dann hat die aber verdammt viele Jahre gedauert! Und was das Lächeln angeht, ist es eher so, als würde ein Hai lächeln!«

Charlotte kichert. Mit der Zeit hat sie Christinas derben Humor zu schätzen gelernt. Außer Christina und Rasmus bringen sie hier drinnen nicht viele zum Lachen. Und Yasemin natürlich. Doch sie verbreitet eher Sonnenschein. Ihr Kristalllachen muss Tote auferwecken können. Was es vielleicht auch getan hat. Da Gert lächelt.

Ich bekomme immer einen Anflug von Klaustrophobie, wenn ich mich in dem Sandwich-Solarium im Sonnencenter auf die Bank lege. Man hat das Gefühl, sich in einen offen stehenden Sarg zu legen, dessen Deckel plötzlich zufallen kann. Was für ein Horror, als nackte, verkohlte Leiche zu enden, bis zur Unkenntlichkeit verbrannt unter den ultravioletten Strahlen der Röhren. Was würde von mir übrig bleiben? Was außer den sorgfältig zusammengelegten Sachen auf dem Schemel, den Schuhen und der Tasche würde ich hinterlassen? Hätte ich etwas zu vererben? Und was würde er, Gert, sagen, wenn er meinen gut versteckten Schatz fände, verborgen in einer Plastiktüte in meiner Unterwäscheschublade? Meine heimlich gesparten Hundertkronenscheine aus der Putzstelle, dem Haushaltsgeld, dem Geld aus dem Verkauf des Fahrrads und was ich sonst noch zur Seite legen konnte. Wie viel habe ich? Knapp tausend, vermutlich. Ein bisschen Schmuck, den ich nicht oft getragen habe, sodass es ihm nicht auffällt, wenn er eines Tages weg ist. Eine Locke von meinem Vater. Den Seitenspiegel von Sonnys Motorrad. Mein Abiturzeugnis. Jimi Hendrix' Stirnband. Den Strampelanzug, den ich gestrickt habe. Und ein paar Ambulanzberichte. Werden die Leute von der Putzkolonne in ihren sterilen Raumanzügen diese Sachen finden, die beauftragt worden sind, nach mir aufzuräumen und sauber zu machen und alle meine Hinterlassenschaften in große Plastiksäcke zu packen, damit meine Nachfolgerin einziehen und Gert vergessen kann, dass es mich gegeben hat?

So leicht werde ich es ihnen nicht machen! Nee-e-e, ich werde mein ganzes Kapital einsetzen, um meinen Mann zurückzuerobern. Und hier rede ich nicht von meinen bescheidenen irdischen Gütern, sondern von dem, was immer mein Triumph gewesen ist. *My sexy body, honey!* Deshalb überwinde ich den Schrecken vor dem Sarkophag und werfe einen Zwanziger in den Schlitz. Gehe heute zwölf Minuten unter die Sonne und morgen zwölf. Denn die Linda aus dem Südhafen ist auf dem Rückzug. Am Pfingstsamstag wird sie von den Toten auferstehen. Gekleidet in ein tomatenrotes, mit Pailletten besetztes Kleid mit Spaghettiträgern und albern hochgesteckten Haaren. So nüchtern wie am Tag ihrer Geburt.

Das Prinzip, niemanden um etwas zu bitten, nie mit dem Hut in der Hand dazustehen, ist leichter einzuhalten, wenn man an der Macht ist. Man muss nur Befehle und Kommandos aussprechen, direkt oder indirekt, wie einen Wink mit dem kleinen Finger oder einen Wink mit dem Zaunpfahl, und schon bekommt man seinen Wunsch erfüllt. Doch wenn einem die Macht wie Sand zwischen den Fingern zerrinnt und die Leute die Folgen der Aufsässigkeit nicht länger fürchten, ist man gezwungen, dieses Prinzip zu brechen. Um einen Gesichtsverlust zu vermeiden, wird man die Bitte verpacken, sie wie ein einzigartiges Angebot klingen lassen, eine Win-win-Situation, die beiden Partnern zugutekommt.

Nachdem er seine Exfrau Gitte vergebens gebeten und angebettelt hat, ihn zum achtzigsten Geburtstag des *Arbeiters* zu begleiten, greift er auf diese Strategie zurück. Denn er *kann* nicht allein kommen. Sich zusätzlich zu allem anderen in den Klatschblättern als »Single« dargestellt zu sehen, wäre einfach zu viel. Während Linda an Gerts Arm hängt und ihn wie einen glücklich verheirateten Mann aussehen lässt. So werden *Herr und Frau Meyer* das jedenfalls auffassen, wie es im Medienjargon so schön heißt. Von diesen taktischen Überlegungen einmal abgesehen, hat er auch keine Lust, allein auf ein Fest gehen. Das hat er auch in dem Monolog angeführt, den er vor Gitte gehalten und bei dem er sich mehr gedemütigt hat, als zu erinnern ihm lieb ist. Denn er hat sie *angefleht* zurückzukommen. »Wieder nach Hause« zu kommen. Sie wollte das nicht einmal mit ihm diskutieren, machte sich nur demonstrativ von ihm frei, als sie in dem Wohnzimmer in der Stockholmsgade standen, in der sie vorbeigekommen war, um ihren Tennisschläger zu holen, und spuckte ihn fast an, als sie mit verzerrter Stimme sagte: »Get a life!«

Er *hat* ein Leben. Ein spannendes Leben voller Herausforderungen, das er sich von niemandem nehmen lässt. Deshalb hat er sich auch wieder erholt, obwohl sie ihn wie so oft abserviert hat. Nachdem er das Feld sondiert hat – verschiedene Frauen haben sich ihm wie Kätzinnen angeboten –, hat er alle potenziellen Möglichkeiten verworfen und ist auf die einleuchtende Idee gekommen, Charlotte Damgaard, die nicht auf der offiziellen Gästeliste der Partei steht, als seine Begleiterin einzuladen. Ein Geniestreich, der dadurch nicht weniger genial wird, dass sie erst nach einem gewissen Zögern Ja gesagt hat. Und was am besten ist: Er hat ihr die Idee wie ein Geschenk verkauft. Wie die Chance, Augenzeugin eines Stücks sozialdemokratischer Geschichte zu werden. Und eine Gelegenheit, den *Arbeiter* zu begrüßen, die letzte Ikone der Bewegung, und sich in den Medien zu profilieren. Zu seiner großen Zufriedenheit ist es ihm sogar gelungen, sie glauben zu machen, dass er ihr einen Gefallen erweist und nicht umgekehrt.

»Soll ich ein Ballkleid anziehen?«, hat sie am Telefon gefragt.

»Gern!«, hat er geantwortet und sich bereits auf die Bilder gefreut. »Dann komme ich im Smoking!«

Ist das Wunschdenken, oder sieht sie ihn wirklich auf eine andere Art an? Wirft ihm schmachtende Blicke über den Besprechungstisch zu? Lässt bewusst ihre Hand die seine streifen, wenn sie ihm den Becher mit Kaffee reicht? Wird rot, wenn er sie mit Komplimenten überhäuft? Lehnt sich leicht gegen ihn, wenn sie nebeneinander sitzen wie heute Nachmittag im Landstingsaal, in den sie hinuntergegangen waren, um Charlotte Damgaard auf einer Anhörung über die extrem schwierigen Bedingungen für Frauen ethnischer Minoritäten sprechen zu hören. Ein Thema, auf das Gert Jacobsen normalerweise keine Zeit verschwenden würde, doch Yasemin war der Meinung, dass es ihm nützlich sein könnte, Input zu bekommen. Außerdem ist das eine Gelegenheit, Interesse und Sympathie gegenüber Charlotte Damgaard und ihrer vielversprechenden Handhabung des Integrationssprecherpostens zu demonstrieren. Er hat den Rat seiner Berater befolgt und ist darauf bedacht, Charlotte ein *special treatment* angedeihen zu lassen. Unter anderem, indem er ihr Yasemin ausleiht, zuletzt, um ihr bei der Ausarbeitung der Diskussionsgrundlage zu helfen, die Charlotte, das große Trampeltier, nach der jetzt sprechenden Rednerin, einer mageren türkischen Einwandererberaterin, vortragen wird. Die Rednerin ist ausgezeichnet, ihr Dänisch genau wie das Yasemins imponierend, doch während das übrige Publikum, vorwiegend Frauen von irgendwelchen Organisationen und ethnischen Netzwerken, von ihrem persönlichen Bericht ergriffen zu sein scheint, fällt es ihm schwer, Interesse für die Flucht vor einem tyrannischen Rüpel, den Bruch mit der Familie und den erlösenden Aufenthalt in einem Frauenhaus aufzubringen. Stattdessen atmet er sie ein, Yasemin, die sich wie immer eifrig Notizen macht. Sieht auf ihre jeansbekleideten Oberschenkel hinunter, lässt die Augen zum V ihres Schoßes wandern und weiter zu den flaumigen Unterarmen. Die Winterpullover gehören der Vergangenheit an, jetzt geht sie in kurzärmligen, eng sitzenden T-Shirts und dünnen Oberteilen, die ihn ihren weichen, kurvigen Körper mehr als nur erahnen lassen. Er schielt zu ihr hin. Sie ist so herrlich, direkt zum Hineinbeißen. Er kann der Versuchung nicht widerstehen. Er muss die Arme kreuzen und den Zeigefinger der linken Hand herunterhängen lassen, sodass er über die Daunen ihres Unterarms streicht. Vorsichtig und prüfend, als führe er den Bogen über eine Violinenseite. Ihre Reaktion bekräftigt ihn in seiner Annahme. Oder besser ihre ausbleibende Reaktion. Denn sie bleibt unbeweglich sitzen, ohne sich etwas anmerken zu lassen, den Blick auf die Rednerin gerichtet, die jetzt zum Schluss kommt. Doch als er die Bewegung wiederholt, spürt er ein Zittern unter seiner Fingerkuppe. Und ihre Lippen teilen sich ganz leicht, als sie erschaudert.

In der Christiansborg-Redaktion der *Berlingske* sind sie mehr als verärgert darüber, dass man ihnen die Berichterstattung über den achtzigsten Geburtstag des *Arbeiters* entzogen hat. Und die Unzufriedenheit wird nicht dadurch gemildert, dass der Liebling des Chefredakteurs, der umjubelte Mikael Rud, ausersehen ist, den Rahm abzuschöpfen. Während die politischen Reporter angewiesen werden, einen erweiterten Zweispalter mit Bildtext zu liefern, darf er den »ultimativen Bericht über den Untergang der Sozialdemokratie« verfassen. Der Chefredakteur verspricht im Vorhinein, dass das eine große Sache wird, »ein symbolisches Corleone-Drama um Macht, Politik, Leben und Tod in mehreren Akten«. Die Christiansborg-Reporter würden, als sie das hören, am liebsten in die Papierkörbe kotzen, die immer proppevoll mit Pressemitteilungen von Politikern, Besprechungsterminen und Pizzakartons sind. Mag sein, dass Mikael Rud sich über mehr Spalten einen runterholen kann als sie, doch wenn es ihm gelingt, etwas aufzuspüren, über das sie nicht bereits geschrieben haben, wird man ihn einstimmig für den Journalistenpreis der *Berlingske* vorschlagen. Dass Per Vittrup *Dead Man Walking* ist, der durch den Todesgang taumelt, ist keine Neuigkeit mehr. Dass Gert Jacobsen der nächste Königsmörder sein wird, ebenfalls nicht. Selbst Charlotte Damgaards Ernennung zur neuen Integrationssprecherin war nicht mehr als ein Strohfeuer, da der Widerstand gegen diese Ernennung nur vereinzelt und ohne Glut war. Elizabeth Meyer spielt wie immer ihr eigenes taktisches Spiel, in dem es vermutlich darum geht, sich von dem Verlierer fern und nahe dem Gewinner zu halten, doch vorläufig beschränkt sie sich darauf, zu tun, als ob nichts wäre, und zu warten. Wie man das in einem Nervenkrieg eben so macht. Über diese Phase zu schreiben, dürfte ungefähr so interessant und unterhaltend sein wie das Sitzen auf Pfählen. In den Tagen bevor jemand ins Wasser fällt. Und da die zentralen Akteure zurzeit sicher auf ihren Pfählen sitzen und nichts darauf hindeutet, dass der Platsch unmittelbar bevorsteht, ist es wohl etwas überambitiös, zu glauben, dass ein runder Geburtstag sich dazu eignet, aus den Auseinandersetzungen in der sozialdemokratischen Führungsspitze ein melodramatisches *godfather*-Epos zu machen. Wer soll

Don Corleone sein? Der *Arbeiter*? Und der Festsaal des Arbeitermuseums wird zu Little Italy? *Come on!* Schreibt die Zeitung jetzt Romane?

Als das Taxi vor dem Arbeitermuseum in der Rømersgade hält, beginne ich vor lauter Panik zu hyperventilieren. Meine Handflächen sind eiskalt, mir ist übel, und ich rieche meine eigene Angst wie den durchdringenden Gestank nach Verderben in einem parfümierten Bordell. Als die Autotür geöffnet wird, ist mein unmittelbarer Impuls, dagegenzustemmen wie ein heulendes Schwein, das durchschaut hat, wohin die Rampe führt. Doch willenlos lasse ich mich von Gert führen, der mir galant seinen Arm reicht.

»Nimm dich zusammen!«, zischt er zwischen den Zähnen hindurch, ohne das Lächeln für die gaffenden Fotografen, die Wochenblatthaie und die glotzenden Neugierigen zu dimmen, die sich im Hof aufgestellt haben. Und ich nehme mich zusammen, nehme mein Schauspieltalent zu Hilfe, lächle mit Gert um die Wette und antworte bereitwillig, wo ich mein Kleid gekauft habe. Sie reißen sich darum, es zu fotografieren, sodass Gert warten muss, bis alle bedient sind. Ich sehe, dass ihn das ärgert, obwohl er es hinter einem Lächeln verbirgt und mich scheinbar liebevoll an der Hand nimmt. Dieser ehelichen Geste können sie auch nicht widerstehen, wir müssen uns erneut aufstellen und wie ein glückliches, wenn auch leider kinderloses Silberhochzeitspaar aussehen. Einer fragt, wo ich mich versteckt hätte, es sei lange her, seit sie mich gesehen haben? Was soll ich darauf antworten? Dass ich normalerweise Ausgehverbot habe, nicht mehr wirklich zu gebrauchen bin und heute nur mitkommen durfte, weil das Geburtstagskind ausdrücklich darauf bestanden hat? Gert rettet uns, indem er schnell dazwischengeht und mit ernster

Miene verkündet, dass »Linda ein paar gesundheitliche Probleme hatte, die Gott sei Dank überstanden sind und über die zu reden wir keine Lust haben«. Die habe ich eigentlich schon, denn ich wüsste zu gern, ob er auf den Alkohol, meine ärgerliche Tendenz, zu fallen und mich zu verletzen, oder auf meine Verrücktheit anspielt. Doch jetzt trifft Per mit Charlotte Damgaard an seiner Seite ein, und das lässt den Reporterpuls höherschlagen. Obwohl beide betonen, dass das absolut keinen romantischen Hintergrund hat. Charlotte ist wirklich noch immer glücklich verheiratet, haha, und außerdem ist es eine schlechte Idee, Privatleben und Politik zu vermischen.

»Obwohl ich die Gesellschaft einer so schönen und klugen Frau natürlich mehr als zu schätzen weiß!«, erklärt Per. Eine Freundin habe ihr jadegrünes Kleid genäht, das sie schon beim Neujahrsempfang letztes Jahr getragen hat, informiert Charlotte. »Auch wenn ich nicht länger Umweltministerin bin, bin ich noch immer ressourcenbewusst!«

Alle lachen. Gert ist stehen geblieben und hat sich mit mir wie mit einer leblosen Puppe am Arm zu dem Paar umgedreht, sodass wir von Per, den er kollegial begrüßt, und von Charlotte, der er einen Wangenkuss gibt, eingeholt werden. Per gibt mir einen Kuss auf die Wange, Charlotte reicht mir die Hand, und beides ist künstlich und linkisch auf eine DDR-artige Weise, doch vielleicht wird das auf den Fotos nicht zu sehen sein, für die dieser Auftritt gedacht ist. Charlotte geht sogar so weit zu sagen: »Schön, dich zu sehen, Linda! Thomas hat mir deine Grüße ausgerichtet.«

Ich lächle zurück, steif wie geschlagene Sahne, und rufe mir den verhängnisvollen Vormittag ins Gedächtnis, an dem Thomas so getan hat, als würde er nicht sehen, dass ich mich in den Rinnstein übergeben habe. Ich will antworten, ja, das war an dem Tag, an dem es mir so schlecht ging, doch mein Mund ist trocken wie Kekskrümel, und am besten halte ich ohnehin die Fresse. Das haben wir schließlich so abgesprochen, Gert und ich. Dass ich mich zurückhalte. »Ein einziges Mal!« Ein einziges Mal will ich nicht beschwipst aufkreuzen, und dieses Versprechen habe ich bereits eingelöst. Deshalb bin ich auch so fürchterlich nervös und gehe so steif. Sieht er meine Furcht, der *Arbeiter*? Teilt er meine Angst, sich danebenzubenehmen, wenn man mit feinen Leuten zusammen ist, die heutzutage durchaus auch Sozialdemokraten sein können? Jedenfalls schließt er seine beiden achtzigjährigen, lebergefleckten Hände um meine, als Gert mich vor sich herschubst, sodass ich dem Geburtstagskind gratulieren kann, das seine Gäste auf einem Stuhl sitzend in Empfang nimmt, den Stock an den Stuhlrücken gelehnt.

»Linda! Wie freue ich mich, ein bekanntes Gesicht zu sehen! Du brauchst nicht nervös zu sein. Du weißt, wir aus dem Südhafen halten zusammen! Ja, ich kenne Linda, seit sie ein Kind war«, informiert er die Umstehenden. »Ihr Vater, Max Jensen, war ein guter Sozialdemokrat. Bierfahrer bei Carlsberg. Er war einer von denen, die bei den großen Bierstreiks die Fahne hochgehalten haben. 1985 war er Streikposten und ist mit der Polizei aneinandergeraten, nicht wahr, Linda?«

Ich nicke. Daran erinnern wir uns. Vor allem, weil meine Mutter die Schande erleben musste, dass ihr Mann auf die Polizeiwache mitgenommen wurde. Da hatte sie auch einen Nervenzusammenbruch. Aber Max wurde ein Held.

»Sie haben auch im Borgbjergvej gewohnt«, fährt er fort und hält meine Hand weiter fest, als wolle er mich nie mehr loslassen. Dafür kann ich schließlich nichts, aber ich spüre, wie Gerts Atem meinen Nacken versengt; wäre es nicht unpassend, würde er mich wegstoßen, wie man einem leeren Pappkarton einen Tritt versetzt. Aber er muss sich damit abfinden zu warten; die ganze Schlange, die sich inzwischen gebildet hat, ist gezwungen zu warten, bis der *Arbeiter* gesagt hat, was er zu sagen hat. In mein Ohr, weil er mich zu seinem Mund hinunterwinkt.

»Linda«, sagt er in mein Ohr, und mein Trommelfell vibriert davon. »Ich denke oft an dich. Mir ist klar, dass man dich nicht behandelt hat, wie du es verdient hast. Es quält mich, daran zu denken, denn du bist ein gutes Mädchen, Linda. Du bist auch zu gut für ihn«, sagt er gedämpft mit einem schwachen Nicken zu Gert hin, der sich hinter mir auftürmt. Ich wage nicht mehr zu hören, obwohl ich neugierig bin, was er meint – was er weiß –, und ich richte mich erleichtert auf, als er mir väterlich den Handrücken geklopft und mit einem Blick auf meinen Brustansatz um den ersten Tanz bittet. Mit Stock! Anschließend bin ich an der Reihe zu warten, denn auch Gert hat er offenbar etwas Spezielles zu sagen, da er sich ebenfalls bücken und das Ohr an den Mund des Alten halten muss. Ich kann nicht hören, was gesagt wird. Doch Gerts angespannte Miene verrät, dass die Botschaft ihm nicht passt. Als im gleichen Augenblick Elizabeth Meyer in einem raffinierten schwarzen Taftkleid an mir vorbeirauscht und mich mit leicht hochgezogenen Augenbrauen misst, die mich auf eine wandelnde Flasche Ketchup reduzieren, verschwindet der letzte Rest meiner erwartungsvollen Heiterkeit.

Irgendwie hatte ich vergessen, wie es ist. Wie es immer gewesen ist. Mit einer Gruppe von Menschen auf ein Fest zu gehen, die dich im Stillen verachten. Angefangen beim eigenen Mann. Ich weiß schließlich, wie der restliche Abend verlaufen wird. Während des Essens werden sie an mir vorbeireden, über mich hinweg. Mein Tischherr wird, wenn er gut erzogen ist, ein paar höfliche Phrasen mit mir wechseln, um sich dann einem interessanteren Gesprächspartner zuzuwenden. Ist er ungehobelter und primitiver, wird er nicht einmal mit mir reden, es sei denn, ich rede ihm nach dem Mund und gebe ihm das Gefühl, wichtig zu sein. Die Frauen werden mich ebenfalls ignorieren, sich in kleinen Grüppchen sammeln und über Kinder und Enkelkinder, Arbeit oder Freizeitinteressen reden. Sie werden einander von den Campingferien am Gardasee erzählen, von ihrer neuen Küche oder dem Ausbildungsverlauf ihrer Kinder. Die freundlichsten von ihnen werden versuchen, mich in das Gespräch mit einzubeziehen, bis sie merken, dass wir uns nichts zu sagen haben. Und ich werde sie mit meinem bizarren Nichtleben, mit dem sie nichts anfangen können, verwirren und unsicher machen. Am späteren Abend, wenn der Alkohol Hemmungen und Krawattenknoten gelöst hat, werden die Männer mich immer offener begrapschen, auf dem Tanzboden ihren Unterleib gegen meinen pressen und sagen, dass ich ein wunderbares Mädchen bin und dass Gert wirklich Glück hat. So war es früher jedenfalls, jetzt halten sie wohl nach jüngeren Modellen Ausschau. Ich bin für sie alle ein Rätsel; sie begreifen nicht, was Gert mit so einer Fehllieferung will, die nirgendwo hinpasst. Ich stehe außerhalb jeder Kategorie, wie eine Motorsäge in einem Orchestergraben, und das schafft Unsicherheit. Vor allem dann, wenn ich mich während des Essens nicht zurückgehalten, mehrere Gläser Wein in mich hineingeschüttet und mich von einer stummen und beobachtenden Frau in eine lustige und unterhaltsame verwandelt habe, in so eine Sahneschnitte, die die Männer zum Lachen bringt und die rufen kann, *Ex und hopp, Mädels!*, dann sind sie total erschrocken, die feinen Sozialdemokraten. Nur die Proletarier können damit leben, aber wir sind fast ausgestorben.

Gert bereitet schon der Gedanke, seine Frau über den Tanzboden fegen zu sehen, nervöse Zuckungen, sodass er nach einem Glas Saft für mich greift, als auf silbernen Tabletts der Willkommensdrink serviert wird. Mit einem Glas Apfelsinensaft in der Hand dazustehen und Flagge zu zeigen, unterstreicht, dass ich anders bin als die anderen, die verstohlen zu mir hinsehen und sich das ihre denken. Das, was Gert will, dass sie denken. Dass seine

Frau zwar versoffen ist, er aber alles unter Kontrolle hat. Doch als Gert mir den Rücken zudreht, um den Zweiten Vorsitzenden der Gewerkschaft zu begrüßen, der weiß Gott auch mit Wangenkuss begrüßt werden muss, stelle ich den Saft weg und tausche ihn gegen einen Kir Royal aus, der gut zu meinem Kleid passt. Nicht dass ich vorhabe, ihn zu trinken, eigentlich soll er mir nur helfen, mich erwachsen zu fühlen. Doch dann tippt mir ein junger Typ auf die Schulter, stößt mit seinem Glas gegen meins, stellt sich als Mikael Rud, *Berlingske Tidende*, vor und ist felsenfest davon überzeugt, dass wir uns schon einmal begegnet sind.

»Mir fällt nur nicht ein, wo!«

Das tut es mir ganz sicher auch nicht, ich glaube auch nicht, überhaupt nicht, dass wir uns schon einmal begegnet sind, denn ich bin schließlich Gert Jacobsens Frau, und er hat bestimmt, ganz bestimmt nicht mich mit einem Staubsauger in seinem feinen Puppenhaus gesehen, in dem ich jeden Donnerstagvormittag sauber mache.

»Ich bin mir sicher, ich könnte mich erinnern, wenn ich Sie schon einmal gesehen hätte«, gurre ich ablenkend mit schräg gelegtem Kopf. Er lacht. Wird von jemand anderem angesprochen. Ex und hopp, Mädels!

Mikael Rud muss seinen Kollegen am Pressetisch recht geben, dass der Geburtstag des *Arbeiters* genauso vorhersehbar abläuft wie ein Abend in Madame Tussauds Wachsfigurenkabinett. Alles verläuft nach dem Knigge der Partei, die rituellen Lobreden werden der Reihenfolge nach gehalten, hausgemachte, speziell zu diesem Anlass gedichtete Lieder mit hinkenden Reimen enthusiastisch gesungen, und das gerappte Medley aus dem Arbeitergesangbuch, das die Enkelkinder vortragen, erntet stürmischen Beifall. Oberflächlich betrachtet, gibt es nicht viel zu berichten, und wenn seine Frau, Marlene, hier wäre, würde sie ihm ein weiteres Mal eine Szene machen, dass er am Pfingstsamstag seiner Ach-so-wichtigen-Arbeit nachgehen muss, statt sie zu der Schlosshochzeit im Freundeskreis zu begleiten, der er die erste Priorität hätte einräumen müssen. Dass seine Kollegen die Langeweile mit reichlichen Mengen mäßigen Rotweins herunterspülen, den Block zur Seite legen und ihr eigenes Fest auf dem Fest feiern, angeführt von Siggi, dem bellenden Bierhund des *Ekstra Bladet*, ist, so gesehen, verständlich. Er spielt auch scheinbar mit, hebt das Glas, wenn sie es tun, verdreht spöttisch die Augen, wenn sie sich noch eine Floskel über die »Königseiche der Arbeiterbewegung« anhören müssen, und heult im Großen und Ganzen wie die Wölfe, in deren Gesellschaft er sich befindet. Sich so zu verhalten, hat er als Kriegsreporter in Krisengebieten gelernt, wo Freund und Feind oft identisch waren. Da galt es, sich zu tarnen, sich der Landschaft anzupassen und die Sinne zu schärfen, damit man in der Lage war, Abweichungen vom Normalsystem zu erkennen. Warum nahmen die Frauen an einem sonnigen Tag die Wäsche mit ins Haus? Warum war die Bar an einem Samstagabend leer? Warum war der Oberst plötzlich so freundlich?

Da er sich heute Abend auf unbekanntem Terrain befindet, nimmt er die gleiche observierende Haltung ein. Nicht weil die Gefahr groß ist, in einem Leichensack nach Hause zu kommen, sondern die Gefahr real, ohne etwas in der Hand in die Redaktion zurückzukehren. Er muss sehen, was die anderen übersehen, wenn er eine Story an Land ziehen will. Und das will er, verdammt, allein schon, um nicht zum Gespött der Christiansborg-Redaktion zu werden. Doch obwohl er einen kalten Kopf behält und wenig Alkohol konsumiert, muss er erkennen, dass seine Notizen von dem Abendessen bisher nicht sonderlich überzeugend wirken – »1879 eingeweihter Festsaal, Dekoration stellt eine dänische Landschaft mit Dorfkirche und Mühle dar, Glasdecke zeigt Symbole aus dem Baufach, PH-Leuchter, Eichenparkett, Blütezeit der Arbeiterbewegung, Symbolwert?«. Dass der *Arbeiter* total geistesabwesend oder ausgesprochen griesgrämig wirkt, egal, wer ihn mit Lorbeeren kränzt, kann wohl eher auf eine beginnende Senilität oder eine angeborene Schüchternheit zurückzuführen sein als auf die Frustration über den Abstieg der alten Partei. Dass er bei Vittrups Rede etwas wohlwollender blickt als bei Gerts, daraus ließe sich vielleicht etwas machen. Dass das Auftreten der Kinder Lächeln und gerührte Tränen hervorruft, ist ein gutes Detail, aber keine Sensation. Dass Charlotte Damgaard Per Vittrup begleitet, ist zu gebrauchen, doch was hat es zu bedeuten, dass sie bei Tisch neben Gert Jacobsen sitzt, mit dem sie gestikulierend in ein Gespräch vertieft ist? Drei ganze Gänge lang? Was kann man daraus schließen, dass derselbe Gert Jacobsen, dem man eine neue, modische Frisur verpasst hat, ganz offensichtlich seine Frau, Linda Jacobsen, im Auge behält, die im Gegensatz zu ihrem Mann Ehrengast ist und neben dem Sohn des *Arbeiters* sitzt? Ist der Mann eifersüchtig, was verständlich wäre, denn sie ist außer Konkurrenz der Star dieses Festes. Älter, natürlich, doch wenn man auch nur ansatzweise auf attraktive, reife *Vamps* steht, die es wagen, ihre Weiblichkeit ins Spiel zu bringen, ist sie ein Hit! Und er steht darauf, das muss er zugeben, und deshalb wandern seine Augen auch immer wieder zu ihr zurück wie eine Kameralinse, die ihren Stern sucht. Er *ist* sich sicher, dass sie sich schon einmal begegnet sind, das war nicht nur ein Versuchsballon, den er da losgelassen hat. Was schlimmer ist – vielleicht hat er sie einmal aufgerissen, oder sie hat ihn aufgerissen, was ihm wahrscheinlicher vorkommt, und mit nach Hause in ihr Himmelbett geschleppt, um ihn am nächsten Morgen auf die Straße zu setzen. Von diesen One-Night-Stands weist sein Lebenslauf viele auf, das letzte Mal war es auf einem Polterabend, der zu einer

Scheidung vor der Hochzeit geführt hätte, hätte seine Zukünftige etwas bemerkt. Aber nein, wenn er mit Linda Jacobsen im Bett gewesen wäre, würde er sich daran erinnern. Abgesehen davon, dass man nicht so einfach die Frau des Finanzministers flachlegt. Von den Frauen solcher Männer lässt man die Finger. Außerdem sind sie nicht im Umlauf.

Auf die Gefahr hin, seine innersten Gedanken zu verraten, wendet er sich an seinen superehrgeizigen Kollegen von der *Politiken*, der gerade mit der *Jyllands-Posten* eine Wette abschließt, wann Per Vittrup gestürzt wird.

»Hi«, sagt Mikael Rud, »was wissen wir eigentlich über Linda Jacobsen?«

»Über *wen*?«

»Über Gert Jacobsens Frau«, nickt Mikael Rud in Richtung des Haupttisches, wo einem Lindas rotes Kleid in die Augen springt.

»Ach, über sie. Nicht viel. Sie war einmal Miss Danmark. Ansonsten ist sie wie die anderen Ehefrauen. Uninteressant. Ein wenig ramponiert, wie du siehst«, kommt es von dem *Politiken*-Typ, dessen Selbstbewusstsein unter einer verunstaltenden Hasenscharte nicht zu leiden scheint.

Wieder wandert Mikael Ruds Blick zu Linda, als der Kollege erneut zu wetten versucht. Nenn es Bauchgefühl, nenn es Intuition oder siebten Sinn, doch je länger er sie, die ganz offensichtlich gekommen ist, um sich zu amüsieren, ansieht, desto mehr fasziniert ihn die Frau in Rot, und desto überzeugter ist er, dass sie eine Bedeutung hat. Und als sie nach der Dankesrede des *Arbeiters* zum Kaffee mit den Avecs kommen, denen er trotz allem nicht widerstehen kann, greift er erneut zu seinem Block und schreibt: *Cherchez la femme!* Dann erhebt er sich nonchalant und geht auf sie zu.

Gert Jacobsens Herz ist schwer wie ein Schwamm, der sich den ganzen Abend mit Feuchtigkeit vollgesogen hat. Charlotte Damgaard und ihre dauernden Hinweise auf Yasemin und die ganze Integrationsproblematik rufen ein schneidendes Gefühl unerfüllter Sehnsucht bei ihm hervor. Trotz Charlottes relevanter Analysen kann er sich nur schwer auf etwas anderes als auf den ungewohnten Druck im Bauch konzentrieren, der sowohl Ausdruck seines Verlangens ist, mit dem einzigen Menschen zusammen zu sein, den er eigentlich in seiner Nähe erträgt, wie des pochenden Ärgers über Linda, die sich am Haupttisch in den Vordergrund spielt und ganz offensichtlich köstlich amüsiert. Was umso provozierender ist, da es gegen ihre Abmachung ist. Sie macht ihn absichtlich lächerlich; auf seine Kosten bringt sie die Leute zum Lachen. Raffiniert wie sie ist, hat sie sich eiskalt ausgerechnet, dass er sie nicht anrühren wird, solange sie unter dem Schutz des *Arbeiters* steht. Das wird er auch nicht, schon gar nicht nach der absolut unannehmbaren Rüge, die der Alte ihm bei ihrer Ankunft erteilt hat. Deshalb muss er auch still zusehen, wie der *Arbeiter* und Linda im Schein der Blitzlichter der anwesenden Pressefotografen, die endlich das Bild bekommen, auf das sie seit Stunden warten, über den Tanzboden walzen, als die Musik aufspielt. Ha, wie hasst er ihren triumphierenden Blick! Ha, wie hasst er ihr Auftreten!

»Na, Gert!«, sagt Charlotte und drückt ihre Festtagszigarette aus. »Willst du mich nicht auffordern?«

»Mit Freuden«, lächelt er angestrengt, verneigt sich leicht und führt Charlotte auf die Tanzfläche, die sich schnell mit Paaren füllt. Die Einzige, die Spaß an dem Tanz zu haben scheint, ist Linda, natürlich, die ganz so tut, als nähme sie an einem verdammten Tanzwettbewerb teil, und zweifellos damit fortfahren wird, bis sie umkippt und er sie aufsammeln muss.

»Sie tanzt super, was?«, sagt Charlotte beeindruckt, als Lindas rotes Seidenkleid an ihnen vorbeirauscht. »Hat sie das einmal professionell gemacht?«

»Als Go-go-Tänzerin, ohne Oberteil«, antwortet er, zieht Charlotte enger an sich und stellt sich vor, dass es Yasemin ist, mit der er tanzt. Die ganze Nacht. In einer Welt ohne Linda. Einer Welt, in der es nicht so verdammt in seinen Handflächen juckt. Einer Welt ohne Afrika. Einer Welt, in der er nie einen Löwen erschossen hat, um sich vor seinem Vater zu behaupten. Einer Welt, in der ein afrikanischer Ziegenhirte nie in einer Blutpfütze zurückgelassen wurde, nachdem ein sechzehnjähriger weißer Junge ihn mit einem Stock durchgeprügelt hat.

Dies ist mein Abschlussball, und ich tanze, bis sich die Goldsandalen mit Blut füllen, die Augäpfel aus den Höhlen treten und alles zerbricht. Ich muss tanzen, wenn ich stehen bleibe, bin ich verloren. Deshalb tanze ich mit allen, mit Dicken und Dünnen, Jungen und Alten, mit Hässlichen und Schönen. Nicht einen werde ich abweisen, Mutter schafft die ganze Kompanie, der Schwanz steif, das Haar zurückgestrichen, kommt alle zu Big Mama. Ihr wisst es nicht, doch das ist der Tod des Schwans, dem ihr hier beiwohnt. Aufgeführt in Begleitung einer mittelmäßigen Coverband, zusammengesetzt aus Amateuren der Gewerkschaft, die die guten, alten Ohrwürmer von damals hegen und pflegen. Das ist Wunschkonzert live, von *Die ganze Woche allein* bis zu *Solange ich lebe*, und als ich darum bitte, spielen sie auch das *Tanzlied*, bei dem Per aufspringt und dem wehrlosen Vorsänger das Mikrofon aus der Hand reißt. Und ich strecke die Hand nach Gert aus, sodass er mit einer lächelnden Entschuldigung die schmalbusige Gewerkschafts-Madame loslassen muss, um mit seiner Frau zu tanzen, und mitten im Tanz singe ich ihm ins Ohr, während er mich so hart um die Taille fasst, dass ich kaum Luft bekomme: »*Und du und ich? Was ist mit uns? Was ist mit uns, mit dir und mir? Ich tanze und tanze, halte inne und spüre nur dich. Warum hast du mich verlassen? …*«

Er antwortet nicht. Bleibt einfach stehen. Sieht mir direkt in die Augen wie eine Königspython.

»Ich bringe dich um«, sagt er dann, ganz leise.

I know, wie sie in den amerikanischen Filmen sagen. Das Schiff hisst heute Nacht die Segel.

Na, Mikael Rud!«, sagt Per Vittrup und legt ihm einen schweren Arm um die Schulter, als er an der Bar steht und wartet, ein Bier gezapft zu bekommen. »Wie Sie sehen, sind die Gerüchte über meinen Tod stark übertrieben!«

Mikael Rud lächelt schief. Ertappt.

»Es ging um Ihren *politischen Tod*, den ich angekündigt habe …«

»Kommt das nicht auf das Gleiche heraus? *Anyway,* auch der ist aufgeschoben! Auf unbestimmte Zeit! Obwohl mir viele nach dem Leben trachten.«

»Wer?«, fragt Mikael Rud, während er sein schäumendes Fassbier entgegennimmt.

Per Vittrup lacht und stößt mit Mikael an, dass das Bier überschwappt.

»Kein schlechter Versuch! Unter anderem Ihre Zeitung, das bürgerliche Dänemark und die Venstre. Ihr intrigiert ganz schön, nicht? Genau das versteht Gert nicht. Dass wir Opfer eines Komplotts sind. Der rechte Flügel begeht Rufmord am sozialdemokratischen Vorsitzenden! Und das würde er in jedem Fall tun, egal, wie der Vorsitzende heißt. Das hat nichts mit meiner Wenigkeit zu tun! Schreiben Sie einen Artikel darüber, Mikael Rud! Denn darüber hat noch niemand geschrieben! Skål!«

Mikael Rud bekommt nicht einmal den Mund auf, da ist Per Vittrup auch schon mit einem Fassbier in jeder Hand und einem eleganten Hüftschwung zu einer lauten Tischrunde geschlendert, zu der sowohl sein Ratgeber Anton Møller als auch Charlotte Damgaard und die Zweite Vorsitzende Christina Maribo, der Vorsitzende der Gewerkschaft der ungelernten Arbeitskräfte und ein paar Journalisten gehören. Unter anderem Siggi und der Angeber von der *Politiken*, der zwar ein aufgeblasener Narr, aber nicht zu unterschätzen ist. Mikael Rud will ihm folgen, wird jedoch von Linda Jacobsen aufgehalten, die ihm plötzlich den Weg abschneidet und ihn auf die Tanzfläche zieht, nachdem sie an seinem Bier genippt hat. So etwas machen junge Mädchen; eine Frau in ihrem Alter und ihrer Position sollte das nicht tun; vielleicht sagt ihm ihr Lippenstiftabdruck am Glasrand deutlicher als die Schweißperlen auf der Oberlippe, die verlaufende Mascara und die Haarlocken, die sich aus der Hochsteckfrisur gelöst haben, dass ihr Marathontanz kein Ausdruck ausgelassener Lebensfreude ist, sondern eher eine *danse macabre*. Sie abzuweisen, steht außer Frage, deshalb folgt er ihr widerstrebend und lässt sich herumwirbeln.

»Müssen Sie sich nicht einmal hinsetzen?«, fragt er außer Atem nach der zweiten Nummer, die sie durchgetwistet hat, und nach der ihm ganz schwindlig davon ist, es ihr gleichzutun. Aber nein, sie schüttelt den Kopf, und sie tanzen die dritte und die vierte Nummer, *Are you Lonesome Tonight*, in einer leidenschaftslosen Version, bei der Elvis sich im Grab herumdrehen würde. Es ist ein langsamer Tanz, und trotzdem zuckt er zusammen, als sie die hochhackigen Sandalen abstreift, sich an ihn schmiegt und mit geschlossenen Augen ihre Wange an seine Schulter legt. Dass dieses ungleiche Paar auffällt, ist ihm nur zu bewusst. Die Leute sehen weg, es wird geflüstert und getuschelt, sowohl offen als auch verborgen. Aus dem Augenwinkel sieht er, wie Elizabeth Meyer und der Zweite Gewerkschaftsvorsitzende die Köpfe zusammenstecken, während der Kollege von der *Politiken* ironisch den Daumen hochhält und Siggi sich Fassbierschaum mit dem Handrücken abwischt. Gert Jacobsen ist nicht zu sehen, aber vermutlich steht er irgendwo und lauert. Obwohl man über diesen Barfußtanz reden wird, Marlene wird ihn dafür hassen, bringt er es nicht übers Herz, sich von seiner Tanzpartnerin zu lösen. Sie ist nicht erotisch zudringlich, sie scheint sich eher Zuflucht suchend an ihn zu klammern.

»*Are* you lonesome tonight?«, fragt er schließlich sanft, als die Nummer verklingt und er seine eigene Angespanntheit nicht länger erträgt.

»Ja«, sagt sie und hebt den Kopf von seiner Schulter. »Jeden Abend. Danke für den Tanz«, sagt sie und küsst ihn leicht auf die Wange, als die Musik schweigt und der Vorsänger eine zwanzigminütige Pause ankündigt, vor dem letzten Lied des Abends.

Sie trippelt den Mittelgang hinunter zu den Toiletten, die Goldsandalen baumeln an der rechten Hand, während Mikael ihrem Rücken hinterherschaut. Diesen Rücken und diese Beine hat er schon einmal gesehen. Aber wo? Er will sich von diesem Bild losreißen und zu dem Bier an der Bar gehen, das er dort stehen gelassen hat, wird aber stattdessen an Per Vittrups Tisch gerufen. Tritt auf etwas, das sich als Lindas Strassohrring erweist, geformt wie eine Blume mit weinroten Kronblättern, steckt ihn in die Tasche, um ihn ihr später zu geben, und schlendert zu den Jungs und den quirligen Mädchen. Lieber ihnen gleich gegenübertreten. Und zuerst lachen.

Einen Mann, der gerade eine gute Geschichte erzählt, kurz vor der Pointe zum Aufhören zu bewegen, ist ungefähr ebenso leicht, wie einen Hengst von der Stute fernzuhalten. Deshalb müssen Charlotte und Anton nach ein paar ablenkenden Manövern und ein paar wirkungslosen Tritten gegen sein Schienbein dabei zusehen, wie Per Vittrup zum großen Vergnügen seiner Zuhörer die Geschichte erzählt, wie sie in Randers die Ersten am Unglücksort waren, als eine Joggerin auf einem Zebrastreifen angefahren wurde.

»Dann schlug sie die Augen auf, sah mich und sagte erschrocken: Das ist ja Per Vittrup! Bin ich in der Hölle? Nein, mein Mädchen! Du bist im Himmel! Guck, da ist Charlotte Damgaard!«

Alle lachen, auch Charlotte, obwohl die Geschichte ausgeschmückt wurde. Anton beeilt sich, das Gespräch auf ihre erfolgreiche Tournee zu bringen, und Charlotte hilft ihm dabei, indem sie sich über Vittrups Superform beklagt, die allen andern die Puste nimmt. Doch Journalisten leben vom Fragenstellen, was sie natürlich auch jetzt tun. So voll sind sie nun auch wieder nicht.

»Was ist dem Mädchen passiert?«, fragt der *coming man* der *Politiken*.

»Nichts, nicht wahr, Anton? Hatte sie nicht eine leichte Gehirnerschütterung?«

Anton nickt bestätigend und wird von Siggi noch übertroffen.

»Bestimmt hatte sie einen Schock! Von dem da aufgesammelt zu werden! Man hat ihr doch Krisenhilfe angeboten?«, reißt er Witze und sorgt erneut für Gelächter. Und Vittrup lacht am lautesten.

Sie hat ihn im Auge behalten, Christina Maribo. Er hat mit seiner Tischdame getanzt, mit Lonnie und mit Meyer und mit einer ganzen Reihe anderer. Er hat auch mit Charlotte getanzt, mehrere Male und mit offensichtlichem Vergnügen. Charlotte, die er aufsehenerregenderweise heute Abend als seine Begleiterin auserwählt hat und die auch mit in Jütland war. Charlotte, auf die er verweist, die er auf Fraktionssitzungen lobt, unterstützt. Charlotte, die nicht annähernd so loyal und engagiert ist wie sie, Christina, die, obwohl sie die Zweite Vorsitzende ist und mit zur Fraktionsspitze gehört, sich immer öfter zurückgesetzt oder als selbstverständlich angesehen fühlt. Charlotte, die der *Arbeiter* jetzt zu sich gewunken hat und die töchterlich lächelnd neben ihm sitzt und ihn ihre Hand halten lässt, während er mit ihr spricht.

Christina ist wirklich kein Mauerblümchen, das ist es nicht. Ihre Ballkarte ist mehr als voll, und ihr eigener Mann ist auch ein höflicher Kavalier. Aber Vittrup hat sie nicht zum Tanz aufgefordert. Sie müsste sich zu gut dafür sein, doch nachdem sie sich zögernd in die Lippe gebissen hat, fordert sie ihn auf. Auf ihre energische Art. Fordert ihn auf mit einem *Na, Per, sollen wir zwei nicht einmal das Tanzbein schwingen?*.

»Oh, Christina, ich glaube, ich habe meine Quote erfüllt. Mein Fuß tut langsam weh«, sagt er.

Gibt es etwas Schmählicheres, als in einer solchen Situation zurückgewiesen zu werden? Gibt es jemanden, der eine solche Zurückweisung nicht persönlich nimmt?

Der *Arbeiter* hat ein Hörgerät bekommen, doch es bereitet ihm Schwierigkeiten, es einzustellen, weshalb es ihm selbst unter normalen Umständen schwerfällt, einer Unterhaltung zwischen mehreren Personen zu folgen. Und obwohl die Lautstärke gemäßigt ist, ist unmöglich zu verstehen, was die Leute sagen, wenn die Musik spielt. Der *Arbeiter* hält beharrlich bis gegen ein Uhr durch. Dann hat er gesagt, was er meint, das gesagt werden muss. Hat gute Ratschläge erteilt und den einen wie den anderen in seine Beobachtungen eingeweiht. Und vor dem Putschversuch gewarnt, der offensichtlich im Gang ist. Wie ein altmodischer Patriarch würde er sich wünschen, dass seine Nachkommen sich benehmen und zusammenhalten, statt einander zu bekriegen und es den wirklichen Gegnern leicht zu machen. Und wie ein zweiter Godfather hat er sich auch gefragt, ob er Grund zu Selbstvorwürfen hat. Ob es Dinge gegeben hat, die er hätte anders machen sollen, ob er die zentralen Personen falsch beurteilt hat? Gert Jacobsen hat er nie vertraut, schon gar nicht, nachdem Max Jensen zu ihm gekommen ist und erzählt hat, wie seine Tochter von ihm behandelt wird. Damals hat er sich geweigert einzugreifen, doch wenn er Linda heute sieht, das schöne Mädchen, so kaputt und eingeschüchtert, kann er nur bedauern, dass er Gert damals nicht härter zugesetzt hat. Und Per … Ja, er war der Partei ein guter und fleißiger Vorsitzender und dem Land ein guter und fleißiger Staatsminister, doch auch ihn hat die gefährliche Bazille der Herrschsucht befallen. Und was die jüdische Oberklassenzicke Meyer angeht, war sie, ehrlich gesagt, jemals Sozialdemokratin? Bis ins Mark? Er ist kein Antisemit, während des Krieges hat er mitgeholfen, Juden über den Sund zu bringen. Doch Arbeiter waren das bestimmt nicht. Meyers Vater war Kürschner, königlicher Hoflieferant! Nein, er muss sagen, dass das Einzige, was ihn in dieser deprimierenden und instabilen Zeit aufmuntert, seine Enkelkinder sind. Sowohl seine eigenen, leiblichen, wie die in der Partei. Wie Charlotte Damgaard. Sie hat etwas. Die Glut. Die Echtheit. Den Mut voranzugehen. Sie sollte nach der Stafette greifen und der jungen Generation den Weg weisen. Das hat er ihr auch gesagt. Als sie zur Audienz gerufen wurde. Schön ist sie auch noch. Aber das kann man ihr wirklich nicht zum Vorwurf machen.

Der *Arbeiter* gibt seinem Sohn ein Zeichen. Jetzt möchte er gern nach Hause zum Südhafen gebracht werden. Hier bleibt nichts mehr für ihn zu tun. Seine Zeit ist vorbei.

Jedes Mal, wenn ich mich über eine fremde Toilettenschüssel beuge, fürchte ich, einen abortierten Fötus darin zu finden, und obwohl dem nicht so ist, sehe ich ihn trotzdem vor mir, wie er in dem engen Becken schwappt. Falls ich es schaffe, spüle ich durch, bevor ich mich erbreche, aber das kann ich jetzt nicht, als der Strahl wie ein Geysir in dem Augenblick aus mir herausbricht, in dem ich die Brille hochklappe und meine Knieschalen den Boden berühren. Man kann nicht auf kultivierte Weise kotzen, ich jedenfalls nicht, sorry, und schon gar nicht jetzt, denn es strömt und strömt in langen, gurgelnden Kaskaden aus mir heraus, bis nichts mehr übrig ist als Galle und Speichel. Jemand klopft an die Tür und fragt, ob ich zurechtkomme, und ich murmle mit belegter Stimme, »Ja, ich bin okay, lassen Sie mich verdammt noch mal in Ruhe«, indem ich über der Schüssel zusammenbreche, auf den Spülknopf drücke und von Kälteschauern geschüttelt werde.

»Bist du das, Linda?«, kommt die teilnahmsvolle Frage, auf Nordjütisch, demnach muss es Charlotte Damgaard sein. »Bist du krank?«

»Nein, es geht mir gut!«, rufe ich, und um ihr und eventuellen anderen Interessierten das zu demonstrieren, rapple ich mich hoch, mache die Klotür auf und trete mit einem entdramatisierenden Lächeln meinem Publikum gegenüber, woraufhin ich zum Waschbecken gehen und mich hübsch machen will. Doch ich schaffe nur einen einzigen Schritt in den leeren Raum, bevor die Beine unter mir nachgeben, der Boden verschwindet und Charlotte Damgaards erschrockenes Gesichtsoval sich in Megapixels auflöst und alles schwarz wird. Jetzt sterbe ich, denke ich, und das macht nichts. Nicht wirklich.

Der Zufall will es, dass Gert Jacobsen gerade sein Wasser lässt, als Per Vittrup mit der gleichen Absicht auf die Herrentoilette kommt. Er hätte in die Toilette gehen können, damit sie nicht Seite an Seite stehen. Doch da Per Vittrup betrunken und übermütig ist, stellt er sich summend neben seinen Rivalen und packt ohne ein Wort sein Glied aus. Eine Machtdemonstration, die ihm eine große, innerliche Freude bereitet, da sie beide wissen, wer den Größeren hat.

Nicht die kleinste Kleinigkeit ist an Gert Jacobsens Verhalten auszusetzen. Ganz im Gegenteil, alle sind voll des Lobes, wie souverän er die heikle Episode mit der ohnmächtigen Ehefrau meistert. Angefangen damit, wie er sie sanft wieder zum Leben erweckt, wie er ihr zärtlich das Gesicht wäscht, wie er sie zu einem Stuhl führt, ihr das Wasserglas hält und beim Trinken hilft, bis zu der Art und Weise, wie er sich diskret verabschiedet, auch in ihrem Namen, und sie bis zum wartenden Taxi hinaus stützt.

Nur zwei in der Gesellschaft haben ein ungutes Gefühl im Magen. Die eine ist Charlotte Damgaard, die bis zum Taxi mitgeht und sich nicht des Eindrucks erwehren kann, dass er Linda wie in einem Schraubstock festhält. Der andere ist Mikael Rud, der sich beim Anblick seiner mitgenommenen und bleichen Tanzpartnerin endlich erinnert, wo er Linda schon einmal gesehen hat. Es ist weit hergeholt, doch als der Gedanke Form annimmt, ist es, als würde er die richtige Kombination eingeben und den Klick hören, wie das Codeschloss sich öffnet. Linda Jacobsen ist identisch mit ihrer übel zugerichteten Putzhilfe.

Der Weg zum Schafott ist schlimmer als das Schafott selbst. Die Furcht vor der Guillotine schlimmer als das Guillotiniertwerden. Die Angst vor dem Tod schlimmer als der Augenblick des Todes. Und die Taxifahrt nach Hause ist am allerschlimmsten. Meine Zähne klappern, der kalte Schweiß bricht mir aus unter der Seide, und ich muss den Fahrer mehrere Male bitten, an die Seite zu fahren, damit ich das Letzte des Mageninhalts opfern kann. Gert kommentiert das nicht. Sitzt einfach stumm auf dem Beifahrersitz neben dem Fahrer, der weiß ist und klassische Musik liebt. *Eine Kleine Nachtmusik.* Beide Männer warten, ohne ein Wort zu verlieren, dass ich wieder in den Wagen steige. Denn natürlich haue ich nicht ab. Kann mich nicht vom Fleck rühren, kann den Fahrer nicht um Hilfe bitten. Muss einfach meinem Henker in das dunkle Haus in dem stillen Villenweg folgen, wo normale Menschen jetzt sicher in ihren Betten schlafen und nicht darum betteln müssen, mit einem alten Jagdgewehr aus Afrika niedergeschossen zu werden. Statt stundenlang gequält und geplagt, gedemütigt und vergewaltigt zu werden. Von dem, mit dem sie einmal das Ehebett geteilt haben.

Noch bevor er angefangen hat, stapelt er Entschuldigungen wie Zuckerstückchen auf einem karierten Wachstischtuch. Es ist ihre Schuld, sie bringt ihn dazu, sie hat es selbst darauf angelegt. Und als er die Jacke fortwirft, die Krawatte löst, die Hemdsärmel hochschiebt und spürt, wie das freigesetzte Adrenalin sein Nervensystem stimuliert, den Puls schneller schlagen lässt und den Blutdruck erhöht, verwandelt er sich bereits in *einen ganz anderen*. In das Monster, die Tötungsmaschine, den Ehefraumisshandler, von dem er sich sonst entschieden distanziert. Er ist *außer sich* und *ganz weg*, und das, was passiert, erlebt er wie einen Film. Er könnte als Zuschauer in der siebten Reihe sitzen und sich ekeln angesichts der beschriebenen Gewalt und der übertriebenen Lauteffekte. Denn das ist nicht er, sondern ein Fremder, der ihren Hinterkopf auf den Sofatisch knallt. Das ist nicht er, sondern ein anderer, der ihr ins Gesicht brüllt, während er sie würgt, bis ihre Zunge heraushängt und nur noch ein Röcheln zu hören ist. Das ist nicht er, der wie nach einem Köter nach ihr tritt, bis sie still daliegt und er nicht mehr kann. Das ist nicht er, der zuschlägt, bis ihr linkes Auge anschwillt, das Blut über ihr verzerrtes Gesicht fließt. Das ist nicht er, der ihren Mittelfinger bricht, indem er ihn nach hinten biegt, bis sie so laut schreit, dass er Kopfschmerzen bekommt. Und das ist nicht er, der ihr schweißgebadet das rote Seidenkleid herunterreißt, dass die Pailletten über ihren nackten, solariumgebräunten Körper rasseln, als er sie wie ein gedopter Milizsoldat bei einem Überraschungsangriff auf ein Dorf von hinten nimmt. Das ist nicht er, der Wollust dabei empfindet. Nicht er, der sie schließlich wie ein halbtotes Bündel auf dem Wohnzimmerboden liegen lässt, als das erste Tageslicht durch die Gardinenritzen sickert und die Vögel zu singen beginnen. Das ist nicht er, der erschöpft aufs Sofa sinkt, Schuhe und Socken abstreift und sich mit einem zufriedenen Seufzer eine Zigarette anzündet. Das ist nicht er, der tief inhaliert, die Zigarette im Aschenbecher ausdrückt und ohne das geringste Bedauern die Augen schließt und einschläft.

Das ist nicht Gert Jacobsen, der derzeitige politische Sprecher der Sozialdemokratie, der ehemalige Finanzminister und der voraussichtlich neue Staatsministerkandidat der Sozialdemokratie, der so etwas tut. Wer würde das auch von ihm glauben. Doch das ist seine Frau, Linda, die aus einer weiteren Ohnmacht erwacht und mit einem letzten Rest von Selbsterhaltungstrieb aus dem Haus und vor dem unschuldig Schlafenden flüchtet. In einem zerrissenen Cocktailkleid, in Goldsandalen und einem Mantel, den sie sich in der Eile übergeworfen hat.

Ich will weglaufen, vor der Bestie weglaufen, doch der Albtraum hört nicht auf, weil ich nicht kann. Ich komme nicht weiter als bis zum Platz des 5. Juni, wo ich aufgebe und auf dem Bürgersteig zu Boden sinke. Bald wird er aufwachen und wütend werden, dass ich es mir erlaubt habe zu flüchten. Er weiß, dass ich nicht weit gekommen bin, er muss nur hinausgehen und mich aufsammeln und an den Haaren zurückzerren und weitermachen, wo er aufgehört hat, angestachelt von meiner Unfolgsamkeit. Mein Kopf schmerzt, ich kann nicht aus dem linken Auge gucken, mein Finger pocht, mein ganzer Körper tut weh, und ich muss mich erneut übergeben. Ich will nur schlafen, schlafen, schlafen. Bin auch schon so gut wie eingenickt, als ich von einem jüngeren Zeitungsboten geweckt werde, der mir mit einer zusammengefalteten Morgenzeitung einen Klaps gibt.

»Hallo! Sie können hier nicht liegen bleiben.«

Ich schüttle entschuldigend den Kopf und komme mit Mühe auf die Beine.

»Hee, brauchen Sie Hilfe?«, fragt er unsicher bei dem Anblick meines übel zugerichteten Gesichts. »Sind Sie verletzt?«

Ich nicke mit zitternder Unterlippe.

»Soll ich einen Krankenwagen rufen?«, fragt er und blinzelt mich an, das Handy in der Hand.

Nein, um Gottes willen! Und die Polizei auch nicht! Ob er wohl so nett ist, ein Taxi zu rufen?

Das ist er, er wird alles tun, damit ich verschwinde und er seine einträgliche Morgenrunde fortsetzen kann. Als er ein Taxi gerufen hat, ist er bereits so gut wie weg, doch als ich ihn anbettle zu warten, tut er auch das. Mit großer Kraftanstrengung gelingt es mir, mich wach zu halten, bis das Taxi kommt, und obwohl der Fahrer, ein Sikh mit einem Turban, Bedenken laut werden lässt, stimmt er zögernd zu, mich mitzunehmen. Aber es kostet fünfhundert Kronen, wenn ich mich übergebe.

»Wo geht es hin?«, fragt er brüsk, als er sich wieder ins Auto gesetzt hat.

»Fahren Sie einfach los!«, sage ich und spähe nervös durchs Rückfenster. Aber ich werde nicht verfolgt, der Villenweg hinter mir liegt verlassen im Morgengrauen.

»Wie, *Fahren Sie einfach los*?«, meckert er. »Sollen wir zum Rathausplatz? Zum Flughafen? Nach Koge? Sie bestimmen! Nicht *Fahren Sie einfach los*!«

Fahren Sie mich ans Ende der Welt, zum Mond, ich weiß es nicht, denn ich habe keinen Ort, an den ich fahren kann. Ich kann nicht zu meiner Mutter, ich will nicht zu Janni, und Bjarne ist nichts als eine Luftspiegelung in der Wüste.

»Dann fahre ich Sie ins Krankenhaus!«, beschließt er. »Sie bluten!«

»Nein!«, protestiere ich und gerate in Panik, weil alle Auswege blockiert sind. Da erscheint sie mir wie die gute Fee, Amitra, und erinnert mich daran, was ich in meine Manteltasche gesteckt habe, statt es in den Gulli zu werfen. Und als mein Schutzengel hat sie dafür gesorgt, dass ich mir genau diesen Mantel über das zerrissene Kleid geworfen habe. »Hier! Fahren Sie mich dahin!«, sage ich und reiche ihm die Karte, die ganz richtig in der Innentasche steckt.

»Hmm«, brummt er, als er die Adresse gelesen hat. »Frauenhaus Kastaniely. Das ist in Lyngby? Das wird teuer. Haben Sie Geld?«

Nee. Aber den Arsch voller Sperma, und dir kann ich auch einen blasen. Fahr einfach, und lass mich schlafen.

Sie sind bereits überbelegt und sollten eigentlich keine weiteren Klientinnen mehr aufnehmen, doch die Frau, die am Pfingstsonntag um halb fünf am Morgen aus dem Wagen geladen wird, ist in so elender Verfassung, dass die Krisenwache ohne Bedenken den Taxibon unterschreibt und sie aufnimmt. Dieser Entschluss fällt leicht. Von da an wird es kompliziert. Denn obwohl die Frau offensichtlich ärztliche Hilfe braucht, will sie unter keinen Umständen in die Ambulanz. Sie will auch nicht erzählen, wer sie ist oder was passiert ist. Verrät lediglich ihren Vornamen, *Linda,* und bekräftigt mit einem schwachen Nicken, dass sie von ihrem Partner misshandelt worden ist. Ja, sie bestellt auch Grüße von Amitra, zu der sie offenbar Kontakt gehabt hat. Die Krisenwache liebt Amitra, das tun sie alle. Denn Amitra ist das gute Beispiel, die Frau, die es geschafft und die sich vor ihren Augen verwandelt hat. *Die Frau, die die Ketten der Unterdrückung abgeworfen hat,* wie ihre Leiterin, Helle, manchmal sagt, wenn sie in begeisterte feministische Rhetorik verfällt. Als Amitra vor einigen Jahren zu ihnen kam, war das ebenso überstürzt, und sie war ebenso misshandelt worden wie diese Linda, die wie so viele andere vor ihr ohne Geld oder Papiere weggelaufen ist. Nicht einmal eine Krankenversicherungskarte hat sie bei sich, was eine Krankenhausbehandlung schwierig macht. In solchen Fällen pflegt das freiwillige Personal die eigenen Versicherungskarten auszuleihen, was man im Krankenhaus in Gentofte stillschweigend billigt. Auch wenn die Klientin offensichtlich eine nicht Dänisch sprechende Thailänderin, eine Türkin oder Russin und bestimmt nicht auf den Namen Karen, Hanne oder Rikke getauft ist. Doch nicht einmal das Versprechen totaler Anonymität kann diese Frau dazu bringen, sich in der Ambulanz durchchecken zu lassen.

»Kann ich nicht einfach ein paar Paracetamol bekommen?«, bittet die Frau, die der Kleidung nach zu schließen am Vorabend auf einem Fest war. Dann ist es schiefgelaufen, nachdem das Paar nach Hause gekommen ist, so etwas sehen sie oft. »Mein Finger tut so verdammt weh. Und mein Kopf …«, sagt sie, während ihr die Augen zufallen.

»Linda, hören Sie zu! Ich glaube, Sie haben eine Gehirnerschütterung«, sagt die Nachtwache und geht die Prozedur für solche Fälle durch. »Waren Sie bewusstlos?«

Die Frau nickt mit geschlossenen Augen.

»Lange?«

»Ungefähr dreißig Jahre. Darf ich jetzt schlafen?«

»Ja, wenn Sie mir erzählt haben, wie Sie heißen und wann Sie geboren sind.«

»Linda Lykke. 17.7.1950.«

»Wissen Sie, was heute für ein Tag ist?«

»Der erste Tag. Sonntag. Pfingstsonntag.«

»Und welches Jahr?«

»2002.«

»Haben Sie getrunken, Linda?«

»Mmmm.«

»Viel?«

»Viel zu viel. Gute Nacht!«

Die Krisenwache, Karen, eine ausgebildete Krankenschwester, gibt eine weitere Befragung auf und hilft der übel zugerichteten Frau stattdessen, sich auf die Liege im Fernsehzimmer zu legen. Zieht ihr Schuhe und Mantel aus und deckt sie mit einer Decke zu. Holt den Erste-Hilfe-Koffer aus dem Büro und kühlt erst den gebrochenen Finger mit einem Eispack, bevor sie einen vorläufigen Verband anlegt. Er müsste gegipst werden, doch das muss bis zum nächsten Tag warten. Während der Behandlung lässt die schlafende Frau ein wenig locker, wimmert wie ein Kind, wacht aber nicht auf. Nicht bevor Karen sie nach einer Stunde weckt, wie man das bei Gehirnerschütterungen tut, und wieder nach Namen und Geburtsdatum fragt. Die Antwort ist die gleiche wie vorher. Linda Lykke, geboren am 17.7.1950.

Das sind die konkreten Angaben, die sie weitergeben kann, als um sieben Uhr die Ablösung eintrifft. Doch selbst mit so spärlichen Informationen sind die beiden Kolleginnen allein aufgrund ihrer Erfahrung in der Lage, sich ein verblüffend präzises Bild von der neuen Bewohnerin von Kastaniely zu machen. *Dänin mittleren Alters aus der gehobenen Schicht, vermutlich mit Mann in leitender Position verheiratet. Seit Langem misshandelt. Gewalt hat sowohl physischen als auch psychischen Charakter. Verdacht auf Alkoholmissbrauch, eventuell bereits bestehende Alkoholschäden. Raucherin. Klientin fehlt ein Netzwerk. Ist völlig am Ende, betrachtet sich aber nicht als misshandelt.*

Mit einem derartigen sozialen Profil gehört sie nicht zu dem Typ Klientin, der den Hauptanteil in den dänischen Frauenhäusern ausmacht. Ganz einfach deshalb, weil diese besser situierten Frauen sie nicht aufsuchen. Sie gehen ins Hotel.

Er erwacht von dem dumpfen Knall der Sonntagszeitungen, die durch den Briefkastenschlitz geworfen werden. Sieht sich im Wohnzimmer um, wo Stühle umgekippt sind, eine Vase zu Bruch gegangen ist und überall Sofakissen herumliegen. Ist verärgert, dass sie nicht aufgeräumt hat, und flucht, weil er falsch gelegen und einen steifen Nacken hat und der Kopfschmerz auf der Lauer liegt. Trottet zum Zeitungsstapel und legt ihn auf die Konsole, pinkelt auf der Gästetoilette, sieht sich kurz im Dielenspiegel und ist entsetzt, wie er aussieht. Ein alter Mann mit Säcken unter den rot unterlaufenen Augen und einem von kreuz und quer gehenden Linien zerfurchten Gesicht. Einem zornigen Gesicht mit gekränkten, nach unten zeigenden Mundwinkeln. Ein Anblick, von dem er befreit war, seit er die Augen seines Vaters geschlossen und ihn mit überraschender Rührung für verstorben erklärt hat.

Während er sich noch im Spiegel betrachtet, sieht er, dass ihr Mantel weg ist. Er müsste an seinem Platz an der Garderobe hängen. Hat sie ihn irgendwo hingeworfen, nachdem sie heute Nacht nach Hause gekommen sind? Nein, bevor es losging, hat sie ihn sorgfältig aufgehängt, auf einen Bügel, daran erinnert er sich.

»Linda!«, ruft er. »Linda!«

Wie laut und gebieterisch er auch ruft, es kommt keine Antwort. Und wo er in der zweihundertzwanzig Quadratmeter großen Villa mit der Mansardenwohnung, die sie früher gewöhnlich vermietet haben, auch sucht, sie ist nicht da.

»Lin-daa!«, ruft er mit ansteigender Panik, als er in den Garten läuft, hinter dem Treibhaus sucht, zwischen den Forsythien, im Schuppen, wo er beinahe über eine Flasche Schnaps stolpert. Er guckt über die Hecke zu dem einen Nachbarn und klettert auf eine Leiter, um Aussicht auf den Garten des anderen Nachbarn zu haben. Nirgends eine Spur von ihr. Nirgendwo leuchtet ein rotes Kleid in dem ganzen Grün. Dann hört er die S-Bahn auf den Schienen, die durch den Grøndalspark führen, und erstarrt, während er auf ein plötzliches, quietschendes Bremsen wartet. Doch der Lokomotivführer hat offenbar keine menschliche Gestalt auf den Schienen entdeckt, denn der Zug bremst ruhig und vorschriftsmäßig, als er die nahe gelegene Station erreicht.

Mit vor Milchsäure schweren Beinen schleppt er sich zurück ins Haus. Geht es noch einmal durch, auch Keller und Speicher, und endet im Schlafzimmer, wo er auf das ordentlich gemachte Ehebett mit der glatten Bettdecke sinkt.

»Guter Gott!«, ruft er leise und jämmerlich wie von dem Grund eines eingestürzten Minenschachts. »Hilf mir! Es war ein Unfall. Ich wollte sie nicht umbringen!«

Ich werde von hohen Kinderstimmen und einem erwachsenen *Psst* geweckt.

»Die Dame schläft! Ihr müsst unten im Zimmer fernsehen!«, höre ich in breitem Kopenhagener Dialekt.

»Ja, aber wann wacht die Dame denn auf?«, fragt das eine Kind, während das andere, das kleinere, in ein zorniges Quengeln verfällt. *Maa-ma! Will hier sein!*

»Psst! Wir müssen ganz still sein. Der Dame tut der Kopf weh. Wie Mama damals, nicht? Kommt, ihr müsst auch etwas frühstücken. Ihr bekommt heute Schokopops.«

Die Dame ist wach, aber die Dame möchte am liebsten wieder einschlafen. Denn die Dame will sich weder erinnern, wo sie ist, noch warum sie hier ist. Die Dame möchte am liebsten hier liegen, zwischen Schlafen und Wachen hin- und hergleiten und sich damit beruhigen, dass es nur einer der üblichen Albträume ist. Bald wird sie zu Hause aufwachen, wird aufstehen und Kaffee aufsetzen, Brötchen im Ofen aufbacken und den Frühstückstisch decken. Sie wird ihren Mann rufen, und sie werden ein paar Bemerkungen über das Fest austauschen, auf dem sie gewesen sind. Dann werden sie die Sonntagszeitungen lesen und sich, wenn das Wetter entsprechend ist, in den Garten setzen. Später wird er den Rasen mähen, und sie wird ein wenig im Staudenbeet herumpusseln, Geißfuß ausreißen und überlegen, ob sie die Rosen düngen soll. Vermutlich wird er kurz im Büro vorbeischauen, während sie Hemden bügelt wie jeden Sonntagmorgen. Und das, was heute Nacht passiert ist, haben wir bereits vergessen. Herrgott noch mal, wer nimmt schon von ein paar Ohrfeigen Schaden? Entschuldige, ich habe mich nicht an die Abmachung gehalten. Ich hätte mich ordentlich benehmen sollen.

Als ich vom Personal geweckt und wieder gefragt werde, wie ich heiße und wann ich geboren bin, antworte ich geistesabwesend wie eine Schlafwandlerin in der Hoffnung, dass sie mich dann in Ruhe lassen. Erst als sie mir drohen, mich mit Gehirnerschütterung beziehungsweise Schädelfraktur zur Beobachtung ins Krankenhaus einzuweisen, nehme ich mich so weit zusammen, dass sie die Verantwortung zu übernehmen wagen, mich zu behalten. Denn nach dem, was ich getan habe, traue ich mich nicht nach Hause. Das ist ja das Furchtbare, das die Rotorblätter des Grauens in Gang setzt, dass ich es wirklich getan habe. Dass ich abgehauen bin. Ich muss wahnsinnig gewesen sein im Augenblick der Tat, unzurechnungsfähig, und jetzt muss ich herausfinden, was ich tun kann, damit er mir vergibt. Damit ich zurück kann.

Und als sie meinen Finger eingegipst und mir ein Bett in einem Lagerraum im Keller gemacht haben, »dem leider einzigen freien Raum«, sage ich ihnen auch, dass das nichts macht, weil ich nicht bleibe. Ich muss nach Hause, ich gehöre hier nicht hin, das ist ein fürchterliches Missverständnis. Sie widersprechen mir nicht, bestätigen mich auch nicht, obwohl jeder sehen kann, dass ich nicht wie die zwanzig anderen bin, die mich an dem sonntäglichen Frühstückstisch im Aufenthaltsraum neugierig anstarren. Ich bin weder eine ausländische Ehefrau, die per Post von einem einsamen Kneipendänen hierherbestellt worden ist, noch ein Sozialfall mit vernachlässigten, Chips essenden Kindern und wechselnden Partnern, der von Sozialhilfe lebt. Ich passe nicht in einen Dokumentarfilm über das Leben in einem Frauenhaus; ich werde nicht in das Bad auf dem Flur gehen oder mich in Essensordnungen und Putzlisten eintragen. Ich muss hier weg, so schnell wie möglich, und Entschuldigung für die Unannehmlichkeiten!

Sie antworten freundlich, dass ich heute zu gar nichts Stellung nehmen muss. Außer Paracetamol bringen sie mir Saft, Kaffee und Toast auf einem Tablett ans Bett, denn obwohl ich mir nur eine leichte Gehirnerschütterung zugezogen habe, soll ich Ruhe halten. Kein Fernsehen, nichts zu lesen, kein Radio. Sie haben mir ein Nachthemd und einen Slip geliehen, haben auch ein Handtuch und einen grau melierten Jogginganzug herausgelegt, und ich habe ein »Willkommenspaket« mit »den nötigsten Notwendigkeiten« ausgehändigt bekommen. Kaffee, Tee, Kekse, Alufolie, Gefriertüten, Waschtabs. Darüber hinaus bekomme ich ein »Hygienepaket« zugeteilt, gesponsert von der Drogeriekette Matas, mit Shampoo, Seife, einem Kamm, einer Zahnbürste, Zahnpasta, Deo, Binden und Feuchtigkeitscreme.

Ich höre nur halb zu bei der Aufzählung, realisiere jedoch, dass weder Alkohol, noch Zigaretten oder Make-up zur Basisausrüstung gehören. Im Übrigen ist Alkohol – in begrenzten Mengen – nur bei besonderen festlichen Anlässen erlaubt, und wegen der Brandgefahr darf auf den Zimmern nicht geraucht werden. Der Aufenthalt kostet siebenundsechzig Kronen pro Tag ohne Verpflegung, die man selbst bezahlt. Für den Fall, dass eine Klientin wie ich ohne Geld oder Kreditkarte eingetroffen ist, findet sich eine »mittelfristige Lösung«.

Schließlich lassen sie mich in Ruhe. Nee, sie müssen mich noch fotografieren, Bilder von meinen Verletzungen machen. Als Dokumentation. Ich lasse sie, sowohl von vorn wie im Profil, mit und ohne Kleidung. Es fehlt nur noch ein Band mit einer Nummer, dann bin ich klar fürs Verbrecheralbum. Später, wenn ich geschlafen habe, können wir uns dann »richtig unterhalten«. Merkwürdigerweise wird die Tür nicht von außen abgeschlossen. Geliebter Gert, ich bin vom Regen in die Traufe gekommen. Den Kopf unter dem Arm bin ich schnurstracks durch die Tür zur Frauenhölle getaumelt.

Ruhig Blut!«, ermahnt er sich, während er auf seinem neuen Fahrrad den gesamten Park durchkämmt. Es ist noch früh, und außer ein paar Hundebesitzern begegnet er niemandem, der mit belastenden Zeugenaussagen kommen könnte. Dafür findet er sie aber auch nicht. Weder im Park noch in dem Villenviertel auf beiden Seiten des Godthåbsvej, den er bis hinunter zur Falkoner

Allee absucht. Einen Augenblick überlegt er, ins Frederiksberg-Hospital zu fahren und im Wartezimmer der Ambulanz nachzusehen, verwirft den Gedanken aber als zu riskant. Stattdessen arbeitet er an seinem Alibi, indem er in die Vagns-Konditorei geht, sich in die Schlange stellt und mit lauter Stimme *zwei* Ciabatta-Brötchen und *zwei* Blätterteigbrötchen mit Mohn kauft. Und die Vormittagszeitungen. Das *Ekstra Bladet* hat über dem Aufmacher *Frauenleiche im Gefrierschrank versteckt* ein Foto des *Arbeiters* auf der Titelseite und verweist auf eine »große Geburtstagsreportage in der Zeitung«. Die *B.T.* bringt auch einen Hinweis auf den Geburtstag, doch hier hat man sich entschieden, die Käufer mit einem Foto von Per Vittrup und Charlotte Damgaard, die Arm in Arm ankommen, und der Überschrift *Ein neues Paar?* anzulocken.

Er wird von ein paar Kunden erkannt, wie er zufrieden feststellt, als er das Bein über die Fahrradstange schwingt und mit einer Plastiktüte über dem Lenker nach Hause radelt. Glaubt fast selbst daran, dass sie nach Hause gekommen ist, während er unterwegs war. Vielleicht hat sie sogar schon Kaffee aufgesetzt. Er erteilt sich einen Verweis, dass er es sich erlaubt hat, in Panik zu verfallen. Das liegt an dem Kater und dem Schlafmangel. Natürlich hat er sie nicht umgebracht. Ein völlig absurder Gedanke, der ihm einzig und allein aufgrund dessen gekommen ist, was in Tabora passiert ist. Es ist die Panik von damals, die wieder hochkommt. Damals war er jung, ein großer Junge, und hat den Kopf verloren, und wenn er seinem Vater für irgendetwas dankbar sein muss, dann dafür, dass er ihn gelehrt hat, in einer Extremsituation die Ruhe zu bewahren. Als er hysterisch in die Klinik gestürzt kam, durch das mintgrüne Wartezimmer, das immer mit verschwitzten schwarzen Frauen und ihren fieberkranken Kindern gefüllt war, scheuchte der Vater den Patienten und die Krankenschwester aus dem Untersuchungsraum, schloss die Tür und beruhigte ihn souverän wie ein Fluglotse, der einen verirrten Piloten sicher auf die Erde herunterholt. »*No panic!* Gewinn die Kontrolle zurück!«

Erschüttert gehorchte er seinem Vater, fuhr mit ihm im Jeep hinaus und zeigte ihm den Weg, als sie in den Busch fuhren, der Staub wirbelte wie eine rote Wolke hinter ihnen auf, um das Opfer zu finden, tot oder lebendig. Als sie zum Tatort kamen, schlitzte eine Horde Hyänen den Ziegen den Bauch auf, denen es nicht gelungen war, ihrem Angriff zu entkommen. Von dem Hirten fehlte jede Spur; entweder war auch er geflüchtet oder bereits von einem der gefleckten Raubtiere gefressen worden. Ob die Hyänen seinen Kadaver gefressen oder ihn angegriffen hatten, als er noch lebte, aber zu geschwächt war, sich zu verteidigen, war unmöglich zu sagen.

Während Gert erschüttert in dem trockenen Gras in die Hocke ging, nachdem die Hyänen mit einem Gewehrschuss verjagt worden waren, und mit knapper Not noch die Hose herunterbekam, bevor der Darm sich in einem Platsch entleerte, stopfte der Vater kaltblütig seine Pfeife und sagte, dass ihm so die beschissene Arbeit erspart bliebe.

Erst da begriff Gert, dass sie nicht hier herausgefahren waren, um den Ziegenhirten zu retten. Sie waren herausgefahren, um ihn zu liquidieren. Wie man ein zusammengeschossenes Stück Wild aufspürt. Als Gert weinend zusammenbrach und vornüber ins Gras fiel, die Hose noch immer um die Knöchel hängend, zog der Vater ihn wütend hoch und schrie, dass er sich jetzt wie ein Mann benehmen und zusammennehmen müsse. Und um Himmels willen niemandem ein Wort sagen dürfe. Einfach vergessen müsse. Verstanden? Vergessen!

Schon auf dem Nachhauseweg in dem holpernden Jeep sah er ein, dass sein Vater recht hatte. Wenn er etwas zugab, riskierten sowohl er als auch seine Familie, von rasenden Clanmitgliedern gelyncht zu werden. Oder man würde Schmerzensgeld von ihnen verlangen und sie erpressen. Die Polizei würde sich möglicherweise einmischen und Bestechungsgeld verlangen, damit sie den Fall ruhen ließ. Und in der weißen *community* riskierten sie, ausgestoßen zu werden, obwohl ein schwarzes Leben nie so viel zählte wie ihre eigenen. Ja, wenn der Ziegenhirte wirklich überlebt hatte, war es am wahrscheinlichsten, dass er es nicht wagte zurückzukommen. Da er sich schuldig gemacht hatte, einen Europäer geschlagen zu haben, noch dazu den Sohn des Arztes. Deshalb hielt Gert den Mund, zwang seinen entsetzten Kameraden, das Gleiche zu tun. Und wie sein Vater vorausgesagt hatte, wurden weder er noch seine Mitschuldigen jemals mit dem Verschwinden des Ziegenhirten in Verbindung gebracht. Der Mann wurde nie gefunden, und alle fanden sich damit ab, dass er entweder mit einem Lastwagen in die Stadt mitgefahren oder von den Hyänen überfallen worden war. So kam der sechzehnjährige Gert ohne Probleme mit einem Verbrechen davon, das mit einer Kaltnadel in sein Innerstes radiert ist, obwohl er über lange Perioden wirklich das Glück hatte, es vergessen zu haben. Und wenn die Erinnerung auftaucht, sind es nur spitze Fragmente, aussortierte Filmschnitte. Am besten erinnert er sich an die Wut, als der Mann ihm eine Ohrfeige gab, weil er eine der Ziegen mit der Steinschleuder getroffen hatte. Er erinnert sich an den schweren Stock, den er von der Erde aufhob, hoch über seinen Kopf, und er erinnert sich an den Zug in der Schulter, als er mit voller Kraft zuschlug. Er erinnert sich an die Zufriedenheit, so präzise getroffen zu haben, dass der Mann bereits beim ersten Schlag in sich zusammensank. Er erinnert sich an den Suaheli-Ruf seines Kameraden, als er erneut zuschlug – immer wieder. Er erinnert sich an das rote Blut, das durch das schwarze, krause Haar rann, die Stirn hinunter auf die trockene Erdkruste. Er erinnert sich, wie der Mann sich wehrte, an die nach oben gewandten beigefarbenen Handflächen. Er erinnert sich an das klagende Jammern und an die Stille, als sein Kamerad ihn endlich wegzerrte und zurück in die Wirklichkeit rief. Er erinnert sich an die Geier, natürlich, von denen der blanke Himmel plötzlich voll war, fünfzig, hundert, zweihundert waren es, die schreiend immer engere Kreise über ihnen zogen. Als er und sein Kamerad den leblosen Mann zurückließen, um Hilfe zu holen, nahm seine ebenholzfarbene Gesichtsfarbe langsam einen fast zementgrauen Ton an. Aber er lebte noch, er war noch warm, und man konnte noch einen Puls fühlen.

Das Entsetzen darüber, was er getan hatte, was zu tun er imstande war, wurde mit der Zeit von einem seltsamen ehrfürchtigen Stolz darauf abgelöst, eine Art geheimer Männlichkeitsprobe bestanden zu haben. Obwohl er das fünfte Gebot gut kannte und mit der Bibel und Tischgebeten erzogen worden war, wurde sein Schuldgefühl über die schändliche Tat von einer weit wichtigeren Erkenntnis verdrängt: dass er, indem er einem anderen Menschen das Leben genommen hatte, wenn es denn so war, Kontrolle über sein eigenes gewonnen hatte. Er hatte gelernt, was das Leben in seiner Unerbittlichkeit von einem Mann forderte: den Mut zu töten. Von jetzt an brauchte er niemanden mehr zu fürchten, denn diesen Mut hatte er.

So kam er wenig später mit dem Stolz eines Kriegers auf die Sorø-Akademie, wo er in der Elf eingeschrieben wurde. Das begriffen sie nicht, diese verhätschelten Kindsköpfe, die ihn wegen seiner »Wildheit« aufzogen. Sie nannten ihn den »roten Neger«, machten sich über seine lederartigen Fußsohlen lustig, über die getrockneten Fleischstreifen, auf denen er herumkaute, und über die Steinschleuder, die er immer in der Gesäßtasche hatte. Die Lehrer hielten sich auch nicht zurück, die Widerlichsten unter ihnen verhöhnten ihn wegen seiner »Affenmanieren« und seiner schlechten Dänischkenntnisse. In den ersten drei Wochen prügelte er sich ununterbrochen. Ließ sich provozieren, regte sich auf, drosch auf seine Peiniger ein. Nach der dritten Woche wurde er zum Schuldirektor gerufen, der ihm den Rausschmissbrief an seine Eltern zeigte, der nur noch unterschrieben zu werden brauchte. Gert musste sich zusammennehmen, lernen, sein Temperament zu zügeln und die andere Wange hinzuhalten. »Du musst den Kopf statt der Fäuste einsetzen, Junge! In der zivilisierten Welt kommt man mit schlagkräftigen Argumenten am weitesten!«, sagte der Schuldirektor barsch und gab ihm noch eine Chance. »Eine!«

Unmittelbar nach diesem Gespräch suchte er den schlimmsten seiner Plagegeister auf. Griff ihn kaltblütig an seinem Schlips, zog ihn hoch und hielt ein Messer, ein eingeschmuggeltes *panga*, direkt an seine Kehle und zischte, dass er ihn töten würde, wenn er quatschte oder ihn noch einmal belästigte. Seitdem brachte man ihm Respekt entgegen. Wurde er gefürchtet, aber nie geliebt. Jedenfalls von niemand anderem als von Linda, die ihn nicht *genug* liebte. Nicht so, wie er erwartet hatte, dass die eigene Frau einen liebt. Nicht wie seine Mutter das getan hat, bedingungslos, tröstend. *Verstehend,* verdammt!

Das ist das Einzige, was er von ihr erwartet hat. Dass sie ihn *versteht*! Anstatt ihn dauernd zu provozieren, ihn zu verunsichern. Wenn Linda mit ihrem kleinen Spatzenhirn nur begriffen hätte, was er von ihr erwartete, wäre das nicht passiert. Doch weil sie ihn mit ihrem bösartigen Gespür immer dann herausgefordert hat, wenn er bereits am stärksten unter Druck stand, musste es ja schiefgehen. Er hat sie tausendmal gewarnt, vor langer Zeit hat er ihr sogar die Geschichte von dem Ziegenhirten erzählt, und trotzdem kann sie es nicht lassen. Muss ihn partout reizen. Jeder Mann würde ihm recht geben, dass sie zu Ohrfeigen nur so einlädt, dessen ist er sicher. Sie ist der Typ Frau, der die Männer in den Wahnsinn treibt.

Als er das Fahrrad vor dem Haus abstellt, ist er so überzeugt, dass sie da drinnen ist, dass er erneut spürt, wie die Moleküle des Jähzorns in Bewegung kommen. Was sollte diese Verschwindenummer? Wollte sie damit Aufmerksamkeit erregen? Ihn lächerlich machen?

»Linda!«, brüllt er, als er die Tür aufstößt. Doch wie zuvor antwortet ihm dröhnende Stille. Alles ist genau so, wie er es vor einer Stunde verlassen hat. Er wirft die Bäckereitüte auf den Küchentisch. Trinkt ein Glas Wasser aus dem Hahn. Wirft die Windjacke über einen Stuhl. Unter dem Hemd, das er in Gedanken aufknöpft, ist er klamm vor Schweiß.

RuhigBlutruhigBlutruhigBlut. Er hat nichts zu befürchten. Denn genau wie er sich im Nachhinein davon überzeugt hat, dass er den Ziegenhirten nicht getötet hat, hat er auch sie nicht umgebracht. Wie sollte das auch zugegangen sein? Er hat ihr nur einen Klaps versetzt. Ist sie etwa unglücklich gefallen? Hat sie sich den Kopf an der Tischkante geschlagen? Nein, sie hat ein Taxi genommen und ist zu ihrer übergewichtigen Schwägerin Janni gefahren. Wie letztes Mal. Alternativ könnte sie ihre Mutter aufgesucht haben. Theoretisch. Oder? Ja, mehr Möglichkeiten gibt es, so gesehen, nicht. Da sie sonst niemanden kennt. Die Freundinnen von früher sind weg, die Familie auch, und Arbeitskollegen hat sie jahrelang keine mehr gehabt. Ob sie in einem Krankenhaus ist? Sich in polizeilichem Gewahrsam befindet? Oder ob sie sich das Leben genommen hat und zur Identifikation in einem Leichenhaus liegt? Das glaubt er nicht. Selbstmord zu begehen, hat sie nicht den Mut. Und warum sollte sie auch? Nein, sie ist in Brønshøj bei Janni.

Er wird jetzt still und ruhig seinen Kaffee trinken, frühstücken und Zeitung lesen. Duschen, sich rasieren, hinfahren und sie holen. Falls er Lust dazu hat. Er kann auch einfach die Ruhe genießen und darauf warten, dass sie von selbst nach Hause kommt.

Mit dem Schwanz zwischen den Beinen. Wenn sie hungrig genug ist. Dann kann er sich immer noch Gedanken machen, ob er großmütig genug ist, sie hereinzulassen. Denn wäre es nicht eigentlich eine Befreiung, sie los zu sein?

Stephanie hat sechs gestohlene Handys und eine Tüte mit Ecstasy in der Schublade, sie will eigentlich nicht aufmachen. Doch die Klingel wird so beharrlich gedrückt und es wird so hart gegen die Tür gehämmert, dass sie etwas anderes nicht wagt. Sonst sprengen sie die Tür, das hat man schließlich im Film schon gesehen.

»Ach, du bist das nur«, ruft sie erleichtert, als sie ihren Onkel auf der Matte stehen sieht. Nicht, dass er nicht zum Fürchten ist, denn das ist er. Aber er kann ihr keine Handschellen anlegen.

»Hi, Stephanie«, sagt er einschmeichelnd wie der Wolf zu Rotkäppchen. »Bist du aber groß geworden! Und schön! Darf ich hereinkommen?«

»Ich bin allein zu Hause«, sagt sie abweisend und spürt ihre alte Kindheitsangst vor Sittenstrolchen. »Die anderen sind in Jütland. Vater ist nach Horsens überführt worden.«

»Darf ich trotzdem hereinkommen?«, lächelt er unangefochten weiter und ist bereits über die Türschwelle getreten.

»Warum, Mann? Du kannst nicht einfach hier hereinspazieren!«, quäkt sie wie ihre Mutter, als er sich an ihr vorbeidrängt. »Falls du Linda suchst, die ist nicht hier!«

»Ist sie hier gewesen?«, fragt er, als er alle vier Zimmer plus Badezimmer und Küche durchsucht und frech alle Schränke aufgemacht hat.

»*Nope*«, antwortet sie mürrisch und schielt zu ihm hin. Als wenn sie quatschen würde! – »Gehst du jetzt, bitte?«

»Grüß deine Mutter, ja? Und falls Linda hier auftaucht, ruf mich bitte an.«

Er lächelt noch einmal sein klammes Lächeln und verpisst sich endlich, fucking Wichser! Sie begreift nicht, warum Linda diesen Psychopathen nicht längst verlassen hat.

Wenn die neuen Klientinnen nicht schreiend davonlaufen sollen, zurück zu den Misshandlungen, vor denen sie geflohen sind, gilt es vorsichtig vorzugehen. Vor allem so eine wie sie, die jetzt zum Einschreibungsgespräch kommt, kann man leicht in die Flucht schlagen. Deshalb hat Helle sich mit dem Set-up besondere Mühe gegeben. Sie hat für frischen Tee gesorgt, eine Schale mit Keksen und Süßigkeiten hingestellt, Zigaretten und einen Aschenbecher, eine Vase mit Tulpen aus dem Garten und eine brennende Kerze. Es sind auch Kissen auf dem Sofa, auf dem die Klientin sitzt. Alles um ein Gefühl von Heimeligkeit, Fürsorge und Sicherheit zu schaffen, damit die Frau sich entspannt und redet. Denn wenn sie erst einmal angefangen haben, endet es in der Regel damit, dass sie einen ganzen Monolog halten. Das wird sie auch, schätzt Helle, obwohl die Schutzwälle hochgezogen sind und sie wie die meisten anderen ihrer Art mit einem entwaffnenden Lächeln und einer Verharmlosung beginnt.

»Ich bin kein Gewaltopfer, ist das klar?«, sagt die Frau, die Linda heißt, und dreht nervös die erste Zigarette zwischen den Fingern der rechten Hand. Ihr linker Zeigefinger ist verbunden und steht wie ein unsicherer Gast für sich. Ihr Gesicht ist ungeschminkt und das Haar offen, doch die lackierten Nägel und die juwelenbesetzten Ringe erzählen, dass sie normalerweise zurechtgemacht ist. Ein verwaschener grauer Champion-Jogginganzug mit einem Logo quer über der Brust gehört wohl auch nicht zu ihrer üblichen Kleidung.

»Ja«, sagt Helle und unterlässt es, das geschwollene Auge, den Gipsfinger und die Gehirnerschütterung zu kommentieren. »Aber können Sie nicht erzählen, was genau passiert ist, bevor Sie hierher gekommen sind?«

Linda inhaliert. Stößt den Rauch schnell aus, saugt erneut heftig. Beugt sich nervös vor.

»Hören Sie, *habe* ich hier völlige Anonymität?«

»Wenn Sie das wünschen.«

»Verstehen Sie, das ist sehr, sehr wichtig, dass nicht herauskommt, dass ich hier bin«, sagt sie und fuchtelt mit der Zigarette in der Luft herum.

»Haben Sie Angst vor Ihrem Mann? Dass er Sie findet, meine ich?«, fragt Helle und versucht, den unruhigen Blick festzuhalten.

»Nein, nein!«

Das Lächeln ist eins dieser schnellen An-aus-Lächeln, von denen sie so viele gesehen hat.

»Nein, es ist nur, weil er sehr bekannt ist. Superbekannt, eigentlich …«

Helle nickt ermunternd. Das überrascht sie nicht.

»Und wenn herauskommt, dass er …, ich meine, dass ich hier bin … also, auch wenn das meine eigene Schuld ist … also, es braucht zwei zu einem Tango, nicht? … Wissen Sie, gestern ist es ein bisschen hart zugegangen, wir waren auf einem großen Fest, ich habe zu viel getrunken, zu viel getanzt und alles, nicht? … Wenn das herauskommt, dann kann ihm das enorm schaden … und das will ich natürlich nicht … also, ich mag ihn ja, obwohl … er hat einfach einen schwierigen Charakter, vor allem wenn er unter Druck steht, und das tut er zurzeit … Verstehen Sie, was ich meine?«

Helle nickt aufmunternd.

»Ihr Tee wird kalt«, lächelt sie, um der Nervosität die Spitze zu nehmen, die wie eine Quecksilberkugel durch den Raum schwirrt.

»Von unserer Seite können Sie mit absoluter Diskretion rechnen. Die Klientinnen wissen ganz genau, wie lebenswichtig es sein kann, den Mund zu halten.«

Linda schließt, mit weit abstehendem Finger, die Hände um den Teebecher. Ohne die Zigarette loszulassen.

»Mein Mann ist nicht so. Er ist kein *Gewalttäter*«, betont sie und stellt den Becher weg. Die Schale mit den Süßigkeiten und die Kekse rührt sie nicht an. Es sind nicht die süßen Sachen, in denen sie Trost sucht. Sie greift vermutlich zu Zigaretten – und Alkohol, vielleicht –, um zu überleben.

»Es gibt keine Menschen, die einfach *so* sind«, lächelt Helle entgegenkommend. »Aber versuchen Sie jetzt zu erzählen, was passiert ist. Was ist heute Nacht passiert, als Sie nach Hause gekommen sind? Ganz konkret.«

»Ganz konkret?« Ein Zug an der Zigarette, ein nervöses Lächeln. Ein tiefer resignierter Seufzer, gefolgt von einem weiteren.

»Ja, wie hat es angefangen? Sie sind zur Tür hereingekommen, die Tür hat sich hinter Ihnen geschlossen, Sie haben Ihren Mantel auf einen Bügel gehängt, und dann?«

Linda blinzelt verwundert, als traue sie Helle hellsichtige Fähigkeiten zu. Doch Helle rät nur aus der Erfahrung von Hunderten anderer Geschichten heraus. Meistens haben sie nämlich die Mäntel ordentlich aufgehängt in ihrem Eifer, es recht zu machen, in ihrem Bestreben, nichts zu tun, das einen Vorwand liefern könnte. Und die Gewalt beginnt in der Regel erst, wenn die Tür zu und die Umwelt bereits ausgeschlossen ist.

»Ja, genau«, nickt Linda und schüttelt sich. »Wir sind zur Tür hereingekommen. Ich habe meinen Mantel auf einen Bügel gehängt. Dann wollte ich in die Küche gehen, um ein Glas Wasser zu holen. Ich war dehydriert, nachdem ich mich übergeben und den ganzen Abend getanzt und geschwitzt hatte. Deshalb bin ich auch auf der Damentoilette umgekippt und deshalb sind wir nach Hause gefahren.«

Die Zigarette wird im Aschenbecher ausgedrückt.

»Darf ich noch eine?«, fragt sie. Helle schiebt das Päckchen zu ihr hin.

»Nur zu.«

»Aber dann«, fährt Linda fort und steckt sich eine neue Zigarette zwischen die Lippen. Versucht, sie mit dem Feuerzeug anzumachen, hat jedoch so zittrige Hände, dass die flackernde Flamme ihr Ziel erst beim dritten Versuch trifft. Helle sieht stumm zu, wartet auf den Knacks. Er kommt in der Regel verblüffend schnell. Sobald sie sich erzählen hören, was sie noch nie jemandem anvertraut haben.

»Aber dann …«, beginnt sie erneut, »kam er aus dem Wohnzimmer. Er hatte Jackett und Schlips ausgezogen, die Hemdsärmel hochgekrempelt …«

Sie schluckt. Beißt sich in die Lippe. Bereits jetzt fließen die ersten Tränen.

»Und er hatte diesen *Blick*. Seine Augen sind nur ein paar blanke Knöpfe, wenn er so wird. Du kannst nichts machen. Du kannst zappeln, du kannst schreien, du kannst betteln, du kannst bitten … Aber er ist der Stärkere, und er lässt dich nicht los, bevor er mit dir fertig ist …«

»Er ist aus dem Wohnzimmer gekommen, und dann?«, führt Helle sie leise, um sie beim Thema zu halten. Diese Einführungssitzung darf unter keinen Umständen zu lange dauern. Außerdem muss auf die Gehirnerschütterung Rücksicht genommen werden.

Ein neuer tiefer Seufzer, noch mehr Tränen.

»Er hat mich ins Wohnzimmer gestoßen und mich herumgeworfen … Sie wissen schon, wie eine Katze das mit einer Maus macht …«

»Hat er Sie geschlagen?«, fragt Helle nüchtern und schiebt ihr die Schachtel mit Kleenex hin.

»Ja«, flüstert Linda und reißt sich ein Papiertaschentuch ab. »Er hat mich geschlagen. Früher hat er mich nie ins Gesicht geschlagen. Damit hat er erst jetzt angefangen. Er hat mir einen Faustschlag versetzt«, sagt sie. Sie hat die Zigarette weggelegt, um mit dem Papiertaschentuch die Tränen aufzuhalten. »Er hat auch meinen Kopf auf den Tisch geknallt. Und alles Mögliche andere … Auch sexuelle Sachen … Ich glaube, er hätte bis zum Schluss weitergemacht … Wenn er gekonnt hätte …«

Helle widerspricht ihr nicht, lässt sich die Aussage langsam wie einen sinkenden Stein setzen. Während das passiert, während die Erkenntnis sie einholt, versteckt Linda entsetzt das Gesicht in den Händen. Weint lautlos, kopfschüttelnd, als begreife sie das Ausmaß dieser Aussage nicht. Helle weiß aus Erfahrung, dass diese erste grauenerregende Einsicht schon bald von Entschuldigungen und Verharmlosungen zugedeckt werden wird, sodass es wichtig ist, dass Linda sie formuliert, damit sie später in der nostalgischen Phase daran erinnert werden kann. Helle hält den Atem an, und dann passiert es endlich. Linda nimmt die Hände vom verweinten Gesicht und sieht sie appellierend an.

»Ich traue mich nicht nach Hause«, sagt sie und kauert sich zähneklappernd in dem etwas zu großen Jogginganzug zusammen. »Wenn ich nach Hause gehe, tut er es. Er bringt mich um.«

Per Vittrup hat nichts gegen das Bild auf der Titelseite. In gewisser Weise freut es ihn sogar, als er in dem Café bei den Seen an der Theke steht und auf seinen Caffè Latte wartet. Sie sind wirklich ein schönes Paar, er und Charlotte! Natürlich ist sie jünger, aber er sieht auch nicht gerade *alt* aus in seinem gut sitzenden Smoking, der bei einem offiziellen Besuch in Thailand für ihn maßgeschneidert wurde. Ist er vielleicht nicht ein Mann im besten Alter? Und hat er vielleicht nicht durchgehalten, bis das Personal sie hinausgeschmissen hat? Fanden die Journalisten ihn nicht amüsant? Ist Charlotte nicht vor Lachen geplatzt? Musste Anton sich nicht hicksend die Augen wischen? Er war viel besser drauf als Gert, der wie immer sauertöpfisch herumgeschlichen ist und die arme Linda kontrolliert hat, die ziemlich früh wie ein Licht ausgegangen ist. Sie ist auch ein heißer Feger, selbst wenn das rote Kleid vielleicht ein bisschen übertrieben war, wie Meyer meinte. Stilvoll in Schwarz. Sie ist dagegen alles andere als lustig zurzeit. Verkniffener Mund und spitze Bemerkungen. Nicht gerade inspirierend. Nein, er hält sich lieber an die Jüngeren. Das ist sehr viel lustiger, denkt er und lächelt das süße Mädchen an, das ihm die Untertasse mit dem Kaffeeglas und den beiden italienischen Biscotti reicht. Die Zeitung unter den Arm geklemmt, balanciert er den Teller zu einem freien Stuhl. Setzt sich hin, ohne dass der Kaffee überschwappt, und breitet die Zeitung aus. Soll er Charlotte anrufen? Fragen, ob sie eine Tasse Mokka mit ihm trinkt? Ihr Mann ist schließlich in Afrika … Sie könnte doch die Kinder mitbringen. Sie könnten auch einen Spaziergang machen. Über die Zukunft reden, die Zukunft der Partei, die Zukunft Dänemarks.

Ach, wie träumt er herrlich an diesem Sonntagnachmittag, der fast sechzigjährige Parteivorsitzende. Ach, wie vergisst er alle Schwierigkeiten. Bis er sich einen steinharten Biscotto in den Mund schiebt, ohne ihn zuvor in den Milchkaffee getaucht zu haben. Per Vittrup ist aufgewachsen, bevor der Schulzahnarzt Jütland erreicht hatte. Er ist mit Zuckerbroten, Löffelspeisen, Saurem und Süßem groß worden. Er hat Kilometer von Gebäck in sich hineingestopft, kiloweise Bonbons und literweise Saft. Das Zähneputzen ließ etwas zu wünschen übrig, die Zahnseide war noch nicht erfunden. Trotzdem hat er immer gute, gesunde Zähne gehabt. Den goldenen Vorderzahn verdankt er dem Tritt eines Pferdes, das nicht beschlagen werden wollte. Ansonsten hat er nur wenige Füllungen und ein gesundes, parodontosefreies Zahnfleisch. Warum bricht ihm plötzlich ein Zahn ab? Was für eine unheilschwangere Warnung ist das?

Per Vittrup führt die Serviette zum Mund und versteckt den Zahnstumpf in den aufgemalten Flaggen. Das süße Mädchen lächelt ihn erneut an, als sie sich mit sauberen Aschenbechern vorbeizwängt. Er kann das Lächeln kaum erwidern. Ist plötzlich ein alter Mann, dem langsam die Zähne ausfallen.

Was für ein süßes kleines Mädchen!«, hat einmal ein Gast von mir gesagt. »Ja«, hat meine Mutter geantwortet, »sie ist eine richtige kleine Lolita.« Ich wusste nicht, was das bedeutete, sprang aber schnell von den Knien des Mannes, weil es wie *liederlich* klang. Als Kubricks Film ins Kino kam, habe ich ihn mir im Nygade Kino heimlich angesehen. Sie haben mich hereingelassen, obwohl er für Kinder verboten war. Neben mir im Dunkeln saß ein Mann, allein, der wie James Mason aussah. Er hat mich nicht angefasst, aber ich konnte spüren, dass er Lust hatte, seine Hand auf meinen Oberschenkel zu legen. Anschließend hat er gefragt, ob er mich auf einen Drink ins À Porta einladen darf. Geschmeichelt habe ich einem Mineralwasser zugestimmt, doch als er draußen auf der Straße meinen Arm nahm, bekam ich solche Angst, dass ich weggelaufen bin und erst zu laufen aufgehört habe, als ich auf dem Weg zum Mozart Plads in einer Straßenbahn saß und in Sicherheit war. Warum fällt mir das gerade jetzt ein? Weil ich hier in Sicherheit bin? Weil ich meine Mutter vermisse? Oder einfach weil ich immer irgendwie liederlich war? Wie die Huren, die auf dem Halmtorvet geendet sind.

Pfingstsonntag erlebt Yasemin den größten Kulturschock, seit sie in den Kindergarten gekommen ist. Auf die angenehme Art. Sie hat nicht gewusst, dass es so etwas in IRL gibt – *In Real Life*, einer von Rasmus' neuen Lieblingsausdrücken. Sie hat geglaubt, dass solche Typen nur in Woody-Allen-Filmen auftreten. Doch in jeder Etage des Baugenossenschaftshauses bei den Seen wimmelt es nur so von ihnen – redenden, gestikulierenden, singenden, lachenden und zappelnden Menschen, die Wein trinken und mit Tellern herumfuchteln, die sich nur so biegen von den Leckereien von dem bunten Büfett, zu dem alle etwas beigesteuert haben. Sie selbst hat eine Schüssel mit gefüllten Weinblättern mitgebracht, die ihre Mutter gemacht hat und die in der Gesellschaft von Tangrollen, Entenleberconfit, eingelaugtem Stockfisch, Tapas, warmen Hähnchenflügeln, Enchiladas mit Guacamole, in Limette mariniertem Thunfisch, sardischem Ziegenkäse und ukrainischem Quarkkuchen noch am wenigsten exotisch wirken. Die Gastgeberin, Rasmus' Mutter, hat Wein und Brot beigesteuert, riesige italienische Brote, und das Salz ist kein einfaches Salz, sondern »Originalsalz aus Læsø«.

»Wird es dir zu viel?«, murmelt Rasmus ängstlich und schnappt sich eine Frikadelle vom Kindertisch. »Sollen wir lieber abhauen?« Sie ist gerade seiner Mutter vorgestellt worden, die groß und blond ist wie ihr Sohn und sich mit festem Händedruck als *Sandra* vorgestellt hat. Rasmus hingegen bekam einen feuchten Schmatzkuss auf die Wange und den Bescheid, sich ordentlich um »seine Freundin« zu kümmern.

Yasemin wollte gegen die Bezeichnung protestieren, ließ sich jedoch von Rasmus' entschuldigender Geste besänftigen, während sie gleichzeitig den unmittelbaren und starken Wunsch verspürte, hier und jetzt eine Eintrittskarte in diese vielversprechende und zutiefst faszinierende Welt ausgestellt zu bekommen. Als Rasmus' Freundin könnte sie alle Hindernisse überspringen; mit ihm zusammen wäre sie nicht länger ein stigmatisiertes türkisch-kurdisches Mädchen aus Ishøj, das jeden Tag um die Aufnahme in die feine dänische Gesellschaft kämpft, ohne sicher sein zu können, dass die Anstrengung jemals Früchte trägt. Mit dem Freundinnenprädikat könnte sie wie von Zauberhand eine Abkürzung nehmen und würde in die Wärme eingelassen. Rasmus wäre der Garant, dass sie eine von ihnen wäre, mit freiem Zutritt zu wem auch immer in dieser Gesellschaft, zu der, wie sie mit fortschreitendem Tag feststellt, Autoren, Künstler, Komponisten, Architekten und andere Prominente des Kopenhagener Kulturparnass gehören. Und deshalb nein, sie sollen auf keinen Fall abhauen! Sie sollen bleiben, auch wenn er sie unter falschen Voraussetzungen mitgelockt hat – »alle meine Freunde kommen« –, und sie will jeden einzelnen Tropfen dieses lieblichen Nektars aufsaugen, in den ganz unerwartet ihr Schnabel gesteckt worden ist.

Die erste Stunde passt es ihr ausgezeichnet, dass Rasmus sich dicht an ihrer Seite hält wie ein Simultandolmetscher, der den Soundtrack aus verströmender Opernmusik oder Livejazz übertönt und ihr die fremden sozialen und kulturellen Codes erklärt und sie einweiht, wer wer ist und in welcher Verbindung der Betreffende zu seiner Mutter steht. Hin und wieder lässt einer seiner farbigen und äußerst unterhaltenden Kommentare sie kleine verwunderte Ausrufe ausstoßen. Wie zum Beispiel, als ein paar Männer sich als Exmänner herausstellen, der eine ist Rasmus' Vater, der Kinder aus drei Ehen hat und mit geplagtem Ausdruck einem trotzigen Zweijährigen hinterherrennt, den die Treppe zu magnetisieren scheint. Der andere, Sandras erster Mann, hat sich in hohem Alter als schwul geoutet und betreibt jetzt mit seinem Partner, einem pensionierten Oberarzt, einen Antiquitätenladen. Ansonsten sind das, bis auf einige wenige, die Rasmus nicht einordnen kann, alte Freunde, Liebhaber, Kollegen, Geschwister, die Exfrauen der Exmänner, erwachsene Stiefkinder und Herzensfreundinnen mittleren Alters des gleichen unüberhörbaren Typs wie Sandra.

»Wir feiern auch zusammen Weihnachten. Quer durch die Reihen«, sagt Rasmus, als sie kopfschüttelnd erklärt, dass sie so schwierige Familienverhältnisse niemals entwirren könnte.

Doch wie Augen, die sich ans Dunkel gewöhnen, erholt auch sie sich allmählich von der ersten Verwirrung und kann sowohl die Gesichter als auch die Umgebung so weit auseinanderhalten, dass sie sich erinnert, dass der Flügel im Erdgeschoss steht, der Glatzköpfige mit der Hornbrille sowohl Komponist als auch Pianist ist und die zierliche Frau in dem Kimono Sopranistin, das Gemälde von Per Kirkeby im ersten Stock hängt und die Picasso-Radierung im zweiten. Dass überall Bücher sind, doch am meisten unterm Dach, wo die Mutter ihren Arbeitsplatz hat mit Stapeln von Fachliteratur, Zeitungsausschnitten, Fotos, Notizen, Partituren und CDs.

»Sie schreibt gerade ein Buch über den *Ring der Nibelungen*. Auf Bestellung, anlässlich der Aufführung im neuen Opernhaus. Aus einer ›feministischen Perspektive‹«, erklärt Rasmus und macht in der Luft ironische Anführungszeichen, als er Yasemin ihre Höhle vorführt, in die Yasemin auf der Stelle einziehen könnte. »Sie liebt es, wenn ich sie *Walküre* nenne!«

Yasemin lächelt flüchtig, um zu verbergen, dass die breite Bildung, die sie sich mühsam über die Jahre angeeignet hat, nicht bis zu Detaileinsichten in die Welt der Oper reicht. Doch dass Sandra Riehl professionelle Musikkritikerin und Opernkennerin mit dem Spezialgebiet Richard Wagner ist, macht Yasemins Faszination von dieser toughen Frau nur noch maßloser. Und obwohl sie sich allmählich von Rasmus löst und sich in mehrere spannende Unterhaltungen verstricken lässt, zieht die große Frau mit dem platinblonden Pagenschnitt in der indigoblauen *djellabah* sie am meisten an. Sie mag ihr dickes Silberarmband, das klirrt, wenn sie spricht. Sie mag die Art, wie sie ihr Haar zurückwirft. Sie mag ihr Herumwirbeln und ihr tiefes Lachen. Und sie mag, dass sie im Winter badet und das ganze Jahr über um sieben aufsteht, um zum Charlottenlund Fort hinauszuradeln.

»Was für eine Mutter!«, sagt sie zu Rasmus, als er auf sie zukommt und ihr ein Stück Rhabarbertorte »ohne Schweinefleisch« serviert.

»Ja, ich bin wirklich zu bedauern, nicht? Eine pflichtvergessene Karrierefrau! Eine kriegerische Amazone! Die viel zu wenig Brötchen gebacken, viel zu selten das aufgeschlagene Knie gepustet hat. Man hätte mich ihr wegnehmen sollen.« Beklagt er sich und lässt die Mundwinkel hängen wie ein Beagle mit Hängeohren.

Yasemin lacht und sticht mit der Kuchengabel in den Kuchen. »Sollen wir tauschen?«

»Mit rückwirkender Kraft?«, strahlt er und verwandelt sich in einen schwanzwedelnden Retriever, der sich auf einen Leckerbissen Hoffnung macht. »Bekäme ich dann eine Mutter, die zu Hause ist und Dolmas macht und darauf wartet, dass ich nach Hause komme, damit sie mich verwöhnen kann? Schmiert sie mir mein Butterbrot und wäscht meine Sachen und meint, dass der Mann ein höheres Wesen ist, dem die Frau sich unterzuordnen hat?«

»So ungefähr.«

»Na, dann – super! He, Mutti!«, ruft er durch einen aus den Händen geformten Trichter. »Du bist gefeuert!«

»Was?«, ruft Sandra zurück, die er in ihrem Redestrom unterbrochen hat.

»Nichts!«, antwortet Yasemin lachend und zieht seine Hände herunter. Sandra lächelt verständnislos, schüttelt milde den Kopf über Rasmus und redet weiter. Und trinkt. Und raucht. Und isst und trinkt und raucht.

»Wie alt ist sie?«, fragt Yasemin mit dem Gedanken an ihre eigene Mutter.

Rasmus macht große Augen. »Die genaue Rechnung sagt einundsechzig, doch das darfst du ihr nicht sagen! Sie hält sich für fünfunddreißig!«

»Sie wirkt ja auch viel jünger!«, meint Yasemin und sieht erneut Sekine vor sich, schwer und müde. Und sie ist erst achtundfünfzig.

»Sag ihr das! Und deine Schwiegermutter hat dich sofort ins Herz geschlossen!«

»Rasmus, sie ist nicht meine Schwiegermutter!«

»Komm schon, Yasemin, das wünschst du dir doch! Das sehe ich dir an«, zieht er sie auf und küsst sie auf die Wange. »Und das Gute daran ist, um sie zu bekommen, musst du mich auch nehmen! Komm! Jetzt gehen wir zu ihr und stellen dich *richtig* vor!«

Er zieht sie zu dem langen Tisch hinüber und schiebt ein paar Stühle heran, damit sie mit im Kreis sitzen können. Sandra führt noch immer das Wort, doch jetzt hat sie einen Opponenten bekommen, einen »Konkurrenten von der *Weekendavisen*« informiert Rasmus sie aus dem Mundwinkel. Sie diskutieren den Ring, laut und heftig. Der Kritiker ist total uneinig mit ihrem feministischen Zugang zu Wagners Hauptwerk. Doch Sandra fegt seine Einwände gegen »eine Vulgarisierung der mythischen Dimension, indem man sie in den banalen Alltag hinunterzieht und zu einem Emanzengesang über machtgierige Männer und für den Frieden eintretende Frauen macht«, vom Tisch und sucht Unterstützung ihrer Ansichten in dem Libretto, das sie auswendig zitieren kann. Auf Deutsch.

»Dies eine musst du erhören! Zerknicke dein Kind, das dein Knie umfasst; zertritt die Traute, zertrümmre die Maid; ihres Leibes Spur zerstöre dein Speer; doch gib, grausamer, nicht der grässlichsten

Schmach sie preis! Lieber Vater, gib bitte deine Tochter nicht preis! Das sagt sie doch, nicht?«

»Süße Sandra, du nimmst dem Werk doch die göttliche, tiefenpsychologische …«, beginnt der Kollege, ein Mann mit grauem Bart, der sich Crème fraîche aufs Polohemd gekleckert hat.

»Süßer Jes, entschuldige«, schneidet sie ihm das Wort ab. »Wenn Brünnhildes Bitte an Wotan nicht eine herzergreifende, grauenerweckende und doch völlig menschliche Szene zwischen einem dominierenden Vater und einer ihn anbetenden Tochter ist, die machtlos der brutalen patriarchalischen Gewaltanwendung gegenübersteht, dann weiß ich nicht, was das Erdenleben ist! Das passiert doch jeden Tag. Im ganzen *Ring* geht es doch um nichts anderes als um das ewige Dilemma zwischen Liebe und Macht, um das weibliche und das männliche Prinzip! Und wer sind die Visionäre in Walhalla? Wer die Destruktiven? Wer führt die Welt in die Ragnarök?«

»Ja, aber«, versucht sich der Opponent, wird aber hitzig unterbrochen.

»Wotan, mein Lieber! Genau wie im wirklichen Leben! Von Hitler über Saddam Hussein bis zu Osama bin Laden und George Bush und …«

»Gert Jacobsen!«, fällt Rasmus ein. »Der Darth Vader der dänischen Politik!«

»Wer ist Darth Vader?«, fragt Sandra, während die Leute um sie herum sich lachend das Wort aus dem Mund nehmen. »Muss man den kennen?«

Und jetzt reden sie über *Star Wars*, und jemand bringt *Voldemort* und *Harry Potter* ins Spiel, und obwohl Yasemin pikiert darüber ist, dass Rasmus Gert immer kritisieren muss, genießt sie es, hier zu sitzen und zuzuhören und mitzureden, wenn sie kann.

»Bist du okay?«, fragt Sandra plötzlich über den Tisch hinweg, und Yasemin nickt und sagt, dass es ihr ausgezeichnet geht.

Dann schenkt Sandra Wein in ein Wasserglas, das sie über den Tisch schiebt, füllt ihr eigenes Glas und hebt es hoch, um mit Yasemin anzustoßen.

»He, was passiert da?«, protestiert Rasmus, »wird man etwa außen vor gehalten?«

»Ja«, sagt Sandra und wirft ihm einen Luftkuss zu. »Das wird man! Dieses eine Mal!«

Kurz darauf wird zu dem offenbar traditionellen Gemeinschaftssingen um den Flügel aufgespielt, und sprudelnd vor Euphorie durch Wein und Gemeinschaft singt Yasemin fröhlich die dänischen Frühlings- und Sommerlieder mit und lässt Rasmus die Hände auf ihre Hüften legen, während sie zu ihrer Verwunderung feststellt, dass sie den ganzen Text des bekannten dänischen Sommerliedes *Dänemark, die helle Nacht jetzt schlummert* auswendig kennt.

Erst nach dieser Gesangssession, die mit dem vierhändigen Spiel von Rasmus und seiner Mutter abgeschlossen wird, zwingt sie sich, auf die Uhr zu sehen, in der Ahnung, dass sie aufbrechen muss und schon seit Langem zu Hause erwartet wird. Da ist es zehn vor sechs; sie gesteht sich noch eine Viertelstunde zu, doch als sie sich endlich aufraffen kann zu gehen, ist es bereits neun, und aus dem Brunch wird langsam eine ausgelassene Party.

»Schön, dich kennengelernt zu haben, Yasemin«, sagt Sandra und umarmt sie. »Jetzt verstehe ich, warum Rasmus immer von dir redet.«

»Ja, nicht?«, nickt Rasmus stolz, während Yasemin die Röte in die Wangen schießt. Ob sie rot wird, weil sie etwas für ihn empfindet oder weil dem nicht so ist, weiß sie nicht. Sie weiß nur, dass sie so ein Leben gern hätte. Frei, fröhlich, unkonventionell, intellektuell. Bücher, Musik, Gespräche – und Wein. Im eigenen Haus!

»Du musst einmal zum Abendessen kommen!«, fordert Sandra sie von der Tür her auf, als sie und Rasmus in dem kleinen Vorgarten mit den Blumentöpfen und den vielen Fahrrädern stehen. Yasemin lächelt und beeilt sich zu sagen, dass sie das supergern tun wird.

Rasmus bringt sie zum Bahnhof, ja sogar bis zum Gleis hinunter. Da sie ihn darum bittet, erzählt er ihr unterwegs die gesamte Handlung des *Rings*, den er sich als Sohn eines Opernfreaks mehr als einmal hat anhören müssen. »Vierzehn geschlagene Stunden! Wie gesagt, ich hatte eine harte Kindheit!« Und er darf ihre Hand halten und sie zum Abschied richtig küssen, nass und heiß, als ihr Zug angebraust kommt. Wenn es nach ihm ginge, wäre er mit in den Zug gestiegen und direkt mit ihr nach Hause zu ihrer Familie gefahren.

»Dann haben wir beides an einem Tag erledigt!«

»In your dreams!«, ruft sie lachend aus der Tür, bevor diese zugeht.

Nun, was meinst du?«, fragt Rasmus ganz außer Atem, als er zurück in der Wiedeveltsgade ist. »Zu Yasemin?«

»Entzückend«, antwortet Sandra und nimmt seine Hand. »Ein schönes, schönes Mädchen!«

»Aber?«

»Wotan. Der Vatergott! Ist sie stark genug, sich ihm zu widersetzen?«

»Ach, Mutter!«, stöhnt er. »Nicht wieder dieser feministische Opernscheiß!«

Am späten Sonntagabend sieht er sich gezwungen, mit jemandem zu reden. *Ruhig Blut* hilft nicht länger, wie er zugeben muss. Die Ohnmacht ergreift langsam Besitz von ihm, gefolgt von ihrem Vetter, der Panik. Und das gehört zum Schlimmsten, das er kennt. Die Kontrolle zu verlieren. Aber wen kann er anrufen? Welchem Freund auf dieser Welt kann er anvertrauen, dass Linda verschwunden ist? Ohne auf die näheren Umstände eingehen zu müssen? Der Naheliegendste ist Ole-Stig, doch als er die Vorwahl gedrückt hat, gibt er sein Vorhaben auf. Das Verhältnis zu seinem kleinen Bruder darf nicht belastet werden. Vielleicht hat er auch Angst davor, dass Ole-Stig sagt, was er selbst weit von sich weist. Dass er wie ihr Vater geworden ist.

Es bleibt nur eine Möglichkeit. Meyer. Was ebenso einleuchtend wie bizarr ist. Sie ist die Einzige, auf die er sich verlassen kann. Und was *Ruhig Blut* angeht, ist sie eine Meisterin. Er räuspert sich. Befeuchtet den Gaumen mit Cognac. Bereitet ein paar Sätze vor. Und ruft an.

»Ich komme sofort«, sagt sie kurz angebunden. »Und sprich um Himmels willen mit niemand anderem!«

Glaubt er, ich bin tot wie der Ziegenhirte in Afrika? Hofft er, dass die Hyänen alle Spuren vernichten? Glaubt er, dass ich mich wie eine Maus aus dem Haus geschleppt habe, die vergiftetes Korn gefressen hat und jetzt nach einem Ort zum Krepieren sucht? Macht er sich Sorgen? Bereut er? Bedauert er alles, was er mir angetan hat? Liegt er in Embryostellung wie ich, die ich mich auf einer schmalen Liege zusammenkauere und wie eine Närrin in meinem Schmerz bohre? Sollte ich ihn anrufen und beruhigen? Das schaffe ich nicht, ich schaffe es kaum, den Suppenlöffel zum Mund zu führen. Helle sagt, dass ich essen muss. Und trinken. Wasser. Ein Ast schlägt gegen das Kellerfenster. Der Wind frischt langsam auf. Die Blüten fallen von den Kirschbäumen. Sie geben mir nur zwei Paracetamol auf einmal. Ich liege da und lausche den Geräuschen des Hauses. Dem Knallen der Tür. Den Schreien der Kinder. Dem Lachen der

Frauen. Was er wohl heute Abend gegessen hat? Und was ist mit den Hemden, die ich nicht gebügelt habe? Es hängen noch drei im Schrank. Aber der Gefrierer ist leer. Meine Tür lässt sich nicht abschließen. Das macht mir Angst. Ich glaube nicht, dass ich schlafen kann. Was, wenn er mich holen kommt? Lärmend wie ein ganzer Schlägertrupp? Obwohl ich versuche, mich wach zu halten, schlafe ich immer wieder ein. Auch jetzt. Wie seltsam, zum Klang von Lachen einzudösen. Die hellen Nächte haben begonnen. Morgen ist der erste Pfingsttag. Da gibt es keine Zeitungen.

Gert«, sagt Meyer und sieht sich in dem ordentlichen Wohnzimmer um, als wolle sie den Vorfall rekonstruieren. »Was genau ist passiert?«

»Sie war betrunken, ist hysterisch geworden. Ich musste sie beruhigen. Du weißt, wie sie ist.«

Meyer seufzt resigniert. Sieht ihn durchdringend an.

»Du hast sie nicht geschlagen, oder?«

»Vielleicht habe ich sie etwas zu hart angefasst. Das tut mir leid, das war nicht meine Absicht.«

»Du hast sie also geschlagen?«

»Vielleicht habe ich ihr einen Klaps gegeben. Ja. Das habe ich wohl. Wie ich beschämt zugeben muss. Um der Hysterie Einhalt zu gebieten.«

»Hat sie geblutet?«

»Nein!«

»Hmm. Und dann?«

»Als sie sich wieder beruhigt hatte, habe ich ihr ins Bett geholfen. Anschließend bin ich hier eingeschlafen. Auf dem Sofa. Und als ich gegen acht wach geworden bin, war sie weg. Seitdem habe ich nichts mehr von ihr gehört. Ich mache mir furchtbare Sorgen um sie. Sie ist weder bei ihrer Mutter noch bei ihrer Schwägerin. Da bin ich auch gewesen. Ich habe Angst, dass sie irgendwo herumstreift …«

»Hat sie Papiere bei sich?«

»Nein, sie ist ohne ihre Tasche gegangen. Sie hat keine Papiere bei sich. Und Geld auch nicht. Oder ihr Handy.«

Meyer runzelt die Brauen. »Hast du überlegt, sie suchen zu lassen? Ihr kann immerhin etwas passiert sein.«

»Theoretisch gesehen, ja … aber die Polizei, das ist so dramatisch, weißt du. Dann bricht das Medieninferno los, nicht?«

»Hast du in den Krankenhäusern angerufen und nach ihr gefragt?«

»Nein, … nein, das habe ich nicht.«

Meyer, die sich inzwischen eine Zigarette angezündet hat, wendet Gert den Rücken zu und stellt sich ans Fenster.

»Was ist mit den Frauenhäusern? Könnte sie dorthin gegangen sein?«

»In ein Frauenhaus?«

»Du weißt schon, so eins für misshandelte Frauen«, sagt sie und dreht sich um.

»Nein! Was sollte sie da? Linda wird nicht *misshandelt*!«

»Hoffentlich nicht. Wenn doch, haben wir ein großes, großes Problem, Gert Jacobsen.«

»Ja, aber das wird sie nicht! Sie wird das möglicherweise behaupten, aber das wird sie nicht! Das ist absurd. Du glaubst doch nicht etwa, dass jemand ihr das abnimmt?«

Meyer zuckt mit den Schultern.

»Die Leute glauben alles. Davon leben die Boulevardzeitungen. Hat sie einen Geliebten?«

»Einen *Geliebten*? Nein, jetzt hör aber auf … Haha! Wer sollte das sein? Der Kaufmann? Der Postbote? Linda kennt doch niemanden. Sie ist doch nur zu Hause.«

»Ja. Das ist sie wohl. Gert, *wenn* sie in einem Frauenhaus ist, ist das ganz große Scheiße. *Besonders,* wenn es herauskommt. Wir können wirklich nur hoffen, dass sie so schnell wie möglich zurückkommt. Wenn sie zurückkommt, darfst du ihr natürlich nicht ein Haar krümmen. Egal, wie sie sich aufführt. Hast du das verstanden? Du kannst deine Hemden im Kaufhaus Illum waschen und bügeln lassen, das heißt, du müsstest überleben können, bis du sie zurückbekommst.«

»Meyer, jetzt hör mir mal zu!«

»Ist es möglich, dass sie plaudert? Sich an die Presse wendet? Dich anzeigt?«

»Meyer, jetzt reicht es. Weswegen sollte sie mich anzeigen?«

»Ich zeichne nur ein *Worst-Case-Szenario*. Könnte sie das?«

»Natürlich kann sie das nicht!«

»Denn ein sozialdemokratischer Parteivorsitzender kann seine Ehefrau nicht misshandeln. Das würde niemals toleriert. Auch nicht von mir.«

Sie haben feste Regeln für so etwas, also lässt Helle sich nichts vormachen, obwohl die ungeheuer beharrliche Frau am anderen Ende der Leitung mit allen Tricks arbeitet. Dass es lebenswichtig ist, dass sie im Namen eines »sehr nahe stehenden Familienmitglieds« anruft, das Bescheid wissen *muss*. Trotz des mündigen Tonfalls, der davon zeugt, dass die Frau gewohnt ist, ihren Willen zu bekommen, ist Helle unerbittlich. Nein, sie kann weder bestätigen noch entkräften, dass sie eine Klientin mit Namen Linda Lykke Jacobsen haben. Anschließend flucht sie vor sich hin. Etwas an der Stimme ist ihr bekannt vorgekommen. Wenn das nur keine Journalistin war. Auf diese Geschichte würden sie sich geifernd stürzen. Sie kann die Schlagzeilen nahezu vor sich sehen: *Spitzenpolitikergattin im Frauenhaus.* Aber wo haben sie das her? So schnell? Sie ist die Einzige, die weiß, dass Linda, die so fürchterlich zugerichtet zu ihnen gekommen ist, Gert Jacobsens Frau ist. Und Linda hat noch mit keiner der übrigen Bewohnerinnen gesprochen. Sie ist noch nicht bereit, aus ihrem Kellerversteck aufzutauchen. Das wird kommen. Man muss ihr nur Zeit lassen. Und Frieden und Ruhe. Vor allem vonseiten der Presse.

Wissen ist Macht, heißt es. Und kontroverses Wissen ist gleichbedeutend mit souveräner Macht. Doch obwohl das Wissen, in dessen Besitz Elizabeth Meyer jetzt ist, sich zu allem Möglichen nutzen ließe, von der Erpressung von Geld bis hin zu politischen Versprechungen, ist es doch ein Wissen, das sie lieber nicht hätte. Weil es ein unangenehmes und unbequemes Wissen ist, das wie Kaugummi unter einer Ledersohle klebt und das man nicht wieder loswird. Denn wie sehr eine Frau wie Linda Lykke Jacobsen auch zu Ohrfeigen einladen mag, gewalttätige Bestrafung lässt sich nicht rechtfertigen. Weder moralisch noch politisch.

Was also tun, wenn man nahezu zu hundert Prozent sicher ist, dass Gert Jacobsens Frau sich in einem Frauenhaus in Lyngby aufhält? Wenn herauskommt, dass Gert seine Frau misshandelt hat, wäre das nicht nur das Ende seiner Kandidatur und seiner zukünftigen Karriere; es wäre auch ein nicht wieder gutzumachender Schlag für die Partei. Geschwächt, wie sie zurzeit sind, könnte ein solcher Skandal sie in den Abgrund stürzen. Und, denkt sie und lässt ein Bein auf dem Badewannenrand ruhen, wäre eine atomisierte und demoralisierte Partei nicht gerade der ideale Ausgangspunkt, sollte sie sich ernsthafte Hoffnungen machen, als nächste EU-Kommissionsvorsitzende ins Rennen zu kommen? Das Terrain wird langsam sondiert, und ganz aussichtslos scheint es nicht zu sein, wie von Brüssel aus zu vernehmen ist. Erst recht nicht mit ein wenig Hilfe von den schwedischen Freunden und den alten Kollegen im Außenministerium.

Wenn sie ihr Blatt gut spielt, ist auch nicht auszuschließen, dass sie vom Staatsminister grünes Licht bekommt, mit dem sie persönlich auf gutem Fuß steht, und somit die äußerst notwendige Unterstützung seitens der Regierung erhält.

Elizabeth Meyer lässt einen elektrischen Ladyshaver über ihre wohlgeformten Beine gleiten. Sie liebt das glatte, haarlose Gefühl unter den Nylonstrümpfen. Anschließend cremt sie sich ausgiebig mit einer neuen Bodylotion von Chanel ein, die gierig von der Haut aufgesogen wird. Dass ihre Haut mit dem Alter trockener und schuppiger geworden ist, damit findet sie sich ab. Oder richtet sich zumindest damit ein. In so etwas ist sie beneidenswert gut. Sich mit den Verhältnissen *einzurichten*, die Lage zu peilen, umzusatteln, wenn die Situation es erfordert. Auf diese Weise vermeidet sie, gegen Windmühlen zu kämpfen, und kann stattdessen ihre Energie darauf verwenden, ihre Truppen umzugruppieren und ihre Strategie neu zu überdenken. Aus diesem Grund hat sie sich auch längst von der Fantasie verabschiedet, Dänemarks erste Staatsministerin zu werden. Der Zug ist endgültig abgefahren, und sie ist nicht so dumm, die Idee neu zu lancieren. Doch den Einfluss darauf, wer der neue Staatsminister wird, den will sie sich nicht nehmen lassen. Ihrer Meinung nach ist Charlotte noch immer die beste Kandidatin; vor allem wenn man ihr wie einer vielversprechenden Weinernte noch ein paar Jahre zum Reifen gibt. Sie jetzt mit dieser Aufgabe zu betrauen, wäre zu riskant. Nach der nächsten Wahl, vielleicht. Oder nach der übernächsten. Hat Gert die verloren, dürfte der Weg für sie frei sein. Gert Jacobsen ist für Meyer nur eine Übergangsfigur; eine Steinplatte, die den Zweck hat, Charlotte, wenn die Zeit reif ist, trockenen Fußes an Land gehen zu lassen. Doch nicht einmal die Rolle als Mittel zum Zweck könnte Gert erfüllen, wenn herauskommt, dass er seine Ehefrau misshandelt hat.

Meyer stellt sich vor den Spiegel, wirft sich den Kimono über und beginnt sich abzuschminken. Gibt Reinigungscreme auf einen Wattebausch und schließt die Augen, als sie die Wimpern mit der Creme einreibt. Klimpert erschrocken, als sie die Augen wieder öffnet und die zerlaufene Mascara sieht, die das Bild wieder auftauchen lässt. Das störende Bild einer Frau mit einem zerschmetterten Gesicht.

Kann er das wirklich getan haben? Hat er sich wieder vergessen? Oder ist die Frau eher hysterisch? Elizabeth Meyer glaubt Ersteres, auch wenn ihr Letzteres lieber wäre.

Steinchen ins Wasser zu werfen, ist eins der vielen Dinge, die Yasemin ihren Vater gelehrt hat. Sie tun das gewöhnlich, wenn sie unten am Ishøj-Strand Picknick machen, wo die Gemeinde Grillplätze und Tische und Bänke aufgestellt hat. Auch in diesem Jahr sind sie in einer großen Gruppe unterwegs; die ganze hier lebende Familie sowie weitere Verwandte und Freunde, von denen viele, wie sie selbst, aus demselben Dorf im südwestlichen Teil der zentralanatolischen Hochebene kommen. Während die jüngeren Männer sich um den Grill kümmern und die Frauen die Tische decken und das Zubehör arrangieren, haben Yasemin und ihr Vater sich immer davongestohlen, um einen Spaziergang am Wasser über den künstlich angelegten Sandstrand unterhalb des Kunstmuseums Arken zu machen. Auch dieses Jahr gelingt es ihr, ihn mitzulocken, und auf ihre Aufforderung hin wirft er auch ein paar Steine ins Wasser. Doch die Versuche sind halbherzig, und er lacht nicht, auch nicht, als sie in ihrem Eifer nasse Füße bekommt.

»Stimmt etwas nicht?«, fragt sie und schiebt ihre Hand unter seinen Arm.

Er fertigt sie mit einem mürrischen Schulterzucken ab. Was sollte nicht stimmen?

Yasemin atmet ein. Folgt mit den Augen dem Sturzflug einer Möwe. Schüttelt sich in ihrer Jeansjacke. Es ist kühl; nicht gerade das mildeste Pfingstwetter. Die Stimmung ihres Vaters ist auch nicht gerade sommerlich, und eigentlich ist das nicht der beste Zeitpunkt, um zu sagen, was sie sagen will. Doch wann hat sie ihn sonst einmal für sich allein? Außerdem hat sie das Gefühl, dass er sich sowieso über sie Gedanken macht. Sie hat gespürt, dass sie über sie gesprochen haben, als sie gestern Abend nach der Party bei Rasmus' Mutter gut gelaunt nach Hause gekommen ist. Niemand hat etwas gesagt, doch die Stimmung in der Wohnung war angespannt, und ihr Versuch, durch einen amüsanten Bericht über ihre Expedition zur Lokalbevölkerung Munterkeit zu verbreiten, fiel nicht gerade auf fruchtbaren Boden. »Vater«, sagt sie, als sie weiterspazieren. »Da ist etwas, worüber ich gern mit dir reden möchte.«

»Hmm«, brummt er ausweichend.

»Ich glaube nicht, dass Mutter das verstehen wird …«

»Verschone deine Mutter!«, sagt er schlecht gelaunt und blickt unnahbar vor sich hin.

»Deshalb spreche ich ja auch mit dir«, lächelt sie. »Du hast mich immer verstanden, nicht? Du hast mich immer unterstützt … mir vertraut, nicht?«

»Ich habe dir immer vertraut, Yasemin. Was willst du mir sagen?«

Sie macht sich den Augenblick zunutze, bleibt stehen und zieht ihn wie ein Kind beharrlich am Jackenärmel.

»Ich muss von zu Hause ausziehen. Nach den Sommerferien. Ich möchte allein wohnen. Und ich kann im Sommer nicht mit in die Türkei kommen. Ich werde zu Hause bleiben und arbeiten und lernen. Ich muss anfangen, meine Diplomarbeit vorzubereiten, und ...«

Die senkrechte Stirnfalte des Vaters vertieft sich.

»Verschweigst du mir etwas, Yasemin? Hast du einen dänischen Freund?«

Ihr Lachen ist wie das Trillern eines entkommenen Vogels.

»Nein! Hast du das geglaubt? Denkst du an Rasmus? Er ist nur ein Kollege! Du weißt schon, wie ein lustiger Klassenkamerad. So einer, mit dem man Spiele oder Fußball spielt.«

Der Vater lächelt griesgrämig. Er kann ihr nicht widerstehen, das hat er noch nie gekonnt. Ein Mädchen, das Fußball spielt. Und Steine wirft. Doch das Lächeln wird kaum ein Lächeln, bevor es sich wie Schaum an der Uferlinie auflöst.

»Yasemin, du kannst nicht einfach selbst bestimmen. Du kannst nicht einfach tun, was dir passt. Du musst Rücksicht nehmen.«

»Das tue ich doch. Dreiundzwanzig Jahre lang habe ich nichts anderes getan, als Rücksicht zu nehmen!«, fährt sie auf, bereut es jedoch sofort.

»Entschuldige, Vater! Ich verstehe nur nicht ... Hast du mich nicht immer zur Selbstständigkeit erzogen, mich gelehrt, dass ich eine Ausbildung machen soll, mich ermuntert, mich zu integrieren ... *dänisch* zu werden?

»Ja, aber die Zeiten haben sich geändert, mein Mädchen«, nickt er trocken. »Ich bin zu gutgläubig gewesen, befürchte ich. Ich hätte besser auf dich achtgeben sollen.«

»Ja, aber Vater«, sagt sie beharrlich, indem ihr Vater sich umdreht, um zur Gesellschaft zurückzugehen. »Du *hast* auf mich achtgegeben. Du hast genau das Richtige getan. Ich bin so stolz auf dich. Denk nur, ich wäre Melika!«

»Psst!«, bringt er sie streng zum Schweigen, geht in die Hocke und breitet die Arme für sein Enkelkind aus, das jetzt über die

Dünen gestürmt kommt. »Wir freuen uns auf die Hochzeit. Das solltest du auch tun. Und sag nichts zu deiner Mutter. Sie macht sich ohnehin genug Sorgen.«

»Ja, aber Vater!«, versucht sie es noch einmal. »Ich meine, was ich sage. Ich werde von zu Hause ausziehen!«

»Und ich meine auch, was ich sage. Vergiss es, Yasemin. Vergiss es! Um deinetwillen«, sagt er und schwingt sein Enkelkind im Kreis.

Stephanie sollte eigentlich in der Schule sein. Stattdessen bricht sie gerade in das Haus ihrer Tante ein, was sehr viel spannender ist. Denn sie ist auf einer Mission im Dienst einer höheren Sache. Sie wird Linda helfen, und auch wenn das keine lebensgefährliche *Charlie's-Angels*-Aktion ist, der sie da nachgeht, fühlt sie sich doch ein bisschen wie Lucy Liu, als sie sich mit dem Schlüssel aus dem Blumentopf vor der Terrassentür ins Haus schleicht und anschließend den Alarm ausschaltet, indem sie den Code eingibt, den sie sich auf dem Handrücken notiert hat.

Diszipliniert tut sie, was ihr aufgetragen wurde. Geht auf direktem Weg ins Schlafzimmer, zieht die Unterwäscheschublade heraus und greift nach der Plastiktüte, die Linda ihr beschrieben hat und die ganz hinten zwischen ein paar Unterhemden steckt. Anschließend nimmt sie drei Sets Unterwäsche, ein Nachthemd, Strümpfe und Socken und legt alles sorgfältig in die große Louis-Vuitton-Wochenendtasche, die sie, wie angegeben, im Schrank gefunden hat. Dann packt sie noch ein paar Blusen, Jeans, eine Jacke, eine Hose, einige Röcke und ein Kleid ein. Unter den Schuhen wählt sie ein paar flache Schuhe mit Gummisohlen und ein paar hochhackige Sandalen aus. Sie denkt auch an den Morgenrock und die Pantoffeln. Und an einen helllila Paschminaschal, den Linda an kühlen Abenden um die Schultern legen kann. Obwohl das nicht abgesprochen war, schnappt sie sich auch die Schmuckschatulle, die sie aufmacht und entzückt betrachtet, bevor sie sie in die Tasche steckt. Vom Schlafzimmer geht sie weiter ins Badezimmer und leert die Regale mit Körperpflegeprodukten. Sie gerät stark in Versuchung, das Gucci für sich beiseitezunehmen, begnügt sich aber mit ein paar Spritzern auf den Hals und packt alles brav in die Tasche. Einer plötzlichen Eingebung folgend zieht sie auch den Fön aus der Steckdose und nimmt ihn mit. Darüber wird Linda sich freuen. Sie hat immer so schöne Haare.

Dann kommt der nervenaufreibendste Teil der Aufgabe; sie muss Lindas Portemonnaie und ihr Handy finden. Denn genau wie Linda vorausgesagt hat, hängt ihre Handtasche leer an einem Haken an der Garderobe. Linda hat gemeint, dass er ihre Geldbörse und das Telefon wahrscheinlich in der obersten Schublade seines Schreibtischs eingeschlossen hat. Den Schlüssel trägt er in der Regel bei sich, deshalb muss sie die Schublade aufbrechen. Spielte Stefanie wirklich in einem Actionfilm mit, würde der Soundtrack von dem Moment an, indem sie über die Türschwelle des Arbeitszimmers ihres Onkels tritt, ankündigen, dass jetzt Gefahr im Verzug ist. Wäre sie Lucy Liu, hätte sie, bevor sie die Tür auftritt, ihre Pistole entsichert und hielte sie mit ausgestreckten Armen vor sich, beide Hände um den Schaft geschlossen und den Zeigefinger der rechten Hand um den Abzug gekrümmt. Stephanies Herz schlagt auch hart im Rhythmus einer Trommel, da sie sich in die Fantasie hineinsteigert, dass sich dort drinnen ein Gegner verstecken kann. Er kann auf der Lauer liegen, auf sie warten und sie in einem schnellen Überraschungsangriff überwältigen.

Enttäuschenderweise ist es trotz der Geweihe an der Wand und dem Zebrafell auf dem Boden und der ganzen Aura aus edlen Holzsorten und männlicher Autorität äußerst friedlich in dem leeren Büro mit dem aufgeräumten Schreibtisch. Und obwohl sie versucht, den Adrenalinkick mit der Vorstellung aufrechtzuerhalten, in der Diele ein Knacken und draußen eine Autotür schlagen zu hören, ist es *superleicht*, die Schublade aufzubrechen. Sie macht nur, was ihr Vater sie gelehrt hat; gebraucht das Taschenmesser, das sie immer bei sich trägt, und nachdem sie ein wenig an dem Schloss gedreht hat, ist der Sperrhaken zur Seite geschoben, und die Schublade lässt sich herausziehen. Yes!, da ist die Brieftasche mit EC-Karte, Versicherungskarte, Führerschein und Ausleihkarte der Bibliothek. Das Handy mit Sim-Karte liegt auch da, es ist sogar noch geladen. Was ist er doch blöde, der Idiot! Stephanie lacht verächtlich und wühlt weiter in der Schublade herum. Vor allem aus Neugier. Sie weiß so wenig über diesen ihr fremden Onkel, der ansonsten so bekannt ist. *Berühmt!* Sorgfältig zusammengebunden liegen dort ein Stapel Dollarscheine und ein paar Euro. Es gibt auch eine Art Tagebuch, in dem sie auf gut Glück blättert. Mehr Interesse wecken einige Fotografien, aus Afrika, wie sie glaubt. Vor allem eine, auf der ein großer Junge mit einem Fuß auf einem Löwen und einem Jagdgewehr über der Schulter steht. Doch sein Gesichtsausdruck ist eher traurig als triumphierend. Ein anderes Bild zeigt denselben Jungen, nur kleiner, auf dem Schoß seiner Mutter sitzend. Er erzählt ihr etwas, und sie lächelt ihn liebevoll an. Ein drittes Foto zeigt den weißen Jungen in einem Klassenzimmer voller schwarzer Kinder. Und das vierte Foto ist ein Farbfoto von Linda, die als busenfreie Badenixe in einem türkisblauen Meer steht und lacht, während sie in Richtung des Fotografen mit Wasser spritzt. Kreta, Sommer 1974, steht hinten auf dem Bild. Das letzte Teil in der Schublade ist ein kleiner angelaufener silberner Tauflöffel, auf dem der Name Gert eingraviert ist.

Stephanie ist ein abgebrühtes Mädchen. Zu abgebrüht. So eins, vor dem andere Mädchen Angst haben. Aus gutem Grund, denn es kann ihr einfallen, auf einem Fest auf ein ausgegucktes Opfer loszugehen oder auf irgendeine *bitch*, die *tough* tut und nicht ohne Weiteres ihr Handy abliefert, wenn ihr das befohlen wird. Doch genau wie alle anderen abgebrühten Mädchen hat Stephanie ein Herz. Ein Herz, das völlig unerwartet weich wird angesichts des Inhalts von Gerts verschlossener Schublade.

Sie beißt sich auf die Lippe, will nicht um ihn weinen, knallt die Schublade zu und greift nach der Tasche, um wie immer Hals über Kopf vor dem Schmerz zu flüchten. Schnell verlässt sie das Haus und sieht sich noch nicht einmal um, bevor sie die Sprayflasche aus der Innentasche holt und schwarz *SCHWEIN!* quer über die kittgraue Eingangstür sprüht.

Er fühlt sich wie ein Ehebrecher und Hacker, als er am Abend des zweiten Pfingsttags unter einem mageren Vorwand in die Redaktion fährt, um sich in Scanpix' digitales Fotoarchiv einzuloggen. Es gibt nicht viele Bilder von ihr, und wenn sie denn einmal auf einem zu sehen ist, dann bei offiziellen Anlässen als Frau des *Finanzministers Gert Jacobsen*. Sie hängt an seinem Arm auf der Hochzeit von Prinz Joachim und Prinzessin Alexandra, begleitet ihn zur Eröffnung der Brücke über den Großen Belt und zu Königin Ingrids Begräbnis. Im Gegensatz zu ihrem etwas steifen Gemahl ist sie fotogen; trotzdem sieht man auf den ausgewählten Fotos, dass sie bemüht ist, ihm nicht zu viel des Rampenlichts zu stehlen. Doch dann ist da plötzlich ein ganzer Streifen, eine Fotoserie, wo ein Fotograf trotzdem Glück gehabt hat. Er ist von dem Besuch Bill Clintons, 1997. Der Präsident begrüßt zeremoniell das Paar vor dem Mittagessen in Fredensborg. Linda Lykke Jacobsen war nur eine in einer langen Reihe begleitender Ehepartner, doch wie der Fotograf das eingefangen hat, wird deutlich, dass der Präsident sich ein wenig zu ihr vorbeugt und mit der linken Hand auf ihrem Oberarm und der rechten um ihre Hand etwas sagt, das über das Protokoll hinausgeht. Er sieht sie flirtend an, genießerisch lustvoll, als hätte er sie bereits ausgezogen.

»Alter Charmeur«, murmelt Mikael Rud mit einem Lächeln. »Du kannst es einfach nicht lassen, was!«

Und Linda, vier Jahre jünger und noch nicht aus den Nähten geplatzt, schnurrt mit schräg gelegtem Kopf, während ihr zwei Schritte entfernt stehender Mann zum Hahnrei gemacht wird.

Mikael Rud greift nach ihrem glitzernden Similiohrring, der auf dem Schreibtisch vor ihm liegt. Er wagt nicht, ihn mit nach Hause zu nehmen. Marlene hat sich bereits beklagt, dass er seit dem Fest so »seltsam« und »abwesend« ist. Er hat es aufgegeben, ihr das zu erklären. Dass sie Eindruck auf ihn gemacht hat, Linda Lykke Jacobsen. Weil er in diesem Fall Schwierigkeiten hat, das Persönliche von dem Beruflichen zu trennen.

Morgen wird er die Fototaschen aus der Zeit vor der Digitalisierung bestellen. Er kann sich gut vorstellen, ein paar Bilder aus ihrer Jugend anzusehen. Sie muss ein *babe* gewesen sein. Eine Sexbombe, wie es damals so schön hieß.

Yasemin!«, ruft Gert Jacobsen ins Vorzimmer, als er sie zwitschernd kommen hört.

»Ja?«, lächelt sie und steckt den Kopf zu ihm herein. »Guten Morgen!«

Er macht ihr ein Zeichen, die Tür zu schließen und winkt sie mit einem verschworenen Lächeln zu sich. Sie nähert sich gespannt wie ein kleines Mädchen, das glaubt, es dürfte sich ein Kätzchen ansehen. Nur ist das keine grau gestreifte Miezekatze. Stattdessen gibt er ihr eine Tüte mit schmutzigen Hemden und bittet sie, sie zum Waschen und Bügeln ins Kaufhaus Illum zu bringen.

»Ja?«, sagt sie verwirrt, denn es ist noch nie passiert, dass Gert Jacobsens Frau ausgefallen ist. Ganz im Gegenteil ist Gert Jacobsen wohl der Mann in der Burg, der die am besten gebügelten Hemden trägt.

»Linda hat Grippe«, sagt er, »und Bügeln ist nicht gerade meine Stärke«, fügt er entwaffnend hinzu. »Hatten Sie schöne Pfingsten?«

Die Nachbarn sind verärgert. Das geht zu weit. In was für einer Zeit leben wir eigentlich, in der Politiker in ihren Heimen belästigt werden dürfen? Was kommt als Nächstes? Bombendrohungen? Versuchte Attentate? Wer kann das getan haben? Neonazis? Einwandererflegel? Terroristen? Und warum? Was hat Gert Jacobsen gesagt oder getan, das andere dazu veranlasst, SCHWEIN! auf seine Eingangstür zu sprühen?

Nein, das weiß er auch nicht, sagt er, als die Leute indigniert ihren Senf dazugeben, während das Team von *Graffitibuster* die Haustür im C. F. Richsvej säubert. Nicht gerade ein Viertel, in dem sie viele Kunden haben. Andererseits kann heute überall alles geschehen. Stimmt das etwa nicht?

Ja, das ist vollkommen richtig, Dänemark ist nicht mehr das, was es einmal war. Das kleine Paradies hat seine Unschuld verloren, gibt er zu, während er vor Wut darüber kocht, dass Linda ihm das angetan hat. Und ihm vor Entsetzen ganz schwindelig wird, was ihr noch alles einfallen kann.

Stephanie ist ein Schatz. Aber es war einfacher, bevor ich die Tasche hatte. Es war einfacher, in den Sachen anderer ein Niemand zu sein. Staaten-, geschichts- und identitätslos, abgekoppelt von der Welt und somit außer Reichweite. Ich gestatte mir noch einen Tag und eine Nacht in diesem Transitstadium, bevor ich mich zusammennehme und die Tasche aufmache und mich mit mir und meiner Identität konfrontiere. Letztere brauche ich, *um weiterzukommen*, wie die Mitarbeiter so schön sagen. Und was ist, wenn ich nicht weiterkommen will? Was ist, wenn ich mich einfach hier in diesem alten Mädchenheim verkriechen und grau und zottig werden und mit dem Jogginganzug zusammenwachsen will, in dem ich mich so sicher fühle? Sie drängen mich nicht, aber mir ist schon klar, dass das hier nur eine Zwischenstation ist. Ein Pitstop, wo Ölwechsel und Abschmieren vorgenommen werden, bevor sie einen wieder ins Rennen schicken. Jetzt habe ich glücklicherweise Geld, um eine Weile zu bleiben. Kann mir Zigaretten und Essen und Kaffee und Alkohol leisten, wenn ich welchen trinken dürfte. Die Gehirnerschütterung und die Kopfschmerzen haben mir durch die erste Abstinenz geholfen, die Entgiftung ist im Gang, und ich bin durch die schlimmsten Tage hindurch. Meine Hände zittern nicht mehr so sehr, die Übelkeit nimmt auch langsam ab.

Helle will, dass ich zum Arzt gehe, sowohl um untersucht zu werden als auch um Antabus verschrieben zu bekommen. Ich müsste verärgert sein, so einfach als Alkoholikerin rubriziert zu werden, aber wozu sollte das gut sein? Die Frau hat schließlich recht. Wenn ich das zugebe, *mein Problem erkenne*, habe ich dann den ersten Schritt *nach vorn* getan? Und wenn ich einwillige, zum Arzt zu gehen und die verdammten Antabus zu schlucken, bekomme ich dann noch einen Punkt? Ich möchte gern von Helle gelobt werden. Ich möchte gern von wem auch immer gelobt werden, aber besonders von ihr. An sie schließe ich mich an. An ihr klebe ich, und auf sie warte ich. Ihren Stundenplan kenne ich auswendig. Weil sie die Einzige ist, der ich meine Geschichte erzählt habe. Sie ist die Einzige, die *es* weiß. Und weil ich einen Lebensretter brauche, wenn ich *weiterkommen* will, ohne unterzugehen. Deshalb werde ich mit Helle zum Arzt gehen. Ich werde auch Antabus nehmen und aufhören zu trinken. Ich werde sogar in der Küche Essen machen. Ich werde mit den anderen reden. Ich werde mich in den Putzplan eintragen und zum Themenabend erscheinen. Ich bin sogar bereit, mit der Psychologin zu sprechen. Aber ich werde nicht einwilligen, ihn anzuzeigen. Obwohl auf meiner Mailbox eine Million wütender Mitteilungen sind, als ich endlich das Handy einschalte. Er droht mir mit Teufel und Fegefeuer, wenn ich nicht sofort nach Hause komme. Er ist sehr, sehr wütend, dass ich eingebrochen bin. Aber er ist außer sich vor Wut, dass ich *SCHWEIN!* auf seine Tür geschrieben habe. Man stelle sich einmal vor, dass ich das getan habe! Wie mutig! Ich wünschte, er hätte recht mit seiner Annahme. Hätte ich das gewagt, säße ich hier nicht zitternd. Stattdessen hätte ich auf die SMS von Bjarne reagiert. *»Wenn dein Vater Ja sagt, gehst du dann mit mir in den Wald«*, schreibt er, und ich wünschte, ich könnte den alten Kim-Larsen-Song mitgrölen und antworten, *»... und deine Mutter sagt Ja, Ja, und die Vögel singen«*, und daran glauben, dass Bjarne mir meine Träume erfüllt.

Dass Dänemarks königliches Wochenblatt, das *Billed-Bladet*, ein rotes Paillettenteil zum »Kleid der Woche« kürt, erschüttert vielleicht nicht die Nation. Trotzdem ist es eine Nachricht, der mindestens ein paar Hunderttausend Dänen Aufmerksamkeit schenken, einige mehr als andere.

Im Wartezimmer des Zahnarztes erregt das Kleid die Aufmerksamkeit Per Vittrups, obwohl er vor allem nach Bildern von sich sucht. Im Kiosk ihres Onkels verweilt Yasemin ungewöhnlich lange darüber – sieht sie so aus, Gerts Frau? In einer Wohnung am Mozart Plads streicht eine ausgemergelte Frau in einem Krankenhausbett mit ihren gelblichen Fingern über das Papier, um zu der verlorenen Tochter Kontakt aufzunehmen. In einer Zeitungsredaktion in der Pilestræde lässt sie einen strebsamen Reporter erneut in Gedanken versinken. Und in einem Frauenhaus in Lyngby versammeln sich alle über der gekauften Zeitschrift, denn das ist doch die Neue, Linda, die da auf dem Bild zu sehen ist! Ach, du meine Fresse, Mann!

Sie wissen, wer ich bin. »Das Kleid der Woche«, das jetzt wie ein zerrissener Fetzen in meiner Zelle hängt. Ich kann auch die goldenen Schuhe vorzeigen. Ich hatte geglaubt, mich über die Enthüllung zu schämen. Aber erstaunlicherweise bin ich vor allem erleichtert. Ja, zum Teufel, ich bin das. Die Frau eines mächtigen Mannes. Ich habe Schiffbruch erlitten, genau wie ihr. Ja, danke, ich esse gern mit. Ja, es ist mehr als einmal passiert. So etwas passiert auch in der besseren Gesellschaft. Da verbergen wir es nur besser. Nein, ich habe nicht vor, ihn anzuzeigen. Ich mache den Abwasch.

Wie geht es?«, fragt Meyer, als sie zusammen im Paternoster stehen.

»Gut!«, antwortet er in voller Übereinstimmung mit der Wahrheit. Er befindet sich nicht am Rand eines Zusammenbruchs, falls es das ist, worauf sie anspielt. Sicher, es ärgert ihn grenzenlos, fünfundzwanzig Kronen für ein gewaschenes Hemd ausgeben zu müssen, und die Schlangen im Supermarkt sind eine Pest. Er vermisst eine Haushälterin. Linda hingegen fehlt ihm überhaupt nicht. Ehrlich gesagt, ist es eine Erleichterung, sie los zu sein; jetzt fühlt er sich wieder frei in seinem eigenen Haus; sein Blutdruck steigt nicht schon dadurch, über die Türschwelle zu treten und ihre vorwurfsvolle Gegenwart zu spüren, und er muss sich nicht mehr vergessen. Der einzige Nachteil an ihrem Verschwinden ist der, dass sie nicht tot ist. Wäre sie das, könnte er sich einrichten. Er bekäme mit Leichtigkeit die logistischen Probleme gelöst, könnte die Vergangenheit von sich abschütteln und mit der Zeit eine neue Beziehung eingehen. Er könnte sich neu erfinden, noch einmal neu anfangen, das Haus verkaufen und vielleicht in eine der neuen Wohnungen auf Holmen ziehen. Seine Partnerin wäre jung und dynamisch, gern mit akademischem Hintergrund und einer Karriere im Staatsdienst. Hätte sie den Wunsch, Kinder in die Welt zu setzen, wäre er nicht abgeneigt. Solange sie akzeptieren würde, dass sein politisches Wirken als Parteivorsitzender oder Staatsminister nicht viel Zeit für Windelwechsel und Spaziergänge mit dem Kinderwagen lässt. Wäre Yasemin nur fünf bis acht Jahre älter und hätte sie nicht einen so inakzeptablen Hintergrund, wäre sie eine äußerst attraktive Möglichkeit. Vorläufig spukt jedenfalls sie in seinen Gedanken herum, wenn er zur neuen Zukunft vorspult, die auf ihn wartet. Jenseits von Linda. Die weder tot noch in der Nähe ist, sodass er seinen Gefühlen über das Unrecht, das sie ihm antut, freien Lauf lassen kann.

Schließlich ist er zu dem gleichen Schluss gekommen wie Meyer; wahrscheinlich hat sie irgendein Frauenhaus aufgesucht, wo sie sich selbst bemitleiden kann. Medientechnisch betrachtet, ist es natürlich nicht gerade wünschenswert, dass seine Frau sich an einem solchen Ort aufhält. Deshalb muss sie auch nach Hause kommen. Aber eigentlich fürchtet er nicht länger, dass sie ihm schaden könnte. Das wird sie einfach nicht wagen. Erst recht nicht, nachdem er ihr auf der Mailbox so nachdrücklich gedroht hat, den Mund zu halten, unter anderem mit den Finanzen. Obwohl sie dumm ist, wird sie nicht so dumm sein, den Ast abzusägen, auf dem sie sitzt. Deshalb wird sie schon noch angekrochen kommen. Doch wenn die Wahl zum Vorsitzenden überstanden ist, wird er sie verdammt noch mal vor die Tür setzen.

Die Schlösser hat er bereits auswechseln lassen. Und die Alarmanlage umgestellt. Nur um ein Zeichen zu setzen. Er findet sich nicht so einfach damit ab, verlassen zu werden. Auf diese Weise.

Seit dem Sinnenschock, dem die neuntausend Geschmacksknospen in Rasmus' Mund ausgesetzt waren, als Yasemins süße Zungenspitze sie berührt hat, ist er von einer zielgerichteten Entschlossenheit ergriffen. Er will sie wieder küssen. Und wieder und wieder und wieder! Millionen von Küssen will er mit ihr austauschen, Millionen von Tagen will er mit ihr zusammenleben, Millionen von Morgen will er an ihrer Seite aufwachen und sehen, wie ihr Haar sich auf dem Kopfkissen ausbreitet.

Seit Pfingsten hat er ernsthaft über die Konstellation Yasemin & Rasmus nachgedacht, die wohlgemeinte Warnung seiner Mutter von allen Seiten betrachtet und seine Gefühle kritisch unter die Lupe genommen. Er hat sich sogar vor seinen filmversessenen *homies*, Rune und Toke, eine Blöße gegeben, die sich dieses eine Mal zusammengenommen haben und über eine Stunde ernst geblieben sind. Fast ohne Tarantino und Jarmusch anzuführen. *Romeo und Julia* wurden allerdings erwähnt und die *West Side Story*, denn die beiden waren der gleichen Meinung wie seine Mutter, dass die Konstellation aus einem dänischen, atheistischen Jungen aus dem kulturradikalen Østerbro und einem türkisch-kurdischen, muslimischen Mädchen aus Ishøj mit *Looking for trouble, kid?* gleichzusetzen ist. Den ganzen Bekanntenkreis sind sie durchgegangen, und das einzige Beispiel für ein gemischtes Paar, das sie finden konnten, war der Loser, denn die Geschichte hat unglücklich geendet. Das Mädchen ist aus der Dreizehn genommen und zu Erziehungsmaßnahmen zurück nach Pakistan geschickt worden, während die sieben bis acht Brüder des Mädchens dem Typen auf unmissverständliche Weise klargemacht haben, dass er sich von ihr fernzuhalten hat. Und warum tut Rasmus das nicht auch? Es muss doch ein ganz gewöhnliches dänisches Mädchen geben, das er mit seiner Liebe überschütten kann! Mädchen sind ohnehin schon schwierig; die Paarbeziehung ist der Beweis dafür, dass Gott, wenn es ihn denn gibt, ein sadistischer Spielverderber sein muss, warum dann *double trouble*? Die Antwort, die aus Rasmus' Mund kam, ließ beide verlegen kichern und noch mehr Bier bestellen, denn obwohl sie jung und emanzipiert sind und beide schon über verlorene Lieben geweint haben und nächtelang über die fließenden Geschlechterrollen und die männliche Sexualität diskutieren können, ist es für sie immer noch ungewohnt, auf diese Weise über Gefühle zu reden. Mit anderen Typen jedenfalls. Denn was konnten sie dem schon hinzufügen, als Rasmus ohne den geringsten Ansatz von Ironie einfach antwortete, dass er Yasemin haben will, weil er sie liebt. Selbst wenn er dafür konvertieren muss!

Als er das ausgesprochen hatte und durch den Schleier der Verlegenheit ihren Neid sah, so eine Leidenschaft zu erleben, wie sie sie nur aus *Casablanca* und den anderen grandiosen Filmklassikern kennen, hörten seine Qualen auf. Es war fast ein religiöser Augenblick der Erkenntnis, als er einsah, dass man Liebe nicht diskutieren kann; man kann sie nur annehmen. Wie ein Geschenk. Ein Geschenk, für das er Yasemin die Augen öffnen will. Weil er weiß, dass sie füreinander bestimmt sind. Trotz der ethnischen, kulturellen und religiösen Unterschiede. Sonst wäre der Kuss auf dem Nørreport Bahnhof nicht so elektrisierend gewesen; das war ein *Meant-to-be*-Kuss, der auch sie erschüttert haben muss. Dass sie noch immer die unschuldig Unwissende spielt und sich nicht direkt nach Pfingsten in seine Arme geworfen hat, ist nur ein weiterer Ansporn. Jedenfalls zunächst einmal. Unverdrossen macht er ihr weiter den Hof und hält sich an seinen neuen Plan. Statt immer wieder wie ein Kastenteufel aufzutauchen und ihr auf die Nerven zu gehen, macht er ihr viele kleine Geschenke als Symbol für das große Liebespaket, das sie bald zusammen öffnen werden. Die Gaben legt er für sie in das Postfach unten in der Wandelhalle oder schummelt sie in ihre Tasche, wenn sie mit den anderen studentischen Hilfskräften zu Mittag essen oder an denselben Besprechungen teilnehmen. Manchmal hat er eine Karte beigelegt, manchmal spricht das Geschenk seine eigene deutliche Sprache. Als Erstes schenkt er ihr eine CD mit Pierre Boulez' Einspielung von *Die Walküre* mit einem Gruß von der »Schwiegermutter«. Am Tag darauf ist es eine Postkarte mit Gustav Klimts *Der Kuss* und einem erotischen Zitat aus dem Hohen Lied, am dritten ein Schokoladenherz von Peter Beier und am vierten ein interessanter Artikel in englischer Sprache über Jürgen Habermas' These zum »Verfassungspatriotismus«, die sie so interessiert.

Offenbar freut sie sich über alles, obwohl das Lächeln ein wenig verkrampft ist, als sie sagt, dass er nicht glauben soll, dass sie auf so billige Tricks hereinfällt. Er antwortet keck, dass alle Mädchen das tun; ein Forscherteam der Harvard University hat das sogar wissenschaftlich bewiesen! Zumindest lässt sie das nachsichtig lächeln, was seine Hoffnung erneut nährt. Im Rausch seiner Verliebtheit hatte er sich vorgestellt, dass sie ihm um den Hals fallen würde, wenn sie sich nach Pfingsten sehen. Dass nach diesem herrlichen Pfingstfest, auf dem sie ein Paar gespielt haben und er so nahe neben ihr sitzen durfte, dass er ihren Herzschlag spüren konnte, alles anders sein würde. Stattdessen scheint sich ihre Zurückhaltung trotz seiner Beharrlichkeit zum Abweisenden hin zu verstärken. Das macht ihn unruhig wie einen Fußballtrainer, der mitten im Kampf die Taktik ändern muss. Wie jetzt an diesem Freitagnachmittag, als er sie mit nach Nyhavn locken will, um in der Sonne am Kai ein Bier zu trinken.

»Ich trinke kein Bier«, sagt sie abweisend und hält die frisch gebügelten Hemden fest, die sie drüben bei Illum abgeholt hat. Totaler Missbrauch einer studentischen Hilfskraft, sie mit solchen Dienstmädchen-Aufgaben zu betrauen. Der Mann kann schließlich seine Hemden selbst abholen! Er hat auch mit Charlotte gesprochen. Sie hat gelacht und ihn hinuntergeschickt, um das *Billed-Bladet* zu holen.

»Dann eben einen Wein am Kai!«, quält er.

»Ich muss arbeiten! Wir haben noch *massenhaft* zu tun, bevor das Parlament in die Ferien geht!«

»Gut, aber was ist mit heute Abend?«

»Da muss ich nach Hause.«

»Darf ich mitkommen? Ich möchte supergern deine Familie kennenlernen!«

»Rasmus«, sagt sie und seufzt verärgert. »Vergiss es! Lass uns Freunde sein, okay?«

»Das ist nicht wegen ihm, dem Narrenarsch, oder? Da läuft nichts zwischen euch, oder? Jetzt, wo seine Frau ›Grippe‹ hat?«

Sie verdreht die Augen und schnalzt mit der Zunge.

»Und wenn es so wäre, Rasmus, ginge es dich nichts an!«

Mit dieser Ohrfeige kann er leben. Aber er geht in die Knie, als er sieht, wie rot ihre Wangen werden, als sie seinem Rivalen, der gerade auf sie zukommt, lächelnd das Gesicht zuwendet.

Dann findet er das Gleichgewicht wieder; erinnert sich, dass die Liebe alles erduldet, alles aushält.

»Yasemin«, ruft er ihr hinterher, als sie ihrem Chef entgegengeht. »Ich tue alles für dich. Glaub mir, das tue ich!«

Haben Sie zwei Minuten?«, fragt der harte Hund der *Politiken*, als das Presseaufgebot sich zerstreut hat, nachdem Charlotte aus der Fraktionsbesprechung aufgetaucht ist, bei der die Integrationspolitik wieder ganz oben auf der Tagesordnung stand.

»Wozu? Ich habe bereits gesagt, dass wir uns mit der Radikalen Linken einig sind, den internationalen Konventionen im Flüchtlings-Einwanderer-Bereich zu entsprechen …«

»Nein, nein«, winkt er abwehrend. »Darum geht es nicht. Darauf werden wir gezielt eingehen …«

»Um was dann?«, fragt sie und eilt weiter. Sie muss in zwanzig Minuten in den Saal. Und sie muss noch die Kinderfrau anrufen, dass sie die Zwillinge am Nachmittag abholt. Auch heute schafft sie es nicht vor der Schlafenszeit der Kinder nach Hause. Tröstet sich damit, dass selbst die Hartgesottensten sagen, dass der Mai der geschäftigste Monat des Jahres ist. Weil alles, was liegen geblieben ist, noch durch die Gesetzesmaschinerie gepresst werden muss und die zähesten Schlachten abgeschlossen werden müssen. Dieses Jahr ist es der unhaltbare Vorschlag der Regierung zum neuen Ausländergesetz, der am härtesten umkämpft ist. Obwohl die Regierung die Mehrheit hat und mit unerhörter Brutalität die Minderheit niederwalzt, sind sie sich in der Opposition einig, bis zuletzt zu kämpfen. Sie dürfen verdammt noch mal nicht schweigend zusehen, wie Dänemark zurück ins Mittelalter katapultiert wird. Als neue Integrationssprecherin hat Charlotte sich mit scharfen Soundbites für die Medien klar ausgedrückt und so glühende Einlagen im Saal gebracht, dass ein älterer, konservativer Kollege sie an einem der Tage gewarnt hat, selbstentzündlich zu sein. »Besser verbrennen als gar nicht brennen!«, hat sie spitz erwidert. Dass die Gefahr auszubrennen, ein reales Berufsrisiko ist, wird ihr täglich durch die dahinsiechenden Kollegen in Erinnerung gebracht, die apathisch ihre Zeit absitzen und am liebsten nicht gestört werden möchten. Es sei denn, sie können anonym oder im Hintergrund übel über andere reden und sie heruntermachen, unter anderem den Parteivorsitzenden, und sich als »Quellen aus Christiansborg« oder »Stimmen in der sozialdemokratischen Fraktion« wichtigtun. Charlotte ist ihrer und ihrer feigen Obstruktionen mehr als müde. Sie ist insgesamt ziemlich müde, und obwohl das Adrenalin und die Wut über den Zynismus der Regierung sie wachhalten, hängt sie Tagträumen von Sommerferien mit Erdbeergeschmack und Baden im eiskalten Meerwasser nach. Und freut sich darauf, dass Thomas nach Hause kommt, und zwar *for good*, sodass sie wirklich mit dem Wiederaufbau ihrer noch immer zerbrechlichen *Viererfamilie*, wie Johanne sie nennt, beginnen können. Hoffentlich haben sie dieses Jahr wenigstens einen politikfreien Monat zusammen, bevor mit dem Sommerfraktionstreffen im August alles wieder losgeht. Einen Monat ohne Journalisten, die meinen, einem rund um die Uhr die Pistole an die Schläfe setzen zu können, wie dieser Trophäenjäger hier, der in seinem fortlaufenden Sonntagsfeuilleton kein Blatt vor den Mund nimmt, was die sogenannte »S-Krise«, die Krise der Sozialdemokratie, und »den wackelnden Thron des Vorsitzenden« angeht. Leider schreibt er verführerisch gut, sodass nicht sicher ist, ob die Leser durchschauen, dass der Verfasser kein Orakel ist, sondern einer der führenden Akteure in diesem Medienmobbing, dem ihr Parteivorsitzender ausgesetzt ist.

»Es geht um den Verkehrsunfall in Randers, von dem Vittrup auf dem Geburtstag des *Arbeiters* erzählt hat.«

»Hmm?«

»Den mit dem Mädchen, das nicht gewusst hat, ob sie in den Himmel oder in die Hölle gekommen ist?«

»Ja?«

»Ich wollte das für meinen Sonntagskommentar gebrauchen.«

»Sie meinen missbrauchen«, korrigiert Charlotte und schickt ihm ein säuerliches Lächeln.

»Haha, ja, ja … Deshalb bin ich der Geschichte nachgegangen und habe das Mädchen gefunden. Mette heißt sie …«

»Ja, und?«, sagt Charlotte unruhig und wird langsamer.

»Wie sich herausgestellt hat, hat sie bei dem Unfall einen Schaden davongetragen. Einen kleinen Hirnschaden, der zu einer leichten Aphasie geführt hat ... sie vergisst Worte und so etwas, Sie wissen schon ...«

»Gott, wie furchtbar!«, ruft Charlotte und bleibt stehen. »Man hat uns gesagt, dass sie vollkommen okay sei. Fragen Sie Anton!«

»Der Schaden hat sich auch erst später bemerkbar gemacht. Nur jetzt ist es so, dass ich gern die Gerüchte bestätigt hätte, dass Sie und Vittrup, nachdem Sie die Unglücksstätte und die Verunglückte verlassen haben, direkt ins Wirtshaus gegangen sind?«

»Wie bitte?«

»Und dass Sie anschließend im Restaurant waren und gut zu Abend gegessen haben, bevor Vittrup eine Gruppe Sozialdemokraten mit Gesang und Becherklang im Hotel Kongens Ege unterhalten hat.«

Charlotte stöhnt. »Bei Ihnen klingt das ja, als wären wir total abgestumpft. Wir hatten keinen Grund, etwas anderes zu glauben, als dass die Situation unter Kontrolle war. Warum wollt ihr auf einen Mann einschlagen, der bereits am Boden liegt?«

»Tut er das?«, fragt der Journalist spöttisch. »Eine interessante Feststellung.«

»Okay, ich gebe Ihnen meine Auslegung: Per hat dem Mädchen die Hilfe gegeben, die sie gebraucht hat. Er hat einen Krankenwagen gerufen, Anton ist mit ihr ins Krankenhaus gefahren und war zusammen mit der Familie bei ihr, als sie in Skejby aufgewacht ist. Währenddessen haben Per und ich ein Fassbier getrunken, zu Abend gegessen in ...«, sie zögert, während sie nach dem Namen des Restaurants sucht.

»In Niels Ebbesens Wirtshaus ...«

»In Niels Ebbesens Wirtshaus, ja, bevor wir zurück ins Hotel gegangen sind, wo Per sein Programm durchgezogen und den neuen sozialdemokratischen Mitgliedern zur Verfügung gestanden hat. Soweit ich mich erinnere, hat er dabei auch ein Fassbier getrunken. Was in keiner Weise kriminell sein kann! Auch nicht in der Politik und in den Augen der *Politiken*. Und darf ich Sie daran erinnern, dass nicht Vittrup das Mädchen angefahren hat? Er war, so gesehen, nur ein herbeieilender Zeuge, der seine Bürgerpflicht getan hat. Was kann man mehr verlangen?«

»Ein wenig Anstand, vielleicht. Also, sich zu betrinken, während ein junges Mädchen um sein Leben kämpft … Spricht das nicht für eine nachlassende Urteilskraft?«

»Verdammt noch mal!«, faucht sie wütend und pfeift auf ihre Selbstbeherrschung. »Das ist die reinste Hetze, die Sie hier betreiben!«

»Wir gehen nur unserer Arbeit nach, Charlotte Damgaard. Haben Sie noch etwas hinzuzufügen?«

»Dass Sie ein Arschloch sind. Da können Sie mich gern zitieren.«

Meine neuen Mitbewohner: Dodo, mit der Klappe vor dem einen Auge, wartet auf ein künstliches, nachdem ihr Mann ihr das echte herausgedrückt hat. Ann, deren Knie zertrümmert ist, nachdem sie mit dem Familienauto überfahren wurde. Svetlana, die mehrere Brandmarken von brennenden Zigaretten vorweisen kann. Claudia, deren sechsjähriger Sohn die 112 gewählt und sie so davor gerettet hat, mit der eigenen Schürze erwürgt zu werden. Gülseren, die hochschwanger mit Nummer drei ist und deren Gesicht verbrüht wurde, als ihr Mann eine Kanne zu dünnen Kaffee über ihr ausgeschüttet hat. Pen, die eine Halskrause trägt, nachdem sie in einem Parkhaus die Treppe hinuntergestoßen wurde. Und Karina, die an einem posttraumatischen Stresssyndrom leidet, nachdem ihr Mann ihr zehn Tage altes Baby über den Balkon im dritten Stock gehalten hat.

Ich bin erschüttert über ihre Geschichten, wie sie über meine erschüttert sind. *Wie konntest du dich damit abfinden?*, fragen wir einander ungläubig, wenn wir Seite an Seite in der Küche stehen und Zwiebeln hacken oder am Abend zusammensitzen und rauchen und Kaffee trinken. Die Frage fordert keine Antwort, denn eigentlich stellen wir sie uns selbst. Wie konnte ich mich damit abfinden? Warum habe ich keinen Einspruch erhoben? Die Befreiung, eine von ihnen geworden zu sein, liegt darin, dass Erklärungen überflüssig sind. Wir wissen, warum wir keinen Einspruch erhoben haben. Weil wir es nicht konnten. Weil wir uns das erste Mal damit abgefunden haben. Weil unsere Mütter das Gleiche getan haben. Weil wir uns gewünscht haben, dass das ein Irrtum war. Ein einzelner Zwischenfall. Ein Ausrutscher. Den wir sogar verdient haben. Da das Essen nicht rechtzeitig auf dem Tisch stand. Da wir auf dem Fest geflirtet haben. Da wir uns dem Sex widersetzt haben. Da wir schwanger geworden sind. Eine Tochter geboren haben. Nicht genug Geld verdient haben. Oder Widerworte gegeben haben.

Viele von uns haben geglaubt, die Einzige zu sein, der das passiert. Erst hier stellen wir fest, stelle *ich* fest, dass wir Mitglieder einer globalen Loge sind, deren Zulassungskriterium Narben an Körper und Seele sind. Wir sind Experten der Unterwerfung, kennen den Preis der Duldsamkeit. Wir kennen die Angst aus erster Hand, die uns einmal befallen und sich im Körper wie ein mutierendes Virus eingenistet hat. Wir wissen, was Dodo meint, wenn sie davon spricht, »dass man das an den Schritten hören kann, an der Art, wie er geht, ob es so ein Abend wird«. Wir kennen die Händel, die wir feilschend einzugehen versucht haben, »Nicht ins Gesicht!«, »Nicht vor den Kindern!«. Wir kennen die Versöhnungen: »Dann kommt er mit Blumen nach Hause«, die Versprechen: »Er hat schließlich gesagt, dass er das nie wieder macht«, und die Versicherungen: »Er liebt mich doch, ich bin die

Liebe seines Lebens«. Die Scham ist uns gemeinsam. Denn unser eigener Selbstbetrug ist uns vertraut, wir durchschauen unsere Rechtfertigungen. »Er ist ein Riesenpsychopath!«, meinen wir von den Männern der anderen, während wir unseren eigenen verteidigen. Wären da nicht die Kinder, die stummen Zeugen, würden wir vielleicht von hier abhauen und die Wahrheit beschönigen. Doch jedes Mal, wenn ein Kind schreiend aus einem Albtraum erwacht oder eine kleine Hand sich in die eigene stiehlt, wird man damit konfrontiert. Dass die Kinder die größten Opfer im Krieg gegen den Terror sind, den wir im Begriff stehen zu verlieren. Weil wir so tun, als gäbe es ihn nicht.

Helle sagt, dass ein Drittel der Frauen dieser Welt misshandelt wird. Ein Drittel! In EU-Ländern wie hier ist es nur ein Fünftel.

Normalerweise ist Yasemin eine aufmerksame Studentin. So eine, an die der Unterrichtende seine Worte richtet und auf die er sich während der Vorlesung stützt; eine, die Fragen stellt oder sich auf einen akademischen Disput einlässt. Doch an diesem Vormittag im Politologischen Institut enttäuscht sie. Rein physisch sitzt sie natürlich in der ersten Reihe, wie gewöhnlich, doch geistig ist sie abwesend. Sie versucht, sich auf die Besprechung der neuen Wohlfahrtstheorien und ihre Auswirkungen auf künftige Reformen im öffentlichen Sektor zu konzentrieren, da es nur noch wenige Wochen bis zum Examen sind und sie keine Zeit hat, den Stoff zu repetieren. Kaum Zeit hat, hier zu sitzen und dem Unterricht zu folgen, da die Stapel im Büro wachsen und die Aufgaben hereinströmen. Als Letztes hat Gert sie gebeten, die Grundgesetzrede zu schreiben, die er im Kreis halten soll. Charlotte wendet sich auch immer öfter an sie und bittet um Hilfe und Input zu ihren Äußerungen im Integrationsbereich. Dagegen hat sie nichts einzuwenden, überhaupt nicht, und sie tut, was sie kann, um ihr zu helfen. Es ist schließlich superwichtig, dass Charlotte die richtigen Informationen bekommt. Das Problem ist nur, dass sie durch Gert bereits mehr als ausgelastet ist. Teils mit dem täglichen Kleinkram und der Fülle von Aufgaben, mit denen alle studentischen Hilfskräfte sich abrackern. Teils mit den besonderen ihr übertragenen Aufgaben, auf die sie so stolz ist. Und schließlich und endlich mit den Spezialaufgaben, die normalerweise nicht zur Arbeitsbeschreibung einer studentischen Hilfskraft gehören. Wie zum Beispiel das Bringen und Abholen von Hemden zum Waschen und Bügeln. Das Rasmus bereits als total daneben kommentiert hat. Was würde er erst sagen, wenn er wüsste, dass er sie auch gebeten hat, für ihn einzukaufen. Im Supermarkt Irma. Früher oder später wird Rasmus sie wohl mit einer vollen Irma-Tüte erwischen, denn natürlich ist sie seiner Bitte nachgekommen. Und hat die Einkäufe gemacht, während seine Frau krank ist. Wie soll er das sonst auch schaffen? Mit seinem Terminkalender. Haha, würde Rasmus sagen. »Glaubst du das wirklich? Seine Frau ist überhaupt nicht krank! Sie hat ihn verlassen! Und jetzt nutzt er dich aus! Damit brauchst du dich nicht abzufinden! Es sei denn, du genießt es, sein kleines Frauchen zu spielen.«

Yasemin rutscht nervös auf ihrem Stuhl hin und her. Starrt auf die Tafel. Schreibt mit. Lächelt den Unterrichtenden einverständig an, ohne ein Wort von dem zu hören, was gesagt wird. Genießt sie es, auserwählt zu sein? Passt es ihr ganz gut, seine Kaffeebohnen zu mahlen, seine Morgenbrötchen auszusuchen und ökologische Minimilchpackungen zu kaufen? Erlebt sie es als sinnlich, seinen Hemdenstoff zwischen den Fingern zu spüren, wenn sie die Tüte mit den gebrauchten Hemden abgibt, und ist es eine erotische Handlung, ihm die Tüte mit den frischen zu überreichen? Müsste sie sich zurückziehen, statt sich immer weiter auf das Spiel mit dem Feuer einzulassen? Denn trotz ihrer Naivität und ihrer kindlichen Neigung, die Dinge nicht zu hinterfragen, ist sie nicht dumm. Oder blind. Sodass sie sich schon ausrechnen kann, dass die Einkäufe, die sie für Gert macht, für eine Person sind. Geht sie das etwas an? Ist das ohne Bedeutung für ihr Verhältnis zueinander? Oder macht gerade das den Unterschied aus? Ja, würde Rasmus meinen. Und ihr Vater …

Der Seufzer, den sie ausstößt, ist so laut, dass der Unterrichtende sich ihr zuwendet und fragt, ob sie sich *so sehr* langweilt? Sie entschuldigt sich und versteckt sich errötend hinter der Gardine ihres Haars, während ihre Kommilitonen lachen und der Dozent einen neugierigen Blick auf ihr ruhen lässt. Yasemin richtet sich auf. Wenn es nur Langeweile wäre, die ihr zu schaffen macht. Doch es ist eher eine angespannte Unruhe, von der sie heimgesucht wird. Eine Vorahnung, dass sie sich von der Küste der Kindheit hinwegbewegt und sich bald auf dem offenen Meer befinden wird. Allein.

»Das ist verdammt noch mal das Letzte, was ich jetzt brauchen kann!«, wütet Vittrup und schlägt mit der Hand auf die ausgebreitete Titelseite.

»Stimmt«, sagt Anton. »Aber ich habe sowohl mit Mette als auch mit ihrer Familie gesprochen, und sie sind bereit zu erklären, dass sie dir nichts vorzuwerfen haben …«

»Mir etwas *vorzuwerfen* haben? Was sollten sie mir auch *vorzuwerfen* haben?«

»Du weißt, dass die Leute in solchen Situationen überempfindlich sind«, sagt Anton bewusst ruhig, um Vittrup aus der Spirale der Erregung herauszuholen. Das ist eine unangenehme Geschichte, von der er die ganze Zeit befürchtet hat, dass sie sie irgendwann einholen wird. »Wenn so etwas passiert, wird nach einem Schuldigen gesucht, nicht? Es ist schließlich hart zu sehen, dass die eigene Tochter auf diese Weise eingeschränkt ist …«

»Anton, verdammt, warum hast du das nicht verhindert?«

»Ich habe getan, was ich konnte …«

»Hat Charlotte die Geschichte ausgeplaudert?«, kommt es anklagend.

»Entschuldige mal«, sagt Anton und spürt eine seltene Wut aufbrausen. »Hast du diese Geschichte nicht selbst auf dem Geburtstag des *Arbeiters* zum Besten gegeben?«

»Hast du gewusst, dass das Mädchen einen Schaden davongetragen hat?«, fragt Vittrup und runzelt die Brauen.

»Ja«, räumt Anton ein und schiebt das Kinn vor. »Das habe ich gewusst. Aber ich habe mich entschlossen, dir nichts zu sagen. Du konntest ohnehin nichts tun. Zu dem Zeitpunkt.«

»Anton, ich betrachte das als ernsthaften Vertrauensbruch«, sagt Vittrup düster.

»So war das nicht gemeint. Ganz im Gegenteil, es war meine Absicht, dich zu schützen.«

»Aha! Das nächste Mal kann ich auf diese Art von Schutz gut verzichten.«

»Das werde ich mir merken«, nickt Anton mit schmalen Lippen. Total verletzt. »Was wirst du TV2 sagen? Sie stehen draußen und warten.«

»Was rätst du mir?«

»Jedenfalls nicht, die Wahrheit zu sagen.«

»Wie meinst du das?«, fragt Vittrup und greift sich an die Wange. Die Zahnärztin hat den Zahn ziehen müssen. Er war total verfault. Und jetzt scheint es auf der anderen Seite zu rumoren.

»Sag, dass du dir natürlich Sorgen gemacht und mich an dem Abend und in der Nacht mehrere Male angerufen hast, um zu hören, wie es ihr geht. Das werde ich bestätigen.«

»Danke«, nickt Vittrup mit einem versöhnlichen Lächeln. Aber er entschuldigt sich nicht.

Was können Sie gut?«, fragt die Psychologin.

»Sauber machen«, antworte ich.

»Und was noch?«

»Den Mund halten und schön sein! Das bin ich jedenfalls einmal gewesen.«

»Und sonst?«

»Nichts.«

»Worin wären Sie gern gut?«

»Im Leben. Und im Schreiben.«

»Hier«, sagt sie und gibt mir eine Kladde und einen Tintenschreiber. »Schreiben Sie auf, wenn Sie etwas gut können.«

»Dazu brauche ich kein ganzes Heft.«

»Wir werden sehen.«

Dänemark muss wieder eine Gesellschaft werden, in der wir uns für einander verantwortlich fühlen und in der man sich um die Schwächsten kümmert, sich Gedanken macht um die Umwelt und die Solidarität mit der Dritten Welt …«

Die Finger fliegen über die Tastatur; er braucht kaum zu denken. Der Beitrag zur Abschlussdebatte schreibt sich fast von selbst.

»Dänemark darf nicht die positive Entwicklung der letzten neun Jahre in Ökonomie und Beschäftigung aufs Spiel setzen.

Wir müssen den Kurs halten. An den Versprechen festhalten, dass der Fortschritt vor allem den Schwächsten zugute kommt …«

Während er eines späten Abends mit einem Cognac im Glas und Miles Davis auf dem CD-Player, das Hemd aus der Hose hängend, und mit nackten Füßen, am Computer sitzt und schreibt, spürt er, wie er näher kommt. Der rote Ballon. Er sieht sich am Rednerpult stehen, nicht nur als politischer Sprecher, sondern als Staatsminister, der die Eröffnungsansprache hält.

Er spürt das Gewicht der Worte, sieht die aufmerksam lauschenden Ovale der Gesichter, hört die Autorität in der eigenen, durch das Mikrofon verstärkten Stimme. Wenn er *Dänemark* sagt, klingt das fast wie von Kragh gesprochen. Von der Person, mit der er sich während des Lesens der neuen, umfangreichen Biografie immer stärker identifiziert. Weil auch er die Führungsaufgabe nur mit großem, demütigem Zögern übernommen hat. Im Grunde genommen war Kragh, genau wie Gert, zu elitär, um Vorsitzender der Sozialdemokraten zu sein. Doch eigentlich dürfte die Hummel auch nicht fliegen können. Und während er bis nach Mitternacht schreibt, verschwindet die Unsicherheit im Takt mit den Zigaretten in der Packung, und als er zum Schluss seiner Ausführungen gekommen ist, drückt er gut gelaunt auf *drucken*. Das ist eine gute Rede, die er da geschrieben hat. Eine richtig gute Rede. Näher am Volk – an den Kranken, den alleinerziehenden Müttern, den Rentnern, den Familien mit mehreren Kindern –, als er sich sonst vorwagt. Ärgerlich nur, dass Linda nicht hier ist, um sie sich anzuhören. Wie sie es gewöhnlich tut. Ob es wohl zu spät ist, Yasemin anzurufen?

Zwei Männer stehen in einem Fahrstuhl. Der eine ist gerade von dem anderen gerettet worden, der sich den Medien gegenüber sehr nachdrücklich zu der etwas unglücklichen Handhabung eines Verkehrsunfalls in Randers durch den ersten geäußert hat. »Bösartig« hat er den Bericht der Medien darüber genannt und immer wieder hat er dem ersten seine vorbehaltlose Hilfe und Unterstützung zugesagt. »Wir halten zusammen bis zum bitteren Ende«, hat er gesagt. »Wir haben das zusammen angefangen und wir stehen zusammen.« Der erste müsste über eine solche Unterstützung froh sein. Aber das ist er nicht. Er ist entsetzt. Ihm ist flau im Magen. Ist der andere, der physisch wesentlich kleiner ist, nicht gewachsen? Größer geworden? Breitschultriger?

Ich bin gut darin: Pfannkuchen zu backen. Den Kleinen Geschichten vorzulesen. Das Putzteam anzuleiten. Teewasser aufzusetzen. Den anderen zuzuhören. Keinen Alkohol zu trinken. In der Sonne zu sitzen. Ich bin schlecht darin: Nicht an Gert zu denken. Ihn mir nicht im Fernsehen anzusehen. Mich nicht nach ihm zu sehnen. Einzuschlafen.

Der Flieder ist aufgegangen. Ich bekomme die Erlaubnis, Zweige hereinzuholen. Ich stelle eine Vase ins Esszimmer und eine in mein neues Zimmer. Ich bin vom Keller aufgestiegen. Eine Beförderung, die mich unsicher macht. Unten in der Zelle habe ich mich sicherer gefühlt. Hier gibt es zu viel Licht und einen zu großen Spiegel. Ich sehe aus wie ein Hamster ohne Make-up. Lasse das Make-up aber trotzdem in der Tasche.

Die Sozialarbeiterin war heute hier. Hat mich nach meinen Plänen für die Zukunft gefragt. Hat sich wirklich Mühe gegeben. Doch ich war ganz leer. Meine Zukunft ist längst wie ein vergessener Regenschirm auf dem Büro für Fundsachen abgegeben worden. Komischerweise kann man sich daran gewöhnen, keine zu haben. Eine Zukunft, meine ich. Mit Regenschirmen ist das schwieriger. Ich habe einen hysterischen Lachanfall bekommen, als sie gefragt hat, ob ich einmal überlegt hätte, mein Studium wieder aufzunehmen. Frag den Lahmen, ob er vorhat, den New-York-Marathon zu laufen!

Gert hat sich formidabel bei der Abschlussdebatte geschlagen. Seine Rede troff nur so vor Floskeln, aber er hat sie mit einer Sicherheit vorgetragen wie Moses, als er von dem Berg hinunterkam. Während Per mit einem Gesichtsausdruck wie eine übermalte Freske auf seinem Platz gesessen hat. Helle hat mich dabei erwischt, wie ich mir die Direktübertragung angesehen habe.

»Man sieht es ihm nicht an, nicht?«, habe ich gefragt, plötzlich unsicher, ob ich mir alles nur einbilde. Der vertrauenerweckende Mann, der da so schön über Dänemark und den *Einsatz für die Schwächsten* spricht, kann doch nicht derselbe sein, der mich vor vierzehn Tagen durchs Wohnzimmer gejagt hat? Habe ich überhaupt fast drei Jahrzehnte lang Prügel bezogen, oder leide ich ernsthaft unter verrückten Zwangsvorstellungen? Habe ich selbst den Kopf auf die Tischplatte geknallt? Mir willentlich den Finger gebrochen? Die Augenbraue aufplatzen lassen? Nur um mich interessant zu machen?

»Nein«, hat sie gesagt und sich neben mich gesetzt. »Das sieht man selten. Jedenfalls nicht bei den sogenannten ›anständigen Männern‹.«

»Dr. Jekyll und Mr. Hyde«, habe ich trocken bemerkt.

»Genau«, hat sie mir zugestimmt. »Deshalb ist es auch so schwer für die Frauen.«

»Niemand glaubt ihnen, nicht?«, habe ich gefragt und unablässig auf den Fernseher gestarrt. Man sah ihm auch nicht an, dass seine Frau abgehauen ist. Das Hemd war frisch gebügelt, der Schlips gebunden, und alles war in schönster Ordnung. Auch er trägt seinen Ehering noch.

»Doch, wir glauben ihnen!«, hat Helle gelächelt und gefragt, ob ich bei dem guten Wetter mit raus will. Ich wollte am liebsten innerhalb der Einzäunung bleiben. Doch da Gert sich noch viele Stunden im Saal befinden würde, musste ich nicht fürchten, dass er plötzlich auf der Hauptstraße von Lyngby auftaucht. Also drückte ich ihn mit einem einzigen Druck auf die Fernbedienung weg und ging mit Helle nach draußen.

Ich habe in der Zeitung gelesen, dass er für drei Wochen in die USA fliegen wird, zu Gastvorlesungen am Summer Institute in

Yale. Dann wird sie ihn wohl begleiten, seine kleine Mätresse. Übrigens hat die Sozialarbeiterin auch gefragt, ob ich an Scheidung denke. Ein noch besserer Joke als der mit dem Marathonlauf. Es sei denn, man kann sich von sich selbst scheiden lassen.

Yasemin blättert flüchtig in ihren Anmerkungen zu dem dreitausend Seiten langen Pensum. Wieder fehlt es ihr an der nötigen Konzentration. Heute Abend lenkt *Euroman* sie ab. Gert ist auf der Titelseite der Juninummer. Sie hat sie sich im Kiosk geschnappt und das Interview sofort gelesen.

Das Bild ist fantastisch. Er ist ganz abgebildet und trägt einen Anzug wie üblich. Doch die Sachen sind in Unordnung gebracht worden, der Schlipsknoten ist gelöst, er hat weder Schuhe noch Socken an und hält eine gespannte Steinschleuder in den Händen. *Der Krieger* lautet die Überschrift, und das Interview erzählt eine ganz andere Geschichte von ihm als die, die sie kennt. Ja, als die, die überhaupt jemand kennt. Die Geschichte seiner afrikanischen Kindheit in Tabora, Tansania, ist eine so faszinierende Lektüre, dass sie Herzklopfen bekommt, noch bevor sie die erste Spalte zu Ende gelesen hat. Vor allem der Bericht, wie er bei einer Löwenjagd damit gedroht hat, den eigenen Vater zu erschießen, lässt sie nach Luft schnappen. Und das Porträt der Mutter, die offenbar von dem Mann tyrannisiert worden ist, ist sehr ergreifend. Trotzdem fesselt sie die Geschichte, wie er nach »den wilden Jahren« nach Hause nach Dänemark gekommen ist, wohl am meisten. Die Hänseleien der Kameraden, die boshaften Lehrer auf dem Internat. Wie er den Widerstand überwunden und seine gesamte Energie auf die Politik konzentriert hat. Es ist lustig, von seiner Anstellung bei Carlsberg zu lesen, wie die Brauereiarbeiter zuerst über den bleichen Studenten gelacht, ihm später jedoch zugehört haben, wenn er in der Kantine agitiert hat. Ihr gefällt auch der Abschnitt über die Schwiegerfamilie, Lindas Familie, die den Arztsohn lehrte, was es in der Praxis heißt, Sozialdemokrat zu sein. »Das war Max, mein Schwiegervater, der mich die ganzen Lieder gelehrt hat. Er hat mich auch gelehrt, ein Bier mit den Zähnen zu öffnen – und es zu trinken –, und er hat mir beigebracht, dass Sozialdemokrat zu sein, mehr ist als nur ein Mantel, den man an- und wieder auszieht. Es ist ein Teil der Identität, den man immer mit sich herumträgt.« Linda stellt er ebenfalls vor – als »flotte Biene mit einem starken Willen und einem unbeeindruckbaren Sinn für Echtheit, den ich immer bewundert habe«. Dass das Paar kinderlos geblieben ist, »gehört zu den Schicksalsschlägen, vor denen einen nicht einmal die feinmaschigste Wohlfahrtsgesellschaft bewahren kann«. Dass er keine Kinder hat, macht ihn sehr traurig, doch dafür hat er das Vergnügen gehabt, sein ganzes Leben eng mit jungen Menschen zusammenzuarbeiten. »Zurzeit ist es eine junge, hochbegabte studentische Hilfskraft türkischer Herkunft, Yasemin, der ich in meinem Bestreben, die komplizierten Herausforderungen zu verstehen, denen sowohl dänische Jugendliche als auch Jugendliche mit einem anderen ethnischen Hintergrund heute gegenüberstehen, am meisten zuhöre«. Diesen Abschnitt liest sie wie in Trance; die Worte werden undeutlich, die Sätze verschwimmen, und es geht ihr wie beim ersten Mal, als sie im Vergnügungspark Bakken oben auf der Rutschbahn saß und nicht sagen konnte, ob sie aus Freude oder aus Entsetzen aufschrie.

Schon nach dem ersten Lesen hat sie ihm eine Smiley-SMS geschickt, doch am liebsten möchte sie mit ihm über das Interview reden, das ihrer Fantasie so viel Nahrung gibt, dass sie schon jetzt alles hören, sehen und schmecken kann. Sie kann die Streifen der Zebraherde sehen, die klumpige Brotsuppe des Internats schmecken, die Harmonika in der Gartenlaube hören. Und sie kann seine sonnengebräunte, reisigtrockene Haut unter dem Hemd riechen und ein anderes, gefährlicheres Feuer in seinen braunen Augen brennen sehen …

»Yasemin!«, platzt die Mutter herein, wie immer ohne anzuklopfen. »Was machst du?«

»Ich lerne fürs Examen!«, antwortet Yasemin und legt schnell die Zeitschrift zur Seite. Doch die Mutter, die ein dampfendes Teeglas wegstellt, hat die Situation erfasst.

»Du liest Zeitschriften! Solltest du nicht in den Büchern lesen!«, schimpft sie und greift nach dem Magazin. »Schon wieder E-U-R-O-M-A-N? Warum liest du das?«

Yasemin greift nach dem Teeglas. Rührt in dem halb aufgelösten Zucker herum.

»Mein Chef ist auf der Titelseite. Gert Jacobsen«, sagt sie leichthin und pustet in den glühend heißen Tee.

»Aha! Gert Jacobsen?«, sagt die Mutter und betrachtet das Porträt. »Ich mag ihn nicht!«, entscheidet sie und legt die Zeitschrift weg, indem sie ihre Tochter mit einem kurzen, forschenden Blick ansieht.

»Yasemin, mein Schatz«, sagt sie dann und setzt sich auf die Bettkante. »Wir müssen über deine Zukunft reden.«

»Hat das nicht Zeit bis nach dem Examen, Mutter? Ich muss dreitausend Seiten in zwei Tagen lesen. Es ist auch schon spät! Du musst schlafen, Mutter!«

»Ja, aber ich kann nicht schlafen! Es ist zu hell.«

»Und im Winter war es zu dunkel«, lächelt Yasemin und legt liebevoll ihre Hand auf die Hände der Mutter. »*Anne,* geh jetzt ins Bett! Ich muss noch etwas lesen!«

»Aber nicht diese Zeitschrift, nicht?«

Yasemin seufzt.

»Nein, nicht diese Zeitschrift.«

»Ich nehme sie mit rüber zu Vater«, sagt die Mutter und steht vom Bett auf.

Das hält Yasemin für keine gute Idee. Aber es wäre zu auffallend, wenn sie versuchte, sie daran zu hindern.

»Mach das«, lächelt sie und wendet sich ihrem Buch zu. »Da sind viele schöne Herrensachen drin. Vielleicht inspiriert ihn das ja.«

Sekine lacht. Und Yasemin lacht mit – ihr Vater trägt seit fünfzehn Jahren dieselbe Strickjacke –, während Gert aus ihrem Zimmer verschwindet, das sich sofort leer und alltäglich anfühlt.

Sie nippt an dem Tee. Greift nach einem der dicken Lehrbücher, *Politik und Gesellschaft im Wandel*, und versucht, sich erneut zu konzentrieren. Wird von dem Piepen einer eingehenden Nachricht unterbrochen.

»GJ ist so selbstzufrieden, dass er vor Selbstüberschätzung trieft! GJ a.k.a. BTN (*also known as* Big Time Narrenarsch)! Dein R.«

»Und du bist nur eifersüchtig«, murmelt sie über dem Rand des Teeglases, während ein Lächeln ihre Mundwinkel umspielt.

Rasmus ist nicht der Einzige, dem bei der neuesten Ausgabe von *Euroman* schlecht wird. Bei Per Vittrup erzeugt sie ein ausgesprochen eisiges Unbehagen, fast als würden ihm die Haarwurzeln abfrieren. Die Absicht ist so überdeutlich, dass sie genau das Gegenteil bewirken müsste, und doch muss Vittrup widerwillig zugeben, dass es Gert gelungen ist, die große Illusion an den Mann zu bringen: sich als einfühlsamen Macho mit einer farbigen und spannenden Vergangenheit darzustellen. Wie nennen sie das, diese unerträglichen Spindoktoren? Ja, er erschafft eine *Legende* von sich. Noch dazu eine *neue* Legende, mit sich in der Rolle des faszinierenden Actionman. Ein Heldenlied mit einem super Timing, direkt vor der Saure-Gurken-Zeit, sodass das Bild nicht nur einen Moment, sondern mehrere Wochen vor Augen bleibt. Das ist verdammt tüchtig gemacht, wie Anton gesagt hat. Ein bisschen zu beeindruckt. Und weder Meyer noch Charlotte haben sich wirklich davon distanziert, als er sich nicht beherrschen konnte zu fragen, was sie von Gerts Solo hielten. »Faszinierend«, meinte Meyer. Auch Charlotte ist weich geworden. »Interessante Geschichte«, hat sie gesagt. Die Einzige, die verächtlich geschnaubt hat, war Christina Maribo, die er immer mehr zu schätzen beginnt. »Der Mann ist so selbstzufrieden, dass er vor Selbstüberschätzung trieft!«, hat sie gesagt, woraufhin er in Gelächter ausgebrochen ist. Doch das Lachen währte nur kurz, denn Christina hatte leider recht mit ihrem Zusatz, »... aber das verkauft sich gut!«. Mit anderen Worten, er verkauft sich schlecht.

Vittrup fährt mit der Zungenspitze über das neue Loch in der Zahnreihe und schmeckt den kardamomähnlichen Geschmack des Desinfektionsmittels. Die Zahnärztin hat Karies in beiden Weisheitszähnen festgestellt. Und eine beginnenden Parodontose. Letztere ist ein Stresssymptom, meint die Zahnärztin, und seine Zahnfleischtaschen sind so tief geworden, dass eine vorbeugende Operation in Erwägung zu ziehen ist. »Ansonsten riskieren wir, für ein Gebiss Maß nehmen zu müssen!« Ein Gedanke, der ihm nicht gerade zusagt. Viel lieber denkt er darüber nach, wie sie Gerts skandalösen Erfolg stoppen können.

»Anton!«, ruft er ins Telefon. »Komm bitte in mein Büro.«

»Sofort«, hätte er hinzufügen können. Doch das ist nicht nötig. Noch kommen die Leute, wenn er ruft.

Eine gute Geschichte!«, erklärt der Chefredakteur und tippt mit dem Zeigefinger auf die glänzende Titelseite von *Euroman*. »Die hätten wir mit Freuden gebracht.«

»Und die hätte ich mit Freuden geschrieben«, fügt Mikael Rud hinzu, um es ihnen beiden leichter zu machen.

Der leuchtende Stern ist ein wenig matter geworden nach der etwas zu zahmen Reportage über den Geburtstag des *Arbeiters*. Sie ist kein Don-Corleone-Epos geworden, um es milde auszudrücken. Und die Neuigkeit, die Vittrup ihm selbst auf dem silbernen Tablett serviert hat, hat er nicht aufgegriffen. Die Geschichte von der Joggerin aus Randers. Selbst nachdem der Konkurrent von der *Politiken* einen Knüller daraus gemacht hat, der zumindest ein paar Tage lang die Medientagesordnung bestimmt hat, fällt es ihm schwer, sich darüber aufzuregen, dass nicht er diese Geschichte gebracht hat. Seiner Meinung nach ist das eine fleischlose Pseudogeschichte von der Art, von der die seriöse Presse sich fernhalten sollte. In Wirklichkeit hat der Mann nichts anderes getan, als ein Bier getrunken und zu Abend gegessen, nachdem er einem verunglückten, aber scheinbar gesunden Mädchen wieder auf die Beine geholfen hat. Dagegen deprimiert es ihn, dass sein Redakteur sich so offensichtlich darüber ärgert, dass nicht ihre Zeitung die Hetzjagd angeführt hat. Natürlich sollen sie kritisch sein, doch es stört ihn von Berufs wegen, dass man sich immer tiefer in den Schmutz neigt, um was auch immer aus dem Rinnstein zu fischen.

»Und warum haben Sie das dann nicht?«, lächelt sein Vorgesetzter und knackt mit den Fingern.

»Weil ich noch mehr Lust habe, das *ultimative* Porträt von Gert Jacobsen zu schreiben«, schleudert er ihm entgegen.

»Dieses Interview ist doch wohl ziemlich ultimativ! Sie bringen den Mann dazu zu sagen, dass er bereut, den eigenen Vater nicht erschossen zu haben!«

Mikael Rud nickt nachdenklich, während die Einsicht ihm wie eine Hilfe von oben kommt.

»Niemand bringt Gert Jacobsen dazu, etwas Unüberlegtes zu sagen …«

»Dann verfolgt er damit eine Absicht?«

»Das tut er immer. Und da er klüger ist als die meisten – auch als die Mikrofonhalter von *Euroman* –, kommt er mit allem durch.«

»Zum Beispiel?«

»Zum Beispiel damit, Per Vittrup eine Wahlniederlage in die Schuhe zu schieben und ihm die ganze Schuld an dem sozialdemokratischen Fiasko zu geben.«

»Ist Gert Jacobsen nicht bereits zum *Königsmörder* ausgerufen worden?«, fragt der Chefredakteur und ignoriert einen eingehenden Anruf.

»Doch, aber das muss ja nicht zwangsläufig negativ sein, oder? Der Königsmörder kann auch der Held sein, der den unpopulären Herrscher stürzt.«

»Was wollen Sie eigentlich, Mikael? Mit Ihrem *ultimativen* Porträt? Sie glauben doch nicht, dass Jacobsen auf Vittrups Posten aus ist, weil der mit seiner Frau geschlafen hat? Mit ihrer ganz speziellen Freundin?«, fragt der Chefredakteur mit einem listigen Lachen.

»Theoretisch könnte das so zusammenhängen«, lächelt Mikael Rud ausweichend. »Nur glaube ich nicht daran«, sagt er und denkt so lange nach, wie es braucht, sich mit der Hand durch die Stirnhaare zu streichen.

»Ansonsten eine Bombengeschichte! Was glauben Sie denn?«

»Dass er die Geschichte ausschmückt. Deshalb könnte ich mir gut vorstellen, sie gegenzuchecken. Den Quellen nachzugehen und zu hören, was die sagen. Lindas Version zu hören …«

»Lindas?«, das Lächeln des Chefredakteurs wird breiter. Er spielt auf ihr *dirty dancing* auf dem Tanzboden an.

»… und vielleicht zu den Wurzeln zurückzukehren, mit den Leuten in dem Dorf zu reden …«

»Höre ich Sie gerade sagen, dass Sie nach Afrika wollen? Um in Gert Jacobsens Fußspuren zu wandeln?« Das Lächeln des Chefredakteurs verlischt, und er rollt skeptisch mit seinem Stuhl nach hinten.

»Haben andere das vielleicht getan?«

»Mikael«, sagt der Chefredakteur. »Möglicherweise ist das eine geniale Idee. Möglicherweise ist das der größte Schwachsinn, den ich seit Jahren gehört habe. Doch bevor ich ein Ticket nach Tansania bewillige, müssen Sie mir erzählen, was Sie aus seiner Frau herausbekommen haben. Über das rein Persönliche hinaus, hehe ...«

Mikael Rud verdreht die Augen, während der Chefredakteur fortfährt.

»Sie unterstützt ihn doch? Mit der Aussicht, Frau Staatsminister zu werden?«

»Das tut sie wohl«, stimmt Mikael Rud ausweichend zu. Jetzt ist es Zeit, nichts mehr zu sagen. Außerdem ist das schließlich nur eine Ahnung, dieses *cherchez la femme*. Eine Ahnung, die mit Sicherheit dadurch untermauert wird, dass Linda Jacobsen unvermittelt als ihre feste Putzhilfe aufgehört hat. Da sie auch diesen Donnerstag nicht aufgetaucht ist, hat er versucht, sie unter Gert Jacobsens Privatnummer zu erreichen, die er ohne große Mühe von Anton Møller bekommen hat. Es ist niemand ans Telefon gegangen – bis heute nicht. Das muss nichts bedeuten. Sie kann die Arbeit gewechselt haben oder zu einem Familienbesuch in Jütland sein. Aber sie kann auch in einem Käfig im Keller eingesperrt sein. So weit hergeholt es auch sein mag, tendiert er am ehesten zu Letzterem. Nach dem, was er gesehen und erlebt hat, besteht jedenfalls kein Grund zur Annahme, dass die Dinge hinter der Fassade dem normalen, kleinbürgerlichen Standard entsprechen. Die Frage ist nur, ob das die Öffentlichkeit etwas angeht.

»Okay, *go for it*!«, sagt der Chefredakteur und steht auf.

»Und was ist mit Afrika?«

»Kommen Sie mit einem Finanzierungsvorschlag wieder. Und mit mehr Fleisch in der Suppe. Das mit der Frau und Vittrup wäre das reinste Dynamit.«

»Selbst in einer seriösen Zeitung?«, fragt Mikael Rud mit einem ironischen Unterton.

»In jeder Zeitung!«

Wie kann er wissen, dass ich zum ersten Mal allein in der Stadt unterwegs bin? Unbewaffnet und ohne Begleitung betrete ich den Kiosk, um Zigaretten zu kaufen und Süßigkeiten für die Kinder. Und da ist er. Starrt mir vom Titelblatt eines Herrenmagazins direkt in die Augen. *Den Krieger* nennen sie ihn, und die Absicht ist offensichtlich die, dass das wie ein Arschtritt wirkt. Und das tut es auch – in meinen Arsch. Ich kaufe die Zeitschrift, obwohl ich das nicht sollte. Aus alter Gewohnheit nehme ich auch noch eine Flasche Apfelsinensaft und drei Miniflaschen Aalborg Aquavit. Ich denke nicht darüber nach, es ist eine reine Reflexhandlung. Gehe mit steifen Schritten vom Kiosk zur nächsten Bank, auf die ich mich fallen lasse und auf der ich mit zitternden Fingern meinen Stoff mische. Als ich den ersten Schluck getrunken habe, blättere ich bis zu dem doppelseitigen Beitrag und beginne zu lesen, »dieses exklusive Interview, wie Gert Jacobsen sich von einem wilden schwarzen Jungen mit nackten Füßen in einen mächtigen weißen Mann mit blank geputzten Schuhen verwandelt hat«. Man soll nicht trinken, wenn man auf Antabus ist. Die Frage ist jedoch, ob die gleichen allergischen Symptome – Atemnot, rasender Puls, glühendes Gesicht – nicht auch ohne den Alkohol aufgetreten wären. Ich weiß nicht, aus wie vielen Worten so ein Text besteht. Aber ich weiß, dass nicht eins davon wahr ist.

In Kastaniely handhabt man die Nulltoleranz gegenüber Alkohol äußerst rigide. So rigide, dass man Bewohnerinnen, die dabei erwischt werden, dass sie getrunken haben, hinauswirft. Beim ersten Mal. Nicht weil man moralisch oder prüde ist, sondern weil man ganz einfach nicht über die nötigen Ressourcen verfügt, mit Süchtigen umzugehen.

Doch in Lindas Fall, die sichtlich betrunken und mit verquollenem Gesicht von ihrem Gang zum Kiosk zurückkommt, ist man sich einig, eine Ausnahme zu machen. Ihre Situation ist so speziell, was durch das Lesen der *Euroman*-Ausgabe nur noch bestätigt wird, dass man flexibel sein muss. Obwohl sie im Lauf der Zeit Frauen gesehen haben, die physisch schlimmer misshandelt worden sind als sie, haben sie es selten oder noch nie mit einem so komplizierten Fall zu tun gehabt. Frauen bekannter Männer haben es immer schwer, doch die Frau eines *berühmten* Mannes ist übel dran. Vor allem, wenn er darüber hinaus noch zu den Verdrängern gehört. Wie dieser Oberarzt, der nachweisbar seine Frau, die selbst Fachärztin für Lungenkrankheiten war, die Treppe hinuntergestoßen hat, sodass sie sich das Genick gebrochen hat und seitdem gelähmt ist, und der sie Tag für Tag im Rollstuhl herumfährt und von dem »Unfall« spricht. Lindas Situation wird noch dadurch erschwert, dass sie kein Netzwerk hat. Niemanden, an den sie sich wenden kann, außer einer problembeladenen Schwägerin. Keine Familie, keine Freundin, keine Kollegen. In sich selbst schon eine Anomalie im heutigen Dänemark, aber typisch für ihre oft auffallend isolierten Klientinnen.

»Wenn wir sie rausschmeißen, schicken wir sie direkt in die Arme ihres Mannes«, sagt Helle auf der schnell einberufenen Konferenz, an der sowohl die Psychologin als auch die Sozialarbeiterin teilnehmen. »Und wir sehen sie bestimmt nie wieder.«

»Doch, in der Zeitung«, wirft die Psychologin trocken ein. Das ist das Schlimmste an diesem Job. Wenn frühere Klientinnen umgebracht werden. Entweder weil sie zu dem Mann zurückgekehrt sind oder weil sie von einem verzweifelt entschlossenen Expartner verfolgt werden, der das Verkehrsverbot ignoriert und durch schludrigen Polizeischutz nicht ferngehalten werden kann. Letztes Jahr ist eine frühere Klientin an ihrem Arbeitsplatz erstochen worden, und im Jahr davor wurden eine Mutter und ihr Sohn am Weihnachtsabend in einem Bauernhaus auf Samsø erschossen, wo sie ein neues Leben begonnen hatten.

Helle nickt düster. »Ja, er ist gefährlich«, stimmt sie zu.

»Lebensgefährlich«, unterstreicht die Psychologin mit einem Nicken zu der Zeitschrift hin, die auf dem Tisch liegt. »Sie muss *unbedingt* von ihm ferngehalten werden!«

»Ich glaube, das weiß sie«, sagt Helle und spielt damit darauf an, dass auch Linda lebensgefährlich sein könnte. Für ihren Mann. Das passiert auch. Dass schließlich die Frau den Mann umbringt. »Sie ist zumindest ängstlich. Erschüttert.«

»Ja«, sagt die Psychologin, die zwar tüchtig ist, aber auch eine ärgerliche Tendenz zu fachlicher Besserwisserei an den Tag legen kann, »doch im Moment befindet sie sich noch in der äußerst kritischen Phase zwischen Erkenntnis und Sehnsucht …«

»Der Kampf mit dem Drachen«, fügt Helle mit einem kleinen Lächeln hinzu. Das gehört zum normalen Verlauf. Einerseits hassen, verabscheuen und fürchten die Frauen ihren Henker, andererseits sehnen sie sich nach ihm, werden von ihm angezogen und verteidigen ihn. »Habt ihr über die Möglichkeit einer Scheidung gesprochen?«, fragt sie und wendet sich an die Sozialarbeiterin.

»Sie hat die Frage nicht verstanden«, antwortet die Sozialarbeiterin mit einem schiefen Lächeln. »Sie ist sehr weit von jeglicher Stellungnahme zu ihrem eigenen Leben entfernt. Aber ich schätze, dass sie ziemlich gute Ressourcen hat. Sie ist begabt, hat eine schnelle Auffassungsgabe, einen ausgeprägten Humor, ein freches Mundwerk …«

Um den Tisch wird einmütig gelächelt. Linda *ist* klasse. Vor allem im Umgang mit den Kindern, bei dem sie sich als einzigartige, lustige Mischung aus Südhafenflegel und Vorstadtfrau erwiesen hat. Die Pädagogin ist total von ihr begeistert. Es gibt nicht viele Erwachsene, die mit Kindern mit so traumatischen Kindheitserlebnissen umgehen können.

»Sie dürfte gute Chancen haben, auf dem Arbeitsmarkt unterzukommen oder eine Ausbildung zu machen«, stellt die Sozialarbeiterin fest. »Aber es braucht sehr viel mehr Zeit, bevor sie auf eigenen Beinen stehen kann. Ohne ihn da!«

Alle Augen richten sich auf die Zeitschrift und starren stumm das Porträt von Gert Jacobsen an, den sie die meiste Zeit ihres Lebens als öffentliche Figur gekannt haben. Sie sind professionell; dazu ausgebildet, die Komplexität in gewalttätigen Beziehungen zu verstehen. Sie haben studiert, sind auf Kursen und Konferenzen gewesen, die ihnen Einsicht darin vermittelt haben, warum manche Männer so machtlos werden können, dass sie nur Ruhe und Entspannung in der Ausübung von Gewalt finden. Sie wissen, dass diese Männer nur im Augenblick der Gewaltausübung die ultimative Macht und Kontrolle spüren, nach der sie so gieren. Diese Therapeuten haben gelernt, dass Kinder von Gewalttätern selbst Gefahr laufen, Gewalt auszuüben. Sie wissen, dass Gewalt ein Symptom für ein Ungleichgewicht oder eine Schieflage im Leben des Gewalttäters ist. Sie könnten verständnisvolle Vorträge über »Die Gewalttäter als Opfer« halten, und deshalb sehen sie kein Monster, wenn sie mit professionellem Betrachterauge Gert Jacobsen auf der Titelseite von *Euroman* sehen, abgebildet wie ein Pennbruder mit einer Steinschleuder in den Händen. Sie sehen einen pathologischen Fall mit akutem Therapiebedarf.

Diese Fachleute dürfen nicht persönlich entrüstet oder verurteilend sein und sie dürfen nicht sagen, was die Jüngste, eine

Praktikantin von der Sozialhochschule, spontan von sich gibt: *»Man sollte ihm den Schwanz abschneiden!«*

Doch als Geschlechtsgenossinnen gemeinsam befreit zu lachen, das kann ihnen keiner verbieten.

Das war ein Ausrutscher, ich mache das nie mehr, ich schwöre! Ich schäme mich so, als Helle zu mir hereinkommt und sagt, dass sie beschlossen haben, mir noch eine Chance zu geben, dass ich ihr kaum in die Augen sehen kann. Ich habe die Gardine zugezogen, die Antabustabletten bestrafen mich für meinen Seitensprung mit dem Alkohol. Mein Kopf dröhnt, ich habe Flecken im Gesicht, und der Puls rast noch immer.

»Was hat dich an dem Interview so erschüttert?«, fragt sie.

»Dass er die Geschichte umgeschrieben hat«, sage ich, im Bett liegend. »Unsere Geschichte. Und das kann er, weil die Geschichte den Gewinnern gehört«, füge ich langsam hinzu. »Uns Verlierer kann man einfach wegstreichen. Dann haben wir nie existiert.«

»So dumm bist du nicht, Linda. Das weißt du«, sagt Helle.

Nein. Das weiß ich nicht. Oder vielleicht weiß ich es doch.

Die Frauen packen die Koffer. Sofort nachdem Yasemin am Morgen das Haus verlassen hat, fangen sie an. Angeleitet von Yasemins Mutter, Sehine, die anlässlich des Tages »eine schlimme Migräne« bekommen hat, füllen Yasemins aus Malmø gekommene große Schwester und Yasemins Schwägerin die Koffer mit all dem, was sie in den letzten Wochen gewaschen und gebügelt und eingekauft und im Zimmer des Bruders und der Schwägerin versteckt haben. Versteckt vor Yasemin, die glaubt, dass sie erst um den 1. Juli in die Türkei reisen werden. Doch die Reise ist auf den nächsten Morgen vorverlegt worden, und natürlich muss Yasemin mit. Sie soll schließlich verheiratet werden. Während des Packens diskutieren sie, ob sie es ihr im Flugzeug erzählen sollen oder erst, wenn sie in dem Dorf angekommen sind. Sie werden sich schnell einig, dass es am besten ist, wenn sie es erst oben im Dorf erfährt. Wenn sie bei ihren Verwandten auf dem Boden sitzen und essen, und alles wie in den alten Tagen ist, können sie es ihr sagen. Dann wird sie es verstehen. Es leichter akzeptieren können.

»Sie wird durchdrehen!«, meint der kleine Bruder, Yasar, als er aufgestanden ist.

»Sie wird sich wieder beruhigen«, sagt die Mutter.

»Sollen wir wetten?«, fragt der Junge, wirft sich aufs Sofa und zappt gähnend zwischen den Kanälen hin und her. Yasemin ist seine Lieblingsschwester, sie ist einfach tough, und es geht ihm nicht sonderlich gut dabei, dass er ihr nichts verraten hat. Doch die Argumente seiner Eltern haben ihn überzeugt, dass sie das alles für Yasemin tun. Man stelle sich nur einmal vor, sie heiratet einen Dänen! Oder wohnt allein, sodass sich alle das Maul darüber zerreißen, wie lang die Leine ist, an der sie gehalten wird. Will er, dass die Familie einen solchen Ruf bekommt? Nein, das will er nicht. Man stelle sich nur einmal vor, irgendjemand nennt seine Schwester eine Hure! Das wäre die größte Schande. Für sie alle. Trotzdem findet er es tough, dass sie diesen Job in Christiansborg bei all den bekannten Politikern hat. Sie hat versprochen, ihn einmal mitzunehmen und ihn den bekanntesten vorzustellen. Dem alten Staatsminister Per Vittrup und solchen Leuten. Was nun, wenn Yasemins zukünftiger Mann nicht will, dass sie arbeitet? Dann muss sie den Job aufgeben, und er kommt nie mehr dorthin.

»Du, Mutter! Hast du mal dreißig Kronen?«, fragt er, während der Zeigefinger an der Fernbedienung klebt.

»Wozu?«

»Für ein Shawarma und eine Cola.«

»Du hast nicht gefrühstückt!«, protestiert sie.

»Ich mag kein Frühstück. Gib mir die *paras*, dann bist du die liebste Mutter der Welt.«

Sekine seufzt. Gibt wie immer nach. »Hol sie dir aus meinem Portemonnaie.«

Die beiden anderen Frauen plappern weiter. Der Junge ist einfach zu verwöhnt! Führt sich auf wie ein Prinz. Als würde ihm alles gehören!

»Das tut es eines Tages doch auch!«, lacht Yasar selbstsicher und greift ins Portemonnaie seiner Mutter.

Man sollte meinen, sie liegt auf der Entbindungsstation!«, meint Charlotte, als Rasmus nervös ein weiteres Mal vergebens auf Yasemins Handy angerufen hat.

»Dieses Examen ist *so* wichtig für sie!«, antwortet Rasmus und reißt die Augen auf. »Ich sollte bei ihr sein!«

Charlotte seufzt.

»Rasmus, du wirst dafür bezahlt, bei mir zu sein! Und ich bin sicher, dass sie wunderbar ohne deine Hilfe zurechtkommt!«

»Ja, sie ist *brainy*, was?«, strahlt er. »Sie ist das klügste Mädchen, das mir je begegnet ist.«

»Ja? Ist sie das?«, fragt Charlotte und tut gekränkt.

»Also, von dir einmal abgesehen!«, berichtigt er sich schnell. »Aber du bist schließlich auch kein Mädchen. Du bist eine reife Frau.«

Charlotte schnalzt mit der Zunge.

»Rasmus, pass auf! Du bewegst dich auf dünnem Eis.«

»Eine *junge* Frau, meine ich«, korrigiert er sich schnell. »Charlotte, darf ich dich etwas fragen?«

»Hmm?«

»Glaubst du, dass sie noch Jungfrau ist?«

Charlotte sieht verblüfft von ihrem Bildschirm auf.

»Woher soll ich das wissen?«

»Mädchen reden doch …«

»Ja, aber habt ihr denn nicht …? Ich dachte eigentlich …?«

»Nope«, schüttelt er den Kopf. »Sie ist *sehr* tugendhaft! Ein muslimisches Mädchen, du weißt schon …«

Charlotte lacht.

»Rasmus, ohne dir zu nahe treten zu wollen, aber Yasemin ist doch wohl nicht auf diese Weise muslimisch, nicht? Sie trägt kein Kopftuch, sie hat einen Ring in der Nase, sie hat bald eine akademische Ausbildung abgeschlossen und verhält sich im Großen und Ganzen wie jedes dänische Mädchen von dreiundzwanzig Jahren, deshalb …«

»Deshalb was?«, fragt Rasmus alarmiert.

»Deshalb könnte es schließlich auch persönliche Gründe dafür geben …«

»Wie meinst du das?«, fragt Rasmus atemlos und antwortet sich selbst. »Du meinst, dass sie es *macht*, aber nicht mit mir?«

»Ohh!« Charlotte macht einen Rückzieher, als Rasmus theatralisch über den Unterlagenstapeln von der nachmittäglichen Abstimmung zusammensinkt. Obwohl sie die Abschlussdebatte hinter sich gebracht haben, ist noch einiges zu tun, bevor sie in die Sommerferien gehen können. Heute soll zum Beispiel über L 1252 abgestimmt werden, den *Vorschlag zum Gesetz über die Änderung des Ausländerrechts und des Eherechts.* Obwohl die Sozialdemokraten gegen diese klare Verschärfung stimmen, die unter anderem beinhalten wird, dass sich *»das Alter für die Zusammenführung der Ehegatten von achtzehn auf vierundzwanzig erhöht«* und Charlotte selbst hart dagegen gekämpft hat, der Liebe Grenzen zu setzen, wird das Gesetz beschlossen werden. Offiziell begründet man die neuen Verschärfungen mit dem Wunsch *»der notwendigen Integration der bereits in Dänemark lebenden Ausländer die nötige Ruhe zu sichern«*, doch Charlotte teilt die bittere Auslegung der Einwanderer, die auch Yasemin vertritt: Dänemark soll für *die Fremden* so unattraktiv gemacht werden, dass sie sich fernhalten. Das Schlimmste ist, dass das Gesetz diese Absicht wohl auch erfüllen wird. Wer wird schon in ein so inferiores, sich selbst genügendes Land wollen? Und wenn jemand wie Yasemin schreiend davonläuft, sobald sie ihre Ausbildung beendet hat, kann man ihr das nicht verdenken. Gehirnflucht wird zu einem Gigaproblem werden.

»Ich glaube nur einfach nicht, dass ein vitales und normales Mädchen von dreiundzwanzig Jahren noch Jungfrau ist. Enttäuscht dich das?«, lacht sie schließlich. »Träumt ihr alle von der jungfräulichen Madonna?«

Er kommt nicht dazu zu antworten, da endlich eine SMS eingeht.

»Yes!«, springt er begeistert auf, »sie hat eine Eins bekommen! Eine fucking Eins hat sie gemacht!«

»Glückwunsch!«, lächelt Charlotte.

»Beweist das nicht, dass sie ihre Sexualität durch den Intellekt sublimiert?«, triumphiert Rasmus und drückt die Eins, die Durchwahl zu Yasemin.

Deprimierenderweise ist die Nummer besetzt. Sie überbringt wohl gerade ihrem Vater die glückliche Nachricht, sagt er sich.

Wie war Ihr Verhältnis zu Ihren Eltern?«, fragt die Psychologin.

»Ganz normal«, weiche ich aus.

»Leben sie noch?«

»Meine Mutter. Mein Vater ist vor vielen Jahren gestorben.«

»Haben Sie ein enges Verhältnis zu Ihrer Mutter?«

»Das kann man nicht sagen. Ich habe sie lange nicht mehr gesehen.«

»Warum nicht?«

»Wir können einfach nicht miteinander. Das haben wir noch nie gekonnt.«

»Was ist mit Ihrem Vater? Standen Sie sich nahe?«

»Na ja. Das taten wir wohl. Wir haben einander verstanden. Warum?«, frage ich misstrauisch.

»Es ist ein alltägliches Muster bei misshandelten Frauen, dass sie als Kinder die Welt polarisiert erlebt haben. Die Mutter ist *die Böse*, während der Vater *der Gute* ist.«

»Aha«, sage ich. »Ist das so.«

»Als Erwachsene sehnt sich so ein Kind nach *dem Guten*, zum Beispiel dem Vater, und baut einen Abstand zur *Bösen* auf, zum Beispiel der Mutter. Obwohl ihr in Wirklichkeit die nicht erfolgte Fürsorge und das Verständnis der Mutter gefehlt haben«, fährt die Psychologin fort.

»Aha«, sage ich mit einem steifen Lächeln. »Interessant. Meine Mutter ist ein Miststück!«, rutscht es mir heraus.

»Vielleicht war sie nur eifersüchtig. Auf das, was Sie zusammen hatten. Sie und Ihr Vater. Haben Sie schon einmal darüber nachgedacht?«

Nein, darüber habe ich verdammt noch mal noch nie nachgedacht. Oder vielleicht doch.

Yasemin!«, ruft Rasmus, dass es durch die ganze Wandelhalle schallt und eine Gruppe Rentner aus Vordingborg sich nach ihnen umdreht.

»Psst!«, bedeutet sie ihm lachend und lässt sich von ihm umarmen, als er die Treppe hinuntergestürmt kommt.

»Das ist ja super gelaufen! Eine Eins!«

»Hast du nicht eine Eins plus bekommen?«, bemerkt sie ausgelassen.

»Doch, aber eine Eins bei dem Killerprüfer! Wie hast du das gemacht?«

»Ich habe einfach meine Bluse ausgezogen!«, lacht sie, fröhlich und erleichtert. »Und was ist hier passiert?«, fragt sie, als wäre sie lange fort gewesen und hätte nicht nur drei freie Studientage gehabt.

»Oh, sie katapultieren Dänemark gerade zurück ins Mittelalter«, nickt er zum Saal hinüber. »Yasemin, das muss gefeiert werden!«

»Ja«, lächelt sie unsicher, während ihr Blick zu flackern beginnt.

»Ich soll dich von meiner Mutter grüßen. Sie möchte gern heute mit uns zu Abend essen!«, plappert er los. »Sie ist wirklich eine ausgezeichnete Köchin, eine bessere Lammkeule als ihre bekommst du nicht diesseits der anatolischen Hochebene ... Wenn du keine Lammkeule magst, kann ich sie auch bitten, ihr unübertroffenes New-Orleans-Cajun-Huhn zu servieren oder ihre Brünnhilde-Schnecken ...«

»Oh«, sagt Yasemin. »Das würde ich furchtbar gern ...«

»Aber?«, sagt er, während sein Herz aussetzt.

»Aber ich habe schon eine Verabredung ...«

»Mit Melika?«, fragt er, um sich an etwas festzuhalten, wahrend der Granitboden sich unter ihm in eine schaukelnde Hängebrücke verwandelt.

»Ja«, nickt sie dankbar. »Mit Melika.«

»Ihr geht das letzte Mal gemeinsam aus, bevor sie heiratet?«, fährt er mit einem Knoten in den Stimmbändern fort.

»Stimmt«, bestätigt seine Angebetete ihm rücksichtsvoll die Lüge, die er der Wahrheit bei Weitem vorzieht.

»Ein anderes Mal komme ich sehr, sehr gern zum Abendessen zu deiner Mutter«, sagt sie dann. »Morgen oder nächste Woche?«

»Es gibt kein anderes Mal«, antwortet er knapp und dreht sich auf dem Absatz um. In der Wandelhalle hat es zu regnen begonnen.

Heimlichkeiten und Lügen, denke ich, während ich meine Wäsche auf der Leine in dem großen Garten aufhänge. Ein Inlett, einen Plumeaubezug, ein Laken. Heimlichkeiten knüpfen Familien zusammen, Lügen trennen sie schließlich. Vielleicht ist es auch umgekehrt. Egal. Gibt es überhaupt einen Unterschied zwischen *Heimlichkeiten und Lügen*? Oder eine Lüge ohne eine Heimlichkeit? Sind *Heimlichkeiten und Lügen* nicht wie Aquarellfarben, die ineinanderlaufen und zu Nuancen derselben Wolkenformation werden?

In der polnischen Klinik haben sie deutsch mit uns gesprochen. Der Arzt war tüchtig. Wir haben mit Jeans und Beatles-Platten bezahlt. Die Krankenschwester hat zwei Tüten Kaffee bekommen. Sonst würde sie an der Betäubung sparen, hatten wir gehört. Es war eine Erleichterung, die Maske über die Nase gestülpt zu bekommen. Ich hatte gehofft, dass alles ausgewischt sein würde, wenn ich wieder aufwachte. Vom Band gelöscht. Doch als ich wach wurde, fühlte ich mich wie eine leere Eierschale. Aber ich habe nicht geweint wie die anderen. Ich habe nur geblutet. Stark. Der Arzt hat sich Sorgen um mich gemacht und mich über Nacht dabehalten. Und in dem Hotel, in dem ich nach der Entlassung in einem Zimmer mit hoher Decke und gurgelnden Wasserrohren lag, wollten sie sowohl das Laken als auch die Matratze erstattet haben. Ich habe ihnen meine *Help*-Platte angeboten, aber sie wollten auch meinen Lippenstift, meinen Haarlack, meine beiden Packungen Zigaretten und meinen Ersatz-BH.

Als ich zurückkam, durchsichtig und hohläugig, und zum Familienarzt gegangen bin, hat er dafür gesorgt, dass ich eine Ausschabung und ein Rezept für die Pille bekomme. Er muss meiner Mutter gegenüber gequatscht haben. Denn sie war zu der Zeit in Dianalund. Und Max hat unter Garantie nicht ein einziges Wort gesagt. Er hat sich damit begnügt, zu zahlen.

Der Wind greift nach dem Laken und spannt es wie ein Segel, hinter dem ich mich verstecken kann. Es ist gutes Trockenwetter. Aber das sind verdammt elende Wäscheklammern, die sie heutzutage im Knast machen. Sie fallen dauernd auseinander.

Er hat zu viele welke und unbedeutende rote Rosen verteilt, als dass Rosen infrage kämen. Stattdessen entscheidet er sich für Pfingstrosen. Für einen riesigen Strauß, den er auf dem Platz vor dem Kaufhaus kauft und sich in Folie einpacken lässt.

»Möchten Sie auch eine Karte?«, fragt die Verkäuferin mit zuvorkommender Neugier.

Nein. Doch. Nein. Doch.

»Ja, danke«, antwortet er schließlich und wählt eine einfache weiße Karte, auf die er mit seinem eigenen Füller schreibt: *Liebe Yasemin. Glückwunsch zu der guten Note. Für mich sind Sie die Eins plus. Ihr G.* Er steckt die Karte selbst in das dazugehörige Kuvert, das er sorgfältig zuklebt. Er lässt es unadressiert, vor allem um die Verkäuferin zu ärgern, die bestimmt gern wissen möchte, wem Gert Jacobsen Blumen schenkt. Mit Karte.

Als er bezahlt hat, sieht er auf seine Armbanduhr. Es ist Viertel vor sieben. Er schafft es noch zu *Essen und Wein,* um eine Flasche Champagner und ein paar Erdbeeren oder dergleichen zu kaufen. Falls sie denn, wie er hofft, bei ihm zu Hause landen. Linda kennt ein Dessert mit in Schokolade getauchten Erdbeeren, aber sie kommen bestimmt auch ohne diese zusätzlichen Raffinements aus.

Zwei Minuten vor sieben hält er in der Bremerholm ein Taxi an, und Punkt sieben fährt der Wagen vor der Börse vor, wo sie wie besprochen steht und wartet.

Der Champagner ist überflüssig. Allein ihr Anblick versetzt ihn in einen Zustand sprudelnder Schwerelosigkeit. So auffallend liebreizend, jung und lächelnd winkt sie ihm zu. Und als das Tüpfelchen auf dem i trägt sie auch noch ein Sommerkleid.

Wäre dies ein amerikanisches B-Movie, wäre er ins nächste Taxi gesprungen und hätte gerufen: *Follow that car!* So wie es aber ist, muss Rasmus, die Hand auf dem Fahrradlenker, zusehen, wie seine Angebetete weggeführt wird, und Kopenhagen in der Abendsonne in die Schräglage gerät.

Wollen wir nicht ins Tivoli?«, fragt sie, als sie am H.-C.-Andersen-Boulevard rechts abbiegen und weiter Richtung Rathausplatz fahren.

»Ich muss nur gerade zu Hause vorbei und eine Flasche kaltstellen«, lächelt er und hält die Tüte von *Essen und Wein* hoch. »Für nachher.«

»Oh«, errötet sie und rückt ihre Beine unter dem Rock zurecht.

Yasar bekommt ihre SMS. Auf seinem Handy. Dem neuesten Nokia, das er von seinem Schwager aus Malmø bekommen hat.

»Warum gibt sie dir Bescheid? Kann sie nicht mich anrufen?«, kommt es vorwurfsvoll vom Vater, als er seinem jüngsten Sohn das Telefon aus der Hand nimmt. Aber er kann die kleinen digitalen Buchstaben nicht sehen ohne Brille, die anzuschaffen er sich nicht überwinden kann. Obwohl es ihm langsam auch schwerfällt, die Spielkarten zu erkennen und die türkischen Zeitungen zu lesen. »Was steht da?«

»Was ich gesagt habe!«, antwortet der Sohn defensiv und wiederholt das Vorgelesene. »Komme spät nach Hause, Yasemin.«

Die Spannung in der Vierzimmerwohnung ist im Lauf des Tages gestiegen. Vor allem nachdem die Männer – der große Bruder, der Schwager und der Vater – nach Hause gekommen sind, ist die geschwätzige Ferienstimmung merklich gefallen, das Stimmungsbarometer steht auf Schlechtwetter. So ist es immer, wenn der Schwager da ist. Er verbreitet seine miese Stimmung wie eine Schmeißfliege, die überall ihre Eier legt. Man muss die Finger kreuzen, dass der Typ, den Yasemin heiraten soll, nicht auch so einer ist, denn zwei von der Sorte hält Yasemins kleiner Bruder nicht aus. Der Vater erträgt das Zusammensein mit ihm auch nicht. Er wird reizbar und jähzornig, als müsste er seinem Schwiegersohn etwas beweisen, der nichts anderes tut als seine Frau, Yasars Schwester, auszuschimpfen und ihr vorzuwerfen, faul und träge zu sein und zu viel Geld auszugeben. Obwohl er derjenige ist, der sich mit seinem »Business« so durchschummelt, während sie als Hilfsschwester in einem schwedischen Krankenhaus schuftet.

»Wie habt ihr sie auch erzogen!«, kommt es sofort vom Schwager. »Sie macht einfach, was sie will! Sie hat keinen *Respekt*!«

»Yasemin ist erwachsen!«, verteidigt der große Bruder sie, hält jedoch schnell den Mund, als der Schwager drohend die Hand hebt. »Niemand hat dich nach deiner Meinung gefragt! Ich rufe sie an, dass sie nach Hause kommen soll!«, sagt er und winkt Yasar gebieterisch zu sich, damit er ihm das Telefon abliefert.

»Ich werde meine Tochter selbst anrufen«, unterbricht ihn der Vater in drohendem Tonfall und bekommt sofort das Telefon. Es stellt bereits die Verbindung her, doch wie Yasar erwartet hat, kommt sie nicht zustande. Yasemin hat natürlich ihr Handy ausgeschaltet, nachdem sie die SMS geschickt hat. Das hätte er auch getan.

»Habt ihr ihre Sachen gepackt?«, fragt der Vater die drei Frauen, die alle bejahend nicken. Er selbst hat ihren Pass und alle Tickets.

»Ja, dann können wir nur warten. Sie kommt in der Regel nicht so spät«, sagt er und übersieht bewusst das demonstrative Kopfschütteln seines Schwiegersohns.

Der Tisch ist auf den Namen »Jacobsen« reserviert, doch dass es *der* Jacobsen ist, der einen Tisch für zwei mit der Bitte um »diskrete Platzierung« bestellt hat, geht dem Oberkellner erst auf, als die bekannte Gestalt in Gesellschaft einer bedeutend jüngeren Dame das Divan 2 betritt. Theoretisch könnte es sich um ein Arbeitsessen handeln, doch die Blumen, die er ihr überreicht, sobald sie sich hingesetzt haben, und die Wahl von Aperitif, Menü und Wein lassen darauf schließen, dass das wohl eher ein romantischer Abend werden soll. Für diesen Kellner der alten Schule ist Diskretion Ehrensache, sodass Gert Jacobsen unter den Restaurants des Tivoli genau die richtige Wahl getroffen hat. Er kann *garantieren*, dass kein Gast von diesem ehrwürdigen, gutbürgerlichen Restaurant mit den in mattgrünen Tönen gehaltenen steifen Tischdecken und Servietten verraten wird. Was einer der Gründe ist, dass man hier seit der Eröffnung 1843 Zeuge nicht weniger pikanter Konstellationen und Episoden geworden ist. Oft mit denselben Akteuren, denn die Leute kommen schließlich wieder. Wenn sie das nächste Mal ein kleines *lover's nest* brauchen.

Yasemin legt die Handflächen gegeneinander und führt sie überwältigt zum Kinn, als der Ober ihnen die Vorspeise, frisch gepulte Krabben, bringt.

»Das ist fantastisch!«, lächelt sie und greift nach dem Weißweinglas, in das der Kellner gerade einen Sancerre eingeschenkt hat, als Gert sein Glas hebt.

»Noch einmal herzlichen Glückwunsch«, lächelt er und stößt gedämpft mit seinem Glas gegen ihres. »Sie sind wirklich toll, Yasemin.«

»Gleichfalls!«, erwidert sie und führt das Glas zum Mund.

Er protestiert kopfschüttelnd.

»Ich *meine* das, Yasemin! Ich habe sofort gesehen, dass Sie etwas Besonderes sind. Damals im Winter, als Sie mir Ihre Meinung gesagt haben. Auf der Kreisversammlung.«

Yasemin schluckt den Wein hinunter, der behaglich wie ein Bach über Bergterrassen durch ihre Kehle rieselt.

»Ich habe Ihnen doch nicht die Meinung gesagt«, lacht sie.

»Doch, das haben Sie! Sie haben mir ordentlich den Kopf gewaschen. Völlig berechtigt. Nun gut, probieren wir mal eine der echten dänischen Delikatessen«, sagt er und reicht ihr den Brotkorb. Sie entscheidet sich für das Weißbrot, während er nach dem Sauerteigbrot greift, das er auf den Teller legt und zu schmieren beginnt. Sie wartet ab, es ihm gleichzutun, bis sie sicher ist, was er macht. Um ehrlich zu sein, hat sie noch nie in einem so vornehmen Restaurant gegessen. Geschweige denn Fjordkrabben.

»Sie vertragen doch Schalentiere, oder?«, fragt er, als er ihr Zögern bemerkt.

»Ja, doch«, nickt sie. »Ich habe nur so noch nie Krabben gegessen …«

»Sie haben noch nie Fjordkrabben gegessen?«, fragt er mit gespielter Bestürzung. »Ein Manko in Ihrer Erziehung!«

»Da, wo meine Eltern herkommen, gibt es keine Fjorde mit Krabben«, sagt sie.

»Ja, natürlich. Die gibt es wohl nicht. Sie haben Ihnen ja auch nicht beigebracht, wie man Fahrrad fährt, nicht?«, sagt er mit einem wissenden Lächeln. »Jetzt bringe ich es Ihnen bei! Sie schmieren etwas Brot, belegen die Brotscheibe mit Krabben, pressen ein paar Tropfen Zitrone darüber und schließen mit etwas Salz und Pfeffer ab. Gewisse Banausen verkleistern das Ganze mit Mayonnaise, doch so eine Untugend traue ich Ihnen natürlich nicht zu. Dann schneiden Sie einen kleinen Bissen ab, stecken ihn in Ihren feinen, kleinen Mund und schließen die Augen.«

Yasemin gehorcht lachend. Behält die Augen jedoch offen.

»Nein«, schimpft er. »Schließen Sie die Augen! Konzentrieren Sie sich auf den Geschmack.«

Sie gehorcht, gibt sich mit geschlossenen Augen dem Genuss hin, lässt das Aroma der frischen Zartheit der Krabben sich ausbreiten. Er rührt sie währenddessen nicht an, doch sie spürt, wie sein Blick ihre Wange streichelt, und als sie die Augen öffnet, sieht sie direkt in seine, glühend wie Lava und hellwach.

»Mögen Sie das?«, fragt er leise.

Sie nickt und tupft sich den Mund mit der Serviette ab. Hmmm, ja. Sie mag das. So sehr, dass sie schnell Thema und Tonfall wechselt, weniger flirtend, mehr neckend.

»In Afrika hat es wohl auch keine Fjordkrabben gegeben, oder?«, fragt sie und zieht unter dem Tisch ihren Fuß zu sich.

Er lächelt. Nein, hat es nicht.

»Dafür gibt es nicht viele Impalas in Dänemark, nicht?«

»Deshalb bekommt man auch nicht oft ein Impalasteak.«

Er nickt anerkennend. Genau.

»Das Interview in *Euroman* war wirklich souverän«, knüpft sie an, obwohl sie das schon früher gesagt hat.

»Es freut mich, dass Sie das finden«, sagt er. »Es war meine Absicht, ein anderes Bild zu zeichnen als das, das die Leute sonst sehen … ich bin schließlich nicht nur ein trockener Buchhalter!«

»Das ist Ihnen gelungen!«, lächelt sie. »Sie haben ja gesehen, wie viele Mails und Briefe eingegangen sind.«

Er nickt bescheiden und spießt eine blassrosa Krabbe mit der Gabel auf.

»Es ist lustig, dass alle die gleiche Frage stellen, nicht?«, fährt sie fort.

»Ob ich wirklich auf meinen Vater geschossen hätte?«, lächelt er.

»Hätten Sie?«, fragt sie.

»Ich glaube ja«, nickt er nachdenklich. »Das heißt ja noch lange nicht, dass ich ihn umgebracht hätte, nicht? Aber ich war der Einzige, der stark genug war, ihm einen Schrecken einzujagen. Und den brauchte er.«

Yasemin nickt und lehnt sich in ihrem Stuhl zurück. Der Wein steigt ihr bereits zu Kopf. Sie muss vorsichtig sein. Nicht zu viel trinken. Nicht den Kopf verlieren.

»Vermissen Sie ihn? Vermissen Sie Ihre Eltern?«, fragt sie und sieht mit einem Anflug von Wehmut ihre eigenen Eltern in Bilderrahmen vor sich wie liebe Verstorbene.

Er zuckt mit den Schultern. Nee.

»Meine Mutter, manchmal. An sie denke ich mit einer gewissen Verehrung.«

»Ja, aber hätten Sie Ihrem Vater nicht gern gezeigt, wie fantastisch es Ihnen ergangen ist?«

Gert kaut langsam, schluckt und verschwindet auf eine Weise in sich selbst, die sie noch nie bei ihm gesehen hat. Gerade als sie Angst bekommt, zu weit gegangen zu sein, atmet er ein.

»Mein Vater wäre nicht beeindruckt. Nicht, bevor ich nicht die Nummer eins geworden bin. Er hat ja erlebt, wie ich Arbeitsminister geworden bin. Das hat ihn ziemlich kaltgelassen, um es milde auszudrücken. Aber er saß damals auch auf Grönland, als Oberarzt in Nuuk.«

»Und wenn Sie Staatsminister geworden wären? Wäre er dann stolz gewesen?«

»Möglicherweise. Er hätte es nur nie gezeigt. Aber es kann schon sein, dass er an dem Tag, an dem das passiert, einen Gedanken nach oben schickt«, lächelt er.

Yasemin zuckt zusammen. Ob das ein Vertrauensbeweis ist, dass er so frei von der Leber weg redet und nicht einmal ein zurückhaltendes »falls« hinzufügt, oder ob er aus Versehen laut gesprochen hat, lässt sie im Ungewissen, indem sie unangefochten weiterisst. Denn dass sowohl die Medien als auch Rasmus in ihren Vermutungen recht haben sollen, dass er auf Vittrups Stuhl aus ist, kann sie nicht glauben. Nicht jetzt, nicht an diesem magischen Abend, an dem er der vollendete Gentleman ist, der sie erst in diese romantische Märchenkulisse mit bunten Lampen, Blütenflor und Musiktribünen gebracht und dann in die Welt der Erwachsenen weitergeführt hat, zurückgezogen von der der Kinder, die nur durch die Schreie auf der Rutschbahn, das hydraulische Stöhnen der Karussells und den Applaus des Publikums, wenn die Akrobaten eine halsbrecherische Nummer auf dem Seil überlebt haben, zu ihnen hereindringt. Der Tivoli ist eine illuminierte Illusion; das ist dieser Abend vielleicht auch, aber es ist noch allzu früh, die Kabel zu enthüllen, die die alten Autos ziehen, und die kalkulierten Umdrehungen des Riesenrads, denn Yasemin hat sich die Erlaubnis gegeben, wie die heliumgefüllten Ballons des Ballonverkäufers zu schweben. Heute Abend ist Gert ihr Kavalier, ein reifer Mann, der sie selbstsicher zum Essen eingeladen hat und mit Blumen und Komplimenten überhäuft, und kein zynischer Machtpolitiker mit einem Messer im Ärmel.

Er geht auch nicht weiter auf seine verräterische Aussage ein, sondern legt kultiviert sein Besteck zusammen, nachdem er den letzten Bissen gegessen hat, und kommt dem sonst so aufmerksamen Kellner zuvor, indem er für mehr Wein aus dem Kühler sorgt.

»Wie ist Ihr *Vater*?«, fragt er mit geneigtem Kopf.

»Lieb und nett. Jedenfalls nicht so ein Typ, den man erschießen möchte!«

»Ist er nicht stolz auf seine Tochter?«

»Doch, meistens jedenfalls«, sagt sie und greift nach dem Weinglas. »Manchmal denke ich, er findet mich etwas zu …«

»… visionär?«, schlägt Gert vor und deutet auf ihre erste Begegnung hin.

»Genau! Er kann zum Beispiel nicht verstehen, dass ich von zu Hause ausziehen will. Ohne verheiratet zu sein!«, sie verdreht die Augen. »Darüber hatten wir einen kleinen Streit. Außerdem haben meine Eltern Schwierigkeiten zu akzeptieren, dass ich diesen Sommer nicht mit in die Türkei will. Aber davon einmal abgesehen, sind sie gute Eltern. Es fällt ihnen nur schwer zu begreifen, dass ihre Tochter ein anderes Leben leben möchte, als sie es tun. Sie wollen schließlich nur das Beste für mich.«

Gert nickt und lächelt, stellt weitere Fragen und lässt sie immer weiterreden – darüber, wie es eigentlich ist, Einwanderin der zweiten Generation in Dänemark zu sein. Sie erzählt von den psychosomatischen Symptomen ihrer Mutter; von dem resignierten Rückzug ihres Vaters von allem Weltlichen in das Geistliche; von der Enttäuschung ihres großen Bruders, immer wieder von dänischen Arbeitgebern abgewiesen zu werden, von der Sorge um den kleinen Bruder, der wie alle anderen Einwandererjungen aus dem Getto unter dem konstanten Druck lebt, der Faszination der toughen *Gangsterkanaken* zu widerstehen. In den Banden gibt es immer einen freien Platz für die Frustrierten und Abgewiesenen auf ihrer Suche nach Status und Identität.

»Warum sind Sie so eine Traditionsbrecherin geworden?«, fragt Gert, als sie beim Hauptgericht sind, gebratenem dänischem Kalbsfilet mit neuen Kartoffeln und Spargel, und schon mehrmals mit Wein angestoßen haben, einem leichten Bordeaux.

»Weil ich kein Kopftuch trage und nicht mit meinem Vetter verheiratet werden will?«, lächelt sie und denkt mit einem Stich an ihre unterdrückte Schwester in Malmø und an ihre Schwägerin, die hierhergeholt worden ist und jetzt ihr Leben als nicht Dänisch sprechende Mutter unter dem Dach ihrer Schwiegermutter fristet. Yasemin hasst es, das zugeben zu müssen, denn sie ist dagegen, dass man die individuellen Rechte einschränkt, indem man die kollektiven beschneidet, doch in gewissen Stunden sieht sie sehr wohl einen Sinn darin, die Altersgrenze für eine Zusammenführung der Familie heraufzusetzen.

»Tja, warum? Ich habe immer ein starkes Autonomiegefühl gehabt. Und ich war so neugierig, auf eine so vorwitzige Weise … Kennen Sie das Kinderbuch mit dem neugierigen Peter Pedal?«

Er lächelt schief.

»Jepp. Und dem kleinen schwarzen Sambo. In unserem Dorf haben sie die Bücher geliebt! Sie fanden sie total lustig!«

»Das glaube ich gern!«, lacht sie. »Nun ja, ich hatte so ein Peter-Pedal-Temperament. Und das habe ich wohl immer noch.«

»Ermahnungen hören und das Gegenteil tun?«

»Genau! Da ist etwas, das ich unbedingt untersuchen muss …«

»Haben Sie deshalb diese Kerbe im Kinn?«, fragt er und lässt seine Fingerspitze über die alte Narbe gleiten.

Sie nickt fröhlich.

»Als Fünfjährige habe ich mir ein Fahrrad geschnappt und bin natürlich umgekippt«, informiert sie ihn lachend, während seine Hand einen kurzen Moment auf ihrer Wange verweilt, bevor er sie zu sich zurückzieht. »Manchmal bin ich auch ein bisschen *toll*… wie heißt das doch gleich?«

»Tollkühn?«

»Ja. Tollkühn. Übermütig. Naiv«, zählt sie selbstkritisch auf, während er sie lachend ansieht.

»Das ist doch gerade das Schöne an Ihnen, Yasemin! Dass Sie nicht so abgebrüht sind.«

Yasemin schneidet eine Grimasse und säbelt ein Stück von ihrem Kalbsfilet ab. Bisher hat sie noch nie erlebt, dass traditionelles dänisches Essen ein sublimes kulinarisches Niveau erreichen kann. Eine perfekt gekochte neue Kartoffel und saftiger Spargel *sind* eine Delikatesse!

Oh, obwohl sie ihr ganzes Leben hart gekämpft hat, integriert zu werden und zum Kern der dänischen Kultur vorzudringen – dem Dänentum, wie sie es inzwischen nennen, die schwarzen Priester –, entdeckt sie immer wieder neue Türen, an denen sie sich die Stirn einschlagen kann. So kann sie zum Beispiel rote Grütze mit Sahne aussprechen, hat sie aber noch nie probiert. Und es ist keine Kunst, sich Wissen anzueignen und ein Universitätsexamen zu bestehen im Gegensatz zu dem Knacken der Myriaden von Codes, mit denen das tägliche Leben gespickt ist.

»Ich weiß nicht«, grübelt sie. »Wenn ich nicht so abgebrüht bin, wie Sie sagen, liegt das vielleicht daran, dass ich lange gebraucht habe zu entdecken, wie es eigentlich ist. Vielleicht habe ich erst jetzt, nach dem elften September, kapiert, dass wir als zweite Wahl betrachtet werden … alle zusammen.«

»Sie sind doch erste Wahl! Niemand diskriminiert Sie!«

»Nee«, zögert sie, während die Gedanken um Susanne Branners unangenehmen Auftritt in dem Kiosk kreisen. Soll sie petzen oder schweigen? Sie entschließt sich zu schweigen. Zicke ist ja kein direkt rassistischer Ausdruck. Wie schwarzes Schwein, Kameltreiber, Spaghetti, Ziegenficker oder Türkenluder. In gewisser Weise versteht Yasemin die wachsende Xenophobie der Dänen sogar. Sie fühlen sich bedrängt, auf die gleiche Weise wie ihre

Eltern. Bedrängt und ängstlich. Unsicher, was die Zukunft, und nostalgisch, was die Vergangenheit angeht. »Ich habe inzwischen nur so meine Zweifel, ob es mir wie der Made im Speck geht oder wie Jeppe, dem Bauern, im Bett des Barons in dem Holberg-Stück«, sagt sie. »Wann werde ich aufwachen? Wann werde ich hinausgejagt?«

»Prost, Yasemin, Sie werden nicht hinausgejagt!«, lächelt er warm in einem väterlich beschützenden Tonfall und hebt sein Glas. »Hören Sie«, sagt er, als sie angestoßen haben. »Ich muss gerade an etwas denken …«

»Hmm?«

»Haben Sie Lust, mich im Sommer nach Yale zu begleiten?«

»Was?«, ruft sie überrumpelt.

»Sie könnten mein Gast in dem akademischen Sommerkurs sein. Drei Wochen, alles inklusive. Sie müssen mir auch nicht die ganze Zeit zuhören!«

»Wow! Das wäre super! Glauben Sie wirklich, dass das geht?«

»Warum denn nicht? Ich bin mit Begleitung eingeladen. Sie brauchen lediglich ein Visum, aber das dürfte kein Problem sein. Sie sind doch dänische Staatsbürgerin, oder?«

Ja, sicher. Sie ist noch rechtzeitig ins Land gekommen.

»Aber glauben Sie, dass das geht? Wäre das nicht … äh, unpässlich?«

»Unpassend«, berichtigt er sie freundlich. Atmet tief ein und hebt die Hände, während der Ober kommt, um die Teller abzuräumen. »Sie meinen, wegen Linda?«

Yasemin nickt bejahend. Sie ist schließlich mit einem verheirateten Mann unterwegs. Einem Mann, dessen Frau seine Hemden bügelt und in den Wochenzeitschriften abgebildet wird.

»In aller Vertraulichkeit«, sagt er und senkt den Kopf, als der Ober sich zurückgezogen hat. »Lindas Krankheit zieht sich in die Länge.«

»Dann hat sie keine Grippe?«, sagt Yasemin mit hochgezogenen Augenbrauen. Das hat sie sich sowieso bereits ausgerechnet.

»Nein, sie hat keine Grippe«, lächelt Gert entschuldigend und bietet ihr eine Zigarette aus seiner Packung Kings an, aus der er zwischen den Gängen bereits mehrere geraucht hat, während sie bisher abgelehnt hat, doch jetzt nimmt sie eine. »Linda macht an einem geheimen Ort in Schweden einen Entzug. Da bleibt sie vorläufig, und es wird sie freuen, wenn ich auf meiner Reise Gesellschaft habe. Sie macht sich große Sorgen, wie ich ohne sie zurechtkomme.«

»Gott, das ist ja … schrecklich.« Yasemin nestelt verlegen an ihrem Nasenstecker, während er ihr Feuer gibt. *Alkoholentzug!* In ihren Ohren hat das den gleichen peinlichen Klang wie *Anordnung der Fürsorgeerziehung*. Obwohl sie selbst hin und wieder gern ein Glas Wein trinkt, sind beschwipste Frauen in ihrer Kultur ein absolutes Tabu. Während in Maßen rauchende Frauen toleriert werden.

»Die Wohnung hat zwei Zimmer. Sie hätten Ihr eigenes«, fährt er fort, als der Ober ihnen die Dessertkarte bringt.

Eigentlich würde sie das Dessert am liebsten weglassen. Glücklicherweise stehen in der Karte, die sie bekommen hat, keine Preise, aber sie ist sicher, dass sie bereits für ein Vermögen gegessen und getrunken haben. Doch Gert besteht darauf.

»Nehmen Sie den Schokoladenkuchen«, fordert er sie auf.

»Nur wenn Sie ihn mit mir teilen.«

»Okay«, gibt er nach und bestellt ein Dessert mit zwei Löffeln. Und zwei Glas Sauternes.

Als der Ober, ohne mit der Wimper zu zucken, die Bestellung entgegennimmt, kommt Gert wieder auf den Sommerkurs zu sprechen.

»Yasemin, wenn ich näher darüber nachdenke, ist das eine geniale Idee«, sagt er.

»Ist es das?«, lächelt sie und raucht auf eine Weise, die ihre Mutter unter Garantie affektiert finden würde.

»Mit allem Respekt für Ihre Noten, aber ein wenig internationale Inspiration dürfte Ihnen guttun. Ein bisschen Wind unter die Flügel, nicht? Sie sollten unter allen Umständen ein paar Semester in Yale studieren oder an einer anderen amerikanischen Universität«, ereifert er sich. »Wenn Sie jetzt mit rüberkommen und sich ein bisschen umsehen, könnten wir überlegen, wie wir Sie nächstes Jahr dort unterbringen. Entweder als Postgraduate oder als PhD.«

»Es ist unmöglich, dort einen Platz zu bekommen, und es kostet ein Vermögen«, wendet sie ein, während es unter ihrer Haut prickelt und sie sich bereits mit Büchern unter dem Arm und einem Starbucks-Becher in der Hand über den grünen Rasen des Campus schreiten sieht.

»Es gibt massenhaft Stipendien! Ich werde Ihnen helfen; ich kenne überall Leute mit richtig viel Geld und ich sitze sogar in ein paar Bewerbungsausschüssen«, sagt er und nickt dem Ober zu, der ihm die Flasche zeigt, bevor er den Sauternes einschenkt.

»Nepotismus und Kameradschaft!«

»*Makes the world go around!* Wir müssen an Ihre Zukunft denken, Yasemin. Sie haben ein einzigartiges Potenzial, mit dem Sie es richtig weit bringen können.«

»Glauben Sie?«, hustet sie und fächelt den Rauch weg. Als Gelegenheitsraucherin ist sie zu unroutiniert, um gleichzeitig zu rauchen und ihre Gemütsbewegung unter Kontrolle zu halten.

»*The sky is the limit!* Sie sind nicht die erste studentische Hilfskraft, die für mich gearbeitet hat. Aber eindeutig die talentierteste!«

»Nur noch übertroffen von Charlotte Damgaard«, erinnert sie ihn. Sowohl aus Bewunderung wie aus der eitlen Hoffnung, dass er ihr widerspricht. »Eine studentische Hilfskraft, die Ministerin geworden ist!«

»Weil sie eine einflussreiche Mentorin hatte. Aber das haben Sie auch, Yasemin. Und wenn Sonne und Mond in der richtigen Konstellation stehen, werde ich in Zukunft nicht weniger einflussreich sein«, sagt er, ohne eine Miene zu verziehen, und drückt die Zigarette aus, als der mit frischen Himbeeren garnierte Schokoladenkuchen kommt.

»Ein Traum aus Schokolade und zwei Löffel«, teilt der Ober mit und stellt den Teller vor Yasemin.

Träumen will sie, und deshalb schließt sie ein weiteres Mal die Ohren vor dem Subtext seiner Worte und sagt nicht »Wie meinen Sie das?«, sondern macht stattdessen ihre Zigarette aus und sticht mit dem Löffel in die luftige Schokoladencreme.

»Oh«, ruft sie und verdreht selig die Augen, als ihr die Creme auf der Zunge zergeht. Da wird ihr bewusst, dass Eva sich genauso gefühlt haben muss, als sie von der verbotenen Frucht gegessen hat. Denn ebenso, wie die erste Frau der Schöpfungsgeschichte sich nicht mit Unwissenheit entschuldigen konnte, ist Yasemin ein Mädchen, das dazu erzogen wurde, die der persönlichen Entfaltung gesteckte Grenze zu verstehen und anzuerkennen. Eine Grenze, die sie bereits durch die Annahme von Gerts Einladung, ihr Examen und die bevorstehenden Sommerferien mit einem Abend im Tivoli zu feiern, überschritten hat. Doch da konnte sie sich noch mit Nichtvorsätzlichkeit verteidigen, und der moralische Oberrichter hätte sich vielleicht noch mit einem milden Tadel begnügt. Während das, worauf sie sich jetzt einlässt, eindeutig provokativ ist.

Denn anständige Mädchen teilen keine Schokoladendesserts mit Männern, die ihnen tief in die Augen sehen. Anständige Mädchen schlecken den Löffel nicht so schamlos ab. Anständige Mädchen trinken kein ganzes Glas Sauternes, nachdem sie nach einem Kir royal bereits vier oder fünf Gläser Wein getrunken haben. Anständige Mädchen sehen sich nicht mit zurückgelegtem

Kopf an Männer gelehnt das Tivoli-Feuerwerk an, nachdem die ihnen Blumen geschenkt und astronomisch hohe Restaurantrechnungen bezahlt haben in der Erwartung, etwas dafür zu bekommen. Anständige Mädchen willigen nicht ein, den Kaffee zu Hause zu trinken unter dem Vorwand, das Sommerkursprogramm einer amerikanischen Universität zu studieren. Und anständige Mädchen schieben den Gedanken an ihre verzweifelt auf sie wartende Familie nicht mit einem ärgerlichen Fußtritt zur Seite. Anständige Mädchen zeigen ihrem moralischen Über-Ich kurz gesagt nicht den Stinkefinger. Doch das tut Yasemin offenen Auges, als sie sich zur blauen Mitternachtsstunde ins Taxi zu Gert setzt, der im Prinzip noch immer nur ihr Chef ist.

»C. F. Richsvej«, sagt er zu dem Fahrer, einem Pakistani, und greift auf dem Rücksitz nach ihrer Hand. Und wenn man einen Sündenfall mehr als einmal begehen kann, so tut sie das erneut, als sie ihn anlächelt und ihre Hand in seiner lässt.

Die Schöne hat in der Werkstatt das Sagen. Und die Schöne hat entschieden, dass Bjarne besondere Befugnisse haben soll. Allein sein protziger Amischlitten schafft einen Abstand zu den gewöhnlichen Kulis und befördert ihn in eine höhere Liga. Hinzu kommen die Respekt einflößend vielen Stunden, die er daran gearbeitet hat. Und schließlich ist er ein netter Mann mit einer anziehenden maskulinen Aura. Ein Mann mit einer Geschichte, ein Mann mit Rissen in der Seele. Ein *lonesome rider* von der Clint-Eastwood-artigen Sorte, auf den man eher auf dem Bildschirm als in einer Do-it-yourself-Werkstatt in Nørrebro trifft. Nicht, dass sie sich Hoffnungen macht, die Schöne. Zum einen ist Bjarne offensichtlich anderweitig vergeben. Zum anderen kommen sie und Leif auf ihre eigene Weise gut miteinander aus. Und zum Dritten hat sie ein Geschäft, und es war schon immer schlechter Stil, Liebe und Arbeit zu vermischen. Deshalb begnügt sie sich damit, sich zu freuen, dass er da ist, fast jeden Abend, und es ihm angenehm zu machen. Ihn aufzumuntern, wenn es Schwierigkeiten gibt oder wenn Teile von Ersatzteilhändlern aus Schweden oder Deutschland verspätet eintreffen. Und sie erlaubt ihm, das Auto drinnen auf einem festen Platz mit Hebebühne stehen zu lassen, was ein Privileg ist, in dessen Genuss nur speziell Auserwählte kommen. Bjarne ist auch der Einzige, der jemals die Gunst gewährt bekommen hat, auch nach Geschäftsschluss noch bleiben zu dürfen. Er soll nur die Alarmanlage einschalten und hinter sich zuziehen, wenn er geht.

So wird es erst zehn und dann elf an diesem historischen Abend, als Bjarne nach Wochen harter Arbeit endlich den Anlasser prüfen kann. Es ist ein unerträglich spannender Augenblick, als er sich, nachdem er den Wagen von der Hebebühne geholt hat, hinters Steuer setzt und den Schlüssel im Zündschloss dreht.

»Komm!«, betet er leise und dreht an dem Schlüssel, die gesamte Aufmerksamkeit auf das Gefühl in den Fingern gerichtet. Und verdammt! Mit einem gedämpften Brüllen springt er gleich beim ersten Versuch an. »Braves Mädchen!«, lächelt er breit, während er fast glücklich dem Schnurren des Leerlaufs lauscht.

Die Werkstatt ist leer, die Schöne ist mit Leif zum Bowlen gegangen, sodass niemand da ist, mit dem er diesen einzigartigen Augenblick teilen kann. Niemand außer Linda, die er anruft. Er weiß, dass sie nicht antworten wird. Das tut sie nie. Trotzdem ruft er sie weiter an, spricht Nachrichten auf ihre Mailbox und schickt eine SMS nach der anderen. Man könnte das für ein Anzeichen von Einsamkeit halten. Doch das ist es nicht. Bjarne spricht mit Linda, wie ein beharrlicher Angehöriger mit einem im Koma liegenden Patienten spricht. Weil er sicher ist, dass sie ihn hört. Dass es ihr etwas bedeutet, dass er da ist. Dass er sie nicht aufgegeben hat, wo immer sie sich befindet. Denn zu Hause in dem Haus ist sie nicht, dessen ist er sicher. Er ist viele Male daran vorbeigegangen. Alle Topfblumen auf der Fensterbank sind verblüht, die Töpfe draußen sind nicht bepflanzt, und die ganze Villa wirkt trostlos und verlassen.

»Linda«, spricht er auf ihre Mailbox. »Versuch, ihn zu hören. Das ist der Motor, der schnurrt. Hast du jemals etwas so Schönes gehört? Seit Elvis *Love Me Tender* gesungen hat, meine ich? Jetzt fehlt nur noch die Lackierung, dann komme ich und hole dich.«

Die Kasse ist abgerechnet, und der Oberkellner genießt ein übrig gebliebenes Glas Charmes Chambertin 1998, als plötzlich ein großer, schlaksiger Typ vor ihm steht. Seine unmittelbare Reaktion ist Angst, weil er schon einmal einem Räuber gegenübergestanden hat, der die Tageseinnahmen wollte. Darauf folgt der Ärger, dass er nicht nachgesehen hat, ob die Tür nach dem letzten Gast wirklich abgeschlossen wurde. Doch der Typ will kein Geld. Er will Informationen. Und da Informationen oft mehr wert sind als Geld und der junge Bursche mit den wasserblauen Augen aussieht, als könnte er trotz seiner Erregung keiner Fliege etwas zuleide tun, gibt er nichts preis. Nein, er kann nicht sagen, ob Gert Jacobsen heute Abend hier war, und er kann auch nicht kommentieren, ob er gegebenenfalls in Gesellschaft eines jungen, dunkelhaarigen Mädchens war. Türkischer Herkunft.

»Kommen Sie, ich weiß, dass sie hier waren! Wann sind sie gegangen?«, insistiert der junge Mann. »Sind sie zusammen gegangen? Ich muss sie finden! Sie ist meine Freundin!«

»Tut mir leid«, sagt der Oberkellner. »Seien Sie so freundlich, und gehen Sie, bevor ich einen Wachmann rufe.«

»Faschist!«, schleudert ihm der Junge an den Kopf, was eine unerhörte Beleidigung wäre, würde er nicht so verzweifelt klingen. Aber er hat ja auch gerade sein Mädchen verloren.

Der Schwager hetzt sie auf. Er heizt die Stimmung an, als Yasemin nach Mitternacht noch immer nicht zu Hause ist. Er will, dass sie auf gut Glück in Ishøj herumfahren und nach ihr suchen. Was für ein Schwachsinn! Sie ist doch nicht in Ishøj, sie ist in Kopenhagen! Der Vater brummt widerwillig, dass sie besser ins Bett gehen sollten. Er wird aufbleiben und auf sie warten. Doch der Schwager bläst sich auf und wird sowohl von der Mutter als auch vom großen Bruder unterstützt. Sie können ihr nicht alles durchgehen lassen. Was ist, wenn sie gar nicht nach Hause kommt, bevor morgen früh das Flugzeug geht? Es endet damit, dass alle Männer zum Parkplatz hinübergehen und sich in den BMW des Schwagers setzen. Yasar kommt auch mit. Er sitzt auf dem Rücksitz hinter seinem Schwager und starrt wütend auf dessen ausrasierten Nacken und die fette Nackenfalte, die man zwischen Nackenstütze und Rückenlehne sieht. Betet zu Allah, Gott und Tupac, dem Helden der Hip-Hoper, dass Yasemin still nach Hause kommt und sich ins Bett schleicht, während sie auf ihrer lächerlichen Suche sind, die ihr Vater hätte verhindern müssen. Wenn er ein richtiger Mann wäre. Es ist Yasemin, von der sie sprechen! Nicht irgendein billiges Kanakenluder!

Ihr Mund sagt »nein, nein!«, aber ihre Augen sagen »ja, ja!«. Sie will das Gleiche wie er; sie ist nur unerfahren und schamhaft und überlässt ihm die Führung.

»Yasemin«, stöhnt er atemlos, als er endlich auf dem Børge-Mogensen-Sofa im Wohnzimmer auf ihr liegt und sie nach all den Monaten langen Flirtens unter sich zappeln spürt, während er ihren Hals abschleckt.

»Nein!«, wiederholt sie und hält abwehrend die Hand hoch.

»Du bist so herrlich!«, fährt er hartnäckig fort, eine Hand bereits unter ihrem Rock. Ihr Slip ist aus Baumwolle. Wie süß.

»Nein, Gert!«, protestiert sie bettelnd und kreuzt die Beine, sodass er ihre Schenkel auseinanderziehen muss.

»Sei nicht so prüde!«, lacht er und beißt sie ins Ohrläppchen. Ihr Widerstand erregt ihn; es ist herrlich mit einem so lebhaften Hüpfer mit so festem Fleisch.

»Ich will nicht! Ich will das nicht!«, ruft sie und übertönt beinahe Bob Dylan, doch er verschließt ihren Mund mit einem Kuss, so gut sich das machen lässt, wenn sie die Lippen zusammenpresst. Das ärgert ihn ein bisschen, denn ihm dauert das alles zu lange. Er will in sie eindringen, jetzt! Sie hat ihm so lange schöne Augen gemacht, dass seine Geduld aufgebraucht ist.

»Doch, du willst!«, sagt er laut und hält ihre Handgelenke mit festem Griff, als sie wieder versucht, sich zu wehren. »Du willst, Yasemin! Entspann dich!«

»Gert, Entschuldigung, aber lassen Sie mich los, bitte!«, bettelt sie, und obwohl er noch immer entschlossen ist, ihren Widerstand als Teil eines sexuellen Rollenspiels zu sehen und sie als den Typ, der gern genommen werden will, ist ein Anflug von echter Panik in ihrem Blick, die die letzten Sicherungen bei ihm durchgehen lässt. Das ist Lindas Blick; das ist der Blick des Ziegenhirten; das ist der Blick, mit dem der Piccolo, den er einmal bei einem Weihnachtsessen in der Burg auf der Toilette genommen hat, ihn angesehen hat. Das ist der Blick der Todesangst, der Blick, der Persönlichkeit und Charakter auswischt; der Blick, der alle emotionalen Bande durchtrennt und es ihm unmöglich macht, etwas anderes als den Drang zu spüren, seine Begierde zu befriedigen. Nach Sex, nach Unterdrückung, nach Vernichtung.

Deshalb überlässt er auch dem Reptilgehirn die Führung und greift fest nach ihren Haaren, indem er zischt, dass er sie ficken wird, wenn er Lust dazu hat. Um seinen Standpunkt zu unterstreichen, reißt er ihren Ausschnitt auf, denn in diesem Moment ist jede Erinnerung, in welchem Verhältnis sie zueinander stehen, ausradiert. Er erinnert sich nicht, dass sie seine enge Mitarbeiterin ist. Hat den Abend im Tivoli vergessen, die Pfingstrosen und ihr interessantes Gespräch. Er hat Yale und das Kursprogramm vergessen, das er ihr gezeigt hat, als sie nach Hause in die Villa gekommen sind. Hat sein Versprechen vergessen, sie im nächsten Wahlkampf als zentrale Kampagnemitarbeiterin einzustellen und dass er ihr einen Job im Staatsministerium zugedacht hat, wenn er dort einzieht. Er hat den Champagner vergessen, den er geöffnet hat, und seine Freude über ihr Lachen, als der Korken in die Stuckrosette geflogen ist. Hat vergessen, wie viel ihm ihre Unschuld bedeutet; ihre Art, immer schneller zu reden und immer mehr in einen türkischen Singsang zu verfallen, je beschwipster sie wird. Hat vergessen, dass sie ihn zum Lachen bringt. Dass sie alles Grün in ihm aufgehen lässt wie der erste Regen nach der Trockenzeit. Er hat vergessen, dass er ihr von der Schönheit des Kilimandscharo erzählt hat, blau am Morgen und golden am Abend. Hat vergessen, dass er sie zu einer Safari eingeladen hat. Er hat vergessen, dass sie einen Kopf hat, dass sie inspirierende Einstellungen und Meinungen hat und dass sie weiß, wie sie außerhalb des Reservats der Burg leben. Er hat vergessen, dass sie ihn schätzt. Hat vergessen, dass sie erst dreiundzwanzig ist. Er hat vergessen, dass er siebenundfünfzig ist. Hat vergessen, dass gestern ein Tag war und dass morgen ein neuer Tag sein wird. Und er hat Linda vergessen, die sich nicht länger um seine Topfblumen kümmert. Linda, die einmal genauso lebhaft und widerspenstig war, aber allmählich in der Erkenntnis nachgegeben hat, dass er der Stärkere ist. Anders als sie, Yasemin, die ihm plötzlich ins Gesicht spuckt und dann seine Überraschung ausnutzt, um ihn fest in den Schritt zu treten und sich zu befreien, als er wankend in sich zusammensinkt.

»Entschuldigung«, sagt sie, greift nach ihrer Tasche und stürzt panisch aus der Tür.

Mutter?«

»Rasmus! Ich habe dich gar nicht gehört! Gott, ist es schon so spät! Ich höre mir gerade Brünnhilde an. Was ist passiert, Schatz? Rasmus, was ist mit dir? Hat es mit Yasemin zu tun? Ist …«

Wie können die Nachtbusse fahren? Wie kann der Fahrer sie teilnahmslos vorbeinicken, als sie ihm ihre Monatskarte zeigt? Wie kann ein sonnengelber Bus unangefochten durch erleuchtete und intakte Straßen zum Rathausplatz fahren, wenn die Welt in Schutt und Asche liegt? Wie können ihre Beine sie tragen? Wie kann es sein, dass sie keine Kette aus Scham hinter sich herzieht, als sie aus dem Bus steigt und planlos und mit steifen Schritten um halb zwei Uhr nachts den Platz überquert. Schockiert lässt sie sich auf eine Bank fallen, zieht zähneklappernd ihre Jacke über dem zerrissenen Kleid zusammen und starrt auf ihre Schuhe hinunter. Er hat seine ausgezogen. Das hat er als Erstes getan, als sie ins Haus gekommen sind. Als sie das erste Glas Champagner getrunken haben, hat er auch die Socken ausgezogen. Sie hat gelacht und sich an das Interview erinnert. Sich erinnert, dass das ein Rest seiner afrikanischen Kindheit ist, dass er es hasst, Schuhe zu tragen. Sie hat auch beim Anblick des Zebrafells und der Geweihe gelacht und den Zahn des Löwen bewundert, den er aus einem Kästchen in einer Schublade geholt hat. Er hat gesagt, dass das sein Talisman ist. Wenn er besonders schwierige Sachen zu verhandeln hat, steckt er ihn in die Tasche. Als geheime Waffe. Und sie wirkt! Sie hat ihn damit aufgezogen, dass er abergläubisch sei, und er hat sie mit dem Opferbaum in ihrem Dorf aufgezogen, von dem sie ihm erzählt hat. Aber sie hat ihn nicht damit aufgezogen, dass die Topfpflanzen auf den Fensterbänken verwelkt sind, und die Parfümflakons und die Kosmetikprodukte vor dem Spiegelschrank im Badezimmer hat sie auch nicht erwähnt. Genau wie er hat sie getan, als würde er allein leben. Als wäre er Junggeselle. Sie hat auch so getan, als wäre das, worauf sie sich da eingelassen hat, ungefährlich. Sie hat so getan, als könnte sie jederzeit aufstehen, sich für den schönen Abend bedanken und sagen, dass sie jetzt nach Hause müsse und dass sie sich morgen sähen.

Erst als er sich ihr auf dem Sofa gegenübergesetzt und sie plötzlich auf den Hals geküsst hat, hat sie begriffen, dass sie direkt in den Raubtierkäfig spaziert ist und die Falltür hinter sich hat zufallen lassen. Hat begriffen, dass das kein zwangloser Gymnasiumsflirt oder harmloser Studienfahrtsex ist. Aber da war es zu spät. Da waren die Eckzähne entblößt, und die Pumapfote lag auf ihrem Brustkasten, und Gert war nicht länger ein kultivierter Gentleman, sondern das geifernde Raubtier, von dem sie sich im Geheimen so lange angezogen gefühlt hat. Er hätte sie mit Haut und Haaren gefressen, wäre sie ihm nicht entkommen. Das sagt ihr ihr zitternder Körper, während sich der Rathausplatz wie ein Karussell um sie dreht und das Tivoli längst geschlossen hat und sie schniefend betet, dass sie überreagiert und dieses surreale Erlebnis, das sie gerade gehabt hat, nur träumt. Das *kann* nicht sein, das *kann* nicht passiert sein, denn Gert würde sich nie so verhalten. Sie muss sich geirrt haben. Sie muss die Situation missverstanden haben. Denn das kann sie unmöglich von ihm, von Gert Jacobsen, glauben. Dänemarks zukünftiger Staatsministerkandidat würde so etwas niemals tun. Es ist ihre Schuld. Sie war die Blöde.

Sie lehnt sich auf der kalten Bank zurück und starrt wie umnachtet zu der Leuchtschriftanzeige der *Politiken* hoch. »Yasemin, du bist gefeuert! *You blew it!*«, steht da plötzlich über der Wetterkarte. Oder bildet sie sich das ein in ihrem Rausch? Sie schließt leise jammernd die Augen, wünscht sich intensiv nach Hause in ihr Bett. Wünscht sich aufzuwachen, in Schweiß gebadet, aber erleichtert, dass alles wie immer ist. Wünscht sich, dass sie sich einfach auf die andere Seite drehen und weiterschlafen kann, weil sie noch fünf Stunden hat, bis sie trällernd über die Fußgängerbrücke zum Bahnhof gehen muss, um die S-Bahn in die Stadt zu nehmen, zu ihrem wunderbaren, spannenden Arbeitsplatz in Christiansborg.

Und sie glaubt schon, dass der Wunsch sich erfüllt, denn gerade als der Schlaf sich in Armen und Beinen ausbreitet, wird sie wachgerüttelt und hört die vertraute Stimme ihres Vaters.

»Yasemin! Yasemin, bist du das? Bist du krank? Warum sitzt du hier?«

Bitte«, sagt er lächelnd und reicht mir eine Garrotte. »Du sollst auch eine Chance haben. Wenn du mich hiermit erwürgen kannst, erwürge ich dich nicht!« Mit schlaffen Händen umfasse ich die beiden Stäbe, gebe es auf, den Strang zu spannen, und falle weinend in mich zusammen. Ich kann ihn nicht umbringen. Auch nicht, wenn das meine letzte Chance ist. Er lacht triumphierend und hebt die Garrotte auf, die mir aus den Händen geglitten ist. »Jetzt bin ich an der Reihe!«

So ist das hier. Unsere Plagegeister sind ausgeschlossen. Die Tür ist verriegelt. Wir sind rund um die Uhr bewacht. Aber sie finden uns immer. Wenn nirgendwo anders, dann in unseren Träumen.

Halas!«, sagt Yasemins kleiner Bruder in dem Türkenslang, dem *Ethnodialekt*, den die Linguisten langsam zu erforschen beginnen. Aber sie hören nicht auf, egal, wie oft oder in welchem Tonfall er es sagt. »Halas!«, ruft er. »Halas!«, protestiert er. »Halas!«, bettelt er. »Halas!«, weint er. »Höraufhöraufhörauf!«

»Halas!«, kommandiert sein Schwager und gibt ihm eine Ohrfeige. Und dann hört er zwar auf, aber der Albtraum nicht.

Was Yasemin in der Nacht vom 6. auf den 7. Juni erlebt, lässt sich auf viele Arten erzählen. Als eine zusammenhängende Folge von Ereignissen oder fragmentiert wie ein expressionistisches Gedicht. Es lässt sich in Schwarz-Weiß erzählen oder in Farbe, gedämpft oder effektvoll, mit oder ohne Bühnenbild oder Kostüme.

Wenn Yasemin später diese Nacht beschreiben soll, wird sie sich in der Regel für die narrative Form entscheiden und einem epischen Strang folgen. Sie wird versuchen, sich von der Geschichte abzuspalten, als wäre sie nicht ihr, sondern einer anderen passiert. Nüchtern wird sie ihre Erzählung damit beginnen, wie ihr Schwager aus seinem BMW sprang, den er unachtsam draußen vor McDonald's am Rathausplatz geparkt hatte, und wie er rief und schimpfte, sie sei betrunken. Sie wird erzählen, wie er sie fest am Arm packte und zum Auto schleppte, wo ihr kleiner und ihr großer Bruder auf dem Rücksitz warteten. Sie wird erzählen, wie er sie zu ihnen hineinwarf und wie der große Bruder und ihr Schwager sie weiter beschimpften, während der Schwager mit hoher Geschwindigkeit über die Kalvebod-Brücke Richtung Autobahn 21 nach Ishøj fuhr. Sie wird erzählen, wie sie versuchte, sich zu verteidigen, wie sie beteuerte, nicht betrunken zu sein, sondern nur mit einem »Kollegen« ein paar Glas getrunken zu haben. Sie wird erzählen, wie sie sich bei ihrem Vater entschuldigte, der stumm auf dem Beifahrersitz saß und unverwandt aus dem Fenster starrte, und sie wird von der wachsenden Unruhe erzählen, die sie ergriff, während sie mit einhundertachtzig Stundenkilometern über die Autobahn rasten und die Abfahrt nach Ishøj erreichten. Doch statt nach Vildtbaneparken zu fahren, bog ihr Schwager zum Ishøj-Strand ab. Obwohl nichts in ihrer Erziehung sie darauf vorbereitet hatte, dass ihr so etwas je passieren könnte, war sie instinktiv davon überzeugt, dass sich etwas Furchtbares anbahnte. »Deshalb habe ich geschrien und versucht, aus dem Auto zu kommen, sobald wir anhielten«, wird sie sagen.

Manchmal wird sie nach einem tiefen Durchatmen und einer zögernden Pause über diesen Punkt hinwegkommen und beherrscht weitererzählen. Doch meistens wird der Film hier reißen. Abgehackt und weinend wird sie die Geschichte von der Tochter erzählen, der Schwester, der Schwägerin, die niemals begreifen wird, dass so etwas passieren konnte. In ihrer Familie.

Verdammte Hure!«, rief mein Schwager, als sie mich am Strand eingeholt hatten. Er schlug mich so hart, dass ich in den Sand fiel. »Wie willst du sie verheiraten?«, rief er höhnisch meinem Vater zu, der hinzugeeilt kam, um mir zu helfen. »Sie kommt direkt von einem Mann! Sieh sie dir doch an! Ihr Kleid ist zerrissen. Sie hat einen Knutschfleck am Hals! Was glaubst du, dass die Schwiegerfamilie dazu sagt? Wenn kein Fleck auf dem Laken ist?«

Ich wollte ihm alles erklären, wurde aber erneut geschlagen, diesmal von meinem Vater, der mein zerrissenes Kleid mit einem Ausdruck von Abscheu und Ekel ansah.

»Oruspu!«, schrie er und spuckte mich an, »verdammte Hure! Mit wem warst du zusammen? Mit einem Gavur, einem Heiden! Was hast du gemacht?! Hast du uns entehrt?«

Entsetzt kam ich auf die Beine und stand schwankend vor den Männern, den Männern meiner Familie, die einen anklagenden Kreis um mich bildeten. »Wer ist er?« »Ein Gavur?« »Sag, wer er ist!« »Wenn du es nicht sagst, finden wir ihn auch allein!«, hämmerten sie unaufhörlich auf mich ein, während sie mich mit ihren Schuhspitzen schubsten oder traten. Ich habe nichts gesagt, was sollte ich auch sagen? Dass ich mit meinem Chef nach Hause gegangen bin? Dass ich schon längst meine Unschuld verloren hatte? Dass auf dem Laken auf keinen Fall ein Blutfleck sein würde, den man vorzeigen konnte? Tränen strömten über meine Wangen, obwohl ich mich gefühllos machte, mich aus mir herauskatapultierte wie ein Pilot, der sich aus einem brennenden Flugzeug schleudert. So sah ich uns von oben, eine Gruppe aus drei rasenden Männern, die in einer hellen, nordischen Sommernacht ein Mädchen an einem verlassenen Strand umringten. Ein Mädchen, das vor wenigen Stunden noch froh und voller Lachen gewesen war und das sich jetzt darauf vorbereitete zu sterben. Es war ein trauriger Anblick, ein unendlich trauriger Anblick, und vielleicht habe ich vor allem deshalb geweint.

»Jetzt sagst du, wer er ist!«, brüllte mein Schwager und trat aus dem Kreis. Seine Unterlippe war nach unten gestülpt, seine Augen blitzten, und ich riss mich los und lief. Aber ich konnte nirgendwo anders hinlaufen als ins Meer. Das Wasser war eiskalt, meine Füße wurden sofort gefühllos, als die Männer mich hinaustrieben.

Mein großer Bruder und mein Vater blieben am Ufer stehen, doch mein Schwager folgte mir und trieb mich immer weiter hinaus. Zuletzt reichte mir das Wasser bis zum Hals, ich keuchte bereits von dem Kälteschock, und wenn ich noch einen Schritt weiter nach vorn machte, würde das Wasser über mir zusammenschlagen, und ich würde ertrinken. Machte ich einen Schritt auf das Land zu, würde mein Schwager mich einfangen und meinen Kopf unter Wasser drücken, und ich würde auch ertrinken. In diesem Augenblick hatte ich keine Angst zu sterben. Im Laufe weniger Stunden hatte ich alles verloren. Zu was sollte ich zurückkehren? Aber ich wollte mich nicht von meinem Schwager umbringen lassen. Dann wollte ich lieber selbst den Schritt in die bodenlose Tiefe tun. »Halas!«, hörte ich meinen kleinen Bruder vom Land her rufen. Sie hatten ihn oben am Skovvej abgesetzt, weil sie wussten, dass das nichts für Kinder werden würde. Doch jetzt hatte er uns eingeholt, und obwohl ich ihm zurief, dass er wegbleiben sollte, sprang er ins Wasser, planschte an meinem Schwager vorbei und zog mich mit sich an Land.

»Du bist wahnsinnig!«, rief er weinend meinem Schwager zu, der uns vorbeiließ. »Du bringst sie um!«

»Und wenn!«, antwortete er, »das hat sie verdient! Sie hat Schande über uns alle gebracht!«

»Yasemin!«, flüsterte mein kleiner Bruder zähneklappernd am Strand, während er versuchte, mich mit seiner Kapuzenjacke abzutrocknen. »Wir fliegen morgen früh alle in die Türkei. Du auch. Du sollst verheiratet werden, alles ist arrangiert.«

Ich schüttelte apathisch den Kopf. Mir kam es vor, als wären wir alle in ein riesiges Einwandererklischee eingesponnen. Alles, was getan oder gesagt wurde, bestätigte all die Vorurteile und Vorstellungen von verschleierten Muslimen, von denen ich mich immer distanziert hatte. Ehrenmord, Zwangsehen, Frauenunterdrückung. Es war so furchtbar, dass auch das nicht wahr sein konnte.

»Was hast du ihr gesagt?«, rief mein Schwager aufgebracht und kam und zerrte mich zu sich. »Deine Schwester ist eine Hure! Genau wie deine große Schwester! Hast du das verstanden?«

»Halas! Hör auf!«, schrie mein kleiner Bruder erneut, als mein Schwager mich auf die gleiche Weise an den Haaren zog, wie er es bereits früher an diesem Abend getan hatte. Doch obwohl er ein Held war und ich ihn dafür liebte, hätte ich mir gewünscht, dass Yasar sich nicht einmischte, denn jetzt bekam er eins hinter die Ohren, sodass er im Sand landete. Mein Schwager hatte sein nasses Hemd ausgezogen, und ich starrte voller Ekel auf seinen behaarten, feisten Oberkörper und beweinte meine arme Schwester, die mit ihm verheiratet worden war.

»Vater!«, rief ich. »Warum erlaubst du ihm, deine eigene Tochter so zu behandeln?«

Mein Vater, klein und gebeugt, kam zu mir, sah mich hart an und gab mir noch eine Ohrfeige.

»Weil sie sich nicht ordentlich aufführt! Du hast mich gedemütigt, Yasemin!«

»Baba«, weinte ich hicksend und griff mir an die Wange, zitternd vor Kälte. »Du weißt, dass ich alles für dich tun würde. Aber ich will nicht gegen meinen Willen verheiratet werden. Das kannst du nicht verlangen!«

»Jetzt gehorchst du! Du tust, was dir gesagt wird! Sonst bist du nicht länger meine Tochter. Komm«, kommandierte er. »Jetzt fahren wir nach Hause. Dann muss deine Mutter mit dir reden!«

Jetzt war mein großer Bruder an der Reihe, mich hart anzupacken, und plötzlich schienen die Eifersucht und das Unterlegenheitsgefühl der Kindheit Rache zu fordern. Denn er trat mich in den Rücken, dass ich auf die Nase fiel und Nasenbluten bekam, und obwohl mein Vater intervenierte und sagte, dass es jetzt genug sei, tat er es noch einmal, als ich wieder stand. Ich hatte Sand in den Mund bekommen, der Sand mischte sich mit dem Blut, und als ich zum dritten Mal mit dem Gesicht in Sand und Strandhafer landete, blieb ich liegen und bereitete mich erneut darauf vor zu sterben. Aber sie zwangen mich hoch und zogen mich fort, über die Dünen zu dem Picknickplatz, wo wir Pfingsten unser Familientreffen abgehalten hatten. Da parkte der BMW, und während meine Füße über den Sand holperten und die Daumen meines Schwagers und meines Bruders in meine Armhöhlen schnitten, dachte ich, dass alles zu Ende wäre, wenn sie mich in das Auto bekämen. Ich wäre verloren, und auch sie würden mit in die Verdammnis gezogen. Ob wir lebten oder starben, wir waren bereits untergegangen. Wie ehrlose Barbaren.

Er hat nie zugegeben, dass er angerufen hat. Aber es muss mein kleiner Bruder gewesen sein, der ungeachtet der anderen die Polizei angerufen hatte. Warum hätte sonst ein Streifenwagen mit ausgeschalteten Scheinwerfern um halb drei in der Nacht am Strand von Ishøy auftauchen sollen? Es war auch Yasar, der ihn als Erster sah.

»Die Bullen!«, rief er, und trotz meiner Entkräftung begriff ich,

dass er mir damit »lauf« zurief. Und das tat ich. Als die beiden Bediensteten aus dem Wagen sprangen und mein Schwager und mein Bruder mich losließen, lief ich auf sie zu. Der absolute Verrat, aber ich lief um mein Leben. Hätte mein Schwager eine Pistole gehabt, er hätte mich von hinten erschossen. Doch das hatte er nicht und das tat er nicht, aber ich erlebe immer wieder, dass er zielt und auf den Abzug drückt, und ich höre immer wieder den Schuss. Doch so ist es mit der ganzen Nacht. Sie sitzt mir im Allerinnersten wie eine Kugel, die nicht herausoperiert werden kann.

Es gibt Einsätze, die sich herausheben. Personen, die selbst auf die abgehärtetsten Polizisten Eindruck machen. Das durchweichte, vom Entsetzen gepackte Mädchen am Ishøj-Strand ist eine davon. Selbst nach vielen Jahren werden die beiden Kollegen sich noch fragen: »Was mag wohl aus ihr geworden sein?« Nachdem sie sie bleich und verfroren in Kastaniely in Lyngby abgesetzt hatten. Dem einzigen Frauenhaus, in dem in dieser Nacht noch Platz war. Und dem einzigen Ort, an dem die Nachtwache eine ausgebildete Krankenschwester war. Damit umgingen sie die Ambulanz und die allzu lange Wartezeit. »Gut, dass wir rechtzeitig gekommen sind«, wird der eine sagen. »Ja«, wird der andere zustimmen. »Das hätte schiefgehen können. Das hat man ja schon früher gesehen, leider.«

Das war das Gute an diesem Einsatz. Dass sie einen Unterschied machten. Für ein türkisch-kurdisches Mädchen.

Helle sagt, dass heute Nacht eine Neue gekommen ist. Ein Einwanderermädchen, das vor einer Zwangsehe geflohen ist. Sie schläft in meinem alten Verschlag. Ich bedeute den Kindern ruhig zu sein, damit sie sie nicht wecken. Mache Haferbrei für die

Kleinen, füttere den Kleinsten, während Dodo im Bad ist. Sie werden uns bald verlassen. Sie hat den Schlüssel für die neue Wohnung in Tingbjerg bekommen, doch es fällt ihr schwer, sich aufzuraffen und die Nabelschnur zu kappen, wie sie sagt. »Linda«, sagt sie, »die drei Monate, die wir hier waren, waren die besten in meinem Leben!« Ihr erster Mann hat sie gezwungen, nackt Staub zu saugen. Ihr zweiter Mann, der Vater des Kleinen, hat ihr das Auge ausgedrückt. »Und mein Stiefvater hat geglaubt, er hätte zwei-in-einer bekommen. Sowohl meine Mutter als auch mich.« Man bekommt viel zu hören, bevor einem die Ohren abfallen. Wir geben heute Abend ein Abschiedsfest für sie. Ich werde sie vermissen. Ein ungewohntes Gefühl. Zu vermissen. Jemand anderen als Gert.

Noch bis sie den Glaskäfig der Passkontrolle passiert haben, hofft Sekine, dass Yasemin angerannt kommt und sich ihnen anschließt. Sie haben den kleinen Bruder mit Pass und Flugticket draußen vor dem Terminal warten lassen, und natürlich haben sie ihr massenweise SMS mit Treffens- und Abflugzeit geschickt. Sie haben versprochen, sie in Ruhe zu lassen. Eine Lösung zu finden, wie auch immer, wenn sie nur mit nach Hause in die Türkei kommt. Wie können sie sich ohne sie in ihrem Dorf sehen lassen?

»Allah! Allah!«, ruft Sekine ihren Gott an und muss sich hilflos auf die Schwiegertochter stützen, als sie an dem Passbeamten vorbeigeschleust werden, und sie auf dem Weg zum Flugsteig erkennen muss, dass Yasemin ihr das wirklich antut. Ihrer eigenen Mutter. »Hätte ich nur einen Stein statt ihrer geboren!«, jammert sie, nimmt sich jedoch zusammen, als sie die Nachbarin sieht. Leider fliegt sie mit demselben Flugzeug.

Rasmus gleicht einer lebenden Fackel, die alles und alle in Brand steckt. Bis zum Mittag steht ganz Christiansborg in Flammen: Yasemin ist verschwunden! Sie ist morgens nicht aufgetaucht, hat nicht angerufen und geht auch nicht an ihr Handy.

»Sie waren gestern Abend mit ihr zusammen!«, sagt Rasmus anklagend, als Gert endlich zu einer Rauchpause aus der Sitzung des Finanzausschusses herauskommt, die den ganzen Tag dauert.

»Ich habe keine Ahnung, wovon Sie sprechen«, antwortet Gert Jacobsen und fertigt ihn ab.

Doch trotz seines hartnäckigen Leugnens hat Rasmus nicht den geringsten Zweifel. Yasemins mysteriöses Fernbleiben hat etwas mit Gert zu tun.

»Ich habe sie in das Taxi steigen sehen, in dem er saß!«, sagt er erregt zu Charlotte Damgaard.

»Bist du sicher?«, fragt Charlotte.

»Ja!«, beteuert er. Er ist sicher. »Sie haben im Tivoli gegessen. Im Divan 2.«

Charlotte seufzt. Angesteckt von Rasmus' Unruhe. Und der Evidenz. Denn es stimmt, es passt nicht zu Yasemin, sie sitzen zu lassen. Sie hätte heute Morgen an einer Sitzung mit Repräsentanten für die Ethnische Gleichberechtigung teilnehmen sollen.

»Hmm …«, denkt Charlotte nach. Lässt sich von der Auskunft die Nummer des Divan 2 geben und ihre Stimme bestimmt und offiziell klingen, als sie anruft.

»Guten Tag, Sie sprechen mit Pernille Bæk aus dem Folketing. Ich bin die Sekretärin von Gert Jacobsen, der gestern bei Ihnen zu Abend gegessen hat. Er vermisst leider eine Mappe mit wichtigen Papieren. Könnten Sie so nett sein und nachsehen, ob er sie bei Ihnen liegen gelassen hat? Ich warte«, sagt sie und sieht den sprachlosen Rasmus verschwörerisch an.

»Ja? Ja, er war in Gesellschaft einer jüngeren, dunkelhaarigen Frau und hat bestimmt an einem Zweiertisch gesessen. Nun gut,

Sie haben keine Aktenmappe gefunden? Dann entschuldigen Sie die Umstände. Auf Wiederhören!«

»Cool!«, nickt Rasmus und lächelt zum ersten Mal in den letzten vierundzwanzig Stunden.

»Na schön, aber das hält vorm Amtsgericht nicht stand. Selbst wenn er mit Yasemin zu Abend gegessen hat, macht ihn das noch nicht zum Kidnapper, richtig?«

»Kannst du ihm das wirklich nicht ansehen?«, fragt Rasmus verwundert.

»Was?«

»Dass er *böse* ist?«

»Rasmus!«, lacht sie brüsk. »Sie taucht wieder auf. Es gibt eine ganz natürliche Erklärung, okay? Und tröste dich damit, dass nicht beide verschwunden sind. Zusammen durchgebrannt!«

»Das ist nicht lustig, Charlotte«, sagt er. Ganz ohne zu lächeln.

Der Finanzausschuss ist das perfekte Versteck an so einem Tag. Rasmus, dieser irritierende Bengel, hat ihn überrumpelt, doch während der ziemlich langweiligen Sitzung hat er ausreichend Zeit, über die Situation nachzudenken und sich eine plausible Erklärung zurechtzulegen. Dass sie nicht aufgetaucht ist, kompliziert die Lage. Es hätte die Sache unbestreitbar vereinfacht, wenn sie genau wie er erwachsen genug wäre zu tun, als sei nichts gewesen, und zur Arbeit erschienen wäre. Durch ihr Verhalten schafft sie einen Nährboden für viele dumme Spekulationen, mit denen keinem gedient ist. Als sie bei Punkt sechs angelangt sind, der *Besprechung des Berichts der staatlichen Rechnungsprüfer zu Post Danmark*, kommt ihm der Gedanke, dass sie sich möglicherweise schämt. Einen Verweis oder eine Entlassung fürchtet, nachdem sie sich gestern so kindisch aufgeführt hat. Vielleicht wäre das ohnehin das Klügste. Dass er sie loswird. Abstand zu ihr gewinnt. Jetzt, da sie ihren Zauber verloren hat. Sie müssen sich doch auf so eine »Nach gemeinsamer Übereinkunft«-Formulierung einigen können. Vielleicht ist sie ja im Lauf des Tages aufgetaucht. Sonst muss er ihr die Kündigung schicken.

»Gert?«, sagt der Vorsitzende und erteilt ihm das Wort.

Er räuspert sich. Holt tief Luft und feuert gut gelaunt eine Breitseite gegen die »Privatisierungsmanie« der Regierung im Allgemeinen und gegen die »unannehmbar amateurhafte Handhabung« der Überführung von Post Danmark in eine Aktiengesellschaft im Besonderen ab.

Er macht das so souverän, perfide und scharf, dass selbst seine Widersacher die Geißelung genießen. Wenn Gert Jacobsen in dieser Laune ist, kann niemand es mit ihm aufnehmen.

Mit Yasemins Ankunft steigt die Alarmbereitschaft in Kastaniely von Gelb auf Rot. In der Praxis macht das nicht den großen Unterschied; es dient eher dazu, Personal und Bewohnerinnen daran zu erinnern, dass zurzeit besondere Wachsamkeit angesagt ist. Es ist eine Standardmaßnahme, die Helle nach den Erfahrungen mit Einwanderermädchen in Yasemins Situation eingeführt hat. Alle Einwandererfrauen, die in ein Frauenhaus kommen, stehen unter extremem Druck. Doch besonders die vor Zwangsehen geflüchteten jungen Mädchen sind massivem Stress ausgesetzt. Die Familie gebraucht oft alle Mittel, die Mädchen wieder nach Hause zu locken – Mütter simulieren einen Herzanfall, Väter weinen am Telefon, Tanten schleichen sich ein, Schwestern machen den Verbindungsoffizier, und Brüder spielen den Cleveren. Als sie es mit den ersten solcher Fälle zu tun hatten, waren sie nicht gerüstet, die Mädchen ordentlich zu beschützen; ihnen fehlte es sowohl an Wissen wie an Einsicht, wie weit eine Familie zu gehen bereit war, um ihre Ehre wiederherzustellen.

Deshalb muss Helle beschämt zugeben, dass sie Mädchen nichts ahnend in die Falle haben gehen lassen. Seitdem hat Helle gelernt, dass ein »Begräbnis«, ein »Nervenzusammenbruch« oder ein »Versöhnungstreffen« in der Regel nur Vorwände sind, um die Mädchen herauszulocken, sie zu kassieren und zurückzuholen. Bisher haben sie Gott sei Dank noch nicht erlebt, dass Mädchen von ihrer Familie ermordet wurden, aber früher oder später wird auch das passieren, fürchtet Helle.

Deshalb ist es so wichtig, dass die Mädchen selbst begreifen, wie gefährlich ihre Situation ist, da sie sich sonst nicht schützen können. Und deshalb gibt sie sich auch große Mühe, das dem neu eingetroffenen Mädchen zu erklären. Während ihres Gesprächs weint sie die ganze Zeit; ihre dunkelbraunen Augen sind wie Dachrinnen, die überlaufen. Aber es ist ein stilles Weinen, ohne Schluchzen und Jammern. Nur dieses Überlaufen, während sie von der Szene am Strand erzählt.

»Warum waren sie so wütend?«, fragt Helle.

»Weil ich nicht verheiratet werden wollte. Weil ich von zu Hause ausziehen wollte. Und weil ich nicht nach Hause gekommen bin. Ich war mit einem Freund ausgegangen«, erklärt sie. »Einem dänischen Freund«, fügt sie hinzu.

»Mit einem Freund oder mit deinem Freund?«, wirft Helle vorsichtig ein.

Yasemin schüttelt den Kopf, sodass ihr Haar tanzt.

»Mit einem Freund«, wiederholt sie reserviert. »Einem Kollegen von meinem Arbeitsplatz. Ich studiere, aber ich habe nebenher einen Job als studentische Hilfskraft.«

Eine neue Information, die zudringlichen Fragen zuvorkommt. Helle kennt die Taktik, sie wird oft von Bewohnerinnen angewandt, die noch nicht bereit sind, mit ihrer Situation konfrontiert zu werden. Linda hat auch auf diese Weise geantwortet. Obwohl sie sich langsam öffnet. Langsam wie eine knirschende Tür.

»Yasemin, das, was du erlebt hast, war sehr gewalttätig. Vor allem, wenn du früher nie Gewalt ausgesetzt warst …«

»Das war ich nicht … Nie … Ich bin mit Küssen groß geworden. Mit viel Liebe.«

»Die Psychologin kommt morgen, aber wenn du akute Krisenhilfe brauchst …«

Yasemin schüttelt den Kopf. Und erinnert sie wieder an Linda.

»Ich gehöre nicht hierher!«

»Warum nicht?«, fragt Helle abwartend.

»Ich bin doch nicht *misshandelt* worden! Nicht *wirklich.*«

»Was ist *wirklich misshandelt*?«, fragt Helle mit einem polemischen Lächeln.

»Das war doch nur das eine Mal«, beharrt sie.

»Was wäre passiert, wenn dein kleiner Bruder dich nicht an Land gerettet hätte?«

Yasemin versteckt das Gesicht in den Händen. Eine Rose verliert ein Blatt. Ein Autoalarm schlägt einige Straßen entfernt an.

»Oh, Gott«, weint sie. »Ich fasse es nicht. Ich kann einfach nicht fassen, dass …«

»Nein«, sagt Helle ruhig. »Das kann man nie.«

Der Supermarkt Bilka hat Gartenmöbel, Spa-Badewannen und gefrorene Hähnchen im Sonderangebot. Die Gemüseabteilung bietet spanische Erdbeeren an, der Bäcker verkauft ein Ciabatta für einen Zwanziger, und auch Kærgården ist reduziert. Rasmus will nichts davon haben. Er streift planlos mit einem leeren Einkaufskorb durch die Gänge des Warenhauses in der Hoffnung, plötzlich auf sie zu treffen. Oft bildet er sich auch ein, sie zu sehen – sie sehen ähnlich aus, aber keine von ihnen ist Yasemin.

Hier nimmt er sie deutlich wahr; schon als er aus der S-Bahn gestiegen und vom Bahnhof nach Ishøj Bytorv gegangen ist, hat er gespürt, wie die Weidenrute in seiner Hand ausschlug. Hier ist sie tausendmal herumgelaufen; hier hat sie ihre Duftspur hinterlassen und ihren Gedankenglimmer verstreut. Beim Kaufmann *Artischocke* hat sie Olivenöl in Kanistern gekauft, Linsen in Säcken und Pistaziennüsse in Kilotüten. Bei H&M hat sie Sachen anprobiert, im Spiegel der Kabine geguckt, ob die Hose richtig sitzt und darüber geflucht, dass sie die Hosenbeine wie immer umschlagen muss. Im Kiosk hat sie hinter der Theke gestanden und Lottoscheine eingescannt und türkische Zeitungen verkauft, einen Apfel gegessen und vielleicht flüchtig in eine Frauenzeitschrift geguckt. Oder in *Euroman* geblättert, wo noch immer der Narrenarsch auf dem Titelblatt ist. Schon im Kiosk hat er nach ihr fragen wollen. Doch der abweisend aussehende Besitzer mit dem Vollbart und der weißen Kopfbedeckung hat ihn sich umbesinnen lassen, genau wie die schroffe Männerstimme, die die Male am Telefon war, die er bei ihr zu Hause angerufen hat. Der Mann, ihr Vater?, hatte ihn nicht einmal seinen Namen sagen lassen und bitten, Yasemin zu sprechen, als auch schon der Hörer aufgeknallt wurde. Rasmus lässt sich durch solche Unwegsamkeiten nicht bremsen. Beschließt, die S-Bahn nach Ishøj zu nehmen und an ihrer Tür zu schellen. So schwer kann das doch nicht sein?

So schwer kann das nicht sein, wenn man auf dem Bahnhof Nørreport steht. Etwas schwieriger schon, wenn man plötzlich wie ein Alien auf fremdem Territorium ausgespuckt wird, das einem bekannt und wild exotisch zugleich vorkommt. Ob es der ausgeprägte Einwanderereinschlag ist, die soziale Zusammensetzung des Einwohnersegments oder die Topografie des Vorortes an sich, die ihn in ein ungewohntes Gefühl der Entfremdung versetzen, in eine wachsame Touristenstimmung, kann er nicht genau sagen. Obwohl er nur zwanzig Minuten vom Rathausplatz entfernt ist, fühlt er sich sehr weit von zu Hause fort, nicht unähnlich dem Mal, als er als unbefangener und schon bald ausgeplünderter Rucksacktourist durch Lateinamerika gereist ist. Das Gefühl ist gegenseitig, wie er an den misstrauischen Blicken sehen kann, mit denen man ihn beäugt. Er ragt aus der Menge heraus, ist anders, trägt die falschen Klamotten, und obwohl er im Bistro Quick ein Kebab-Mix bestellt und genau wie die anderen an den Laminattischen aus Granitimitat auf seine Bestellung wartet, fällt er durch. Sie haben durchschaut, dass er nur ein Voyeur ist.

Deshalb versucht er, seine Nervosität in den Griff zu bekommen, während er über seiner Sprite hängt und so tut, als wäre er total auf die Gratiszeitung *Urban* konzentriert. Er dämpft seine *noia* und überzeugt sich selbst, dass die türkische Familie, die drüben an der Wand sitzt, Fischfilet mit Pommes frites zum Abendessen isst und den Jungen in dem hohen Stuhl erzieht, ihm nichts tun wird. Als er endlich seinen Kebab-Mix an der Theke abholen kann und noch eine weitere Einwandererfamilie studiert hat, einen nett aussehenden Vater und seine beiden Töchter im Teenageralter, die ihrem Daddy Geld für Softeis mit Streuseln abschmeicheln, hat er sich so weit unter Kontrolle, dass er mit einem kleinen Mädchen in Donald-Duck-Sprache sprechen kann, das Strohhalme holt. Das Mädchen sieht ihn ungläubig an, doch die Eltern lachen. Freundlich.

Und als er gerülpst und gewissenhaft hinter sich aufgeräumt hat, geht er mit federnden Schritten über die Fußgängerbrücke zu dem Wohngebiet, lächelt mehrere Kinder an, nickt beruhigend ihren verhüllten Müttern zu und empfindet eine große Zärtlichkeit für Yasemin, die jeden Tag die gleiche kulturelle Reise in die entgegengesetzte Richtung macht. Beschämt muss er erkennen, dass er nicht verstanden hat, was sie eigentlich geschafft hat; nicht vor diesem frühen Abend, an dem er durch die überraschend grüne und einladende Umgebung geht und langsam, als er sich dem Zentrum des Viertels nähert, sieht, wie diese multiethnische

Parallelgesellschaft mit ihren schaukelnden Kindern, Basketball spielenden Jungen und schnatternden Frauen mit stramm gebundenen Kopftüchern sich vor ihm entfaltet. Respekt!

Als er sich dem Block nähert, in dem sie wohnt, wird er trotz seiner Heiterkeit langsamer. Wird erneut von einer undefinierbaren Unsicherheit ergriffen, einer schwachen Furcht, dass Gefahr im Verzug sein könnte. Trottet planlos vor dem Haus auf und ab, guckt an den Balkonen hoch und hofft, dass sie dort steht und ihm zuwinkt wie Julia.

Doch die Balkone sind leer, auch der im ersten Stock. Die Tür zum Wohnzimmer muss offen stehen, da türkische Musik herausströmt. Vielleicht ist sie dort drinnen. Vielleicht kann sie ihn hören, wenn er sie ruft.

»Yasemin?«, ruft er und formt die Hände zu einem Trichter. Keine Reaktion, aber sein Ruf ist auch zu unentschlossen. Er atmet tief durch und ruft noch einmal, diesmal lauter und entschlossener. Und jetzt tut sich etwas hinter der Tür, die Gardine bewegt sich, und eine Gestalt tritt heraus. Yasemin ist das nicht, sondern ein Junge im Teenageralter, der ihr kleiner Bruder, Yasar, sein muss.

»Psst!«, bedeutet ihm der Junge und hält einen Finger an die Lippen. »Geh! Ich komme runter.«

Der Junge sieht gehetzt zur Tür und zeigt mit einer Handbewegung, in welche Richtung Rasmus gehen soll. Dann verschwindet er vom Balkon, und Rasmus verzieht sich, wie ihm gesagt worden ist.

Einen Moment später holt ihn der Junge ein. Er hat einen Basketball bei sich. Er geht weiter, während er mit Rasmus spricht.

»Bist du Rasmus?«

»Ja. Kennst du mich? Bist du Yasemins kleiner Bruder? Yasar?«

Er nickt, wirft einen Blick zurück.

»Du bist Yasemins Freund, nicht? Aus Christiansborg?«

»Ja. Wo ist sie?«

»Sie ist in der Türkei. Sie ist gestern mit meiner Mutter und meinem Vater gefahren. Sie soll verheiratet werden. Du darfst nicht mehr anrufen, du darfst nicht mehr hierherkommen. Du musst sie vergessen!«

Der Junge ist stehen geblieben und sieht ihm eindringlich in die Augen, die genauso dunkel und engstehend sind wie Yasemins.

»Was?«, fragt Rasmus wie gelähmt. Das klingt wie ein schlechter Joke. Eine Parodie auf einen Jalla!-Jalla!-Film.

»So ist das eben!«, der Junge schlägt mit den Armen aus. »Verstehst du? Sie ist für dich gestorben.«

»Jetzt mach mal halblang!«, protestiert Rasmus.

»Wenn du wiederkommst, zack!«, sagt der Junge und zieht einen Finger quer über die Kehle. »Die bringen dich um.«

»Ja, aber warum? Was habe ich denn getan?«

»Vergiss sie einfach. Geh jetzt! Bevor mein Schwager dich sieht. Okay?«, sagt der Junge und läuft zum Spielplatz hinter dem Drahtzaun.

Ein Rätsel: Was ist der Unterschied zwischen Abhängigkeit und Liebe? Wer das weiß, bekommt den Friedensnobelpreis. Wer das weiß, kann hier ausziehen. Denn das ist unser Problem, sagt die Psychologin. Dass wir Liebe nicht von Abhängigkeit unterscheiden können. Aber wer kann das, frage ich? Kann Dodo das, die einen frauenchauvinistischen Witz nach dem anderen reißt, während wir Kerzen anzünden und den Tisch schön decken? Alle Bewohnerinnen, auch die aus den anderen Gruppen, sind zu dem Fest eingeladen. Das ist Sitte. Der Rückhalt soll so stark wie möglich sein, wenn die Frauen in das sogenannte wirkliche Leben zurückkehren.

»Kennst du den?«, fragt Dodo. »Zwei Marsbewohner gucken

auf die Erde hinunter. Sagt der eine: ›Und? Irgendwelche Zeichen von Intelligenz oder so was?‹ ›Tja‹, meint der andere. ›Die mit Gehirn scheinen okay, doch bei denen mit Schwanz bin ich mir nicht sicher. Das müssen ihre Haustiere sein!‹«

»Haha«, lache ich, und ein paar andere, die langsam auftauchen, stimmen mit ein.

»Kennst du den?«, fahre ich fort. »Die Witwe möchte gern mit ihrem verstorbenen Mann sprechen und ruft Petrus an. ›Mein Mann heißt Hans‹, sagt sie. ›Wir haben viele mit Namen Hans hier oben‹, antwortet Petrus. ›Kannst du ihn näher beschreiben?‹ ›Ja, er hat auf seinem Totenlager gesagt, dass er sich in seinem Grab umdrehen würde, wenn ich es mit anderen Männern triebe.‹ ›Ach‹, sagt Petrus. ›Du meinst den Rotier-Hans!‹«

Jetzt lacht Dodo, dass sie bald umkippt.

»Hahaha, ich mach mir in die Hosen!«, heult sie vor Lachen, und ich lache mit. Hier finden sie mich lustig. Sie lieben meine alten Witze. Der hier hatte schon im Südhafen einen Bart, aber scheiß drauf, solange er Wirkung zeigt. Unser Gelächter zieht die Letzten an, die den Witz auch erzählt haben wollen, und die, die kein Dänisch können, bekommen ihn von ihren Landsmänninnen übersetzt. Sie lachen alle, einige nur verhalten, doch die Lust, einmal gut drauf zu sein, nährt das Lachen.

Erst als wir uns zu Tisch setzen, stellen wir fest, dass zwei Plätze leer sind.

»Da sitzt Helle, sie ist unten, um die Neue zu holen«, sagt Dodo und lässt den Wein herumgehen. Zur Feier des Tages ist das Alkoholverbot zwischenzeitlich aufgehoben – es sind drei Flaschen für etwas über zwanzig Frauen gekauft worden. Doch ein paar von uns rühren keinen Alkohol an. Die muslimischen Frauen und ich.

Als Vorspeise gibt es Krabbencocktails, und gerade, als ich mich hingehockt habe, um das Baguette aus dem Ofen zu holen, kommt Helle endlich mit der Neuen. Ich gucke sie schräg von unten herauf an, lächle so entgegenkommend wie möglich, wenn beide Flossen in Grillhandschuhen stecken und man ein Blech aus dem Ofen ziehen will.

»Das ist Yasemin«, sagt Helle. »Unsere neue Mitbewohnerin.«

»Yasemin?«, rufe ich laut und lasse das Blech mit einem Knall auf den Küchenboden fallen.

Yasemin dreht spontan den Kopf in meine Richtung und – wir reagieren, als hätten wir den Finger in dieselbe Steckdose gesteckt.

Obwohl sich Gert Jacobsen mit verbissener Energie der Sache annimmt, lässt sich der alte Rasenmäher nur schwer durch das allzu hohe Gras ziehen.

»Wollen sie nicht meinen leihen?«, fragt der Nachbar freundlich über die Hecke. »Ich habe einen neuen mit Batterieantrieb.«

»Vielen Dank!«, lächelt Gert Jacobsen reserviert. »Ich brauche Bewegung.«

Damit ist das Thema ausdiskutiert, und der Nachbar kann die Frage nicht stellen, auf die er und seine Frau gern eine Antwort hätten: Wo ist seine Frau? Linda? Es ist so lange her, seit sie sie gesehen haben. Um nicht zu sagen *gehört* haben.

Kennt ihr euch?«, fragt Helle verblüfft mit einem unsicheren Lächeln auf den Lippen.

»Wir wissen jedenfalls voneinander, nicht?«, antwortet Linda schnell und sucht Bestätigung bei Yasemin, die stumm nickt. Außerstande, einen Piep von sich zu geben. Das kann einfach nicht sein. Das letzte unwahrscheinliche Glied in einer Kette surrealistischer Begebenheiten. »Wir haben einen gemeinsamen Bekannten, nicht?«

»Ja«, bekommt Yasemin betreten heraus. Das kann man so sagen. Einen gemeinsamen Bekannten.

Helle sieht forschend von der einen zur anderen, von der Dunklen zur Hellen, von der Jüngeren zur Älteren. Hier passiert etwas Hochexplosives, das sie nicht unmittelbar fassen kann.

»He, was ist?«, ruft Dodo vom Tisch her. »Kommst du mit den Baguettes, Linda? Ihr könnt die alten Erinnerungen später austauschen.«

Linda bricht in hysterisches Lachen aus.

»Alte Erinnerungen«, lacht sie. »Das ist verdammt gut, Dodo.«

Die sonst so fröhliche Yasemin ist in keiner Weise in der Stimmung zu lachen. Sie ist eher den Tränen nahe. Doch die Situation ist so barock und Gerts Frau so übermütig, dass Yasemin sich dankbar an ihr heiseres, unkontrolliertes Lachen anhängt wie an einen Haken, der sie aus den Katastrophen der vergangenen vierundzwanzig Stunden ziehen kann.

»Was ist so lustig?«, fragt Helle verwirrt.

»Nichts«, hickst Linda und blinzelt Yasemin zu. »Das ist ein interner Witz.«

Gert Jacobsen starrt hungrig in einen leeren Kühlschrank. Bis auf ein Glas Dijonsenf, eine Flasche Soja, einen Klecks Butter und zwei Eiern in einem Karton ist nichts mehr da. Wenn noch etwas Ketchup da wäre, wäre es nicht ganz so armselig. Jetzt muss er sich mit Spiegelei und Senf begnügen, was alles andere als optimal ist. Der Brotkasten hat nichts zu bieten bis auf ein paar trockene Scheiben Toast mit Schimmelflecken. Also bleibt es bei Spiegelei mit Senf. Nicht genug, um einen hungrigen Mann zu sättigen, doch es ist nach zehn, und die Tankstelle, die örtlichen Pizzerien und der italienische Imbiss haben geschlossen.

Die Situation ist unhaltbar, denkt er, als er das Feuer unter der

Pfanne anmacht. Vielleicht kann er den Vorsitzenden des Arbeitgeberverbandes anrufen, einen Witwer, der in der Nachbarschaft wohnt und oft mit seiner unübertroffenen südjütischen Haushälterin prahlt. Vielleicht können sie sich diese Haushälterin teilen.

Als die Butter in der warmen Pfanne geschmolzen ist, klingelt das Wandtelefon.

»Jacobsen«, sagt er bestimmt und verteilt die Butter mit einem Pfannenmesser. Falls das Linda ist, ist es vielleicht an der Zeit, sie durch die Katzenpforte wieder hereinzulassen. Zu bestimmten Bedingungen natürlich.

Es ist nicht Linda. Es ist Mikael Rud, der Journalist von der *Berlingske Tidende*. Der, der zu ewigem Ruhm und Ehren gekommen ist, indem er Per Vittrup zu *Dead Man Walking* gemacht hat. Bedauerlicherweise hat ihm die *Politiken* die Randers-Geschichte weggeschnappt. Soweit er das verstanden hat, eine Geschichte, nach der er nur die Hand hätte auszustrecken brauchen. *Never mind.* Jetzt will er wohl seine Schuld sühnen und einen weiteren rufmordenden Angriff auf den Todgeweihten schreiben. In diesem Fall wird Gert ihm nicht im Weg stehen.

»Guten Abend, Mikael Rud. Womit kann ich Ihnen helfen?«, fragt er entgegenkommend und nimmt das erste Ei in die Hand. Schlägt es am Pfannenrand auf und produziert ein perfektes Spiegelei.

»Ja, finden Sie? Ja, ich bin selbst ziemlich zufrieden. Das ist man schließlich nicht immer, haha … Was? Ach, das ist der Dunstabzug. Ich stehe gerade in der Küche und brate mir ein paar Eier«, sagt er und greift nach dem zweiten Ei. »Linda? Worüber wollen Sie mit ihr reden? Aha«, sagt er, das Ei noch immer in der Hand. »Hören Sie, Mikael«, sagt er schließlich und atmet ein. »Kann ich mich auf Sie verlassen? Hundert Prozent? *All right.* Meine Frau hat zurzeit ein paar ›persönliche Probleme‹. Ich weiß nicht, ob Ihnen auf dem Fest des *Arbeiters* aufgefallen ist, dass sie ein bisschen labil war. Wie sich herausgestellt hat, ist es ernster, als es den Anschein hatte. Wenn ich jetzt also sage, dass sie in Behandlung ist und zurzeit nicht zu Hause wohnt, dann wissen Sie, was ich meine, nicht? Wie dem auch sei, näher kann ich darauf nicht eingehen. Nein, ich habe keine weiteren Kommentare! Das gehört in die Privatsphäre, und wenn Sie darüber schreiben, auch nur andeutungsweise, trete ich Ihnen höchstpersönlich in die Eier, dass Sie nach Ihrer Mutter winseln! Danke für den Anruf. Auf Wiederhören.«

Er hat das Ei so fest gehalten, dass die Schale zerbrochen ist und das glibberige, kalte Eiweiß und der blassgelbe Eidotter durch seine zusammengekrampften Finger laufen.

»Verdammt!«, flucht er und schüttelt sich die Eimasse von den Fingern, sodass sie sich über den ganzen Boden verteilt.

»Linda!«, ruft er dann. »Jetzt kommst du verdammt noch mal nach Hause!«

Mikael Rud unterbricht die Aufnahme. Spult zurück und lauscht, spult zurück und lauscht. Da sagt er »trete ich Ihnen höchstpersönlich in die Eier«. Auch der Tonfall lässt keinen Zweifel. Ein wirklich umsichtiger Ehemann, das muss man sagen. Wirklich.

Schlaflos wirft Yasemin sich auf der Liege hin und her, auf der auch Linda gelegen und sich gewälzt hat. Das Zimmer ist dieselbe zellenähnliche Schuhschachtel, doch während Linda sich durch die Enge beschützt gefühlt hat, fühlt Yasemin sich in dem klaustrophobischen Kellerraum mit dem Gitter vor dem Fenster eingesperrt. Und während Linda in einem betäubten Halbschlaf vor sich hin gedümpelt hat, arbeitet Yasemins Gehirn auf Hochtouren. Sie, die analytisch geschult und es gewohnt ist, eine Problemstellung akademisch anzugehen, kämpft wie eine Ameise in einem zerstörten Ameisenhaufen, die frühere Ordnung wieder zu etablieren. Doch obwohl sie sich abmüht, bis der dünne Ameisenkörper unter dem Gewicht der Tannennadeln, Rinden und Äste langsam zusammenbricht, scheint die Verwirrung nur weiter zuzunehmen und das Chaos sich auszubreiten, je mehr sie sich anstrengt. Nicht weil sie in den Begebenheiten der letzten vierundzwanzig Stunden keine Struktur und keinen Sinn finden kann, sondern weil sie das Resultat nicht sehen will, das ihr supergetunter Hirncomputer ihr liefert.

Deshalb versucht sie es noch einmal, mühsam und erschöpft, doch egal, welche Hypothesen sie aufstellt, das Resultat bleibt gleich unerträglich: Ihre Familie hat sie verraten. Ihr Vater hat sie geopfert. Er hat die Rücksicht auf seine eigene Ehre über die Rücksicht auf sie gestellt. Die Erziehung, die sie genossen hat, war auf kernfaule Pfeiler gebaut. Die Freiheit war im Vorhinein bemessen und reichte nicht weiter als bis zu der unsichtbaren Grenze, die längst gezogen war. Wie alles andere, an das sie geglaubt hat, hat sich die Freiheit als eingebildet erwiesen. Es gibt keine besonderen Regeln für sie. Keine Dispensierung. Keine Liebe, die sie besonders auserwählt macht. Wie alle anderen muss sie sich hinter dem Elektrozaun halten. Und wie jeder andere Ausbrecher steht sie jetzt vor einem grausamen Ultimatum: Entweder sie kehrt zurück, bereut und unterwirft sich, indem sie als reumütige Sünderin akzeptiert, dass sie sich schuldig gemacht hat und deshalb weitere Einschränkungen in ihrer persönlichen Entfaltung in Kauf nehmen muss. Oder sie bricht die Brücke hinter sich ab und betritt den gefährlichen und schmalen Weg durchs Niemandsland, der vielleicht zu allem führt, vielleicht aber auch ins Nichts. In beiden Szenarien ist sie erschreckend allein. In beiden Szenarien drücken Schuld und Zweifel sie nieder. Ob sie sich für das eine oder das andere entscheidet, sie wird etwas Unersätzliches verlieren – entweder ihre Familie, ihre Geschichte, ihre Kindheit oder ihre Zukunft, ihren Stolz, sich selbst. Ein grausames Meerjungfrauendilemma, das jemals zu erleben sie sich nie hat vorstellen können.

Das Furchtbare ist nur, dass schon bevor sie schockiert ihren Vater das Wort *oruspu*, Hure, hat aussprechen hören, ein anderer vernichtender Schlag sie getroffen hatte.

Die zweite Aufgabe, die ihr Hirn zu lösen hat. Auch dieses Fazit, das da vor ihren Augen aufblitzt, gefällt ihr nicht. Denn durch das unerwartete Zusammentreffen mit Gerts Frau in der Küche hat sich die Unbekannte in der Gleichung in eine Bekannte verwandelt, womit alle früheren Hypothesen in sich zusammenfallen. Gert hat gelogen, und Yasemin hat sich willig belügen lassen. Ihre Vernunft sagt ihr, dass alle früheren Bilder und Einschätzungen von einem Mann zwangsläufig revidiert werden müssen, wenn dieser Mann seine Frau so misshandelt hat, dass sie in einem Frauenhaus Zuflucht suchen musste. Auch die eigene Beziehung zu diesem Mann. Hat er einen zudem noch einem sexuellen Übergriff ausgesetzt, ist man gezwungen, das gesamte Verhältnis im Licht der neuen Erkenntnisse zu durchleuchten. Man muss die Scheuklappen ablegen und den Tatsachen ins Auge blicken. In diesem Fall ist die Tatsache die, dass Rasmus recht gehabt hat, sagt Yasemins rationales Gehirn. Gert Jacobsen ist ein Schwein mit unlauteren Absichten. Er hat sie ausgenutzt, Punktum.

Yasemins andere Gehirnhälfte, die, in der die Gefühle zu Hause sind, sperrt sich gegen diese Einsicht. Legt mit Erklärungen und beschwichtigenden Entschuldigungen Veto ein. Denn während sich die Wut auf ihre eigene Familie von Stunde zu Stunde aus dem unterschiedslosen Dunkel der Gefühle herauskristallisiert, ist sie bei Weitem noch nicht bereit, Gert zu verurteilen. Sie hat zu viel in den Glauben an seine Aufrichtigkeit investiert; sie hat ihn das Land der Zukunft in dem Vertrauen aufteilen lassen, dass er ihr Bestes will. Und sie hat keine Garantien verlangt. Er, einer der respektiertesten und einflussreichsten Politiker Dänemarks, war selbst die Garantie für Seriosität. Wer verlangt Beweise für die Kreditwürdigkeit eines so klugen und geachteten Mannes? Eine türkisch-kurdische Studentin aus Ishøj, die plötzlich auserwählt worden ist, mit den Großen Kirschen zu essen? *No way.* Sie verneigt sich nur knicksend wie das Dorfmädchen, das vom Sultan höchstpersönlich auserkoren wird, seine Nacht zu versüßen.

Dieses letzte, spöttische Bild lässt sie mit einem Seufzer aufstehen. Resigniert schlurft sie zum Fenster. Stellt es auf Kipp und atmet die Nachtluft ein. Merkwürdig, die Nase am Boden zu haben, wenn man immer in einer Etagenwohnung gewohnt hat. Wenn ihre Familie wirklich abgereist ist, schlafen sie jetzt in dem Dorf im Haus ihres Onkels und ihrer Tante. Ihre Mutter wird sich bereits über die Wärme und die Fliegen beklagt haben, und ihr Vater wird vielleicht draußen sitzen und eine Zigarette rauchen. Er wird wütende Gedanken gen Norden schicken, wo sie den ihren begegnen und irgendwo in der Nacht feindlich die Klingen kreuzen werden.

Ich stehe am Spülbecken und spüle die Sachen vom gestrigen Fest, als sie zögernd auftaucht. In Kleidung aus dem Notschrank, einem T-Shirt mit einem Logo der Umzugsfirma Holger Danske und hochgekrempelten, viel zu weiten Jeans. Die schönen Schuhe müssen ihre eigenen sein, sonst wären sie längst geklaut worden.

»Komm ruhig herein! Ich beiße nicht!«, sage ich einladend und trockne einen Aschenbecher ab. Dodo und die anderen schlafen noch, selbst die Kinder machen ein langes Nickerchen. Es ist spät geworden, wie es hier oft spät wird, wenn die Frauen die Nacht zum Tag machen. Vielleicht weil es sicherer ist, tagsüber zu schlafen, wo keine Schakale lauern. Yasemin hat sich zeitig zurückgezogen, hat das Essen kaum angerührt. So ist das in den ersten Tagen. Man hat genug mit sich selbst zu tun. Möchte sich am liebsten wie ein Igel zusammenrollen und von allem wegschlafen. Außerdem musste sie noch den Schock verdauen, mich hier zu treffen. Die betrogene Ehefrau.

»Kaffee?«, frage ich und halte ihr die Thermoskanne hin.

Yasemin trinkt keinen Kaffee. Aber danke.

»Wenn es etwas Tee gibt, wäre das toll«, sagt sie mit einem flackernden Lächeln. Ich zeige ihr den Wasserkessel, die Teekanne und die Teedose, die meistens voll ist. Tee wird hier nicht so viel getrunken. Ich werfe ein paar übrig gebliebene Minibaguettes in die Mikrowelle und schenke ihr Saft von meiner Ration ein.

»Joghurt?«, frage ich und bekomme wieder ein Nicken und ein Lächeln zur Antwort, während sie den Kessel mit Wasser füllt.

Seltsamerweise fühlt es sich ganz natürlich an, mich um dieses Mädchen zu kümmern, das ich bis gestern als Bedrohung meiner Ehe angesehen habe. Sobald ich sie gesehen hatte, habe ich begriffen, dass sie keine größere Gefahr darstellt als eine Attrappe bei einem Bankraub. Wie der Kassierer, der alles Geld in der Kasse aushändigt, habe ich mich von meiner eigenen Fantasie hereinlegen lassen und Gerts neue studentische Hilfskraft dämonisiert. Aber wie so oft löst sich die Dämonisierung, wenn man dem Feind in die Augen sieht. Als ich ihr jetzt gegenübersitze, während sie ihren Joghurt isst und an dem Saft nippt, ist es mir deshalb total unmöglich, sie nicht zu mögen. Ich kann ganz ausgezeichnet verstehen, dass Gert von dem lieblichen Wesen mit dem schwarzen Haar und den Puppenaugen bezaubert war. Trotzdem verspüre ich einen unwiderstehlichen Drang, es ihr heimzuzahlen, sie zu bestrafen, dass sie mir Angst eingejagt hat, sie zu erschrecken, nur um das Territorium abzustecken. Man tritt immer nach unten. Hässlich, aber wahr.

»Habt ihr es in unserem Bett getrieben?«, hole ich deshalb aus, unerwartet, einfach so.

»Was?«, sie blinzelt erschrocken und verkleckert Joghurt an ihrem Kinn. Dem Kinn mit der kleinen Narbe, die Gert sicher angebetet hat.

»Habt ihr in unserem Bett gevögelt? In unserem Ehebett«, mache ich weiter. »Während ich weg war?«

»Nein!«, antwortet sie aufgebracht und wischt sich den Joghurt mit der Fingerspitze ab.

»Auf dem Sofa?«, fahre ich fort und lande offenbar einen Volltreffer, denn diesmal flackert ihr Blick, bevor sie leugnet.

»Nein!«

»Yasemin, ich bin nicht dumm! Ich weiß, dass ihr eine Affäre habt …«

»Das haben wir nicht!«, protestiert sie heftig. »Überhaupt nicht!«

»Dann eben einen *Flirt*?«, schlage ich säuerlich vor.

»Das hatten wir vielleicht«, gibt sie widerstrebend zu und schenkt sich Tee in einen Garfield-Becher. Er ist kaputt, und ich stehe auf, um ihn gegen einen intakten auszutauschen. Sie nimmt den neuen ohne zu blinzeln entgegen und schenkt sich erneut ein. »Aber das ist vorbei.«

Ich schmiere mir ein Brot mit den schnellen, routinierten Bewegungen einer Hausfrau in einer Ferienkolonie. Mit so etwas kann ich Eindruck schinden.

»Hat es etwas mit Gert zu tun?«, frage ich. »Dass du hier bist?«

Ihre Pupillen weiten sich, als sie von dem Joghurt aufblickt und meinem Blick begegnet. Ich kann sehen, dass sie verneinend antworten will, doch sie lässt es.

»Nicht direkt«, seufzt sie und sieht mit einem gequälten Ausdruck weg. Ich entschließe mich gnädig, sie in Ruhe zu lassen. Für dieses Mal.

»Woher hast du gewusst, dass ich das war?«, fragt sie. »Es gibt viele Einwanderermädchen, die Yasemin heißen.«

»Ich habe es wohl gerochen«, sage ich, ich kann es einfach nicht lassen. »Entschuldige. An der Art, wie du deinen Namen ausgesprochen hast. *Jaazemin*«, mache ich sie affektiert nach. »So spricht er ihn auch aus. Als wollte er ihn *schmecken*.«

Sie muss lächeln. Lässt das Lächeln wie einen Apfel an einem Ast hängen, während ich fortfahre.

»Und an dem Nasenstecker. Davon hat er auch oft gesprochen. Außer von deinem strahlenden Intellekt, natürlich.«

Sie schneidet eine ironische Grimasse und schiebt den Joghurtbecher weg.

»Du bist ganz anders, als ich mir dich vorgestellt habe«, sagt sie dann mit einem Hauch einer Entschuldigung.

»Aha. Bin ich das«, sage ich leichthin und habe plötzlich Schwierigkeiten, das Brot hinunterzuschlucken.

»Zuerst habe ich geglaubt, du wärst so eine supercoole Karrierefrau.«

»Haha …«

»Dann habe ich mir vorgestellt, du wärst eine langweilige Hausfrau …«

»Die Frau in seinem Rücken?«, frage ich ironisch.

»Ja«, nickt sie. »Aber als ich dich in diesem roten Teil im *Billed-Bladet* gesehen habe …«

»Dem Kleid der Woche? Deshalb hast *du mich* erkannt?«

»Ja!«, erklärt sie eifrig. »Da habe ich gedacht, du wärst so eine, die überall was am Laufen hat …«

»Das war ich auch mal, vor Hunderten von Jahren«, bestätige ich.

Sie nickt, und dann kommt die kleine Falte in der Stirn, die, wie ich bald lerne, ein unbewusstes Frühwarnsystem ist. Wenn sie sich kräuselt, nimmt sie zu etwas Anlauf, das sie als unangenehm oder konfliktbeladen empfindet. Zu etwas, das sie lieber nicht sagen würde, aber auch nicht ungesagt lassen kann.

»Aber dann hat Gert gesagt, dass du Grippe hast …«

»Grippe!«, rufe ich und würge an dem Minibaguette.

»Ja, deshalb konntest du seine Hemden nicht bügeln. Die ich deshalb in die Reinigung bringen musste.«

»Was?«, huste ich und spüle mit Kaffee nach. »Erzählt er den Leuten, dass ich Grippe habe? Das muss eine verdammt schlimme Grippe sein! Haha! Hast du das geglaubt?«

Yasemin zuckt schuldbewusst mit den Schultern.

»Ich habe mich entschieden, es zu glauben. Bis er mir anvertraut hat, dass du in einer Entzugsanstalt in Schweden bist …«

»Sagt er das?«, frage ich mit einer Stimme, die um eine Oktave gefallen ist. »Läuft er herum und sagt, dass ich eine Säuferin bin? Ach du meine Fresse, ist der clever!«

Die Kugel läuft im Roulette; sie kann auf »Raserei« landen, auf »Verwünschung«, »Erregung« oder »Weinen«. Doch schließlich kommt sie auf »Lachen« zur Ruhe, möglicherweise durch den Einfluss von Yasemins magnetischem Pol.

Ich lache, laut und überdreht, leise und hohl, doch diesmal lacht sie nicht mit. Offenbar sieht sie die Komik nicht, und ich muss zugeben, dass es dazu schon eines gut entwickelten Sinns für das absurde Theater des Lebens bedarf, den sie aufgrund ihrer Jugend noch nicht haben kann.

»Yasemin«, sage ich lachend, durch den Zigarettenrauch hustend. »Das ist das Fantastische an Gert Jacobsen. Dieser Mann hat immer noch ein Ass im Ärmel. Deshalb kann man gegen ihn einfach nicht gewinnen.«

»Niemand ist unüberwindlich«, sagt sie, das Mädchen. Der zweite der beiden Planeten, die um dieselbe Sonne kreisen.

»Honey«, sage ich und lache trocken. »Gegen Gert kann man nicht gewinnen. Sonst säße ich nicht hier. Okay?«

Darauf antwortet sie nicht.

Gert«, beginnt Meyer. »Ich nehme an, dass du in keiner Weise mit Yasemin Aydins plötzlicher Abreise in die Türkei in Verbindung gebracht werden kannst?«

»Natürlich kann ich das nicht. Yasemin und ich hatten ein enges und vertrauliches Arbeitsverhältnis, das ich sehr geschätzt habe. Es sei denn, ein solches Verhältnis wird in den Augen einer fundamentalistischen Familie als gefährlich angesehen, habe ich mir nichts anderes vorzuwerfen, als dass ich vielleicht übertriebene Hoffnungen genährt habe, was das fachliche Potenzial des Mädchens angeht. Du solltest dir eher ihren Anbeter Rasmus vornehmen! Alle wissen, dass er ihr Freund war! Das hat wohl auch die Familie herausgefunden!«

»Was sollen wir dann deiner Meinung nach tun?«, schneidet Meyer ihm das Wort ab.

»Was *können* wir tun? Das Jägerkorps einsetzen? Sie aus dem Dorf befreien? Es könnte immerhin sein, dass sie aus eigenem freiem Willen heiratet, nicht wahr? Vielleicht war es die ganze Zeit geplant.«

»Das finden wir heraus«, sagt Meyer, ohne den Blick von ihm abzuwenden.

»Aha?«

»Da unten in der Botschaft sitzen ein paar gute, diskrete Mitarbeiter, die ich um Hilfe gebeten habe. Sie überprüfen die Geschichte und werden versuchen, Kontakt zu Yasemin aufzunehmen. Sie können ihr helfen zurückzukommen, wenn sie gegen ihren Willen entführt worden ist.«

»Elizabeth … ist das klug … in der Situation?«

»Hast du einen besseren Vorschlag? Einen anderen, als sie einem ungewissen Schicksal zu überlassen? *Deine* Yasemin? Das sähe doch gar nicht gut aus, nicht? *In der Situation?*«

»Das täte es wohl nicht.«

»Und, Gert? Wir würden Linda gern bald *sehen. Live!*«

Als sie gegangen ist, muss er den Schlipsknoten lösen. Er bekommt kaum Luft.

Thomas soll sie froh und unbekümmert sehen, deshalb steht Charlotte in der Ankunftshalle und winkt mit ihrem Papierdanebrog mit den Kindern um die Wette, die die Flaggen als ein Muss angesehen haben, wo ihr Vater jetzt »richtig« aus Afrika nach Hause kommt. Aber sie kommen nur bis in die Tiefgarage, bis er sie auch schon an sich zieht und fragt, was nicht in Ordnung ist.

»Nichts«, lächelt sie, schließt den Volvo auf und öffnet die Türen für die Zwillinge, die auf jeder Seite hineinhüpfen.

»Ist etwas mit uns?«, fragt er mit einer leisen Angst, dass alte Wunden aufgebrochen sein könnten.

»Nein«, versichert sie ihm, küsst ihn schnell auf den Mund und hilft ihm, seinen schweren Koffer in den Kofferraum zu hieven. »Wir beide sind das Beste!«

»Hat es mit der Arbeit zu tun?«, fragt er schließlich. »Mit der Krise in der sozialdemokratischen Fraktion? Dem Machtkampf unter den Alphahähnen?«

»Der tobt schlimmer als je zuvor«, gibt sie seufzend zu, während Thomas ein paar klirrende Duty-free-Tüten vom Flughafen Schiphol und einen alten Fjällraven-Rucksack neben den Koffer stellt. »Pers Autorität ist total im Eimer. Sie versuchen, ihn mürbe zu machen.«

»Das ist schließlich nichts Neues«, bemerkt Thomas und knallt den Kofferraumdeckel zu. »Also, was ist *nichts*? Das da?«, fragt er mit einem Blick auf das kaputte rechte Rücklicht.

Charlotte zuckt leicht mit den Schultern.

»Ein missglücktes Rückwärtseinparken vor dem Empire-Kino. Wo gehobelt wird, fallen eben Späne. Nein, es hat mit Yasemin zu tun. Gerts studentischer Hilfskraft, du weißt schon …«

»Das aufgeweckte türkische Mädchen? Deine Insiderin?«

»Ja«, nickt sie und beugt sich über den Gepäcktrolley. »Die Familie hat sie in die Türkei geschickt, um sie zu verheiraten. Ohne Vorwarnung. Niemand von uns hat etwas geahnt. Sie ist einfach verschwunden, nicht zur Arbeit erschienen. Wir können sie nicht erreichen. Rasmus, meine studentische Hilfskraft, meint, wir sollten die Familie wegen Kidnapping anzeigen. Er weigert sich zu glauben, dass sie freiwillig darauf eingegangen ist. Das glaube ich eigentlich auch nicht.«

»Aha!«, zieht Thomas sie auf. »Die neue Einwanderersprecherin hat plötzlich schmutzige Hände? Soll man sich einmischen oder nicht? Kulturunterdrücker oder Halalhippie sein?«

»Genau«, sagt sie und zieht mit dem Trolley davon, um ihn an seinen Platz in dem einige Meter entfernten Ständer zu stellen. »*Soll* man sich einmischen?«

»Immer«, sagt er, als sie zurück ist, nimmt ihr Gesicht in beide Hände und gibt ihr einen Zungenkuss, der die Tiefgarage in ein fruchtbares, subtropisches Gewächshaus verwandelt und ihr Fleisch wie einen glühenden Hibiskus aufgehen lässt. »Nach den Ferien!«

»Dann ist es vielleicht zu spät«, flüstert sie mit halb geschlossenen Augen.

»Dann ist es das eben!«, sagt er und schleckt ihre Lippen ab.

»Was bist du zynisch geworden!«, gurrt sie und schiebt ihre Zungenspitze erneut zwischen seine Lippen.

»Das wird man in den warmen Ländern. Da gibt es zu viele Begräbnisse«, murmelt er und presst seinen Unterkörper gegen ihren. »Sollten wir uns nicht noch ein Kind zulegen? Bevor es zu spät ist?«

»Vögelt ihr?«, kommt es plötzlich ärgerlich von Johanne, die aus dem Auto gestiegen ist. »Rrrrh!«

Nein! Sie freuen sich nur, sich zu sehen, lachen sie. Und das tun sie wirklich, und Thomas lässt die ganze Zeit seine Hand auf ihrem Schenkel liegen, während sie glücklich über die Wiedervereinigung hinüber nach Amager und weiter nach Christianshavn fahren. Als sie bei Rot an der Holmens-Kirche halten und Christiansborg zu ihrer Linken liegt, fragt Thomas plötzlich:

»Wie läuft es eigentlich mit Linda? Mit der Schnapsdrossel?«

»Schlecht, soweit man hört. Gert scheint sich große Sorgen zu machen. Auch was Yasemin angeht, natürlich.«

»Natürlich«, sagt Thomas in einem ungewohnt sarkastischen Tonfall. Es ist wirklich an der Zeit, dass er *out of Africa* kommt.

Es kann einer ihrer gelben Klebezettel sein, der ihn von einem langweiligen Umschlag aus anlacht. Es kann der Klingelton seines Handys sein, den sie auf *Yesterday* umgestellt hat. Es kann ihr Name auf einer alten E-Mail sein. Es kann eins ihrer langen Haare sein, das plötzlich wie ein Gruß an der Bürogardine hängt. Es sind diese Kleinigkeiten, die ihn treffen. Die in ihn eindringen und wie Glasstaub schmerzen. Jedes Mal, wenn das geschieht, hält er inne, streift schnell den Schmerz ab und verdrängt den Gedanken an sie. Verdrängt, was passiert ist. Das muss er. Wie sollte er sonst weitermachen?

Synonymwörterbuch: *Dresche, Keile, Schläge, Senge, Haue, Prügel, Kopfnuss, Watschen, ein paar hinter die Ohren, einem einen reindrücken, einen auf die Mütze kriegen, eine reinsemmeln, einen vor die Batterie knallen, den Hintern voll bekommen …*

Ob sie diese nützlichen Ausdrücke auf der Sprachenschule lernen? Ob Yasemin, das unschuldige Kind, das immer noch mit einem distanzierten Ausdruck herumläuft, wie eine Nonne in einem Seemannsheim, so gut integriert ist, dass sie das lustige sprachliche Phänomen versteht, dass Gewalt im Dänischen immer als harmlose, derbe Komik beschrieben wird? Genau wie *Familienkräche*?

Es kommt vor, dass der Leiter eines lokalen Gesangvereins das Wunder erlebt, dass eines Tages ein Naturtalent zur Tür hereinkommt. So unerwartet erfreulich ist die erste Begegnung der Einwandererberaterin mit Yasemin. Hier ist einmal ein Mädchen, das verblüffend schnell die eigene komplexe Situation begriffen hat. Ein Mädchen, das trotz des traumatischen Übergriffs, dem es ausgesetzt war, nicht in lähmende Apathie verfallen ist. Schon als sie durch die Tür des Gruppenraums tritt, kommt sie selbst mit einem Vorschlag, wie sich die praktischen Probleme bezüglich des Geldes und der Papiere lösen lassen, und ist damit einverstanden, vorläufig in Kastaniely zu bleiben und nur unter äußerster Vorsicht den Ort zu verlassen, bis ein Schlichtungsversuch mit der Familie zustande gekommen ist oder man sich eventuell durch Vermittlung des Imams für ihre Sicherheit verbürgen kann. Yasemin meint, dass die Familie sich aus der Heirat freikaufen kann, indem sie die verschmähte Schwiegerfamilie entschädigt, aber sie ist sich auch klar darüber, dass sie möglicherweise selbst einen Preis zahlen muss. Vor allem ihrem Schwager, auf den sie besonders wütend ist, traut sie das Schlimmste zu.

»Er ist ein Psychopath. Wenn er die Gelegenheit bekäme, würde er mich umbringen«, sagt sie nüchtern, und die Einwandererberaterin, die selbst mit ihrer Familie hat brechen müssen, weil diese sich ihrer Scheidung von einem gewalttätigen Ehemann widersetzt hat, sieht keinen Grund, ihr zu widersprechen. Es klingt übertrieben, doch das Risiko ist real.

Deshalb sind sie sich auch einig, dass Yasemin zu niemandem Kontakt aufnimmt, der eventuell den Schwager oder jemand anderen zu ihr führen könnte. Das gilt auch für ihren Arbeitsplatz und ihre Kollegen, die aus Rücksicht auf ihre und ihre eigene Sicherheit nichts wissen dürfen. Trotz dieser Vorsichtsmaßnahmen muss sie darauf vorbereitet sein, dass man sie findet. Die Familie ist vielleicht nicht so groß, doch der *Familienkreis* zählt leicht bis zu hundert Personen.

»Augen gibt es überall«, sagt die Einwandererberaterin. »Auch im Sommer.«

»Trust nobody«, wirft Yasemin ein.

»Genau«, antwortet die Einwandererberaterin, die keine Ahnung hat, dass ihr neuer Schützling diesen Satz aus Christiansborg hat, wo besonders Charlotte Damgaard ihn gern benutzt. »Aber es ist trotzdem wichtig, dass du eine Freundin hier im Haus hast. Du darfst dich nicht isolieren. Du brauchst Hilfe. Und irgendwo sitzt ihr schließlich alle im gleichen Boot, nicht?«

»Tun wir das?«, fragt Yasemin in einem Ton, der im Gehörgang eines Chorleiters vielleicht doch ein wenig scheuern würde.

Gott sei Dank schickt er den anonymen Brief, der an seine Privatadresse gerichtet ist, nicht an den Sicherheitsdienst weiter, wie es eigentlich seit dem elften September üblich ist. Und da weder Yasemin noch die Sekretärin da sind, um das für ihn zu erledigen, öffnet er ihn vorsichtig selbst mit dem Papiermesser, das er einmal von Willy Brandt bekommen hat. Keine Bombe geht hoch, kein Pulver rieselt heraus, als er behutsam den Papierbogen aus dem Umschlag zieht. Der Inhalt des Briefes ist so kurz, wie er nur sein kann. Er besteht aus drei Zeilen, die mitten auf dem Bogen stehen: *Frauenhaus Kastaniely, Kratvænget 10, 2800 Kongens Lyngby.*

Ganz anonym ist er nun doch wieder nicht. Er hat zumindest keine Schwierigkeiten, Meyers Handschrift auf dem Kuvert zu erkennen.

Ich habe Helle versprochen, zu dem Themenabend zu erscheinen. Diesmal haben sie einen Mann in die Höhle des Löwen eingeladen, und vielleicht wirkt sie deshalb ein wenig nervös und ist sehr darauf bedacht, dass wir den Vortragenden gut aufnehmen. Er ist Psychologe und Paartherapeut mit Schwerpunkt Gewalt in Beziehungen und nach Helles Meinung »eine wirkliche Kapazität«. Da ich schon ein paar »wirkliche Kapazitäten« in meinem Leben getroffen habe, ist das nichts, was mir von vornherein imponiert. Ganz im Gegenteil, mit Vorbehalten dick wie eine Schicht Panade und einer aus der Versenkung geholten *Istwas?*-Körpersprache komme ich in den Versammlungsraum. Doch als ich den gedrungenen, kettenrauchenden Mann mittleren Alters sehe, dessen Tränensäcke wie Girlanden über die Äderchen in seinen Wangen hängen, werde ich etwas milder gestimmt. Es ist offensichtlich, dass diese Kapazität sich ihre Kompetenzen nicht nur erlesen hat. Respekt, sage ich, wenn er sich selbst aus der Scheiße gezogen hat. Dann lasse ich mich neben Yasemin fallen, die auch gekommen ist, Stift und Block bereit, oh Gott, als wäre sie in der Arbeit. Aber das ist natürlich auch eine Art, Distanz zu schaffen.

Als er den Mund aufmacht, steigt meine Sympathie weiter, denn trotz seines gelehrten, akademischen Vokabulars ist seine

Aussprache ebenso platt und proletarisch wie meine an einem unzensierten Tag. Ich möchte wetten, dass er ein paar Jahre älter ist als ich, ungefähr in Gerts Alter, aber er war zweifellos auch bei dem Tanz in den Straßen am Enghave Plads dabei. Er hat sich – »Ich heiße Jørgen und bin zum dritten Mal verheiratet!« – und das Thema des Abends – »Macht die Gewalt sichtbar!« – kaum vorgestellt, als ihn auch schon ein Hustenanfall zu ersticken droht, der seinen Arzt bestimmt ein sofortiges Nikotinverbot aussprechen lassen würde. Trotzdem raucht er unmittelbar darauf weiter, was die meisten von uns veranlasst, es ihm gleichzutun. Yasemin runzelt die Brauen, aber glücklicherweise unterlässt es dieser Ausbund an Tugend, ein Rauchverbot vorzuschlagen. Die verrauchte Gemütlichkeit währt jedoch nicht lange. Denn der Mann, den ich jetzt mit großem Wohlwollen betrachte, beginnt seinen Vortrag mit einer PowerPoint-Präsentation, die selbst den Abgebrühtesten unter uns den Atem nimmt.

»Das ist für euch nichts Neues, aber es ist doch selten, dass ihr das zu sehen bekommt«, sagt er und lässt ein erschütterndes Bild nach dem anderen auf der Leinwand erscheinen. Zwanzig Jahre lang hat er Dokumentationen von Gewalt in Beziehungen gesammelt, und deshalb können wir jetzt wie gelähmt hier sitzen und uns die Opfer ansehen mit ihren gespaltenen Augenbrauen, geschwollenen Lippen, ausgeschlagenen Zähnen, Würgemahlen, gebrochenen Gliedern, geschwollenen Nasen, Messerstichen, Brandwunden, ausgerissenen Haarbüscheln und geschändeten Geschlechtsteilen. Er hat auch Bilder misshandelter Kinder, doch die zeigt er nur Fachleuten. Danke, es reicht. In jedem einzelnen Fall erzählt er, wer das Opfer war, was die Frau erdulden musste und was zu der Gewalt geführt hat.

Wir nicken stumm bei jedem Bild, denn aus unseren eigenen Geschichten erkennen wir alles wieder. Jede Einzelne von uns wurde für die gleichen Vergehen bestraft, jede Einzelne hat versucht, einer Wiederholung vorzubeugen, war überzeugt, künftig vermeiden zu können, ihn zu provozieren, vermeiden zu können, den Knopf zu drücken, der den Armen dazu bringt, Amok zu laufen. Und jede Einzelne von uns hat das Wesen der Gewalt missverstanden, hat nicht begriffen, dass die Gewalt überhaupt nichts mit *uns* zu tun hat, wie Jørgen sagt, als er mit seiner Bilderfolge fertig ist und zum theoretischen Teil seines Vortrags kommt.

»Gewalt hat immer mit Macht und Ohnmacht zu tun. Gewalt ist immer – fast immer – hierarchisch, Gewalt ist eine intelligente Handlung und sie ist effektiv. In einer Beziehung wird Gewalt von dem Stärkeren und Mächtigeren an dem Schwächeren und weniger Mächtigen ausgeübt. Wenn es um die Misshandlung von Frauen – oder Kindern – geht, ist der Gewaltausübende typischerweise in anderen Beziehungen nicht gewalttätig. Oft tritt er außerhalb des Heims beherrscht und kontrolliert auf ...«, hustet er.

Ich greife nach Yasemins Block. Sie hat nicht ein Wort geschrieben und überlässt mir geistesabwesend Block und Stift.

»Gerade deshalb ist es für die misshandelte Frau so schwer, andere davon zu überzeugen, dass sie verprügelt wird. Nichtsdestotrotz ist es absolut entscheidend für ihr Weiterkommen, dass sie die Gewalt, der sie ausgesetzt gewesen ist, sichtbar machen kann«, sagt er und lässt den Blick über uns schweifen, bis er bei mir verweilt.

»Ihr dürft nicht vergessen, dass Gewalt in der Regel eine sehr bewusste und rationale Handlung ist. Er weiß ganz genau, was er tut, wenn er euch eine langt. Denn die Funktion der Gewalt ist immer das Erlangen oder Aufrechterhalten von Macht. Paradoxerweise kann es passieren, dass die Unterwerfung der Frau dem Mann mehr Macht verleiht, als er ursprünglich angestrebt hat. Weil seine Partnerin auf eine passive Jasagerin reduziert wird, die nicht länger imstande ist, ihm den Widerstand entgegenzusetzen, den er sich wünscht. Das kann wiederum weitere Gewalt auslösen. Könnt ihr mir folgen?«

Wir nicken, Jasagerinnen, die wir sind. Ich selbst kann gar nicht aufhören zu nicken. Und ich schreibe und notiere und setze Ausrufungszeichen und unterstreiche und unterkringele. Als er eine Pause macht, habe ich mehrere Seiten vollgeschrieben, doch als er fragt, ob wir Fragen haben, habe ich nicht eine. Das heißt, ich habe eine. Aber ich wage sie nicht zu stellen, nicht vor allen anderen. Das wagt Yasemin, die es bestimmt gewohnt ist, in Versammlungen das Wort zu ergreifen, und die keine Probleme damit hat, weil das Selbstvertrauen nicht schon lange aus ihr herausgeprügelt worden ist.

»Ist der Gewalttäter nicht auch ein Opfer?«, fragt sie. An wen sie wohl denkt?

»Wenn ich jetzt sage, dass sowohl Hitler als auch Saddam Hussein in ihrer Kindheit Gewalt ausgesetzt waren, ist das ein Teil der Antwort«, nickt er. »Aber das bedeutet nicht, dass ein Hitler oder ein Hussein sich der Verantwortung für die Gewalt entziehen kann, die er selbst ausgeübt hat. Meiner Meinung nach wird niemand gewalttätig geboren, aber wir alle haben eine Anlage zur Gewalt. Wenn ihr Kinder habt, wisst ihr, was ich meine.«

»Wie bekommt man einen Gewalttäter dazu, sein Verhalten zu ändern?«, fragt Helle.

»Jedenfalls nicht, indem man die Gewalt verschweigt! Man muss seinen Partner damit konfrontieren, dass er nicht nur einen anderen Menschen zerstört, sondern auch sich selbst. Ich habe noch nie einen Gewalttäter getroffen, der nicht in dem einen oder anderen Ausmaß von seinen Handlungen traumatisiert war. Deshalb tut ihr ihm keinen Gefallen, wenn ihr schweigt. Ihm *müssen* die eigenen Handlungen bewusst gemacht werden. Weil er mit diesem Verhalten aufhören *muss*. Es ist nicht akzeptabel.«

»Meinst du, er muss in Behandlung?«, fährt Helle mit gespielter fachlicher Neugier fort. Sie müssen das abgesprochen haben. Wie im Fernsehen.

»Ja, das meine ich, verdammt noch mal! Davon lebe ich!«, lacht er hustend.

»Und wenn er nicht will?«, höre ich mich sagen.

»Dann musst du ihn zwingen oder ihn verlassen«, kommt die Antwort. Freundlich und direkt. In dem Moment, in dem sich unsere Blicke begegnen, bin ich sicher, dass er mich erkannt hat. Entweder aus den alten Tagen oder aus dem *Billed-Bladet*. »Um deines eigenen Selbstrespekts willen bist du gezwungen zu handeln. Du kannst nicht einfach nichts tun. Auch wenn der Preis des Handelns extrem hoch sein kann, verspreche ich dir, dass der Preis, *nicht* zu handeln, sehr viel höher ist. Du musst die Gewalt sichtbar machen!«

»Wenn ich zu irgendjemandem etwas sage, ziehe ich ihm doch den Teppich unter den Füßen weg!«, protestiere ich.

»Hat er dir denn nicht den Teppich unter den Füßen weggezogen?«, er drückt seine Zigarette langsam und mechanisch aus, ohne mich mit den Augen loszulassen.

»Willst du damit sagen, dass ich mich rächen soll?«, frage ich kaum hörbar.

Er nickt nachdenklich, während Helle meinen Satz für die in den letzten Reihen wiederholt. Dort sitzen auch die nicht Dänisch Sprechenden mit flüsternden Übersetzern an ihrer Seite. Die Pädagogin passt heute Abend auf die Kinder auf, Helle hat für alles gesorgt.

»Ich sage, dass du deine Wut herauslassen sollst. Du hast ein Recht, wütend zu sein, Linda. Und du hast ein Recht, ein Gleichgewicht in der Bilanz zu schaffen. Wenn du das Rache nennst, ja, dann musst du dich rächen. Um die Würde wiederherzustellen. Deine Würde.«

Ich bin so benebelt, dass ich nur schwach registriere, dass er mich bei meinem Namen genannt hat.

»Was ist mit Versöhnung?«, fragt Yasemin bestürzt. Sie sieht mich bestimmt schon wie die Rote Sonja mit einer Bazooka und Silikonbrüsten Amok laufen.

»Versöhnung ist gut«, nickt Jørgen. »In gewissen Fällen. Aber wir haben auch ein tiefes menschliches Bedürfnis nach Gerechtigkeit. Wir bringen schließlich auch die Gewalttäter, die öffentlich Gewalt ausüben, ins Gefängnis. Außerhalb unseres Heims versöhnen wir uns doch auch nicht mit Vergewaltigern, oder? Ist es dann nicht eine unangemessene Forderung zu erwarten, dass Opfer von Gewalt in Beziehungen vergeben sollen? Warum soll man als Frau akzeptieren, von seinem Mann vergewaltigt zu werden? Auch wenn er der gesellschaftlichen Elite angehört?«

Jetzt spricht er zu mir, das höre ich. Er spricht von Gert. Gert, der Yasemin unruhig auf ihrem Stuhl hin und her rutschen lässt. Gert, der nichts ahnend und lächelnd so sicher auf einem Teppich steht, an dem ich ziehen kann. Bis er fällt. Und fällt. Und fällt. Wie tief hinunter es wohl von da oben ist?

»Hast du jemals selbst Hand an jemanden gelegt?«, fragt Helle, aus echter Neugier, glaube ich.

Er streicht sich mit einem vom Tabak gelben Finger über die Lippen.

»Ja«, sagt er. »Ich habe meiner ersten Frau eine Ohrfeige gegeben. Aber die hatte sie verdammt noch mal auch verdient!«

Da lachen wir, nach Luft schnappend und erlöst, und klatschen und atmen aus, woraufhin er sich für den Abend bedankt und Visitenkarten verteilt.

»Hier«, sagt er und dämpft die Stimme, als er zu mir kommt. »Er kann rund um die Uhr anrufen. Ich kann auch zu ihm nach Hause kommen, falls das besser ist. Du bist natürlich auch willkommen.«

»Kennen wir uns?«, frage ich im gleichen wissenden Tonfall.

»Wir waren zusammen auf dem Roskilde Universitets Center«, antwortet er. »Du warst die einzige andere, die auch aus dem Südhafen kam.«

»Kommst du auch daher?«, lächle ich. »Kommst du auch von dort?«

»Aus dem Ellebjergvej.«

»Du bist einer der Ellebjerg-Jungen?«

»Einer der Flegel, ja. Schade, dass du abgegangen bist.«

»Ja«, nicke ich bestätigend, während ich sehe, wie Yasemin die Tür zum Garten öffnet. »Das ist schade. Das hätte ich nicht tun sollen.«

Ginge es nach Helle, hätten sie nicht nur einen hohen Zaun um Kastaniely, sondern auch Bewegungsmelder und Kameraüberwachung rundum. Viele Jahre hat sie sich darüber aufgeregt, dass ihnen dafür keine Gelder bewilligt wurden. Das Argument gegen die teure Investition in eine umfassende Alarmanlage ist, dass die Polizei innerhalb von fünf Minuten zur Stelle sein kann. Das mag schon sein, doch wie lange braucht ein Desperado, der über den Zaun geklettert ist, um einer schutzlosen Frau die Kehle durchzuschneiden? An einem Ort, an dem nur Frauen sind? Eine Minute? Zwei?

Mit Yasemins Ankunft ist ihre Wut wieder aufgeflammt, und sie hat heute einen weiteren Brief an den Bürgermeister geschrieben, in der Hoffnung, dass er sich der Angelegenheit annimmt. *»Bevor es zu spät ist!«* Und als sie Yasemin nach dem Vortrag und dem anschließenden Tee mit Kuchen in den Garten treten sieht, wird sie von der gleichen prickelnden Hysterie ergriffen wie eine Mutter, die ihr Kind das erste Mal allein mit dem Bus fahren lässt.

»Linda«, bittet sie und greift nach Lindas Arm. »Kannst du nicht hinausgehen und auf Yasemin aufpassen? Es gefällt mir nicht, dass sie allein im Garten ist.«

Linda lacht kurz und heiser.

»Du bittest *mich*, ihr Bodyguard zu sein? Das ist ja mal was Neues!«

»Ich glaube, du bist ganz gut darin«, lächelt Helle.

»Es könnte sein, dass du den Fuchs zum Gänsehüten schickst«, sagt Linda mit hochgezogenen Augenbrauen und geht mit ihrem Teebecher in der Hand zur Gartentür.

Yasemins Gedanken bleiben nicht in dem eingezäunten Garten. Sie entschwinden in den Himmel, weit hinaus in den Raum, wo sie mit ihren Gefühlen kollidieren und zu Meteorregen und kosmischen Störungen führen. Sie ist aufgebracht, wütend, entrüstet. Aber vor allem ist sie ratlos und verwirrt, weil sie nicht zu fassen bekommt, was sie so sehr provoziert. Sind es die gewalttätigen Männer und ihre schändlichen Taten? Ist es ihre eigene Situation und das Gefühl, mental interniert zu sein wie die Gefangenen in Guantánamo, die weder einer Anklageschrift noch einem Richter gegenübergestellt, denen ein Verteidiger und ein Prozess vorenthalten werden und die in einer Verwahrung auf unbestimmte Zeit verkümmern, ohne die Möglichkeit der Reinwaschung oder Rehabilitation? Oder ist es die Angst, mit den Opfern gleichgesetzt zu werden, die Verachtung für die ansteckende Schwäche der Frauen, die sie planlos wie eine erschrockene Autistin zwischen den verblühten Kastanienbäumen herumlaufen lässt?

Oder ist es Linda, zu der sie sich hingezogen fühlt und der sie gleichzeitig aus dem Weg geht, weil sie ihren Namen auf diese besondere, spöttische Weise ausspricht, die jedes Mal eine Parodie auf Gert ist? Linda, die wie ein Scanner alles durchschaut und offenlegt. Linda, deren Silhouette sich gegen die Gartentür abhebt und die jetzt auf sie zukommt, langsam, wie man sich einem entlaufenen Tier nähert.

»Bist du okay?«, fragt sie.

»Ja«, nickt Yasemin und bleibt stehen.

»Wie fandest du den Vortrag?«, fragt Linda und setzt sich auf die weiße Gartenbank.

Yasemin antwortet nicht. Stattdessen stellt sie eine Frage, die die Zunge versengt.

»Warum hast du ihn nicht einfach verlassen? Wenn er so schlimm ist?«

Linda sieht sie von der Seite an, abschätzend.

»Damals, als ich es noch konnte, wollte ich nicht. Und als ich wollte, konnte ich nicht mehr.«

Yasemin muss widerwillig lächeln.

»Ist das nicht ein bisschen zu einfach?«

»Ja«, stimmt Linda ihr zu. »Das ist die kurze Version. Es gibt auch noch eine lange. An der arbeite ich.«

»Ich würde sie gern hören«, sagt Yasemin und bewegt sich durch das taunasse Gras auf die Bank zu.

»Warum würdest du das?«, fragt Linda und streicht sich eine Haarlocke hinters Ohr.

»Weil ich es nicht begreifen kann. Ich kann nicht begreifen, warum man sich damit abfindet. Als ich die Bilder da drinnen gesehen habe …«

Sie setzt sich auf die Bank und schüttelt aufgebracht den Kopf.

Linda trinkt ihren Becher aus und schüttet den letzten Rest ins Gras.

»Wenn ich jetzt sage, dass ich einmal ebenso jung und tough war wie du … oder vielleicht war ich das auch nicht … aber damals hätte ich auch nicht geglaubt, dass ich mich mit so etwas abfinden würde. Aber …«

»Du«, unterbricht Yasemin sie abrupt. »Was Gert und mich betrifft … kürzlich ist etwas passiert … zu Hause bei euch … auf deinem Sofa … wie du gesagt hast … es war meine Schuld, aber trotzdem … darf ich es dir erzählen?«

Linda schluckt. Fährt sich schnell mit der Zunge über die trockenen Lippen.

»Warte, ich hole nur schnell meine Zigaretten und ein paar Decken …«

Ab und zu sieht sie nach, ob sie noch da sind. Ein einziges Mal serviert sie ihnen frischen Tee und Käsebrote, doch ansonsten lässt sie sie in Ruhe. Es sieht so gemütlich aus, wie sie da auf der Bank sitzen und reden, mit Teetablett und Mückenkerzen, eingepackt in Decken und mit Kissen im Rücken. In den ersten Stunden hat vor allem Linda erzählt, während sich die Glut ihrer Zigarette wie eine tanzende Feuerfliege gegen die Dunkelheit abhob. Doch nach Mitternacht hat sie Yasemins melodische Stimme erreicht, wenn sie sie durch die offene Gartentür beobachtet hat. Das zu hören freut Helle. Sie liebt es, wenn die Mädchen sich untereinander helfen. Wenn sie *auf ex reden*, wie sie das nennt.

Zeig ihn an!«, sage ich, während die Wut wie Schwefeldampf aus mir herausströmt.

»Wegen was?«, fragt sie.

»Wegen versuchter Vergewaltigung! Ausnutzung Abhängiger! Was auch immer!«

»Zeig ihn selbst an, Linda!«

»Wegen was? Versuchter Untreue?«

»Du weißt, was ich meine.«

»Für dreißig Jahre Tyrannei? Wenn ich das tue, zeigst du dann deinen Schwager an?«

»Dann bin ich fertig.«

»Was glaubst du, was ich bin, wenn ich Gert anzeige?«

»Ja, aber du darfst dich nicht damit abfinden, Linda!«

»Das darfst du auch nicht, Yasemin! Wenn du dich jetzt nicht wehrst, endest du wie ich. Kaputt und versoffen.«

»Warum hast du dich in ihn verliebt?«

»Haha, Yasemin, das weißt du doch ganz genau.«

»Weil er dir das Gefühl gegeben hat, auserwählt zu sein?«

»Bingo! Er hat mich aus dem proletarischen Sumpf gezogen. Ich war in den Jahren ein bisschen ausgeflippt. Zu viel Sex & Drugs & Rock'n'Roll. Und dann hat er mich aus dem Rinnstein aufgelesen und am Nacken gepackt. Genau wie ein kleines Kätzchen. Er hat mir *Lebensart* beigebracht, Yasemin. Genau wie er dir Lebensart beigebracht hat. Das ist die gleiche Geschichte mit dreißig Jahren Verschiebung. *My Fair Lady,* falls dir das was sagt.«

»Nicht wirklich.«

»Ein Klassiker! Ich habe geglaubt, ich könnte durch ihn weiterkommen. *Big, big mistake!* Weißt du, was die Emanzen damals gesagt haben?«

»Kein Frauenkampf ohne Klassenkampf?«

»Ha! Und ›Eine Frau ohne einen Mann ist wie ein Fisch ohne Fahrrad‹ …«

»Hä?«

»Ja, das habe ich damals auch nicht verstanden. Aber jetzt tue ich es, haha …«

»Liebst du ihn nicht mehr?«

»Du meinst, ob ich ihn nicht mehr *fürchte*?«

»Hast du ihn geliebt?«

»Ich habe nur Bjarne geliebt. Und Sonny.«

»Wer ist Bjarne? Und Sonny?«

»Oh, Yasemin, es ist zwei Uhr, ich habe nicht mehr viele Zigaretten, und mir ist sauschweinekalt.«

»Wie bitte?«

»Hallo! Wie wäre es, wenn du langsam ein bisschen Dänisch lernst, *honey*?«

Der Kratvænget ist eine stille Sackgasse mit nur wenigen Hausnummern. Es herrscht etwas Verkehr von und nach Kastaniely, doch nicht viel, sodass die übrigen Bewohner nicht gestört werden. Desto größer ist die Aufregung, als eines Vormittags ein BMW mit heruntergelassenen Scheiben, voll aufgedrehtem Subwoofer und Technomusik auf maximaler Lautstärke die Gasse herauf- und herunterdröhnt.

»Das ist der reinste Terror!«, ruft ein pensionierter Botaniker verärgert, und auch Helle gebraucht diesen Ausdruck, als sie die Polizei anruft. Die leider mit etwas anderem beschäftigt ist, aber sobald als möglich vorbeischauen will.

»In fünf Minuten!«, faucht Helle spitz und knallt den Hörer auf.

Während des Anrufs sitzt Yasemin auf Helles Sofa und zittert. Sie fühlt sich, als würde ihr ein in Zeitungspapier eingepackter Fisch in die Hand gedrückt.

Linda«, fragt Yasemin, als ich mich fertigmache, um für sie in die Stadt zu gehen. Nach den Schikanen ihres Schwagers darf sie nicht einmal mehr aus dem Fenster gucken. Er *weiß* schließlich nicht, ob sie hier ist. Versucht nur, sie herauszulocken. »Glaubst du, du kannst mir ein Exemplar des Korans besorgen? Im Buchladen? Oder vielleicht in der Bibliothek?«

»Wozu?«

»Ich will meinem Vater einen Brief schreiben. Ihn überzeugen, dass er sich irrt.«

»Worin?«

»Mich zu verstoßen!«

»*Honey*, das wird er niemals zugeben!«

Ich muss ihr das sagen. Ich habe ihr System durchschaut. Sie verteidigt ihren Vater und verurteilt ihren Schwager. Nicht haltbar auf lange Sicht, kann ich ihr versichern. Aber ich werde ihr den Koran kaufen. Sollte ich gleichzeitig für mich eine Bibel kaufen? Und einen Brief an meinen Vater schreiben? Um ihn dazu zu bewegen, seine Sünden zu bereuen? Post mortem?

Diesmal kauft er die Blumen bei Bering. Und diesmal entscheidet er sich trotz seiner Animosität für langstielige rote Rosen. Dreißig Stück. Die Karte hat er im Voraus geschrieben, die Worte sorgfältig im Büro ausgewählt. Mit diesem riesigen, in Folie eingepackten Freierstrauß zu fast tausend Kronen geht er zum Højbro Plads, winkt einem Taxi und bittet den Fahrer, den Strauß an die beigefügte Adresse in Lynby zu bringen. Darüber hinaus gibt er ihm hundert Kronen Trinkgeld, was sein übliches eher zurückhaltendes Niveau weit übersteigt. Dafür bittet er den Fahrer, ihn auf seinem Handy anzurufen, wenn der Strauß in Empfang genommen worden ist. Und lässt sich Namen und Fahrnummer des Fahrers geben.

Helle kennt ihr Schneewittchen. Und sie haben das alles schon früher erlebt. Deshalb ist sie nicht so dumm, den Empfang des Straußes roter Rosen zu quittieren, der an *Linda Lykke Jacobsen* adressiert ist. Impulsiv würde sie den Strauß am liebsten zurückweisen und dem Fahrer die Tür vor der Nase zuschlagen, dem man offenbar aufgetragen hat, den Fuß dazwischenzustellen. Andererseits können sie ihre Bewohnerinnen nicht entmündigen, deshalb muss Linda gefragt werden, ob sie den Strauß annehmen will. Und da sie zum Einkaufen gegangen ist und das Taxameter läuft, ist Helle gezwungen, ihn mit dem kryptischen Bescheid »Wir haben keine Bewohnerin dieses Namens« entgegenzunehmen.

»Das ist nicht die falsche Adresse!«, wendet der Pakistani verletzt ein und zeigt seinen Zettel. Eine steile, geneigte Handschrift, ein Leckerbissen für einen Grafologen, bemerkt Helle naserümpfend, indem sie dem Fahrer versichert, richtig gefahren zu sein, und damit seine verletzte Eitelkeit wieder aufrichtet.

Helle gibt keine weiteren Erklärungen und reißt ihm den Strauß fast aus der Hand. Die Karte steckt hinter der Folie, vor ihr kann sie Linda nicht beschützen. Hoffentlich ist sie für einen solchen Frontalangriff gerüstet. Lustig übrigens, dass er erst jetzt kommt. Sie hatte erwartet, dass ein Mann wie er früher zur Tat schreiten würde. Das tun sie in der Regel. Aber er hatte vielleicht anderes, woran er denken musste. Zum Beispiel an den Entscheidungskampf in der sozialdemokratischen Fraktion, der den Medien zufolge näher rückt wie ein Sommergewitter über offenem Land.

Dreißig rote Rosen und eine Einladung zum Mittagessen. Peng! Und alles ist wieder da – das Haus, der Alkohol, der Mann. Ich muss nur die Hand danach ausstrecken. »Ich freue mich, dich zu sehen!«, schreibt er. Wann hat er das das letzte Mal geschrieben? An mich? »Du brauchst nicht zu diesem Mittagessen zu gehen«, sagt Helle eindringlich, als hätte ich mich als freiwillige Minensucherin gemeldet. »Weißt du, was man auf

Türkisch sagt?«, kommt es spitz von Yasemin, als sie den Strauß in einem Eimer in meinem Zimmer stehen sieht. »Da, wo dein Mann dich schlägt, wird eine Rose wachsen!« Eine Rose für jede Stelle des Körpers, auf die er mich geschlagen hat. Eine Rose für jedes Jahr, das er mich erniedrigt hat. Das kommt hin. Aber warum so negativ sein? Es könnte auch eine Rose für jedes Jahr sein, das wir zusammen verbracht haben. Warum rächen, wenn man verzeihen kann? Herrgott noch mal, können wir überhaupt voneinander loskommen? Alles in allem ist er der einzige Mensch auf der Welt, der mich braucht. Vor allem jetzt, wo er sich offenbar für die Übernahme bereit macht. Ich könnte tatsächlich die *First Lady* werden!

Ich weiß nicht, womit er die Blumen eingesprüht hat!«, sagt Helle düster. »Sie ist total durch den Wind.«

Die Mitarbeiterinnen um den Tisch nicken zustimmend.

»Können wir sie nicht einfach zurückhalten?«, fragt die junge Praktikantin. »Sie geht direkt in die Falle!«

»Der Unterschied zwischen einem Frauenhaus und einem Frauengefängnis ist der, dass hier die Türen von innen abgeschlossen werden«, erinnert Helle sie streng. »Unsere Mädchen sind völlig frei, auch die schlimmsten Fehler zu begehen. Davon abgesehen, bin ich eurer Meinung. Linda ist noch nicht trocken genug, weder in der einen noch in der anderen Beziehung.«

»Und Yasemin?«, wird gefragt.

»Wird von Linda gestützt. Die beiden sind wie Topf und Deckel. Schon aus diesem Grund …«, antwortet Helle nachdenklich. »Verdammt!«, fügt sie schließlich hinzu und wirft den Kugelschreiber fort. Nicht gerade professionell.

Der Kriegstheorie Karl von Clausewitz' zufolge lässt sich Krieg als »eine Gewalttat« definieren, »um dem Gegner unseren Willen aufzuzwingen«, und obwohl Gert Jacobsen der Vergleich nicht gefallen würde, ist er elektrisiert wie ein Heerführer am Tag vor der entscheidenden Schlacht, als er bereits um sechs Uhr morgens vor dem Spiegel steht und sich rasiert.

Das Tagesprogramm ist übervoll vom Morgen an, wo sich der innere Kreis um sieben bei Meyer zu einem Kaffee treffen will. Er selbst kann nicht den Gastgeber spielen – die nur notdürftige Reinigung über mehrere Wochen beginnt langsam, ihre Spuren zu hinterlassen, doch das wird sich hoffentlich bald ändern. Mit ein wenig Geschick dürfte es ihm gelingen, Linda noch heute wieder nach Hause zu holen, und wenn die Fraktionsbesprechung läuft wie geplant, wird auch diese Flanke sich öffnen. *Aber, aber* – man soll den Siegespokal nie leeren, bevor nicht der letzte Mann – oder in diesem Fall die letzte Frau – besiegt ist. Obwohl er sich überlegen und gut vorbereitet fühlt und – unbewusst – alle acht Prinzipien des Kriegsführers vor Augen hat, ist der Krieg eine unvorhersehbare Größe. Deshalb muss der Angriff immer mit größter Achtsamkeit erfolgen, und ungeachtet dessen, wie nahe sie dem Ziel sind, muss der Rückzug gesichert sein.

Ganz konkret beinhaltet das, dass er bei den Gesprächen heute Vormittag nicht eine falsche Bewegung machen darf. Christina Maribo macht ihm keine großen Sorgen; sie braucht nur einen kleinen Schubs, um die Seite zu wechseln. Was Susanne Branner angeht, ist er erheblich skeptischer, da es zu ihren Gewohnheiten gehört, sich launisch querzustellen. Meyer hat ihn freiheraus davor gewarnt, ihr eine zentrale Rolle zuzuweisen, gerade weil man sich nicht auf sie verlassen kann. Wenn sie jedoch wie gehofft agiert, gibt es niemanden, der die Rolle der Gekränkten so überzeugend spielen kann wie sie. Dass sie hinter vielen der »anonymen« Zitate steht, mit denen die Presse zu Pers großem und – was man gerechterweise hinzufügen muss – berechtigtem Ärger gefüttert worden ist, ist offensichtlich. Sie wird demnach keine Gewissensbisse haben, als Renegatin bezeichnet zu werden. Man muss sie nur mit dem Versprechen einer generösen Belohnung dazu bringen, die gleiche Salve in aller Öffentlichkeit abzufeuern. Was Charlotte Damgaard angeht, hat er Meyer widerwillig versprochen, sie zu verschonen. Warum es ihr vergönnt sein soll, eine weiße Weste zu behalten, während alle anderen, unter anderem seine eigenen Leute, sich die ihre schmutzig machen, ist ihm noch immer nicht ganz verständlich. Einmal davon abgesehen, dass Meyer ihr Protegé wie ein Albaner in einer Blutsfehde davor schützen wird, in den Krieg der Erwachsenen hineingezogen zu werden. Aus mütterlicher Liebe? Oder hat der Koffer wie immer einen doppelten Boden?

Well, well, sie kriegt, was sie will. Dafür hat sie versprochen, sich aus der dänischen Innenpolitik zurückzuziehen und ihm die Szene zu überlassen, »sobald sich etwas anbietet«. Der Posten der Kommissionsvorsitzenden ist eine reale Möglichkeit, schätzt er. Selbst der des NATO-Generalsekretärs dürfte innerhalb ihrer Reichweite liegen. Sie ist immerhin die frühere Außenministerin und hat ein gewisses internationales Renommee. Er wird jedenfalls tun, was er kann, um an den nötigen Fäden zu ziehen.

Was die übrigen Fraktionsmitglieder angeht, sind die Flügel ausgezählt, und ein simples Abzählen ergibt, dass ihre Mehrheit so groß ist, dass sie bei der Minderheit nicht nach Stimmen fischen müssen. Allein die Tatsache, dass Christina Maribo und ein paar andere junge Talente die Uniform wechseln, wird ohne Zweifel eine demoralisierende Wirkung haben. Wenn dann das Hinterland nachfolgt, ist es aus. Und auch dort ist die nötige Vorarbeit geleistet.

Soll Per die Möglichkeit bekommen, mit der weißen Flagge zu winken? Meyer meint ja, er selbst vertritt die Ansicht, dass die Verzögerungstaktik des Mannes sie bereits allzu teuer zu stehen gekommen ist. Die Partei wird, den spektakulären Meinungsumfrageergebnissen zufolge, im Lauf des Sommers im Schatten der Regierungspartei dahinsiechen, wenn sie nicht jetzt eine Entscheidung erzwingen. Lieber heute als morgen. Wenn sie heute in die Offensive gehen, sind sie zumindest dem dritten Prinzip der Kriegführung gerecht geworden – *Überraschung,* kombiniert mit *Angriff,* bringt den Gegner so sehr aus dem Gleichgewicht, dass er es nicht schafft, seine Anhänger zu mobilisieren. Soweit er welche hat.

Gert Jacobsen beendet summend die Rasur mit ein paar Spritzern des Armani-Aftershaves, das sie immer so gemocht hat. Manchmal sind es die Kleinigkeiten, die den Ausschlag geben.

Sie brauchen doch bestimmt auch Ferien?«, sagt die Zahnärztin, während sie seine Mundhöhle für das Ziehen des Zahns vorbereitet. Er hat eine Spritze bekommen, es tut nicht weh, aber er ist trotzdem angespannt. Dass er nicht richtig reden kann, ist ihm unangenehm und lässt ihn wie einen geknebelten Kaufmann fühlen, der gerade beraubt wird. Er kann nichts tun, er kann nicht gehen, nicht die Ohren verschließen, keine Widerworte geben. Nur die Flut von Worten aufnehmen, die sich über ihn ergießt, während er wehrlos in ihrem Stuhl liegt.

»Wäre ich an Ihrer Stelle, wäre ich längst gegangen, das kann ich Ihnen sagen. Es muss doch Grenzen geben, mit wie viel man sich abfinden muss, und das von den eigenen Leuten!«, fährt sie fort, während seine Handflächen langsam feucht werden. »Natürlich haben Sie ein spannendes Leben gehabt, aber trotzdem … Der Preis ist ziemlich hoch, nicht? Haben Sie Kinder? Ja, natürlich, zwei erwachsene Söhne, nicht? Von denen haben Sie in all den Jahren bestimmt nicht viel gesehen, was? Sie machen den Mund besser etwas weiter auf.«

Per Vittrup macht gehorsam den Mund weiter auf, und während er das tut und die Zahnärztin weiterplappert, präsentiert sich ihm sein Leben wie auf einer Drehbühne. Das gelebte und das ungelebte Leben. Hinzu kommen die Mitwirkenden, die Mitwirkenden in seiner Lebensshow. Seine beiden kleinen Jungen, mit mageren Oberkörpern und sonnengebleichtem Haar am Wasserrand planschend. Ihre Mutter, an deren schönes Gesicht er sich kaum erinnern kann. Aber er kann sich erinnern, wie sie im Wind sitzt und Erbsen pult, aus dem großen Küchengarten, den sie im Insel-Kollektiv angelegt haben, dem sie einige Jahre angehörten. Die Freunde aus der Juso-Zeit, in vielen Beziehungen die spannendste politische Zeit in seinem Leben, sieht er auch vor sich, sie grüßen ihn mit Bierflaschen und selbst gemachten Fahnen in den Händen. Da ist auch Gert als langhaariger und bärtiger Demonstrant vor der amerikanischen Botschaft, ein Megafon vor dem Mund. Und Meyer steht am Rednerpult des Folketings, sie ist frisch und jung und trägt einen Minirock und hohe Lackstiefel und sieht super aus, was keinen kalt lässt. Doch es war Eva, die jetzt mit Tang im Haar angetrieben kommt, ertrunken im Kleinen Belt, die er flachgelegt hat. Weil sie ihm unterlegen war. Willig, ihn zu seinen Bedingungen zu lieben. Und sehr viel schwächer als Meyer, die in jeder Beziehung ein gleichwertiger Gegner gewesen wäre. Da sitzt Gitte und interviewt ihn, sie beugt sich leicht vor. »Laden Sie mich auf etwas ein?«, fragt sie. »Dann können wir weiterreden?« Jetzt sind die Jungen plötzlich groß, fast erwachsen, und ihre kantigen Gesichter sind ihm frontal zugewandt. Vorwurfsvoll, verletzt sehen sie ihn an; stumm gleiten sie an ihm vorbei, während die Jahreszeiten sich hinter ihnen ablösen, die Wälder gelb werden, und der Schnee zu fallen beginnt. Anschließend defilieren die Staatsmänner in Reih und Glied an ihm vorbei. Der amerikanische Präsident, der russische Präsident, der deutsche Kanzler, der französische Präsident, der britische Premierminister, der schwedische, norwegische, finnische Staatsminister und all die anderen Staatsmänner, mit denen er in den letzten zehn Jahren insgesamt mehr Zeit verbracht hat als mit seinen eigenen Kindern und die er deshalb notgedrungen seine Freunde nennen muss. Die, mit denen man sich duzt, *Bill, Tony, Gerhard,* und die man anrufen kann, wenn es nötig ist. Er sieht Limousinen und Bankette, Sicherheitspersonal und blanke Konferenztische, Ministersekretäre und Diplomaten, Dolmetscher und rote Teppiche, Schlösser und kaiserliche Paläste. In meterhohen Stapeln kommen sie auf ihn zu, die Papiere und Dokumente, die er gelesen, kommentiert und unterschrieben hat. Aufgehäuft wie die sortierten Schrotthaufen einer Restmüllverwertungsanlage folgen die Worte, deren er sich bedient hat. »Wohlfahrtsgesellschaft« kommt immer wieder, ebenso »Vision«, »Zukunft« und »Europa«. Doch überraschenderweise ist der »Wie geht's«-Haufen der größte. Auf weißen Tischdecken steht Teller auf Teller mit delikaten Imbissen und sublimen Gerichten, die man ihm serviert hat. Heruntergespült mit feinen Schlossabfüllungen, an deren Namen er sich nicht erinnert.

Normalerweise denkt er nicht an das, was gefehlt hat. Quält sich nicht mit dem, was er verpasst hat. Doch jetzt kommt es wie der zweite Akt der Show. All das, was er versäumt hat. Den ersten und den letzten Schultag der Jungen, als sie verkleidet herumgelaufen sind und die Lehrer mit Rasierschaum eingesprüht haben. Die Geburtstage der Kinder, an denen er nicht da war. Die Blinddarmoperation, zu der er nicht nach Hause kommen konnte. Die Fußballspiele, die er nicht mit ihnen gespielt hat. Dann sind da die alten Freunde, die ohne ihn gefeiert haben. Die Familienmitglieder, die krank geworden und dahingesiecht sind und die ohne ihn begraben werden mussten. Die Gespräche, die er nicht geführt hat. Die Gedanken, die er nicht gedacht hat. Die Musik, die er nicht gehört hat. Die Gedichte, die er nie gelesen hat. Die Malereien, die er nie gesehen hat. Die Reisen, auf denen er blind war, die Städte, die er besucht hat, ohne dort gewesen zu sein. Das Glühen der Sonne auf den ockergelben Wänden, das Spiel der Schatten über den handgemachten Ziegeln; eine Katze in einem Fenster; ein Lied in einer Gasse; die trägen Stunden der Siesta; die Jazzklänge in der Nacht. Die Frauen, zu denen er nicht vorgedrungen ist. Die Liebe, die verwelkt ist wie von der Dürre heimgesuchte Blumenranken. Und jetzt ist da ein Baby in einem Kinderwagen, von dem alle sagen, dass es seinem Großvater ähnlich sieht.

»Oh, tut es weh? Brauchen Sie noch eine Spritze?«, fragt die Zahnärztin plötzlich und tupft ihm mit einer Papierserviette die Augen trocken. »Oder halten Sie es aus? Es ist gleich vorbei. Sie haben etwas von einer Fraktionssitzung gesagt, nicht?«

Er nickt guttural zustimmend. Die letzte Sitzung vor den Sommerferien.

Ich takle mich auf. Nehme den Gips vom Finger, der jetzt ein wenig schief ist. Leihe mir ein Kleid von der bosnischen Claudia und ein paar Ohrringe und Nagellack von der russischen Svetlana. Sie verstehen, um was es geht. Als einige der wenigen scheinen die romantischen Slavinnen mein Stelldichein zu billigen. Helle hingegen versucht, meine Anfälligkeit gegenüber dem Freier mit Schreckensgeschichten zu galvanisieren, wie schief so etwas gehen kann. Dodo hat so ihr Auge verloren. Weil sie sich auf ein Date mit dem Freund eingelassen hat. »Als sie hier war. Das erste Mal.«

»Kannst du nicht wenigstens jemanden mitnehmen?«, fragt sie eindringlich, während ich Mascara auflege und meine Augen mit Eyeliner vergrößere.

»Wer sollte das sein?«, frage ich und schminke die Augenlider.

»Yasemin?«, schlägt sie vor und nimmt es gleich wieder zurück. »Nein, nein, das geht wohl nicht.«

Nein, das geht wirklich nicht. Obwohl es ansonsten lustig sein könnte. Allein der Wirkung halber.

»Helle, ich bin ein großes Mädchen. Ich habe das unter Kontrolle.«

Sie seufzt resigniert.

»Versprich mir zumindest, dass du nicht mit ihm nach Hause gehst! Bleib auf neutralem Terrain. Egal, wie nett du ihn findest. Und du darfst nichts von dem glauben, was er sagt, okay? Ökonomisch bist du gut gestellt, auch ohne ihn. Dir steht die Hälfte des Hauses zu und die Hälfte seiner Pension. Du kommst *wirklich* ohne ihn zurecht. Du kannst dir irgendwo ein kleines Haus oder eine Wohnung kaufen. Dir einen Job suchen!«, leiert sie immer händeringender.

»Als was? Mit einundfünfzig, ohne Ausbildung, im Klimakterium?«, frage ich, während ich zum ersten Mal seit Wochen Gloss auf meine Lippen auftrage.

»Du könntest Pädagogin werden! Lehrerin. Du kannst gut mit anderen Menschen umgehen, Linda! Die Kinder lieben dich!«

Ich presse die Lippen auf einem Papiertaschentuch zusammen. Lächle ihr im Spiegel zu.

»Sehe ich gut aus?«

»Viel zu gut.«

Ein weiterer Seufzer.

»Linda, du kommst zurück, nicht?«

»Natürlich«, versichere ich. »Ich habe doch Yasemin, nicht?«

Yasemin winkt ihr von der Tür aus zu, als Linda in ihren hochhackigen Schuhen über den Kies zu dem wartenden Taxi trippelt. Drei Minuten später winkt sie Helle zu, der es natürlich nie einfallen würde, Linda ohne Eskorte loszuschicken. In aller Diskretion, natürlich. Sie will sich nur versichern, dass sie in dem »Gelben Cottage« bleiben, das er als Bühnenbild für die eheliche Versöhnung ausgewählt hat. Erneut muss man seine Stilsicherheit bewundern. Das kleine, am Strandvej gelegene Puppenhaus mit den Füßen im Øresund ist das romantischste Restaurant an der ganzen Küste. Wer kann dem widerstehen? Linda? Wohl kaum.

Am letzten Schultag beginnt der Lehrer nicht mit der Integralrechnung oder ruft Schüler an die Tafel, um die deutschen Konjunktionsformen abzufragen. Der letzte Schultag ist ein Tag, an dem selbst der faulste Schüler oder der unvorbereitetste Lehrer in die Schule kommen kann, ohne etwas zu riskieren. So ist es auch mit der letzten Fraktionssitzung vor den Sommerferien. Natürlich kann man die Punkte der Tagesordnung erörtern, doch an diesem Tag wird man sich nicht auf große prinzipielle Diskussionen einlassen oder den Ton gegenüber dem Gegner verschärfen. Die letzte Fraktionssitzung vor den Ferien ist eine Sitzung, zu der man entspannt geht. Oft sommerlich gekleidet – die Männer mit kurzärmligen Hemden, die Frauen mit nackten Beinen, in einem Rock oder einem Kleid, eventuell mit im Haar sitzenden Designersonnenbrillen. Die Sitzung kann so ausgelassen und fröhlich sein, dass der Fraktionsvorsitzende von der Klingel Gebrauch machen muss, und es gilt, das Formelle so schnell wie möglich hinter sich zu bringen, damit man zum festlichen Teil übergehen kann – den Getränken, den Snacks und der von Ferienstimmung geprägten Fröhlichkeit, die oft in Pizza und Party ausartet.

So ist es in der Regel, und darauf hat Charlotte sich eingestellt. Deshalb trifft sie wie Per Vittrup *unarmed* und, um es ganz unverblümt zu sagen, ziemlich verhurt nach der ersten Nacht mit Thomas ein. Gäbe es eine Wolke an ihrem ansonsten so blauen Himmel, wäre das die leichte Besorgnis, dass die Periode vielleicht doch nicht so sicher ist, wie sie sich das während des ungeschützten Akts – der ungeschützten *Akte* – eingebildet hat. Und Yasemin natürlich, an die sie der ausgezehrte Rasmus erinnert. Was die politische Front angeht, macht sie sich keine Sorgen. Jetzt werden sie sich nur noch einen guten und langen Sommer wünschen, in dem sie sich nach einem noch längeren Winter wieder erholen können. Dass der Herbst dramatisch werden kann, daran hat sie keine Zweifel, doch während der Sommerferien wird Waffenruhe herrschen.

So unwissend ist Charlotte Damgaard, die die Ohren auf den Brustkasten ihres Mannes gelegt hat statt an die Wasserrohre in Christiansborg. Deshalb bekommt sie auch einen leichten Schock, als eine Fernsehreporterin ihr plötzlich den Weg ins Fraktionszimmer abschneidet und sie mit vorgehaltenem Mikrofon fragt, was sie sich von der heutigen Fraktionssitzung erwartet? So eine Frage wird einem nur gestellt, wenn die Journalisten mit etwas Außergewöhnlichem rechnen. Mit etwas außergewöhnlich Schrecklichem.

Er hat das Gefühl, in einen Kühlraum zu treten, als er sich mit einigen Minuten Verspätung durch das Fraktionszimmer zu seinem Platz am Tisch der Führungsspitze zwängt. Die eine Gesichtshälfte prickelt noch immer von der Betäubung, die Zunge scheint groß und geschwollen in seinem Mund, und als ihm das Wort erteilt wird, hat er Schwierigkeiten, sie zu kontrollieren. Es fällt ihm auch schwer, die richtigen Worte zu finden, die er eigentlich gut gelaunt wie buntes Konfetti über die Versammlung hatte streuen wollen. Er hatte etwas von den sieben mageren

Monaten sagen wollen, denen sieben fette folgen werden. Er hatte von seinen Visionen reden wollen, hatte noch einmal auf sein Erneuerungsprojekt zu sprechen kommen und sie einladen wollen, dazu beizutragen und die Freude und den Stolz, Sozialdemokrat zu sein, wiederzufinden. Er hatte eine siegessichere Rede halten wollen, die sie wie einen flatternden Wimpel vor sich her tragen könnten.

Doch wer kann optimistisch über die Zukunft sprechen, wenn er in einen Hinterhalt gerät? Wer kann Visionen heraufbeschwören, wenn die Heckenschützen ihn im Visier haben? Er versucht es, das tut er. Doch aus seinem Mund kommen die falschen Worte. Er spricht von der Vergangenheit. Er spricht von Treibsand. Er spricht von einer roten Vespa, die er sich von seinem gesparten Geld gekauft hat. Er spricht von einem Mädchen, das hinten auf dem Beifahrersitz saß. Er spricht von dem Sog, als der Strand plötzlich unter dem Scooter nachgab. Und er spricht und spricht, und für ihn ist das klar und logisch, doch für alle anderen klingt es völlig unverständlich. Zusammenhanglos. Als würde er Unsinn reden.

Niemand sagt etwas, alle sitzen wie paralysiert da, bis Susanne Branner nicht länger warten kann, die historische Szene zu betreten. Und obwohl sie ihr Stichwort noch nicht bekommen hat, unterbricht sie ihn und feuert ihre Replik ab:

»Per, es tut mir leid, das sagen zu müssen, aber ich habe das Vertrauen in dich verloren. In dich als Vorsitzenden, meine ich. So geht es leider vielen in der Fraktion.«

Charlotte Damgaard keucht hörbar, Christina Maribo bricht in Tränen aus, während ein Dutzend anderer Fraktionsmitglieder auf verschiedene Arten, je nach Temperament, ihrem Entsetzen, ihrer Verwirrung oder ihrer Gekränktheit Ausdruck gibt. Doch es ist nur eine Minorität, die so ihre Bestürzung zeigt. Die Majorität wischt sorgfältig die Gesichter blank wie unbeschriebene Whiteboards, sieht auf den Tisch hinunter oder kaut an den Fingernägeln. Gert hat skeptisch den Kopf schief gelegt, Meyer sieht aufmerksam zu wie ein Arzt bei einem Boxkampf, bereit, den Kampf zu stoppen, wenn der Mann zu Boden geht.

Doch obwohl Per Vittrup schwankt, hält er das Gleichgewicht. Vielleicht hätte er sogar alle zwölf Runden durchgehalten. Vielleicht hätte er sogar nach Punkten gewonnen. Wäre der Schweiß nicht an seinem schweren Körper heruntergelaufen. Hätte er nicht zu wenig getrunken an diesem Morgen. Wäre er nicht bei der Zahnärztin gewesen. Hätte die Zahnärztin nicht in all den schmerzlichen Themen herumgestochert. Hätten die Medien seinen politischen Nekrolog nicht immer wieder umgeschrieben. Hätte er nicht den Augenblick gefürchtet, in dem Gert sich schließlich als Der Schwarze Ritter manifestiert, wäre er vielleicht besser imstande gewesen, seinem vielköpfigen Widersacher Paroli zu bieten. Wäre er nicht so dumm gewesen, den Angriff der letzten Rednerin zu kommentieren. Hätte ihn einfach ignoriert. Doch er denkt nicht klar. Seine Augen sind verschleiert, er sieht nichts. Geblendet wie ein Zyklop starrt er taumelnd in Susanne Branners Richtung.

»Wer ist *wir*?«, brüllt er. Erleichtert lehnt er sich zurück, als nur Susanne Branner die Hand hebt.

»Und wer ist *wir* nicht?«, fragt er übermütig.

Das hätte er nicht tun sollen. Egal, welche Interpretation dieser berüchtigten Fraktionssitzung man zugrunde legt, sind sich später alle einig, dass das dumm war. Dass er da den Titel verloren hat. Um ihn nie mehr zurückzugewinnen.

Gert Jacobsen äußert sich überhaupt nicht gegenüber dem Presseschwarm, der um das Fraktionszimmer herumschwirrt wie die Fliegen um einen Misthaufen. Nein, er wird auf keinen Fall die Gerüchte kommentieren, dass er bereit ist zur Übernahme, falls sich Per Vittrup bereits heute nach dieser Sitzung entscheiden sollte zurückzutreten, auf der – völlig beispiellos in der Geschichte der Partei – angeblich die Mehrheit dem sozialdemokratischen Vorsitzenden ihr Misstrauen ausgesprochen hat. Er hat keine Zeit, sich in den Mittagsnachrichten zu äußern, weder auf dem einen noch auf dem anderen Kanal. Denn er hat eine wichtige Verabredung zum Mittagessen. Mit seiner Frau, natürlich. Und eine Dame darf man nicht warten lassen, nicht? Er lächelt, als er das in die Kamera sagt. Süß, finden sowohl seine Schwiegermutter als auch die Hauskrankenpflegerin, als sie gemeinsam den Beitrag in den Nachrichten sehen. Während sich Mikael Rud im Redaktionssekretariat der *Berlingske Tidende* Kaffee auf seine kakifarbene Mads-Nørgaard-Hose kleckert, als er spontan ruft: *»Das ist verdammt noch mal eine Lüge!«*

Der Ober fragt, ob ich etwas trinken möchte, während ich warte. Ich bin ein großes Mädchen, ein großes Mädchen auf Antabus, deshalb bestelle ich ein Mineralwasser mit Eis und Zitrone. Keinen Drink, der die Nerven beruhigt; das macht sich gut, als er zehn Minuten später zum Tisch geführt wird.

»Linda!«, lächelt er gewandt und küsst mich auf beide Wangen, als ich mich von meinem Stuhl erhebe. »Du siehst fantastisch aus!«

»Gleichfalls«, erwidere ich und sinke wie gelähmt zurück auf den Stuhl. Er sieht blendend aus. Durchtrainiert, gepflegt, sonnengebräunt, mit leuchtenden eichhörnchenbraunen Augen. »Ein neuer Schlips?«, füge ich mit einem Blick auf die breiten zyklamroten und silbergrauen Diagonalen hinzu, die so gut zu der weißen Hemdbrust aussehen.

»Du hattest recht«, zuckt er lächelnd mit den Schultern. »Ich sah langsam ein bisschen langweilig aus.«

»Im Großen und Ganzen hattest du mit furchtbar vielem recht«, gibt er zu, sobald wir unsere Bestellung aufgegeben haben. Ich nehme das Gleiche wie er. Das Mittagsmenü des Tages. Der Ober hält einen längeren Vortrag, eine schwarze Tafel in der Hand; ich höre nicht zu, sitze nur da und zoome das Gesicht meines Mannes heran und wieder weg. Egal, wie nahe ich gehe, ich sehe nicht das geringste Anzeichen von Leiden oder Bedauern. Das Einzige, was ich sehe, sind eine Schramme vom Rasieren und ein paar verirrte Nasenhaare. Ansonsten ist sein Gesicht makellos, sein Ausdruck anziehend entschlossen. Fast als sei er verjüngt und von einem überirdischen Strahlenglanz umgeben. Ein Mann, von dem die Frauen träumen. Ein Mann, der keinen unnötigen Ballast wie mich mit sich herumschleppen will.

»Du willst dich scheiden lassen?«, platze ich ängstlich heraus wie eine Schwachsinnige.

Er lacht.

»Linda, wollen wir nicht erst einmal den Wein probieren?«, sagt er und hebt sein Glas.

»Ich trinke keinen Alkohol«, sage ich und greife nach meinem Wasser. Die Eiswürfel klirren neurotisch gegeneinander, als ich es hebe.

»Aha?«, lächelt er. »Ja, das ist vernünftig. Eine Pause einzulegen.«

Dann greift er über den Tisch und schließt seine stromführende Hand um meine.

»Linda, mein Schatz. Wollen wir nicht einen Strich unter die letzten Wochen ziehen?«

Ich nicke wie eine Schülerein, die vom Direktor Absolution erteilt bekommt. Eine Schülerin, die nicht in der Position ist, Gegenforderungen zu stellen. Entweder fliege ich von der Schule oder ich ordne mich unter.

»Ich habe dich vermisst«, fährt er fort. Und obwohl ich weiß, dass das gelogen ist, habe ich den Lügendetektor ausgeschaltet und nehme alles gierig in mich auf. Weil ich mir wünsche, dass es so ist. Weil ich in diesem Moment von einem gewaltigen Besitzerdrang erfüllt bin; einem Begehren, ihn zu besitzen, seine Frau zu sein. Genau wie damals vor dreißig Jahren, als der Gedanke, ihn einer anderen zu überlassen, mich davon abhielt, ihn zu verlassen.

Deshalb breche ich auch nicht in höhnisches Gelächter aus, als er nach der Vorspeise eine Schachtel von Klarlund hervorzaubert, einem der exklusivsten Juweliere der Stadt. Stattdessen öffne ich entzückt das Päckchen, und als ich das rote Lederetui mit dem Rolex-Logo sehe, bin ich vorbehaltlos überwältigt.

»Eine Rolex!«, rufe ich, als ich den Deckel geöffnet habe und die klassische Damenuhr in Stahl und Gold anstarre.

»Eine Oyster Perpetual mit Datumsanzeige als Symbol unserer neuen Zeitrechnung. Und als Entschädigung für all die Hochzeitstage, an denen ich dich vergessen oder alleingelassen habe«, lächelt er, während ich noch immer die Uhr anstarre. »Probier sie einmal an! Wenn sie nicht passt, kannst du ein paar Glieder herausnehmen lassen!«

Ich gehorche stumm, ziehe meine alte Tissot aus und die neue an. Sie passt perfekt, sitzt auf die Weise lose, auf die die Oberklassefrauen, unter anderem Ministerfrauen aus südeuropäischen Ländern, ihre teuren Uhren nonchalant über das Handgelenk hängen lassen.

»Schön«, sagt er anerkennend. »Sie steht dir. Gibt dir *Klasse*.«

»Gert, die muss ein Vermögen gekostet haben!«, sage ich und beweise damit, dass ich keine Klasse habe. Keine Oberklasse jedenfalls, denn da spricht man nicht über Geld.

»Betrachte sie als Investition«, lächelt er. »In die Zukunft.«

Gerade die Zukunft lässt ihn strahlen, wird mir bei dem Hauptgericht klar, als er mich in die hoch gespannte Situation in der Burg einweiht. Während die Zukunft sich verlockend abzeichnet und glitzert und blinkt wie ein Kasino in Las Vegas, ist die Vergangenheit nichts anderes als ein wertloser Nachlass, der zum Abholen bereitsteht. Wir trennen uns davon und blicken nach vorn. Dass ich offensichtlich ein Teil dieser glitzernden Zukunft bin, verwirrt mich, als hätte ich etwas getrunken.

»Glaubst du, ich wäre ein guter Vorsitzender?«, fragt er kokett, nachdem er schnell seine auf Müllerinart gebratene Seezunge verzehrt hat.

»Doch«, versichere ich und sehe ihn mit Kindern auf dem Arm und ganzen Armeen von ihm zujubelnden Männern und Frauen vor mir. »Natürlich wärst du das.«

Und ich kann seine Begleiterin sein, nüchtern und besonnen; so eine, die keinen Skandal verursacht, sich nicht vom Damenprogramm davonschleicht oder nicht ihre Meinung sagt, wenn niemand sie darum gebeten hat. Bereits in der Wahlnacht kann ich ihn die große Treppe hinaufbegleiten und winken und lächeln und mich an ihn klammern, wenn er sich durch die Traube von Presseleuten drängt, und ich kann ein Solointerview für *Alt for Damerne* geben oder für *IN* und erzählen, wie es ist, die Frau im Hintergrund zu sein.

Es ist der leibhaftige Wahnsinn, doch das denke ich. Ich denke nicht an Yasemin, Helle oder Bjarne, von dem ich heute Nacht übrigens geträumt habe. Ich denke nicht an Kastaniely, Dodo oder den Psychologenguru aus dem Ellebjergvej. Ich werde in Gerts Zentrifuge gezogen, in der ich herumgeschleudert, pasteurisiert und homogenisiert werde, bis ich nicht mehr weiß, wer ich bin.

Und als er nach dem Dessert auf seine Uhr sieht – eine klassische Ole Mathiesen – und verführerisch und Händchen haltend fragt, ob wir den Rest nicht überspringen und den Kaffee zu Hause trinken sollen, bevor er zu einer wichtigen Sitzung muss, kann ich der Versuchung nicht widerstehen. Ja, gurre ich, das halte ich für eine richtig gute Idee.

Fünf Minuten, bevor Linda aus dem Gelben Cottage kommt, um in den silbergrauen Citroën zu steigen, hat Helle ihre Beschattungsmission aufgeben müssen, um zurück nach Lyngby zu hasten. Die Sekretärin des Bürgermeisters hat angerufen und mitgeteilt, dass der Bürgermeistert plötzlich ein Loch in seinem Terminkalender hat und ihr gern entgegenkommen und die Sicherheitsvorkehrungen in Kastaniely diskutieren will, wenn Helle sofort im Rathaus vorbeikommen kann. »Verdammt!«, flucht Helle. Das wird langsam zu einer schlechten Angewohnheit, diese Flucherei.

Bjarne fährt sich nervös mit der Zunge über die Lippen, als der Mechaniker des TÜV bei der Probefahrt über den Platz so hart bremst, dass die Bremse blockiert. Es hat ihm auch wehgetan, als derselbe Mechaniker mit einem spitzen Hammer auf die Längsträger geklopft hat, um eventuellen Rost zu entdecken. Doch die Bremsprobe ist am schlimmsten. Hier kann er durchfallen, sein frisch lackierter Bel Air, so hellblau wie der Junihimmel über Rødovre. Den ersten Teil des Tests hat er bestanden. Doch wenn der Mechaniker, der eigentlich nur seine Arbeit tut, weiter so auf ihn eindrischt, endet es damit, dass der ganze Scheiß auseinanderfällt. Bjarne holt tief Luft und schiebt den Schnupftabak zurecht. Nach ein paar weiteren nervenaufreibenden Runden hält der Mechaniker an, lässt das Auto im Leerlauf laufen und steigt aus.

»Wenn Ihre Freundin ebenso toll ist, sind Sie ein glücklicher Mann!«, sagt er dann. »Herzlichen Glückwunsch. Er ist durch.«

Sie macht ihn *horny*. Supergeil. Wie sie da neben ihm im Auto sitzt, mit unter dem Rocksaum hervorlugenden spitzen Knien, wird die anatomische Ganzheit dekonstruiert, und sie verwandelt sich in eine surrealistische Picasso-Malerei, eine Farbexplosion aus

Titten und Arsch, Hüften und Schenkeln, Möse und Bauch. Wenn Picasso recht damit hat, dass es nur zwei Arten von Frauen gibt, Göttinnen und Türmatten, ist Linda in diesem Augenblick eine Göttin. Eine Sexgöttin, die sie für ihn gewesen ist, seit er sie zum allerersten Mal im Sommer 67 am Fließband bei Carlsberg gesehen hat. Sie war erst siebzehn, doch schon damals hatte sie diesen Hüftschwung, diese vorwitzigen Brüste und diesen besonderen wiegenden Gang, der die Brauereiarbeiter ihr hinterherstarren ließ. Niemand wagte es, sie anzurühren, denn der alte Max wachte über sie. Gert durfte sich ihr erst nähern, als eine Flasche in ihrer Hand zerbarst und akuter Bedarf an jemandem mit Erste-Hilfe-Kenntnissen bestand. Als Arztsohn in Afrika hatte er sich ein paar Kenntnisse erworben, sodass er die Glasscherben herausholen, die Blutung stillen und sie mit Gaze aus dem Erste-Hilfe-Koffer verbinden konnte. Das brachte ihm nützliche Punkte ein, von denen er einige Jahre später profitierte, als sie sich spätnachts in der Stadt wiedertrafen. »Was glotzt du?«, fragte sie, als er sie im buchstäblichen Sinn aus dem Rinnstein fischte, wo sie sich »stoned« zum Schlafen hingelegt hatte. »Hast du Glotzsuppe mit Guckfrikadellen zu Mittag gegessen?«, aber er durfte sie nach Hause bringen, und kurz darauf kam er regelmäßig in die Wohnung im Borgbjergvej. Åse, ihre nervöse Mutter, war von Anfang an begeistert, doch Max konnte sein Misstrauen gegenüber so einem schlappschwänzigen Akademikerarsch nur schwer überwinden. Was wollte der überhaupt mit ihrer Tochter?

Aber er wurde von Gerts politischen Standpunkten besänftigt – denn Gert war nicht nur Sozialdemokrat und keiner der verhassten Kommunisten, er war auch EG-Gegner und Anhänger der ökonomischen Demokratie. Dass er darüber hinaus den Mumm hatte, zur Leitung zu gehen und sowohl über die Lärmbedingungen zu klagen als auch die Arbeiter anzuspornen, das Brauerei-Protokoll machen zu lassen, aus dem hervorging, dass dreiundneunzig Prozent aller über zehn Jahre bei Carlsberg Beschäftigten schwerhörig waren, imponierte auch Max. Sich ganz von Bewunderung freimachen konnte er auch nicht, als Gert ins Folketing gewählt wurde und ins Fernsehen kam und einer der jungen sozialdemokratischen Sterne wurde, über die man sprach. Åse, die selbst aus einer soliden, nordjütischen Kaufmannsfamilie kam, war jedenfalls entzückt, dass ihre Tochter eine so vielversprechende Partie gefunden hatte. Und Max, der seine liebe Not mit dem wilden kleinen Bruder Niller hatte, überführte wohl auch einen Teil seiner Hoffnungen auf Gert, obwohl er selbstverständlich Sonny nicht ersetzen konnte, den Helden der Familie. Deshalb geschah es mit Max' Segen, als sie am 1. Mai 1974 in einem Zelt im Fælledparken heirateten. Seitdem hatte er seinem Schwiegersohn mehr als einmal Prügel angedroht, weil Linda nach Hause gelaufen war und getratscht hatte, doch das ist eine andere Geschichte. Die schließlich damit endete, dass Linda sich für eine Seite entschied und mit ihrem Elternhaus brach. Ärgerlich, dass es so kommen musste, denn das war eine amüsante Familie, aber anders ging es nun einmal nicht.

Damals musste er sie auch nach Hause holen, und damals war er von dem gleichen Triumph erfüllt, den Sieg davongetragen zu haben, wie jetzt, als sie sich Frederiksberg nähern. Leider ist das Timing nicht das beste, nach Vittrups Harakiri herrscht hektische Aktivität auf den Kommunikationskanälen, sodass er sie bald nach der fleischlichen Wiedervereinigung, die er kaum erwarten kann, wieder verlassen muss.

»Pass auf!«, schreit sie plötzlich, als er, an seinem Handy herumfummelnd, beinahe einen Fahrradfahrer in der Rechtskurve im Sallingvej angefahren hätte.

»Du lenkst mich ab, Linda«, lächelt er entwaffnend und kneift sie in den nackten Schenkel. »Ich kann es kaum erwarten, mich auf dich zu stürzen!«

Diesmal passt mein Schlüssel nicht ins Schloss, denn jetzt *hat* er es auswechseln lassen. Das erzählt er mir, als er uns ins Haus einlässt, das schon von außen ganz falsch ist. Dieses verwahrloste Haus, vernachlässigt und ungepflegt wie ein Hund in einem lieblosen Hundezwinger, ist nicht das Haus aus meinen Tagträumen, das ist das Haus meiner nächtlichen Albträume. Das ist kein sonnenbeschienenes Heim, sondern ein versiegelter Tatort, wo blutige Fingerabdrücke sich von der Wand abheben, die Platzierung der Leiche mit Kreide aufgezeichnet ist und der Kampf zwischen Opfer und Täter mithilfe umgekippter Lampen, zerschlagener Vasen und heruntergerissener Gardinen rekonstruiert werden kann.

»Wie du siehst, bist du vermisst worden«, sagt er, als ich langsam von der Küche aus durch die Zimmer gehe. »Ich wollte mir eine Putzfrau nehmen, aber ich habe schließlich die ganze Zeit gehofft, dass du bald zurückkommst.«

Ich nicke stumm, während er einen Schritt auf mich zu macht und ich mich in mich zurückziehe.

»Aber jetzt bist du endlich hier«, fügt er hinzu, während sein Mund meinen sucht, der sich mechanisch öffnet wie eine Bugklappe. Er ist bereits außer Atem, und seine Hände bewegen sich fieberhaft unter meinem Kleid aufwärts, fingern an der Slipkante herum und setzen ihren Weg unter den BH fort. Ich weiß, was er will. Er will mich auf dem Sofa haben, das ich über seine Schulter hinweg sehe. Das schwarze Børge-Mogensen-Sofa, auf das er vor einer Woche Yasemin geworfen hat. Meine Yasemin, der er wehgetan hat.

Der Anblick des Sofas ist das Fingerschnipsen, das mich aus meiner Trance weckt.

»Gert«, flüstere ich in sein Ohr, während er sich abmüht. »Wie läuft es eigentlich mit Yasemin?«

»Was?«, stöhnt er.

»Geht es ihr gut?«

»Keine Ahnung. Sie ist in der Türkei«, sagt er und will mich zum Sofa ziehen. »Komm, Schatz! Wir müssen uns beeilen!«

»War sie hier zu Hause?«

»Ach, Linda, hör auf mit der Eifersucht!«

»Hast du mit ihr geschlafen?«

»Nein!«, faucht er ärgerlich und lässt mich einen Augenblick los. »Natürlich habe ich das nicht! Sie ist nur eine kleine verwirrte Studentin, die sich für etwas Besonderes hält. Das ist sie aber nicht mehr.«

»Warum nicht?«, fahre ich fort.

»Weil ich sie gefeuert habe. Komm jetzt, Schatz! Lass mich dich nehmen!«

»Gert«, sage ich, während Pflöcke und Pardunen herausgezogen werden, eine nach der anderen, und das Zelt der Hoffnung über mir zusammenfällt. »Wir müssen reden.«

»Nachher, Linda!«, sagt er und greift nach meinem Handgelenk.

»Nein, jetzt! Wir müssen über das reden, was geschehen ist. Wie es mir dabei gegangen ist.«

»Natürlich«, antwortet er und kämpft mit dem Verschluss des Kleides. »Gleich. Da können wir reden, worüber du willst.«

»Gert«, sage ich appellierend, »wir müssen auch über dich reden!«

»Hmm.«

»Wir müssen darüber reden, warum du das getan hast. Warum du mich geschlagen hast.«

Er erstarrt, sich aufbäumend wie ein Pferd vor einem Feuer.

»Du musst in Behandlung. Du hast ein Problem, Gert«, fahre ich fort.

»Ich habe kein Problem, Linda«, sagt er und hält mich vor sich wie ein Sozialpädagoge, der versucht, zu einem schwierigen jugendlichen Kriminellen durchzudringen. »Mein einziges Problem bist du!«

»Ich kenne einen Therapeuten«, fahre ich fort und begegne seinem Blick. »Du kannst ihn rund um die Uhr anrufen. Er ist auf gewalttätige Männer spezialisiert. Er kann dir helfen.«

Seine Wange hat zu zittern begonnen, seine Stirnader pumpt sich zu einem bläulichen Gabelbein auf, aber er beherrscht sich noch immer. Der Tonfall ist noch ruhig, geduldig und ein wenig melancholisch. Enttäuscht, ja. Er ist von mir enttäuscht.

»Linda, ich bin kein ›gewalttätiger Mann‹, verstanden? Darin sind wir uns einig, nicht? Es ist möglich, dass man dich einer Gehirnwäsche unterzogen hat, aber wir beide wissen doch, dass dem nicht so ist. Nicht wahr?«, fragt er sanft und legt seine Handfläche um meine linke Wange.

»Ja«, flüstere ich wankend, während ich meinen Kiefer in seine warme Handschale drücke.

»Nicht auszudenken, wenn jemand auf diese Idee käme. Dann wären wir doch erledigt, nicht wahr, Linda? Denn wir zwei gehören doch zusammen, nicht? Du hast nur mich, Linda«, sagt er, während seine Hand von meinem Kiefer zu meinem Hals wandert. Er drückt nicht zu, lässt sie nur dort liegen wie eine drohende Kobra, indem er mir tief in die Augen sieht.

»Jetzt bleibst du hier, nicht?«

»Ja«, nicke ich, während kalte Funken von der Schweißflamme seines Blickes auf mich hinunterregnen.

»Versprichst du mir das?«, lächelt er und küsst mich. Er schmeckt nach Fisch. »Dass du nicht wieder abhaust, ja?«

Das verspreche ich, während meine Zähne wie spanische Kastagnetten aufeinanderschlagen.

»Sollen wir dann weitermachen, wo wir aufgehört haben?«, schlägt er vor und schiebt dabei meine Beine mit dem Knie auseinander.

»Darf ich erst noch auf die Toilette gehen?«, frage ich kleinlaut. »Ich muss ganz dringend.«

»Beeilst du dich?«, lächelt er und greift nach seinem Handy, das in diesem Augenblick klingelt.

Ich nicke und verschwinde aus dem Wohnzimmer. Schnappe mir in der Diele meine Tasche, öffne und schließe laut die Badezimmertür und eile auf Zehenspitzen in die Küche. Verweile einen Moment in der Glanzbildidylle, in der ich so viele Jahre mein Schattenleben geführt habe. Reiße mich los und eile weiter durch die Gartentür, die noch immer hakt. Als mein Herz wieder zu schlagen beginnt, ist es 14.58 Uhr, Rolex-*time*.

Nun«, fragt Meyer, als sie sich zu einem heimlichen Tête-à-Tête treffen. »Wie war dein Stelldichein?«

»Stürmisch«, versichert ihr Gert und fügt mit einem wissenden Lächeln hinzu: »Wir haben den Kaffee zu Hause getrunken.«

»Na schön, dann ist dieser Stein wohl aus dem Weg geräumt«, lächelt sie, zufrieden mit der Wirkung ihres kleinen Eingreifens. »Dann ist da nur noch Yasemin ...«

»Was ist mit ihr?«

»Also, meinen Informanten zufolge ist sie nicht in der Türkei. Die Familie haben sie gefunden, aber sie ist nicht bei ihnen.«

»Oh, Scheiße«, sagt Gert Jacobsen in einem uninteressierten Tonfall, den Meyer sich diesmal als echt zu betrachten entschließt. Sie haben in diesen Tagen schließlich Wichtigeres zu tun, als sich um türkische studentische Hilfskräfte zu kümmern.

So etwas habe ich nicht mehr erlebt, seit Jannis Kinder klein waren. Deshalb bin ich zu Tränen gerührt, als Yasemin allen Sicherheitsvorkehrungen zum Trotz die Eingangsstufen hinuntergestürmt kommt und sich mir um den Hals wirft, sobald ich aus dem Taxi gestiegen bin.

»Linda! Ich war so nervös!«, ruft sie.

»Dazu hattest du auch allen Grund«, lächle ich abgebrüht, bis die Fassade zerbricht und ich mein Gesicht in ihren Haaren verstecke.

Stünde Anton Møller unter Überwachung, könnte er an diesem Nachmittag, an dem er verzweifelt darum kämpft, die Niederlage abzuwenden, mit seinem Kommunikationsverkehr eine ganze Horde Agenten beschäftigt halten. Kalt analysiert, ist es hoffnungslos, ist das Spiel verloren, doch bis auf Weiteres lässt Anton Møller die Wahrscheinlichkeitsrechnung außen vor. Er arbeitet noch immer für Per Vittrup, Per Vittrup ist noch immer Parteivorsitzender, und bis er das nicht mehr ist, kämpft er loyal, ihn gegen den massiven Angriff zu verteidigen, dem er ausgesetzt ist. Doch als er sich einen vollen Überblick über die Stärke des Gegners verschafft und dessen Strategie durchschaut hat, muss er erkennen, dass die Chancen, den Thron zurückzuerobern, verschwindend gering sind. Als selbst Vittrups verzweifelter Versuch zu retten, was noch zu retten ist, indem er Kontakt zu alten Freunden und früheren Förderern aufnimmt, fehlschlägt – entweder weil sie ihn glatt abweisen oder weil sie seine Anfrage ignorieren –, ist er nahe daran, die Kapitulation zu empfehlen. Und es geschieht bestimmt nicht mit seiner Billigung, dass Per jegliches Schamgefühl ignoriert und Gert anruft, um ein Friedensabkommen zu schließen. Sie müssen sich doch einigen können! Wenn es gar nicht anders geht, auf einen dritten Kandidaten, mit dem alle leben können. All das nur, um die Macht nicht an seinen Rivalen abtreten zu müssen.

Zu Antons Erleichterung geht Gert Jacobsen nicht ans Telefon.

Ruft auch nicht zurück. Beantwortet überhaupt keine der Anfragen, weder von Per noch von Anton. Meyer natürlich auch nicht. Die Einzige, die sich meldet, ist Charlotte Damgaard. Sie ruft von sich aus an, um zu fragen, wie es steht. Und bietet sogar an, gegen acht mit Pizza herüberzukommen, wenn die Kinder im Bett sind.

»Die anderen essen wohl auch Pizza?«, fragt Anton trocken. Das tun sie. Draußen bei Søren Schouw, hat Charlotte gehört.

»Charlotte«, sagt Anton und fühlt sich plötzlich gedrängt, sie zu warnen. »Du musst dich nicht mit den Verlierern abgeben. Das könnte dumm sein, verstehst du? Wenn es herauskommt.«

»Anton«, schnalzt Charlotte mit der Zunge. »Jetzt verletzt du mich aber sehr. Was für eine Pizza willst du?«

Eigentlich hatte Mikael Rud die Idee von dem großen entlarvenden Gert-Jacobsen-Porträt auf nach den Sommerferien verschoben. Vor allem weil es ihm unmöglich war, Linda ausfindig zu machen. Obwohl es gegen seine ethischen Werte verstößt, im Privatleben der Leute herumzustochern, muss er mit Scham vermelden, dass er auf einige der schmutzigsten Gerüchte gehört hat, die in der Burg im Umlauf sind, und alle möglichen Entzugsanstalten kontaktiert hat, die er in Schweden ausfindig machen konnte. Doch nirgendwo wollte man ihm bestätigen, dass sie eine dänische Patientin dieses Namens hatten, »und wenn sie hier wäre, würden wir Ihnen das nicht mitteilen«. Demnach versuchen sie entweder, ihn zu täuschen, oder die Gerüchte sind falsch. Gert Jacobsen selbst könnte sie in Umlauf gebracht haben. Dass Gert Jacobsen eine komplexere Persönlichkeit ist, als es nach außen hin den Anschein hat, hat seine Tonbandaufnahme mit der glasklaren Drohung gezeigt. Doch um darüber zu schreiben, reicht sein Material nicht aus.

Die anderen Quellen, die er aufgespürt hat, weigern sich entweder zu reden oder haben nichts wirklich Interessantes zu sagen. Sicher, mehrere haben erwähnt, dass der »Chefideologe« »cholerisch« sein kann. Einige haben sich sogar zu seiner Ehe geäußert, doch die meisten beschreiben sie als solide, obwohl seine Frau sich unzählige Male danebenbenommen hat, »in Amalienborg sturzbetrunken gewesen ist und so weiter«. Einer hat eine Tendenz zur Eifersucht erwähnt, doch die wird als Ausdruck seiner großen Liebe zur »Frau seines Lebens« angesehen. Ein paar seiner Klassenkameraden aus dem Internat erinnern sich an ihn als »wild und verrückt«, als »einen, vor dem man richtig Angst hatte«. Viele sind sich einig, dass er es immer schon auf den Posten des Staatsministers abgesehen hatte, und nur wenige zweifeln daran, dass es ihm gelingen wird, ihn auch zu bekommen. Denn obwohl er »ein wenig kantig und steif« ist, trägt er auch einiges »an menschlicher Wärme« in sich und ist »sehr loyal und treu gegenüber alten Freunden und Mitarbeitern«. Die amüsanteste Quelle, die er kontaktiert hat, war sein schwuler Bruder, ein superreicher Arzt der plastischen Chirurgie in San Francisco, der unterhaltsam von der Kindheit in Afrika erzählte, »mein Vater war rasend, dass Gert eine Steinschleuder hatte, doch nachdem er im Schlafzimmer unserer Eltern einer schwarzen Mamba damit den Kopf abgeschossen hatte, war Schluss mit den Schimpfereien«. Er hat auch die Löwengeschichte bestätigt, das hitzige Temperament und die Ungeduld mit weniger Begabten, »die so viel Erde im Kopf haben, dass sie Agrarsubventionen beantragen könnten, haha«. Doch Gert Jacobsen war »immer der beste große Bruder der Welt, *I love him dearly!*«. Die Einzige, die etwas Unvorteilhaftes über ihn gesagt hat, war seine Teenie-Nichte, die ans Telefon ging, als Mikael Rud zu Hause bei Janni anrief, ihrer früheren Putzfrau und Lindas Schwägerin, wie sich herausgestellt hat. »Er ist ein Megaschwein«, hat sie kategorisch gesagt, wollte die Aussage aber nicht weiter vertiefen. Und wo Linda sich aufhält, ginge ihn nichts an. Schluss und aus.

Nicht viel, um etwas daraus zu machen. Deshalb hatte er auch die Sache in der Hoffnung auf Eis gelegt, Linda zu finden. Denn er glaubt noch immer, dass sie der Schlüssel zu dem rätselhaften Mann ist, der so bestrebt ist, sich als ganz gewöhnlich und absolut vertrauenswürdig in Szene zu setzen. Wenn er Linda findet, treibt der Chefredakteur vielleicht das nötige Geld auf, damit er nach Tabora, Tansania, fliegen kann, um in der Vergangenheit zu graben. Nach den langen Sommerferien in dem gemieteten Haus auf Mallorca, das Marlene gebucht hat. Ohne Internetanschluss.

Das heißt, das war sein Plan bis vor wenigen Stunden. Denn Gert Jacobsen war kaum in den Mittagsnachrichten zu sehen, als er auch schon gebeten wurde, für nächsten Sonntag ein Porträt zu liefern. »Deadline ist morgen 18 Uhr.« Schwierig, aber nicht unmöglich. Deshalb holt er wie ein routinierter Kriminalkommissar den Fall wieder hervor und fängt noch einmal an. Ruft zum 127. Mal ihre alte Handynummer an, auf der bisher nur die Mailbox geantwortet hat.

Doch diesmal antwortet ihm eine fast erschrockene Stimme: »Linda.«

»War er das?«, fragt Yasemin beunruhigt, als Linda auflegt. Sie hätte nicht drangehen sollen.

»Nein«, Linda schüttelt nachdenklich den Kopf. »Das war ein Journalist von der *Berlingske Tidende.* Einer, den ich kenne. Er schreibt an einem Porträt von Gert. Sie sagen, er bereitet sich auf die Übernahme vor. Sie rechnen damit, dass Per heute oder morgen zurücktritt.«

»Was?«, keucht Yasemin. »Ja, aber warum?«

»Er hat ihn ermordet«, murmelt Linda vor sich hin. »Der Plan ist geglückt.«

»Ja, aber was hast du dem Journalisten gesagt?«

»Nichts. Ich habe gesagt, dass ich nichts zu sagen habe.«

Yasemin öffnet den Mund, doch wieder klingelt das Handy. Linda zuckt zusammen, will mechanisch danach greifen, doch Yasemin hält abwehrend die Hand hoch. Linda erträgt heute keine Aufregung mehr. Kurz nachdem es aufgehört hat zu klingeln, geht eine Nachricht ein. Yasemin hört sie ab. Lächelt breit und drückt auf Wiederholen, indem sie das Telefon an Lindas Ohr hält.

»Ist das *der* Bjarne?«, fragt sie, während Linda nickend die Nachricht abhört.

Das ist *der* Bjarne, der angerufen hat, um ihr zu erzählen, dass er soeben die Nummernschilder an seinem gerade durch den TÜV gekommenen Bel Air angebracht hat.

Der Bjarne sagt: »Ruf mich an, wenn du eine Fahrt machen willst. Ich habe morgen frei.«

Die frisch verheiratete Melika liebt ihre Kusine. Aber sie liebt auch ihr Leben und nicht zuletzt den kleinen Spross, der vielleicht, vielleicht nicht, bereits in ihrer Gebärmutter wächst. Deshalb hat sie keine Wahl. Sie ist gezwungen, Yasemins Schwager Rasmus' Adresse zu geben, als er das von ihr verlangt. Glücklicherweise war Yasemin klug genug, sich ihr nicht anzuvertrauen, sodass Melika wirklich nicht weiß, wo sie sich aufhält, und deshalb nicht plaudern kann. Auch nicht, wenn sie bedroht wird. Doch Rasmus' Aussehen zu beschreiben, ist sie gezwungen. Wenn sie sich schon nicht mehr an die Hausnummer erinnern kann, sondern nur an die Straße, in der sie einmal bei ihm waren, um eine Tasse Tee zu trinken und ein paar Bücher abzuholen, die Yasemin ausleihen wollte.

»Sehr groß, sehr dünn, sehr hell. Wie ein Pfeifenreiniger.«

»Ein richtiger *gavur*!«

Ein ungläubiger Hund, ja.

Erst als der Großvetter mit quietschenden Reifen in seinem weißen BMW davongebrettert ist, fällt ihr ein, dass er sich wohl besser Yasemins Chef, Gert Jacobsen, vornehmen sollte.

Wenn denn jemand bestraft werden soll. Übrigens hat sie ihn gerade in den Fernsehnachrichten gesehen. Bis ihr neuer Mann ihr die Fernbedienung wegnahm und auf einen türkischen Sportkanal umschaltete.

Psst!«, bedeutet Charlotte ihren Kindern zu schweigen, als die frühen Abendnachrichten über den Bildschirm flimmern.

Der Bericht über die tumultuöse sozialdemokratische Fraktionssitzung und die sich daraus ergebenden Spekulationen sind das Thema Nummer eins. Nicht, weil, formal gesehen, etwas passiert ist – solange Per Vittrup nicht zurückgetreten ist, ist es das nicht –, sondern weil alle erwarten, dass er zurücktritt.

»Zicke!«, murmelt Charlotte verbissen, als Susanne Branner Per die Treue aufkündigt, indem sie vor laufender Kamera die Phrase mit dem »mangelnden Vertrauen« wiederholt.

»Feigling«, presst sie verbittert heraus, als Christina Maribo Wasser tritt und nicht einräumen will, dass sie Teil des Komplotts ist.

»Jesus Christ«, stöhnt sie über sich selbst, als sie viel, viel zu emotional über »den Drang gewisser Parteimitglieder, eine konstruktive und gute Zusammenarbeit zu vergiften«, wettert.

»Heuchler!«, ruft sie, als Gert Jacobsen im Studio ist, um den heutigen Strom von Gerüchten zu kommentieren, und mit seinem falschesten Wolfslächeln versichert, dass Per Vittrup noch immer Parteivorsitzender ist und dass der Kongress und nicht Susanne Branner entscheidet, ob ein Parteiführer das nötige Vertrauen genießt oder nicht. Ob er gegebenenfalls den Stuhl des Vorsitzenden übernehmen wird, dazu hat er »überhaupt keinen Kommentar«.

»Aber der kann schließlich nicht leer bleiben!«, beharrt der Moderator.

»Das wird er auch nicht«, antwortet Gert Jacobsen lächelnd. »Der Stuhl der Macht steht nie leer.«

»Was *zum Teufel* hat er damit gemeint!«, zischt Charlotte und beantwortet schnell selbst ihre Frage, bevor Thomas es für sie tut. Denn so dumm ist sie nun auch wieder nicht, obwohl sie sich so vorkommt. Warum hat sie nicht durchschaut, dass es so kommen musste? Warum hat Meyer, die sich klugerweise im Hintergrund hält, ihr keinen Tipp gegeben? Sie gewarnt, damit sie ihre Unwissenheit nicht so zur Schau stellt? »Er hat gemeint, dass er sich bereits auf diesen Stuhl gesetzt hat«, nickt sie Thomas aufgebracht zu, der mit einem bettfertigen Kind an jeder Hand dasteht.

»Lotte, Per hätte schon am Wahlabend zurücktreten sollen, nicht? Das hast du doch auch die ganze Zeit gemeint.«

»Ja, und?«, fragt sie wütend und gibt den Zwillingen geistesabwesend einen Gutenachtkuss.

»Es besteht also kein Grund, zusammen mit ihm unterzugehen. Bleib bei uns zu Hause.«

»Ich habe versprochen zu kommen«, sagt sie und steht auf, um die Pizzen zu bestellen. Was war das noch? Fleischstreifen, Rucola und Mozzarella? Salami und Parmesan? Oder umgekehrt?

Sie selbst hat nur Lust auf Rotwein. Und Zigaretten. Und einen Ort, an dem sie ihrer Wut Luft machen kann.

Genau wie beim ersten Mal, als sie sich begegnet sind, verbünden sie sich in einem gemeinsamen Lachanfall, als sie allein im Fernsehzimmer sitzen und nägelkauend die Nachrichten verfolgen.

»Hahaha!«, lacht Linda und stampft auf den Boden.

»Hihihi!«, lacht Yasemin und hält sich den Bauch.

Alles, was er sagt, ist lustig. Doch am lustigsten ist der Schnitt von früher am Tag, wo er erzählt, dass er mit seiner Frau zu Mittag essen wird.

»Man darf eine Dame nicht warten lassen! Hast du das gehört? Hast du jemals etwas so wahnsinnig Komisches gehört?«, schluchzt Linda aufgelöst.

Yasemin, fast ohnmächtig vor Lachen, muss sich damit begnügen, den Kopf zu schütteln.

Als Linda bei der Wettervorhersage ausgelacht und sich die Augen trocken gewischt hat, zündet sie sich eine Zigarette an und sagt leichthin:

»Er hat vielleicht einen Mann getötet. In Afrika. Da war er sechzehn. Es ist nie herausgekommen.«

Wie ein trauernder Orpheus, der den Verlust seiner geliebten Eurydike beweint, wandert Rasmus durch die Stadt, Abend für Abend, Nacht für Nacht. Gespalten zwischen der Angst, Yasemin nie wiederzusehen, und der Überzeugung, glücklich bis ans Ende ihrer Tage mit ihr zusammenzuleben, spricht er unaufhörlich mit ihr, indem er abwechselnd nostalgisch bei dem verweilt, was war, und begeistert ausmalt, was kommt. Er erinnert sich an ihre kleinen sprachlichen Schönheitsfehler – *Int'resse* statt *Interesse*, *an die Wette* statt *um die Wette*, *Öl aufs Wasser gießen* statt *Öl ins Feuer gießen*. Er denkt sich für sie ein Guidebook mit all den festen dänischen Wendungen und Referenzen aus, das ihr helfen kann. Ihm fallen Bücher ein, die sie lesen, Musik, die sie hören muss. Filme, ohne die sie nicht leben kann. Er plant Museumsbesuche und Theaterabende. Selbst in die Oper muss sie eingeführt werden. Wagner, natürlich. *Der Ring,* wenn er in Kopenhagen aufgeführt wird.

Umgekehrt beschließt er, ihre Kultur kennenzulernen. Den Koran zu lesen, Türkisch zu lernen. Dem türkischen Troubadour zuzuhören, den sie so oft auf ihrem Discman hört. Sich über den kurdischen Freiheitskampf zu informieren, unter anderem über die Unterdrückung der PKK. Sie können irgendwann ein Haus in der Türkei kaufen, wenn es denn so sein soll. Er kann aufhören, Schweinefleisch zu essen, und er muss sich in Gegenwart ihrer Familie nicht betrinken oder an ihr herumfummeln. Er kann mit ihrem Vater Tee trinken und die fantastischen Gerichte ihrer Mutter essen; auch wenn es Schafsaugen in Aspik gibt, wird er ihre Kochkunst in hohen Tönen loben. Er wird alles tun, wenn er nur Yasemin zurückbekommt. Oder den Traum von ihr, denn obwohl das den romantischen Orpheus-Mythos zerstört, muss er zugeben, dass er sie kaum hatte, bevor man sie von ihm fortgerissen und zu irgendeinem langnasigen Vetter geschickt hat. Und wenn er total ehrlich sein soll, war der Weg zu ihrem Herzen von dem finsteren Gert Jacobsen blockiert, dessen warme Gefühle für sie schneller abgekühlt zu sein scheinen als ein Caffè Latte am Højbro Plads. Wie er die ganze Zeit gesagt hat: *Darth Vader, Voldemort, Mordor, Gert Jacobsen* … Dass die inkarnierte Bosheit jetzt Per Vittrup gehäutet hat, ist ebenso bitter, wie wenn Dänemark in dem bevorstehenden Achtelfinale von England geschlagen würde und damit aus der Fußball-WM flöge – ein Alles-oder-nichts-Kampf, bei dem sich seine Gedanken entspannen können, wenn ihnen davon schwindlig wird, voller Sehnsucht um Yasemin und seine Verzweiflung darüber zu kreisen, nichts tun zu können.

Er ist gerade auf dem Heimweg von einem seiner langen Streifzüge, als ein weißer BMW neben ihm anhält und ein türkisch aussehender Kerl, der wie eine Parodie auf einen Rausschmeißer aussieht, herausspringt und sich ohne Vorwarnung auf ihn stürzt.

»Rasmus?«, brüllt er, und Rasmus, der Nahkampfsituationen nicht gewohnt ist, begeht den klassischen Fehler, bejahend zu antworten, woraufhin er auf dem Bürgersteig landet.

»Wo ist sie?«, brüllt der Unbekannte, der sich schwer auf ihn gesetzt hat und seinen fetten Arm gegen seine Kehle presst. »Wo ist Yasemin?«

»Sie ist doch in der Türkei!«, quakt Rasmus und zappelt, um freizukommen. »Sie soll dort verheiratet werden. Das musst du doch wissen!«

Ein Ausdruck ratloser Verwirrung huscht über das verzerrte Gesicht, und als einige Hinzueilende im gleichen Moment die Polizei rufen und ein paar mutige Männer so viel Zivilcourage beweisen, den unbekannten Täter zu packen, beschließt dieser, zu verschwinden. Spuckt auf den verwirrten Rasmus hinunter, schielt zu dem Menschenauflauf hin und wirft sich in sein Auto.

»Was war hier los?«, fragt einer der herbeigeeilten Männer, als er Rasmus hochgeholfen und festgestellt hat, dass er unverletzt ist.

»Ich habe keine Ahnung«, antwortet Rasmus und lächelt dämlich, während ein Streichorchester in seinem Hinterkopf zu spielen beginnt. Denn wenn er die Situation richtig verstanden hat, ist Yasemin nicht verheiratet worden. Sie ist gar nicht in der Türkei!

»Irre«, murmelt er kopfschüttelnd. »Absolut irre!«

Die gedämpfte Ruhe in der Wohnung in der Stockholmsgade ist das Auffälligste an der Situation. Natürlich liegt Verdi auf dem CD-Spieler, wie so oft in der letzten Zeit, doch heute Abend fungiert die Opernmusik mehr als gedämpfte Hintergrundmusik denn als musikdramatischer Bezug. Und die drei Anwesenden in dem hohen Raum brechen auch nicht in Arien oder flehende Rezitative aus, denn die Erregung hat sich gelegt, die Hoffnung auf Begnadigung wurde aufgegeben, jetzt stellt man sich auf das Unabwendbare ein.

Vittrup isst Pizza, lobt die dünnen Böden. Anton macht einen Wein auf, während er begeistert von dem dänischen Winzer in Avedøre erzählt. Und Charlotte muss die Ananas auf ihrer Pizza verteidigen, die Vittrup als besonders unitalienisch ansieht. Dann machen sie noch ein paar Späße, reden kurz über den Regen, der gegen die Fenster trommelt. Vittrup zündet Kerzen an und fragt, ob er den Kamin anmachen soll. Ja, so gesehen, haben sie es gemütlich, wärmen sich aneinander im Schatten des Todes. Manchmal versinken sie in ihren Gedanken, um dann plötzlich ihrer Wut neuen Ausdruck zu verleihen. Nicht so sehr Vittrup wie Anton und Charlotte, die beide ihrem Zorn Luft machen müssen.

»Egal, was du getan hättest, es hätte nicht geholfen«, sagt Anton beispielsweise.

»Ich hätte nie geglaubt, dass sie so feige sind«, fügt Charlotte hinzu. »So jemand wie Christina …«

Doch Vittrup zuckt nur mit den Schultern und kaut weiter.

»Was werden sie im Nachhinein über mich sagen?«, fragt er und antwortet sich selbst. »Hoffentlich, dass er ›ein sympathischer und ambitionierter Mensch war, der sich selbst nicht geschont hat‹.« Was den Politiker angeht, wird man wohl geteilter Meinung sein. »›Er hat alle Probleme gelöst, aber zu viele Fehler gemacht. In der allerbesten Absicht.‹«

»Du musst schließlich nicht zurücktreten«, wirft Anton ein. Zum ersten Mal wird das Ultimative in Worte gefasst. Bis jetzt hat es niemand ausgesprochen. Jetzt wird es wie ein Skorpion aus einem Sack gelassen.

»Soll ich ein König ohne Reich sein? Wie eine Fliege in einem Glas herumfliegen? Ich habe mich bereits genug gedemütigt. Ich bin ein stolzer Mann, Anton.«

Anton zuckt zustimmend mit den Schultern. Alle verfallen erneut in Schweigen, das von Placido Domingos Tenor ausgefüllt wird.

»Hätte ich in der Wahlnacht zurücktreten sollen?«, fragt er plötzlich Charlotte. Das ist eine mutige Frage, die zu stellen so wehtut, dass seine Lippen sich nach unten stülpen.

Und mit der Ehrlichkeit, die man dem, der mit dem Rücken zur Wand steht, schuldet, antwortet sie ihm und damit sich selbst:

»Ja, das hättest du wohl. Du hättest zurücktreten sollen, Per. Schon damals. Auch um deinetwillen.«

Sie hat nicht an die Fahrradlampen gedacht. Deshalb schiebt sie das Fahrrad durch den strömenden Regen die Drejøgade nach Hause. Während andere über die Wasserpfützen hüpfen, trottet sie apathisch dahin. Für sie macht es keinen Unterschied, ob sie außen ebenso nass wird wie innen. Muss Politik so brutal sein? Ist sie ein langer, blutiger Kampf um die Macht? Will sie ihr Leben darauf verwenden? Und riskieren, so zu enden? Erledigt, ausgemustert, verbraucht. Und wie zum Teufel soll sie sich zwingen, loyal für Gert zu arbeiten? Für den Totschläger?

Schatz!«, ruft Thomas enthusiastisch, als sie durchweicht durch die Tür tritt.

»Rasmus hat angerufen! Er ist ganz außer sich. Yasemin ist nicht in der Türkei und sie ist auch nicht verheiratet worden!«

»Ach?«, sagt sie lahm. »Das ist gut.«

»Gut!«, protestiert Thomas, der, nachdem er an diesem Abend mehrere Gespräche mit Rasmus geführt hat, einen Freudenschrei erwartet hätte und nicht weiß, woran er ist. Doch dann fällt ihm auf, dass nicht nur Regentropfen ihre breiten Wangen hinunterlaufen.

»Ist man eigentlich kindisch, wenn man am liebsten *happy endings* möchte?«, fragt sie mit dünner Stimme, während er ihr aus dem Mantel hilft. »Wenn man diese schwarzen Kunstfilme hasst, in denen die Bösen gewinnen?«

Er lächelt und streicht ihr die nassen Haarzotteln aus dem Gesicht.

»Er tritt zurück«, schnieft Charlotte. »Morgen früh geht eine Pressemeldung heraus.«

Jeder Plan beginnt mit einem Einfall, einer verrückten Idee, einem Samen, der ausgesät und vom Wind weggetragen wird. Oft bleibt es dabei – und ein vielversprechender Gedanke fällt in sich zusammen. Trotzdem passiert es hin und wieder, dass die Idee den richtigen Personen zum richtigen Zeitpunkt kommt, und dass sie sowohl den Willen als auch den Mut haben, den Gedanken in die Tat umzusetzen. Während sie in anderen Situationen oder in anderen Stadien ihres Lebens gezögert hätten, etwas zu wagen, haben sie jetzt plötzlich den Mut, sich einem Risiko auszusetzen, das sie sonst nicht eingegangen wären. Vielleicht weil sie jemanden gefunden haben, der es mit ihnen teilt. Einen risikowilligen Partner, der sie motivieren kann, indem er sie anstößt und sagt: »Du hast nichts zu verlieren!«, wie Yasemin Linda immer und immer wieder in der Nacht erinnert, in der der Plan wie ein Schildkrötenei im Mondschein ausgebrütet wird.

Islam bedeutet Unterwerfung«, sagt Yasemin, als der Morgen graut, und die Vögel einen lauten Sommergesang angestimmt haben. »Hingabe an Gott, an einen Gott.«

Sie sitzt am Fußende meines Bettes, die Bettdecke um sich gewickelt. Ich friere nicht. Ich habe Schweißausbrüche.

»Hast du das gewusst?«, fragt sie.

»Yasemin«, sage ich. »Du darfst deine Wurzeln nicht kappen. Du musst dir einen Korridor schaffen, in dem du dich bewegen kannst. Zwischen den beiden Kulturen hin und her. Sonst wirst du ebenso porös wie ich.«

»Meinst du, ich soll mich unterwerfen?«

»Nein! Ich meine, du sollst dich versöhnen. Du sollst dich deiner Herkunft nicht schämen. Du sollst deine Eltern wiedersehen, deine Familie …«

»Ich wünschte, du würdest sie kennenlernen«, sagt sie und lehnt den Kopf gegen die Wand.

»Das werde ich. Wenn alles überstanden ist.«

»Wird es Ärger geben?«

»Ja!«

»Don't chicken out!«, sagt sie dann und schwenkt ermahnend den Zeigefinger.

»Es hat aufgehört zu regnen«, sage ich.

»Glaubst du, du ziehst es heute durch?«

»Ja«, sage ich und stehe auf, um meine kleine weiße Antabus-Pille in Wasser aufzulösen. Mein Morgendrink. Dann habe ich das schon mal erledigt.

»Versprichst du mir etwas?«, fragt sie, indem sie aufmerksam meine Bewegungen verfolgt.

»Alles, *honey.*«

»Dass du aufhörst zu rauchen!«

»*Fast* alles«, sage ich und schneide eine Grimasse, als ich den milchig weißen Drink in mich hineinkippe. Dann werfe ich einen Blick auf meine neue Rolex. Es ist fünf. Jetzt kann ich ruhig Bjarne anrufen. Wieder.

»Du«, sage ich und winke mit dem neu aufgeladenen Handy. »Musst du nicht noch etwas schlafen? Ich hätte gern etwas Privatsphäre …«

Dieselben Presseleute, die ihn monatelang eingeschüchtert haben, haben jetzt die Gesichter in andächtige Falten gelegt und sitzen totenstill in dem engen Raum im Thorvaldsensvej und lauschen dem kurzen Statement, das Per Vittrup auf der schnell einberufenen Pressekonferenz von sich gibt.

»Ich möchte damit beginnen, den Dalai Lama zu zitieren«, setzt er an, während die Kameras surren und die Stifte über die linierten Blöcke kratzen. »Der Dalai Lama hat einmal gesagt: ›In meinen Träumen bin ich oft ein einfacher Bettelmönch. Ich träume fast nie, dass ich der Dalai Lama bin.‹«

Das Publikum lächelt.

»In meinen Träumen bin ich sehr oft ein armer Schmiedejunge aus Westjütland«, fährt er fort. »Aber in der letzten Zeit habe ich immer öfter geträumt, dass ich Per Vittrup bin. Ich meine *der* Per Vittrup, der zum letzten Mal hier sitzt und Ihre volle Aufmerksamkeit genießt, einzig und allein aufgrund seiner Position als sozialdemokratischer Parteivorsitzender. Das ist beunruhigend. Denn auf dem Stuhl der Macht zu sitzen, darf niemals das Ziel sein. Das Mittel, ja. Aber nicht das Ziel. Und ich bin inzwischen zu der Erkenntnis gekommen, dass mir die Macht wie Sand zwischen den Fingern zerrinnt, selbst wenn ich sie fest zusammendrücke. Sie nutzt mir nichts, ich habe keine Manövriermöglichkeiten mehr, ich bin nicht länger imstande, meiner Partei oder den Wählern, die uns unterstützen, zu dienen. Deshalb habe ich mich entschlossen, mein Amt niederzulegen. Es geschieht zur unpassenden Zeit, und das gefällt mir nicht. Doch wie die Dinge stehen, muss es so sein. Ich hoffe auf Ihr Verständnis. Vielen Dank. Noch Fragen?«

»Hört man da einen Unterton von Bitterkeit heraus?«, kommt es aus der ersten Reihe.

»Lassen Sie es mich so sagen: Ich hege keinen Groll, aber ich erinnere mich an alle Namen!«

Endlich darf gelacht werden, dänisch und befreiend. Und das wird es auch. Oben am Tisch, an dem Vittrup in einem staatsmännischen Anzug sitzt, flankiert vom Parteisekretär, und unten im Pressekorps, wo Mikael Ruds Lippen sich zu einem Lächeln verziehen.

Er ist es auch, der die nächste Frage stellt.

»Werden Sie Ihren Nachfolger selbst vorschlagen?«

»Nein. Das überlasse ich dem Kongress. Aber ich denke, dass ein Generationswechsel auf diesem Posten an der Zeit wäre. Sowohl die Parteimitglieder wie auch die Wähler wünschen eine Erneuerung.«

»Ist das so zu verstehen, dass Sie nicht Gert Jacobsen vorschlagen?«, folgert Mikael Rud.

»Gert und ich gehören nun einmal derselben Generation an, deshalb repräsentiert er wohl kaum eine wirkliche Erneuerung, nicht?«

»Stimmt«, antwortet Mikael Rud, was eigentlich völlig unerhört ist. Journalisten haben keine Meinung. Sie beziehen nicht Stellung. Sie sind objektiv. So objektiv und professionell, dass sie bereits an die nächste Pressekonferenz denken. Die, die Gert Jacobsen einberufen hat. Eine halbe Stunde nach dieser. In Christiansborg.

Anton«, sagt Vittrup, als sie zum Tivoli hinüberschlendern, um ein Fassbier zu trinken. »Habe ich dir jemals erzählt, wie damals meine Vespa beinahe im Treibsand versunken wäre, drüben an der Nordsee?«

»Hmm«, nickt Anton. Und ob. »Du hast sie mit deinen eigenen Händen herausgezogen.«

»Ja. Haha. Paradoxerweise fühle ich mich jetzt genauso. Als hätte ich die Vespa ein zweites Mal herausgezogen. Mit meinen allerletzten Kräften bin ich dem Sog entkommen.«

»Du könntest dir eine neue kaufen. Motorroller sind wieder in.«

»Sind sie das?«, lächelt Vittrup. »Ich glaube, ich hätte lieber ein Motorrad. Eine Harley Davidson.«

Darf man fragen, wann du nach Hause kommst?«, fragt die Nachbarsfrau, als sie die Anweisungen entgegengenommen hat, welche Gartenpflanzen und Blumen wann und wie gegossen werden müssen.

Bjarne zuckt lächelnd die Schultern.

»Das kann zwei Tage oder zwei Monate dauern.«

»Aha. Wenn es zwei Monate dauert, dürfen wir dann deine roten Johannisbeeren ernten? Und die schwarzen?«

»Ja!«, lacht Bjarne ausgelassen. »Ihr könnt euch alles nehmen! Auch die Stachelbeeren!«

Der Vorteil, mit leeren Händen zu kommen, ist der, leicht aufbrechen zu können. Linda hat nur eine einzige Wochenendtasche, Yasemins Sachen passen in einen geliehenen Rucksack.

»So!«, sagt Linda und sieht sich in dem leeren Zimmer um.

»Hast du alles?«, fragt Helle unruhig. Es ist immer mit einem gewissen Bangen verbunden, wenn sie die Mädchen entlässt. Doch diesmal ist sie besonders nervös. So viel kann schiefgehen, und mit Yasemins frei herumlaufendem Schwager, der Kastaniely jetzt mit Telefondrohungen verfolgt, setzt Yasemin sich einer nicht unbedeutenden Gefahr aus. Auf der anderen Seite ist Helle der Meinung, dass es vernünftig ist, umzuziehen. Sie kann hier nicht bleiben. Und was Linda angeht, hat Helle eine Gänsehaut bekommen, als sie sie in den Plan eingeweiht hat. Wenn Linda wirklich die Stärke besitzt, ihren Plan durchzuziehen, ist sie tougher, als irgendjemand geträumt hätte. Sie wird das neue Vorbild, eine neue Amitra. Wohl gemerkt, wenn der Plan gelingt.

»Ich lasse das Zimmer bis morgen frei, okay?«

»Glaubst du nicht an mich?«, fragt Linda schief und greift nach der Mappe mit den Fotokopien.

»Doch, *ich* glaube an dich. Die anderen machen mir Sorgen.«

Meyer ist die Letzte, der Charlotte an diesem frühen Morgen in der Burg über den Weg laufen mag. Sie ist so wütend auf sie, so verletzt und enttäuscht, wie sie es seit Thomas' Untreue letztes Jahr nicht mehr war.

Und als Meyer in der Wandelhalle ihren Namen ruft, schwankt sie deshalb auch, ob sie ihr den Stinkefinger zeigen oder im nächsten Kaninchenloch verschwinden soll. Doch Meyer holt sie ein und greift nach ihrem Arm.

»Charlotte! Es ging nicht anders. Wir mussten ihn drängen.«

»Konntet ihr ihn den Entschluss nicht selbst fassen lassen?«, sagt Charlotte, die plötzlich den Tränen nahe ist.

Meyer blinzelt, bewegter, als ihr lieb ist.

»Er wäre nie zurückgetreten, hätte man ihn nicht dazu gezwungen.«

»Woher weißt du das?«, fragt Charlotte wie ein aufmüpfiger Teenager.

»Männer können das nicht. Männer können die Macht nicht loslassen. Sie können das einfach nicht.«

So sieht die Freiheit aus: Mädchen auf Fahrrädern, Kinoreklamen, Kindergartenkinder, Lieferwagen, Ladenstraßen, Rentner, Skater, Graffiti, Busse, S-Bahn-Höfe, Kaufhäuser, Hunde, Straßengräben. Yasemin nimmt alles in sich auf, während sie Richtung Stadt fahren. Wie hat sie das vermisst, den Alltag. Die Bewegung, den Strom, das Vorwärtsstreben. Und als sie aus dem Taxifenster einen großen, schlaksigen Typen sieht, der ihm ähnelt, merkt sie mit einem Stich, dass sie auch den Alltag mit Rasmus vermisst hat. Auf seine eigene schiefe Weise ist er das Sahnehäubchen, wie er selbst sagen würde. Später wird sie ihn anrufen. Und sich entschuldigen. Mit Lindas Handy. Jetzt ist es Zeit, Charlotte anzurufen.

Der Wachmann in dem Glaskäfig stutzt ein wenig. Nicht weil etwas Verdächtiges an den beiden Frauen wäre, in denen er in der einen die junge türkische Frau erkennt, die für Gert Jacobsen als studentische Hilfskraft arbeitet, und kurz darauf auch die andere mit Namen benennen kann – das ist doch Gert Jacobsens Frau, nicht? –, sondern weil Charlotte Damgaard so angespannt ist, als sie die beiden in Empfang nimmt und als ihre Gäste eintragen lässt. Doch alle Sozialdemokraten scheinen in diesen Tagen etwas von der Rolle zu sein. Was man ihnen, so gesehen, nicht verdenken kann.

»Kommt!«, hört er Charlotte zu ihren Gästen sagen. »Wir müssen uns beeilen. Sie haben schon angefangen.«

Hätte er trotzdem ihre Taschen durch den Scanner gehen lassen sollen? Könnten sie rein theoretisch Sprengstoffgürtel um die Taillen haben? Wie sie es in den neuen Sicherheitskursen lernen – ein Selbstmordattentäter ist nicht notwendigerweise ein Mann.

Ein umgekehrter Krag!, notiert sich Mikael Rud ein paar Minuten vor dieser historischen Pressekonferenz auf seinem Block. Denn während Krag, deutlich erleichtert über den Verlust der Macht, bei seinem Rücktritt am 3. Oktober 1972 jeden und alle bezauberte und seinem Bild als steifer Technokrat ganz neue Facetten hinzufügte, ist es die Erleichterung, endlich die erste Position erreicht zu haben, die von dem Mann ausstrahlt, der sich jetzt zum Kandidaten für die Nachfolge Per Vittrups erklärt. Auch er trägt einen staatsmännischen Anzug, auch er spricht von seinen Träumen – zuallererst von dem Traum, »diese wunderbare Partei, die eine so entscheidende Bedeutung für Dänemark gehabt hat und immer noch hat«, zu sammeln und zu erneuern.

An seiner Seite stehen Elizabeth Meyer und derselbe Parteisekretär, der vor Kurzem Per Vittrup drüben im Parteibüro begleitet hat. Er ist dabei, um die organisatorischen Fragen zu beantworten: Wann wird der außerordentliche Kongress einberufen?, Wie lauten die Nominierungsregeln?, und die anderen Verfahrensfragen.

»Was können Sie, das Per Vittrup nicht konnte?«, wird gefragt, als die Fragerunde eröffnet ist.

»Ich kann dafür sorgen, dass diese unerträgliche Oppositionsperiode nur eine kurze Episode in der Geschichte des Landes wird!«, sagt er nachdrücklich und lacht, als Elizabeth Meyer sich plötzlich einmischt und fragt – wie kurz?

»So kurz«, sagt er und demonstriert einen kleinen Abstand zwischen zwei Fingern, und ob nun ein sexueller Unterton darin mitschwingt oder nicht, erzeugt das wieder ausgelassenes Gelächter.

»Können wir das schriftlich bekommen?«, fährt Meyer immer noch unschuldig fort, doch direkt unter dem Velours liegt eine Klinge und funkelt.

»In der Politik soll man nie schriftliche Garantien ausstellen!«, lächelt er mit einer Anspielung auf Vittrups legendäre Dummheit, was das angeht.

So muss Mikael Rud sehr widerwillig feststellen, dass Gert Jacobsen vielleicht doch Format hat. Dass er gegen jede Erwartung aus Fleisch und Blut ist, ausgerüstet mit Vernunft *und* Gefühl. In dem Fall verträgt der Kandidat wohl auch eine der schärferen Fragen, um die seine lieben Journalistenkollegen so oft einen Bogen machen, wenn es wirklich darauf ankommt.

»Wie fühlen Sie sich als Königsmörder?«, fragt er, als Meyer ihm das Wort erteilt.

Zuerst glaubt Mikael Rud, dass seine Frage eine so große Wirkung hat, dass der aller Wahrscheinlichkeit nach künftige sozialdemokratische Vorsitzende erbleichend verstummt. Doch dann sieht er, dass Gert Jacobsens Blick an ihm vorbei weiter zur Tür wandert, die gerade aufgegangen ist. Und da kommt sie. *La femme.* Die Frau mit der Geschichte. In Jeans und flachen Schuhen steuert sie entschlossen wie ein Berufskiller auf ihren Mann zu.

Die Wut besinge, Göttin, die mich über glühende Kohlen trägt, durch Streifen von Feuer, bis ich so dicht neben ihm stehe, dass ich zum ersten Mal so etwas wie Angst in seinen Augen wahrnehme. Ungläubig blinzelt er mit seinen kastanienbraunen Augen, der Mund öffnet und schließt sich, schief wie ein falsch geknöpftes Hemd, während sein Gehirn arbeitet, um den Sinneseindruck zu interpretieren, den die Netzhaut empfängt. Doch das Gehirn blockiert, kann nicht begreifen, dass das hier wirklich passiert. Hier auf seiner eigenen Burg, wo er sich am allersichersten fühlt. Warum hat man mich nicht zurückgehalten? Warum haben die Sicherheitssysteme mir nicht den Zutritt verwehrt? Als Nächstes muss er voraussehen, was ich will. Und das kann er nicht, deshalb hat er Angst. Was glaubt er? Dass ich eine Waffe herausziehe und ihn liquidiere? Hat er zu viele Filme gesehen oder zu wenige, um sich vorzustellen, dass seine eigene Frau sich plötzlich in einen Racheengel verwandelt hat, der gnadenlos Gerechtigkeit sucht? So ist das. Es ist immer der Leibwächter, vor dem man sich hüten muss.

Von Angesicht zu Angesicht stehen wir uns jetzt gegenüber. Die Muskeln in deiner Wange beginnen zu zittern, die Stirnader ist geschwollen, deine trockenen Lippen formen warnend meinen Namen. Aber du kannst nichts tun. Du bist gefangen in einem Halsgriff, Gert. Du kannst mich vor all diesen Menschen nicht schlagen; du kannst mich vor Meyer nicht anschreien, die bereits ein wenig von dir abgerückt ist, als wolle sie auf Abstand gehen. Der Schweiß bricht dir auf der Oberlippe aus; dein Magen hat zu rotieren begonnen, ich weiß, wie das ist. Wenn ich Zeit hätte, lieber Gert, würde ich es dir gern erklären. Ich würde gern für dich vertiefen, warum ich tun muss, was ich tue. Wieso ich endlich der Aufforderung Folge leiste, die Garrotte zu benutzen, die du mir selbst gegeben hast. Das ist ganz einfach, mein Geliebter. Du oder ich. Und heute bist du an der Reihe. Doch, ich werde dich vermissen. Doch, ich habe Mitleid mit dir. Ich bin nicht böse, Gert, genau wie auch du nicht böse bist. Aber wenn ich das hier nicht tue, wenn ich jetzt zögere, werde ich als vertrocknetes Vogelgerippe enden wie meine Mutter in der Wohnung am Mozarts Plads.

Gert, die Zeit ist um. Der Augenblick lässt sich nicht weiter in die Länge ziehen. Hier ist deine schöne Rolex, die ich ausziehe und vor dich hinlege, während die Kameras heranzoomen und die Reporter sprachlos zusehen. Genauso perplex wie Meyer, der ich eine der vier Mappen reiche, die ich in Eile zusammengestellt habe. Charlotte Damgaard hat die andere, und gleich werde ich einem Repräsentanten der Presse ein drittes Exemplar aushändigen. Die vierte behalte ich selbst, und die Originale befinden sich in einem Tresor im Frauenhaus. Spar dir die Mühe, du kannst nichts tun, das Attentat lässt sich nicht abwenden. Es ist ein *fait accompli*, wie du das aus deiner eigenen Welt kennst. Wie du selbst gesagt haben würdest: *Revenge is a dish better served chilled.* Übrigens, das *ist* Yasemin, die du da drüben siehst. Sie hat mich gebeten, dich zu grüßen.

Als Letztes, lieber Gert, bevor ich dir den Rücken zukehre und dich dem Pöbel überlasse: Du stirbst nicht daran. Auch wenn es sich so anfühlt.

Alles vernichtend. Linda Lykke Jacobsen, die ihn in der Menge gesucht und ihm eine Plastikmappe mit einer neuen Handynummer und einem stilvollen »Ich vertraue auf Sie!« in die Hand gedrückt hat, hat eine alles vernichtende Granate geworfen. Das ist ihm bereits klar, als sein Blick über ihr eigenes Resümee, die Notarztberichte, die Farbfotos von ihrem übel zugerichteten Gesicht und die kurze Erklärung des Frauenhauses fliegt, die die Richtigkeit der Erläuterungen bestätigt und auch attestiert, dass Linda Lykke Jacobsen seit dem 19. Mai im Frauenhaus in Kastaniely gewohnt hat.

»Yes!«, hört Mikael Rud sich rufen, während ein Inferno aus Rufen und Schreien um ihn herum losbricht, und Meyer die Konferenz ohne weitere Erklärung aufhebt.

In Kastaniely jubeln sie in dem kleinen Fernsehraum, der plötzlich total überfüllt ist. Helle ist so überwältigt, dass sie ihre Ergriffenheit nicht zurückhalten kann.

»Was wollt ihr? Champagner? Wein? Eis!«, lacht sie unter Tränen, während der verwirrte Moderator Wasser tritt, um zu verstehen, wovon die dänischen Fernsehzuschauer soeben Zeuge geworden sind. Jede Frau hätte ihm das leicht erklären können. So wie die junge Praktikantin mit ihrem üblichen Sinn fürs Direkte es formuliert: *»Sie hat ihn kastriert.«*

»Ja«, lacht Helle. »Hisst die Flagge!«, ruft sie und umarmt alle in ihrer Nähe. »Das müssen wir *verdammt noch mal* feiern!«

Was ist, wenn er nicht da ist?«, fragt Yasemin, als sie eilig durch die Wandelhalle laufen.

»Dann fahre ich!«, antwortet Charlotte, die aufgewühlt die Nachhut bildet.

»Er ist da!«, versichert Linda und blickt über die Schulter. In einem Moment wird die ganze Horde hinter ihnen her sein, und werden sie eingeholt, kommen sie nie nach Schweden. »Auf Bjarne kann man sich verlassen!«

Das kann man, und deshalb hat Bjarne die Kutsche auch direkt bis vor die Tür gefahren. Bjarne, der ganz genau weiß, dass er an diesem Tag vor allem ein Mann mit einem Auto und einem Haus ist. Ein Mann, der, ohne viele Fragen zu stellen, eingewilligt hat, zwei Frauen auf der Flucht zu einer sicheren Adresse in den schwedischen Wäldern zu bringen, wo man sich verstecken und wieder erholen kann, bis die Wogen sich geglättet haben und man eines Tages zurückkommen kann.

Und obwohl der frisch geputzte, großspurige Amischlitten, der bereits viel zu viel Aufmerksamkeit auf sich gezogen hat, wie er hellblau zwischen den Sendewagen der Fernsehsender hervorguckt, kein Hochzeitsauto ist, an dem ein *Just-married*-Schild und eine Menge polternder Dosen hängen, ist Bjarne trotz seiner entspannten Körpersprache nervös wie ein wartender Bräutigam vor dem Altar. Und als die Tür endlich aufgeht und sie zusammen mit einem jungen dunklen Mädchen, den Teufel auf den Fersen, die Treppe hinuntergesprungen kommt, setzt die Orgel ein, und er kann nicht anders, als einen Schritt zurückzutreten und sie zu umarmen.

»Linda«, sagt er nur und hält sie fest. »Hast du da drinnen aufgeräumt?«

»Das kann man so sagen!«, lacht sie genau wie damals, nur ein wenig heiserer.

Als es Abend geworden ist und wir mehrere Stunden durch die endlosen schwedischen Birkenwälder Richtung Norden gefahren sind, beschließe ich, alles auf eine Karte zu setzen und es ihm zu erzählen. Nachdem wir vom Südhafen und Sonny und all den verlorenen Jahren gesprochen haben. Nachdem wir alle alten Kameraden und alle zu früh Gestorbenen durchgegangen sind, die auf dem Friedhof begraben liegen. Nachdem wir Nillers chaotische Tragödie aufgedröselt haben. Nachdem wir über die Einsamkeit in der Ehe gesprochen haben, sowohl in seiner als auch in meiner. Nachdem wir in einer Raststätte Wurst mit Kartoffelbrei gegessen haben. Nachdem wir schwedischen Pop gehört haben, bis wir keinen Empfang mehr hatten. Nachdem Yasemin eine ganze Tafel Maribou-Schokolade gegessen hat. Nachdem wir Alkohol, Zigaretten und Schnupftabak durchhaben. Ich will es ihm erzählen, während Yasemin auf dem Rücksitz liegt und schläft. Nachdem wir von dem Schrebergartenhaus, der Kaffeebar und der Abtreibung in Polen gesprochen haben. Als es nur noch eine Stunde ist, bis wir bei seinem roten Holzhaus im Wald von Norrbotten sind, wo Blaubeeren und Moltebeeren und eine große Stille auf uns warten, will ich es ihm erzählen. Und als wir eine Pause machen und schweigend über einen opalblanken See blicken, will ich es ihm erzählen.

Ich will Bjarne erzählen, dass es nicht seine Schuld ist, dass ich auf dem glatten Tanzboden des Lebens ausgerutscht bin. Obwohl ich es fast nicht über mich bringe. Obwohl ich es nicht aushalte, in das kleine Zimmer mit dem Reisegrammofon und der verblassten Rollgardine zurückzukehren. Ich will meine nackten Schenkel unter dem Sandmännchen-Nachthemd nicht fühlen; ich will die Schwere nicht fühlen, als er sich in Löffelchenstellung an mich drückt; ich will mich an das Ziehen an meinem Slip nicht erinnern; ich will den süßen Dunst des Starkbiers nicht riechen; ich will mich an den Schmerz nicht erinnern, als das Jungfernhäutchen durchtrennt wurde; ich will mich an den knarrenden Lattenrost nicht erinnern; ich will mich an die Scham nicht erinnern, die folgte; ich will mich an den Lichteinfall durch die Tür nicht erinnern, die er nicht richtig zugemacht hatte.

Ich will weder Geheimnisse noch Lügen aufdecken, aber ich muss.

»Bjarne«, sage ich, als ich eine Zigarette angezündet habe. »Du warst das damals nicht.«

»Was war ich nicht?«

»Du hast mich nicht geschwängert. Das war Max.«

»Max? War das?«, fragt er und dreht mir überrascht das Gesicht zu.

»Ja«, sage ich und fächle den Rauch weg.

»So ein Schwein«, sagt er und schluckt, während er weiter unverwandt über den See schaut und seinen Kiefer anspannt. Eine Jolle schaukelt im Schilf. Enten heben ab und landen. Fische schnappen nach Fliegen. Ringe breiten sich auf der Wasseroberfläche aus.

»Entschuldige«, sage ich. »Ich habe dich benutzt.«

Er seufzt. Schüttelt den Kopf. Spuckt. Wischt sich die Lippen mit dem Handrücken trocken. Sieht mich an, entschlossen.

»Du hast dich in deinem Leben genug entschuldigt, Linda Lykke. Spendierst du mir eine Zigarette?«

»Ich wusste nicht, dass du Grønne Look rauchst!«, lache ich, während die Erleichterung in mir Purzelbäume schlägt.

Er legt einen Arm um mich.

»Mit dir muss man die einfach rauchen!«

So kann der Film enden. Zwei alte Freunde mit Blutblasen auf der Seele stehen an einem Waldsee und rauchen, irgendwo oben in Schweden. Und so kann er beginnen.

Alles, was ist, endet.

Richard Wagner, *Das Rheingold,* Viertes Bild.